Scherz Krimis
Die mit den Streifen

W0173292

Der Katzenkrimi

Teuflische Katz-und-Maus-Spiele

Agatha Christie · Alexandre Dumas · Patricia Highsmith
Peter Lovesey · Sara Paretsky u.a.

SCHERZ

Herausgegeben von
Gisela Eichhorn

Inhalt

Leer ist das Vogelhaus

Patricia Highsmith

Als Edith es zum erstenmal sah, mußte sie lachen. Einen Augenblick glaubte sie, sich geirrt zu haben; aber als sie zur Seite trat und noch einmal hinsah, war es immer noch da, nur etwas weniger deutlich. Ein Gesicht wie das eines Eichhörnchens, mit dämonisch-intensiven Augen, starrte sie aus dem runden Loch des Vogelhäuschens an. Es konnte natürlich eine Täuschung sein – wahrscheinlich lag es an den Schatten, oder an einem Astknoten in der hölzernen Rückwand des Häuschens. Die Sonne schien hell auf den kleinen Kasten, der in der Ecke zwischen Geräteschuppen und Hauswand aufgehängt und etwa zwanzig mal fünfundzwanzig Zentimeter groß war. Edith trat näher heran und stand jetzt drei Meter entfernt. Das Gesicht verschwand.

Komisch, dachte sie, als sie ins Haus ging. Das muß ich heute abend Charles erzählen.

Aber sie vergaß es und sagte Charles nichts davon, und drei Tage später war das Gesicht wieder da. Diesmal sah sie es, als sie eben zwei leere Milchflaschen an die Hintertür gestellt hatte und sich wieder aufrichtete. Zwei schwarze Knopfaugen blickten sie gerade und unverwandt aus dem Vogelhäuschen an, und rundherum saß etwas wie bräunliches Fell. Edith fuhr leicht zusammen und blieb reglos stehen. Sie meinte, zwei rundliche Ohren zu sehen und einen Mund – es war weder eine Schnauze noch ein Schnabel, aber es sah böse und grausam aus.

Dabei wußte sie doch, daß das Vogelhaus leer war. Vor Wochen schon war die kleine Blaumeisenfamilie ausgeflogen – gerade noch rechtzeitig, denn Jonathan, der Kater der Nachbarn, hatte ein Auge auf die Jungen geworfen. Vom Schuppendach aus konnte er mit der Pfote bis in das runde Loch des Kästchens reichen; Charles hatte es damals ein wenig zu groß gemacht für Blaumeisen. Edith und Charles hatten Jonathan mit einiger Mühe ferngehalten, bis die Vögel ihr Häuschen verlassen hatten. Ein paar Tage später hatte dann Charles das Vogelhaus abgenommen – es war wie ein Bild mit einer Drahtöse an Wand befestigt – und gründlich geschüttelt, damit sich kein Schmutz darin festsetzte. Blaumeisen nisteten zuweilen ein zweites Mal, meinte er. Bis jetzt waren sie jedoch nicht wiedergekommen, das wußte Edith; sie hatte darauf geachtet.

Und Eichhörnchen wohnten niemals in Vogelhäusern. Oder vielleicht doch –? Aber hier gab es ja gar keine. Ratten? Die würden sich doch nicht in einem Vogelhaus niederlassen. Außerdem, wie sollten sie da hinaufkommen, sie konnten doch nicht fliegen.

Das alles ging Edith durch den Kopf, während sie das starre braune Gesicht anblickte und die scharfen Augen sie ebenso intensiv beobachteten.

›Ich geh einfach mal hin und seh es mir an‹, dachte sie und trat auf den kleinen Pfad, der zum Schuppen führte. Doch sie ging nur drei Schritt weit, dann blieb sie stehen. Sie hatte keine große Lust, das Vogelhaus anzufassen und womöglich von irgendeinem unsauberen Nagetier gebissen zu werden. Heute abend wollte sie es Charles erzählen. Sie stand jetzt nahe vor dem Vogelhaus, und das Ding saß immer noch darin, deutlicher als zuvor. Von einer optischen Täuschung konnte nicht die Rede sein.

Charles Beaufort, Ediths Mann, war Ingenieur für Datenverarbeitung und in einem Betrieb angestellt, der acht Meilen von ihrem Wohnort entfernt lag. Als ihm Edith abends berichtete, was sie gesehen hatte, zog er lächelnd die Augenbrauen in die Höhe. »Tatsächlich?« fragte er.

»Ich *kann* mich irren, natürlich. Bitte nimm doch das Ding noch einmal herunter und schüttle es, damit wir sehen, ob irgendwas drin ist.« Auch Edith lächelte jetzt, nur ihr Ton war ernst.

»Schön, das werde ich tun«, versprach ihr Charles bereitwillig und ging dann zu einem anderen Thema über. Sie waren noch beim Dinner.

Edith mußte ihn an sein Versprechen erinnern, als sie das Geschirr in die Spülmaschine stellten. Sie wollte gern, daß er nachsah, bevor es dunkel wurde. Charles ging hinaus, und Edith blieb an der Tür stehen und schaute ihm zu. Charles klopfte an das Vogelhaus und horchte. Dann nahm er es vom Haken, schüttelte es und drehte es langsam um, so daß das Loch unten lag. Wieder schüttelte er es.

»Nicht das mindeste drin!« rief er Edith zu. »Nicht mal ein Strohhalm.« Er lächelte nachsichtig und hängte das Kästchen wieder an die Mauer. »Was du da wohl gesehen hast? Du hast doch nicht vorher einen Whisky getrunken?«

»Aber nein, Charles. Ich hab's dir doch beschrieben.« Edith kam sich auf einmal ganz leer vor, als sei ihr etwas weggenommen worden. »Der Kopf war ein bißchen größer als bei einem Eichhörnchen, die Augen waren blank und schwarz wie Knöpfe, und der Mund sah – irgendwie streng aus.«

»Der Mund sah streng aus!« Charles warf den Kopf zurück und lachte, als er jetzt ins Haus kam.

»Ja – angespannt. Richtig böse«, beharrte Edith.

Mehr sagte sie nicht. Sie saßen im Wohnzimmer, Charles blätterte in der Zeitung und griff dann zu einem Ordner mit Geschäftsberichten. Edith hatte einen Katalog vor sich, aus dem sie Kacheln für die Küche aussuchen wollte. Was sollte sie nehmen – blau-weiß oder blau-weiß-rosa? Sie war nicht in der Stimmung, das zu entscheiden, und Charles war bei so etwas auch keine große Hilfe, er sagte immer nur freundlich: »Mir ist alles recht, was dir gefällt.«

Edith war vierunddreißig und seit sieben Jahren mit Charles verheiratet. Im zweiten Jahr ihrer Ehe hatte sie eine Fehlgeburt gehabt, an der sie im Grunde selbst schuld war, weil sie so panische Angst vor der Geburt gehabt hatte. Als sie dann die Treppe herunterfiel, war das beinahe mit Absicht geschehen, das mußte sie – war sie ganz ehrlich – zugeben, wenn auch die Fehlgeburt dann einem Unfall zugeschrieben wurde. Zu einem zweiten

Kind hatte sie nicht mehr den Mut gehabt; sie und Charles hatten darüber niemals auch nur mit einem Wort gesprochen.

Sie fand, daß sie eine glückliche Ehe führten. Charles hatte einen sehr guten Posten bei der Firma Pan Com Gerätebau, und sie hatten mehr Geld und Freiheit als ihre Bekannten, die durch zwei oder drei Kinder eingeengt waren. Sie hatten oft und gern Gäste bei sich, Edith vor allem im Haus und Charles auf dem Zehnmeter-Motorboot, wo sie zu viert schlafen konnten. Bei gutem Wetter waren sie an den meisten Wochenenden auf dem Fluß und den inländischen Kanälen unterwegs. Edith war eine hervorragende Köchin, an Bord wie zu Hause, und Charles sorgte für Getränke, Angelgerät und Plattenspieler. Auf Wunsch tanzte er auch ein Solo zur Flöte.

An diesem Wochenende blieben sie daheim, weil Charles einiges zu arbeiten hatte. Edith warf immer wieder einen Blick auf das Vogelhaus, war aber ganz beruhigt, denn nun wußte sie ja, daß es ler war. Wenn die Sonne darauf schien, sah sie nichts als ein blasses Braun in dem runden Loch, das war die Rückwand des Kästchens; und wenn es im Schatten lag, war das Loch ganz schwarz.

Montag mittag stand sie im Schlafzimmer und bezog die Betten mit frischen Laken, denn um drei kam der Wäschemann. Als sie eine Decke vom Boden aufhob, huschte etwas darunter hervor, lief über den Fußboden und zur Tür hinaus – etwas Braunes, größer als ein Eichhörnchen. Edith schrak zurück und ließ die Decke fallen. Auf den Fußspitzen ging sie zur Tür und blickte auf die Treppe hinunter, von der sie die ersten fünf Stufen übersehen konnte.

Was war das für ein Tier, das überhaupt kein Geräusch machte, selbst nicht auf nacktem Holzfußboden? Hatte sie sich auch nicht getäuscht? War da wirklich etwas gewesen? Doch sie war ganz sicher, es war kein Irrtum. Sogar die kleinen schwarzen Augen hatte sie erkannt. Es war das Tier aus dem Vogelhaus.

Es half nichts – sie mußte es finden. Der Hammer fiel ihr ein – das wäre eine gute Waffe, falls sie eine brauchte, nur war der

Hammer leider unten. Sie nahm statt dessen ein schweres Buch und ging vorsichtig die Treppe hinunter. Aufmerksam sah sie sich überall um, als sich am Fuß der Treppe das Blickfeld weitete.

Im Wohnzimmer war nichts zu sehen. Aber es konnte ja unter das Sofa oder unter den Sessel geschlüpft sein. Sie ging in die Küche und nahm den Hammer aus der Schublade, kehrte dann ins Wohnzimmer zurück und schob eilig den Sessel etwas beiseite. Nichts. Jetzt hatte sie doch tatsächlich Angst davor, unter dem Sofa nachzusehen – die Decke hing fast bis auf den Fußboden. Sie schob das Sofa eine Handbreit von der Stelle und horchte. Nichts war zu hören.

Es war ja immerhin *denkbar*, daß ihre Augen ihr einen Streich gespielt hatten. So was kam vor – ein Stäubchen, das einem vor den Augen verschwamm, wenn man sich gebückt hatte. Sie beschloß, Charles nichts davon zu sagen. Und doch – was sie im Schlafzimmer gesehen hatte, war realer, konkreter gewesen als das Ding draußen im Vogelhaus.

Ein Yuma, dachte sie eine Stunde später, als sie in der Küche Mehl über den Braten stäubte. Ein junges Yuma. Wo hatte sie das auf einmal her? Gab es so ein Tier überhaupt? Hatte sie vielleicht in einer Illustrierten ein Foto gesehen oder das Wort irgendwo gelesen?

Edith zwang sich dazu, zunächst alles in der Küche zu erledigen, was sie sich vorgenommen hatte; dann ging sie ins Wohnzimmer, wo das große Lexikon stand, und suchte das Wort Yuma. Es stand nicht drin. Diesmal war es offenbar die Phantasie, die mit ihr durchgegangen war – so wie vorher die Augen, die ihr das braune Tier vorgegaukelt hatten. Aber es war merkwürdig, wie beides zusammentraf: als sei dies genau der richtige Name für das seltsame Tier.

Zwei Tage später, als sie und Charles ihre Kaffeetassen in die Küche trugen, sah Edith es unter dem Kühlschrank – oder vielleicht hinter dem Kühlschrank? – hervorwetzen, quer über die Schwelle huschen und im Eßzimmer verschwinden. Um ein Haar hätte sie ihre Tasse fallen lassen, die laut gegen die Untertasse klirrte.

»Was ist los?« fragte Charles.

»Da war es wieder!« sagte Edith blaß. »Das Tier –«

»Was für ein Tier?«

»Das – ich hab's dir nicht gesagt –« die Kehle wurde auf einmal so trocken, als sei sie im Begriff, ein peinliches Geständnis zu machen. »Das Ding – das Ding aus dem Vogelhaus, das habe ich wiedergesehen, am Montag, oben im Schlafzimmer. Und ich glaube, jetzt eben auch. Gerade eben.«

»Aber Liebling, im Vogelhaus war doch gar nichts.«

»Ja – als du nachgesehen hast, da nicht. Aber das Tier rennt ganz schnell – beinahe als ob es flöge.«

Charles' Gesicht nahm einen besorgten Ausdruck an. Er sah hinüber auf die Schwelle, auf der auch Ediths Blick lag. »Und jetzt eben hast du es auch gesehen? Ich werde mal nachschauen.« Er trat ins Eßzimmer. Suchend sah er sich auf dem Fußboden um, warf einen Blick auf seine Frau, bückte sich dann nachlässig und schaute unter den Tisch und zwischen die Stuhlbeine. »Also wirklich, Edith –«

»Schau doch noch mal ins Wohnzimmer«, sagte sie.

Charles suchte im Wohnzimmer, etwa fünfzehn Sekunden lang, dann kam er zurück und lächelte. »Tut mir leid, Kindchen, aber ich glaube, du bildest dir das ein. Außer wenn es eine Maus war, natürlich. Vielleicht haben wir Mäuse –? Ich will's ja nicht hoffen.«

»Ach, es ist viel größer und außerdem braun. Mäuse sind grau.«

»Ja«, sagte Charles obenhin. »Aber nun laß nur, mein Herz – du brauchst keine Angst zu haben, es wird dir nichts tun. Es läuft ja weg.« Und mit einer Stimme, die nicht sehr überzeugend klang, fügte er hinzu: »Wenn nötig, rufen wir den Kammerjäger.«

»O ja«, stimmte sie sofort zu.

»Wie groß war es denn?«

Sie hielt die Hände etwa sechs Zentimeter auseinander. »So groß.«

»Könnte ein Wiesel sein«, meinte er.

»Es ist noch flinker als ein Wiesel. Und es hat schwarze Augen. Eben – da blieb es einen Augenblick stehen und sah mir direkt ins Gesicht. Ganz bestimmt, Charles.« Ihre Stimme kippte fast über. Sie zeigte auf die Stelle neben dem Kühlschrank. »Genau da blieb es eine Viertelsekunde stehen und –«

»Komm, komm, Edith.« Er drückte ihr den Arm.

»Es sieht so böse aus, so – ich kann's gar nicht sagen.«

Charles sagte nichts, er sah sie nur an.

»Gibt es ein Tier, das Yuma heißt?« fragte sie.

»Yuma? Nie gehört. Warum?«

»Weil mir das heute auf einmal einfiel. Nur so. Ich dachte – weil mir das Tier immer im Kopf rumging, und weil ich noch nie so eins gesehen habe, wäre es möglich, daß ich den Namen irgendwo gelesen habe.«

»Yuma? ›Y-u-m-a?‹«

Sie nickte.

Charles lächelte. Die Sache schien sich zu einem lustigen Spiel zu wandeln. Er trat an das Bücherregal mit dem Lexikon und suchte das Wort, wie Edith es getan hatte. Er schlug den Band zu und nahm die *Encyclopaedia Britannica* im untersten Fach heraus. Nach einer Minute sagte er: »Weder im Lexikon noch in der Britannica. Ich glaube, das Wort hast du dir ausgedacht.« Er lachte. »Oder vielleicht ist es ein Wort aus *Alice im Wunderland*.«

Nein, es ist ein richtiges Wort, dachte Edith, aber sie hatte nicht mehr den Mut, es zu sagen. Charles würde ihr doch nicht glauben.

Edith war erschöpft und ging gegen zehn Uhr mit einem Buch zu Bett. Sie las noch, als Charles kurz vor elf ebenfalls hereinkam. In diesem Augenblick sahen sie es beide: es flitzte vom Fußende des Bettes, deutlich sichtbar, quer über den Teppich, verschwand unter der Kommode und dann, wie Edith meinte, zur Tür hinaus. Auch Charles mußte das geglaubt haben, denn er wandte sich schnell um und blickte ins Treppenhaus.

»Du hast es gesehen!« stellte sie fest.

Mit ausdruckslosem Gesicht machte Charles Licht auf dem

Treppenflur, sah sich suchend um und ging dann hinunter. Er blieb etwa drei Minuten unten, und Edith hörte, wie er mehrere Möbel wegrückte. Dann kam er zurück.

»Ja, ich hab's auch gesehen.« Er sah auf einmal blaß und müde aus. Edith seufzte und lächelte kaum merklich, sie war erleichtert, daß er ihr endlich glaubte.

»Siehst du, jetzt weißt du, was ich meinte. Ich hab's mir nicht eingebildet.«

»Nein«, stimmte er zu.

Edith saß aufrecht im Bett. »Das Schrecklichste ist, es sieht so – so unfangbar aus, weißt du.«

Charles begann sein Hemd aufzuknöpfen. »Unfangbar – was für ein Wort, Kindchen. Nichts ist unfangbar. Vielleicht ist es doch ein Wiesel. Oder ein Eichhorn.«

»Konntest du es denn nicht erkennen? Es ist doch genau an dir vorbeigelaufen.«

»Na ja, aber –« Er lachte. »Es rannte ja ziemlich schnell. Du hast es doch schon zwei- oder dreimal gesehen und auch nicht erkannt.«

»Hatte es einen Schwanz? Ich konnte nicht sehen, ob es einen Schwanz hatte oder ob der Körper allein so lang ist.«

Charles schwieg. Er griff nach seinem Morgenmantel und zog ihn langsam an. »Ich glaube, es ist kleiner, als es aussieht«, sagte er dann. »Es rennt sehr schnell, deshalb sieht es so lang aus. Vielleicht doch ein Eichhörnchen.«

»Aber die Augen sitzen vorne am Kopf. Beim Eichhörnchen sitzen sie doch mehr an der Seite.«

Charles bückte sich und blickte suchend unter das Bett. Er fuhr mit der Hand über die am Fußende eingesteckte Decke und ebenso darunter, dann stand er auf und sagte: »Paß mal auf. Wenn wir es noch mal sehen – *wenn* wir es überhaupt gesehen haben –«

»Was heißt das, *wenn*? Du hast es doch gesehen, das hast du selbst gesagt.«

»Na schön, ich glaub's ja auch.« Er lachte. »Aber wie kann ich wissen, ob mir nicht meine Augen oder Sinne etwas vormachen?

Du hattest es ja sehr lebendig beschrieben.« Die letzten Worte klangen fast gereizt.

»Also – wenn was?«

»Ja – wenn wir es noch einmal sehen, besorgen wir uns eine Katze. Die findet es bestimmt. Wir leihen uns eine aus.«

»Aber nicht den Kater von Masons. Die möchte ich keinesfalls darum bitten.«

Sie hatten den Kater der Nachbarn nur mit kleinen Steinchen vom Vogelhaus fernhalten können, als die Blaumeisen flügge wurden. Das hatten die Nachbarn nicht gern gesehen. Sie standen immer noch auf gutem Fuß mit ihnen, aber weder Edith noch Charles wäre es eingefallen, sie um den Kater Jonathan zu bitten.

»Wir können doch den Kammerjäger bestellen«, sagte Edith.

»Ha – und was wollen wir ihm sagen? Wonach soll er suchen?«

»Nach dem, was wir gesehen haben«, sagte Edith leicht verärgert. Vor wenigen Stunden noch hatte Charles selber den Kammerjäger vorgeschlagen. Das Gespräch mit ihm spannte sie auf die Folter, und gleichzeitig deprimierte es sie. Es war alles so vage und hoffnungslos; sie wollte am liebsten schlafen und die ganze Sache vergessen.

»Wir versuchen es mal mit 'ner Katze«, meinte Charles. »Farrow hat eine, die hat er von den Nachbarn übernommen. Du weißt doch – Farrow ist der Buchprüfer, er wohnt in der Shanley Road. Er hat die Katze ins Haus genommen, als die Leute nebenan umzogen. Seine Frau mag aber keine Katzen, sagte er. Sie hat –«

»Ich bin auch nicht gerade wild darauf«, sagte Edith. »Wir wollen keine Katze ins Haus nehmen.«

»Nein, das nicht. Aber diese könnten wir bestimmt mal leihweise kriegen. Sie fiel mir gerade ein, weil Farrow sagt, sie wäre so ein fabelhafter Jäger. Es ist übrigens 'ne Katze, kein Kater. Neun Jahre alt, sagt er.«

Am nächsten Abend brachte Charles die Katze mit. Er kam eine halbe Stunde später als sonst, weil er mit Farrow nach Hause gefahren war, um die Katze zu holen. Er und Edith schlossen Türen und Fenster und ließen dann im Wohnzimmer die Katze aus dem Korb. Sie war weiß mit grauscheckigen Streifen und schwarzem Schwanz. Sie blieb steif mitten im Zimmer stehen und blickte ablehnend und mit leicht verdrossener Miene um sich.

»Komm, Pussy, komm – na komm doch her.« Charles bückte sich, berührte sie aber nicht. »Du bist ja nur für einen oder zwei Tage hier. Haben wir Milch im Hause, Edith? Oder Sahne, das wäre noch besser.«

Sie machten für die Katze ein Lager in einem Pappkarton, legten ein altes Handtuch hinein und stellten den Karton in eine Ecke des Wohnzimmers. Aber die Katze legte sich lieber ans Fußende des Sofas. Sie hatte das Haus oberflächlich inspiziert und keinerlei Interesse an Winkeln und Schränken gezeigt, worüber Edith und Charles enttäuscht waren. Edith meinte, die Katze sei sicher viel zu alt, um irgend etwas zu fangen.

Am nächsten Morgen rief Mrs. Farrow an und sagte, sie könnten die Katze behalten, wenn sie wollten. »Es ist ein gesundes Tier, und sehr sauber. Bei mir ist es einfach so, daß ich Katzen nicht gern habe. Wenn Sie sie also mögen – oder wenn die Katze Sie mag –«

Edith wand sich mit überreichlichen Dankesworten und Erklärungen heraus; sie berichtete, warum sie die Katze brauchten, und versprach, Mrs. Farrow übermorgen wieder anzurufen. Sie sagte, sie und Charles hätten den Verdacht, es seien Mäuse im Haus; sie wollten aber gern sicher sein, bevor sie den Kammerjäger bestellten. Sie war einigermaßen erschöpft nach ihrem Wortschwall.

Die Katze verschlief den größten Teil des Tages, entweder auf dem Sofa oder am Fußende des Bettes oben im Schlafzimmer, was Edith nicht gern sah; aber sie wollte sie nicht reizen und tat deshalb nichts. Sie redete ihr sogar freundlich zu und trug sie auf dem Arm an die offenen Schranktüren, wo sich Pussy jedoch jedesmal steif abwandte, nicht etwa aus Furcht, sondern aus Langeweile. Den Thunfisch, den Mrs. Farrow angeraten hatte, fraß sie jedoch gern.

Freitag nachmittag saß Edith am Küchentisch und putzte Silber, als sie das Ding neben sich über den Fußboden flitzen sah – es kam von hinten und schoß wie eine braune Rakete durch die Küchentür ins Eßzimmer. Sie sah, wie es sich nach rechts wandte und ins Wohnzimmer huschte, wo die Katze lag und schlief.

Edith stand schnell auf und trat an die Wohnzimmertür. Nichts war mehr zu sehen, und auf dem Sofa lag die Katze mit geschlossenen Augen, den Kopf auf die Pfoten gebettet. Ediths Herz klopfte laut. In die Angst mischte sich nervöse Ungeduld, einen Augenblick lang hatte sie das Gefühl von Chaos und völliger Verwirrung. Das Tier war hier im Zimmer, und die Katze rührte sich nicht! Und um sieben kam das Ehepaar Wilson zum Essen; sie hatte kaum Zeit, Charles die Sache zu erzählen, weil er sich vorher noch waschen und umziehen wollte, und in Gegenwart der Gäste konnte und wollte sie nichts davon sagen, obgleich die Wilsons alte Bekannte waren. Das Gefühl des Chaos wurde zu ohnmächtiger Empörung; Tränen brannten in ihren Augen. Sie stellte sich vor, wie der Abend verlaufen würde, wie nervös und ungeschickt sie sich gewiß benahm, alle möglichen Sachen würde sie fallen lassen und doch nicht sagen können, was eigentlich mit ihr los war.

»Das Yuma – das verdammte Yuma«, sagte sie erbost mit halblauter Stimme, als sie in die Küche zurückging und trotzig das Silber fertig putzte, bevor sie sich ans Tischdecken machte.

Das Dinner verlief dann jedoch sehr gut, ohne zerbrochenes Geschirr und verbrannte Speisen. Christopher und Frances Wilson wohnten am anderen Ende des Dorfes; sie hatten zwei Söhne von sieben und fünf. Christopher war Syndikus bei Pan Com.

»Du siehst ziemlich müde aus, Charles«, meinte Christopher. »Habt ihr nicht Lust, am Sonntag mit uns rauszufahren?« Er blickte seine Frau an. »Wir wollten nach Hadden zum Schwimmen und dann ein Picknick machen – nur wir und die Kinder. Schön viel frische Luft.«

»Ach –« Charles wartete auf eine Ablehnung von Edith, aber

sie schwieg. »Vielen Dank, bloß – wir wollten eigentlich mit dem Boot raus, weißt du, aber nun haben wir uns eine Katze ausgeliehen, und wir können sie wohl nicht gut den ganzen Tag allein lassen.«

»Eine Katze ausgeliehen?« fragte Frances Wilson.

»Ja – wir dachten, wir hätten vielleicht Mäuse im Haus, das wollten wir gern feststellen«, meinte Edith lächelnd.

Frances sagte noch ein paar Worte über die Katze, dann war das Thema erledigt. Pussy war jetzt sicher oben, dachte Edith. Sie verschwand immer nach oben, wenn Fremde ins Haus kamen.

Später, als die Gäste fort waren, erzählte Edith ihrem Mann von dem Tier, das sie wieder in der Küche gesehen hatte, und von der Katze, die so gleichgültig auf dem Sofa liegengeblieben war. »Ja, das ist ja das Dumme: es macht keinerlei Geräusch«, meinte Charles und runzelte die Stirn. »Bist du auch ganz sicher, daß du es gesehen hast?«

»So sicher, wie daß ich es überhaupt jemals gesehen habe«, erwiderte Edith.

»Laß uns noch ein paar Tage abwarten mit der Katze«, schlug Charles vor.

Am nächsten Morgen – Samstag – kam Edith gegen neun von oben, um Frühstück zu machen, und blieb erstarrt stehen, als ihr Blick auf den Fußboden im Wohnzimmer fiel. Da lag das Yuma, tot – zerfleischt am Kopf und Bauch und Schwanz. Vom Schwanz war nur noch ein zernagter Stumpf von etwa fünf Zentimeter Länge zu sehen, vom Kopf gar nichts – es war keiner da. Das Fell war braun, an den noch blutig-feuchten Stellen fast schwarz.

Edith drehte sich um und lief die Treppe hinauf.

»Charles!«

Er war wach, aber noch verschlafen. »Ja – was ist?«

»Die Katze hat es gefangen. Es liegt unten auf dem Fußboden, mitten im Zimmer. Bitte komm doch runter, ja? Ich kann nicht – wirklich –«

»Aber natürlich, Liebes.« Charles warf die Decke zurück und

war schon aus dem Bett. Sekunden später war er unten. Edith folgte ihm.

»Hm – ganz schön groß«, sagte er.

»Was ist es?«

»Das weiß ich nicht. Laß – ich hole die Schaufel.« Er ging in die Küche. Edith sah ihm in einiger Entfernung zu, wie er alles mit Hilfe einer zusammengerollten Zeitung auf die Kehrichtschaufel schob. Er betrachtete das blutige Häufchen, die zerbissene Luftröhre, die Knochen. Die Füße hatten kleine Krallen.

»Was ist es? Ein Wiesel?« fragte Edith.

»Keine Ahnung. Wirklich, ich weiß es nicht.« Charles wickelte die Reste eilig in Zeitungspapier. »Ich werd's in den Mülleimer tun. Montag ist doch Müllabfuhr, nicht wahr?«

Edith antwortete nicht.

Er ging durch die Küche, und sie hörte den Deckel des Mülleimers klappern, der draußen vor der Küchentür stand.

»Wo ist die Katze?« fragte sie, als er wieder hereinkam.

Charles wusch sich die Hände am Spülstein. »Keine Ahnung.« Er nahm den Mop, ging damit ins Wohnzimmer und scheuerte die Stelle, wo das Tier gelegen hatte. »Stark geblutet kann es nicht haben – ich sehe hier überhaupt kein Blut.«

Während sie noch beim Frühstück saßen, kam die Katze durch die vordere Haustür. Edith hatte sie geöffnet, um das Wohnzimmer zu lüften, obgleich sie keinerlei Geruch festgestellt hatte. Die Katze hob kaum den Kopf, blickte sie müde an und gab ein langes »Miauu« von sich – den ersten Ton, seit sie im Hause war.

»Brave Pussy!« sagte Charles laut. »Eine ganz brave Pussy bist du.«

Aber die Katze wich der Hand aus, die sie streicheln wollte, und schlich langsam in die Küche, wo der Napf mit dem Thunfisch stand.

Charles lächelte Edith zu, und sie bemühte sich, das Lächeln zu erwidern. Ihr Ei hatte sie aufgegessen, aber von dem Toast brachte sie keinen Bissen mehr hinunter.

Nach dem Frühstück holte sie den Wagen aus der Garage und machte ihre Einkäufe, aber es geschah wie in einem Nebel. Sie ging umher und grüßte wie üblich die Bekannten, die sie unterwegs traf, nur spürte sie keinerlei Kontakt zwischen sich und den anderen. Als sie nach Hause kam, lag Charles angezogen auf dem Bett, die Hände hinter dem Kopf verschränkt.

»Ich wußte gar nicht, wo du warst«, sagte Edith.

»Oh – entschuldige. Ich war ein bißchen müde.« Er setzte sich auf.

»Nichts zu entschuldigen. Schlaf doch ruhig, wenn du müde bist.«

»Ich wollte die Spinnweben aus der Garage rausmachen und mal gründlich durchfegen.« Er stand auf. »Bist du nicht froh, Kindchen, daß das – das Ding nun weg ist?« fragte er und zwang sich zu einem Lachen.

»Doch, natürlich. Weiß Gott, ja.« Aber ihr war immer noch deprimiert zumute, und sie merkte, daß es Charles ebenso ging. Zögernd blieb sie in der Tür stehen. »Was es wohl für ein Tier war? Das würde ich doch gern wissen.« Wenn wir bloß den Kopf gefunden hätten, dachte sie; aussprechen konnte sie es nicht. Der Kopf mußte doch noch irgendwo auftauchen, im Haus drinnen oder im Garten. Den Schädel konnte die Katze nicht gefressen haben.

»So was Ähnliches wie ein Wiesel, meine ich«, sagte Charles. »Wir können die Katze jetzt zurückbringen, wenn du willst.«

Sie beschlossen, noch bis morgen zu warten und dann die Farrows anzurufen.

Pussy schien jetzt zu lächeln, wenn Edith sie ansah. Es war ein müdes Lächeln, oder saß die Müdigkeit nur in den Augen? Sie war immerhin neun Jahre alt. Edith blickte immer wieder zu ihr hinüber, als sie an diesem Wochenende ihrer Arbeit nachging. Die Katze hatte jetzt ein anderes Gesicht: Sie sah aus, als habe sie ihre Aufgabe pflichtgemäß erfüllt und wisse das auch, sei aber nicht besonders stolz darauf.

Es war komisch, aber Edith hatte das Gefühl, als bestehe da ein Bündnis zwischen der Katze und dem Yuma oder was immer es für ein Tier gewesen war. Als seien die beiden so etwas wie Bundesgenossen, oder seien es gewesen. Beide waren Tiere und hatten einander verstanden, das eine – das stärkere – war der Feind, das andere die Beute. Und die Katze hatte das Tier gesehen, vielleicht auch gehört, und hatte ihre Krallen in seinen Leib geschlagen. Vor allem hatte die Katze keine Angst gehabt, wie sie und sogar Charles Angst gehabt hatten. Und während ihr das alles durch den Kopf ging, wurde es Edith klar, daß sie die Katze nicht mochte. Sie sah so mürrisch aus, so voller Mißtrauen. Und bestimmt mochte die Katze sie und Charles auch nicht leiden.

Edith hatte sich vorgenommen, am Sonntag nachmittag gegen drei mit Mrs. Farrow zu telefonieren, aber Charles ging nach Tisch selbst an den Apparat und sagte, er werde anrufen. Sie hatte etwas wie Angst davor, auch nur Charles' Teil des Gesprächs mit anzuhören, doch sie blieb mit der Zeitung auf dem Sofa sitzen und hörte zu.

Charles bedankte sich zunächst überschwenglich und berichtete, die Katze habe ein Tier gefangen, das wie ein großes Eichhörnchen oder ein Wiesel aussehe. Das sei sehr erfreulich, aber behalten wollten sie Pussy nun doch nicht, so nett sie auch sei; konnten sie sie heute zurückbringen, so gegen sechs? Ja, aber – die Sache ist ja nun erledigt, wissen Sie, und wir sind Ihnen schrecklich dankbar, aber . . . Ja, ganz bestimmt, ich werde mich im Betrieb mal umhören, ob dort jemand eine Katze gebrauchen kann.«

Er legte den Hörer aufatmend hin und öffnete seinen Kragen. »Uff – das war ein Stück Arbeit! Ich komme mir richtig schäbig vor. Aber es hat doch keinen Zweck zu behaupten, daß wir die Katze behalten möchten, wenn wir sie doch los sein wollen, findest du nicht?«

»Ganz bestimmt. Aber wir müßten ihnen irgendwas mitbringen, eine Flasche Wein oder so was.«

»Ja, das ist eine gute Idee. Haben wir noch Wein?«

Nein, Wein war nicht mehr da. An ungeöffneten Flaschen fand sich nichts als eine Flasche Whisky, die Edith befriedigt zum Mitnehmen vorschlug. »Sie haben uns ja wirklich einen großen Gefallen getan«, meinte sie.

»Ja, das stimmt«, sagte Charles lächelnd. Er wickelte die Flasche in eines der grünen Seidenpapiere ein, die der Weinhändler immer zum Verpacken benutzte, setzte die Katze in ihren Korb und machte sich auf den Weg. Edith hatte keine Lust mitzukommen, aber er sollte ja nicht vergessen, auch in ihrem Namen herzlich zu danken.

Sie setzte sich mit der Zeitung aufs Sofa und versuchte zu lesen, doch ihre Gedanken waren nicht bei der Sache. Die Augen schweiften durch das leere Zimmer, über die unteren Treppenstufen und durch die Wohnzimmertür. Es war ganz still im Haus.

Nun war es tot, das kleine Yumababy. Warum sie es sich immer als Baby vorstellte, wußte sie nicht. Was für ein Baby überhaupt? Aber für jung hatte sie es immer gehalten, wenn auch gleichzeitig für grausam. Und es hatte die ganze Bosheit und Tücke der Welt gekannt, der menschlichen und der tierischen Welt. Das Genick war ihm durchgebissen worden, von der Katze. Sie hatten den Kopf nicht gefunden.

Edith saß noch auf dem Sofa, als Charles zurückkam. Langsam trat er ins Zimmer und ließ sich in den Sessel fallen.

»Du – sie wollten sie eigentlich gar nicht wiederhaben.«

»Wieso – was meinst du?«

»Ja – es ist nicht ihre eigene Katze, weißt du. Sie haben sie nur aus Freundlichkeit übernommen, als die Leute von nebenan wegzogen. Die sind nach Australien ausgewandert und konnten die Katze nicht mitnehmen. Nun treibt sie sich so ein bißchen in beiden Häusern herum, aber ihr Futter bekommt sie bei den Farrows. Eigentlich traurig.«

Unwillkürlich schüttelte Edith den Kopf. »Ich mochte sie nicht, Charles. Und für eine neue Familie ist sie auch schon zu alt, meinst du nicht?«

»Kann sein, ja. Na, verhungern wird sie jedenfalls nicht bei den Farrows. Würdest du uns wohl einen Tee machen, Kindchen? Das wäre mir lieber als was Alkoholisches.«

Abends rieb sich Charles die Schulter mit Rubriment ein und ging dann früh ins Bett. Edith wußte, er fürchtete einen Rückfall des alten Rheumaleidens.

»Ich werde alt, du«, sagte er. »Jedenfalls komme ich mir heute abend richtig alt vor.«

Edith ging es ebenso. Melancholie hing über ihr. Sie stand vor dem Spiegel im Bad und besah sich die kleinen Falten unter den Augen, die ihr heute stärker auffielen als sonst. Der Sonntag war anstrengend gewesen. Aber das Grauen war nun aus dem Haus, das war eine große Erleichterung. Fast zwei Wochen hatte sie in Angst gelebt.

Das Yuma war tot, und jetzt wußte sie auch, was das alles zu bedeuten hatte, oder konnte es jedenfalls zugeben. Das Yuma hatte die Vergangenheit zurückgebracht, eine dunkle böse Schlucht. Es hatte die Zeit zurückgebracht, da sie ihr Kind verloren hatte – absichtlich. Charles' bitterer Kummer war wieder lebendig geworden und seine zur Schau getragene Ungerührtheit. Ihre alte Schuld war aufgestanden. Und Charles – war es ihm vielleicht ebenso ergangen? Kein Mensch, kein Erwachsener auf der ganzen Welt hatte eine völlig einwandfreie Vergangenheit, eine Vergangenheit ohne Schuld und Fehl . . .

Ein paar Tage später war Charles eines Abends dabei, mit dem Gartenschlauch die Rosen zu wässern, als er plötzlich in dem runden Loch des Vogelhäuschens ein Tiergesicht erblickte. Es war genau das gleiche Gesicht wie das andere, von Edith beschriebene, das er nie aus dieser Nähe gesehen hatte: starre schwarze Augen, ein rabiater kleiner Mund und die argwöhnische Bosheit, von der Edith so beeindruckt gewesen war. Charles vergaß den Schlauch, das Wasser spritzte hoch gegen die Mauer. Er ließ den Schlauch fallen und wandte sich zum Haus, um den Wasserhahn abzustellen; dann wollte er sofort das Vogelhaus abnehmen und nachsehen, was darin war. Gleichzeitig fiel ihm ein, daß das Kästchen ja gar nicht groß genug war für ein Tier, wie es die Katze gefangen hatte. Das konnte es also nicht sein.

Er lief auf das Haus zu und hatte es fast erreicht, als er Edith sah. Sie stand in der Tür und blickte auf das Vogelhaus.

»Da ist es schon wieder!«

»Ja.« Er drehte den Wasserhahn zu. »Jetzt werd ich mir mal ansehen, was das ist.«

Eilig ging er auf das Vogelhaus zu, doch auf halbem Wege blieb er stehen und starrte auf die Gartenpforte.

Durch die offene Tür kam Pussy, zerzaust und erschöpft, fast beschämt sah sie aus. Sie kam mit normalen Schritten und trottete dann etwas mühsam und mit gesenktem Kopf auf Charles zu.

»Sie ist wieder da«, sagte er.

Edith fühlte den Schleier aus dunkler würgender Angst, der auf sie zukam. Es war alles so vorausbestimmt, so fürchterlich unabwendbar. Mehr Yumas würden kommen, immer mehr. Wenn Charles jetzt gleich das Vogelhaus ausschüttelte, dann war natürlich nichts darin. Dann würde das Yuma wieder im Hause auftauchen, und Pussy würde es wieder fangen. Sie und Charles waren ihm ausgeliefert, sie konnten ihm nicht mehr entrinnen.

»Stell dir vor, die hat den ganzen Weg allein zu uns zurückgefunden – zwei Meilen!« Charles nickte seiner Frau überrascht lächelnd zu. Aber Edith mußte die Zähne zusammenbeißen, um nicht laut aufzuschreien.

Der Fehltritt Madame Phlois

Lilian Jackson Braun

Von Anfang an verspürte Madame Phloi gegenüber dem Mann, der im Apartment nebenan einzog, eine instinktive Abneigung. Er war fett, und seinen Hosenschlägen entströmte der unangenehme Geruch eines Hydranten.

Das erste Mal begegneten sich die beiden im altersschwachen Aufzug, der in den zehnten Stock des betagten Gebäudes hochschlingerte, das einmal ein vornehmes Haus gewesen war, mittlerweile jedoch fast auseinanderfiel. Madame Phloi war durch den Stadtpark gebummelt, hatte Gras gekaut und verblichene Schmetterlinge gejagt, und als sie und ihre Begleiterin für die langsame Fahrt nach oben in den Aufzug traten, war die Kabine fast vollständig vom neuen Nachbarn ausgefüllt.

Der fette Mann und die Madame stellten einen Gegensatz dar, der in diesem Wohnhaus mit der glänzenden Vergangenheit und der fehlenden Zukunft nichts Ungewöhnliches darstellte. Er war massig, abstoßend und nachlässig gekleidet. Madame Phloi war eine langbeinige Aristokratin mit blauen Augen, deren cremefarbenes, rehbraunes Fell sich an den Beinen in ein tiefes Braun verfärbte.

Die Madame mißbilligte fette Menschen. Sie hatten keinen Schoß, und was soll man mit einem Menschen ohne Schoß schon anfangen? Nichtsdestotrotz erwies sie ihm die allgemein übliche Liebenswürdigkeit, seinen Hosenschlag zu beschnuppern, sprang jedoch augenblicklich einen Satz zurück, zuckte mit der Nase und atmete durch den Mund.

»*Machen* Sie, daß diese Katze von mir weg kommt«, schrie der fette Mann, und stampfte donnernd mit den Füßen auf, um Madame Phloi zu verscheuchen. Ihre Begleiterin zog an der Leine, obwohl es dafür keinen Bedarf gab – die Madame hatte sich bis in eine sichere Ecke des Aufzugs zurückgezogen, der erbebt war und ächzend mit seiner Fahrt nach oben fortfuhr.

»Mögen Sie keine Tiere?« fragte die sanfte Stimme am anderen Ende der Leine.

»Scheußliche, hinterhältige Biester sind das!« meinte der Fette wütend. »Wo ich zuletzt gewohnt habe, hat sich irgendeine miese Katze in mein Zimmer geschlichen und meinen Sittich aufgefressen.«

»Das tut mir aber leid. Wirklich. Um Madame Phloi und Thapthim brauchen Sie sich jedoch keine Sorgen machen. Außerhalb des Apartments sind sie immer an der Leine.«

»Sie haben *zwei* davon? Na, das ist ja wunderbar! Halten Sie sie mir ja vom Leib, sonst breche ich ihnen ihr verdammtes Genick. Das letzte Mal habe ich als Vierzehnjähriger einer Katze den Hals umgedreht; ich weiß aber noch genau, wie es gemacht wird.«

Dann stieß der fette Mann mit dem langen, schwarzen Kasten in der Hand nach Madame Phloi, die sich nichts hatte zuschulden lassen kommen und mit zurückgelegten Ohren und völlig verkrampft in ihrer Ecke saß. Ihr sträubte sich das Fell, und sie versuchte davonzustürzen. Auch als ihre Begleiterin sie in ihre schützenden Arme nahm, war Madame Phlois Körper noch angespannt und zitterte.

Doch erst bei ihrer sicheren Ankunft daheim in ihrem bescheidenen, aber großzügig mit Kissen ausgestatteten Apartment entspannte sich Madame Phloi. Mit steifen Beinen spazierte sie zum sonnigen Fleck auf dem Teppich, an dem Thapthim schlief und leckte ihm über den Kopf. Dann putzte sie sich selbst am ganzen Körper – damit sie den Geruch des fetten Mannes in ihrem Fell loswurde. Thapthim wurde nicht wach.

Dieses verschlafene, überhaupt nicht ehrgeizige, liebenswürdige Geschöpf – ihr Sohn – war Madame Phloi, die selbst so feinfühlig und temperamentvoll war, ein Rätsel. Sie versuchte nicht, ihn zu verstehen; sie liebte ihn, das war alles. Stunden verbrachte sie damit, ihm seine Pfoten, seine Brust und andere Teile seines Körpers zu putzen, die er mit Leichtigkeit auch mit seiner eigenen Zunge hätte erreichen können. Gab es etwas zum Fressen, kaute sie ganz langsam, damit auch auf ihrem Teller etwas für ihn zum Nachtisch übrigblieb, und immer schlang er die Sonderportion mit Heißhunger in sich hinein. Wenn er schlief, was meistens der Fall war, wachte sie an seiner Seite und saß in großspuriger, königlicher Haltung neben ihm, bis sie vor Erschöpfung zu wanken begann. Dann legte sie sich zu einem kleinen Bündel zusammen und döste, ein Auge offen, vor sich hin.

Thapthim war wirklich liebenswert. Er gefiel anderen Katzen, großen und kleinen Hunden, Menschen, und sogar in eingeschränkter Weise ausgesprochenen Katzenhassern. Sein Gesicht glich einer schönen Blume, er hatte blaue Augen, war sanft und vertrauensvoll. Schon als kleines Kätzchen hatte er bereitwillig geschnurrt, wenn er von einer Hand berührt wurde – ganz gleich, zu wem diese Hand gehörte. Schließlich wurde er derart liebenswürdig, daß er schon schnurrte, wenn irgend jemand von der anderen Seite des Zimmers aus zu ihm herüberschaute. Darüber hinaus kam er, sobald er gerufen wurde, und schlang dankbar alles in sich hinein, was man ihm auf seinem Teller servierte, und wenn man ihm sagte, er solle von irgendwo herunterkommen, dann tat er das auch.

Seine weise Mutter schätzte dieses Verhalten, das so gar nicht zu einer Katze passen wollte, überhaupt nicht. Es war ein Zeichen für eine gewisse Charakterschwäche, und daraus würde nichts Gutes erwachsen. Sie versuchte, selber mit gutem Beispiel voranzugehen. Wenn das Essen serviert wurde, schnupperte sie hochmütig am Teller und spazierte davon, ganz gleich, wie sehr das Mahl sie verlocken mochte. Jede Katze mit einem Funken Respekt vor sich selbst machte das so. Ein paar Minuten später kam sie dann zurück und ließ sich dazu herab, zu speisen, doch nie mit offenem Enthusiasmus.

Darüber hinaus sprang eine richtige Katze weg, wenn sich ihr Menschenhände entgegenstreckten, ließ sie hinter sich herjagen und zierte sich ein Weilchen, bevor sie zuließ, sich fangen und liebkosen zu lassen. Thapthim, das muß man leider sagen, beantwortete jeden freundlichen Annäherungsversuch damit, daß er sich herumwälzte, schnurrte und schmachtend hochschaute.

Nicht im Schrank mit den Töpfen und Pfannen schlafen. Auf dem Tisch mit dem Tintenfaß zu sitzen ist erlaubt. Auf dem Tisch mit der Kaffeekanne zu sitzen, ist immer verboten.

Die traurige Wahrheit bestand darin, daß Thapthim diese Regeln befolgte. Madame Phloi hinegen wußte, daß eine Regel eine Herausforderung darstellte, und daß es eine Sache der Integrität war, gegen sie zu verstoßen. Zu gehorchen bedeutete, seine Würde zu opfern . . . Es hatte den Anschein, als ob ihr Sohn die wahren Werte des Lebens niemals lernen würde.

Sicher, Thapthim wurde seines guten Charakters wegen in der aus Tintenfässern und Kaffeekannen bestehenden Welt der Menschen angehimmelt. Doch Madame Phloi brachte man gleichermaßen Bewunderung entgegen – und das aus den richtigen Gründen heraus. Ihr brachte man aufgrund ihrer Unabhängigkeit Respekt entgegen, man bewunderte sie wegen der klugen Methoden, mit denen sie sich durchsetzte, und liebte den schwarzen Fleck auf ihrer weißen Brust, den Knick in ihrem Schwanz und den argwöhnischen Blick ihrer ritterspornblauen Augen. Sie hatte größere Ähnlichkeit mit einer echten Siamkatze als ihr Sohn. Ihr Gesicht war klein und wirkte munter. Indem sie herausfordernd den Kopf hob, einen mit herzerweichenden, leicht ärgerlichen Augen anstarrte, war sie imstande, einem ein Porterhousesteak unter dem Besteck wegzulocken.

Bis zu dem Zeitpunkt, an dem der fette Mann und sein schwarzer Kasten nebenan einzogen, war Madame Phloi nie einer unfreundlichen Seele begegnet. In ihrer Wohnung im zehnten Stock hatte sie sich zu zwei Menschen, einem Mann und einer Frau gesellt – freundlichen, namenlosen Kreaturen, die viel aus und ein gingen. Der Mann war ein leichtes Opfer für kleine Zwischenmahlzeiten; ein leichtes Klopfen gegen seinen Fußknöchel bewirkte immer, daß er einen Löffel Hüttenkäse hervorzauberte. Die Frau diente in kalten Nächten als Wärmflasche und tat der Madame umgehend den Gefallen, den Bauch zu streicheln oder die Wangenknochen zu massieren, wann immer die Madame das wollte. Sie murmelte der Madame auch mit sanfter Stimme schmeichelhafte Dinge zu, die sie vor Vergnügen die Augen zusammenkneifen ließ.

Doch das Leben bestand nicht nur aus Liebe und Hüttenkäse. Madame Phloi hatte eine regelmäßige Arbeit. Sie paßte offiziell auf den Haushalt auf und behielt dabei auch die Umgebung im Auge.

Sechs Fenster mußten bewacht werden, denn um das Abwasserrohr des Gebäudes herum führte ein breiter Sims an den Fensterbänken des zehnten Stocks entlang; dieser diente den Tauben als Promenade. Dort stolzierten sie entlang, durchsuchten ihr Gefieder und ignorierten die Madame, die auf dem Sims saß und sie leidenschaftslos, aber genau durch das Fliegengitter hindurch beobachtete.

Während am Tag das Aufpassen ihr Job war, war es nach Einbruch der Dunkelheit das Lauschen, und das erforderte noch größere Konzentration. Madame Phloi horchte nach Geräuschen in den Wänden, hörte, wie die Ameisen kauten, das Wasser aus den Rohren sickerte und zuweilen der alte Putz aufplatzte; meistens jedoch belauschte sie die Geister von Generationen verstorbener Mäuse.

Kurz nach dem Vorfall im Aufzug beschäftigte sich Madame Phloi eines Abends wieder einmal damit, zu lauschen; Thapthim schlief, und die anderen beiden blätterten ruhig die Seiten ihrer Bücher um, als ein befremdliches und schreckliches Geräusch aus der Wand drang. Die Ohren der Madame schnellten aufmerksam in die Höhe, dann legten sie sich flach gegen den Kopf.

Ein endloses, gellendes Kreischen kam aus der Wand; nie zuvor hatte die Madame etwas Ähnliches gehört. Der Lärm ließ das Blut gefrieren und marterte die Trommelfelle. Er war so schmerzhaft schrill, daß Madame Phloi den Kopf zurückwarf und sich mit einem durchdringenden Geheul beschwerte. Das schmerzhafte Kreischen weckte sogar Thapthim. Alarmiert schaute er sich um, schüttelte wild den Kopf und schlug sich mit den Krallen gegen die Ohren, um den verletzenden Krach loszuwerden.

Auch die anderen hörten es.

»Hör dir das an!« sagte die Frau mit der sanften Stimme.

»Es muß der Mann nebenan sein«, sagte der Mann. »Das ist ja unglaublich!«

»Ich kann mir nicht vorstellen, daß jemand derart Grobes, etwas so Hervorragendes zustande bringen kann. Ist das nicht Prokofiev?«

»Nein. Ich glaube, es ist Bartók.«

»Heute im Aufzug hatte er seine Geige dabei. Er versuchte, Phloi damit eins über den Kopf zu geben.«

»Er ist nicht ganz richtig im Kopf ... Schau dir nur die Katzen an – offensichtlich machen sie sich nichts aus Geigen.«

Madame Phloi und Thapthim stürzten aus dem Zimmer, stießen zusammen, als sie unter das Bett schossen, um sich zu verstecken.

Es war nicht das einzige Geräusch, das in jenen aufwühlenden Tagen aus dem angrenzenden Apartment drang, nachdem der fette Mann dort eingezogen war. Am folgenden Abend hörte Madame Phloi, die gerade ins Wohnzimmer gekommen war, um mit dem Lauschen zu beginnen, durch die Wand ein gedämpftes klimperndes Geräusch, das von einem äußerst gesprächig klingenden Zwitschern begleitet wurde. Das war Musik in ihren Ohren; sie ließ sich auf dem Sofa nieder, um sie zu genießen, und steckte ihre braunen Pfoten fein säuberlich unter ihren cremefarbenen Körper.

Es dauerte jedoch nicht lange, und ihre Zufriedenheit wurde gestört. Wie Donner toste die Stimme des fetten Mannes durch die Wand.

»Schau dir nur an, was du da angerichtet hast, du dreckiges Stinktier!« brüllte er. »Genau in meine Geige! Mach, daß du wieder in deinen Käfig kommst, sonst schlag ich dir den Schädel ein!«

Hektisches Flügelschlagen war zu hören.

»*Komm* sofort vom Fenster da herunter, sonst brech ich dir sämtliche Knochen!«

Diese Drohung bewirkte lediglich ein wildes Zwitschern.

»Halt den Schnabel, du dämmlicher Trottel! Halt den Schnabel und mach, daß du in diesen Käfig kommst, sonst . . .«

Ein gewaltiges Splittern und Krachen ertönte, und bis auf ein gelegentliches, klägliches »Piep!« war alles ruhig.

Madame Phloi war fasziniert. Als sie am nächsten Tag wieder ihren Wachposten einnahm, schienen ihr die Tauben eher langweilige Unterhaltung zu bieten. Sie hatte die Familie an jenem Morgen auf die übliche, ihr eigene Art geweckt, indem sie aufmerksam auf ihre Stirnen starrte, während sie noch schliefen. Dann vergnügte sie sich mit Thapthim in der Badwanne beim Hockeyspiel mit einem Tischtennisball. Es folgte eine Schüssel voller Makrelen, und nach dem Frühstück bezog die Madame wieder ihren Posten am Wohnzimmerfenster. Alle waren den Tag über weg, man hatte jedoch noch das Fenster geöffnet und ein kleines Kissen auf die kühle Fensterbank aus Marmor gelegt.

Dann saß Madame Phloi da – ein kleines, aber waches Fellbündel, das in der willkommenen Sommerluft schnupperte, alles sah und alles wußte. So wußte sie zum Beispiel, daß die Person, die in diesem Augenblick gerade durch den Flur im zehnten Stock ging, alte Tennisschuhe trug und leicht hinkte, daß sie an der Tür zu ihrem Apartment stehenbleiben, ihren Eimer hinstellen und sich mit einem Nachschlüssel Zutritt verschaffen würde.

Sie machte sich kaum die Mühe, ihren Kopf zu drehen, als der Fensterputzer eintrat. Er gehörte zu ihrem regelmäßigen Hofstaat an Bewunderern, roch freundlich, obwohl der Geruch an feuchte Keller und Aufnehmer denken ließ, und was er sagte, war vernünftig. Er gab sich nicht diesen mit Fistelstimme geäußerten Torheiten hin, mit denen manche Leute die Intelligenz der Madame beleidigten.

»Hüpf da runter, Kätzchen!« sagte er mit melodischer Stimme. »Charlie muß das Fliegengitter herausnehmen. Schau, ich habe dir auch etwas Käse mitgebracht.«

Er hielt ihr eine bescheidene Portion Käse hin, und Madame

Phloi unterzog es einer genaueren Untersuchung. Unglücklicherweise war es die falsche Sorte, und sie schüttelte wählerisch ihre Pfote.

»Du bist eine ganz schön anspruchsvolle Katze«, lachte Charlie. »Nun gut, dann setz dich hierher und schau Charlie beim Fensterputzen an. Wehe, du springst auf den Sims hinaus! Ich werde nicht hinter dir herlaufen. Nein, Madame! Dieser alte Sims bröckelt ja schon. Eines Tages werden die Tauben einmal fest mit ihren Füßen auftreten, und weg ist er!... He, schau nur die Scherben da draußen! Irgend jemand hat ein Fenster eingeschlagen.«

Charlie setzte sich auf die Marmorfensterbank und zog den oberen Fensterteil bis auf seinen Schoß herunter. Während Madame Phloi sorgfältig jede seiner Bewegungen verfolgte, schlenderte Thapthim ins Zimmer, gähnte, streckte sich und verschlang den Käse.

»So, jetzt wird Charlie das Fliegengitter wieder einsetzen, und ihr beide könnt weiter diese verrückten Tauben beobachten. Auch das Fliegengitter fällt ja allmählich auseinander! Der ganze Bau hier scheint mir zusammenzubrechen.«

Er vergaß nicht, das Kissen wieder auf die kühle, harte Fensterbank zu legen, und ging weiter, um das nächste Fenster zu putzen. Die Madame setzte sich wieder auf ihren Posten und nahm ganz am Rand des Kissens Platz, damit Thapthim den größten Teil davon für sich haben konnte.

Die Tauben waren an diesem Morgen spät dran. Wahrscheinlich hatte der Fensterputzer sie verscheucht. Als Madame Phloi geduldig auf den ersten Besucher wartete, der mit graublauem Flügelschlag herunterglitt, bemerkte sie die winzige Öffnung im Fliegengitter. Jedes Loch, so klein es auch sein mochte, stellte eine Versuchung dar; Madame Phloi mußte einfach beweisen, daß sie sich hindurchwinden konnte, so eng der Schlitz auch war, und ob es einen guten Grund dafür gab oder nicht.

Sie wartete, bis Charlie aus dem Apartment hinausgehinkt war, dann fing sie an, mit ihrer Nase gegen das Fliegengitter zu drücken, zunächst mit Schwung, dann mit Hartnäckigkeit. Zentimeter um Zentimeter löste sich das verrostete Gitternetz vom

Rahmen, bis die gesamte Ecke lose herabhing und Madame Phloi hindurchglitt – Nase und Ohren, die schlanken Schultern, die zierlichen Vorderfüße einer Prinzessin, der gertenschlanke Rumpf, die mageren Flanken, Stahlfedern gleichende Hinterbeine, und schließlich der stolze braune Schwanz. Das erste Mal in ihrem Leben befand sie sich auf der Taubenpromenade. Ein köstlicher Schauder überkam sie.

Auf der anderen Seite des Fliegengitters beobachtete der lethargische Thapthim, den die seltsame Wendung in den Ereignissen wachgerüttelt hatte, seine wagemutige Mutter mit etwa einen halben Zentimeter weit herabhängender, rosafarbener Zunge. Kurz berührten sich die beiden durch das Fliegengitter hindurch mit ihren Nasen, dann bewegte sich die Madame auf ihrer Erkundungsreise weiter voran. Vorsichtig und mit gezierten Schritten wagte sie sich vor – diese Tauben hatten wirklich keine allzu reinlichen Gewohnheiten.

Der Sims war etwa einen halben Meter breit. Behutsam näherte sich Madame Phloi dem Rand; die Nase auf dem Boden, den Schwanz in die Höhe gestreckt. Zehn Stockwerke tiefer gab es sich bewegende Objekte, jedoch nichts von Interesse, wie sie entschied. Mit zierlichen Bewegungen spazierte sie am äußersten Rand des Simses entlang, um die Scherben zu meiden, dann riskierte sie es, in Richtung des Apartments des fetten Mannes vorzustoßen, angetrieben von einer Neugier, die sie fast vergessen hatte.

Sein Fenster stand auf, kein Fliegengitter versperrte die Sicht; artig spähte Madame Phloi hinein. Der Länge nach auf dem Boden ausgestreckt lag der fette Mann, schnarchte, hob und senkte seinen dicken Bauch in einer Art Rhythmus. Einen Menschen auf dem Fußboden zu sehen war für die Madame immer ein Grund zur Beunruhigung, denn sie sah diesen als Domäne der Katzen an. Besorgt leckte sie sich über die Nase und starrte den fetten Mann aus ungeheuer großen Augen an; eine Iris lag auf hypnotische Weise etwas neben der Mitte. In einer dunklen Ecke des Zimmers schlug etwas mit den Flügeln und kreischte protestierend; der fette Mann wurde wach.

»Schttt! *Mach,* daß du hier rauskommst!« rief er, und kam unsicher auf die Beine.

Mit drei Sätzen legte Madame Phloi die Distanz auf dem Sims zu ihrem eigenen Fenster zurück, zwängte sich durch das Fliegengitter und befand sich in Sicherheit. Nachdem sie sich umgesehen hatte, um nachzuschauen, ob der fette Mann imstande war, sie zu verfolgen, und beruhigt feststellte, daß das nicht der Fall war, putzte sie Thapthim die Ohren, sich selbst die Pfoten und setzte sich hin, um auf die Tauben zu warten.

Wie jede normale Katze lebte Madame Phloi nach der Regel, alles dreimal zu machen. Dreimal widersetzte sie sich jeder Neuerung, bevor sie sie akzeptierte, dreimal versuchte sie ein Hindernis zu überwinden, bevor sie aufgab, dreimal probierte sie etwas Neues aus, bevor sie davon abließ. Infolgedessen unternahm sie noch zwei weitere Ausflüge auf die Taubenpromenade und überzeugte schließlich Thapthim davon, sich ihr anzuschließen.

Gemeinsam spähten sie über den Rand auf die Welt unter ihnen. Das Gefühl der Freiheit war berauschend. Unbekümmert setzte Thapthim einer niedrig fliegenden Taube nach und landete auf dem Rücken seiner Mutter. Sie ohrfeigte ihn dafür. Im Gegenzug versetzte er ihr einen Schlag auf die Nase. Sie balgten sich, wälzten sich auf dem Sims hin und her und hatten den tiefen Abgrund neben ihnen völlig vergessen; ausgelassen kniffen sie sich gegenseitig in ihr Hinterteil und fauchten sich mit heiseren Freudenlauten an.

Plötzlich und instinktiv kam Madame Phloi auf die Beine und duckte sich, um sich zu schützen. Der fette Mann hatte sich aus dem Fenster gebeugt.

»Hierher, miez, miez, miez!« sagte er in diesem Fistelstimmenton, den sie so sehr verabscheute, und hielt ihnen auf einer Untertasse irgendeinen Leckerbissen hin. Die Madame erstarrte, Thapthim jedoch richtete seine wunderschönen vertrauensvollen Augen auf den Fremden, spazierte den Sims entlang auf ihn zu. Schnurrend und freundlich mit dem Schwanz wedelnd, tappte er in die Falle. Alles geschah in Sekundenschnelle: die Untertasse wurde zurückgezogen und ein langer, schwarzer Kasten schlug wie ein Hockeyschläger nach Thapthim, fegte ihn vom Sims in den leeren Raum. Beim Fallen gab er nicht den kleinsten Laut von sich.

Als die Familie lachend und plaudernd heimkam, die Arme voller Pakete, wußte sie sofort, daß jemand fehlte. Keiner grüßte sie an der Tür. Madame Phloi kauerte niedergeschlagen auf der Fensterbank und starrte auf ein Loch im Fliegengitter; Thapthim war nicht aufzufinden.

»Schau dir das Fliegengitter an!« rief die sanfte Stimme.

»Ich wette, er ist auf den Sims hinausgeklettert!«

»Kannst du dich hinauslehnen und nachschauen? Sei bloß vorsichtig!«

»Halt du Phloi fest, ja?«

»Siehst du ihn?«

»Nicht die kleinste Spur! Es liegen eine Menge Glasscherben herum, und das Fenster nebenan ist eingeschlagen.«

»Meinst du, dieser Mann . . .? Mir wird übel.«

»Keine Sorge, Liebling! Wir werden ihn schon finden . . . Oh, die Klingel geht! Vielleicht bringt ihn ja jemand nach Hause.«

Charlie stand vor der Tür. Nervös und unbehaglich trat er von einem Bein auf das andere. »Entschuldigen Sie, meine Herrschaften«, sagte er. »Vermissen Sie eines Ihrer Kätzchen?«

»Ja! Haben Sie es gefunden?«

»Der arme Kerl!« meinte Charlie. »Ich fand ihn direkt unter Ihren Fenstern – dort, wo die Sträucher so dicht zusammenstehen.«

»Er ist tot!« stöhnte die sanfte Stimme auf.

»Ja, Ma'am. Es ist ein weiter Weg bis unten.«

»Wo ist er jetzt?«

»Ich habe ihn hinunter in den Keller gebracht, Ma'am, und werde richtig gut für ihn sorgen. Ich glaube nicht, daß Sie den armen Kerl sehen wollen.«

Immer noch starrte Madame Phloi auf das Loch im Fliegengitter und wartete auf Thapthim. Um sicherzugehen, überprüfte sie von Zeit zu Zeit auch die anderen Fenster. Als die Zeit verstrich und er immer noch nicht zurückkam, suchte sie hinter den Heizkörpern und unter dem Bett nach ihm. Neugierig spähte sie durch die offene Tür in den Schrank, in dem die Töpfe und Pfannen aufbewahrt wurden. Sie versuchte sich einen Weg in den Wandschrank zu bahnen, schnüffelte überall an der Haustür herum. Schließlich stand sie mitten im Wohnzimmer und rief mit hoher, klagender Stimme laut nach ihm.

Etwas später am gleichen Abend stattete Charlie dem Apartment einen weiteren Besuch ab.

»Ich wollte Ihnen nur berichten, Ma'am, wie gut ich für ihn gesorgt habe«, sagte er. »Ich habe eine Kiste geholt, die genau die richtige Größe hat. Eine weiße Kiste. Und ich habe ihn in ein Stück alten, blauen Vorhangstoff eingewickelt. Die Farbe paßt richtig gut zu seinem Fell. Dann habe ich den kleinen Kerl direkt unter Ihrem Fenster hinter den Büschen begraben.«

Und immer noch suchte Madame nach ihm, immer wieder kehrte sie zurück und betrachtete den Sims, von dem Thapthim verschwunden war. Sie verschmähte jegliche Nahrung, ließ jeden Versuch, sie zu trösten, abblitzen. Die ganze Nacht über saß sie mit großen Augen da und wartete im Dunkeln.

Das Wohnzimmerfenster war jetzt fest verschlossen. Als sie am folgenden Tag allein im einsamen Apartment zurückblieb, machte sie sich jedoch an den Fliegengittern im Schlafzimmer zu schaffen. Ein Gitter war neu und ein hoffnungsloser Fall; das zweite Fliegengitter war jedoch leicht angerostet, und bald bahnte sie sich vorsichtig ihren Weg durch einen Schlitz, der immer länger wurde, als sie sich auf den Sims hinauskämpfte.

Sie lavierte sich zwischen den Glasscherben hindurch, bis sie sich der Stelle näherte, von der Thapthim verschwunden war. Und dann passierte alles ein zweites Mal. Der fette Mann war wieder da und streckte ihr eine Untertasse entgegen.

»Hierher, miez, miez, miez!«

Madame Phloi duckte sich und wich zurück.

»Will das Kätzchen etwas Milch?« Erneut diese gräßliche Fistelstimme; dieses Mal lief sie jedoch nicht nach Hause zurück. Nur wenige Zentimeter außerhalb seiner Reichweite kauerte sie sich auf dem Sims zusammen.

»Braves Kätzchen! Braves Kätzchen!«

Vorsichtig kroch Madame Phloi auf die Untertasse in der ausgestreckten Faust zu; verstohlen streckte der fette Mann die andere Hand aus, schnalzte mit den Fingern, als wenn er einen Hund rufen würde.

Diagonal wich die Madame zurück – halb in Richtung auf ihr Zuhause, halb auf den gefährlichen Rand zu.

»Hierher, Kätzchen! Komm hierher, Kätzchen!« säuselte er und lehnte sich weiter nach draußen. Murmelnd sagte er jedoch: »Du dreckiger Schleicher! Dich erwische ich schon noch, und wenn es das letzte ist, was ich jemals tun werde. Warst wohl hinter meinem Vogel her, wie?«

Madame Phloi erkannte die Gefahr mit all ihren Sinnen. Ihre Ohren legten sich zurück, ihre Schnurrbarthaare krümmten sich, und ihr weißer Bauch drückte sich gegen den Sims.

Sie bewegte sich ein kleines Stück auf ihn zu, der fette Mann schnappte nach ihr. Sie zuckte einen Schritt zurück, mit ungerührtem Blick schaute sie in sein schwitzendes Gesicht. Sie bemerkte, wie er verstohlen die Untertasse beiseite stellte und langsam seinen fetten Bauch weiter aus dem Fenster schob.

Ein weiteres Mal bewegte sie sich fast bis in seine Reichweite, wieder stürzte er sich mit seinen mächtigen Armen auf sie.

Mit einer sanften Bewegung sprang die Madame beiseite.

»Jetzt bist du dran, du stinkende Katze«, rief er und stellte sich mit einem Knie auf die Fensterbank. Dann warf er sich auf Madame Phloi. Sie rutschte ihm durch die Finger, und er landete mit seinem ganzen Körpergewicht auf dem Sims.

Ein Stück davon bröckelte unter ihm weg. Der fette Mann brüllte auf; krampfhaft versuchte er, sich in der Luft festzuhalten, im selben Augenblick raste ein cremefarbener, brauner Strich davon. Der Mann gab durchaus Geräusche von sich, als er fiel.

Madame Phloi lag derweil bereits zusammengerollt auf ihrem Teppich im Wohnzimmer, genoß die warmen Sonnenstrahlen und putzte sich unschuldig ihren schönen braunen Schwanz.

Gingers Waterloo

Peter Lovesey

*Die Idee zu dieser Geschichte stammt von meinem Sohn Phil, der zur
Zeit mit dem Zug nach London unterwegs ist und dem ich herzlich
danken möchte.*

– P.L.

Und hier der Bericht, wie einem Böses widerfahren kann.

Ich stand auf dem neuen Bahnhof in meinem neuen Anzug für
den neuen Job und ohne die geringste Vorstellung davon, auf
was ich mich eingelassen hatte. Die regulären Fahrgäste strömten
über den Bahnsteig, um den Acht-Uhr-sechzehn-Zug nach
Waterloo zu erreichen.

Ein Blick auf die metallen glänzende Digitaluhr am Handgelenk
belehrte mich, daß mir bis zum Einlaufen des Zuges noch
acht Minuten blieben. Eine unerfreuliche Erkenntnis. Ich hätte es
vorgezogen, direkt auf einen wartenden Zug zugehen zu können,
ohne mich auf dieses Minenfeld begeben zu müssen.

Graue Wolken hingen schwer über Shipley. Regen war angesagt.
Aber eben nur angesagt. Leider. Selbst ein leichter Nieselregen
hätte es schon erfordert, näher unter der Überdachung des
Bahnhofs von Shipley zusammenzurücken. Dann wären die beiden
nicht überdachten Enden des Bahnsteigs verlassen gewesen
bis auf die wenigen, die bereit waren, notfalls auch ihre fest eingerollten
Schirme aufzuspannen.

Aber der Regen ließ auf sich warten. Seit ich mit Joyce vor drei
Wochen nach Winter Gardens 19 umgezogen war, war die
Sonne noch nicht ein einziges Mal durchgebrochen. Das Wetter
war hier genauso unerträglich wie die Einwohner. Ich versuchte,

mir einzureden, es sei jetzt immerhin Oktober, eine Jahreszeit, zu der es unfair sein mußte, die Lebensqualität einer Stadt zu beurteilen. Joyce, unerschütterliche Optimistin, die sie war, war felsenfest davon überzeugt, unser kleiner Garten hinter dem Haus werde sich in den kommenden Sommern als wahre Sonnenfalle erweisen.

Ich war die Plattform entlang zum weniger bevölkerten Ende gewandert und fand ein wenig freien Raum. Der Platz reichte gerade, um mit einer Katze zu spielen, dachte ich noch. Ja, solch blödsinnige Vergleiche gingen mir an jenem Montagmorgen, nur Minuten, bevor ich Colin kennenlernte, durch den Kopf.

Dies war das Bahnsteigende, auf dem die Singles herumlungerten, oder die Einzelgänger, wenn man so will; jedenfalls die Leute, die die eigene Gesellschaft jeder anderen vorziehen. Aktenkoffer, großvolumige Zeitungen und absolut keinerlei Augenkontakt. Ohne eine eigene Ausgabe der *Times* und damit praktisch nackt, stellte ich mich auf die verbleibenden achtzehn Inches des Bahnsteigs und gab mir den Anschein, als sei ich völlig in den Anblick der Reklametafel gegenüber versunken, irgendeine Zigarettenwerbung.

Aus den Augenwinkeln bemerkte ich, wie der Zeiger auf der Bahnhofsuhr eine weitere Minute vorrückte. Noch fünf Minuten warten. Der Mann links von mir sah, wie sich meine Augen bewegten. Er verzog kurz das Gesicht und hielt seine Zeitung ein wenig höher für den Fall, daß ich versuchen könnte, einen Blick auf seine Schlagzeilen zu erhaschen. Womöglich erwartete er die Ankunft von irgend jemandem, der für gewöhnlich dort stand, wo ich im Augenblick Aufstellung genommen hatte. Der freie Raum hatte geradezu danach gerufen, ausgefüllt zu werden – eigentlich ein sicheres Anzeichen dafür, daß er bereits einen Eigner hatte. Jede Sekunde erwartete ich, einen heißen Atem im Nacken zu spüren.

Ich verspürte unendliches Heimweh nach *Barton Vales Station*, dem baumbestandenen Parkplatz und Joe, der unverdrossen Fahrkarten abriß und sich bei jedem Fahrgast einzeln für zu spät verkehrende Züge entschuldigte. Nach Vogelzwitschern statt dem Geräusch der Busse. Aber das war jetzt vorbei. Ich konnte mir kaum vorstellen, daß es das alles überhaupt geben sollte. Bestimmt hatte sich Barton Vales in dem Moment, da ich es verlassen hatte, aufgelöst – oder?

Ich hatte diese ländliche Idylle für einen Job bei einer der größten Versicherungen des europäischen Kontinents geopfert. Ich hatte Joyce dafür versprochen, daß wir binnen kürzester Zeit die Früchte dieses Verzichts ernten würden.

Noch vier Minuten. Ich las die Warnung des Gesundheitsministers auf der Zigarettenwerbung. Ich selbst rauchte nicht.

Dann trat Colin in mein Leben.

»An Ihrer Stelle würde ich mich nicht dorthin stellen.«

Ignorieren. Einfach ignorieren. Noch mal die Warnung des Gesundheitsministers lesen.

»Sie stehen am falschen Platz, mein Freund.«

Du lieber Himmel, er redet tatsächlich mit mir, dachte ich. Und das war schlimmer als alles, was ich erwartet hatte. Ich bin kein Snob, aber der Akzent paßte nicht zum Acht-Uhr-Sechzehn-Zug nach London.

»Ich erkenne ein fremdes Gesicht sofort.«

Sein Gesicht drang samt einer Knoblauch-Wolke von links her auf mich ein. Ich starrte geradeaus, wie ein Angehöriger der Garde. Keine Zeitung, um mich dahinter zu verstecken. Ich verfluchte mich selbst dafür, so achtlos am Zeitungsstand vorübergegangen zu sein.

»Sie meine ich, Kumpel.«

Eine Spur von Aggressivität in der Stimme. Weil ich ein Feigling bin, reagierte ich, indem ich meinen Blick ein winziges Stück in seine Richtung wandte.

Fatal.

Augenkontakt. Er hatte es geschafft.

»Das ist ein ›toter Punkt‹, verstehen Sie?«

Ich hielt es nicht für erforderlich, etwas zu erwidern.

Die anderen ringsum entspannten sich und fingen wieder an, die Börsennotizen zu lesen. Mit ihnen redete man ja nicht. Nur mit mir.

»Die Waggons halten doch alle an einem bestimmten Punkt, nicht wahr?« Die untersetzte, kräftige Gesalt deutete mit einem kurzen Arm hinauf zu dem Schild mit der Nummer 6, das direkt über meinem Kopf hing. »Wenn der Zug kommt, wird es hier keine Tür geben. Sie werden direkt vor dem Verbindungsgang zwischen zwei Waggons stehen.«

Ich nickte und versuchte, Dankbarkeit ob der erteilten Information zu mimen.

Er deutete mit dem Finger auf etliche Leute ringsum, eine peinliche Sache angesichts der Umstände. »Diese cleveren Arschlöcher haben sich gleich richtig sortiert, sehen Sie. Die stehen richtig an den Türen, oder etwa nicht? Sie kommen nicht mal dazu, einen Blick reinzuwerfen, Kumpel.«

Ich stellte mich taub und tot, so gut es mir in dieser unangenehmen Situation möglich war. Hau doch ab, um Himmels willen!

»Ehrlich«, fuhr er fort, »ich lüg Ihnen nichts vor. Der Platz hier ist bis auf den letzten Inch genau vergeben, Kumpel. Die schlimmste Station auf der ganzen Linie. Halsabschneider, wohin man sieht. Sie sind neu im Spiel, wie ich sehe – ein richtiger Milchbubi.«

Wunderbar. Neuer Job, mein erster Tag auf dem Acht-Uhr-Sechzehn – und ich laufe der örtlichen Großschnauze über den Weg.

»Nun seien Sie mal nicht beleidigt, Kumpel. Mir gefällt Ihre Art.«

Vielleicht lag es an diesem Kompliment. Oder einfach nur an der Erleichterung darüber, daß er nicht noch unerfreulicher wurde.

Dummerweise fühlte ich mich bemüßigt, ihm zu antworten. »Er kommt, glaube ich.«

»Genau pünktlich. Ausnahmsweise.«

»Sonst nicht?«

»Hab jedenfalls in den letzten Tagen nichts anderes gehört. Am besten richtet man sich auf eine Verspätung an der Clapham Junction ein.«

Ein Witz. Ich belohnte ihn mit einem Grinsen.

Der Acht-Uhr-Sechzehn lief mit quietschenden Bremsen ein, und schon ging die Drängelei los. Türen öffneten sich und entließen ein paar verschlafen dreinblickende Verkäufer und Schullehrer in einen neuen Arbeitstag in Shipley, während die gen London strebende Horde hineindrängte und kalt-behoste Hintern auf vorgewärmten Sitzplätzen deponierte.

»Hier entlang, Kumpel«, bellte mir mein neuer Freund von rechts her ins Ohr, wobei er mich am Kragen packte.

»Im Raucherabteil ist immer Platz.«

Nun, ich habe in meinem ganzen Leben noch nie geraucht, und ich habe auch nicht vor, damit anzufangen. Bis zu jenem Tag hatte ich Raucherabteile in Restaurants und Zügen stets gemieden. Im Bus fahre ich grundsätzlich auf dem unteren Deck, um jeden Kontakt mit dem giftigen Qualm zu vermeiden. Aber an diesem Tag hängte ich mich an das Großmaul, weil ich einfach zu schwach war, mich gegen ihn durchzusetzen.

Tabakqualm malträtierte meine Nase. Wir saßen einander gegenüber, jeweils auf dem äußersten Ende einer Dreier-Bank.

»Gut, endlich was unterm Hintern zu haben, was? Hab bis jetzt noch immer einen Sitzplatz in einem Raucherabteil gefunden. In den anderen Waggons gibt's ja nur Stehplätze. Übrigens«, fuhr er fort und reichte mir eine muskelbepackte Hand, »ich heiße Colin. Und Sie?«

Mein zynischer alter Dad hat mir einmal gesagt, Freunde seien wie Fische. Hält man sie zu lange, fangen sie an zu stinken. Drei Wochen nach unserem ersten Zusammentreffen fing Colin an zu stinken.

Das mag gemein klingen, aber ich habe ihn mir ja ursprünglich nicht ausgesucht. Inzwischen sahen wir uns regelmäßig. Ich bedauerte meinen Entschluß, mich an die Zustände in Shipley anzupassen, aufs tiefste. Ich entdeckte nämlich, daß dies unabsehbare Konsequenzen hatte. Aber ich wurde Colin einfach nicht mehr los. Jeden Morgen ertrug ich ihn die zwanzig Minuten lang von Shipley nach Waterloo. Ich kam am Zielbahnhof an, ohne einen Blick in meine fest zusammengerollte Zeitung geworfen zu haben, mit von der Druckerfarbe schwarzen Händen und vom vielen krampfhaften Lächeln schmerzenden Gesichtsmuskeln.

Sie sehen, es gab kein Entrinnen, ich war seiner Konversation hilflos ausgeliefert. Er genieße ein kleines Schwätzchen, verriet er mir. Bei seiner Arbeit als Installateur in dem neuen, großen Nomura-Gebäude mitten in der City gab es dafür kaum Gelegenheiten. Er muß der einzige Handwerker im ganzen Zug gewesen sein. Ich habe wirklich nichts gegen Hausmeister, Installateure und so weiter, aber Colin war drauf und dran, meine Toleranzgrenzen neu festzulegen. Mein neuer Anzug stank erbärmlich nach Tabakqualm. Der Geruch zog mir bis in die Haare. Meine Augäpfel, noch empfindlich vom Schlaf, schmerzten unter dem Gift aus Colins Selbstgedrehten.

Die Tage vergingen, und mein Frust wuchs. Um es genau zu sagen – er wurde unerträglich. Colins unbekümmerte Ausdrucksweise wurde immer peinlicher. Zu Anfang war ich ja bereit gewesen, sie hinzunehmen, um eine Szene zu vermeiden, und ich redete mir sogar ein, irgendwie sei sie sogar amüsant. Aber mittlerweile empfand ich sie als unflätig und inakzeptabel. Meine Mitreisenden, wohlerzogen bis zum äußersten, sagten nichts, aber sie rollten ihre Augen und raschelten hörbar mit dem Papier ihrer Zeitungen, wenn es mal wieder besonders unappetitlich wurde.

Was also hielt mich eigentlich zurück? Was hinderte mich daran, ihm auszuweichen. Warum ging ich nicht einfach in ein anderes Abteil – ein Nichtraucherabteil –, um ein wenig Alleinsein und meine Zeitung zu genießen?

Feigheit. Ich wagte es nicht, ihn zu provozieren. Meine Sorge vor einem unerfreulichen Ausbruch wuchs von Tag zu Tag in mir wie ein Krebsgeschwür, viel stärker noch als die Wut, die ich angesichts der täglichen Impertinenz verspürte.

»Nehmen Sie die Frauen, zum Beispiel. Nehmen Sie meine Frau. Hören Sie mir überhaupt zu, Davey?«

Wie ich die Verballhornung meines Namens haßte! Warum

korrigierte ich ihn eigentlich nicht? Aber mir war es lieber, er rief mich so und nicht David, denn diesen Namen hatte ich für Freunde reserivert, die, offen gesagt, besser zu mir paßten. O Gott, nicht schon wieder! Bitte nicht schon wieder! Aber da legte er schon los:

»Ich sagte, nehmen Sie meine Frau, und ich wünschte mir, Sie täten es.« Ein schneller Blick rundum, um zu sehen, ob jemand lächelte. »Nein, von Adolf Hitler würde ich mir das nicht gerade wünschen. Ich meine, ich kenne ja Ihre Frau gar nicht, Davey, mein Junge, und glauben Sie mir, ich will ja auch gar nicht neugierig sein, aber, wie das nun mal so ist, kaum haben sie 'nen Ring am Finger, ändern sie sich total. Die frühere Sexbombe wird zum Sofakissen, wenn Sie wissen, was ich meine.«

Ich nickte und war mir bewußt, daß jede Frau im Waggon von mir erwartete, ich würde seinem blöden Gefasel Einhalt gebieten. Aber da ich es nicht tat, konnten sie eigentlich nur annehmen, ich sei aus demselben Holz geschnitzt. Wenn doch nur seine Stimme nicht so laut wäre, so durchdringend.«

»Nehmen wir Louise, einverstanden? Sie lebt ihr Leben, genau wie Sie und ich auch. Sie ist den ganzen Tag weg und kommt abends total erschossen nach Hause. Wir sind beide erledigt, oder? Na ja, ich bin kein Chauvinist.«

Du hättest es fast geschafft, es mir einzureden, dachte ich – und ohne Zweifel dachten alle anderen im Abteil dasselbe.

»Nein, ich bin ganz liberal. Ich mach auch die Büchse mit dem Katzenfutter auf. Eigentlich war's ja auch meine Katze. Ich mein halt bloß, als Mann hab ich 'n Recht, irgendwas zu essen auf dem Teller zu haben. Nichts Berühmtes, nur 'n Stück Fleisch und zwei Kartoffeln meinetwegen. Ich mein, eine Ehe sollte so was wie 'ne Partnerschaft sein, habe ich recht?«

Da war es wieder, so vertraut wie der Anblick der Vauxhall Bridge, die am Fenster vorbeiflog. Diese Frau-und-Katze-Litanei. Colin fühlte sich außen vor. Konnte sich nicht damit abfinden, daß seine Frau so besorgt um die Katze war.

»Verstehen Sie mich nicht falsch, Davey. Ich habe nichts gegen Katzen. Bin mit Katzen aufgewachsen. Und Ginger, also die ist wirklich liebevoll. Es ist ihre Natur. Sie bettelt um Aufmerksamkeit, wie sie das alle tun. Sie will gestreichelt werden. Aber es gibt Grenzen. Ich komm nach Hause, verstehen Sie, und ich sehe nichts anderes, als daß Louise und Ginger miteinander beschäftigt sind. Gut, Louise hat sie den ganzen Tag nicht zu Gesicht gekriegt, aber ich brauch was zu essen. Die Katze wird gefüttert. Darauf wird geachtet. Und ich sterbe inzwischen vor Hunger.«

Schweigen. Ich bin dran. Langsam, wie ein Schauspieler am Ende einer langen Spielzeit, sagte ich: »Warum machen Sie sich nicht selbst schnell ein Butterbrot?«

»Das ist doch kein Essen für 'nen hungrigen Mann, finden Sie nicht, Davey? Das ist doch kein Essen, das einem richtigen Mann neue Kraft durch die Adern jagen kann. Nein, doch nicht so 'n läppisches Butterbrot.«

Pause. Ich hatte nicht zugehört. Hatte das Stichwort verpaßt. Glücklicherweise änderte sich das Textbuch nie.

»Ich genieße es immer, ein bißchen für mich allein zu sein«, sagte ich zu spät und zu flach, und beobachtete dabei, wie sich die glitzernden stählernen Linien der Schienen unaufhörlich kreuzten und voneinander entfernten und wieder vereinigten.

»Ah, jetzt reden Sie doch, Davey. Ich hab ja nichts gegen was Fremdländisches, Louise, Gott segne sie, hat's mit der chinesischen Küche. Schon mal Hühnchen nach dieser komischen Chop-Suey-Art gegessen? Kein Wunder, daß die alle so rumrennen . . . heh, Davey, ich sagte *so* rumrennen!«

Mir schwante Übles, und als ich aufblickte, sah ich, daß er die Zeigefinger in den Augenwinkeln hatte und diese auseinanderzog. Dazu den Mund ganz dämlich verzogen, die Unterlippe unter den oberen Zähnen. Eine alberne Parodie.

»Fu Manchu – oder so ähnlich. Ginger mag schon mal was von dem süß-sauren Zeug, wissen Sie. Sind schon komische Wesen, die Weibchen, egal, zu welcher verdammten Spezies sie gehören mögen. Hör'nse mal. Ich glaube, Ginger hat mitgekriegt, wenn sie erst mal eine halbe Stunde mit Louise spielt, sobald die zu Hause ist, dann krieg ich nichts zu essen. Also hol ich mir was von dem süß-sauren Kram, und Ginger kriegt ihre Portion ab. Versteh'n Sie?«

»Verstehe.«

Aber ich wollte nicht verstehen. Ich hoffte inständig, die Phantasiebilder von Colins seltsamem Familienleben, seiner apathischen Frau und seiner betrügerischen Katze, würden endlich aus meinem Kopf verschwinden und ersetzt werden durch etwas, das ein wenig mehr aufbauend wirkte.

Unter unseren Füßen zischten und kreischten die Druckluftbremsen, die Puffer knatterten rhythmisch gegeneinander, ein trauriges Trommeln, das unsere Einfahrt in Waterloo begleitete, und dann die Arbeit. Sehr wahrscheinlich war ich der einzige Fahrgast, der hier mit einem Gefühl der Erleichterung ankam. Jeden Tag lechzte ich förmlich danach, endlich den Zug verlassen zu können, in die Anonymität hinauszutreten und zu wissen, daß unser Auditorium sich in alle Winde zerstreute. Der nervtötende Colin würde ebenfalls verschwinden, um seiner Arbeit als Installateur nachzugehen.

Und jetzt muß ich etwas erklären, und das ist nicht ganz einfach. Haben Sie also ein wenig Nachsicht mit mir.

Zwischen dem Zug und der Bahnsteigsperre unterhielt ich mich allmorgendlich mit Colin. Ich gab dem Druck nach, auf seine Tiraden zu antworten, die er den ganzen Weg von Shipley bis hierher gehalten hatte. Im Zug sagte ich sehr wenig. Jetzt, da niemand zuhörte, konnte ich den Mann ein bißchen veräppeln. Ich wollte allerdings seine Ausdrucksweise nicht annehmen. Ich habe ja schon zugegeben, ein Feigling zu sein. Ich bin auch ein Spötter. So tat ich also, als teilte ich seine Ansichten.

»Ich könnte nicht stärker mit Ihnen übereinstimmen, alter Knabe«, hörte ich mich selbst sagen, als wir uns der Fahrkartenkontrolle näherten.

»Wie, wirklich?« sagte er.

»Frauen. Und Katzen. Die muß man dressieren. Das mögen sie zwar nicht, aber was bleibt einem schon anderes übrig.«

»Das ist doch genau mein Reden, Davey. Sie und ich, wir denken genau dasselbe. Nicht wie diese Lahmärsche, heh?«

»Auf gar keinen Fall, Colin.«

»Ihr Essen steht demnach wohl immer pünktlich auf dem Tisch, wie?«

»Jeden Tag, Colin – sonst . . .« Eine reine Lüge, aber es war seltsam erregend, in seinem Kopf den Samen von der Vorstellung eines absolut chauvinistischen Haushalts bei mir auszulegen.

»Sie haben es richtig gemacht, Davey.« Er legte mir kameradschaftlich die Hand auf die Schulter. »Was würden Sie denn beispielsweise in Sachen Louise und Ginger machen?«

»Nun, Colin«, sagte ich, wobei ich die Stimme hob, um den Lautsprecher zu übertönen, »das ist eine Frage der Prioritäten. Wer hat denn die Hosen an?« Wir hatten die Sperre erreicht. An diesem Morgen blieb ich stehen, um die Unterhaltung zu Ende zu führen. »Reden Sie einfach mal mit Louise. Sagen Sie ihr, daß Sie einen gewissen Lebensstandard verlangen. Sie muß wissen, daß Sie der Boss sind. Danach werden Sie sich großartig fühlen.«

»Mit ihr reden? Meinen Sie wirklich?«

»Das mögen sie, Colin, das mögen sie.«

»Bestimmt?«

»Wir sprechen uns wieder.«

Er sah mich dankbar, wenn auch ein wenig zweifelnd an. »Ist gut, Davey. Auf morgen denn, ja?«

Und ich verließ ihn und trat schnell hinaus in die Geborgenheit der Untergrundbahn, wo niemand redete. Hier gab es nur das Dröhnen der Züge, die mich vom Bahnhof fortbrachten – und mich von meiner Scham erlösten.

In diesen wenigen Wochen hatte ich mich bei meinem Versicherungsgiganten recht gut eingearbeitet. Ich nahm die Chancen wahr, die mir mein neuer Posten eröffnete. Von den kleinen Geschäften zu den wirklich großen Geschäften aufzusteigen wirkte stimulierend. Ich hatte mein eigenes Büro – eine deutliche Verbesserung gegenüber den unpersönlichen offenen Räumen, in denen ich bisher immer hatte arbeiten müssen. Die anderen in meiner Abteilung erwiesen sich als ein lebhafter Haufen und luden mich mittags schon sehr bald ein, sie in die Pubs und die kleinen Bars Londons zu begleiten, wo man die Schandtaten der anderen (zum größten Teil erfunden, da bin ich mir sicher) genüßlich ausbreitete.

Mein Abteilungsleiter, ein gewisser Mr. Law, war weniger gesellig, ein Kleinigkeitskrämer (eines Tages spekulierten wir beim Lunch darüber, daß er vielleicht ein nur wenig befriedigendes Sexualleben haben könnte), aber fair in jeder Hinsicht. Er gab seine Anweisungen, ohne mich jemals spüren zu lassen, daß ich es bisher nur mit Kleinkram zu tun gehabt hatte. Ja, er bezog sich sogar gelegentlich ausdrücklich darauf und sah es als gutes Training, das meinen Blick auch für Details geschärft habe, was mir auf meinem jetzigen Posten sehr zustatten komme.

»Sehen Sie, Walter«, sagte er mir einmal im Vertrauen, »wir müssen alle mal klein anfangen. Ich habe jeden einzelnen Ihrer Berichte aufmerksam gelesen. Ihnen entgeht nichts. Die anderen hier . . . nun, es gibt eine Tendenz, über alles hinwegzuhuschen. Erfolgreiches Spekulieren, Walters, beginnt mit einem scharfen Auge. Das scheinen Sie zu haben. In der Tat, ich habe das Gefühl, als könnten Sie es noch weit bringen.«

Natürlich stärkte diese Unterhaltung mit den versteckten Hinweisen, besser als die anderen zu sein, mein Selbstbewußtsein ganz ungemein. Ich stufte mich selbst als hoffnungsvoller Nachwuchs ein, der seines Fortkommens absolut sicher sein darf. Vier Jahre Schufterei für nichts als Kleinigkeiten trugen endlich Früchte. So hatte ich also nichts zu befürchten, als ich einmal abends länger arbeitete und Mr. Law mich in sein Büro rufen ließ.

»Ah, Walters. Gefällt Ihnen die Arbeit hier noch immer?«

»Ganz großartig, Mr. Law.«

»Gut, gut. Setzen Sie sich, bitte. Nur ein informatives Gespräch. Ich entnehme Ihren Unterlagen, daß Sie in Shipley wohnen.«

»Das ist richtig, Sir«, erwiderte ich, eine Spur unsicher geworden, inwieweit sich das auf meine Karriere auswirken sollte.

»Bin nie selbst in Shipley gewesen«, fuhr er fort und wandte mir den Rücken zu, während er auf die hell erleuchtete City achtzehn Stockwerke unter ihm hinunterblickte.

Ich hatte das Gefühl, ich müsse etwas zur Unterhaltung beisteuern, und so sagte ich: »Mir gefällt es, Mr. Law. Genau das richtige für mich. Jedenfalls in diesem Stadium meiner Karriere. Gute Einkaufsmöglichkeiten. Nahe bei London gelegen.« Ich geriet unmerklich in den Stakkato-Stil, den Mr. Law seinerseits pflegte, den rein geschäftsmäßigen Tonfall, wie er einem stellvertretenden Abteilungsleiter sicher angemessen war.

Er fuhr fort, den Strom der heimwärts eilenden Menschen dort unten zu beobachten. »Meine Schwester ist vor nicht allzu langer Zeit dorthin gezogen. Sie ist Künstlerin. Abstrakte Malerei. Ich verstehe nichts davon. Verkauft sich gut, habe ich mir sagen lassen. Hab sie in letzter Zeit nicht oft gesehen. Der Mann, den sie da geheiratet hat, sagt mir nichts. Wir sind nicht gerade eine heiratswütige Familie.«

Er wandte sich urplötzlich vom Fenster ab und blickte mir ins Gesicht. »Walters, ich brauche Ihre Hilfe.«

Großer Gott. Ich spürte es tief in mir vibrieren, und ich hatte das ungute Gefühl, als werde es jetzt sehr persönlich. Hatte er vielleicht was mit einer der Sekretärinnen? Ich sah mich im Geiste schon als Mittelsmann und Kuppler für Mr. Laws perverse Neigungen.

Wie erleichtert war ich, als er – ohne Handschellen und Peitschen zu erwähnen – fortfuhr: »Ich bin nächste Woche ganz in Ihrer Nähe. Dienstag. Pflichtübung. Ihre erste Ausstellung. Wird bestimmt spät. Der letzte Zug geht elf Uhr fünf. Zu früh für mich. Werde bei ihr auf dem Sofa übernachten müssen. Das heißt, ich muß Mittwochmorgen mit dem Zug hierher fahren. Sie sind immer sehr pünktlich, Walters. Immer Punkt neun Uhr dreißig im Büro. Sagen Sie mir doch, welchen Zug nehmen Sie ab Shipley?«

»Den Acht-Uhr-Sechzehn«, erwiderte ich.

»Gut, dann halte ich mal am Mittwochmorgen auf dem Bahnhof in Shipley Ausschau nach Ihnen.«

»Großartig.«

»Sagen wir zehn nach acht?«

»Gern, Mr. Law«, erwiderte ich, ohne auch nur einen Gedanken an Colin zu verschwenden.

Aber ich wurde sehr nachdrücklich an ihn erinnert, als ich ihn das nächste Mal wiedersah – am Montag.

»Hallo, Kumpel.«

»Hallo, Colin.«

»War nicht gut, was Sie mir da geraten haben«, berichtete er und legte so gleich wieder die Schlinge aus, die mich einmal mehr auf seine Frau-und-Katze-Straße zwingen würde.

»Ach, wirklich?« erwiderte ich ohne sonderliches Interesse.

»Louise hat es übelgenommen. Ich hab ihr 'n paar klare Worte gesagt, genau wie Sie mir geraten haben, und sie ist gegangen.«

»Sie hat Sie verlassen?« fragte ich, schon etwas aufmerksamer geworden. Ich wollte nicht unbedingt an einer zerbrochenen Ehe schuld sein.

»Nicht für immer. So eine ist sie nicht. Nur einfach abgehauen – Gott weiß, wohin. Dasselbe hat sie am Freitag gemacht, am Samstag und am Sonntag. Ich glaube, sie hat einen Kerl.«

»Möglich.« Ich versuchte, möglichst unverbindlich zu klingen, genau wie er. Seinem Tonfall nach zu urteilen war ihm noch gar nicht aufgegangen, daß der Bursche ein Liebhaber sein könnte.

Dann setzte er hinzu: »Kommt nicht mehr heim, bis ich im Bett liege.«

»Und was machen Sie inzwischen?«

»Herumsitzen und mich mit Ginger trösten.«

Der Zug lief ein. Ich hatte anderes im Kopf als Colins häusliche Krise. Der Mittwoch war einfach zu nah.

»Colin – eh, arbeiten Sie die ganze Woche?«

»Na klar doch, Kumpel.«

»Mittwoch auch?«

»Wie immer.«

Wir setzten uns wie gewöhnlich in ein Raucherabteil. Ich fragte mich verzweifelt, wie ich dieser täglichen Routine wenigstens für einen Tag entfliehen könnte. In einer besseren Welt würde ich Colin am Mittwoch schlicht und einfach ignorieren und mit Mr. Law zusammen fahren. Aber dafür waren wir schon ein viel zu gut eingespieltes Paar. Colin sah in mir einen Seelenverwandten. Ich hatte mich zu weit mit ihm eingelassen, vor allem bei unserem kürzlichen Gespräch zwischen Zug und Sperre auf der Waterloo-Station. Was, wenn die beiden aufeinandertrafen? Ich schauderte bei der Vorstellung, daß Mr. Law sich den hirnverbrannten Monolog Colins auf dem ganzen Weg bis nach London ausgesetzt sehen würde. Vor meinem geistigen Auge konnte ich schon deutlich sehen, wie sich mein Abteilungsleiter voller Ingrimm in das Unvermeidliche schickte, um dann später einen Vermerk in meine Personalakte einzufügen: *Macht ursprünglich einen vielversprechenden Eindruck, ließ aber dann später leider einen bemerkenswert schlechten Geschmack in der Auswahl seiner persönlichen Bekanntschaften erkennen. Sollte daher besser nur auf niedrigen Posten beschäftigt werden. Vielleicht eine kleine Außenstelle?*

Der Alptraum wurde jäh unterbrochen.

»Louise und ich, wir waren schon seit Jahren zusammen, und dann – peng! – war auf einmal Ginger da. Fragen Sie mich nicht, wie. Sie hat uns in gewisser Weise alle beide adoptiert. Aber stell'n Sie sich vor, ich hab mich anfangs gar nicht dagegen gewehrt. Sie war 'ne gute Gesellschaft für Louise. Für mich auch. Wollen wir ehrlich bleiben. Aber jetzt ignoriert Louise mich, und das tut weh, Davey, und ich habe eine Stinkwut auf sie. Ich mach die Katze dafür verantwortlich. Das sollte ich vielleicht nicht, aber ich tu's trotzdem.«

»Ja, sicher.«

»Sie könnte eifersüchtig auf Ginger sein. Ob das möglich wäre? Glauben Sie, daß sie eifersüchtig auf Ginger ist?«

Ich merkte, wie mich Augenpaare über aufgeschlagene Zeitungen hinweg anblickten wie damals die Heckenschützen aus den Schützengräben an der Somme. »Ich weiß nicht.«

Und dann kam völlig unerwartet ein leidenschaftliches Flehen, das um so unangebrachter war, als uns so viele andere

Fahrgäste sehen und hören konnten. »Ich könnte es nicht ertragen, Louise zu verlieren. Ich will sie zurückhaben. Ich will meine Louise wiederhaben, Davey. Das ist alles.« Er war nahe daran, in Tränen auszubrechen.

Ich blickte den massigen Installateur an und befahl ihm im Geiste, sich zusammenzureißen. So bedauernswert er ja auch sein mochte, mir ging es zunächst einmal um mich selbst. Er war doch, um Himmels willen, weiter nichts als jemand, den ich allmorgendlich im Zug sah.

»Helfen Sie mir, Davey. Sie wissen doch eine Lösung, nicht wahr?«

Oh, das hier war für die anderen gewiß eine großartige Unterhaltung. Ein ›Highlight‹ in der Serie – wie etwa die Ermordung eines weithin bekannten Helden irgendeiner Seifenoper, gerade rechtzeitig zu Weihnachten, um die Einschaltquoten in die Höhe zu treiben.

Vauxhall rückte näher. Wir waren nur noch wenige Minuten von Waterloo entfernt. Ich mußte das noch heute regeln. Das durfte so nicht weitergehen, jedenfalls nicht bis Mittwoch.

»Ich muß darüber nachdenken«, sagte ich. »Jetzt machen Sie sich mal keine allzu großen Sorgen. Mir wird schon was einfallen.«

Glauben Sie mir, mein Gehirn machte Überstunden.

Colin beobachtete mich, zum Glück schweigend, bis wir die Endstation erreicht hatten.

Auf dem Bahnsteig, außer Hörweite der Lauscher, gab ich ihm dann den Rat, um den er mich gebeten hatte. Ich gab mir Mühe, so ruhig wie nur möglich zu klingen. »Nach allem, was Sie mir erzählt haben, ist Ginger zu einem Problem geworden. Sie hat sich zwischen Sie und Louise gedrängt, und jetzt wollen Sie wieder zu dem früheren Verhältnis mit Ihrer Frau zurückkommen, und das schaffen Sie nicht. Es geht einfach nicht. Die Lösung für mich, einen Außenstehenden, ist einfach: Befreien Sie sich von Ginger.«

Seine Augen weiteten sich: »Aber wie, Davey, wie?«

Diesmal gingen wir sehr langsam den Bahnsteig entlang, und

alle, die mit uns gereist waren, mußten längst weit weg sein, jedenfalls außer Hörweite.

Als redete ich mit einem Kind, sagte ich zu ihm: »Ganz egal, was Ihnen gerade einfällt. Normalerweise macht man es doch in einem Sack, oder? Man bindet ihn oben zu und versenkt ihn im Fluß. Und schon gibt es keine Ginger mehr.«

»Aber was ist mit Louise? Das wird sie gar nicht mögen.«

»Sie ist jeden Abend weg, nicht wahr?«

»Ja schon, aber . . .«

»Wie will sie es dann merken? Katzen laufen nun mal gelegentlich davon, Collin.«

»Sicher, aber das kommt mir ein wenig . . .«

Ich verlor die Geduld mit ihm. »Dann machen Sie doch, was Sie wollen. Sie haben mich um meinen Rat gebeten, und ich habe ihn Ihnen gegeben.«

Ich hörte noch, wie er sagte: »Ich werde darüber nachdenken, Davey«, als ich schon auf dem Weg zur Sperre war.

Am nächsten Tag war Colin nicht im Zug, und meine Hoffnungen für den Mittwoch stiegen. Ich ging früh zum Bahnhof, sehr früh. Im Kopf hatte ich ein gutes Dutzend Strategien und nur ein Ziel: Colin und Mr. Law nicht zusammentreffen zu lassen. Ich kaufte mir ein Exemplar der *Financial Times*, um meinem Boß zu imponieren, und stellte mich an den Zugang zum Bahnhof. Mr. Law würde wegen seiner Größe leicht zu entdecken sein.

»Was machen Sie denn hier, Davey?«

Großer Gott, nein! Colin hatte mich entdeckt.

»Äh – Colin, ich – äh . . .« Aber ich brauchte nicht lange nach einer Ausrede zu suchen.

»Hab's gemacht, Kumpel. Wie Sie gesagt haben, Montag nacht. Louise und ich – alles wieder in Ordnung, wenigstens für den Augenblick.«

»Ah.«

»Sehen Sie«, fuhr er fort, »Sie dürfen bitte nicht beleidigt sein, Davey, nicht wahr? Hören Sie, Sie könnten doch gut heute abend auf einen Drink vorbeikommen. Bis dahin bin ich wieder

53

ganz der alte. Dann können Sie auch Louise mal kennenlernen. Sie wissen schon – mal ein Gesicht zu einem Namen haben, klar, Kumpel?«

Meine Zehen fingen an, sich zu verkrampfen. Ich wurde zwischen zwei Unterhaltungen eingeklemmt.

»Ist es hier immer so überlaufen?« von Mr. Law.

»Nur für eine Stunde, ja?« von Colin.

»Acht Uhr sechzehn pünktlich, hoffe ich.« Law.

»Cramer Way siebenundvierzig. Die grüne Tür. Gegen sieben.« Colin.

»Ja, Colin. Ich will mein Bestes tun.«

»Großartig!« Und Colin war verschwunden.

Meine Zehen entkrampften sich wieder.

»Ein Freund?« wollte Mr. Law wissen.

»Das möchte ich eigentlich nicht sagen, Mr. Law. Er ist ein hier ansässiger Installateur. Der Bursche hat mir mal ein paar Tips bezüglich meiner Heizung gegeben. Und jetzt scheint er zu glauben, ich suchte seine nähere Bekanntschaft, aber dem ist nicht so.«

»Ah, die Sorte kenne ich.«

Der Acht-Uhr-Sechzehn kam auf die Sekunde pünktlich. Mehr noch – Mr. Law und ich bestiegen einen Nichtraucher-Waggon und fanden auch noch zwei freie Sitzplätze. Ich strahlte vor Zufriedenheit.

Ich war so erleichtert über den glücklichen Verlauf dieses Tages, daß ich mich am Abend entschloß, Colins Einladung doch noch nachzukommen. Ich hatte einen Drink nötig. Und Colins Entschluß, allein zu reisen, hatte mir den Freiraum verschafft, den ich einfach mal nötig gehabt hatte. Ich war bereit, mich dankbar zu erweisen. Wir würden auf unser beider Zukunft anstoßen.

Vielleicht würde es mir in Zukunft sogar Vergnügen bereiten, mit Colin zusammen zu fahren, jetzt, wo die Frau-und-Katze-Saga vorüber war. Wir würden andere Gesprächsthemen finden. Fußball vielleicht. Oder Fernsehen. Aber weitere Ratschläge hinsichtlich seiner Ehe würde ich verweigern.

Das Haus Cramer Way Nummer 47 hatte in der Tat eine grüne Haustür, genau wie Colin gesagt hatte. Ein Haus wie tausend andere mit einer Garage, in der ein weißer Kombi stand. Ich betätigte die Türglocke.

»Davey – kommen Sie rein, Kumpel.« Colin langte heraus und zog mich am Arm herein. Er trocknete sich gerade mit einem Handtuch das Haar. »Ich komme eben erst aus der Dusche. Der Staub vom Schlitze-Stemmen dringt einfach überall ein. Kommen Sie durch die Küche.«

Die Küche war einmalig. Ich stand fassungslos da und starrte auf ganze Berge ungespülten Geschirrs, Pfannen und Aluminiumtabletts. Und hier hatte er mich selbst hereingeführt.

Er bot mir ein Bier an. »Es macht Ihnen doch nichts aus, aus der Dose zu trinken? Ich hab gerade keine Gläser zur Hand. Geben Sie uns Ihren Mantel, Davey. Louise wird jeden Augenblick durch diese Tür kommen.«

Ich nahm einen Schluck Bier und war dankbar, daß er aus einem versiegelten Behälter kam. Meine Augen wanderten durch den überladenen Raum und entdeckten auf dem Kühlschrank eine Fotografie voller Fettflecken. Colins Hochzeitsfoto. Ich erkannte die öffentliche Bibliothek von Shipley wieder, auf deren Stufen das Paar stand, er in einem schlechtsitzenden Anzug voller Konfetti und sie in einem Sommerkleid. Sie sah attraktiv aus. Colins Bemerkung über das Sofakissen fiel mir wieder ein. Mir war nicht wohl bei dem Gedanken, schon so viel über Louise zu wissen, noch bevor ich sie zum erstenmal gesehen hatte.

»Das Hochzeitsfoto«, sagte Colin und machte sich eine Büchse auf. »Was die Zeit so alles verändert.«

Ich verkniff mir die Antwort.

»Heh, aufgepaßt«, sagte er. »Da kommt sie schon, genau aufs Stichwort.,«

Ich wandte das Gesicht der Haustür zu, nachdem ich die Büchse auf dem Küchentisch abgesetzt hatte. Es schien mir unangebracht zu trinken, währnd die Frau des Hauses hereinkam.

Aber es passierte gar nichts. Die Tür öffnete sich nicht. Ich sah zu Colin hinüber und merkte, daß er die Hintertür im Auge hatte. Die aber blieb ebenfalls geschlossen – bis auf einen kleinen Ausschnitt links. Links unten. Die Katzen-Klappe.

Sie ging auf.

»Louise, meine kleine Schönheit!« rief Colin, während er die Kreatur auf seinem Arm wiegte, eine kleine, weiße Katze. »Sieh mal, wir haben Besuch. Du erinnerst dich doch sicher, daß ich dir von Davey erzählt habe, dem Mann vom Zug?«

Ich versteifte mich.

»Davey hat mir gesagt, was ich mit Ginger machen sollte.«

Louise schnurrte zufrieden auf seinem Arm.

Colin kraulte ihr den Kopf, als er zu mir sagte: »Im Ernst, Davey, in dieser Nacht hätte ich liebend gern auch Sie noch umgebracht. Sie ahnen ja gar nicht, was das für eine Arbeit ist, eine lebendige Frau in einen Sack zu stecken und diesen dann auch noch oben zuzubinden.«

Die Malteserkatze

Sara Paretsky

1

Ihre Stimme klang am Telefon sanft und rauchig, und darüber lag ein Hauch Südstaatenakzent, wie teueres Parfüm. »Ich würde lieber in Ihr Büro kommen; meine Kollegen sollen nicht erfahren, daß ich eine Detektivin angeheuert habe.«

Ich bot ihr an, sie am Abend zu besuchen, denn mein spartanisch eingerichtetes Büro wirkt nicht gerade ermutigend auf Mandanten. Doch sie wollte nicht solange warten, am liebsten wäre sie sofort gekommen. Und sie wollte mich auch nicht in einem Restaurant treffen. Die Sache sei viel zu persönlich.

»Sie wissen doch, daß ich auf Wirtschaftskriminalität spezialisiert bin, oder?« fragte ich in scharfem Tonfall.

»Ja, deswegen hat man mir Ihren Namen gegeben. Dann also um eins im vierten Stock des Pulteney Building, ja?« Sie legte auf, ohne mir zu sagen, wer sie war.

Ein paar Erkundigungen im County Building hielten mich länger auf, als ich erwartet hatte. Es war schon fast halb zwei, als ich ins Pulteney zurückkam. Offenbar war das Problem der Anruferin dringend, denn sie wartete vor meiner Bürotür und klopfte mit einem hochhackigen Schuh ungeduldig auf den Boden, während ich mit meinen Turnschuhen den Gang entlanggetrottet kam.

»Ms. Warshawski! Ich hatte schon gedacht, Sie versetzen mich.«

»Pech gehabt«, brummte ich, als ich ihr die Tür zu meinem Büro öffnete.

Auf dem spärlich beleuchteten Flur war sie nur eine schmale Silhouette gewesen; im Licht des Büros sagten mir der Schnitt der Schultern und die Knöpfe am Revers, daß ihr Kostüm von Chanel stammte. Das Blau betonte ihre Augen. Leichtes Make-up verbarg die Farbe ihres natürlichen Teints – ich konnte nicht entscheiden, ob ihre dunkelroten Haare echt waren oder nur sehr gut gefärbt.

Sie ließ den Blick über meine kärgliche Einrichtung schweifen und suchte sich den saubereren meiner beiden Besucherstühle aus. »Ich habe meine Zeit nicht gestohlen, Ms. Warshawski. Wenn ich gewußt hätte, daß Sie mich hier warten lassen, ohne daß ich mich irgendwo setzen kann, hätte ich noch ein paar Telefonate erledigt, bevor ich hierhergekommen wäre.«

Ich hatte für meine Nachforschungen im Grundbuchamt eine Jeans und ein Arbeitshemd angezogen. Ich fühlte mich schmutzig und nicht dem Anlaß gemäß gekleidet, und das machte mich mürrisch. »Sie haben aufgelegt, ohne mir Ihren Namen und Ihre Telefonnummer zu geben, also konnte ich Ihnen nicht mitteilen, daß Sie in Ihren spitzen kleinen Schuhen hier rumstehen müßten. Ich habe meine Zeit auch nicht gestohlen. Warum sagen Sie mir nicht einfach, wo's brennt, dann kann ich versuchen zu löschen.«

Sie wurde rot. Wenn ich rot werde, bekomme ich hektische Flecken, bei ihr wurde nur das Make-up einen Ton dunkler. »Es geht um meine Schwester.« Der leichte Südstaatenakzent wurde stärker. »Corinne. Sie ist zu Ja... zu meinem Exmann, und ich brauche jemanden, der ihr sagt, daß sie zurückkommen muß.«

Ich verzog das Gesicht. »Ich kann's nicht fassen: Da renne ich vom County Building hier rüber, und dann muß ich mir so was anhören. Wissen Sie, wir haben nicht mehr das Jahr 1890. Vielleicht macht sie einen Fehler, aber wahrscheinlich bekommt sie das selber in den Griff.«

Sie wurde noch röter. »Ich habe mich offenbar nicht klar ausgedrückt. Das tut mir leid. Ich bin es nicht gewöhnt, um Dinge betteln zu müssen. Meine Schwester Corinne ist erst vierzehn. Und sie ist mein Mündel. Ich bin sechzehn Jahre älter als sie. Unsere Eltern sind vor drei Jahren gestorben, seitdem wohnt sie bei mir. Das ist für keinen von uns leicht. Der Umzug von Mobile nach Chicago war nur der Anfang. Als sie hier war, wollte sie plötzlich all die Dinge tun, die in Mobile nicht möglich waren.«

Sie machte eine Geste, um zu illustrieren, um welche Dinge es sich dabei handeln konnte. »Sie hält mich für eine harte Frau und meint, daß ich meinen Exmann verschreckt habe. Sie kennt ihn, seit sie drei ist, und er war so was wie der große Held für sie. Sie hat einfach nicht gemerkt, daß er sich geändert hat. Oder besser gesagt: Er hat sich nicht verändert, aber er hatte einfach nicht mehr die Gelegenheit, sich in der Öffentlichkeit wie ein Held aufzuspielen. Als sie vor zwei Tagen verschwunden ist, bin ich davon ausgegangen, daß sie zu ihm ist. Aber er geht nicht ans Telefon und macht auch die Tür nicht auf. Ich weiß nicht, ob sie miteinander die Stadt verlassen haben oder ob er sich nur totstellt. Ich brauche jemanden, der Leute dazu bringen kann, die Tür aufzumachen und zu reden. Wenn ich Corinne wenigstens sehen könnte – vielleicht könnte ich dann . . . ich weiß es nicht.«

Sie hielt mit einer hilflosen Geste inne, die nicht zu ihrem eleganten Aussehen paßte. Tja, die Verantwortung für Minderjährige bringt auch die Weltläufigsten wieder auf den Boden der Tatsachen zurück.

Ich verzog das Gesicht noch mehr. »Warum fangen wir nicht mit Ihrem eigenen sowie dem Namen und der Adresse Ihres Mannes an und wenden uns dann Corinnes Freunden zu?«

»Ihren Freunden?« Die tiefblauen Augen wurden groß. »Mir wär's lieber, wenn sich das nicht herumspricht Die Leute reden, und obwohl wir nicht mehr das Jahr 1890 schreiben, könnte sie Probleme bekommen, wenn sie wieder in die Schule geht.«

Ich unterdrückte ein Aufheulen. »Sie können nicht meine Dienste in Anspruch nehmen und mir vorschreiben, was ich zu tun und zu lassen habe. Was ist, wenn sie nicht bei Ihrem Mann ist? Was ist, wenn ich mich nicht mit Ihnen in Verbindung setzen kann, nachdem ich das herausgefunden habe, sie aber in schrecklichen Schwierigkeiten steckt und ihr Leben davon abhängt, daß ich neue Hinweise bekomme? Wenn Sie mir nicht ein paar Namen nennen können – zum Beispiel den Ihren –, werden Sie sich nach einer weniger anspruchsvollen Detektivin umsehen müssen. Ich könnte Ihnen da ein paar mit richtigen Wartezimmern empfehlen.«

Sie preßte die Lippen zusammen: Normalerweise hatte sie das Heft in der Hand – die Leute redeten nicht ungestraft so mit ihr. Ein paar Sekunden lang sah es so aus, als hätte ich den Nachmittag auch im Grundbuchamt verbringen können, doch dann schüttelte sie den Kopf und zwang sich zu einem Lächeln.

»Man hat mir gesagt, ich soll Ihre Aggressivität ignorieren, weil Sie die Beste sind. Ich heiße Brigitte LeBlanc. Meine Schwester heißt Corinne, mit Nachnamen ebenfalls LeBlanc. Und mein Exmann ist Charles Pierce.« Sie schob ihren Stuhl zum Schreibtisch, um seine Adresse auf einen Zettel eines Notizblocks aus ihrer Handtasche zu schreiben. Sie kritzelte eine ganze Weile vor sich hin und reichte mir dann eine Liste mit Corinnes drei besten Schulfreundinnen sowie der Adresse von Pierce.

»Ich muß zu einem Termin. Ich rufe Sie heute abend an, um zu hören, ob Sie etwas herausgefunden haben.« Sie erhob sich.

»Moment mal«, sagte ich. »Ich bin nicht das Faktotum. Sie müssen einen Vertrag unterschreiben. Und ich brauche eine Telefonnummer, unter der ich Sie erreichen kann.«

»Ich bin wirklich spät dran.«

»Und ich habe wirklich zuviel zu tun, um nach Ihrer Schwester zu suchen. Wenn Sie überhaupt eine Schwester haben. So große Sorgen können Sie sich nicht machen, wenn Ihnen Ihr Termin wichtiger ist als sie.«

Sie sah mich so finster an, daß ich in einer dunklen Gasse Angst vor ihr bekommen hätte. »Ich habe wirklich eine Schwester. Und ich habe zwei Tage mit dem Versuch verbracht, in die Wohnung meines Exmannes zu kommen und Leute zu finden, die mir einen Privatdetektiv empfehlen konnten. Ich kann nichts für Sie tun, nur das Geld für Ihr Honorar verdienen.«

Ich holte ein Vertragsformular aus einer Schreibtischschublade und spannte es in die Olivetti meiner Mutter ein, eine Schreibmaschine, die so alt ist, daß ich die Farbbänder immer eigens aus Italien bestellen muß. Ein PC wäre billiger und eindrucksvoller, aber die Bewegung stärkt meine Unterarmmuskulatur. Ich brachte Ms. LeBlanc dazu, mir ihre Adresse zu geben und auf der gepunkteten Linie zu unterschreiben, wodurch sie sich verpflichtetete, mir 400 Dollar pro Tag plus Spesen zu zahlen. Als Vorschuß gab sie mir einen Scheck über 200 Dollar.

Als sie weg war, kämpfte ich mit meinem Fenster, weil ich hoffte, durch einen frischen Luftzug ihr teures Parfüm zu verjagen. Kohlestaub von der Hochbahn wäre mir immer noch lieber als ihr Duft, doch die Fenster, die zahllose Male überstrichen worden waren, bewegten sich keinen Millimeter. Also schaltete ich einen kleinen Ventilator an und starrte ihre kräftige schwarze Unterschrift mit säuerlichem Gesicht an.

Wie lautete der richtige Name ihres Exmannes? Sie hatte sich gerade noch den Rest zu »Ja . . . « verkniffen. Der Vorname konnte James oder Jake lauten, mit Sicherheit nicht Charles. Hatte sie wirklich eine Schwester? War das Ganze vielleicht nur ein Trick, um dem Mann die Unterhaltszahlungen aus dem Geldbeutel zu locken? Pierces Adresse in der North Winthrop klang nicht nach einer Gegend, in der sich die Männer Alimente leisten konnten. Vielleicht gab sie ja das Geld für Chanel-Kostüme aus, während er in einer Pennergegend wohnte.

Sie stand nicht im Telefonbuch, was bedeutete, daß ich ihre Adresse in der Belden Avenue nicht überprüfen konnte. Ich rief eine Freundin bei der Ft. Dearborn Trust an, der Bank, auf die Brigitte den Scheck ausgestellt hatte, und sie versicherte mir, daß die Dame keineswegs unter Geldschwierigkeiten litt. Meine Freundin sagte mir, Brigitte habe die Einkünfte aus ihrer ModelKarriere in eine erfolgreiche Medienberatungs-Firma gesteckt.

»Wenn du mal die Modezeitschriften lesen würdest, Vic, würdest du solche Sachen wissen. Du müßtest dich bloß von Zeit zu Zeit von den Sportnachrichten losreißen – das wäre gut für deine Karriere.«

»Danke, Eva.« Ich legte auf. Zumindest würde sich der Name meiner Mandantin nicht irgendwann als falsch erweisen, das war schon mal ein guter Anfang.

Ich sah in den kleinen Spiegel über meinem Aktenschrank. Ein Schmutzfleck auf der rechten Wange statt Rouge war der einzige Unterschied zwischen mir und Ms. LeBlanc. Da ich genau richtig für die North Winthrop gekleidet war, machte ich die Bürotür hinter mir zu und holte meinen Wagen.

2

Charles Pierce wohnte in einem düsteren Haus mit zehn Wohnungen. Ausgefranste Laken dienten als Vorhänge hinter den Fenstern, die nicht vernagelt waren. Leere Flaschen lagen im Eingang, doch der Geruch von abgestandenem Bier überdeckte den Gestank frischen Urins nicht. Wenn Corinne LeBlanc hierher geflüchtet war, mußte das Leben mit Brigitte die Hölle gewesen sein.

Der Exmann meiner Mandantin wohnte in Apartment 3E, das hatte sie mir gesagt. Die wenigen Briefkästen, die sich noch richtig verschließen ließen, trugen keine Namen von Bewohnern. Das galt auch für die verschmutzten Namensschilder neben den Klingeln, die nicht funktionierten. Als ich die wackelige Tür zum Flur aufdrückte, machte ich mir wieder Gedanken über die Glaubwürdigkeit meiner Klientin: Sie hatte mir gesagt, »Ja...« sei weder ans Telefon gegangen noch habe er die Tür geöffnet.

Eine Frau mit wäßrigen Augen lag am Fuß der Treppe und nuckelte an einer Flasche Bier. Sie starrte mich feindselig an, als ich sie bat, mich vorbeizulassen, versuchte aber nicht, mich zu Fall zu bringen, als ich über sie hinwegkletterte. Es war nur mein Fuß, der sich in einer Falte ihres Mantels verfangen hatte.

Offenbar hatten sich früher zwei Wohnungen pro Stockwerk in dem Haus befunden. Im dritten Stock sahen jedenfalls nur zwei Türen, eine an jedem Ende, so aus, als stammten sie noch aus den eleganten, gediegenen Anfängen des Gebäudes. Die anderen sieben waren hastig angebracht worden, wenn man eine Wohnung abgeteilt hatte. In der Dunkelheit fand ich an einer Tür den Buchstaben B und zählte drei weiter, um zu E zu gelangen. Nachdem ich ein paarmal gegen den abblätternden Lack geklopft hatte, entdeckte ich an dem verdreckten Türpfosten einen Klingelknopf. Als ich darauf drückte, hörte ich, wie es drinnen summte.

Es ging niemand an die Tür. Das Ohr an den schmutzigen Lack gepreßt, hörte ich das gedämpfte Geräusch eines Fernsehers.

Ich drückte fünf Minuten lang auf die Klingel. Das ist ganz schön anstrengend für den Finger, aber für die Ohren ist es noch lästiger. Wenn da drin wirklich jemand war, wäre er mittlerweile wahrscheinlich wutentbrannt an die Tür gekommen.

Ich konnte natürlich verschwinden und irgendwann wiederkommen, doch wenn Pierce sich da drinnen tot stellte, um Brigitte aus dem Weg zu gehen, war damit nichts gewonnen. Sie hatte gesagt, sie habe es zwei Tage lang immer wieder versucht. Vielleicht war der laufende Fernseher nur so etwas wie ein Köder oder – ich schob grellere Gedanken weg und holte meinen Dietrich aus der Tasche. Nach zwei Minuten war ich in der Wohnung.

Sie bestand aus einem einzigen Raum mit einer kleinen Küche auf der linken Seite. Ein ordentlicher Mensch konnte einen Wellblechschirm vorziehen, um den Koch- vom Wohnbereich abzutrennen, doch Pierce war nicht ordentlich. Zehn, vielleicht sogar fünfzehn übereinander gestapelte Töpfe voll verrottendem Essen und Kakerlaken wackelten gefährlich, als ich die Tür schloß.

Der Raum wurde von einem Klappbett mit einem absurd fetten Mann beherrscht, der merkwürdig verrenkt darauf lag. Er hatte gerade ferngesehen, als er gestorben war, trug eine ausgefranste, glänzende Hose, deren Schlitz offenstand, sowie ein Holzfällerhemd, das seinen gewaltigen Bauch nicht ganz bedeckte.

Sein gewaltiger Umfang und die Tatsache, daß sein kahler Kopf so seltsam verrenkt dalag, ließen mich würgen. Ich konnte mich gerade noch beherrschen, nicht zu kotzen, und bahnte mir einen Weg zum Bett durch einen Haufen schmutziger Kleider. Dann hob ich einen Arm des Mannes, der ungefähr so dick wie ein Baumstamm war, und fühlte nach dem Puls. Ich konnte nichts spüren, aber die Haut war, wenn auch klamm, fest. Ich brachte es nicht fertig, ihn noch weiter zu berühren, sondern entfernte mich ein wenig und betrachtete ihn aus sicherer Distanz. Ich konnte keine äußeren Verletzungen entdecken. Die inneren waren Sache des Gerichtsmediziners.

Als ich wieder draußen im Treppenhaus war, hätte ich fast das Bewußtsein verloren. Nur der Gedanke daran, daß ich in den Urin oder die Kotze fallen könnte, hielt mich auf den Beinen. Unten stolperte ich wieder über den Mantel der Frau mit den wäßrigen Augen. Ich fiel hin und mußte mich dann doch übergeben, aber leichter wurde mir dadurch nicht.

Während ich in meinem Trans Am auf den Leichenwagen wartete, machte ich mir Gedanken über meine Mandantin. War Brigitte möglicherweise von mir aus direkt hierhergekommen, hatte den Mann umgebracht und sich aus dem Staub gemacht, während ich mich über sie erkundigte? Wenn ja, hatte die Frau mit den wäßrigen Augen sie sicher gesehen. Würden mein zweimaliges Stolpern und mein Kotzen im Treppenhaus sie schon dazu bewegen, sich mit mir zu unterhalten?

Ich stieg aus meinem Wagen aus, doch bevor ich wieder beim Eingang war, kam schon die Polizei. Als wir gemeinsam die wackelige Tür aufdrückten, war meine Freundin verschwunden. Ich machte mir nicht die Mühe, den Beamten etwas von ihr zu erzählen. Sie würde hier in Uptown nicht weiter auffallen, und selbst wenn sie sie fanden, würde sie ihnen vermutlich nicht viel erzählen.

Wir trotteten die Stufen schweigend hinauf. Vier Beamte waren gekommen. Die Frau und der jüngste der drei Männer schienen ziemlich fit zu sein, während die beiden ältern Männer einen Bauchansatz hatten. Wahrscheinlich wären sie nicht in der Lage, auch nur das rechte Bein des Mannes da oben hochzuhieven, geschweige denn seinen ganzen gewaltigen Körper.

»Ich hab so ein Gefühl«, murmelte der älteste Beamte, mehr zu sich selbst als zu uns. »Ich hab so ein Gefühl.«

Als wir in der Wohnung angelangt waren, und er sich den riesigen Kadaver auf dem Bett ansah, schüttelte er den Kopf ein paarmal. »Ja, ich hab's geahnt, als der Anruf kam.«

»Was geahnt, Tom?« fragte die Frau in scharfem Tonfall.

»Jade Pierce«, antwortete er. »Ich hab's gewußt, daß er hier in der Gegend wohnt. Hat 'ne Menge Klagen über ihn gegeben. Ich hab mir schon gedacht, daß er es sein könnte, als ich gehört habe, daß wir's mit 'nem großen, fetten Kerl zu tun haben.«

Die Frau blieb kurz vor dem Bett stehen, wir anderen betrachteten traurig das Chaos. Jade. Nicht James oder Jake, sondern Jade. Früher einer der berühmtesten Spieler der Bears. Und jetzt . . . Ich bekam eine Gänsehaut.

Als er für Alabama spielte, sagte ein Reporter, seine Glatze sei so glatt und kalt wie ein Stück Jade und stellte noch weitere Vergleiche mit seiner Spielweise an. Als Pierce seinen Vertrag mit den Bears unterzeichnete, freute ich mich darüber wie alle anderen Chicagoer Fans, auch wenn ihm Gewalttätigkeit im Privatleben nachgesagt wurde. Kein Wunder, daß Brigitte LeBlanc nicht bei ihm geblieben war. Aber warum hatte sie mir nicht sagen wollen, wer er wirklich war? Ich sann über diese Frage nach, während Tom über das kleine Mikro an seinem Revers Verstärkung rief.

»Und was haben Sie hier gemacht?« fragte er mich.

»Seine Exfrau hat mich angeheuert, um nach ihm zu sehen.« Normalerweise sage ich den Bullen nichts über meine Aufträge, aber ich hatte keine Lust, Brigitte zu schützen. »Sie wollte mit ihm reden, und er ging weder ans Telefon noch an die Tür.«

»Sie wollte nach ihm sehen?« wiederholte der durchtrainierte jüngere Beamte, ein Mann mit hohen Wangenknochen und gepflegtem Schnurrbart spöttisch. »Soweit ich weiß, war die Trennung von ihr der größte Kampf, den Jade jemals ausgefochten hat.«

Ich lächelte. »Ihr geht's gut, ihm nicht. Besser gesagt, ihm ging's nicht gut. Vielleicht hat sie ja das Gewissen gedrückt. Oder sie wollte bloß über ihn triumphieren. Da müßt ihr sie selbst fragen. Mir hat sie lediglich gesagt, daß ich versuchen soll, an ihn ranzukommen. Das habe ich getan, und dann habe ich euch gerufen.«

Während Tom sich das, was ich gesagt hatte, durch den Kopf gehen ließ, holte ich meine Visitenkarte heraus und reichte sie ihm. »Sie können mich unter dieser Nummer erreichen, wenn Sie sich mit mir unterhalten wollen.«

Er rief mir noch nach, doch ich ging schon den Flur hinunter, in dem meine Schritte hohl widerhallten.

3

Brigitte LeBlanc hatte einen Kundentermin und war unabkömmlich. Auch die Nachricht, daß ihr Exmann gestorben war, konnte sie nicht loseisen. Nicht einmal der Gedanke, daß schon bald die Bullen auftauchen würden, konnte sie bewegen. Nachdem ich der Empfangsdame abwechselnd geschmeichelt und gedroht hatte, beugte sie sich über den Schreibtisch und sagte mir in vertraulichem Tonfall: »Der Vizepräsident der Vereinigten Staaten ist gerade zu einem Medienberatungsgespräch da.« Brigitte hatte gesagt, sie wolle nur gestört werden, wenn der Präsident oder der Papst höchstpersönlich auftauchten – zwei Leute, für die ich nicht mal einen Zahnarzttermin unterbrechen würde.

Da ich im dreiundvierzigsten Stock unerwünscht war, fuhr ich mit dem Aufzug hinunter und schlenderte ein bißchen in der Eingangshalle herum. Um halb sechs scheuchte mich ein Schwarm Geheimdienstbeamte zusammen mit allen anderen hinaus auf die Straße. Fünfzehn Minuten später kam der Vizepräsident heraus, das jungenhafte Gesicht entschlossen. Obwohl es sich um einen privaten Besuch handelte, warteten bereits die wachsamen Fernsehteams auf ihn. Er lächelte und winkte, sagte aber nichts, bevor er seine Limousine betieg. Brigitte mußte wirklich gut sein, wenn sie ihn davon überzeugt hatte, daß er den Mund halten mußte.

Um sieben fuhr ich wieder hinauf in den dreiundvierzigsten Stock. Die doppelten Glastüren waren verschlossen, die Lichter aus. Ich fand in meiner Kollektion einen Schlüssel, der paßte, doch nachdem ich mich durch viele Meter grauen Plüsch ge-kämpft, die gesicherten Studios durchsucht und mich schließ-lich noch in den Büros umgesehen hatte, wurde mir klar, daß meine Mandantin schlauer war als ich. Sie hatte das Haus über einen Hinterausgang verlassen.

Ich knurrte enttäuscht und verschloß die Tür nicht hinter mir. Sollte doch jemand reinkommen und die ganze Videoausrü-stung mitnehmen. Mir war das egal.

Ich schaute bei dem dreistöckigen Gebäude aus rotem Sand-stein in der Belden Avenue vorbei, in dem Brigitte wohnte. Sie war nicht da. Die Haushälterin wußte nicht, wann sie zurück-kommen würde. Sie war zum Essen verabredet und hatte der Bediensteten gesagt, sie brauche nicht auf sie zu warten.

»Und was ist mit Corinne?« fragte ich und erwartete, daß die Frau sagen würde: »Welche Corinne?«

»Sie ist auch nicht hier.«

Ich schlüpfte ins Haus, bevor sie mir die Tür vor der Nase zu-machen konnte. »Mein Name ist V.I. Warshawski. Brigitte hat mich angeheuert, um ihre Schwester zu finden; sie hat gesagt, sie sei bei Jade. Ich bin in seine Wohnung eingedrungen. Corinne war nicht da, und Jade war tot. Seitdem versuche ich, mit Brigitte zu reden, aber sie geht mir aus dem Weg. Ich möchte ein paar Dinge wissen, zum Beispiel, ob Corinne tatsächlich existiert und ob sie wirklich weggerannt ist. Außerdem würde mich interes-sieren, ob sie oder Brigitte Jade umgebracht haben könnten.«

Die Haushälterin starrte mich ein paar Minuten lang an, dann verzog sie das Gesicht. »Haben Sie einen Ausweis?«

Ich zeigte ihr eine Privatdetektiv-Lizenz und den Vertrag, den Brigitte unterzeichnet hatte. Zwar verzog sie das Gesicht noch mehr, aber sie gab mir auch ein paar Einzelheiten. Corinne war ein dickes, unglückliches Mädchen, das gar nicht wußte, was es für ein Glück hatte. Brigitte gab der jungen Frau alles, brachte ihr bei, wie man sich anzog, schickte sie auf die St. Scholastica, ver-suchte sogar, sie bei speziellen Diätkliniken anzumelden, aber sie war nie zufrieden und jammerte die ganze Zeit ihren Freun-dinnen daheim in Mobile nach, nichtsnutzigen Freundinnen. Ja, sie war tatsächlich vor drei Tagen weggelaufen, und sie, die Haushälterin hatte das nicht sonderlich bedauert, aber Brigitte fühlte sich verantwortlich. Es tat ihr leid, daß Jade tot war, aber er war gewalttätig, Corinne hatte ihn idealisiert und nicht erkannt, was für ein Monster er in Wirklichkeit war.

»Wissen Sie, die können das einfach nicht abstellen, wenn sie vom Spielfeld runter sind. Tja, und wer ihn umgebracht hat: Ich würde sagen, er selber wahrscheinlich hat sich zu Tode gesoffen. Ich hab ja immer gesagt, daß es so kommen würde. Corinne kann's ja nicht gewesen sein, sie hat nicht genug Pep dazu: Und Brigitte hat keinen Grund – die hat's ihm sowieso schon mehr als einmal gezeigt.«

»Vielleicht hat sie gedacht, er hätte ihre Schwester belästigt.«

»Dann hätte sie ihn vor Gericht gebracht und sich gefreut, daß er noch mal gedemütigt wird.«

Was für entzückende Menschen; welche Freude, daß sich ihr Schickal mit dem meinen verbunden hatte. Ich überredete die Haushälterin, mir ein Bild von Corinne zu geben, bevor ich wieder ging. Sie war tatsächlich ein übergewichtiger Teenager mit traurigen Augen. Wahrscheinlich war's nicht leicht, eine perfekte ältere Schwester zu haben, die aus dem häßlichen Entlein unbedingt einen stolzen Schwan machen wollte. Außerdem entlockte ich der Haushälterin die Privatnummer von Brigitte mit der Drohung, daß ich die ganze Nacht hindurch stündlich an der Tür klingeln würde.

Auf der Heimfahrt schaltete ich das Radio nicht an, weil ich die grausige Erregung der Reporter hinter ihren salbungsvollen Worten über Jade Pierces tiefen Fall nicht hören wollte. – Ich wollte auch keine Zusammenfasung seiner letzten neun Spielzeiten bei den Bears über mich ergehen lassen, von den großen bis zu den letzten beiden Jahren, in denen seine Knie und sein Rücken ihn so sehr gequält hatten, daß nicht einmal Schmerzmittel mehr etwas halfen. Ich wollte nichts erfahren über seinen Rückzug vom Sport, nachdem er siebzig oder achtzig Pfund zu seinem Kampfgewicht von hundertfünfzig Kilo zugelegt hatte, nichts über die Auseinandersetzungen in Bars, die Tatsache, daß er von seinem Ferrari Daytona aus auf andere Fahrer geschossen hatte, nichts über den Verkauf dieses Ferrari, um die Anwaltskosten bezahlen zu können, und auch nichts über den Zirkus, zu dem seine Scheidung ausartete. Nichts schließlich von seinem unwüdigen Ende auf einem Klappbett in einem verdreckten Apartment in Uptown.

Ich knallte die Tür meines Trans Am mit einer Wucht zu, die er nicht verdiente, und stapfte die drei Stockwerke zu meiner eigenen Wohnung hoch. Müdigkeit und Verbitterung dämpften den sechsten Sinn, der mich normalerweise vor Gefahren warnt. Der Mann hatte mich gegen die Tür meiner Wohnung gedrückt und hielt mir eine Waffe unter die Nase, bevor ich begriff, daß er überhaupt da war.

Ich hielt ihm meine Umhängetasche hin. »Bedienen Sie sich. Und dann gehen Sie bitte. Ich habe einen langen Tag hinter mir und möchte nicht allzuviel Zeit mit Ihnen verbringen.«

Er spuckte auf den Boden. »Ich will Ihre lächerliche Brieftasche nicht.«

»Vergewaltigen werden Sie mich nicht, das sage ich Ihnen, also nehmen Sie lieber meine lächerliche Brieftasche.«

»Ihr Körper interessiert mich nicht. Machen Sie die Wohnung auf. Ich will sie durchsuchen.«

»Verpiß dich.« Ich ließ mein Knie in seinen Bauch schnellen und schlug ihm mit dem rechten Arm die Hand mit der Waffe weg. Er würgte und krümmte sich zusammen. Mit der Umhängetasche schlug ich ihm über den Hinterkopf. Er sank ohnmächtig auf dem Boden zusammen.

Ich nahm die Waffe aus seiner schlaffen Hand, dann suchte ich in seinem Mantel herum und holte seine Brieftasche heraus. Laut Führerschein war er Joel Sirop, der in dem teuren Viertel am Dearborn Parkway wohnte. Er hatte ein paar beeindruckende Kreditkarten von Bonwit, Neiman Marcus und obendrein die American Express Platin dabei. Dazu kam noch eine Karte, auf der stand, er sei Mitglied der Katzenzüchtervereinigung von Nordamerika. Ich steckte die Sachen wieder zurück in seine Brieftasche und diese in seine Brusttasche.

Er stöhnte und schlug die Augen auf. Nach ein paar Sekunden gelang es ihm, mich wütend anzuschauen. »Mein Kopf. Sie haben mir den Schädel eingeschlagen. Ich verklage Sie.«

»Machen Sie mal. Ich behalte solange Ihre Pistole als Beweisstück. Ihren Namen und Ihre Adresse habe ich auch, damit ich die Bullen zu Ihnen schicken kann, wenn ich Sie noch einmal hier erwische. Und jetzt verschwinden Sie.«

»Erst wenn ich Ihre Wohnung durchsucht habe.« Er war jetzt unbewaffnet, und es ging ihm nicht besonders gut, aber das hinderte ihn nicht daran, stur zu sein.

Ich lehnte mich an meine Tür, auf der Hut, falls er noch einmal versuchte, es mit mir aufzunehmen. »Wonach suchen Sie, Mr. Sirop?«

»Sie haben es in den Nachrichten gebracht, wie Sie Jade gefunden haben. Wenn die Katze da war, haben Sie sie sicher mitgenommen.«

»Sie können beruhigt sein, in der Wohnung waren keine Katzen, als ich hingekommen bin. Hat er Ihnen die Katze geklaut?«

Er schloß die Augen, offenbar, um zu überlegen. Als er sie wieder aufschlug, erklärte er mir, er habe keine andere Wahl, er müsse mir vertrauen. Ich lächelte ihn freundlich an und sagte ihm, er könne ja gehen, dann könne ich endlich zu Abend essen, aber er bestand darauf, mir alles anzuvertrauen.

»Kennen Sie sich mit Katzen aus, Ms. Warshawski?«

»Nur sehr oberflächlich. Ich habe eine Hündin, und die kennt sich aus mit Katzen.«

Er machte ein finsteres Gesicht. »Das ist nicht zum Lachen. Haben Sie schon mal was von Malteserkatzen gehört?«

»Ja, kann schon sein. Das sind doch die ohne Schwanz, stimmt's?«

Er bekam eine Gänsehaut. »Nein, das sind die Manxkatzen. Die Malteserkatzen sind normalerweise blaugrau. Ganz, ganz selten gibt's auch mal eine, die fast ganz blau ist, Brigitte LeBlanc hat – oder besser gesagt hatte – eine solche Katze: Lady Iva of Cairo.«

»Na toll. Wahrscheinlich hat sie sich die passend zu ihren Augen angeschafft.«

Er tat meine Bemerkung als weitere Frivolität ab.

»Ihre Motive tun hier nichts zur Sache. Wichtig ist nur, daß es sehr schwer war, diese Katze zu züchten. Sie ist erst das dritte Mal in ihrem vierjährigen Leben rollig. Brigitte hat sich bereit erklärt, Lady Iva mit meinem Kater Casper of Valletta zusammenzubringen. Sie muß zu ihm, und zwar bald. Aber sie ist verschwunden.«

Jetzt war es an mir, brüskiert auszusehen. »Ich habe mich heute ganz schön verknotet, um nach einem weggelaufenen Teenager zu suchen, aber eine vermißte Katze werde ich mit Sicherheit nicht durch die Straßen von Chicago verfolgen. Ihr Kater wird sie schneller finden als ich. Tja, das würde ich Ihnen auch raten: Fahren Sie einfach ein bißchen in der Gegend rum und lauschen Sie auf das Miauen der Kater, dann finden Sie über kurz oder lang Ihre Malteserkatze.«

»Möglicherweise hat Corinne, das Mädchen, von dem Sie sprechen, Lady Iva mitgenommen. Reinrassige kleine Katzen könnten pro Stück tausend Dollar und mehr bringen. Corinne weiß das. Aber wenn Lady Iva sich da draußen auf den Straßen herumtreibt und ein anderer Kater sie zuerst schwängert, sind die Nachkommen Mischlinge, und für die lohnen sich nicht mal die Tierarztkosten.«

Er erzählte mir all das mit einer Leidenschaft, die ich persönlich nur für die Cubs oder die Bears aufbringe. Ihm zugewandt, schloß ich meine Wohnungstür auf. Er stürzte sich hinein wie eine der Katzen, mit denen er sich so lange beschäftigt hatte. Ich packte ihn am Sakko, als er an mir vorbeiwollte, doch er riß sich los.

»Ich gehe nicht weg, bevor ich nicht Ihre Wohnung durchsucht habe«, keuchte er.

Ich rieb mir müde den Kopf. »Dann machen Sie, aber bitte schnell.«

Ich hätte die Polizei rufen können, während er sich nach Lady Iva umsah, doch statt dessen schenkte ich mir einen Whisky ein und sah ihm zu, wie er auf Händen und Knien herumkroch und dabei leise Pfiffe ausstieß – vielleicht den Brunftlaut der Malteserkatzen. Er ging meine Schränke durch, meinen Ofen, den

Kühlschrank, und bestand sogar darauf, daß ich den Safe in meinem Schlafzimmerschrank öffnete. Ich holte zuerst meine Smith & Wesson heraus, bevor ich ihn hineinschauen ließ.

Nachdem er auch noch den hinteren Flur durchsucht hatte, mußte er mir zustimmen, daß sich in meiner Wohnung keine Katzen aufhielten. Er versuchte, mich zu überreden, daß ich mit ihm in die Stadt fuhr, um auch in meinem Büro nachsehen zu können. Da riß mir der Geduldsfaden.

»Ich könnte Sie wegen Tätlichkeiten und Einbruchsversuchs verhaften lassen. Also verschwinden Sie jetzt, solange ich noch gute Laune habe. Fahren Sie mit Ihrem Kater zu meinem Büro. Wenn die Katze tatsächlich drin ist und rollig, macht er sich schon bemerkbar. Dann können Sie die Polizei rufen. Aber lassen Sie mich in Frieden.« Damit komplimentierte ich ihn trotz heftiger Proteste hinaus.

Danach sperrte ich alle Schlösser sorgfältig zu. Ich wollte nicht, daß mir noch ein weiterer wahnsinniger Katzenzüchter mitten in der Nacht auf den Pelz rückte.

4

Ich erreichte Brigitte erst nach Mitternacht. Ja, sie hatte meine Nachricht bezüglich Jade erhalten. Er tat ihr furchtbar leid, aber da sie ihm ja jetzt, wo er tot war, sowieso nicht mehr helfen konnte, hatte sie sich nicht die Mühe gemacht, sich mit mir in Verbindung zu setzen.

»Jetzt trennen sich bald unsere Wege, das kann ich Ihnen versprechen, Brigitte. Sie müssen mir beweisen, daß Sie nichts vom Tod des Mannes gewußt haben, als Sie mich rauf in die North Winthrop geschickt haben. Nicht nur mir übrigens, sondern auch der Polizei. Ich werde am Morgen mit Lieutenant Mallory vom General District sprechen und ihm das Lügenmärchen erzählen, das Sie mir aufgetischt haben. Die Beamten werden sicher herausfinden, ob es Ihnen wichtiger war, Corinne aufzuspüren oder Ihre Katze.«

Langes Schweigen am anderen Ende der Leitung. Als sie schließlich etwas sagte, war ihr Südstaatenakzent deutlich zu hören. »Können wir uns am Morgen unterhalten, bevor Sie die Polizei verständigen? Vielleicht bin ich nicht so offen gewesen, wie ich es hätte sein sollen. Ich möchte gern, daß Sie die ganze Geschichte hören, bevor Sie etwas unternehmen.«

Nein sagen, Vic, einfach nein sagen, dachte ich. »Kommen Sie um acht in den Belmont Diner, Brigitte. Sie können mir alles erzählen, aber versprechen kann ich Ihnen nichts.«

Ich stand um sieben auf, ging mit dem Hund zum Belmont Harbor joggen, kam zurück und duschte lang und ausgiebig. Wahrscheinlich würde ich nicht mal, wenn ich mir eine halbe Stunde Zeit nahm zum Ankleiden und Schminken, so gut wie Brigitte ausehen, also schlüpfte ich einfach in eine Jeans und einen Baumwollpullover.

Es war fast zehn nach acht, als ich in den Diner kam, aber Brigitte war noch nicht da. Ich holte den *Herald-Star* vom Tresen und nahm ihn in eine Nische mit, um ihn bei einer Tasse Kaffee zu lesen. Die Schlagzeile stach mir sofort ins Auge:

FOOTBALL-STAR ÜBERLEBT SCHLIMMERES
SCHICKSAL ALS DEN TOD

Charles »Jade« Pierce, früher der fähigste Mann der gefürchteten Bears-Abwehr, schaffte es wieder einmal, offensiven Gegenspielern zu trotzen. Doch diesmal ging es um mehr als nur um einen Touchdown. Der Angreifer war der Tod.

Jeremy Logan übertrieb schamlos, trotzdem las ich den Artikel bis zum Ende. Normalerweise wird eine Leiche ins Krankenhaus gebracht, wo eine Sterbeurkunde ausgestellt wird, bevor man sie in die Leichenhalle schickt. Die Beamten hatten Jade zu einer ersten Untersuchung ins Beth-Israel-Krankenhaus transportiert. Der dortigen Assistenzärztin war ein Hauch von Schweiß auf Jades Nacken und Händen aufgefallen. Sie hatte eingehender nach seinem Pulsschlag gesucht als ich und dabei leichte, wenn auch unmißverständliche Hinweise darauf gefunden, daß der Fleischberg noch lebte. Sie hatte ihn wieder ins Bewußtsein zurückgeholt.

Jade, der schwerwiegende Probleme mit Suchtmitteln hatte, nachdem er bei den Bears ausgeschieden war, hatte sich eine Mischung aus Äther und Salzsäure gespritzt, bevor er mehr als einen Liter Bourbon trank. Er schlug die Augen mit den für ihn typischen Worten auf: »Verpißt euch.«

Logan gab dann den obligatorischen Abriß von Jades Karriere und ihrem Ende und verbreitete sich schließlich noch frömmlerisch über Sporthelden, die in der Gosse sterben müssen, wenn sie der Masse nicht mehr gefallen. Ich las den Artikel zweimal durch, auch die letzte Zeile, dann traf Brigitte ein.

»Sehen Sie, Jade ist noch am Leben, also kann ich ihn nicht umgebracht haben«, verkündete sie und nahm in einer Wolke von Chanel in meiner Nische Platz.

»Haben Sie gewußt, daß er im Koma liegt, als Sie gestern zu mir gekommen sind?«

Sie hob verächtlich die Augenbrauen. »Zweifeln Sie etwa an meinen Aussagen?«

Eine der Kellnerinnen trottete herüber, um unsere Bestellung aufzunehmen. »Vic, du willst sicher Joghurt und Obst, oder? Sonst noch was?«

»Ein Käseomelett mit grünen Paprika und Roggentoast. Danke, Barbara. Was möchten Sie, Brigitte?« Wahrscheinlich ein trockenes Stück Toast und Kaffee.

»Ist Ihr Obst auch wirklich frisch?« fragte sie.

Barbara verdrehte die Augen. »Frischer, als Sie jemals sein werden, meine Liebe, Wollen Sie nun welches oder nicht?«

Brigitte, die heute in grüner Baumwolle mit schwarzer Paspelierung gekleidet war, rüstete sich zum Kampf. Ich hielt sie zurück, bevor sie den Mund aufmachen konnte.

»Das hier ist kein Lokal, wo der Kellner schon auf ein Zucken der Augenbrauen reagiert und sofort besorgt herangeeilt kommt, um sicher zu sein daß es Madam an nichts fehlt. Den Leuten hier ist es egal, ob Sie wiederkommen oder nicht. Mittlerweile wär's ihnen wahrscheinlich schon lieber, wenn Sie gehen würden. Sie können sich ja mein Obst anschauen, wenn's kommt, und wenn's Ihnen gefällt, können Sie sich selber welches bestellen.«

»Dann nehme ich nur Weizentoast und schwarzen Kaffee«, sagte sie mit eisiger Stimme. »Und bitte keine Butter drauf.«

»Gut«, sagte Barbara. »Weizentoast, Margarine statt Butter. War nur ein Scherz, meine Liebe«, fügte sie hinzu, als Brigitte sich wieder auf sie stürzen wollte. »Sie müssen auch was einstecken, wenn Sie austeilen.«

»Haben Sie mich hierher gebracht, damit man mich beleidigt?« fragte Brigitte mich, als Barbara gegangen war.

»Ich hab Sie hergebracht, damit wir uns unterhalten können. Wie sollte ich ahnen, daß Sie nicht wissen, wie man sich in einem Lokal aufführt? Wir können uns ja auch streiten, wenn Sie das wollen. Oder Sie können mir alles über Jade und Corinne erzählen. Und über Ihre Katze. Joel Sirop hat mir gestern abend einen Besuch abgestattet.«

Sie trank einen Schluck Kaffee und verzog das Gesicht. »Die sollten die Kannen zuerst mit Essig auswaschen.«

»Tja, behalten Sie das lieber für sich. Die Leute hier werden Ihnen nichts dafür zahlen, wenn Sie ihnen das sagen. Hat Joel Ihnen berichtet, daß er auf der Jagd nach Lady Iva bei mir war?«

Sie sah mich stirnrunzelnd über den Rand ihrer Tasse hinweg an und nickte dann leicht.

»Warum haben Sie mir gestern im Büro nichts über die verdammte Katze gesagt?«

Einen Augenblick lang verlor sie die Haltung; sie sah sogar ein bißchen verlegen aus. »Ich hatte gedacht, Sie würden nach Corinne suchen. Ich konnte mir nicht vorstellen daß ich Sie überreden könnte, nach meiner Katze zu fahnden. Außerdem hat Corinne die Katze wahrscheinlich mitgenommen, das heißt, wenn Sie sie finden, finden Sie auch die Katze.«

»Und wen wollen Sie wirklich zurück?«

Wieder stellte sie kurz ihre Stacheln auf, doch dann mußte sie plötzlich lachen. Sie wirkte unvermittelt zehn Jahre jünger. »Das würden Sie mich nicht fragen, wenn Sie je mit einem Teenager zusammengelebt hätten. Corinne ist mir immer fremd gewesen. Sie war achtzehn Monate alt, als ich aufs College bin, und ich hab sie immer nur eine oder zwei Wochen am Stück gesehen, in den Ferien. Früher hat sie mich verehrt. Als sie zu mir gezogen ist, hab ich mir das ganz leicht vorgestellt: Ich würde sie den richtigen Leuten vorstellen und in die richtige Schule einschreiben, sie würde sich anstrengen, wie ich zu sein, und die Sache liefe von selbst. Statt dessen hat sie unheimlich zugenommen, läßt sich von mir nichts sagen, wenn sie zuviel ißt, schleicht hinter meinem Rücken mit den Kids aus der Nachbarschaft rum. Das ist der Einfluß von Jade. Der macht sich immer wieder bemerkbar, wenn ich nicht aufpasse.«

Sie warf einen Blick auf meine Blaubeeren. Ich bot ihr welche an, und sie nahm sich einen großen Löffel voll.

»Tja, da war das andere Problem: Jade. Wir haben uns kennengelernt, da war ich Alabama-Cheerleader und er der größte Held der Stadt. Damals hab ich wirklich gedacht, ich hätte das große Los gezogen. Aber das erste, letzte und einzige in einer Ehe mit einem Football-Spieler ist der Football. Und er selbst ist natürlich wichtig, wieviel Erfolg er hat. Langweilig ist das, sage ich Ihnen. Und wenn er in einem Spiel nicht eingesetzt wird, wenn er einen Touchdown verpatzt oder nicht den entsprechenden Ruhm absahnt, dann haben Sie nichts zu lachen: Jade konnte ganz schön gemein sein. Auf dem Feld und daheim auch. Er hat mir einmal den Arm gebrochen.«

Ihre Stimme klang ruhig, doch ihre Hand zitterte ein bißchen, als sie die Kaffeetasse zum Mund führte. »Da hab ich mir eine Waffe gekauft und ihm ins Bein geschossen, als er das nächste Mal auf mich losgehen wollte. In den Zeitungen haben sie das als Jagdunfall kaschiert. Danach hat er mir nichts mehr getan – jedenfalls nicht körperlich. Bis seine Karriere zu Ende war. Dann ist er richtig gewalttätig geworden. Die Zeitungen haben mich ans Kreuz genagelt, weil ich ihn am Ende seiner Karriere verlassen habe. Aber die Reporter mußten auch nicht mit ihm zusammenleben.«

Sie war ganz aufgeregt, als sie zu Ende erzählt hatte. »Und Corinne hat sich der Meinung der Zeitungen angeschlossen?« fragte ich sie sanft.

Sie nickte. »Wir haben uns am Sonntag ziemlich gestritten. Sie wollte die Nacht bei einem Mädchen aus der Nachbarschaft verbringen. Ich mag das Mädchen nicht und hab es ihr verboten. Danach sind wir uns ganz schön in die Haare geraten. Als ich am Montag nach der Arbeit heimgekomen bin, war sie nicht mehr da. Zuerst hab ich mir gedacht, sie ist sicher zu dem Mädchen. Aber die Leute da hatten sie nicht gesehen, und in der Schule war sie auch nicht gewesen. Also konnte ich mir bloß vorstellen, daß sie zu Jade ist. Nun . . . Ich weiß es nicht. Ich wüßte es wirklich zu würdigen, wenn Sie weitersuchen.«

Sag einfach nein, Vic, dachte ich mir. »Da brauche ich tausend Dollar Vorschuß. Und mehr Namen und Adressen von Freunden und Freundinnen, darunter auch die in Mobile. Ich gehe zu Jade ins Krankenhaus. Wissen Sie, sie könnte zu ihm sein, und er könnte sie anderswohin geschickt haben.«

»Ich war selber heut morgen dort. Die Ärzte haben gesagt, er darf keinen Besuch empfangen.«

Ich grinste. »Ich habe Freunde . . .« Ich winkte Barbara wegen der Rechnung. »Apropos Freunde: Wie war das Gespräch mit dem Vizepräsidenten?«

Sie sah aus, als wolle sie mich wieder mal zurechtstutzen, doch dann schürzte sie die Lippen und bemerkte affektiert: »Wie mit jedem anderen braven Jungen, meine Liebe, wie mit jedem anderen braven Jungen.«

5

Lotty Heschel, die als Perinatalmedizinerin im Beth-Israel-Krankenhaus arbeitet, arrangierte einen Besuch bei Jade Pierce für mich. »Man hat mir gesagt, daß er Schwierigkeiten macht. Geh lieber nicht zu nah an ihn ran.«

»Wenn Sie unbedingt zu ihm wollen«, sagte die Stationsschwester mir. »Morgen früh schicken wir ihn wieder heim. Ehrlich gesagt, wär's mir lieber, wenn sie ihn gleich entlassen würden. Er läßt ja sowieso niemanden an sich ran.«

Meine Hände waren feucht, als ich die Tür zu Jades Zimmer aufdrückte. Er warf keine Gegenstände nach mir, er drehte sich nicht mal um, um mich durch das Bettgitter anzustarren. Seine Fleischmassen ergossen sich fast über das Krankenbett hinaus. Seine Glatze, glatt und glänzend wie polierte Jade, spiegelte die Deckenbeleuchtung wider.

»Ich brauch hier keine guten Seelen, also verschwinden Sie verdammt noch mal«, brummte er das Fenster an.

»Was für eine Erleicherung. Ich bin sowieso noch nie eine gute Seele gewesen.«

Da wandte er mir den Kopf zu. Seine schwarzen Augen verengten sich zu schmalen gefährlichen Schlitzen. Wenn ich ihm auf dem Spielfeld gegenübergestanden wäre, hätte ich ihm den Ball freiwillig überlassen und mich in die Dusche verdrückt.

»Wer sind Sie – so 'ne verdammte Sozialarbeiterin?«

»Nein. Ich bin die verdammte Detektivin, die Sie gestern gefunden hat, bevor Sie sich in das große Gedränge im Himmel verflüchtigen konnten.«

»Dann kommen Sie her, damit ich Ihnen den Arsch küssen kann«, zischte er mich an.

Ich lehnte mich gegen die Wand und verschränkte die Arme. »Ich wollte Ihnen das Leben gar nicht retten; eigentlich wollte ich die Leute dazu bringen, Sie in die Leichenhalle zu fahren. Aber die haben mich ausgetrickst.«

Der Fleischberg zitterte und grollte. Ich brauchte ein paar Sekunden, bis ich merkte, daß er lachte. »Tja, Sie haben wohl recht: Eine gute Seele sind Sie nicht. Was wollen Sie? Eine Beichte, warum ich mich so garstig aufgeführt hab? Den Namen des Typen, der mir das Zeug besorgt hat?«

»Solange Sie sich bloß selber weh tun, ist es mir egal, was Sie machen oder wo Sie das Zeug herkriegen. Ich bin hier, weil Brigitte mich angeheuert hat, Corinne zu finden.«

Sein Gesicht wurde wieder aggressiv. »Verschwinden Sie.«

Ich rührte mich nicht von der Stelle.

»Ich hab gesagt, verschwinden Sie!« brüllte er mich an.

»Bloß weil ich den Namen von Brigitte erwähnt habe?«

»Bloß weil Sie eine Schlange sind, wenn Sie sich mit der Hexe einlassen.«

»Ich habe mich nicht mit ihr eingelassen. Ich hab sie gestern erst kennengelernt. Und sie bezahlt mich, damit ich ihre Schwester finde.« Ich mußte mich sehr zusammenreißen, um ihn nicht meinerseits anzubrüllen.

»Corinne ist ohne sie besser dran«, knurrte er und wandte mir wieder dem Hinterkopf zu.

Ich sagte nichts, stand einfach nur schweigend da. Fünf Minuten vergingen. Schließlich lachte er höhnisch, ohne mich anzusehen. »Hat die hübsche kleine Märtyrerin Ihnen erzählt, daß ich ihr den Arm gebrochen habe?«

»Ja, das hat sie erwähnt.«

»Hat sie Ihnen auch erzählt, wie's passiert ist?«

»Bitte, erzählen Sie mir jetzt nicht, wie schrecklich mißverstanden Sie sich von ihr gefühlt haben. Ich möchte mein Frühstück eigentlich bei mir behalten.«

Wieder wandte er mir seinen riesigen Kopf zu. »Kommen Sie her.«

Als ich mich nicht rührte, seufzte er und klopfte auf das Bettgestell. »Ich tu Ihnen nichts, Ehrenwort. Wenn wir uns unterhalten sollen, müssen Sie so nahe rankommen, daß ich Ihr Gesicht sehen kann.«

Ich ging zum Bett hinüber, setzte mich rittlings auf den Stuhl und legte die Arme auf seine Rückenlehne. Jade musterte mich schweigend und grunzte dann, als habe ich so etwas wie eine Prüfung bestanden.

»Ich werde Ihnen nicht erzählen, daß Brigitte mich nicht verstanden hat. Die hatte von Anfang an 'nen Stein im Brett bei mir. Ich hab ihr den Arm nicht gebrochen – das war B.B. Wilder. Der alte Hurensohn. Ich hab gedacht, der ist mein bester Freund im Club, aber irgendwann hab ich rausgefunden, daß er der beste Freund von Brigitte ist. Wie ich dann von 'nem Jagdausflug ein bißchen früher heimgekommen bin und sie mit ihm im Bett erwischt hab, sind wir alle ein bißchen ausgerastet. Ihr hat's gefallen, wenn kräftige Männer sich rauften. Deswegen ist sie damals in Alabama so was wie ein Football-Groupie gworden.«

Ich versuchte mir vorzustellen, wie die sonst so kühle Brigitte voller Begeisterung beim Kampf der beiden besten Spieler der Bears zusah. Ganz unmöglich erschien mir das nicht.

»B.B. hat ihr den Arm gebrochen, aber ich hab mich bereit erklärt, die Schuld auf mich zu nehmen. Damals hat sie grade als Model Fuß gefaßt, und sie wollte nicht, daß ihr guter Name in Mitleidenschaft gezogen wird. Außerdem hat sie sich eine Versöhnung mit ihrer Familie erhofft oder besser gesagt mit ihrem Geld, und die hätten nie was rüberwachsen lassen, wenn sie sich ihren Ruf durch Ehebruch versaut hätte. Und ich war ja sowieso schon der schlimmste Junge, den die Bears je eingekauft hatten. Da hat's nicht mehr viel ausgemacht, daß ich noch was abkriegte.« Wieder klang er spöttisch.

»Sie hat mir gesagt, das Verhältnis zwischen Ihnen hat sich erst nach dem Ende Ihrer Karriere verschlechtert.«

»Das Verhältnis hat sich verschlechtert – tja, so kann man das auch ausdrücken. Wie, sagte Sie, heißen Sie gleich noch mal? V.I., was für ein Name für 'n Mädel wie Sie. Wie hat Ihre Mama denn zu Ihnen gesagt?‹

»Victoria«, sagte ich widerwillig. »Keiner sagt Vicki zu mir, also schlagen Sie sich das lieber gleich aus dem Kopf.« Ich hab's auch nicht besonders gern, wenn jemand »Mädel« zu mir sagt, aber Jade schien für eine Diskussion dieser Feinheiten nicht der richtige Partner zu sein.

»Victoria, so, so? Tja, nun, das Verhältnis hat sich also verschlechtert. Ich war ganz schön naiv, und bloß weil ich im Jahr fünfhunderttausend Eier verdient hab, bin ich auch nicht klüger geworden. Aber ich hätte nie 'n Mädel angerührt, nicht mal, wenn sie mich ständig auf die Palme brachte wie Brigitte. Allerdings hab ich ganz schön viele Möbel zerschlagen, und das ist ihr ziemlich auf die Nerven gegangen.«

Ich mußte lachen. »Tja, das kann ich verstehen. Das würde mich auch stören.«

Er raffte sich zu einem Lächeln auf. »Wissen Sie, unglücklicherweise bin ich in einer wirklich dreckigen Gegend aufgewachsen. Ich bin immer mit den schwarzen Bullen zu den Weihnachtsaufführungen und solchen Sachen gegangen. Die Kinder da leben im Elend, ich hatte noch nicht mal 'ne richtige Hose, bis der Sozialarbeiter aufgetaucht ist und gefragt hat, warum ich nicht in der Schule bin.«

»Dann haben Sie also die Möbel kaputtgeschlagen, weil Sie ohne aufgewachsen sind und nicht wußten, was Sie damit anfangen sollten?«

»Lassen Sie die blöden Scherze, Victoria. Ihrer Mama würde das sicher nicht gefallen.«

Ich verzog das Gesicht – da hatte er recht.

»Sie kennen doch die LeBlancs, oder? Ach, sie sind ja ein Yankee, und die Yankees sehen die Scheiße erst, wenn sie selber reingetreten sind. LeBlanc Gas – das ist einer der größten Namen an der Golfküste. Das ist ein ganz schön großer Unterschied zu den Pierces aus Florete.

Ich hab mir das College hart erarbeitet, für Old Bear Bryant Football gespielt, Brigitte kennengelernt. Sie hat's gern derb gehabt, und was Derberes als mich hat's im Süden kaum gegeben, also hat sie sich an mich drangehängt. Als sie beschlossen hatte, mich zu heiraten, hat sie mich an Weihnachen nach Mobile mitgenommen. Tja, und da war ich dann, der Elefant im Porzellanladen. Ihre Eltern haben mich nicht ausstehen können und Brigitte gesagt, sie enterben sie, wenn sie mich heiratet. Sie hat sich eingebildet, daß sie ihren Daddy trotzdem um den Finger wikkeln kann. Wir haben geheiratet, und es hat nicht funktioniert, nicht mal, wie ich ein Superstar war. Für die war ich immer noch der letzte Dreck.«

»Also hat sie sich von Ihnen scheiden lassen, damit sie wieder als Erbin eingesetzt wurde?«

Er zuckte mit den Achseln, eine Bewegung, die sich wie eine Flutwelle in seinem ganzen Körper fortsetzte. »Klar, das hatte auch was damit zu tun, aber ich war auch ein Wrack, und es war die Hölle, das Leben mit mir. Selbst wenn sie anfangs halbwegs normal gewesen wäre, hätte die Sache nicht geklappt, weil ich einfach nicht wußte, was ich machen sollte, als ich den Football nicht mehr hatte. Ich hab mir einfach nichts mehr aus dem Leben gemacht.«

»Nicht mal aus dem Daytona«, rutschte es mir heraus.

Seine schwarzen Augen wurden zu winzigen Punkten.

»Halten Sie mir hier keine Moralpredigten, wenn wir gerade anfangen, uns ein bißchen zu verstehen. Ich verlange nicht, daß Sie Tränen vergießen über meine traurige Geschichte; ich versuche bloß, Ihnen einen anderen Eindruck von der lieben, wunderschönen Brigitte zu vermitteln.«

»Tut mir leid. Es ist nur . . . Ich werd's nie schaffen, das Geld für einen Ferrari Daytona zu verdienen. Mir stellt's die Haare auf, wenn ich sehe, wie jemand einen einfach so wegwirft.«

Er schnaubte verächtlich. »Wenn ich Sie vor fünf Jahren gekannt hätte, hätte ich ihn Ihnen geschenkt. Aber jetzt ist's zu spät. Tja, und Brigitte hat zu lange gewartet, bis sie das sinkende Schiff verlassen hat. Sie hat immer noch mit Vater LeBlanc verhandelt, als der zusammen mit seiner Miz Effie in ihrer kleinen Cessna in den Golf von Mexiko gestürzt ist. Da ist das ganze Vermögen an Corinne gegangen. Brigitte kriegt als Vormund auch 'ne ganze Menge, aber ihr könnte gar nichts Besseres passieren, als daß Corinne verlorengeht. Ich wette mit Ihnen . . . ach was, ich hab ja nichts mehr zum Wetten. Na schön, ich hacke mir den großen Zeh ab, wenn Brigitte was anderes will als das Geld.«

Er dachte eine Weile nach. »Nein, stimmt wahrscheinlich

nicht ganz. Vielleicht kann sie Corinne doch ein bißchen leiden. Möglicherweise könnte sie sie noch besser leiden, wenn sie fünfzehn Kilo abnimmt, sich wie eine Debütantin in Mobile anzieht und sich mit den richtigen Mädels abgibt. Aber ich hacke mir den Zeh ab, wenn ihr das Geld nicht doch wichtiger ist.«

Ich musterte ihn und übelegte, wieviel von seiner Geschichte ich ihm glauben sollte. Deswegen halte ich mich normalerweise von Fällen fern, die mit Familienangelegenheiten zu tun haben: Jeder hat seine eigene Geschichte, es ist ganz schön anstrengend, die unterschiedlichen Teile zu einem Ganzen zusammenzufügen. Ich konnte natürlich das Testament der LeBlancs einsehen, um festzustellen, ob sie tatsächlich so über ihr Vermögen verfügt hatten, wie Jade es mir erzählt hatte. Oder ob sie überhaupt ein Vermögen hatten. Vielleicht hatte er sich das alles ja auch nur ausgedacht.

»Hat Corinne sich mit Ihnen unterhalten, bevor sie am Montag verschwunden ist?«

Sein Blick huschte im Zimmer herum. »Ich hab sie schon seit Monaten nicht mehr gesehen. Früher ist sie immer zu mir gekommen, aber dann hat Brigitte eine gerichtliche Verfügung erwirkt; ich werde festgenommen, wenn ich mich mit Corinne treffe.«

»Ich glaube Ihnen, Jade«, sagte ich schließlich ruhig. »Ich glaube Ihnen, daß Sie sie nicht gesehen haben. Aber hat sie mit Ihnen geredet? Vielleicht am Telefon?«

Wieder breitete sich dieser häßliche Ausdruck auf seinem Gesicht aus, und wieder erschütterten Flutwellen den Fleischberg, als er lachte. »Viel entgeht Ihnen nicht, was, Victoria? Sie sollten Trainer werden. Ja, Corinne hat mich am Montag angerufen. ›Warum bist du denn nicht in der Schule, Süße?‹ hab ich zu ihr gesagt. ›Auch wenn du Geld wie Heu hast, bringst du's bloß so zu was – die hauen dich alle übers Ohr, wenn du nicht gelernt hast, deinen Beratern auf die Finger zu schauen.‹«

Er schüttelte nachdenklich den Kopf. »Glauben Sie mir, ich weiß, wovon ich rede. Die Anwälte und Agenten und Finanzberater haben sich alle einen fetten Bauch angefressen, wie ich noch Geld rangeschafft habe, aber wie's schwierig wurde, hab ich selber den Kopf hinhalten müssen.«

»Und was hat Corinne von Ihrem guten Rat gehalten?« half ich ihm auf die Sprünge und bemühte mich dabei, nicht ungeduldig zu klingen: Möglicherweise war ich ja der erste vernünftige Mensch, der ihm seit langem zuhört.

›Tja, sie weint, sie hält das nicht aus, und sie fragt mich, warum sie nicht wieder heim nach Mobile kann. Und ich sagte ihr, weil sie noch nicht volljährig ist und reich, werden die Polizisen überall nach ihr suchen und sie sofort wieder zurück nach Chicago verfrachten. Und wenn sie sich noch mehr aufregt, erkläre ich ihr, daß sie sich auf mich stürzen, wenn ihr was passiert, und ob sie wirklich weg will, ich könnte ja deswegen ins Gefängnis kommen oder so. Das hat sie, glaub ich, beruhigt. ›Du mußt dir das vorstellen wie ein Trainigscamp‹, hab ich ihr gesagt. ›Die tun dir an, was sie dir nur antun können, aber wenn du das überstehst, hast du sie in der Tasche.‹ Ich hab gedacht, sie hätte die Sache im Griff und wär geblieben.«

Er schloß die Augen. »Ich bin müde, mehr kann ich Ihnen nicht sagen. Machen Sie sich auf die Socken und stellen Sie Ihre Nachforschungen an.«

»Wenn sie zurück nach Mobile wäre – wo wäre sie da wahrscheinlich untergekrochen?«

»Da unten würde sie niemand bei sich aufnehmen, ohne daß er Brigitte verständigt. Für zu viele von denen hängt der Job von LeBlanc Gas ab.« Er machte die Augen nicht auf.

»Und hier oben?«

Er zuckte mit den Achseln. Die Bewegung ließ da Bettgestell erzittern wie ein Erdbeben. »Versuchen Sie's bei den Nachbarn. Ich glaub, Corinne hat mal etwas von einer Miz Hellman erwähnt, die sie gut leiden kann.«

Er schlug die Augen auf. »Vielleicht redet Corinne mit Ihnen. Sie können gut zuhören.«

»Danke.« Ich erhob mich. »Und was ist mit der berühmten Malteserkatze?«

»Was soll damit sein?«

»Die ist zusammen mit Corinne verschwunden. Glauben Sie, sie würde ihr was tun, um sich an Brigitte zu rächen?«

»Wie zum Teufel soll ich das wissen? Diese LeBlancs würden sich doch gegenseitig alles antun. Sogar Corinne. Und jetzt verschwinden Sie hier, damit ich ein Nickerchen machen kann.« Er schloß die Augen wieder.

»Ja, Jade. Warum machen Sie sich nicht ein paar von Ihren alten Kontakten zunutze und fangen was Neues an? Ist wirklich jämmerlich, wie Sie daliegen.«

»Wollen Sie mich zusammen mit dem Daytona retten?« Der Spott kroch wieder in seine Stimme. »Ersparen Sie mir das bitte, Victoria. Mein Daddy ist mit vierzig am Alkohol gestorben. Es heißt, daß ich ihm aufs Haar gleiche. Ich weiß, was mir blüht.«

»Ganz schön abgedroschen, was Sie mir da erzählen, Jade. Man wird einen tollen Film über Sie machen, und die Kids weinen dann über Ihre traurige Geschichte. Aber wenn der Film ehrlich ist, wird er zeigen, daß Sie letztlich bloß egoistisch sind.«

Ich wollte die Tür zuknallen, doch die Feder schwächte den Schwung ab. »Verdammte Verschwendung«, zischte ich, als ich den Flur hinunterstampfte.

Die Stationsschwester hörte mich. »Jade Pierce? Da haben Sie völlig recht.«

6

Die Hellmans lebten in der Wohnung über dem Fernsehreparaturgeschäft, das sie in der Halsted Street betrieben. Mrs. Hellman begrüßte mich voller Erleichterung.

»Ich habe Corinne versprochen, ihrer Schwester nichts zu erzählen, wenn sie hierbleibt und nicht per Anhalter runter nach Mobile fährt. Aber ich habe mir ganz schöne Sorgen gemacht. Nun . . . Für Brigitte LeBlanc bin ich Luft. Meine Tochter Lily ist Abschaum, und sie will nicht, daß Corinne sich mir ihr abgibt, deswegen ist es ihr gar nicht in den Sinn gekommen, daß Corinne hier sein könnte.«

Sie führte mich durch den hinteren Teil des Ladens und die Treppe hinauf in ihre Wohnung. »Wir haben zwar nur fünf Zimmer, aber wir behalten sie gern so lange bei uns, wie sie bleiben möchte. Die Katze macht mir mehr Sorgen: Sie läßt sich nicht gern hier einsperren. Dienstag nacht ist sie raus, und wir haben ganz schön Probleme gehabt, sie wieder einzufangen.«

Ich grinste mir eins: Tja, das war's dann wohl mit den reinrassigen Nachkommen für Joel Sirop.

Mrs. Hellman brachte mich ins Wohnzimmer, wo Corinne auf einem Schlafsofa saß. »Corinne, das ist eine Detektivin. Ich glaube, du solltest dich mit ihr unterhalten.«

Corinne saß zusammengesunken vor dem riesigen Fernseher in dem winzigen Zimmer. Mit ihrem weißen Männerhemd und der ausgefransten Blue jeans sah sie ihrer eleganten Schwester alles andere als ähnlich. Ihr Teint war ungepflegt, dazu passend die strähnigen, geraden Haare. Sie drückte Lady Iva of Cairo gegen ihre Brust. Beide sahen mich wütend an.

»Wenn Sie glauben, daß Sie mich dazu bringen, wieder zu dieser kaltherzigen Hexe zurückzugehen, haben Sie sich geschnitten.«

Mrs. Hellman versuchte, Einwände gegen ihre Ausdrucksweise zu erheben.

»Ist schon in Ordnung«, sagte ich. »Das hat sie von Jade. Aber Jade hat bei jeder Auseinandersetzung mit Brigitte den kürzeren gezogen, Corinne. Vielleicht solltest du's mit 'ner anderen Methode versuchen.«

»Brigitte haßte Jade. Sie haßt alle, die nicht machen, was sie will. Wenn Sie für Brigitte arbeiten, haben Sie keinen blassen Dunst.«

Ich antwortete auf den ersten Teil dessen, was sie gesagt hatte: »Hast du deswegen die Katze mitgenommen? Damit sie keine reinrassigen Kätzchen kriegen kann? Das will doch Brigitte, oder?«

Ein Lächeln huschte um ihren traurigen Mund. Sie sagte lediglich: »Sie haben mir nicht erlaubt, meine Hunde oder mein

Pferd mit nach Norden zu nehmen. Iva ist ganz schön eingebildet, aber sie ist besser als gar nichts.«

»Jade meint, Brigitte ist neidisch, weil du das LeBlanc-Vermögen geerbt hast und sie nicht.«

Sie gab ein angewidertes Geräusch von sich. »Jade macht sich wegen dem ganzen Scheiß viel zu viele Gedanken. Ja, Daddy hat mir tatsächlich ein hübsches, fettes Bankkonto hinterlassen. Aber das Unternehmen ist an Daddys Kusin Miles gegangen. LeBlanc Gas kann man als Frau nicht erben, und Brigitte hat das genausogut gewußt wie ich. Das haben sie uns beiden in unserer Kindheit schon gesagt, damit wir uns nicht drauf versteifen. Und das Geld, das sie mir hinterlassen haben – das verdient Brigitte jedes Jahr durch ihre Geschäfte selber. Sie macht sich nichts aus dem Geld.«

»Und du? Macht's dir was aus, daß das Unternehmen an deinen Kusin gegangen ist?«

Sie schnaubte verächtlich – das hatte sie mit Sicherheit von Jade abgeguckt. »Wer will schon ein Unternehmen, das den ganzen Golf verpestet und die Leue ausbeutet, die dafür arbeiten?«

Ich dachte über ihre Antworten nach. Mit vierzehn war sie wahrscheinlich tatsächlich noch so draufgängerisch. »Und was *ist* dir wichtig?«

Sie sah mich mit schmollenden dunklen Augen an. Einen Moment lang dachte ich, sie würde mir gleich sagen, ich solle mich um meine eigenen Angelegenheiten kümmern und mich zum Teufel scheren, da platzte es aus ihr heraus: »Mein Pferd. Sie haben Miles das Haus zusammen mit meinem Pferd vermacht. Sie haben gesagt, daß das Haus und alles, was nicht ganz speziell für jemanden gedacht ist, an ihn geht. Sie haben nicht mal dran gedacht, mir mein eigenes Pferd zu hinterlassen.«

Der letzte Satz erstickte in einem Jammern. Ich hatte nicht den Eindruck, daß sie sich über einen tröstenden Klaps auf die Schulter freuen würde. Also mischte ich mich nicht ein und ließ sie weinen. Schließlich wischte sie sich die Nase an ihrem ausgefransten Ärmel ab und sah mich mit einem wilden Blick an, um zu sehen, ob sie mich damit beeindrucken konnte.

»Wenn ich Brigitte überreden könnte, Miles das Pferd abzukaufen und es hier unterzubringen, wärst du dann bereit, wieder zu ihr zurückzugehen, bis du volljährig bist?«

»Das schaffen Sie ja doch nicht. Niemand bringt die Hexe dazu, es sich anders zu überlegen.«

»Und wenn ich's doch schaffen würde?«

Sie sah mich mit vorgeschobener Unterlippe an. »Vielleicht. Wenn ich mein Pferd haben und zusammen mit Lily in die Schule gehen könnte statt auf die verdammte St. Scholastica.«

»Ich werde mir Mühe geben.« Ich stand auf. »Zum Ausgleich könntest du ja versuchen, Jade daran zu hindern, daß er sich zu Tode spritzt. Weißt du, das ist alles andere als romantisch – im Gegenteil, es ist schrecklich und schmerzhaft, so ziemlich das schlimmste, was einem passieren kann.«

Sie sah mich nur finster an. Eine gute Seele zu sein, ist gar nicht so leicht. Die wenigsten reagieren erfreut auf solche Versuche.

7

Brigitte war wütend. Ihre Wangen wuden rot, und ihre kobaltblauen Augen funkelten. Ich fragte mich, ob sie so ausgesehen hatte, als B. B. Wilder und Jade um sie gekämpft hatten.

»Also hat er die ganze Zeit gewußt, wo sie war! Ich sollte ihn wirklich verklagen deswegen. Geht das?«

»Nicht, wenn Sie vorhaben, mich als Zeugin einzusetzen«, herrschte ich sie an.

Sie schenkte mir keine Beachtung. »Und sie auch. Nimmt einfach Lady Iva mit und läßt zu, daß sie irgendein hergelaufener Straßenkater bespringt.«

Wie auf ein Stichwort meldete sich Casper of Valletta und begann, seine Krallen an dem dicken, silbergrauen Teppich zu schärfen, der Brigittes Wohnzimmerboden bedeckte. Joel Sirop nahm den Kater auf den Arm und sprach beruhigend auf ihn ein.

»Das ist schlimm, Brigitte, sehr schlimm. Vielleicht solltest du die Kleine nach Mobile zurück lassen, wenn sie sich das sosehr wünscht. Weißt du, nach drei Tagen ist es zu spät, es noch mit Lady Iva zu versuchen. Und Corinne ist wild und unberechenbar – wer sollte sie darin hindern, Lady Iva wieder zu entführen, wenn sie das nächste Mal rollig ist?«

Brigitte blähte die Nasenflügel. »Ich sollte sie in eine Besserungsanstalt schicken und ihr zeigen, was echte Disziplin ist.«

»Warum wollen Sie denn die Vormundschaft überhaupt, wenn Sie die ganze Zeit nur an Rache denken können?« fiel ich ihr ins Wort.

Sie hörte auf, in ihrem Wohnzimmer herumzulaufen, und wandte sich mir stirnrunzelnd zu. »Nun, weil ich sie gern habe natürlich. Sie wissen doch, daß sie meine Schwester ist.«

»Konzentrieren Sie sich darauf und sagen Sie sich das immer wieder vor. Sie ist keine Katze, die Sie züchten und formen können, wie Sie sich das vorstellen.«

»Ich möchte doch bloß, daß sie als Erwachsene glücklich wird. Und das wird sie nicht, wenn sie nicht lernt, sich zu beherrschen. Schauen Sie doch nur, was passiert ist, als sie angefangen hat, sich mit dieser Lily Hellman abzugeben. Sie hätte es nie zugelassen, daß Lady Iva mit einem gemeinen Straßenkater zusammenkommt, wenn sie nicht solche Freunde hätte.«

Ich knirschte mit den Zähnen. »Nur weil Lily in fünf Räumen über einem Geschäft wohnt, ist sie noch lange nicht der letzte Abschaum. Hören Sie zu, Brigitte: Sie wollten auch Ihr eigenes Leben leben. Wahrscheinlich haben Ihre Eltern Sie an der kurzen Leine gehalten. Vielleicht haben sie Ihnen sogar mit der Besserungsanstalt gedroht. Also haben Sie angefangen, mit jedem Muskelprotz ins Bett zu steigen, den Sie erwischen konnten. Sind Sie darüber so wütend, daß Sie Corinne genauso behandeln müssen?«

Sie sah mich mit offenem Mund an. Schließlich ging sie zu einem Eichenschränkchen, in dem sich eine Bar verbarg. Sie holte eine gekühlte Flasche Sancerre heraus und schenkte sich ein Glas ein. Als sie den Wein getrunken hatte, setzte sie sich an ihren Schreibtisch.

»Ist das wirklich so offensichtlich? Warum ich hinter Jade und B. B. und den ganzen anderen Jungs her war?«

Ich zuckte mit den Achseln. »Das hab ich geraten, Brigitte. Aufgrund der Informationen, die ich über Sie und Ihre Schwester und Jade bekommen habe in den vergangenen zwei Tagen. Wissen Sie, so furchtbar ist er auch wieder nicht, das war er nur in Ihren Augen. Und Corinne ist einsam und traurig und braucht jemanden, der sie liebt. Zum Beispiel ihr Pferd.«

»Und ich?« Wieder funkelten ihre kobaltblauen Augen. »Was brauche ich? Vielleicht die Umarmung meiner Katze?«

»Sie könnten Ihre Stacheln ablegen, dann würden Sie schon ein bißchen liebenswürdiger. Beispielsweise hätten Sie mir auch ein Glas Wein anbieten können.«

Sie wollte etwas Bissiges sagen, ging aber zum Barschränkchen und holte auch für mich ein Glas heraus. »Na schön, dann hole ich also Flitcraft nach Chicago und bringe die Stute in einem Stall hier unter. Und ich schreibe Corinne in die gräßliche städtische Schule ein. Tja, und dann werden wir wohl glücklich leben bis ans Ende unserer Tage.«

»Sie könnte ja ihren Abschluß machen.« Ich nahm einen Schluck von dem Wein. Er war kalt und frisch und löste ein wenig von der Spannung, die die LeBlancs und Pierces in mir aufgebaut hatten. »Nächstes Jahr wird sie vielleicht nicht bei Lily unterkriechen, sondern nach Mobile trampen oder sich auf den Straßen rumtreiben. Jetzt haben Sie noch die Wahl.«

»Na schön«, herrschte sie mich an. »Sie sind also eine Heilige, ich weiß schon, und Sie haben noch nie ein böses Wort zu irgend jemandem gesagt. Sie können Corinne ausrichten, ich mache den Kuhhandel mit ihr. Aber wenn die Sache schiefgeht, können *Sie* in der Nacht aufbleiben und sich Gedanken um sie machen.«

Ich rieb mir die Schläfen. »Schicken Sie sie zurück nach Mobile, Birigtte. Es muß doch eine Großmutter oder eine Tante oder irgend jemanden geben, der sie wirklich gern hat. Bei Ihrer Einstellung ist das Zusammenleben mit Corinne doch eine Zeitbombe.«

»Das können Sie laut sagen.« Das war Jade, der die Tür zum Wohnzimmer vollständig ausfülllte.

Hinter ihm war die Stimme der Haushälterin zu hören, die selbst nicht zu sehen war. »Ich habe versucht, ihn abzuwimmeln, Brigitte, aber Corinne hat ihn hereingelassen. Wollen Sie, daß ich die Polizei hole?«

»Ich habe das Recht, in mein Haus einzuladen, wen ich will«, kreischte Corinne.

Kläglich miauend riß sich Casper von Joel Sirop los, stürzte auf die Tür zu und drückte sich zwischen Jades Füßen durch. Auf der anderen Seite des Hindernisses hörten wir Lady Ivas Antwortschrei und Corinne – wahrscheinlich hatte sie ein paar Katzenkrallen abbekommen ...

»Warum gehen Sie nicht aus der Tür, damit wir sehen, was los ist?« fragte ich Jade.

Er walzte ins Wohnzimmer und setzte sich auf die Kante des fahlgrauen Sofas. Corinne stolperte hinter ihm herein und setzte sich neben ihn. Ihre schlammige Haut und die strähnigen Haare sahen auf Brigittes Designermöbeln noch schlimmer aus als in Mrs. Hellmans vollgestelltem Wohnzimmer.

Brigitte sah zu, wie das Blut von Corinnes rechter Hand auf den Teppich tropfte, und nickte der Haushälterin zu, die in der Tür wartete: »Würden Sie das bitte für mich saubermachen, Grace?«

Als die Haushälterin weg war, wandte sie sich an ihre Schwester. »Wenn du das nächste Mal wütend auf mich bist, dann laß es nicht an der Katze aus. War das wirklich nötig, daß du sie mit einem hergelaufenen Straßenkater zusammengebracht hast?«

»Iva ist das egal«, murmelte Corinne schmollend. »Wenn sie nur was abbekommt, ist's ihr egal, von wem. Die ist genau wie du.«

Brigitte marschierte zur Couch. Jade hielt ihr die Hand fest, als sie Corinne eine Ohrfeige verpassen wollte.

»Hör mal zu, Brigitte«, sagte er. »Ihr zwei gehört einfach nicht zusammen. Das weißt du genausogut wie ich. Vielleicht meinst du, das bist du der Öffentlichkeit schuldig, daß du auch noch die

Mama für Corinne spielst, aber du bist einfach nicht der Mutter-typ. Der bist du noch nie gewesen. Warum möchtest du jetzt da-mit anfangen?«

Brigitte starrte ihn wütend an. »Und du bist seit neuestem der große Mister Wunderbar, der sich über alle ein Urteil erlauben darf?«

Er schüttelte den schweren Kopf. »Nein. Das möchte ich nicht für mich in Anspruch nehmen. Aber vielleicht würde Corinne ja gern bei mir wohnen.« Er hielt seine riesige Pranke hoch, als Bri-gitte etwas entgegnen wollte. »Nicht in Uptown. Ich kann mir eine Wohnung hier in der Nähe suchen. Corinne kann ihr Pferd haben und dich besuchen, wenn du meinst, daß das geht. Und wenn deine reinrassige alte Katze ihre kleinen Mischlinge kriegt, könnten die auch bei uns bleiben.«

»Aber das geht auf Corinnes Rechnung«, zischte Brigitte.

Jade nicke. »Sie würde mich finanziell unterstützen müssen, aber ich kenne noch ein paar Leute, die mir unter die Arme grei-fen würden, damit ich was Neues anfangen kann. Einen Lebens-mittelladen oder so was.«

»Du würdest dich doch sowieso bloß die ganze Zeit besaufen oder vollspritzen. Und dann würdest du sie vergewaltigen...«

Sie schwieg, als er sie mit seinen schwarzen Augen böse an-schaute.

»Sag jetzt kein Wort mehr, Brigitte LeBlanc. Du weißt, daß ich kein Frauenverächter bin, aber ich hab noch nie ein Mädel ange-faßt und ihm weh getan. Und was das andere anbelangt...« Er wirkte ein wenig entspannter und legte Corinne seinen gewalti-gen Arm um die Schultern. »Wenn ich wieder betrunken bin oder mir was spritze, kommt Corinne sofort hierher zurück. Wir können's ja erst mal sechs Monate ausprobieren, Brigitte. Du weißt ja, wie das ist im Trainingscamp.«

Bevor Brigitte etwas erwidern konnte, blökte Joel im Hinter-grund: »Ich finde, das ist eine gute Idee, Brigitte. Wirklich. Du solltest es versuchen: Lady Iva kann sich doch nie beruhigen, wenn ihr euch ständig streitet.«

»Dich hat keiner gefragt«, herrschte Brigitte ihn an.

»Und mich hat auch keiner gefragt«, sagte Corinne. »Wenn ihr euch nicht einigen könnt, nehme ich einfach Lady Iva und haue ab nach New York. Und dann schicke ich euch immer wieder Bilder von kleinen Mischlingskätzchen.«

Diese giftige Drohung brachte mich zum Lachen. Ich nahm einen Schluck Sancerre, um mich wieder zu beruhigen, mußte aber immer weiterlachen: Jades Fleischberge begannen ebenfalls zu erzittern. Joel blieb der Mund vor Schreck offenstehen. Nur die beiden LeBlanc-Frauen starrten einander ungerührt an.

»Ich sollte dich wirklich in eine Besserungsanstalt schicken, Corinne Alton LeBlanc.«

»Ich finde, Sie sollten sich lieber beruhigen«, riet ich ihr und stellte mein Glas auf einem Chromtisch ab. »Das ist ein gutes Angebot. Nehmen Sie es an. Wenn Sie es nicht tun, läuft sie wieder weg.«

Brigitte preßte die Lippen zusammen. »Ich hab Sie nicht engagiert, daß Sie mir in den Rücken fallen, wissen Sie.«

»Tja, Sie haben mich engagiert, nicht gekauft. Meine Aufgabe ist es, ein schwieriges Problem zu lösen. Und das hier erscheint mir bisher die beste Lösung.«

»Na schön«, zischte sie und schenkte sich noch ein Glas Wein ein. »Sechs Monate. Und wenn sie schlechter wird in der Schule oder wenn ich höre, daß sie trinkt oder fixt oder irgendwas, kommt sie wieder zu mir.«

Ich machte Anstalten zu gehen. Corinne folgte mir zu Tür.

»Tut mir leid, daß ich Sie drüben bei Lily so angegiftet habe«, murmelte sie schüchtern. »Wenn die Kätzchen auf der Welt sind, können Sie sich eins aussuchen.«

Ich schluckte und versuchte zu lächeln. »Das ist wirklich sehr großzügig von dir, Corinne, aber ich glaube, mein Hund würde sich nicht so gut mit einem Kätzchen vertragen.«

»Mögen Sie Katzen vielleicht nicht?« Sie starrte mich mit ihren braunen Augen an. »Wissen Sie, Katzen und Hunde kommen wunderbar miteinander aus, wenn ihre Besitzer sie richtig erziehen.«

»Wie die LeBlancs und die Pierces, was?«

Sie biß sich auf die Lippe und wandte den Kopf ab, dann sagte sie mit erstaunter Stimme. »Sie wollen mich auf die Probe stellen, stimmt's?«

»Nein, ich wollte dich nur auf den Arm nehmen, Corinne. Immer mit der Ruhe. Es wird schon alles klappen. Und wenn nicht, ruf mich an, bevor du irgendeinen Blödsinn machst, okay?«

»Und Sie nehmen ein Kätzchen?«

Einfach nein sagen, Vic, einfach nein sagen, dachte ich. »Laß mich drüber schlafen. Jetzt muß ich jedenfalls los.« Ich flüchtete, bevor sie mich weiter weich klopfen konnte.

Der Duft nach wilden Orangen

Les Roberts

Er hatte sich mehr als eine Stunde lang ein Rennen Stoßstange an Stoßstange mit der Blondine in dem alten hellbraunen Subaru mit den kalifornischen Nummernschildern auf der Interstate 70 geliefert. Es hatte gegen MIttag östlich von Denver angefangen und sich über die Staatsgrenze bis hinein nach Kansas hingezogen. Dieser Abschnitt des Highways ist wahrscheinlich der langweiligste der Welt, eine Strecke, die einen einzigen Entzug sinnlicher Wahrnehmungen darstellt, flach, braun und einsam, und bevor er der Blondine begegnet war, hatte er sich bei der Frage ertappt, wie viele Meilen der nächste Baum wohl entfernt sein mochte.

Sie war ihm aufgefallen, als sie den Zubringer zur Interstate hinaufgefahren war, eine sexy aussehende Frau Ende Zwanzig, die einen großen Sonnenhut aus Stroh trug, unter dem hinten ein lockiger blonder Pferdeschwanz zum Vorschein kam; dazu trug sie ein kastanienbraunes Oberteil. Während er an ihr vorbeigejagt war, hatte er registriert, daß jeder Zentimeter ihres Subarus mit Kleidungsstücken, Büchern und Decken vollgepackt war – wahrscheinlich ihr gesamter Besitz. Er sah aus wie einer dieser Wagen aus *Die Früchte des Zorns*.

Was in erster Linie seine Aufmerksamkeit erweckt hatte, war die Katze. Sie war orangefarben, mit den dazu passenden Augen, und patrouillierte wie ein Wachtposten auf den Besitztümern der Blondine herum, wobei sie in dem beschleunigten Wagen sicher das Gleichgewicht hielt. Die sommerlichen Highways der Vereinigten Staaten werden normalerweise von den Autos älterer Leute bevölkert, die für ihre Ferien unbegrenzte Zeit, aber nur einen begrenzten Geldvorrat zur Verfügung haben. Der Anblick einer hübschen Blondine mit einer orangefarbenen Katze war selten genug, um ihm sofort ins Auge zu stechen. Und er war die Art von Mann, dem hübsche Frauen immer auffielen, wo sie sich auch aufhalten mochten.

Ein paar Minuten nachdem sie sich in den Verkehrsfluß eingefädelt hatte, jagte sie auf der linken Fahrbahn an ihm vorbei, bemerkte, daß er sie anstarrte, und warf ihm einen kurzen Blick zu, ein kleines Lächeln auf den Lippen. Ihm fiel auf, daß die Wagenfenster nur einen schmalen Spalt geöffnet waren. Ihr Wagen hat wahrscheinlich keine Klimaanlage, dachte er, aber sie muß die Fenster wegen der Katze geschlossen halten.

Als sie etwa zwanzig Meter vor ihm war, zog sie den Wagen wieder auf die rechte Fahrbahn zurück, und so fuhren sie rund fünf Minuten dahin, während er sich müßig fragte, was eine Frau aus Kalifornien mit all ihren Besitztümern und einer kräftig aussehenden Katze mitten in Kansas tat.

Vor ihr fuhren zwei langsame Lastwagen und ein Campingbus, und sie zog ihren Wagen wieder nach links, wobei sie um mindestens zehn Meilen über die Geschwindigkeitsbegrenzung beschleunigte, als sie überholte. Er folgte ihr, und als er den Campingbus passierte, registrierte er, daß er von einer älteren Frau mit einem Gesicht wie eine vertrocknete Dattel gesteuert wurde, die eine Baseballmütze trug. Die Blondine ordnete sich vor dem Campingbus wieder auf die rechte Spur ein, und als er bis auf gleicher Höhe zu ihr aufschloß und zu ihr hinübersah, schenkte sie ihm ein strahlendes, herausforderndes Lächeln, mit dem sie ihm sagte, daß ihr völlig bewußt war, wie sie sich alle paar Minuten wie zwei ausgelassene Kinder überholten, und daß ihr das Spiel Spaß machte. Die Katze stierte ihn nur ausdruckslos an.

Er scherte ebenfalls wieder auf die rechte Fahrbahn ein und sah in seinem Rückspiegel, daß sie immer noch lächelte. Sie war ziemlich niedlich, fand er, und so, wie es vielen verheirateten Männern geht, die von zu Hause fort sind, begann er, Tagträumen über sie nachzuhängen, wie er sie kennenlernen, wie er sich ihr nähern könnte.

Er bremste langsam ab, bis er eine Geschwindigkeit von exakt zweiundsechzig Meilen in der Stunde hielt, glitt so eine Weile dahin und wartete, daß sie neben ihm auftauchte. Als sie es tat, versuchte er, ihre Aufmerksamkeit zu erregen, indem er eine Handbewegung machte, als würde er etwas trinken. Er hoffte, sie würde an der nächsten Ausfahrt abbiegen und eine Coke mit ihm trinken, aber diesmal nahm sie keinen Blickkontakt zu ihm auf und wurde nicht einmal langsamer, und bei dieser Geschwindigkeit konnte er nicht weiter zu ihr hinübersehen, ohne auf den Schotterrand der Straße zu geraten.

Hilflos sah er zu, wie sie sich weit vor ihm wieder einordnete. Als sie die nächste Abfahrt zu einer kleinen Stadt namens Victoria erreichten, bog sie nicht ab. Sie hatte seine Pantomime wohl nicht gesehen.

Ungefähr eine weitere halbe Stunde lang setzten sie ihr kleines Spielchen fort, bis die Blondine plötzlich Gas gab, vor einer längeren Schlange Limousinen und Lieferwagen verschwand und er das Interesse verlor.

Der Sender, den er im Radio eingestellt hatte, wurde immer wieder undeutlich, der Fluch des Geschäftsreisenden, der in abgelegenen ländlichen Gegenden unterwegs ist. Er hatte ein Kassettengerät im Wagen, das er aber nie benutzte. Musik bedeutete ihm ohnehin nicht viel – alles, was ihn interessierte, waren die Wetter- und Verkehrsdurchsagen und die Sportergebnisse. Ärgerlich hieb er auf die Sendersuchlauftaste, bis er einen anderen klareren Sender hereinbekam – Countrymusik, was er verabscheute, aber wahrscheinlich gab es jede halbe Stunde eine Nachrichtensendung.

Er begann, über die Verkäufe nachzudenken, die er gestern in Denver abgeschlossen hatte, und an den Besuch, den er morgen nachmittag in Indianapolis machen würde. Daß er die Leute überzeugen würde, stand schon fest, an diese bestimmte Gesellschaft verkaufte er immer. Es ging nur noch um den Umfang des Geschäftes. Im Kopf rechnete er die verschiedenen Provisionen durch, die er bereits verdient hatte und vielleicht noch verdienen würde, je nach Laune des Kunden, und er ging davon aus, daß er ein teures Essen würde springen lassen müssen, bevor er den Auftrag erhielt und sich auf den Heimweg nach Columbus und zu seiner Frau machen konnte.

Der platte Kadaver, an dem er vorbeifuhr, mußte einmal ein Hund gewesen sein. Er wandte den Blick ab und erschauderte. An den Anblick toter Dinge hatte er sich nie gewöhnen können, obwohl überfahrene Tiere ebenso wie die Weizenfelder als fester Bestandteil zu dieser Gegend gehörten. Kansas schien ihm so etwas wie das Mekka dieser Welt für tote Hunde zu sein.

Die Sonne stand hoch und brannte unbarmherzig. Sie gab der Landschaft das Aussehen eines überbelichteten Farbfotos, und der Straßenbelag vor ihm flimmerte und hatte eine hypnotisierende Wirkung. Auf dieser Reise war er zum Glück nicht an allzu vielen Baustellen vorbeigekommen, an diesen orangefarbenen Tonnen, die eine Fahrbahn blockierten, ihn zwangen, langsamer zu fahren, und ihn dazu brachten, daß er vor hilfloser Ungeduld mit den Fingern auf das Lenkrad trommelte. Es war schon schlimm genug, mit Höchstgeschwindigkeit durch die endlose Eintönigkeit der Great Plains zu fahren, aber nur im Schleichtempo voranzukommen, war unerträglich.

Er warf einen Blick auf die Uhr, stellte fest, daß er bereits seit drei Stunden ohne Unterbrechung unterwegs war, und überprüfte dann kurz die Tankanzeige, die auf dem letzten Viertel stand. Also beschloß er, in der nächsten Stadt einen Stopp einzulegen, um vollzutanken, auf die Toilette zu gehen und etwas Kaltes zu trinken.

Gegen drei Uhr nachmittags fuhr er eine Shell-Tankstelle in Russell, Kansas, an, und als er ausstieg, traf ihn die Hitze wie ein Faustschlag. Er schob den Zapfhahn in die Tanköffnung und lehnte sich an den Kühler seines Wagens, während die Zahlen auf der Anzeige der Zapfsäule klickend umsprangen. Als sich die Benzinzufuhr automatisch abschaltete, hängte er den Zapfhahn wieder in seine Halterung, schraubte den Tankverschluß zu und ging in das Tankstellenhäuschen, um zu zahlen und die Toilette zu benutzen. Auf dem Rückweg zog er sich eine Pepsi aus dem Kühlautomaten. Er war gerade zu seinem Wagen zurückgekehrt, als die Blondine an einer Nachbarsäule hielt. Sie kurbelte die Seitenscheibe herunter und warf einen kurzen Blick über die Schulter, um sich zu vergewissern, daß die Katze nicht heraussprang. Doch das Tier blieb sphinxartig auf einem Weidenkorb liegen, offensichtlich völlig desinteressiert an dem, was um es herum vorging.

»Äh, hallo«, sagte er.

Ihr Lachen klang wie Glöckchen im Wind. »Oh, hallo«, erwiderte sie. »Ich habe schon geglaubt, wir hätten uns verloren.« Sie streckte gemächlich einen Arm aus dem Fenster, und als er an den Wagen herantrat, um ihr die Hand zu schütteln, sah er, daß sie weitgeschnittene weiße Shorts trug. »Ich bin Rose.«

In der täglichen Flaute zwischen spätem Mittagessen und frühem Abendessen war das Restaurant gegenüber der Tankstelle fast leer, und die Kellnerin bemühte sich nach Kräften, sie zu überreden, das Büffet für 5,95 Dollar auszuprobieren. Sie widerstanden ihren Überredungskünsten und bestellten nur einen Eistee für ihn und einen Kräutertee für sie. Rose träufelte Zitronensaft in ihren Tee, während er Zucker in sein Glas schaufelte.

»Eigentlich hatte ich diese Ausfahrt schon verpaßt«, erzählte sie gerade, »aber dann habe ich auf die Tankanzeige gesehen und bemerkt, daß ich Benzin und Widget ein bißchen Wasser brauchte.«

»Widget?«

»Mein Kätzchen«, erklärte sie. »Ich habe die Straße ein paar Meilen weiter verlassen, aber da gab es keine Tankstellen, also bin ich über die parallele Versorgungsstraße hierher zurückgefahren.« Ihre Augen funkelten, als sie ihn unter dem Rand ihres Sonnenhutes anblickte. »Jetzt bin ich froh, daß ich es getan habe.«

»Wo fahren Sie hin, Rose?« wollte er wissen.

»Ich will nach Lee's Summit. Das liegt gleich auf der anderen Seite von Kansas City.«

»Was gibt es in Lee's Summit?«

»Frieden, hoffe ich. Ich bin Heilerin.«

»Sie sind Ärztin?«

»Nein, nein. Heilerin. Handauflegen, Meditation, solche Dinge.«

Er nippte an seinem Tee, nickte nachdenklich und vesuchte, Interesse zu zeigen, während er dachte, daß es typisch für sein Glück war, Verrückte aufzugabeln. Nun, wenn sein Glück anhielt, konnte er sie ja vielleicht dazu überreden, ihre Hände auf ihn zu legen – und umgekehrt.

»Ich habe die letzten drei Jahre in L. A. gelebt und angefangen, es zu hassen«, sagte sie. »Aber Sie wissen ja, wie das ist, man möchte wegziehen, aber man weiß nicht, wohin man gehen kann. Zum Schluß ist mir einfach das Geld ausgegangen. Also habe ich meiner Freundin in Lee's Summit geschrieben, und sie hat mich eingeladen, zu ihr zu kommen und dort so lange zu bleiben, wie ich will.« Sie zuckte die Achseln, ihre Brüste hoben sich in ihrem Oberteil, und seine Augen verfolgten das Heben und Senken, die zarten Schatten blauer Adern unter der gebräunten Haut. Ihr Parfum stieg ihm in die Nase, und er beugte sich vor, um etwas mehr davon mitzubekommen. Er konnte es nicht ganz einordnen, aber es schien zu ihr zu passen, ein irgendwie kalifornischer Duft.

»Ich habe eine großartige Idee«, sagte er nach einem Blick auf die Uhr. »Lassen Sie uns noch ein paar Stunden weiterfahren, bis wir nach Kansas City kommen, und dann essen wir gemeinsam zu Abend. Ich lade Sie ein.«

»Müssen Sie nicht irgendwo hin?«

»Wenn ich bis morgen nachmittag um fünf Uhr in Indianapolis bin, bekomme ich keine Probleme«, gab er zurück.

Sie nagte an ihrer Unterlippe. »Ich weiß nicht. Ich muß mich wirklich darauf konzentrieren, was ich in Lee's Summit anfange, ich sollte mich eigentlich durch nichts davon ablenken lassen.«

»Sie müssen doch sowieso etwas essen, oder? Sehen Sie, es wäre eine nette Abwechslung für mich. Ich bin dauernd unterwegs, ich verbringe mein ganzes Leben damit, allein in Restaurants zu essen.« Er zauberte für sie seinen besten ›Armer-einsamer-Junge-Blick‹ auf sein Gesicht. »Ich würde mich wirklich sehr über die Gesellschaft freuen.« Er fügte zwar nicht laut hinzu, daß sie sich auf ein kostenloses Essen stürzen sollte, da sie doch pleite war, aber er dachte es.

Sie strich sich das Haar aus der Stirn. Sie hatte den Sonnenhut abgenommen, und aus der Nähe konnte er die winzigen Fältchen um ihre Augen und die Mundwinkel erkennen. Sie war älter, als er gedacht hatte, vielleicht sogar Ende Dreißig. Aber sie war immer noch ziemlich hübsch, und ein verheirateter Mann konnte nicht zu wählerisch sein.

Erneut schenkte sie ihm dieses prickelnde Lächeln. »Tja, ich glaube, das müßte in Ordnung gehen.«

Er kippte den Rest des Tees mitsamt der Zuckerpfütze auf dem Boden des Glases hinunter und strahlte vor Befriedigung und Vorfreude. Er war schon immer gut darin gewesen, ein Geschäft unter Dach und Fach zu bringen.

Sie überquerten die Staatsgrenze rund vier Stunden später. Als Handlungsreisender belustigte es ihn immer wieder, daß jeder Staat ein riesiges Schild für die Autofahrer aufgestellt hatte, das sie in diesem freundlichen, herrlichen Land willkommen hieß, und ein paar hundert Meter weiter ein anderes Schild, das verkündete, was sie mit einem anstellen würden, wenn man ihre Verkehrsregeln verletzte. Er hoffte, daß Rose das zweite Schild bemerkt hatte; er war ihr lange genug gefolgt, um zu wissen, daß sie ziemlich schnell fuhr, wenn sie sich unbeobachtet fühlte, und er wollte auf keinen Fall, daß man sie anhielt, um ihr einen Strafzettel wegen Geschwindigkeitsübertretung zu verpassen. Er hatte andere Pläne.

Von dem Steakhaus im zu Missouri gehörenden Teil von Kansas City hatte er bisher nur gehört, es aber noch nie besucht. Er wollte sichergehen, daß er nicht irgend jemandem über den Weg lief, der ihn und möglicherweise auch seine Frau kannte. In Kansas City war das zwar eher unwahrscheinlich, aber man konnte nie vorsichtig genug sein.

Er trank zwei Martinis vor dem Essen, und beide bestellten sie T-Bone-Rib-Steaks mit einer gebackenen Kartoffel. Zum Essen bestellte er einen Saint Emilion mittlerer Preisklasse. Zwar hatte er bis zu diesem Zeitpunkt nicht einmal den Namen des Weines gehört, aber er nahm an, damit bei ihr Eindruck schinden zu können. Sie trank nur gelegentlich einen kleinen Schluck, und so leerte er den größten Teil der Flasche. Der Alkohol machte ihn kühn. Während des ganzen Essens ließ er immer wieder nicht gerade vorsichtige Doppeldeutigkeiten fallen, und sie lachte pflichtschuldigst über jede einzelne. Er war schon ein ziemlich witziger Kerl, fand er.

Als sie ihr Essen beendet hatten, schlug er vor, noch einen Kaffee und einen Brandy zu trinken.

»Ich mag beides nicht«, sagte sie. »Aber tun Sie sich keinen Zwang an, nehmen Sie sich, was Ihnen gefällt.«

»Das mache ich immer«, erwiderte er lüstern, ergriff ihre Hand, drückte sie und fuhr dann mit seinen Fingern über ihren nackten Arm. Sie kicherte und schlug kokett die Augen nieder. Zum Schluß hatte er zwei Brandys getrunken und den Kaffee kaum angerührt. Rose bat die Kellnerin um eine ›Kätzchentüte‹ und verstaute den Steakknochen mit langen, schlanken Fingern darin.

Bevor er die Rechnung bezahlte, ging er auf die Herrentoilette, wobei er sich mehr als nur ein bißchen wackelig auf den Beinen fühlte. In der Kabine überprüfte er sein Bargeld. Zweihundertsiebenundsechzig Dollar. Das war gut. In seiner Brieftasche steckten zwar eine Firmenkreditkarte und zwei seiner persönlichen Karten, aber er wollte keine durch Quittungen zurückverfolgbare Spuren hinterlassen, auf die ihn sein Boß oder seine Frau ansprechen konnte.

Als er zum Tisch zurückgekehrt war, sagte Rose: »Ich habe gar nicht bemerkt, wie spät es schon ist. Oh, das ist furchtbar.«

»Wieso?«

»Es ist fast schon elf. Ich kann nicht kurz vor Mitternacht bei meiner Freundin aufkreuzen, nicht nachdem sie schon so nett war, mich aufzunehmen.«

Er lehnte sich zurück, sein weißes Hemd spannte über seinem vollen Bauch, und in seinem Kopf tanzten aufreizende Bilder einen trunkenen Reigen. »Kein Problem«, sagte er und warf drei Zwanzig-Dollar- und ein paar Ein-Dollar-Noten auf den Tisch neben die Rechnung. »Ich muß sowieso ein Motelzimmer mieten.«

Das Motel hatte er bereits frühzeitig ausgesucht. Es lag in Independence, Missouri, und er war auf der Durchreise bereits zigmal daran vorbeigefahren, jedoch noch nie dort abgestiegen. Das Reklameschild bot Zimmer von fünfzehn Dollar aufwärts an, und da die Firma seine Spesen übernahm, hatte er bisher stets in etwas besseren Motels übernachtet. Heute nacht würde er die Kosten dagegen aus eigener Tasche bestreiten müssen, und er war alles andere als spendabel. Außerdem hatte er schon mehr als sechzig Dollar für das Essen auf den Kopf geschlagen.

Es war ein großes Motel mit mehr als hundert Zimmern, und er steuerte den Wagen auf einen Parkplatz neben dem Gebäude. Mit Befriedigung registrierte er, daß Rose direkt hinter ihm hielt.

Er stieg aus seinem Wagen, und ein leichter Schwindelanfall ließ ihn ein wenig stolpern. Zum Essen hatte er wirklich eine Menge getrunken. »Ich melde mich an«, sagte er.

Sie willigte mit einem Nicken ein und begann, alles, was sie für die Nacht benötigen würde, aus dem Durcheinander auf dem Beifahrersitz zusammenzusuchen. Trotz der Hitze rieb er sich voller Vorfreude die Hände.

»Ein Zimmer für zwei Personen«, sagte er zu der Rezeptionistin, einem jungen Mädchen, das wie eine frische Schulabgängerin aussah. »Ein großes Doppelbett, wenn Sie so etwas haben.« In das Anmeldeformular, das sie ihm zuschob, trug er ein: ›Richard Thompson, Akron, Ohio‹, was weder sein richtiger Name noch sein Wohnort war. Außerdem gab er ein falsches Nummernschild an. Und er bezahlte bar.

Das Zimmer befand sich am äußeren Ende des Gebäudes, und er überlegte, ob er dorthin fahren sollte, aber sein Kopf brummte, und er hatte keine Lust, noch einmal in sein Auto zu steigen. Er holte seinen Übernachtungskoffer hervor und schloß den Wagen ab. Rose wartete bereits auf ihn. Sie hatte nur eine Tasche über die Schulter gehängt und trug die Katze auf dem Arm gegen ihre Brust gedrückt.

»Wollen Sie die Katze etwas mitnehmen?« fragte er.

Ihre Augen weiteten sich. »Sie erwarten doch nicht wirklich, daß das arme Ding die ganze Nacht in diesem stickigen Wagen verbringt, oder?« Er hatte etwas gegen Katzen. Weder traute er ihnen, noch mochte er ihren Geruch. Aber im Augenblick hatte die Hitze in seinen Lenden Vorrang, also zuckte er nur die Achseln, ergriff die Frau am Arm und führte sie den Weg entlang.

Das Zimmer unterschied sich durch nichts von Tausenden anderer, die die Interstate-Highways von Amerika säumen – graue Teppiche, schmuddelig weiße Wände, ein heller Toilettentisch aus Furnierimitation, viel zu dünne Handtücher und winzige Seifenstücke in Blockform. Die laut summende Klimaanlage blies kalte Luft in den Raum, und sein schweißfeuchtes Hemd wurde sofort kalt und klamm. Kaum daß er die Tür hinter sich geschlossen hatte, schlang er die Arme um Rose und vergrub sein Gesicht in ihrem Hals. Ihr Parfum machte ihn schwindlig, und er meinte, den Duft jetzt identifziert zu haben – sie roch nach würzigen Orangen. Sie versuchte, sich aus seinem Griff zu winden, aber er schob ihr die Zunge in den Mund, hatte eine Hand in ihren Nacken gelegt, die andere Hand auf ihrem Gesäß, und preßte seinen Körper gegen den ihren.

»Genau das wollte ich tun, seit ich dich zum ersten Mal auf dem Highway gesehen habe«, sagte er. Er konnte hören, daß seine Worte etwas schleppend klangen.

»Nicht so schnell, Schatz«, erwiderte sie schließlich atemlos. Sie schob ihn von sich. »Mir geht es genauso, aber ich bin den ganzen Tag unterwegs gewesen. Weißt du nicht, daß sich Mädchen ein bißchen frisch machen müssen?«

Sie fuhr ihm mit einer Hand zärtlich über das Gesicht und warf ihm ein flüchtiges Lächeln zu, bevor sie im Badezimmer verschwand.

Er stand mitten im Zimmer, ein wenig schwankend, den Nachgeschmack des Brandys tief in seiner Kehle. Dann ging er zur Klimaanlage hinüber, blieb direkt davor stehen und ließ sich die kühle Luft ins Gesicht blasen, bis er wieder einigermaßen klar denken konnte. Widget, die Katze, rieb sich an seinen Beinen, und er trat überrascht zur Seite. Die Katze durchstreifte das Zimmer, schnüffelte überall herum, den Schwanz wie ein orangefarbenes Fragezeichen über den Rücken gereckt.

Ein verschlagenes Lächeln verzog seine Lippen, als er das Wasser im Badezimmer plätschern hörte. Er schlug die Bettdecken zurück. Die Laken waren steif vor Stärke, zeigten das obligatorische gelbliche Weiß solcher Quartiere und hatten auch schon bessere Tage gesehen. Er zog sich nackt aus, ließ alle Kleidungsstücke zu einem Haufen auf den Boden fallen, warf einen kurzen Blick in den Spiegel über dem Toilettentisch, zog den Bauch ein, bis er so flach aussah wie vor zwanzig Jahren, machte das Licht aus, schlüpfte unter die Decke und schob sich beide Kopfkissen unter den Nacken.

Eine Weile lag er so da und wartete ungeduldig darauf, daß Rose fertig wurde. Er schloß die Augen und hing seinen Träumen nach. In seiner Vorstellung war er nicht mehr angetrunken, und er malte sich aus, wie sie aus dem Badezimmer kam, wie sie aussehen, was sie tun und was er mit ihr anstellen würde. Es war ein herrlicher Traum, zuerst beinahe gewalttätig vor Leidenschaft, dann langsam und sinnlich und schläfrig, so schläfrig . . .

Ein plötzliches Gewicht auf seinen Füßen riß ihn in die Wirklichkeit zurück. Die Katze war auf das Bett gesprungen und bearbeitete die Decke mit ihren kleinen, scharfen Krallen. Er konnte ihr sanftes, leises Schnurren hören. Der Alkohol hatte seine Lider schwer werden lassen, und es kostete ihn große Mühe, sie zu öffnen.

Rose stand am Fußende des Bettes, voll bekleidet, von ihrem Strohhut abgesehen, die Umhängetasche über der Schulter. Sie hielt seine Hose in der Hand, durchwühlte seine Taschen, und als würde er einen Film betrachten, der überhaupt nichts mit ihm zu tun hatte, sah er mit an, wie sie sein restliches Geld herauszog.

Erst als sie mit der freien Hand die Katze ergriff und auf die Tür zueilte, wachte er richtig auf und begriff vollends, daß er hereingelegt worden war. Aufs Kreuz gelegt wie ein Kleinstadttrottel, der zum ersten Mal von zu Hause fort war. Mit einer einzigen Bewegung sprang er aus dem Bett und quer durch das Zimmer, die Hände nach ihr ausgestreckt. Er packte sie, aber es war überhaupt nichts Erotisches mehr daran. Er wollte nur noch das zurück, was sie ihm gestohlen hatte. »Hey!« schrie er.

Sie ließ die Katze fallen und vesuchte, sich aus seinem Griff zu befreien, schlüpfrig wie ein Fisch in seinen Händen, schien nur noch aus Knien und Ellbogen zu bestehen, während er sich abmühte, ihr das Geld aus den Fingern zu reißen. »Laß los!« krächzte er zwischen so fest zusammengebissenen Zähnen, daß ihm der Kopf schmerzte.

Eins ihrer Knie fuhr ihm so heftig zwischen die Beine, daß er aufstöhnte und sie vor Schmerzen und Wut von sich schleuderte. Sie taumelte ein paar Schritte zurück, verfing sich mit den Füßen in seiner Hose auf dem Boden, kippte nach hinten weg und schlug mit dem Hinterkopf gegen die scharfe Kante des Toilettentischs.

Er stürzte sich auf sie, zwang ihre Finger auseinander und entriß ihr das Geld. Dann richtete er sich auf. Sein Brustkorb hob und senkte sich schwer durch die ungewohnte Anstrengung. Er beugte sich über sie. »Steh auf!« keuchte er. »Und dann raus hier!«

Sie rührte sich nicht. Die Katze strich um sie herum und stubste sie mit der Nase an.

»Mach schon, Rose!«

Sie regte sich immer noch nicht, und die Gänsehaut, die auf einmal über seine nackte Brust lief, hatte nichts mehr mit dem kahlen Lufthauch der Klimaanlage zu tun.

Er kniete sich neben der Frau auf den Boden und fegte die Katze grob mit dem Handrücken von ihr weg. Von der Beleuchtung des Parkplatzes sickerte nur ein schwacher Schimmer durch die Gardinen vor den Fenstern, aber es reichte aus, daß er die dunkle Lache sehen konnte, die sich hinter ihrem Kopf ausbreitete. Er vermied sorgfältig, sie zu berühren. Das brauchte er auch gar nicht, er wußte, was es war. Ihre Augen starrten blicklos gegen den abblätternden Deckenputz, ihr Mund war zu einem stummen Schrei des Entsetzens erstarrt. Er legte eine Hand direkt unter ihren linken Busen und konnte keinen Herzschlag spüren. Er hatte auch keinen erwartet. Die Katze, die sich von seiner unsanften Behandlung nicht beeindruckt zeigte, leckte an der Pfütze hinter dem Kopf der Blondine.

Er sprang wieder auf, sein Herz schlug wie ein Vorschlaghammer in seiner Brust, seine Eingeweide krampften sich heftig zusammen, und er stürzte ins Badezimmer. Sein Magen war längst schon leer, als er immer noch würgte, und wieder war er schweißgebadet.

Schließlich kehrte er ins Schlafzimmer zurück. Er kam nicht mehr zu Atem, und eine Zeitlang lief er hektisch umher und keuchte wie ein Fisch auf dem Trockenen. Da ihm seine Nacktheit irgendwie unbehaglich war, streifte er sich seine Hose über und lehnte sich gegen die Wand neben dem Bett. Die Speckfalten seines Wohlstandsbauchs quollen ihm über den Hosenbund. Mit einer bewußten Anstrengung zwang er sich, ruhiger zu werden, und nach einer Weile konnte er tatsächlich wieder normal atmen.

Natürlich hatte er sie nicht töten wollen. Er hatte nicht einmal vorgehabt, ihr weh zu tun. Sie hatte ihn ausgetrickst, hatte versucht, ihn zu bestehlen, und er hatte sie nur aufhalten und sein Geld zurückholen wollen. Daß er sie getötet hatte, war ein Unfall gewesen. Das würde jeder einsehen.

Er ging zu dem Telefon, das neben der in Lederimitation gebundenen Bibel auf dem Nachtschränkchen stand. Die Notrufnummer der Polizei würde wahrscheinlich wie in den meisten Städten 911 lauten, nahm er an. Doch dann verharrte seine Hand über dem Telefonhörer und fiel schließlich auf seine Hüfte zurück.

Er steckte in Schwierigkeiten.

Selbst wenn keine Anklage gegen ihn erhoben wurde, würde ihn diese Sache vermutlich seine Ehe kosten. Seine Frau würde zwar verstehen, daß er versucht hatte, sein Geld zurückzubekommen, aber nach zwölf Jahren Ehe mit einem Mann, von dem bekannt war, daß er schon früher Seitensprünge gemacht hatte, würde sie nicht so einfach akzeptieren, was er mit Rose überhaupt in einem Motelzimmer getrieben hatte.

Und damit war er sein Haus, sein Auto und die Hälfte seines Einkommens los.

Außerdem war er sicher, daß er seine Arbeit verlieren würde. Sein Boss war ein prüder Mann, ein führendes Mitglied der Methodisten, und würde für das, was sich hier zugetragen hatte, nur Abscheu empfinden. Wenn er jetzt die Polizei rief, wäre er bis Sonntag zwanzigmal erledigt.

Er sank auf dem Bett zusammen und rieb sich die Augen, versuchte das wilde Pochen hinter den Lidern zu besänftigen, um wieder klar denken zu können. Dabei hielt er den Blick ständig von der Leiche der Frau abgewandt, genauso wie er es auch bei dem toten Hund auf dem Highway getan hatte, als würde sie nicht da sein, wenn er sie nicht ansah, ihre Anwesenheit einfach nicht zur Kenntnis nahm, als würde er dann allein in seinem Motelzimmer sein, ohne Rose, ohne Widget, sich einen Film auf einem Kabelsender ansehen und noch vor der letzten Szene einnicken. Nur ein ganz gewöhnlicher Zwischenstopp zwischen Denver und Indianapolis.

Dann begann er, über seine Lage nachzudenken. Abgesehen von der Kellnerin in Kansas City hatte ihn niemand mit der Frau zusammen gesehen. Er hatte sowohl das Essen als auch das Zimmer bar bezahlt und das Anmeldeformular in der Motelrezeption mit falschen Angaben ausgefüllt. Eigentlich konnte ihm niemand auf die Spur kommen.

Mit neu erwachter Zuversicht eilte er ins Badezimmer, in dem das nach würzigen Orangen riechende Parfum immer noch wie eine stumme Anklage in der Luft lag. Er entfernte die Spuren seiner Übelkeit mit dem moteleigenen Waschlappen, spülte ihn danach unter heißem Wasser aus und hängte ihn zum Trocknen über den Duschkopf. Mit einem Handtuch wischte er praktisch alle Gegenstände im Zimmer ab, obwohl er sich sofort ausgezogen hatte und ins Bett gestiegen war und sich nicht daran erinnern konnte, irgend etwas berührt zu haben. Der bohrende Stachel der Angst trieb ihn zur Eile an, auch wenn er erschöpft und immer noch leicht betrunken war.

Die Hose hatte er sich hastig übergestreift, jetzt zog er sie aus und kleidete sich dann wieder vollständig an, Unterwäsche, Hemd und den Rest seiner Sachen. Sie waren feucht und verschwitzt, aber das war ihm egal. Er steckte das zusammengerollte Bündel Dollarscheine in seine Tasche, hob seine Brieftasche vom Boden auf, wo Rose sie während ihrer Suche hatte fallen lassen, griff nach seinem Übernachtungskoffer und verließ das Zimmer, wobei er sorgfältig die Türgriffe und den Türrahmen abwischte. Ihm kam der Gedanke, einen letzten Blick zurück auf die Leiche der Frau zu werfen, aber er unterdrückte den Impuls.

Als er in den Wagen stieg, verzichtete er auch darauf, zu ihrem Subaru hinüberzusehen. Er würde diese ganze Episode aus seiner Erinnerung verbannen, nahm er sich vor.

Auf dem Parkplatz war es ruhig, und in fast allen Zimmern herrschte Dunkelheit hinter den Gardinen. Er ließ den Motor an, schaltete die Klimaanlage ein und fuhr ohne Licht davon. Fast hätte er vergessen, die Scheinwerfer einzuschalten, als er einen halben Häuserblock weiter die Auffahrt auf die Interstate 70 hinauffuhr. Er fuhr nach Westen, den Weg zurück, den er gekommen war.

Irgendwo in Kansas würde er sich ein Hotelzimmer besorgen, vielleicht in Lawrence oder Topeka, nur für alle Fälle. Dann würde er notfalls behaupten können, zu der ungefähren Zeit, als die Frau getötet worden war, Independence noch gar nicht erreicht zu haben. Es war eine List, die ein hartgesottener Polizist leicht durchschauen konnte, aber er glaubte nicht, daß es überhaupt so weit kommen würde. Niemand hatte einen Anhaltspunkt, um einen Handlungsreisenden aus Columbus, Ohio, mit einer ermordeten Katzenliebhaberin und Wunderheilerin aus Los Angeles in Verbindung zu bringen. Das bedeutete, daß er morgen eine besonders lange Fahrt vor sich hatte, aber er würde bereits früh aufbrechen.

Daß er ein Menschenleben ausgelöscht hatte, war ihm nicht gleichgültig, das Wissen lastete wie ein schwerer Stein in seinem Magen, aber wie einem Alkoholiker, der sich weigert, den Tatsachen ins Auge zu sehen, gelang es ihm, sich eine ganze Menge an Entschuldigungen zurechtzuzimmern. Wenn sie ihn auf dem

Highway nicht so strahlend angelächelt hätte, hätte er sich nie mit ihr eingelassen. Wahrscheinlich hatte sie im Rückspiegel gesehen, wie er auf die Shell-Tankstelle gefahren war, und war umgekehrt, um ihn dort zu treffen, hatte von Anfang an vorgehabt, ihn zu bestehlen. Heilerin, so ein Blödsinn, dachte er, Halunkin, das traf es schon eher.

Und darin war sie wirklich nicht schlecht gewesen, das mußte er ihr lassen. Sie hatte ein teures Essen aus ihm herausgekitzelt, hatte versucht, sein Geld zu stehlen, während er schlief, und – was wahrscheinlich das Schlimmste war – nicht einmal vorgehabt, ihm die erwartete Belohnung zukommen zu lassen. Wahrscheinlich tat sie das andauernd, wahrscheinlich verdiente sie damit ihren Lebensunterhalt. Sie hatte nur bekommen, was ihr zustand.

Er war etwa fünfzehn Meilen weit gefahren, als die Angst plötzlich über ihm zusammenschlug und er auf die rechte Standspur fahren mußte, bis er aufhörte zu hyperventilieren und das Zittern seiner Hände unter Kontrolle bekam. Nur zu gern wäre er die ganze Nacht dort stehengeblieben, in der Sicherheit eines kleinen stählernen Kokons, während der Verkehr an ihm vorüberrauschte, aber er wollte nicht das Risiko eingehen, daß ein State-Highway-Bulle anhielt, um nachzusehen, ob es Schwierigkeiten gäbe. Mit einer gewaltigen Anstrengung riß er sich zusammen und fuhr weiter nach Westen. Er schaltete das Radio an und drehte den Frequenzregler, bis er einen klaren Empfang hatte, aber er nahm die Musik des Rock-Oldie-Senders, der gerade *Judy's Turn to Cry* spielte, gar nicht bewußt wahr. Immer wieder huschte sein Blick zum Rückspiegel, aber niemand folgte ihm, jetzt nach Mitternacht herrschte kaum noch Verkehr. Ab und zu dröhnte ein Lastwagen an ihm vorbei, spuckte Dieselabgase aus, und seine Seitenbeleuchtung, die Rücklichter und die Scheinwerfer gaben ihm das Aussehen eines Kinderkarussellwagens auf dem Jahrmarkt.

Als er zum zweiten Mal an diesem Tag über die Interstate fuhr, wo sie sich direkt durch das Zentrum von Kansas City schlängelte und über den Missouri führte, behielt er die Tachonadel ängstlich im Auge. Die meisten Highway-Bullen ließen eine Geschwindigkeitsüberschreitung von fünf Meilen pro Stunde zu, aber er achtete darauf, daß die Nadel bei konstant fünfundfünfzig Meilen verharrte. Er wollte nicht riskieren, angehalten zu werden, solange er noch immer Alkohol im Blut hatte.

Und außerdem war er erschöpft, völlig ausgelaugt. Er nickte hinter dem Steuerrad ein, der Kopf sank ihm auf die Brust und ruckte dann wieder hoch. Er rieb sich die Augen und versetzte sich selbst ein paar leichte Ohrfeigen. Als Langstreckenfahrer wußte er nur zu gut, daß er nicht mehr viel länger so weitermachen durfte; er hatte schon zu viele verbeulte und ausgebrannte Autowracks neben der Straße gesehen. Er brauchte etwas Schlaf.

Ein grünes Schild verkündete, daß Lawrence, Kansas, zwölf Meilen vor ihm lag. Ein- oder zweimal hatte er dort Rast gemacht und zu Mittag gegessen, ein hübsches kleines Collegestädtchen ein paar Meilen südlich des Highways mit einer ganzen Reihe nebeneinandergelegener Motels, Truck-Stops, Tankstellen und den allgegenwärtigen Fast-food-Restaurants. Er drehte die Musik lauter und die Kaltluftzufuhr weiter auf. Bis dahin würde er es noch schaffen.

Zwanzig Meilen später fuhr er über die Hauptausfallstraße von Lawrence, rieb sich die Augen, um wach zu bleiben, und knirschte beim Anblick der wachsenden Zahl von Schildern vor den Motels, die ›Keine Zimmer mehr frei‹ verkündeten, mit den Zähnen. Was war in dieser speziellen Nacht das Besondere an Lawrence, Kansas? fragte er sich. Es war mitten in der Woche, mitten im Sommer, kein Wochenende oder Footballspiel, von dem die Leute nach Hause fuhren. Er bemühte sich, die Situation nicht persönlich zu nehmen, als ob sich die gesamte Menschheit mit den Göttern verschworen hätte, um ihm das Leben schwerzumachen.

Am Ende der Reihe entdeckte er ein Best Western. Laut dem roten Reklameschild war noch ein Zimmer frei, und er parkte seinen Wagen vor der Rezeption. Gerade noch rechtzeitig, dachte er. Seine Augenlider waren schwer, sein Gehirn gefährlich überlastet.

Der junge Bursche hinter dem Empfangstisch, der hier offensichtlich nur während der Sommermonate jobbte, reichte ihm ein Anmeldeformular und einen Stift und sah zu, wie der Mann die Karte ausfüllte, diesmal mit richtigem Namen und Adresse.

»Kreditkarte, Sir?«

»Sicher«, erwiderte er und verdrehte den Kopf, bis es in seinem Nacken knirschte. Er konnte sich nicht erinnern, sich jemals so ausgelaugt gefühlt zu haben. Alles, woran er noch denken konnte, waren die frischen weißen Laken und das klimatisierte Zimmer, das er gerade gemietet hatte. Er zog seine Brieftasche hervor, klappte sie auf, und sein Magen verdrehte sich, als hätte man ihm ein Rohlederseil um seinen Dickdarm geschlungen und zugezogen. Seine Kreditkarten waren verschwunden.

Deshalb hatte sie seine Brieftasche auf den Boden fallen lassen – sie hatte die Kreditkarten entfernt, bevor sie in seinen Hosentaschen nach dem Geld gesucht hatte. Die Kreditkarten steckten jetzt vermutlich in ihrer eigenen Hosentasche oder in ihrer Handtasche und lagen zusammen mit ihr auf dem grauen Teppichboden in dem Motelzimmer in Independence.

Er hörte, wie sich seiner Kehle ein Geräusch entrang, und versuchte, es durch ein Husten zu überdecken. »Nein, äh . . . ist schon gut, ich habe es mir anders . . .«

Er riß dem verblüfften Jungen das Anmeldeformular aus der Hand, knüllte es zusammen, quetschte es in seine Hosentasche und stürzte aus der Tür hinaus zu seinem Wagen.

Jetzt ging es nur noch um eins, er mußte nach Independence zurückkehren, bevor irgend jemand Rose entdeckte, und ihr die Kreditkarten und alles andere abnehmen, was sie möglicherweise aus seiner Brieftasche gezogen hatte und auf dem sein Name stand.

Diesmal achtete er nicht darauf, die Geschwindigkeitsbeschränkung auf dem Highway einzuhalten, er dachte nur noch daran, in dieses Motelzimmer zurückzukehren. Die Erschöpfung ließ seinen Kopf pochen, aber sein Fuß drückte das Gaspedal gleichmäßig herunter. Er war wütend auf sich selbst – um ein Haar hätte er die Sache versiebt.

Als er durch Kansas City fuhr, schoß ihm ein fürchterlicher Gedanke durch den Kopf. Wie sollte er wieder in das Zimmer gelangen? Er verrenkte sich auf seinem Sitz, um die Hand in seine Hosentasche zu schieben, der Schweiß lief ihm über das Gesicht, seine Brust hob und senkte sich unter krampfhaften Atemzügen, doch dann berührten seine Finger die große flache Plastikscheibe, an der der Schlüssel hing. Er seufzte. Ein Problem weniger, über das er sich Sorgen machen mußte.

Erleichterung überkam ihn, und die Spannung fiel von ihm ab. Er lehnte den Kopf an die Nackenstütze, atmete zum ersten Mal seit mehr als zwei Stunden entspannt durch und mußte nicht länger gegen die Müdigkeit und den Alkohol ankämpfen, ließ sich durch die Panik nicht mehr bis an die Grenzen seiner Belastbarkeit treiben. Alles würde gut ausgehen.

Einfach gut ...

In diesem Augenblick fühlte er, wie sich die kleinen nadelscharfen Krallen in seine Schulter und seinen Nacken gruben, und er sog scharf die Luft ein. Die verdammte Katze war ihm aus dem Motelzimmer gefolgt und hatte sich in den Wagen geschlichen, als er nicht aufgepaßt hatte. Vor Überraschung und Schmerz riß er das Lenkrad heftig herum. Das letzte Geräusch, das er hörte, war das leise, vibrierende Schnurren direkt neben seinem Ohr.

Als die Rettungsmannschaft ihn mit der Blechschere aus seinem Autowrack herausschnitt, angelte einer der Männer die verängstigte und zitternde orangefarbene Katze heraus, die sich auf den Boden vor dem Rücksitz gekauert hatte. Er nahm sie in dieser Nacht mit nach Hause, und am nächsten Morgen beschloß seine kleine Tochter, voller Freude über ihre neue Schmusekatze, daß sie Lucky heißen sollte.

Das Märchen vom Kater
mit der goldenen Pfote

Eva Demski

Eines Tages spazierte eine gestreifte Katze in den Garten des Tierheims am Rand der Stadt. Zwar gab es genau zweiundvierzig gestreifte Katzen in diesem Tierheim, aber diese neue, dreiundvierzigste Katze fiel der Tierheimdame sofort auf. Sie schwankte unter der Last ihres Bauches wie ein Maulesel unter seinen Körben, und sie war längs gestreift. Längs gestreift wie eine Melone oder ein junges Wildschwein, und kurz vor der Niederkunft. Die Tierheimdame setzte sich auf den großen Brekkiesack, schlug die Hände vors Gesicht und sagte zu einem alten Kater, der sich in respektvollem Abstand von der Neuen (man weiß ja, wie launenhaft Schwangere sind) neben die Tierheimdame gesetzt hatte: »Das werden mindestens sieben Stück.« »Gra-hau!« sagte die längsgestreifte Katze und setzte sich auf den Sandweg, um sich die Pfoten zu lecken, die etwas aufgeschürft waren, weil man sie aus einem langsam fahrenden Auto direkt vor das Tierheimtor gestoßen hatte. Das Auto war längst davon, und wir wollen keinen Gedanken mehr daran verschwenden, denn auch die Tierheimdame hatte gelernt, die Dinge zu nehmen, wie sie kamen, und zerbrach sich schon lange nicht mehr den Kopf über die Ratschlüsse der Menschen. Es wird nun in unserer Geschichte Zeit, allen mitspielenden Seelen auch einen Namen zu geben, oder besser: ihre Namen zu verraten, denn sie hatten ja alle schon einen, bevor wir durch die Tür dieser Geschichte mitten ins Tierheim gekommen sind. Die längsgestreifte Katze hatte sich, als sie in einem Kosmetikkoffer von der Insel Malta in die Stadt unserer Geschichte reiste, an den Namen »Souvenir« gewöhnt. Damals war sie winzig, niedlich und ganz und gar nicht schwanger gewesen. Souvenir wurde erst geliebt, dann geduldet, dann lästig – es ist eine alte Geschichte, und nicht nur die dreiundvierzig Gestreiften, sondern auch die sechsundsiebzig Andersfarbigen, die Hunde, einäugigen Gänse und Zwergkaninchen hatten sie erlebt.

Die Tierheimdame hieß Lisa Katz. »Und ich kenne jeden dummen Witz über meinen Namen, den es gibt. Sie brauchen sich gar nicht anzustrengen!« pflegte sie zu sagen, wenn sie sich vorstellte. Sie stellte sich allerdings selten vor, denn Menschen waren es ihr meistens nicht wert, und bei den Viechern tat es nicht not.

Der alte Kater hieß Kunzelmann und war eine Hinterlassenschaft aus einer sogenannten WG, deren Mitglieder entweder in die Jahre, in Beamtenstellen oder in den Knast gekommen waren. Kunzelmanns Namensgeber saß im Knast und schrieb seinem Kater von dort Karten, die Lisa Katz ihm vorlas. Vielleicht war Kunzelmann deshalb so ausgeglichenen Gemüts. Zu ihnen gesellte sich jetzt noch ein hübscher Dackel, den seine Züchter wegen der Fehlfarbe (wie sie es nannten) hatten einschläfern lassen wollen. »Dies ist ein Hund«, soll Lisa Katz damals geäußert haben, »und keine Zigarre.« Die Fehlfarbe des Dackels Zigarre wuchs sich zu einem ungewöhnlich schönen rötlichen Grau aus, eigentlich war er rosa, in einem bestimmten abendlichen Licht.

Zigarre und Kunzelmann waren Lisas eigene Tiere, für die sie keinen anderen Platz haben wollte als eben das Tierheim. Noch immer saß also die neue, schwangere Katze auf dem Weg, leckte sich die Pfoten und verbarg, daß auch sie einen Namen hatte. Lisa stand auf und holte einen Korb. Hinter dem Rücken versteckte sie, als sie wiederkam, ein Fläschchen Chloroform. Kunzelmann kannte dieses Fläschchen und wußte, wieviel kleine, unverwechselbare und völlig einmalige Katzenseelen mit seiner düsteren, aber sanften Kraft wieder dahin zurückbefördert worden waren, wo sie herkamen und wo, nach Kunzelmanns Meinung, die Verantwortlichen für das Übermaß an kleinen Kätzchen saßen. Der Kater haßte das Fläschchen und erinnerte sich dunkel daran, daß er vor langer Zeit (vor irgendeiner ihm unbegreiflichen Veränderung) das gleiche Problem damit zu lösen pflegte, indem er seine Brut einfach auffraß.

Auch das erschien ihm aus der Weisheit seines Alters (und wegen der Veränderung) jetzt etwas barbarisch, aber immer noch besser als das verdammte Fläschchen. Auch Lisa liebte das Fläschchen keineswegs. Es war nur oft die einzige Lösung, und wie ein Spruch, der sich nicht entscheiden kann, ob er ein Segen sein will oder ein Fluch, murmelte sie, wenn sie das stinkende Zeug auf den Wattebausch träufelte und die energisch zappelnden, blinden Fellbündelchen in die vorbereitete Schachtel setzte: »Es bleibt euch viel erspart!« Aber wer kann das wissen? Und wer ist so anmaßend, diesen Satz laut zu sagen angesichts eines Wurfs lebenssüchtig quiekender Kätzchen? Lisa Katz war nicht glücklich. Indessen entschloß sich die längsgestreifte Katze Souvenir niederzukommen, mied sorgfältig den dafür bereitgestellten Korb und gebar im Wäscheschrank, dessen Tür sie in geduldiger Arbeit aufgehebelt hatte, auf einem Stapel gebügelter Kopfkissen genau sieben Junge. Zigarre hätte Lisa sagen können, wo die Neue sich versteckt hatte, aber zwei Tage tat er, als sei seine Nase verstopft. Keiner brauchte was aus dem Wäscheschrank. Auch Kunzelmann hielt dicht, und die anderen Katzen blieben in ihren Gehegen, auf ihren Baumstümpfen und in ihren Häuschen und schauten aus halbgeschlossenen Augen den Weg entlang, ob nicht einer käme, der sie mitnähme. Als Souvenirs Wochenbett endlich entdeckt wurde, hatten die sieben schon Pelz, und Lisa sagte ihren ebenfalls oft gesprochenen Satz Nummer zwei für solche Fälle: »Jetzt kann ich es wirklich nicht mehr. Außerdem sind die so schön, die werden wir los, was, Zigarre?« Und der rosa Dackel Zigarre sah zustimmend drein, obwohl es für seinen Geschmack genug Katzen auf der Welt gab, eher wirklich ein paar zuviel. Aber einer jungen Mutter, das wußte er, kann man mit noch so klugen Gedanken über Geburtenkontrolle und Überbevölkerung keine Freude machen. Also behielt er sie für sich. Lisa pflückte entzückt ein Kätzchen nach dem anderen von den gebügelten Kopfkissen und setzte sie in den Korb, was Souvenir gnädig gestattete. Jedes ihrer Kinder hatte eine andere

Farbe: längsgestreift, quergestreift, schwarz, rot, dreifarbig ge-
scheckt (ein Mädchen) mausgrau (doch!) – und als letztes kam
ein weißes zum Vorschein, das eine goldene Vorderpfote hatte.
Es war die linke, und ein erfahrener Kater wie Kunzelmann, der
sich den Nachwuchs betrachtete, wußte: Mit einem solchen Kater hat der Katzengott Besonderes vor. »Wer hätte gedacht«,
sagte Kunzelmann zu Zigarre, »daß wir selber mal so einen zu
sehen bekommen. In unserer Familie ist oft davon erzählt worden, mein Urururgroßvater kannte ein Kätzin, die mal einen
Goldpfotigen gesehen haben soll – und jetzt haben wir einen im
Nest!«

»Sind das immer Kater, die mit der goldenen Pfote?« fragte Zigarre, dem die Mythen fremder Völker nicht so vertraut waren.
»Es wird so erzählt!« sagte Kunzelmann mit der Überheblichkeit
aller Katzen, mit jener Überheblichkeit, die selbst der zerrupfte-
ste Straßenkater dem feinsten Reicherleutshund entgegenbringt.
Zigarre war das gewohnt, und da er ein gescheiter Hund war,
amüsierte er sich und knurrte nicht. Er fragte auch nicht nach,
was denn ein Kater mit einer goldenen Pfote Besonders könne,
denn die Frage hätte Kunzelmann in Verlegenheit gebracht.

Gerade jetzt sagte Lisa Katz, die das vielfarbige Gewusel im
Korb liebevoll betrachtete, zu den Tieren: »Also, das weiße finde
ich besonders hübsch. Schade, daß es diese gelbe Pfote hat!«
Kunzelmanns Pupillen wurden schwarz und rund vor Verach-
tung, dann gähnte er und begann, sich die Pfoten zu waschen.
»Menschen!« dachte er. »Du lieber Gott.« Und in der nächsten
Zeit taten die Kätzchen, was Kätzchen eben tun, nuckeln, piep-
sen und um den besten Platz kämpfen, schlafen, aufwachen und
sich waschen lassen. Souvenir wußte um die Besonderheit ihres
Sohnes. Sie betrachtete ihn mit der melancholischen und wilden
Liebe aller Katzenmütter, die genau wissen, daß schon nach ein
paar Monaten ihre Kinder fremde Katzen sein würden. »Dieser
nicht!« dachte sie und wusch ihm sorgfältig die goldene Pfote.
Und so verhält es sich von alters her mit den Goldpfotigen: Sie
können Käfige öffnen. Sie können aus welken Blättern Mäuse
werden lassen. Milch fließt plötzlich in Regenpfützen, und der

Mensch, dem ein Goldpfotiger einmal die Tatze aufs Knie gelegt hat, ist – mag er Katzen vorher gehaßt haben wie besessen – ihnen auf immer verfallen.

Wenn das so ist, werden die Eingeweihten jetzt sagen, haben alle Katzen eine goldene Vorderpfote!

Sehen wir weiter. Die Kätzchen wuchsen, aber der einzige, dem Lisa einen Namen gegeben hatte, war der Weiße. Sie nannte ihn Tatze, und so wollen wir ihn auch nennen. Die Geschichte seiner sechs Geschwister ist bald erzählt. Sie machten eine schöne Karriere beim Fernsehen in einem Pausenfilm. Der Aufnahmeleiter hatte nur sechs Darsteller haben wollen. Er liebte nämlich nur gerade Zahlen und sagte, Weiß käme nicht so gut, auch verderbe die komische gelbe Pfote den Eindruck.

Siebentausenddreihundertzweiundfünfzig Leute riefen beim Sender an, als der Pausenfilm zum erstenmal gelaufen war, alle wollten ein Kätzchen haben, oder auch zwei, Fernsehkätzchen, und in den Zeitungen wurde die mürrische Lisa gezwungen, die Geschichte dieses Wurfs zu erzählen. Im Tierheim war für kurze Zeit ein Betrieb wie im Kaufhaus, Lisa nahm die Kandidaten für ein Kätzchen so mißtrauisch unter die Lupe, als gelte es, Geheimdienstoffiziere auszuwählen. Zum Schluß wurden Souvenirs bunte Kinder (die ihr in den letzten Wochen schon ein bißchen lästig geworden waren) paarweise zu sehr vertrauenswürdigen Leuten gegeben und konnten sich fast allabendlich im Fernsehen bewundern.

Tatze aber blieb im Tierheim, von seiner Mutter zwanzigmal am Tag schneeweiß geputzt und von Kunzelmann respektvoll in den nötigsten Katerkünsten unterwiesen. Viel hatte der selbsternannte Lehrer nicht zu tun, weil Tatze eigentlich schon alles konnte.

Er war ein Kater von sanfter und verschmitzter Wesensart, und es wäre sicher leicht gewesen, auch für ihn einen bürgerlichen, angenehmen Platz zu finden. Aber Lisa Katz mochte sich nicht von ihm trennen und redete sich ein, sie behalte ihn unwillig und nur als Gespielen für den alten Kater Kunzelmann. Die gelbe Pfote störte sie jetzt nicht mehr. »Sie hat sicher einen Sinn!«

sagte sie zu Kunzelmann. »Einfarbig weiße Katzen sind oft taub.«

»Menschen«, dachte Kunzelmann, »ach du lieber Gott!« Er setzte sich hin und wusch sich die Pfoten. Tatze tat es ihm nach und sah aus dunkelgrünen Augen einem kleinen Mädchen zu, das zwei ruppige, große Hunde aus dem Zwinger holte, um sie spazierenzuführen. Sie blieb vor Tatze stehen, während die Hunde leise wie Welpen fiepten und ihre Schwänze starr nach unten hielten.

»Seht mal, ihr großen Trampel!« sagte das kleine Mädchen zu den Hunden. »Der Kater hat eine goldene Pfote! Fürchtet ihr euch deswegen vor ihm?« Sie lachte und zog die widerstrebenden Hunde weiter.

»Das eine mußt du dir merken«, sagte indessen Kunzelmann zu Tatze, »mit den Menschen mag intellektuell nicht viel los sein – aber ihre Jungen sollte man nicht unterschätzen! Es ist die einzige Spezies, die gescheit auf die Welt kommt und danach immer dümmer wird. Ich habe früher wissenschaftlich darüber gearbeitet!« Tatze nickte und lächelte.

Es war eine gewisse Aufregung an diesem Tag im Tierheim, weil Lisa ihre alljährliche Reise vorbereitete. Lisa war schon seit ein paar Jahren Anfang Vierzig, eine undefinierbar aussehende Person mit irgendeiner Figur, die sie in graue Pullover und blaue Hosen mit Gummistiefeln zu verpacken pflegte. Sie liebte die Tiere, die ihr anvertraut waren, und wurde mit den Jahren so misanthropisch, wie man es halt in Tierheimen wird. Deshalb fuhr sie jedes Jahr zu den Bayreuther Festspielen. Dort badete sie ihre Seele, trug jeden Abend ein anderes Abendkleid und den gewaltigen Schmuck ihrer Großmutter. Aus ihrem Mausedutt wurde unter den Händen des Bayreuther Friseurs (jetzt hieß er Hairstylist, aber er besaß vier etwas mottenzerfressene Perserkatzen, die alle schon über sechzehn waren, und liebte Lisa sehr) eine fuchsfarbene Wolke. Dann schminkte sie sich zwei Stunden lang und nahm eine dunkle Brille mit, wenn der *Tristan* auf dem Programm stand. Zudem hatte sie eine etwas pathetische und sehr leidenschaftliche Affäre mit einem französischen Oboisten, den sie nur dort sah. Einmal im Jahr mußte sie das haben, und am vorletzten Abend begann sie sich, vom Oboistenabschied noch ganz weich und verheult, auf die Viecher zu freuen.

Diese Reise nun bereitete Lisa vor, und die ernsten Schulmädchen und Veterinärmedizinstudenten, die ihr halfen, mußten ein Maschinengewehrfeuer von Vorschriften, Beschimpfungen und Rezepten über sich ergehen lassen. An jeder Wand klebten Zettelchen mit rätselhaften Mitteilungen wie »SONNTAGS PILLE FÜR CHARLIE« oder »DANIEL NICHT KÄMMEN!«. Ihre Helfer waren daran gewöhnt, Mensch und Vieh warteten ergeben darauf, daß Lisa sich auf ihre notwendige Reise begab.

Alles beruhigte sich, nachdem ein Taxi die bis zur Unkenntlichkeit verkleidete Lisa abgeholt hatte. Und schon in der ersten Nacht verschwanden sämtliche Hunde und Katzen aus dem Tierheim. Nicht Zigarre, Kunzelmann und Tatze: Sie waren in Lisas Wohnung geblieben; Tatze war nachts aufgewacht und unruhig geworden. Lisas junge Helfer standen am nächsten Morgen vor den aufgebrochenen Zwingern und dem leeren Katzenhaus. Nachdem sie zwanzig Minuten geheult hatten, holten sie die Polizei.

Bisher hatte der Kater mit der goldenen Pfote nicht auszuprobieren brauchen, was er alles konnte. Ja, ihm waren seine wunderbaren Fähigkeiten sorgfältig verhehlt worden, denn Kunzelmann befürchtete, daß Tatze die Nase zu hoch tragen würde, wenn man ihm zu früh sagte, daß er ein Erwählter sei. Jetzt aber war die Situation gekommen, denn Kunzelmann hatte (das lag an seiner politischen Vergangenheit) kein Vertrauen zur Polizei. »Also, mein Junge«, begann Kunzelmann seine Rede, alle langweiligen Reden von Erziehungsberechtigten fangen so an, und alle Kinder kriegen den gleichen Gesichtsausdruck und sagen: »O nein, Papa!« mit einem schrecklich belästigten Unterton. So war es auch bei Tatze. »O nein, Kunzelmann!« sagte er, denn er wußte alles, was der ihm sagen wollte, schon längst und hatte sich nur aus Höflichkeit nichts anmerken lassen. »Ich finde sie. Ich hol sie zurück, allesamt!« Wo man suchen mußte, war jedem Tier in der ganzen Stadt nur zu klar. Der Tierhändler hieß Sense, und wenn man ihm sein finsteres Geschäft zögernd und halbherzig verboten hatte, dann machte eben seine Frau weiter oder sein Schwiegersohn, der schon Karrieren als Barschlepper, Fleischschieber und Spielhallenrausschmeißer hinter sich hatte. Der Handel mit dem lebenden Fleisch aber war der einträglichste. Sie saßen in einem Fabrikgebäude weit draußen vor der Stadt, und Lisa wurde bleich, wenn sie Senses Namen hörte. Abnehmer für die verängstigten, drogenbetäubten und verzweifelten Hunde und Katzen waren die weißen Firmen und Labors in der Stadt, in denen hinter dicken Mauern und höflich lügenden Pressesprechern Schreckliches geschah. Das Tierheim hatten die ausgesandten Diebe des Händlers schon lang im Visier, und sie waren auch informiert über Lisas alljährliche Reise.

Was für eine miese Truppe das war, ein feiger, schwarzer Haufen von besoffenen Schmierenschauspielern und arbeitslosen Metzgern, ein armseliger Trupp, der das Sonnenlicht scheute und sein Elend in Lambruscoflaschen versenkte. Die meisten von ihnen hatten selbst ein Tier, einen Gefährten unter den Kaufhauseingängen, auf ihren stinkenden, alten Matratzen. Auch die hatten sie abgeben sollen, hatten es nicht getan und mußten sich allnächtlich betrinken, weil sie ihnen nicht mehr in die Augen sehen konnten.

Das war ein Coup! Ein ganzes Tierheim voll Material, selbst den einäugigen Ganter hatten sie mitnehmen wollen. Der schämte sich, weil er nur heiser gewarnt hatte – schließlich war damals in Rom nicht so ein verdammter Nebel, dachte er –, aber einen der Gangster hatte er noch beißen können. Er war es auch, der Tatze sagte, wie viele es waren und welchen Weg sie eingeschlagen hatten, nachdem der Kater Lisas wohlverschlossene Wohnungstür mit einem sanften Pfotenstups geöffnet hatte.

Es war keine Zeit zu verlieren, und so stellte Tatze sich an die Straße und hielt seine goldene Pfote in die Höhe. Fast sofort, wie in amerikanischen Filmen, hielt einer, ein dunkler Motorradfahrer, der wahrscheinlich ein verkleideter Engel war. (Seit Cocteau tragen fast alle jüngeren Engel Motorraddreß, im Himmel wechselt die Mode nämlich nur alle tausend Jahre.)

»Hopp!« sagte der Motorradfahrer zu dem Kater, der sich ihm um den Hals wickelte. Dann gab der Dunkle Gas, und nach kurzer Zeit tauchten die schwarzen Fabrikgebäude vor Tatze auf.

»Brauchst du Hilfe?« fragte der Motorradfahrer.

»Ich werde sie haben!« antwortete Tatze.

Er roch die Angst, seine Ohren legten sich unter dem Gewicht der Schreie flach nach hinten, und seine rosa Lippen gaben zwei schöne, dreieckige Reißzähne frei. Es waren unhörbare Schreie, denn die meisten Tiere dämmerten vor sich hin, giftbenebelt und dumpf. Die aus dem Tierheim waren unruhiger als die anderen, und Tatze wußte, daß sie alle da waren, alle. Den Rest der Nacht verbrachte er damit, einen Käfig nach dem anderen zu berühren und auf die Befreiten einzureden, erst beruhigend, dann revolutionär, eine Reihenfolge, die manchmal erfolgreicher ist als die umgekehrte. Spät fand er einen Panther in einer Kiste, der sich die Pfoten blutig gekämpft hatte und nun auf der Seite lag, in die Apathie geflohen, jenen einzigen wirklichen Zufluchtsort der Tiere. Tatze sprach mit ihm besonders lange und legte seine goldene Pfote kurz auf die Wunden des Panthers, die sofort verschwanden. Der Panther hörte zu. Dann lächelte er ein schönes und bedrohliches Lächeln. »Freßt nichts mehr von dem vergifteten Drogenzeug!« befahl Tatze, und mehr als vierhundert Ohren wandten sich seiner Stimme zu. Dann warteten sie, das Licht in der Halle wurde grau. Sie warteten stumm, fast unbeweglich, und nur Tatze hörte das Summen, wie es von angespannten Muskeln kommt. Gegen neun öffnete Sense das Tor, in jeder Hand einen stinkenden Eimer, in die er irgendwelche bösen Tränke gerührt hatte. Er setzte die Eimer ab, wischte sich über sein bierschwitzendes Gesicht und rülpste. Tatze stand unbeweglich hinter der Tür, das Summen wurde sehr laut. Dann sprang der Panther. Ein großer, apathischer Rottweiler ging ihm zur Pfote. Es dauerte ziemlich lange, bis Sense einsah, daß seine Schreie nutzlos waren, weil seine Kumpane und seine finstere Familie noch im tiefen Schnapsschlaf lagen. Es dauerte ziemlich lange, bis jedes Tier an ihm getan hatte, wie es wollte. Irgendwann fuhr seine schwarze Seele zur Hölle, und als seine Spießgesellen fanden, was von ihm übrig war, entsannen sie sich an Gebetsreste aus ihrer Kindheit. Sie hatten Angst, verrückt zu werden. Die Kripo war hilflos, denn alle Tiere saßen ruhig in ihren verschlossenen Käfigen, bis auf einen kleinen, weißen Kater mit einer gelben Pfote. »Na, du?« sagte ein Polizist und sah den Kater an, um nicht auf das Ding unter der Pferdedecke schauen zu müssen. Der Kater Tatze legte dem Polizisten seine goldene Pfote aufs Ohr, es kitzelte. Nach fünf Minuten sagte der Polizist zu den anderen Polizisten, während er das Gemurmel des Polizeiarztes überhörte: »Es mag gewesen sein, wie es will, die Viecher können nichts dafür. Wir sollten Lisa Katz vom Tierheim holen, damit sie sich kümmert.« Und Lisa Katz kam tatsächlich! Plötzlich, im *Lohengrin*, war sie so unruhig geworden wie noch nie. Sie kam, Tatze legte ihr eine Pfote aufs Ohr, und sie sagte nach fünf Minuten: »Diese Geschichte übernehme jetzt ich.« Und weil sie nicht gestorben sind, leben sie noch heute.

Der Kater von der Trinitatiskirche

Ellis Peters

Als ich am Heiligabend durch das Tor zum Kirchhof ging, saß er
ganz oben auf einem der hinteren Torpfosten, pflegte sich auf
seine vornehme Art und hatte dabei eins seiner schwarzen Beine
um den Nacken geschlungen. Sein zerbissenes Ohr stand wie üblich in einem Winkel von fünfundvierzig Grad vom Kopf ab. Ich
schätze, einer der Kater, mit denen er sich in seinen wilden Jahren
auf einen Kampf einließ, hat ihm das versteifte Stück aus dem
Ohr herausgerissen. Das andere Ohr stand ganz deutlich hoch.
Schnee lag auf dem Boden, alles war wie mit einem dünnen
Schleier bedeckt; die weiße Schicht fing gerade an zu krachen.
Das ließ noch vor Beginn des Abends Frost erwarten. Dem Kater
standen mindestens drei warme Zufluchtsorte in der Nähe zur
Verfügung, wann immer ihm danach war, sich zu verkriechen.
Außerdem hatte er noch seine beiden Häuser, die er allerdings
nur für Besuche und zum Schnorren nutzte. Er ist in unserem
Dorf seit drei Jahren eine wohlbekannte Gestalt. Damals kam er
scheinbar aus dem Nichts und machte sich beim Vikar und beim
Küster schnell beliebt. Da er die Unterkunft behaglich und die Es-
sensreste gut fand, ernannte er sich zum ständigen Bewohner der
Trinitatiskirche und übernahm dort alle Aufgaben, für deren Be-
wältigung Menschen zu langsam sind, wie beispielsweise Ratten
zu fangen oder eindringende Hunde wegzujagen.

Keiner weiß, wie alt er ist, aber ich glaube, er war unmöglich
älter als zwei Jahre, als er sich hier niederließ, ein dürrer, mit allen Wassern gewaschener schwarzer Bandit, hager wie ein
Drahtgestell. Nachdem er jedoch über drei Jahre hinweg von Joel
Woodward und Miss Patience Thomson verwöhnt und verhät-

schelt worden war, hatte er das Doppelte seiner ursprünglichen Größe erreicht. Joel Woodward lebte im Trinity Cottage, dem traditionellerweise vom Küster bewohnten und an einer Seite an das überdachte Friedhofstor stoßenden Haus; Miss Patience Thomson wohnte auf der anderen Seite im Church Cottage.

Das Fell des Katers glänzte mittlerweile wie Samt, das schlaff herunterhängende Ohr und ein kleiner Knick etwa fünf Zentimeter vor der Schwanzspitze waren jedoch geblieben, und immer noch sah er aus wie ein Straßenräuber, allerdings wie ein ausgesprochen wohlhabender Straßenräuber. Niemand hat ihm jemals einen Namen gegeben, aber er war auch nicht der Typ, dem man irgendeinen anspruchslosen oder vertrauten Namen gibt. Nur Miss Patience wagte es, ihm mit säuselnder Stimme etwas zu erzählen, und er nahm das überaus wohlwollend entgegen. Miss Patience war schon etwas älter, arglos, und bezüglich kleiner Aufmerksamkeiten wie roher Leber, in die er vernarrt war, überaus freigebig. Von welcher Seite man es auch betrachtete, er hatte es geschafft. Meistens lebte er im Freien, nie blieb er über Nacht in einem der Häuser. Im Winter konnte er eine eigene kleine Bodenöffnung nutzen, die in den Heizkeller der Kirche führte. Kameradschaftlich teilte er sein Quartier mit einem Igel, der sich als Gehilfe beim Vertilgen von Ungeziefer auf dem Gebiet des Kirchhofs qualifiziert hatte und es vorzog, den Winter im Koks zu sitzen, anstatt wie normale Igel in einen Winterschlaf zu fallen. Aus irgendeinem Grund tauchen diese Individualisten immer wieder in unserem Tal auf.

Ich war nur deswegen an diesem Nachmittag in die Kirche gegangen, weil ich mit dem Vikar etwas bezüglich des Läutens der Weihnachtsglocken regeln wollte. Man hatte mich immerhin dazu bewegt, mich dem Team anzuschließen, das für das Läuten der Glocken zuständig war. In abgelegenen Gegenden wie der unseren wird die ortsansässige Polizei in alle möglichen Aktivitäten hineingezogen, und wenn sich in einem solchen Gebiet Veränderungen abzeichnen und plötzlich neue Probleme auftauchen, dann wird die Polizei, wenn sie auch nur über einen Funken gesunden Menschenverstand verfügt, sich nicht lange bitten lassen, sondern bereitwillig darauf eingehen. Ich habe schon so manchen erstaunten Halbstarken, der dachte, er könnte mit seinem kleinen Einbruch ungestraft davonkommen, dingfest gemacht, indem ich einfach nur während eines Dartspiels oder der Chorprobe die Ohren offengehalten habe.

Als ich gegen halb drei über den Kirchhof wieder zurückging, kam Miss Patience gerade mit einer Einkaufstasche am Handgelenk aus ihrem Tor heraus und auf die Straße zu. Ein Stück des Weges schlenderten wir gemeinsam nebeneinander her. Sie ging auf die Siebzig zu und war kaum größer als ein Vogel, aber sehr eigen. Da sie nie geheiratet und nie das Tal verlassen hatte und sich um eine Mutter gekümmert hatte, die fast neunzig Jahre alt geworden war, hatte sie nie die Zeit gehabt, sich auf neue Ideen bezüglich des Kleidungsstils, der sich für ältere Damen schickt, einzulassen. Alles wurde immer so gemacht, wie es ihre Mutter gemacht hatte, und Mode, Musik und Moralvorstellungen waren in einer Zeitepoche steckengeblieben, in der die Mutter ihre sorgfältige Erziehung genossen, als Mädchen die für den Haushalt notwendigen Fähigkeiten gelernt und sich auf eine tugendhafte Ehe vorbereitet hatte. Und das hatte durchaus seine Qualitäten! Miss Patience jedoch war dadurch zu einer gebrechlichen kleinen Dame geworden, die lange schwarze, graue oder marineblaue Röcke trug und sich ohne Hut und Handschuhe nicht richtig angezogen fühlte. Und das in einem Alter, in dem beispielsweise Mrs. Newcombe oben an der Kneipe scheußliche rosafarbene Hosenanzüge und rotgoldene Haarteile bevorzugte. Miss Patience bot das Bild einer charmanten kleinen alten Dame, sehr aufrecht und überaus adrett. Es war ein Vergnügen, ihrem Gang zuzuschauen. Und das läßt sich über Mrs. Newcombe in ihrem Hosenanzug nicht sagen, insbesondere, wenn man sie von hinten sieht!

»Frohe Weihnachten, Sergeant Moon!« zirpte sie, als sie mich erblickte. Und ich wünschte ihr das gleiche und verlangsamte meinen Schritt auf ihr Tempo.

»Es wird gegen Abend glatt werden«, sagte ich. »Seien Sie beim Gehen nur vorsichtig.«

»Ach, ich bin nur etwa eine Stunde oder so unterwegs«, sagte sie gelassen. »Ich werde zu Hause sein, lange bevor der Frost einsetzt. Ich mache gerade meine letzten Weihnachtseinkäufe und muß noch eine Strickjacke für Mrs. Downs abholen.« Mrs. Downs war ihre Putzfrau, sie kam dreimal in der Woche morgens bei ihr vorbei. »Ich habe die Jacke schon vor einiger Zeit bestellt, aber heutzutage dauert es ja mit den Lieferungen so ungeheuer lange. Und dann suche ich noch eine Schallplatte für meinen kleinen Laufburschen.« Der Laufbursche hieß Tommy Fowler und gehörte zu den Sopranstimmen im Kirchenchor. Er sah rosig und gesund aus und war überdies auch noch sehr geschickt. »Und unsere stummen Freunde darf man ja auch nicht vergessen, nicht wahr?« meinte Miss Patience fröhlich. »Auch sie sind alle wichtig.«

So wie ich das verstand, bezog sie sich mit dieser Äußerung auf einige Päckchen mit irgendeinem neuen Produkt, mit dem sich Wildvögel in den Garten locken ließen. Die Drosseln vom Church Cottage waren so fett, daß sie kaum noch fliegen konnten, und bei Frost stellte Miss Patience drei- bis viermal am Tag frisches Wasser nach draußen.

Wir kamen auf unsere kurze Ladenstraße, und weg war die alte Dame. Ihre große, in tiefem Schwarz und Gold gehaltene Brosche glänzte in ihrem Schal auf. Miss Patience besaß ein paar Schmuckstücke aus der Zeit Königin Viktorias und König Eduards, die ihr ihre Mutter hinterlassen hatte, und fast immer legte sie eins davon an. Sie war noch der Auffassung, eine Dame müsse sich nicht nur sonntags, sondern jeden Tag mit peinlicher Sorgfalt kleiden. Ich drehte derweil eine flotte Runde durch das Dorf, um nach dem Rechten zu schauen, und ging dann zu Molly nach Hause, um ein frühes Abendessen einzunehmen. Dankbar legte ich dort die Stiefel ab.

Das war Heiligabend. Am ersten Weihnachtstag fehlte Miss Thomson beim Abendmahl um acht Uhr, und das war noch nie dagewesen. Der Vikar sagte, er wolle nach der Morgenliturgie einmal bei ihr vorbeischauen und sich davon überzeugen, daß ihr nichts passiert war und sie sich nicht beim Herumlaufen im

Schnee erkältet hatte. Doch jemand anderes kam uns beiden zuvor: Tommy Fowler! Er war ganz gespannt auf seine Pop-Schallplatte, aber auch er fand erst nach dem Gottesdienst eine Gelegenheit, zu ihr zu gehen, denn in unserem Dorf ist es üblich, daß der Chor vor dem Hauptgottesdienst zum Vikar geht und ihm ein Morgenständchen bringt und sich dabei über die Tatsache hinwegsetzt, daß er bereits seit vier Stunden auf den Beinen ist und zweimal ein Abendmahl geleitet hat. Und Tommy Fowler hatte bei diesem Choral auch noch einen Solo-Auftritt! Es war Viertel nach zwölf, als er sich davonmachte und den Gartenweg zur Tür des Church Cottage entlangflitzte.

Es dauerte keine Minute, da kam er in noch schnellerem Tempo wieder zurückgerast. Ich war gerade auf dem Nachhauseweg, als er aus dem Tor herausschoß und mit voller Wucht gegen mich prallte. Seine Augen waren aus ihren Höhlen getreten, als hätten sie Stiele bekommen; sein Mund stand weit offen. Tommy stand so sehr unter Schock, daß er nur noch einen gedämpften, klagenden Ton von sich gab. Er klammerte sich an mir fest und zeigte nach hinten auf Miss Thomsons Haustür, die er halb hatte offenstehen lassen, als er geflüchtet war. Er nahm drei Anläufe – bevor er krächzend die Worte hervorbringen konnte: »Miss Patience . . . Sie liegt auf dem Fußboden – es geht ihr nicht gut!«

Im Laufschritt rannte ich ins Haus. Ich dachte, sie hätte vielleicht ganz allein dort einen Herzinfarkt erlitten und würde jetzt hilflos daliegen. Die Haustür führte in einen winzigen Flur; durch eine weitere Tür mit eingesetzter Glasscheibe gelangte man ins Wohnzimmer. Auch diese Tür stand offen, und dort lag Miss Patience mit dem Gesicht auf dem Teppich. Immer noch trug sie Mantel und Handschuhe; ihre Einkaufstasche lag neben ihr. Ein Beistelltisch war durch ihren Sturz umgerissen worden und hatte eine Blumenvase und ein Buch auf den Boden geschleudert. Ihr Hut hing ihr schief über einem Ohr und war nach innen eingebeult wie ein zertretener Pilz. Ihre zu einem ordentlichen grauen Knoten zusammengesteckten Haare hatten sich gelöst und hingen jetzt über ihre Schultern herab. Das Haar war nicht länger grau, sondern hatte einen schmierigen bräunlich-schwarzen Farbton angenommen. Tot und steif lag sie da. Das Zimmer war so kalt, daß die Türen die ganze Nacht über angelehnt gewesen sein mußten.

Der Junge war mir gefolgt, und hing mit klappernden Zähnen an meinem Ärmel. »Ich habe die Tür nicht aufgemacht – die war schon offen! Ich habe sie auch nicht angerührt, habe auch nichts anderes angerührt. Ich wollte nur sehen, ob mit ihr alles in Ordnung ist und meine Schallplatte abholen.«

Die Schallplatte lag unversehrt da und war halb aus der neben ihrem Arm liegenden Einkaufstasche gerutscht. Sie war für ihn gedacht gewesen, und ich versicherte ihm, daß er sie auch bekommen würde, aber jetzt noch nicht, denn es konnte ein Beweisstück sein, und wir durften hier ohnehin nichts entfernen. Rasch beförderte ich ihn nach draußen und übergab ihn in die Obhut des Vikars. Nachdem ich telefonisch die erforderlichen Kräfte angefordert hatte, ging ich zu Miss Patience zurück. Wir hatten es immerhin mit einem Mordfall zu tun.

Das war also das Ende einer sanften, harmlosen alten Frau, einer von vielen in diesen Zeiten, die nur deswegen totgeschlagen werden, weil sie auf einen Eindringling stoßen, der in Panik gerät. Meiner Einschätzung nach war sie höchstens eine Stunde nach unserem Zusammentreffen auf der Straße auf ihren Mörder gestoßen. Alles an ihr war genauso wie zum Zeitpunkt unserer Begegnung; die Einkaufstasche, der Mantel, der Hut, die Handschuhe. Der einzige Unterschied bestand darin, daß sie jetzt tot war. Nein, es gab noch einen weiteren Unterschied! Die Handtasche war verschwunden, es sei denn, sie lag unter ihrem Körper. Als wir sie später bewegen konnten, war ich nicht weiter überrascht, zu sehen, daß die Handtasche nicht da war. In Handtaschen tragen alte Damen immer ihr Geld mit sich herum. Der Gelegenheitsdieb, der in Panik geraten war und auf sie eingeschlagen hatte, war noch so habgierig und geistesgegenwärtig gewesen, daß er sich auf seiner Flucht die Handtasche schnappte. Ich kannte die Tasche gut; sie war aus weichem, schwarzem Leder, hatte eine altmodische vergoldete Schnalle und einen kurzen

Griff; sie war ziemlich klein und ganz anders als diese Reisetaschen, die die Leute heutzutage mit sich herumschleppen.

Miss Patience lag mit dem Kopf zur Tür auf der anderen Seite des Zimmers hin, die ebenfalls offenstand und zur Treppe führte. Auf dem Schreibtisch neben dieser Tür standen zwei schwere Kerzenleuchter aus Messing. Ein weiterer Leuchter lag neben Miss Thomsons Leiche auf dem Fußboden, und obwohl der Haarknoten und der Filzhut verhindert hatten, daß viel Blut verspritzt worden war, befand sich an der viereckigen Unterseite des Leuchters genügend Blut, um diesen als Waffe zu kennzeichnen. Wer immer sie damit erschlagen hatte, er war gerade die Treppe heruntergeschlichen und bereit gewesen, das Haus zu verlassen. Sie war fünf Minuten zu früh gekommen.

Ein Stockwerk höher war es dem Täter nicht schwergefallen, im Schlafzimmer der alten Dame ihre Schmuckstücke zu finden. Sie hatte sich nie für jemanden gehalten, der im Besitz besonderer Wertgegenstände war, und hatte auch nie daran gedacht, daß andere Menschen das, was sie besaß, begehren könnten. Ihre goldenen, türkisfarbenen und tiefschwarzen Schmuckstücke, die Liebesschleife aus Gold und Opalen, die Verlobungs- und Heiratsringe ihrer Mutter und ihr kleiner mit Staubperlen besetzter Uhranhänger aus der Zeit König Eduards hatten einfach in der kleinen oberen Schublade ihres Toilettentisches geruht. Miss Patience gehörte zu einer ehrlichen Epoche, und diese Epoche war vorbei. Jetzt war sie ihr nachgefolgt. Ging sie einkaufen, hatte sie nicht einmal ihre Tür abgeschlossen. Kein Knirschen eines Schlüssels im Schloß hätte den Täter warnen können, nur das Öffnen der Tür.

Vor zehn Jahren gab es in diesem Tal nicht einen einzigen Menschen, der sich anders verhielt als Miss Patience. Keiner schloß seine Türen ab, manchmal nicht einmal über Nacht. Einige von uns machten zwei Wochen Urlaub und ließen die Türen unverschlossen. Jetzt können wir, bevor der Milchmann persönlich an die Tür klopft, nicht einmal das Milchgeld draußen hinlegen. Wenn diese Generation sich gerne ihres Fortschritts brüstet, soll sie nur! Was mich betrifft, dachte ich plötzlich, daß die Arglose jetzt vielleicht gut daran war, all das hier hinter sich gelassen zu haben.

Wir machten das Übliche, fotografierten den Leichnam und den Tatort; der Arzt untersuchte sie und verfügte ihren Abtransport. Er bestätigte auch, was ich bereits bezüglich des ungefähren Zeitpunkts ihres Todes vermutet hatte. Und die Jungs von der Spurensicherung förderten eine Menge unsauberer Fingerabdrücke zutage, die keinem irgend etwas nutzen würden, da sie mit einiger Wahrscheinlichkeit von einer Million zu eins nicht zu jemandem gehörten, der irgendwann aktenkundig geworden war. Die ganze Sache stank nach einem Amateur. Auch wenn sie noch Prachtexemplare finden sollten, würde es schwierig werden, Fingerabdrücke miteinander zu vergleichen. Miss Patience taten wir noch einen letzten Gefallen: Wir läuteten am Weihnachtsabend die Totenglocke für sie, mit sechs schweren, gedämpften Schlägen. Sie war Jungfrau gewesen. Keiner mußte sich dafür verbürgen, wir wußten es alle. Und lassen Sie mich darauf hinweisen, daß es sich um einen Ehrentitel handelt, dem man den entsprechenden Respekt entgegenbringen sollte.

Wir hatten die arme Frau kaum aus dem Haus geschafft, da spazierte der Kater von der Trinitatiskirche herein. Er hatte die paar Minuten ausgenutzt, in denen die Haustür offengestanden hatte, und ging bis zu dem Platz auf dem Teppich, an dem die alte Dame gelegen hatte. Sein Fell sträubte sich, die Schnurrbarthaare standen ab. Sogar sein herunterhängendes Ohr fuhr senkrecht in die Höhe. Er legte seine Nase auf den Wiltonteppich an die Stelle, an der die Einkaufstasche und die Handtasche von Miss Patience gelegen haben mußten, und begann interessiert im Kreis herumzulaufen, den Boden zu beschnuppern und dabei leise, kehlige Laute von sich zu geben, die Kummer hätten ausdrücken können, aber eher nach Vergnügen klangen. Auf jeden Fall war er ganz aufgeregt. Die Jungs von der Spurensicherung waren immer noch bei der Arbeit, und sie wollten den Kater nicht zwischen ihren Füßen herumlaufen haben, daher hob ich ihn hoch und nahm ihn mit, als ich zum Trinity Cottage hinüberging, um mit dem Küster zu sprechen. Der Kater hatte es nie gemocht, hochgehoben zu werden. Nach einer Minute begann er, mit den Krallen um sich zu schlagen und heftig zu protestieren, und ich ließ ihn wieder herunter. Er schlich sich sofort davon, ging an der Stelle vorbei, an der die Leute ihre vertrockneten Blumen wegwerfen, durch das überdachte Friedhofstor nach draußen und auf dem kürzesten Weg zu Miss Thomsons Haus, wo er sich vor der Haustür auf die Treppe setzte. Nun, immerhin war er daran gewöhnt, dort gefüttert zu werden, und fühlte sich vielleicht bei diesem komischen Kommen und Gehen sehr unwohl. Und es heißt ja auch nicht umsonst ›neugierig wie eine Katze‹.

Ich muß wohl nicht erwähnen, daß Joel Woodward nichts mit dem Geschehen zu tun hatte. Er war aber der nächste Nachbar von Miss Patience und seit Jahren ein guter Freund von ihr gewesen, und vielleicht hatte er ja etwas Ungewöhnliches gehört oder gesehen. Joel war ein kleiner, drahtiger Bursche, knorrig wie eine Baumwurzel, und er gehörte zu den Menschen, die bis in ihre Neunziger munter und aktiv sind und dann beschließen, daß es reicht und über Nacht dahingehen. Seine Frau war schon vor langer Zeit gestorben, und seine Tochter war zurückgekommen, um ihm den Haushalt zu führen, nachdem ihr Mann sie verlassen hatte, bis sie bei einem Busunfall ums Leben kam. So gab es jetzt nur noch den alten Joel, und seinen Enkel, den jungen Joel Barnett, neunzehn Jahre alt und an den Maßstäben seines Großvaters gemessen ein richtiger Rabauke. Ich hielt ihn für relativ harmlos. Er war ein finsterer Typ, aber er arbeitete und blieb bei dem alten Mann, und manch anderer wäre in dieser Situation schon lange sonstwohin verschwunden.

»Eine schlimme Sache«, sagte der alte Joel und schüttelte den Kopf. »Ich wünschte mir nur, ich könnte dabei helfen, den Kerl zu fassen, der das getan hat. Erst gestern morgen gegen zehn habe ich sie noch gesehen, als sie die Milch hereinholte. Ich war dann den ganzen Nachmittag über im Gemeindesaal mit den Vorbereitungen für den Jugendabend beschäftigt, der gestern abend stattfand, und es war dunkel, als ich zurückkam. Das Licht in ihrem Wohnzimmer kann man von hier aus nicht sehen, daher gab es nichts, was einen hätte stutzig werden lassen können. Der Junge war den ganzen Nachmittag über hier gewesen. Heiligabend arbeiten sie nur bis eins. Dann gingen sie, wie ich vermute, für etwa eine Stunde in die Kneipe. Ich weiß also nicht genau, um wieviel Uhr er zurückgekommen ist, aber als ich wieder nach Hause kam, war er da und hatte einen Tee aufgesetzt. Wenn Sie in etwa einer Stunde wiederkommen, sollte er hier sein. Er ist gerade unterwegs, um seine Flamme abzuholen. Irgendwo ist heute abend eine Party.«

Ich kam zur angegebenen Zeit wieder vorbei, und der junge Joeal war da. Mit seinen schulterlangen Haaren, dem Rüschenhemd, den überdimensionalen Aufschlägen und ähnlichem mehr war er nicht zu übersehen. Kurzum, er hatte sich mächtig herausgeputzt, und das alles nur für das Mädchen, das sein Großvater erwähnt hatte. Wie es sich herausstellte, handelte es sich dabei um Connie Dymond aus dem vergleichsweise angesehenen Zweig der Familie Dymond, der am Kanal wohnte. Sie hatte noch drei Cousins, die zwar nicht viel Unheil anrichteten, bei denen es sich aber lohnte, sie im Auge zu behalten. In ihrer Familie war Connie das einzige Kind. Sie sah gut aus, zumindest schienen die meisten jungen Kerle dieser Meinung zu sein, und sie hatte ein gutes Dutzend von ihnen am Bändel gehabt, bevor sie sich mit dem jungen Joel einließ. Sie war ziemlich von sich eingenommen, hatte ihren malvenfarbenen Lidschatten dick aufgetragen und den Mund mit Perlmutt geschminkt, kam in riesigen Schuhen mit Plateausohlen daher und trug den gerade modernen düsteren Omamantel. In Gegenwart des alten Joel benahm sie sich jedoch sehr anständig.

»Als ich nach Hause kam, war es halb drei«, sagte der junge Joel. »Großpapa war im Gemeindesaal, und ich wäre auch dorthin gegangen, um ihm zu helfen, wenn ich nicht einiges an Bier getrunken hätte. Nachdem ich gegessen hatte, bin ich eingeschlafen; als ich wieder aufwachte, lohnte es sich nicht mehr, hinzugehen. Das wird ungefähr gegen vier gewesen sein. Von da an habe ich Fernsehen geguckt und weder etwas gesehen noch etwas gehört. Da aber sonst keiner da war, könnte ich Ihnen so gesehen natürlich alles erzählen.«

Er hatte eine besondere Art, es darauf anzulegen, Ärger zu bekommen, bevor sonst jemand auf den Gedanken kam. Das war nicht neu. Und dennoch, der Ärger war da. Der junge Mann war nicht weit vom Tatort entfernt gewesen und hatte kein Alibi. Es würde noch viele andere geben, denen es ähnlich ging.

Abends war er auf der Kirchenveranstaltung gewesen. Miss Patience hätte man dort nicht erwartet; es war eine überwiegend für Jugendliche gedachte Veranstaltung; und Miss Patience ging abends sowieso nur sehr selten aus.

»Ich war da mit Joel«, sagte Connie Dymond. »Er hat mich um sieben angerufen und ich war den ganzen Abend über mit ihm zusammen. Als die Veranstaltung beendet war, gingen wir nach Hause, und er ist bis fast Mitternacht geblieben.«

Sie war sich dessen sehr sicher und setzte sich nach besten Kräften für ihn ein. Sie konnte kaum wissen, daß uns gar nicht interessierte, wo er abends gewesen war, weil Miss Patience zu dieser Zeit schon einige Stunden tot gewesen war.

Als ich die Tür öffnete, um zu gehen, spazierte der Kater von der Trinitatiskirche ins Zimmer und mit zielgerichteten Schritten an mir vorbei. Er schaute sich kurz um, streifte uns alle mit seinem Blick, ging auf das Mädchen zu, streckte seine Vorderpfoten zu ihren Knien hoch und saß auf ihrem Schoß, bevor sie ihn wegscheuchen konnte, obwohl sie nicht so wirkte, als wären ihr seine Aufmerksamkeiten willkommen. Er war ungeheuer höflich, schnurrte und rieb sich an ihrem Mantelärmel, stieß sein Gesicht mit den Schnurrbarthaaren gegen ihr Gesicht. Diese Überschwenglichkeit war für ihn ganz ungewöhnlich, wenn er sich jedoch dazu entschlossen hatte, dann war es immer bei jemandem, der keine Katzen leiden konnte. Sie werden bestimmt bemerkt haben, daß Katzen diese Eigenart haben.

»Schubs ihn doch weg«, sagte der junge Joel, der sah, daß sie überhaupt nichts dafür übrig hatte, für diese Liebesbezeugungen erkoren worden zu sein. »Das macht er nur, um Leute zu ärgern.«

Sie tat es, aber es hatte lediglich zur Folge, daß der Kater ein weiteres Mal auf sie zusprang. Ich bemerkte es, als ich die Tür zu den beiden schloß und ging. Bei den Dymonds gab es eine Party, und die wollten sie besuchen. Die Älteren feierten oben an der Tankstelle. Es hatte nicht viel Zweck zu versuchen, Connies Verwandte und Verehrer zu überprüfen, wenn sie sich gerade zu einem Saufgelage zusammenfanden. Morgen, wenn ihr Kater nachließ, konnte es wesentlich einfacher werden. Ich hatte zwar keinen besonderen Grund, gerade auf sie ein besonderes Augenmerk zu legen – sie waren einfach ein extrovertierter Haufen, der eher zu schwerer Körperverletzung bei Straßenschlägereien neigte als zu irgend etwas Heimlichem –, aber noch war alles offen.

Wir faßten unsere bisherigen Erkenntnisse zusammen. Keiner der aufgenommenen Fingerabdrücke fand sich in den Akten, das einzige, was wir in dieser Hinsicht noch unternehmen konnten, war das Aussortieren aller Fingerabdrücke von Miss Thomson selbst. Erst seit relativ kurzer Zeit war ein von einem dreckigen kleinen Abstauber begangener Einbruch Bestandteil der Erlebniswelt der Dorfbewohner geworden, und obwohl ein solcher Vorfall mittlerweile nichts Neues mehr darstellte, hatte er noch nie zuvor zu einem Tod geführt. Es gab kein anderes Motiv als den Impuls der Habgier, daher existierten auch keinerlei Spuren, die zur Tat selbst hinführten, und keine Spuren, die von der Tat wegführten. Die meisten Leute im Dorf und jeder, der etwas mit der Kirche zu tun hatte, wußte von dem Schmuck, den die alte Dame besessen hatte, aber noch nie zuvor hatte ihn jemand als begehrenswertes Beutegut angesehen. Gegenstände aus der viktorianischen Zeit haben momentan einen übertrieben hohen Wert und sind gefragt, aber das Ganze machte immer noch nicht den Eindruck eines Verbrechens, das aus Berechnung, sondern einfach aus Böswilligkeit heraus begangen worden war. Es war das Verbrechen eines Halbwüchsigen, eines Teenagers. Oder das Verbrechen eines ewigen Teenagers. Mit zwölf Jahren werden sie jetzt Teenager, aber es gibt auch den faulen Flegel, der nie über dieses Alter hinauskommt, auch wenn er bereits vierzig ist.

Wir überprüften alle für ein solches Verbrechen offensichtlich in Frage kommenden Personen: den Gärtner der alten Dame, der halbtags bei ihr tätig gewesen war, aber sich zur fraglichen Zeit nachweislich woanders aufgehalten hatte, und seinen Sohn, der es liebte, sich ziellos treiben zu lassen, und kein Alibi vorweisen konnte, aber wortreich dazu Stellung nahm, ferner den Fensterputzer, einen verqueren Typen, der seine Krankheiten hochspielte und an der alten Dame recht gut verdient hatte, sowie alle Zusteller und Verkaufsfahrer. Etliche von ihnen waren von jedem Verdacht frei, einer oder zwei hätten in der Nähe sein können, hatten aber keinen besonderen Anlaß dazu. Dann hefteten wir uns an die Fersen von allen Jugendlichen, die ihren Akteneintragungen zufolge in Frage kamen. Es gab drei Burschen, die schon einmal wegen Einbruchsdelikten verurteilt worden waren; wären sie es allerdings gewesen, hätten sie Handschuhe übergezogen. Etliche andere, denen man Kleindiebstähle zur Last gelegt hatte, hatten ebenfalls keine Alibis. Am Ende dieser recht umfangreichen Überprüfungen hatten wir ein breites Feld von Verdächtigen, aber keiner der Kandidaten hatte einen Vorsprung vor dem Rest, und wir befanden uns immer noch auf der Suche. Keiner der gestohlenen Gegenstände war bis dahin wieder aufgetaucht.

Bis zu diesem Samstag. Ich war gerade wieder vom Church Cottage gekommen und ging über den Friedhof, als ich mich der Ecke näherte, an der die vertrockneten Blumen weggeworfen wurden, und in dem Schleier aus gefrorenem Schnee, der den Boden immer noch bedeckte, ein unregelmäßiges Loch bemerkte, eine spiegelglatte, schwarze Stelle. Man konnte sie gar nicht übersehen, sie hob sich von der Umgebung ab wie ein schwarzes Auge. Zum Teil bestand der Fleck aus Erde und vermodernden Blättern, die an dieser Stelle zum Vorschein kamen, der schwärzeste Teil war jedoch der Kater von der Trinitatiskirche, der mit gesenktem Kopf und gekrümmtem Rücken wie ein Terrier, der hinter einer Ratte her ist, eifrig etwas ausgrub. Das gekrümmte Ende des Schwanzes peitschte beständig hin und her, während die restlichen zwanzig Zentimeter steil aufgerichtet waren. Falls der Kater wußte, daß ich dastand und ihn beobachtete, störte er sich zumindest nicht daran. Nichts war imstande, ihn von dem, was er gerade tat, abzulenken. Und ein paar Minuten später zerrte er seine Beute ins Freie, förderte kratzend eine kleine schwarze Handtasche aus Leder mit einer vergoldeten Schnalle zutage. Der Fund war eindeutig, auch wenn überall Dreck und modrige Blätter an ihm klebten. Und der Kater liebte die Tasche, tätschelte sie, spielte damit herum, rieb seinen Kopf an ihr und schnurrte wie eine Dampfmaschine. Er protestierte jedoch heftig, als ich ihm die Tasche wegnahm, lief immer weiter um mich herum, schlug mit den Tatzen, schimpfte und gab mir und der ganzen Welt zu verstehen, daß er die Tasche gefunden hatte und sie ihm gehörte.

Sie hatte nicht lange an diesem Platz gelegen. Ich war oft genug diesen Weg entlanggegangen, um zu wissen, daß noch am Tag zuvor keine Lücke im Schnee gewesen war. Außerdem fiel die ganze Erde recht schnell und sauber von der Tasche ab und hinterließ fast keine Flecken. Ich hielt den Fund mit meinem Taschentuch fest und ließ den Verschluß aufschnappen. Das Innere der Tasche war sauber und leer, das Futter vom langen Gebrauch ein wenig abgenutzt. Die Katze von der Trinitatiskirche stand senkrecht auf ihren Hinterbeinen und protestierte lauthals gegen das Geschehen. Und sie hatte eine Stimme, mit der sie jede Siamkatze in den Schatten stellen konnte.

Plötzlich fragte jemand neugierig hinter mir: »Was in aller Welt haben Sie denn da gefunden?« Es war der junge Joel, der mit offenem Mund dastand und mich anstarrte; Connie Dymond hing an seinem Arm, begaffte den Fund des Katers und erkannte entsetzt, um was es sich handelte.

»O nein! Mein Gott, das ist doch die Handtasche von Miss Thomson, nicht wahr? Ich habe hundert Male gesehen, wie sie sie getragen hat.«

»Hat *er* sie ausgegraben?« fragte Joel ungläubig. »Glauben Sie, daß der Kerl, der – na, Sie wissen schon, *er* eben! – die Tasche dort vergraben hat? Das könnte ja jeder gewesen sein, jeder kommt doch auf diesem Weg hier durch.«

»Mein Gott!« entfuhr es Connie, die gebannt und erschreckt an seiner Seite zusammenschrumpfte. »Schau dir nur den Kater an! Man sollte meinen, er *wüßte* . . . Er jagt mir einen Schauer nach dem anderen über den Rücken! Was ist nur in ihn gefahren?«

Ja, tatsächlich, was hatte er nur? Nachdem ich die beiden losgeworden war und die Tasche mitgenommen hatte, dachte ich immer noch über diese Frage nach, ging mit seiner Beute davon, und er folgte mir den ganzen Weg durch die Straße hinunter, heulte und schimpfte. Sobald ich die Tasche auf den Boden gestellt und geöffnet hatte, um zu sehen, was er tun würde, stürzte er sich auf sie und begann erneut damit herumzuspielen und sich mit ihr zu vergnügen, bis ich sie ihm wieder wegnahm. Was in aller Welt war es nur, das ich nicht sehen konnte, und das ihn so übermäßig und zweifelsfrei in Entzücken versetzte. Ich begann, diesem sich rächenden Spürkater gegenüber einen gewissen Aberglauben zu entwickeln und fragte mich, was er wohl als nächstes ans Tageslicht bringen würde.

Ich weiß, daß ich die Handtasche zum Gerichtslabor hätte bringen müssen, aber irgendwie wollte ich sie die Nacht über noch nicht hergeben. Ganz weit hinten in meinem Kopf gärte etwas, das ich noch nicht fassen konnte.

Am nächsten Morgen hatten wir neben den regelmäßigen Kirchengängern zwei weitere Besucher in der Morgenandacht. Der junge Joel war fast nie in die Kirche gegangen, und ich habe meine Zweifel, ob irgend jemand jemals Connie Dymond an diesem Ort gesehen hat. Doch jetzt saßen beide in voller Lebensgröße und todernst in einer der mittleren Bankreihen. Der Junge wirkte schwermütig und finster, als ob man ihn dazu gedrängt hätte, hier zu erscheinen, was auch bestimmt der Fall gewesen war. Connie machte einen sehr zahmen Eindruck und schaute mit großen Augen vor sich hin. Sie trug fast kein Make-up und hatte einen ungewöhnlich ernsten und nachdenklichen Gesichtsausdruck. Ein plötzlicher Todesfall konfrontiert die Menschen mit beängstigenden Möglichkeiten, oft kommt Reue dabei heraus. Der junge Joel kam sich dämlich vor, aber er war einfach verrückt nach diesem Mädchen, das war deutlich zu sehen, und sie konnte ihn dazu bringen, zu tun, was immer sie wollte. Und sie wollte diese Geste von ihm. Sie folgte allen Bewegungen der Andacht; er saß einfach da, stand auf und kniete nieder, wie es gerade erforderlich war, und starrte unverwandt mit finsterem Blick geradeaus.

Als wir nach draußen kamen, blies ein bitterkalter Ostwind. Auf den Stufen, die zum Vorbau der Kirche führten, zog jeder seine Handschuhe hervor und schlug den Kragen hoch, um sich gegen den Wind zu schützen. Der junge Joel tat das ebenfalls, und als er seine Handschuhe aus seiner Manteltasche zog, kam mit ihnen zusammen ein kleiner, glänzender Gegenstand zum Vorschein, der vor uns allen die Treppenstufen hinunterkullerte und in einem Spalt zwischen den Steinplatten des Weges zum Stehen kam. Das Ding schimmerte in blassem Blau und Gold. Ein Dutzend Kirchgänger mußten den Gegenstand erkannt haben. Mrs. Downs informierte mit einem schrillen Aufschrei auch diejenigen darüber, die ihn nicht gesehen hatten.

»Der gehörte doch Miss Thomson! Es ist einer ihrer Türkisohrringe. *Wie sind Sie denn an den gekommen, Joel Barnett?*«

Die Frage war berechtigt. Alle standen da und starrten auf den winzigen Gegenstand. Dann wanderten die Blicke zum jungen Joel, der kreidebleich und stumm auf die Steinplatten stierte. Im nächsten Augenblick hatte Connie Dymond ihren Arm von ihm weggezogen und war vor ihm zurückgeprallt, bis ihr Rücken gegen die Mauer stieß. Sie schlich sich von ihm weg wie jemand, der versucht, vor einer Flutwelle oder einer Feuersbrunst Reißaus zu nehmen. Ihr Gesicht bot eine seltene Mischung aus völliger Verständnislosigkeit und starrem Entsetzen.

»Du!« sagte sie im Flüsterton. »Du warst es also! O mein Gott, *du* hast das getan – *du* hast sie umgebracht! Und ich leiste dir auch noch Gesellschaft! Wie konnte ich nur! Wie konntest *du* das tun!«

Sie stieß einen gellenden Schrei aus und begann heftig zu schluchzen. Bevor irgend jemand sie aufhalten konnte, drehte sie sich um, nahm die Beine in die Hand und rannte wie eine Verrückte nach Hause.

Ich ließ sie laufen. Sie würde mir erhalten bleiben. Den jungen Joel und den einzelnen Ohrring entführte ich der Sonntagsgemeinde jedoch und brachte beide zum Trinity Cottage, bevor die Hälfte der Anwesenden wußte, was geschehen war. Bis auf den alten Joel, der keuchend und zitternd einige Minuten nach uns eintraf, sperrte ich alle aus.

Es dauerte lange, bis der Junge seine Stimme wiedergefunden hatte, und als es soweit war, hatte er nichts anderes zu sagen, als hoffnungslos immer wieder zu beteuern: »Ich habe es nicht getan! Ich habe sie nie angerührt. Das würde ich doch nie tun. Ich weiß auch nicht, wie das Ding in meine Tasche gekommen ist. Ich habe es nicht getan. Ich würde nie ...«

Menschen sind nicht besonders erfinderisch. Unter ähnlichen Umständen neigen sie dazu, einem immer mit derselben Formel zu kommen. Und die Regel, ›alles abzustreiten und nichts anderes zu sagen‹, ist auf alle Fälle eine sehr gute Regel, wenn man in die Enge getrieben wird.

Ich fragte: »Wo ist der Kater? Sehen Sie doch mal, ob Sie ihn hereinholen können.« Woraufhin mich die beiden für völlig übergeschnappt hielten.

Der alte Joel wunderte sich über nichts mehr. Er ging nach draußen und klapperte mit einer Untertasse gegen die Stufen. Es dauerte nicht lange, und der Kater von der Trinitatiskirche kam hereinspaziert. Er war alles andere als aufgeregt, wollte nichts, war gefüttert worden, faul und gerade neugierig genug, um zu kommen und zu sehen, warum man ihn herbeirief. Ich ließ ihn los und auf den Mantel des jungen Joel zulaufen; er hätte nicht weniger Interesse für irgendeine Sache zeigen können. Die Tasche, in der der Ohrring gewesen war, hatte ebenfalls eine äußerst geringe Anziehungskraft auf ihn. Er kümmerte sich auch nicht um irgendeines der Kleidungsstücke an der Garderobe oder an den Kleiderhaken im kleinen Flur. Was ihn anbetraf, war dieser neue Fund eine völlige Pleite.

Ich ließ den Constable und einen Wagen kommen und nahm den jungen Joel mit auf die Wache. Das ganze Dorf sah uns entweder vorbeifahren oder hörte nur sehr kurze Zeit später davon. Ich blieb nicht da, um eine Stellungnahme von ihm entgegenzunehmen, sondern ließ ihn einfach sitzen, nahm den Wagen, fuhr zu Mary Meltons Wohnung. Sie züchtet Siamkatzen, und ich lieh mir bei ihr eines der Katzenkörbchen aus, mit denen sie immer ihre Königinnen zum Tierarzt bringt. Wozu in aller Welt ich denn das Körbchen brauche, wollte sie wissen. Als ich sagte, ich wolle drin den Kater von der Trinitatiskirche im Auto mitnehmen, wollte sie sich ausschütten vor Lachen.

»Nun, *er* ist alles andere als eine Königin«, sagte sie. »Er ist auch kein König, ja nicht einmal ein Bube! Nie im Leben bekommen Sie dieses wilde Tier in ein Körbchen!«

»O doch, das werde ich«, sagte ich. »Und wenn er schon keine der anderen Bilderkarten ist, wird er sich wahrscheinlich als Joker entpuppen.«

Es war ein sehr hübsches Körbchen, und gar nicht so offensichtlich für eine Katze gedacht. Und es war kein Kunststück, den Kater von der Trinitatiskirche hineinzubekommen; ich brauchte lediglich Miss Thomsons Handtasche hineinfallen zu lassen, und einen Augenblick später war er hinter ihr her und ebenfalls im Körbchen. Er grollte, als er merkte, daß man ihn eingeschlossen hatte, aber da war es zu spät für irgendwelche Klagen.

Am Haus am Kanal öffnete mir Connie Dymonds Mutter. Sie war jedoch nicht besonders erfreut, als sie hörte, daß ich Connie sehen wollte, bis ich ihr erklärte, daß ich eine Aussage von ihr benötigte, um die Aktivitäten des jungen Joel in diesen Weihnachtstagen lückenlos nachverfolgen zu können. Natürlich hatte ich Verständnis dafür, daß das Mädchen fürchterlich durcheinander war, aber sie war noch einmal mit einem blauen Auge davongekommen, und je schneller alles aufgeklärt war, um so besser für sie. Und es würde auch nicht lange dauern.

Es dauerte tatsächlich nicht lange. Als ihre Mutter sie rief, kam Connie unverzüglich die Treppe heruntergelaufen. Sie war ganz fleckig, blaß und verweint, hatte sich aber ein wenig erholt und war sogar schaudernd ein wenig stolz auf ihre bedeutsame Position. Ich habe das schon vorher bei einigen Leuten beobachten können. Es gibt Menschen, die beziehen ihre Kraft daraus, daß sich alle Aufmerksamkeit auf sie konzentriert, selbst wenn sie sich dabei wünschen, ganz woanders zu sein. Man hätte sogar sagen können, Connie eilte förmlich herunter. Vom Licht her zu urteilen, das auf den oberen Treppenabsatz fiel, hatte sie die Tür ihres Schlafzimmers hinter sich offengelassen.

»Oh, Sergeant Moon!« sagte sie mit zitternder Stimme auf der drittletzten Stufe. »Ist das nicht *schrecklich*? Ich kann es immer noch nicht glauben! *Kann* da nicht ein Irrtum vorliegen? Gibt es irgendeine Chance, daß es *nicht* so war?«

Beruhigend sagte ich, ja, es gebe immer eine Chance. Mit einer Hand löste ich dabei den Schnappriegel des Katzenkörbchens, so daß die Klappe auffiel. Ein Satz, und der Kater war draußen. Wie ein schwarzer Blitz raste er die Treppe hoch und erschreckte Connie so sehr, daß sie die letzte Stufe fast herunterfiel. Bevor sie ihr Gleichgewicht wiederfinden konnte, stammelte ich irgendwelche Entschuldigungen dafür, daß ich ihn zufällig freigelassen hatte, lief vor ihr die Treppe hoch und nahm dabei drei Stufen auf einmal.

Der Kater hatte sich in ihrem puppenhaften kleinen Zimmer voller Kinkerlitzchen mit Pop-Plakaten an den Wänden und grellen Farben auf die Hinterbeine gestellt, bearbeitete mit den Pfoten die zweite Schublde ihrer Frisierkommode und gab dabei ein lautes, freudiges, ungeduldiges, melodisches Singen von sich. Als ich in das Zimmer stürzte, schaute er mich sogar über die Schulter hinweg an und stellte auch seine Vorderpfoten wieder auf den Teppich, als ob er wüßte, daß ich die Schublade für ihn öffnen würde. Das tat ich auch, und im Nu saß er oben zwischen ihrer modischen Unterwäsche und grub sich mit seinen Vorderpfoten hinein.

Im gleichen Augenblick, als er fand, was er gesucht hatte, kam Connie zur Tür herein. Mit einem heftigen Ruck zerrte der Kater einen Fund zwischen ihren Büstenhaltern und Slips hervor, warf ihn in die Luft, und Sekunden später war er damit auf den Fußboden gesprungen, kullerte ihn umher, kämpfte damit, jonglierte ihn wie bei einer Zirkusnummer auf seinen vier Pfoten und schnurrte wie verrückt, ein Kater in Ekstase. Es war ein winziger kleiner Gegenstand, den er da hatte, eine Maus aus Musselin mit einem geflochtenen grünen Nylonfaden als Schwanz, gelben Perlen als Augen und weiteren Nylonfäden als Schnurrbarthaare, die knisterten und einen streng riechenden Dufthauch verströmten, als er das Ding mit kräftigen Schlägen hin und her stieß und ihm etwas vorsang. Eine nach Katzenminze duftende Maus, die Miss Thomson in letzter Minute in der Tierhandlung für ihren stummen Freund gekauft hatte. Wenn man den Kater von der Trinitatiskirche überhaupt je stumm hätte nennen können! Von den Dingen, die Miss Patience an jenem Tag gekauft hatte, war es der einzige Gegenstand, der so klein war, daß sie ihn in ihre Handtasche statt in die Einkaufstasche hatte stecken können.

Connie stieß einen gellenden Schrei aus und war so schnell durch das Zimmer geflitzt, daß ich ihr nur knapp zuvorkam und als erster an der oberen Schublade war. Und da lagen sie: der kleine Uhranhänger, das Medaillon, die Broschen, die Liebesschleife, die Geldbörse, ja sogar der andere Ohrring. Das war ein Fehler, denn den hätte sie nun wirklich verschwinden lassen sollen. Aber sie war zu habgierig gewesen. Dabei waren die Ohrringe sowieso für durchstochene Ohrläppchen gedacht; Connie konnte gar nichts mit ihnen anfangen.

Ich hielt alles in meiner ausgestreckten Handfläche, es war eine ganz schön ansehnliche Beute – und ließ sie sehen, was sie geraubt und weswegen sie einen Menschen getötet hatte.

Wenn sie einen kühlen Kopf behalten hätte, hätte sie sich sogar zu diesem Zeitpunkt noch entscheiden können, zu kämpfen. Sie hätte behaupten können, der junge Joel habe sie gezwungen, das Diebesgut für ihn zu verstecken; sie habe Angst gehabt, ihn direkt zu verraten, und diesen öffentlichen Akt in der Kirche inszeniert, um ihn in sicherem Gewahrsam zu wissen, bevor sie alles gestand. Doch sie wurde wild. Sie tat das einzige, das ihr Schicksal endgültig besiegeln konnte: Sie drehte sich um und ging außer sich vor Wut brüllend auf den Kater los und trat nach ihm. Der wirbelte wie ein Brummkreisel um seine Achse, und sie erwischte nur den Knick in seinem Schwanz. Das Tier schnellte herum und riß mit der Kralle durch das Nylon hindurch eine rote Spur an ihrem Bein herab. Sie stieß einen weiteren Schrei aus, und begann mit hysterischem Schluchzen zu stammeln, sie habe nie gewollt, daß der alten Schachtel etwas zustieß, und es wäre nicht ihre Schuld gewesen! Seit sie sich mit dem jungen Joel zusammengetan hatte, hätte sie mitbekommen, daß die alte Schlampe ein und aus ging und sich mit ihrem Goldschmuck behängte. Was zum Teufel wollte eine alte Hexe wie sie nur mit Schmuck? Dazu hatte sie kein *Recht*! In ihrem Alter!

»Aber ich wollte ihr nie etwas antun! Sie kam zu früh herein!« jammerte Connie. Immer noch war sie die Benachteiligte, und das würde jetzt für immer so bleiben. »Was hätte ich denn tun sollen? Ich mußte doch da abhauen, oder nicht? *Sie stand zwischen mir und der Tür!*«

Die alte Dame war nur halb so groß wie sie und fast viermal so alt gewesen! Ach ja! Was die Gerichte mit Connie machen würden, ging mich Gott sei Dank nichts an. Ich nahm das Mädchen einfach mit, erhob Anklage gegen sie und nahm ihre Aussage zu Protokoll. Sobald wir ihre Fingerabdrücke abgenommen hatten, war die Sache erledigt, denn auf jenem Kerzenleuchter aus Messing hatte sie mit ihrer schweißnassen Hand jede Menge deutlicher Abdrücke hinterlassen. Doch wäre der Kater von der Trinitatiskirche nicht gewesen und wäre er nicht so zielstrebig hinter der nach Katzenminze duftenden Maus hergejagt, was sie so sehr einschüchterte, daß sie diesen unklugen Versuch unternahm, uns den jungen Joel als Sündenbock zu präsentieren, hätte sie vielleicht, nur vielleicht, ungestraft davonkommen können. Zumindest der Junge konnte wieder nach Hause gehen.

Sie war natürlich auch nicht besonders klug gewesen, denn nur eine dumme Nuß, die viel zuviel billiges Parfüm benutzte und flitterhaften Träumen nachhing, behielt sogar die nach Katzenminze duftende Maus, verwechselte sie mit einem Duftkissen und legte sie zwischen ihre Unterwäsche.

Den Kater von der Trinitatiskirche sah ich nur noch diesen Morgen. Er saß im Vorbau der Kirche und pflegte sich. Er ist jetzt sehr eingebildet, als ob er wüßte, daß er eine Berühmtheit darstellt, obwohl er ja die ganze Zeit über nur das eine wollte, wie alle Kater. Jetzt, wo der Duft verflogen ist, hatte er bereits das Interesse an seiner Maus verloren.

Arnold

Fred Hamlin

Den ersten Polizeiwagen höre ich Samstag morgen, als ich gerade von einer Notfahrt zum Drugstore zurückkomme und Aspirin und Katzenfutter besorgt habe. Das Aspirin ist für mich, das Katzenfutter für Arnold. Arnold kann übrigens sprechen. Die Konsonanten fallen ihm zwar noch etwas schwer, und er hat den ausgeprägten Akzent einer Siamkatze, doch daß er spricht, daran besteht kein Zweifel. Sein Lieblingswort ist »Kaaauu-unn!«, was vielleicht zur Erklärung seiner siebzehn Pfund Lebendgewicht beiträgt und auch erklärt, warum ich es so eilig habe, Katzenfutter zu besorgen.

Das Aspirin muß sein, weil gestern in dem Haus, in dem wir wohnen, die Abschiedsparty für Sam Archibald stattfand, übrigens ein voller Erfolg. Wir leben in einem südkalifornischen Wohnhaus, das heißt in einem zweistöckigen, U-förmig um den Swimmingpool herum angeordneten Gebäude mit zwei Palmen, einem tropischen Namen und häufigen Partys. Ich bin vor zwei Jahren direkt vom College kommend dort eingezogen. Die Party für Sam war noch wilder gewesen als die meisten Partys hier, und seine letzte offizielle Tätigkeit als Wohnungsinhaber bestand darin, von meinem Balkon aus in den etwa eineinhalb Meter vom Haus entfernt liegenden Swimmingpool zu springen. Er schaffte es zwar nur ein Meter siebenunddreißig weit, hatte aber genug Wein intus, um lachend wieder aufzustehen. Man wird Sam vermissen. Mittlerweile tun mir die Augenlider weh.

Die schwarz-weiße Limousine, die mit vollem Sirenengeheul an mir vorbeirast, bessert diesen Zustand nicht. Ich bin erleichtert festzustellen, daß dieser Lärm nicht aus dem Innern meines Schädels stammt, eine Möglichkeit, die sich nie mit Sicherheit ausschließen läßt. Als der zweite Polizeiwagen vorbeirast, versuche ich es mit dem Radio, aber das einzige, was ich hereinbekomme, ist irgendeine Rockgruppe, die in meinem gegenwärtigen Zustand wie ein Stapel Metalltabletts klingt, die man in einem Restaurant auf den Boden fallen läßt.

Als ich dann zwei Häuserblocks von meinem Apartment entfernt um die Ecke biege, sehe ich die beiden Polizeiwagen wieder. Daneben stehen zwei weitere, und alle zusammen bilden sie zwischen mir und dem Apartment eine Art Straßensperre. Man läßt mich anhalten.

»Es tut mir leid, Sir, aber diese Straße ist vorübergehend für den Durchfahrtsverkehr gesperrt«, sagt der Polizit. Er hat klare Augen, einen dreißig Dollar teuren Haarschnitt und militärisch strenge Falten in seinem maßgeschneiderten Diensthemd.

Man sagt nicht sehr häufig ›Sir‹ zu mir; auf den Zustand meines Kopfes hat es eine leicht lindernde Wirkung.

»Ich wohne in Tropical Towers, Apartment 24.«

»Kann ich bitte mal Ihren Führerschein sehen?«

Ich ziehe ihn heraus. »Worin besteht denn das Problem, Herr Polizist?«

»Ein bewaffneter Raubüberfall in der Sparkasse von Palm Paradise. Zeugen haben gesehen, wie der Mann in diese Richtung lief. Er hat auf seiner Flucht einen Wachmann angeschossen, daher wissen wir, daß er bewaffnet ist. Der Wachmann wird es überleben, aber wir müssen vorsichtig sein. Wir haben das ganze Gebiet abgeriegelt.«

»Heißt das, daß ich nicht in mein Apartment kann? Ich habe Arnolds Frühstück dabei, und er kann sehr böse werden, wenn er eine Mahlzeit auslassen muß.«

»Passen Sie mal auf, Mister. Ich kenne Arnold nicht, aber wir haben es hier ebenfalls mit einer bösen Sache zu tun. Unser Junge hat einen Revolver Kaliber 44; er ist bewaffnet und gefährlich. Ja, Sie können durch, aber seien Sie vorsichtig, und wenn Sie irgend etwas Ungewöhnliches sehen sollten, dann geben Sie uns sofort Bescheid. Der Verdächtige ist knapp einen Meter achtzig groß, durchschnittlich gebaut. Als man ihn zuletzt gesehen hat, trug er Jeans, eine Denimjacke und eine schwarze, enganliegende Strickmütze. Blonde Haare, hageres Gesicht. Er ist auch ziemlich schreckhaft, wahrscheinlich irgendwelche Drogen. Wenn Sie so jemanden sehen, dann gehen Sie kein Risiko ein. In ein paar Minuten werden wir das ganze Gebiet durchkämmen. Hier, Ihr Führerschein. Denken Sie daran: Geben Sie uns Bescheid, sobald Sie irgend etwas Ungewöhnliches sehen.«

Ich stelle meinen Lieferwagen am gewohnten Platz ab und steuere auf die Wohnung zu, in der Arnold jetzt wahrscheinlich neben seinem Teller sitzt und laut ›Aaauuuuuu!‹ ruft. Mit einigem Glück wird er seine Feindseligkeit nicht an der Grastapete auslassen und sie von der Wand kratzen, was für ihn keine unübliche Form des Protests wäre. Wenn Katzen Fußball spielten, dann hieße Arnold Dick Butkus.

Ich öffne die Wohnungstür, Arnold hat sich unter dem Kaffeetisch verkrochen, die Ohren flach an den Kopf gelegt, sein Schwanz doppelt so dick wie sonst: Seine Augen sehen aus wie zwei Stücke marmorierter Onyx.

»Hör auf damit, Arnold«, sage ich. »Deine Reaktion ist übertrieben; das Essen ist schon unterwegs.«

Arnold neigt zur Launenhaftigkeit, zweifellos die Folge irgendeines Traumas aus seiner Zeit als kleines Katzenbaby. Als seine vorherige Besitzerin für ein Wochenende mit ihrem Freund nach Las Vegas ging, hatte ich mich bereit erklärt, ihn solange bei mir zu behalten. Das ist jetzt neun Monate her, denn das Wochenende endete damit, daß die beiden heirateten. Sie zog in seine Wohnung, und in der waren Kinder und Haustiere verboten. Seitdem gehört Arnold mir. Es besteht allerdings auch die bedrückende Möglichkeit, daß ich in Wirklichkeit Arnold gehöre. Arnold neigt dazu, das auf diese Weise zu sehen.

Ich stelle die Tasche mit den Katzenfutterdosen und dem Aspirin auf die Küchenablage. Durch die offene Schiebetür zum Balkon ist der übelste Teil der nach billigem Wein und kaltem Rauch stinkenden Luft, in der ich aufgewacht bin, bereits nach draußen abgezogen. Der Tisch der Eßecke, der bei Einzug bereits im Apartment gewesen war, ist immer noch mit den Gläsern von gestern nacht übersät. Keines von ihnen ist sauber. Ich krame das Aspirin hervor und steuere das neben meinem Schlafzimmer liegende Badezimmer an, wo es vielleicht noch ein sauberes Glas geben könnte. Arnold wirft mir von seinem Platz unter dem Kaffeetisch finstere Blicke zu und macht ein Geräusch, als ob er an seinen Zähnen saugt. Doch in Wirklichkeit kommt das Geräusch aus dem Schlafzimmer.

Später erheitern mich meine mir zu diesem Zeitpunkt durch den Kopf schießenden Gedanken. Als erstes denke ich, Arnold würde bauchreden. Dann kommt mir der Gedanke, daß sich wahrscheinlich gar keiner im Schlafzimmer aufhält. Danach, daß selbst wenn jemand im Schlafzimmer ist, er noch von der Party gestern nacht sein muß – als ich ins Bett ging, war es nämlich zu spät gewesen, um in allen Winkeln nachzusehen. Dann denke ich, und dabei kommt mein Verstand auf einmal so richtig auf Touren, *der Polizist an der Ecke sagte doch, ich solle ihn benachrichtigen.* Nun, das Telefon steht im Schlafzimmer, und um anzurufen, muß ich daher sowieso dort hinein. Ich habe es ja bereits gesagt, wir haben für Sam eine Party gegeben, an die man sich noch lange erinnern wird.

Das erste, was ich bemerke, als ich das Schlafzimmer betrete, ist nicht die Tatsache, daß sich jemand dort aufhält. Das erste, was ich bemerke, ist die Waffe. Genauer, das offene Ende am Lauf eines Revolvers, das sich auf einer Ebene mit meinem linken Auge und etwa einen Meter davon entfernt befindet. Kaliber 44, das gibt einem nicht die geringste Ahnung von dem, was es wirklich ist. Man schaut in einen Eisenbahntunnel, der senkrecht nach unten führt, und in den stürze ich gerade hinein.

Der Eisenbahntunnel verändert ein wenig seine Lage, so als ob er durch ein kleines Erdbeben bewegt wird. Das Schwindelgefühl wird irgendwie schwächer. Der Revolver wird von zwei Händen mit weißen Knöcheln festgehalten, und die Hände gehören zu einer Person. Eins muß man der Polizei lassen: Sie hat den Mann sehr genau beschrieben. Ich kann jetzt noch hinzufügen, daß er ungefähr so alt ist wie ich, also Mitte Zwanzig, wasserblaue Augen hat und weit abstehende Ohren, die so aussehen, als ob sie die Strickmütze davon abhalten sollen, über sein Gesicht zu rutschen. Irgend etwas in seinen Augen hat den Bezug zur Realität ein wenig verloren. Mir fällt ein, daß Sams Augen, als er letzte Nacht auf den Balkon rannte, auch etwas von diesem Ausdruck hatten. Das macht mir nicht gerade Mut.

»Stillgestanden! Keine Bewegung! Bleib, wo du bist!« Die Stimme liegt irgendwo zwischen Krächzen und Stammeln. Auch das beruhigt mich nicht.

Der Mann hat mich nicht dazu aufgefordert, die Hände hochzuheben, aber es kann ja nichts schaden, und so hebe ich sie hoch. Eigentlich ist es eine Art Reflex, wie der Kindertrick, bei dem man die Rückflächen der Hände gegen die Innenseiten eines Türrahmens preßt und einem die Arme ganz von alleine nach oben gehen.

»Eine Bewegung, Mann, und es ist aus mit dir. Das ist mein Ernst.«

»Okay. Nur keine Aufregung. Der Revolver ist nicht zu übersehen.«

»Keine Bewegung oder Laut, kapiert? Einen Typ habe ich heute schon umgelegt.« Ruckartig schnellen seine Blicke im ganzen Raum umher; die beiden Augen scheinen sich fast unabhängig voneinander zu bewegen; das eine oder andere schafft es jedoch, auf mich gerichtet zu bleiben. Er tastet hinter mich und drückt die Tür fast völlig zu.

»Was ist da draußen los?«

»Es ist jede Menge Polizei im Viertel. Sie scheinen nach jemandem zu suchen.«

»Du hast's erfaßt, Mann. Wie viele sind es?«

»Ich weiß nicht. Ich habe vier Autos gesehen, aber es können auch mehr sein.«

»Das sind zu viele, Mann, viel zu viele. Ich hätte den Typ nicht umlegen sollen.«

Unruhig verlagerte er sein Gewicht von einem Fuß auf den anderen. Seine Augen bewegen sich immer noch mit der Routine eines Windrädchens.

»Ich muß nachdenken, Mann, cool bleiben. Hey! Ist das das einzige Telefon hier?«

»Das einzige. Im Augenblick ist es an einen Anrufbeantworter angeschlossen. Jeder, der anruft, hört die Nachricht, daß ich momentan nicht da bin.«

»Cool, Mann. Nee, warte, zieh den Stecker raus. Raus damit!«

»Wenn ich das mache und jemand, den ich kenne, ruft an, dann weiß er genau, daß irgend etwas nicht stimmt. Wenn ich nicht zu Hause bin, lasse ich den Apparat immer an.«

»Okay, Mann, weg vom Stecker, oder ich lege dich um!«

Ich höre ein leises Geräusch hinter mir und spüre eine Bewegung. Mein neuer Mitbewohner hechtet zur Seite und läßt sich mit auf die Tür gerichteter Waffe in eine zum Schießen günstige Hockposition fallen. Langsam geht die Tür auf. Schweiß springt dem Mann so schnell auf die Stirn, daß man es fast hören kann. Mehr schlecht als recht schaffen es seine Augen, die Türöffnung zu fixieren.

Es ist Arnold, und wir atmen auf. Arnold spaziert zu dem Kerl herüber und reibt sich ausgiebig und liebevoll an seinem Bein. Weil er sich dabei dagegen lehnt, ist der Tritt, den er als Quittung erhält, nicht ganz so kraftvoll.

»Gottverdammte Katze!«

»Claaaaauuuuwn!« gibt Arnold von sich und taucht unters Bett. Überzeugend zu fluchen hat er noch nicht gelernt.

Die Waffe weist wieder in meine Richtung.

»Gibt es hier einen Hinterausgang?«

»Eigentlich nicht. Nur die Vordertür und den Balkon, und der liegt im ersten Stock.«

»Ich muß hier raus, kapiert?«

Selbstverständlich habe ich überhaupt nichts dagegen, aber im Moment fällt mir nicht ein, was ich ihm dazu hätte vorschlagen können.

In diesem Augenblick hören wir offiziell klingende Fußschritte vorne die Treppe hochkommen, dann ein heftiges Klopfen an der Tür zum ersten Apartment. Meins ist das dritte. Fast gleichzeitig merken wir, was da draußen geschieht.

»Okay, paß auf! Wenn die Kerle hier sind, dann weißt du von nichts. Du hast keinen gesehen. Ich bleibe hier im Schlafzimmer, doch die Waffe ist die ganze Zeit auf dich gerichtet. Wenn du irgendeine dumme Tour versuchst, dann ist es mit dir vorbei. Wenn es mir an den Kragen geht, dann bist du auch dran. Kapiert?«

Ich nicke, und wir können beide hören, wie sie zum zweiten Apartment gehen und gegen die Tür hämmern. Es liegt so nah an unserem, daß wir auch verstehen, was sie in das Apartment hineinrufen: »Aufmachen, Polizei!«

Der Mann beginnt wieder mit seiner Hüpferei, und die Augen gleiten in alle Richtungen. Ich sinne darüber nach, wie groß doch das Ende des Waffenlaufes aussieht, und stelle mir ein Loch dieser Größe in meinem Rücken vor. Keine angenehme Vorstellung.

»Okay, Mann, raus mit dir! Und wimmel die Leute ab. Los!«

Ich gehe ins Wohnzimmer. Die Tür zum Schlafzimmer befindet sich in einer Wand, die das Apartment von vorne nach hinten durchzieht. Sie öffnet sich zum Schlafzimmer hin. Er läßt sie einen vielleicht fünf Zentimeter breiten Spalt offen und steht etwa dreißig Zentimeter dahinter an der Wand. Er bleibt unsichtbar, hat jedoch freies Schußfeld, wie es bei den Versammlungen der Nationalgarde so schön heißt.

Die Schritte kommen näher. Dann hämmert es gegen meine Tür.

»Aufmachen, Polizei!«

Derselbe Polizist, mit dem ich mich unten an der Straßensperre unterhalten habe, steht vor mir, auch er erinnert sich an mich. Er hat einen Partner dabei, der zum selben Friseur geht.

»Hallo! Da sind Sie ja wieder. Wir durchsuchen gerade das Viertel. Ich nehme nicht an, daß Sie irgend etwas gesehen haben, seit Sie wieder zurück sind.«

»Ich habe keinen gesehen«, antworte ich. Das läuft ja wie am Schnürchen. »Ich werde Sie anrufen, sobald ich etwas bemerke. Einen schönen Tag noch.«

»Das ist doch bestimmt Arnold«, sagt der Polizist. Er hat den Namen nicht vergessen; zur gleichen Zeit fühle ich ein vertrautes Reiben an meinem Knöchel.

Das bedeutet nichts Gutes. Zum einen paßt Arnold unmöglich durch einen fünf Zentimeter breiten Schlitz. Daraus folgt, daß die Tür jetzt weiter aufsteht als vorher, was wiederum bedeutet, daß der Polizist vielleicht ins Schlafzimmer hineinschauen kann. Es bedeutet auch, daß mein ungebetener Gast jetzt eine größere Öffnung zum Schießen hat. Ein dünner Schweißfaden beginnt langsam mein Rückgrat hinabzurinnen. Zweifellos wird er ein kugelrundes Loch auf der Rückseite meines Hemdes mit einem Fleck umrahmen.

Der Polizist beugt sich nach vorne, krault Arnolds Ohren. »Na, du toller Kerl, hast du denn jetzt dein Frühstück bekommen?«

»Naaaaiiiinn«, kam von Arnold.

»Arnold«, sage ich, »halt die Schnauze.«

Arnold hat sich inzwischen auf seinen Rücken gerollt und läßt sich den Bauch reiben. Er grinst ausgesprochen blöde dabei.

»Er sieht auch aus wie ein Arnold«, sagt der Polizist. »Vielleicht wie Arnold Palmer. Oder Arnold Schwarzenegger.«

»Arnold Benedict«, erwidere ich. »Lassen Sie sich durch mich nicht aufhalten. Ich weiß ja, daß Sie Ihren Mann noch erwischen wollen.«

»Richtig. Nicht vergessen: Rufen Sie uns an, wenn Sie irgend etwas Ungewöhnliches sehen. In ein paar Stunden müßten wir mit dem Viertel durch sein. Wir finden ihn schon. Aber seien Sie solange vorsichtig.«

Ich schließe die Tür und sehe mich um. Arnold ist zu weit entfernt, um Zielscheibe irgendeiner Vergeltungsaktion zu werden, und liegt wieder unter dem Kaffeetisch. Er sieht ganz selbstgefällig aus. Die Tür zum Schlafzimmer geht auf und mein ungebetener Gast tritt vor.

»Gut gemacht, Mann, aber diese Katze hatte beinahe deinen Tod auf dem Gewisen. Die Bullen natürlich auch. Einen Kerl habe ich bereits umgelegt.«

Er braucht mich nicht daran zu erinnern.

»Hör zu, vielleicht ist der Mensch gar nicht tot. Vielleicht ist es nicht so schlimm, wie du glaubst.«

»Bei diesem Ding?« Er fuchtelte mit der Waffe vor meinem Gesicht herum. »Mann, dieses Ding macht keine Fehler, und ich hab zweimal auf ihn geballert.«

Ich schaue ein weiteres Mal den Lauf entlang und fasse den Entschluß, nicht unbedingt auf meiner Meinung zu bestehen.

»Hast du einen Wagen, Mann?«

»Ja. Wenn du ihn dir ausleihen willst, die Schlüssel sind hier in meiner Tasche. Du könntest losfahren und . . .«

»Sehe ich so aus, Mann? Wenn ich mir deinen Wagen nehme, dann hängst du doch am Telefon, sobald ich zur Tür draußen bin.«

»Dann fessel mich doch, bevor du gehst. Steck mir einen Knebel in den Mund.« Im allgemeinen habe ich nicht viel für Fesseln übrig, aber es gibt immer Ausnahmen von der Regel.

»Nein, Mann. Ich habe eine bessere Idee. Der Bulle sagte, sie wären in ein paar Stunden mit der Durchsuchung des Viertels fertig, nicht wahr? Okay, du und ich, wir werden hier dicht nebeneinander sitzen bleiben, bis sie fertig sind. Dann gehen wir beide in dein Auto und hauen ab. Was für ein Auto hast du?«

»Einen VW-Bus.«

»Okay, wenn wir hier herausfahren, dann lege ich mich hinten auf den Boden. Direkt hinter deinem Rücken ist die Waffe, kapiert? Und wenn wir auf dem Weg zum Wagen irgendwem begegnen sollten, vergiß nicht: Die Waffe ist direkt hinter dir. Selbst wenn wir auf die Bullen stoßen . . . Auf diese Weise können sie nicht schießen, ohne dich zu treffen.« Seine Augen sind inzwischen keine Windrädchen mehr, sondern erinnern mittlerweile an Leuchtkugelröhren. Er denkt sehr scharf nach. Ich bin in keiner Weise von seinem Gedankengang angetan.

»Und was passiert dann?«

»Wenn alles ruhig bleibt, bleibt alles ruhig. Mit dir habe ich keinen Streit, Mann. Du hast mir den Bullen vom Hals gehalten. Wahrscheinlich könnte ich dich nach einer Weile einfach ziehen lassen.«

Das Schlüsselwort dieses Satzes scheint mir ›wahrscheinlich‹ zu sein. Ich bin mir nicht sicher, daß ich wissen will, welche Alternativen er in Betracht zieht.

Immerhin haben wir jetzt Ordnung in den Tag gebracht, und die Stimmung ist einen Hauch entspannter. Die Augen sind zu ihrem leicht unsteten Zustand zurückgekehrt, und ich erinnere mich, wo diese ganze unglückliche Situation begonnen hat. Mir fällt ein, daß ich immer noch das Röhrchen Aspirin in der Hand halte.

»Möchten Sie vielleicht ein Aspirin?« frage ich. »Ich für meinen Teil könnte gut eins gebrauchen.«

»Nein danke, Mann«, sagt er. »Ich hab mein eigenes Zeug dabei.«

Er zieht eine Handvoll verschiedenster Kapseln aus der Tasche, schluckt sie, dann folgt er mir ins Badezimmer. Ich bringe vier Aspirin hinunter, eine Dosis, die mir angemessen zu sein scheint.

»Stört es Sie, wenn ich die Katze füttere? Sie hat seit gestern nacht nichts zu fressen bekommen.«

»Okay, Mann, aber bleib vom Fenster weg. Und keine Tricks.« Die Augen kommen wieder in Fahrt, die Körperbewegungen werden ruckartiger.

Das Telefon klingelt, er springt fast zwanzig Zentimeter in die Höhe. Der Anrufbeantworter schaltet sich ein.

»Hier ist Arnold«, erklingt die aufgezeichnete Botschaft. »Der Mensch, mit dem ich hier zusammenlebe, ist im Moment nicht zu Hause. Wenn Sie nach dem Pfeifton Ihre Nummer hinterlassen . . .«

An dieser Stelle bricht es ab. Mein Besucher hat den Stecker aus der Wand gerissen. Als er sich wieder umdreht, ist seine Hand mit der Waffe regelrecht zittrig.

»Noch ein Trick wie dieser, und du bist ein toter Mann.« Ich spüre, daß eine logische Erklärung die Situation nicht verbessern dürfte und daß der Stoff, der ihn noch irgendwie zusammenhält, zu bröckeln beginnt.

Wir gehen in den Küchenbereich; die Waffe dient als eine Art Bindeglied zwischen uns. Er kommt am Eßtisch vorbei und bleibt an der Ablage stehen, die den Kochbereich von der kleinen Eßecke trennt. Ich gehe um die Ablage herum und hole eine große Dose Katzenfutter, stecke sie in den elektrischen Dosenöffner und drücke den Hebel nach unten.

Dieses Geräusch hat für Arnold dieselbe Bedeutung wie die Glocke für Pawlows Hund. Völlig aufs Futter versessen rast er aus dem Wohnzimmer heraus und springt auf seinem Weg zur Ablage auf den Eßtisch. Zu spät erkennt er, daß die ganzen Gläser von letzer Nacht im Weg stehen; verzweifelt kratzen seine Krallen auf der schlüpfrigen Oberfläche des Tisches umher und suchen nach Halt.

»Whoooaaaa-aaaaaaaaauuuuwwww«, kreischt er auf. Sein Schrei geht im plötzlichen Krachen zerberstenden Glases unter.

Dieses Geräusch wird wiederum vom Donnern der 44er übertönt, als mein Hausgast herumwirbelt und ganze Salven in die leere Luft hinter sich verschießt.

Als er sich wieder dorthin umdreht, wo ich gestanden habe, bin ich bereits durch die Schiebetür geschlüpft und hechte gerade über das Balkongeländer. Ich höre noch zwei Schüsse, bevor ich im Schwimmbecken lande. Bevor ich wieder hochkomme, um Luft zu schnappen, sind die Polizisten, denen der ganze Lärm nicht verborgen geblieben ist, bereits mit gezogenen Waffen durch die Vordertür in mein Apartment eingedrungen. Mein Hausgast versucht immer noch zu begreifen, was eigentlich passiert ist. Das Magazin seines Revolvers ist leer.

Später erzählt mir ein Nachbar, daß ich eine bessere Figur gemacht habe als Sam, daß ich aber, was den Schwierigkeitsgrad betrifft, weniger Punkte sammeln konnte. Ich schreibe das der ungenügenden Planung und Vorbereitung zu und betrachte das Ganze als moralischen Sieg.

Bevor alle Fragen geklärt sind, vergeht eine gute Stunde. Dann hat sich der Wirbel gelegt, die Polizisten haben ihren Fang abtransportiert. Ich ziehe mir trockene Sachen an; es ist jetzt höchste Eisenbahn, daß Arnold sein Fressen kriegt. Gerechtigkeit muß sein.

»Entschuldige die Verzögerung, Arnold. Heute morgen war viel los.«

»Sichrrrrrr«, sagt er.

Wenn es etwas gibt, das ich nicht ausstehen kann, dann ist es eine sarkastische Katze.

Das Geburtstagsgeschenk

M. Mackenzie Scott

Es war Miezes dreizehnter Geburtstag. Da Mieze kein glückliches kleines Mädchen war, sondern eine abgelebte, ziemlich schäbige, ingwerfarbene Katze, ahnte sie nicht, was ein Geburtstag zu bedeuten hatte; denn ihre eigene instinktive Zählmethode kannte keine Ziffern. Aber die Worte ›dreizehnter Geburtstag‹ wurden ihr schon zu früher Morgenstunde wiederholt ins Ohr gerufen, als ihre Herrin, die Pförtnerin eines alten Hauses in Buda, sie aus ihrem Korb nahm und in einer für Mieze sehr unangenehmen Verrenkung an die Brust preßte. Mieze war jedoch so unangenehme Stellungen und so temperamentvolle Liebesbezeugungen gewohnt.

»O mein Liebling! Mutters einziges Kätzchen! Heut ist ja dein dreizehnter Geburtstag, und Mutter hat ein wunderschönes Geschenk für dich!« Mieze wurde gedrückt, geschüttelt und viele Male unter Freudenrufen durch die Luft geschwenkt, bevor sie endlich wieder in ihrem Körbchen landete. »Dreizehn Jahre lang warst du Mutters Trost!« pries die Pförtnersfrau, während sie umherschlurfte und mit viel Lärm das Schlafzimmer aufräumte. »Heute vor dreizehn Jahren wurdest du geboren, genau um vier Uhr nachmittags. Und ich hielt der armen Cilli das Pfötchen, bis alles vorüber war.« Die Frau beugte sich abermals über den Korb, und die alte Katze wurde wiederum ihres Gleichgewichts beraubt und zappelte hilflos wie ein herumgedrehter Käfer auf dem Rücken, die Beine in der Luft. Sie mußte alles über sich ergehen lassen, denn ihre Behendigkeit hatte sie längst eingebüßt.

Ihre Herrin hing über dem Korb und streichelte sie unaufhörlich. Ihr gealtertes Gesicht war mit Rouge und Puder hübschgemacht, ihre Zähne waren mit viel Gold gefüllt. Perlen, so groß wie kleine Monde, waren an ihren Ohrläppchen befestigt, und ein rotes Baumwolltuch bedeckte ihren Kopf. »Meine arme Mieze ist Witwe«, fuhr die Frau fort, »aber du hast deinen Max nicht vergessen, der von einem bösen Hund totgebissen wurde . . . He, Teri! Die Milch brennt an!« Die Tür hinter sich zuschlagend, stürzte sie in ihre kleine Küche.

Erlöst von der lauten Stimme und den allzu liebevollen Händen, kam Mieze allmählich wieder zu sich. Nachdem sie sich im Zimmer umgesehen und einen Augenblick noch den Stimmen in der Küche gelauscht hatte, begann sie ihre Morgentoilette. Die erste Bewegung war ein oberflächliches Lecken über das weiße Fell ihrer Vorderpfoten und ihrer Brust. Damit hatte sie sich sozusagen zu dieser Arbeit entschlossen, und sie reinigte ihre rechte Pfote jetzt gründlich von beiden Seiten, außen und innen, die Krallen herausstreckend und emsig die staubigen Büschel dazwischen mit ihren alten, stumpfen Zähnen herausbeißend. Nachdem sie ihre Pfoten für sauber hielt, feuchtete sie die rechte mit der Zunge an und legte sie an die rechte Schläfe, um sich etwas Störendes aus dem Auge zu wischen, das sie zuweilen plagte. Nun begriff sie in diesen Reinigungsprozeß noch ihre Nase ein, die trotz ihren fortgeschrittenen Jahren derselbe niedliche weiße Knopf geblieben war wie in ihrer Kindheit. Ziemlich schnell ging ihre Pfote über das rechte Ohr weg, denn das war unwichtig, weil ein Teil davon in ihrer Jugend von einem Hund abgebissen worden war. Aber das Ohrinnere wurde säuberlich und mit viel Sorgfalt gebürstet, gerieben und poliert.

Endlich machte Mieze eine Pause. Sie blieb tief aufatmend sitzen und starrte mit ihren blanken goldenen Augen das Tischbein an. Nachdem sie auch noch Rücken und Bauch gesäubert hatte, stieg sie bedächtig aus ihrem Korb und ging ans offene Fenster. Sie sprang auf einen Stuhl und sah durch das Drahtgitter hinaus, das die Öffnung verschloß. Sie mochte den Draht nicht, denn er hielt ihre Krallen fest, wenn sie die Pfoten durchzustecken versuchte, und wenn sie ihre Nase in eines der Löcher steckte, wurden ihre Schnurrhaare beschädigt. In ihrem Gedächtnis spukte noch immer eine schwache Erinnerung daran, wie sie früher frei in der Sonne auf dem Fensterbrett sitzen konnte neben dem alten Kater Max, der lange Jahre ihr Kamerad gewesen war. Aber sie wußte nicht, wie lange das zurücklag, noch brachte sie den Maschendraht mit dem Verschwinden von Max in Zusammenhang.

Mieze fühlte sich ziemlich schläfrig, nach ihren Anstrengungen; aber ihre Herrin fegte gerade den Hof mit einem langen Besen aus Weidenzweigen, und ihre schnellen, lebhaften Bewegungen fesselten Miezes Aufmerksamkeit.

»He, Teri! Mach endlich den Vogelkäfig sauber!« rief sie ihrer Schwester zu, während sie den Staub aus den Winkeln tanzen ließ.

»Ja, ja«, piepste eine Stimme aus der Küche, und Teri erschien im Hof. Sie war eine schwächliche kleine Person mit einem ziemlich langen Rock und einem blauen Tuch um den Kopf. Ihre Augen spiegelten die Geduld und die Ängstlichkeit derer, denen Sprechen und Hören schwerfällt.

»Das ist der letzte Tag, an dem ich die Arbeit für die Baronin mache«, knurrte die Pförtnerin, während Teri das Näpfchen des Kanarienvogels ausschüttete. »Kein Mensch würde sich ihr Keifen und ihren Geiz gefallen lassen, aber ich wollte doch durchaus meiner lieben kleinen Mieze das schöne Geschenk machen.« Die hinter dem Drahtgitter hockende Katze öffnete die Augen beim Klang ihres Namens. »Zwanzig Pengö monatlich ist sehr wenig für Geschirrabwaschen und Dielenputzen jeden Nachmittag! Aber als der Mann mir sagte, das Geschenk würde zwanzig Pengö kosten, habe ich zugesagt und mir das Geld auf diese Weise verdient.«

Jetzt erschien der Schuster, der im Hof wohnte, im Rahmen seiner Tür. Er war ein dicker ältlicher Mann mit rotem Gesicht und rotem Haar, das zu ergrauen begann. »Na, wie steht es nun mit dem Geburtstagsgeschenk?« erkundigte er sich heiter.

»Der Mann wird es um halb sechs herbringen«, antwortete die Pförtnersfrau aus ihren Staubwolken heraus. Dann warf sie den Besen auf ein leeres Blumenbeet an der Mauer und verzog sich in ihre Küche. Teri folgte ihr bald darauf. Jetzt war nichts mehr im Hof, das Miezes Schläfchen stören konnte, außer der Stimme des Kanarienvogels, der im Sonnenschein trillerte; aber das war schon lange zur Gewohnheit geworden.

Gegen Mittag erwachte sie von einem Geräusch, das sie beunruhigte. Zuerst wußte sie nicht, wo sie war, als sie die Augen öffnete. Die Pförtnerin rannte herein und hinaus und setzte Näpfe auf den Boden vor den Korb. An den Ausrufen und den verschiedenen Gerüchen merkte Mieze, daß ihr heutiges Mittagsmahl etwas Besonderes war. Aber als sie ihr Körbchen verließ, um es in Augenschein zu nehmen, bückte sich die Pförtnerin und hob sie auf den Schoß. »Meine Mieze muß hübsch sein an ihrem dreizehnten Geburtstag!« rief sie und begann ihr ein blaues Seidenband um den Hals zu binden. »Bist doch meine brave Mieze! Keine unerlaubten Wege! Kein Entwischen in der Nacht! Es ist deine Ehrbarkeit, Mieze, die dich jung erhalten hat. So, jetzt bist du hübsch und bereit für deinen Geburtstagsschmaus!« Die Pförtnerin sprang auf, und die steife alte Katze plumpste auf den Boden neben die Reihe der für sie bestimmten Schüsselchen. Erst mußte sie einen Augenblick stehenbleiben, bis sie ihr körperliches und geistiges Gleichgewicht wiedererlangt hatte; dann machte sie sich daran, den delikatesten Geruch herauszufinden.

Nachdem die Nachmittagsstille über das Haus gekommen und die Pförtnerin weggegangen war, um die Hausarbeit bei der Baronin zu verrichten, öffnete Teri die Tür zum Schlafzimmer. Mieze wartete an der Seite, damit beschäftigt, den Nachgeschmack ihrer Mahlzeit von Lippen und Kinn zu lecken; dann schlüpfte sie schnell hinter Teri her, um in die Sonne hinauszukommen. In der Mitte des Hofes setzte sie sich nieder und ließ die Schwanzspitze unternehmungslustig zucken, als wollte sie ihre wiedergewonnene Unabhängigkeit dartun. Ihre Hast war unnötig gewesen; denn Teri war ein armes, behindertes Geschöpf, das sie nicht zurückholen konnte. Mieze fühlte sich irgendwie belästigt durch das blaue Band, das unter ihrem Kinn hing, und versuchte, es mir ihrer Pfote abzustreifen; aber ihre

Anstrengungen waren vergeblich. Sie streckte nun ein Hinterbein ganz weit aus, um es dann umständlich wieder einzuziehen und sich mit der Pfote hinterm Ohr zu kratzen. Nachdem sie sich diese kleine Erleichterung verschafft hatte, blinzelte sie gemächlich in die Runde, als erwartete sie den guten Einfall, der entscheiden würde, was sie jetzt beginnen sollte.

Über ihr trillerte verlassen der Kanarienvogel; drüben saß der Schuster in seiner offnen Tür und klopfte hölzerne Stifte in eine Schuhsohle. Mieze glitt lautlos in die Nähe seiner Tür.

»He, Mieze«, rief der Schuster weiterpochend, »du ahnst gar nicht, was dir bevorsteht, du alte Schraube! Hahaha! Du wirst ein Geschenk bekommen, worüber dir die Haare auf deinem alten Kopf zu Berge stehen werden!«

Mieze wendete ihren also bedrohten Kopf vorsichtig von der Tür weg. Obwohl sie nicht wußte, was der Schuster ihr da prophezeite, fühlte sie, daß sie von ihm reichlich genug hatte. Sie glitt an der Mauer entlang und bog in den Torweg ein, der zur Straße führte. Er war eng, zwei Türen lagen in der Mitte einander gegenüber. Eine davon war halb offen. Mieze näherte ihre Schnurrhaare dem Spalt.

»Mach, daß du wegkommst, du schmutziges Vieh!« rief eine helle Frauenstimme, »untersteh dich, in meine Küche zu kommen! Geh weg.« Ein Besen kam so plötzlich durch den Spalt geflogen, daß er Mieze an der Brust traf und sie mit ungewöhnlicher Gelenkigkeit zur Seite springen ließ. Jetzt öffnete sich die Tür auf der andern Seite, und eine fette Frau mit einem Tuch um den Kopf sah heraus. Es war die Zeitungshändlerin, die das einzige Zimmer an dieser Seite bewohnte.

»Arme Mieze, arme alte Katze!« rief sie in tröstendem Singsang. »Können sie dich dort nicht leiden? Beschimpfen sie dich?! Na, laß gut sein!«

Die junge Frau mit dem Besen stieß ihre Tür auf. Sie war groß und hatte ein blasses, mürrisches Gesicht. Seit wenigen Wochen war sie verheiratet; aber ihre Augenlieder waren ständig vom Weinen gerötet. »Ich will dieses schmutzige alte Vieh nicht in meiner Küche haben«, sagte sie herausfordernd. »Man muß sehen, daß man es los wird, es ist ungesund, es in der Nähe zu haben.« Vor Nervosität kamen ihr Tränen in die Augen, während sie sprach, und die dicke Frau betrachtete sie mit mitleidigen, mütterlichen Augen.

»Komm doch in mein Zimmer, meine Liebe«, sagte sie freundlich, »ich will das Radio anstellen; es wird dir guttun, ein bißchen Musik zu hören.«

Mieze kehrte um und stahl sich durch den Torweg zu den krummen Stufen, die zu der einzigen Wohnung im ersten Stock führten. Den inneren Teil der Wohnung vermied sie, weil sie aus Erfahrung wußte, daß dort Fremde – oft sehr unliebenswürdige Fremde – logierten. So durchschritt sie die Küche und ging auf die kleine Veranda, die gleichzeitig das Dach der Pförtnerswohnung bildete. Die Veranda war ein schmutziger Platz mit halbwelken Blumen, die in schmalen Kästen im Winkel standen. Verblaßte Fotografien in Muschelrahmen schmückten die Wände. Ein verrottetes Brett, bedeckt mit kleinen Portionen von gekochtem Vogelfutter, lag nahe dem eisernen Geländer, durch das man in den Hof hinabsehen konnte. An der Seite der Veranda stand eine große hölzerne Truhe mit Dünger, der dafür bestimmt war, die Erde in den Blumenkisten zu verbessern. Auf dieser Truhe hielt der Besitzer der Wohnung gewöhnlich sein Nachmittagsschläfchen. Mieze war der Anblick seines kahlen Kopfes, der am Ende der Truhe auf einer Matte ruhte, ebenso vertraut wie die Bewegungen seines grauen Schnurrbarts, die dem Rhythmus seines Schnarchens entsprachen. Als sie auf die Truhe sprang, bemerkte sie einige Fliegen, die um des Mannes heraufgezogene Knie herumsummten. Sie stand ein paar Sekunden bewegungslos, bis eine von ihnen sich auf der grauen Hose niederließ; da hob sie die Pfote und schlug danach.

»He!« schrie der alte Mann, unsanft geweckt von dem Tatzenhieb. »Geh weg, Mieze! Scher dich weg, alter Störenfried!« Er setzte sich auf, trampelte laut auf den Fußboden und klopfte mit seiner langen Pfeife gegen die Truhe.

Mieze sprang auf den Boden und verbarg sich hastig; aber nachdem er sich wieder ausgestreckt hatte, um weiterzuschlafen, kehrte sie zurück, saß da und beobachtete die Fliegen, die ihn umschwirrten. Eine Fliege ging spazieren von dem kahlen roten Schädel bis zu den Augenbrauen, danach vom Genick zum Hals und erhob sich dann, anscheinend frohlockend und befriedigt, um gleich darauf ihre Reise von neuem zu beginnen. Der Anblick der winzig kleinen, beweglichen Körper erweckte in Miezes Brust eine seltsame Erregung. Die Spitze ihres Schwanzes zuckte, und zuletzt konnte sie es nicht länger ertragen, hob die Pfote und schlug auf den kahlen roten Kopf.

»Oh, mein Gott!« schrie der Auffahrende, »kann denn ein alter Mann nicht einmal auf seiner eigenen Veranda Ruhe haben? Diese verdammte Katze will mich nicht schlafen lassen!« Brummend und seinen Hinterkopf reibend, schlurfte er in die Küche.

Aus Widersprüchen zusammengesetzt, wie die Katze nun einmal von der Natur geschaffen ist, verlor Mieze jetzt plötzlich das Interesse an den Fliegen. Sie drehte sich um und sprang, ihre Kräfte zusammennehmend, auf den einzigen Stuhl, der auf der Veranda stand. Es war ein altes Strohding, vom Wetter geschwärzt und abgenutzt. In der Mitte des Sitzes war ein Loch, aber Mieze war es gewohnt, auf der Kante zu balancieren. Sie nahm ihre Lieblingsstellung ein, die Beine unter dem Körper.

Ermutigt von der Stille auf der Veranda, hüpften ein paar Sperlinge vom Dach herab und begannen an dem Futter auf dem Brett zu picken. Mieze beobachtete sie bewegungslos mit unergründlichen Augen, während sie nahe dem Geländer herumhüpften, zwitscherten und sich zankten. Jeder versuchte die anderen von den Blumentöpfen zu verscheuchen. Mieze war viel zu alt, um ihnen gefährlich zu werden.

Als sie jetzt zum Himmel hinaufblickte, sah sie die Schwalben, die für ihren großen Herbstflug in den Süden übten. Eine Amsel saß auf dem Rand des Schornsteins, mit dem Schwanz wippend und in den dunklen Rauchfang hinabschauend. Vor langer Zeit war Mieze gern über die Dachziegel geglitten, die Schwalben beobachtend, wie sie hin und her schossen, gelegentlich auch einmal einen unachtsamen Sperling fangend, dort oder drüben an der Regenrinne. Sie war auf dem Dachfirst entlanggekrochen und oft genug sehr dicht herangekommen an die frechen Amseln, die auf dem Schornsteinsims saßen. Während sie jetzt hinaufstarrte, waren diese Erinnerungen weniger als Bilder in ihrem Kopf vorhanden, sondern als ein Bewußtsein in ihren steifen alten Muskeln. Ihre Augen schlossen sich ein- oder zweimal, als sie den Schwalben nachsah, und zuletzt sank ihr Kopf mit einer beinahe feierlichen Bewegung hinunter. Sie zog die Beine näher an den Körper. Nacheinander hüpften die Sperlinge nun auf den Rand der Veranda. Miezes Kopf begann hin und her zu schwanken wie der Kopf einer sehr alten Frau. Sie konnte nicht mehr nach den Sperlingen springen oder aufs Dach hinauf klettern; aber sie konnte in ihren Nerven noch immer das Hochgefühl von geschmeidigem Aufwärtsfliegen und mühelosem Absprung nachempfinden.

Als die Sonne im Sinken war, wurde Mieze von Schritten auf der Veranda geweckt. Eine Frau kam aus der Küchentür. Mieze wußte sofort, daß es eine Fremde war, noch während sie einige Schritte von ihr entfernt war, weil ihr Kleid lieblich und neu roch. Die Kleider der Leute im Hof rochen nach ranzigem Fett und Tomatensuppe oder nach Tabak; manchmal rochen sie ebenso wie die rostigen Gitter auf dem Pflaster vor dem Hause. Als die Fremde nahe an sie herankam, sah Mieze zu ihrem Gesicht auf, und die Fremde blickte zu ihr herunter und murmelte ein Wort vor sich hin. Mieze wußte zwar nicht, was das bedeutete; trotzdem erfüllte es sie mit einem plötzlichen, unerklärlichen Entzücken. Da sie wußte, daß sie ihren Kopf nicht an dem Kleid der Fremden reiben durfte – sie hatte das aus sehr schlechten Erfahrungen mit Frauen, deren Kleider neu rochen, gelernt –, zupfte sie mit zitternden Pfoten das Stroh vom Sitz des Stuhles, während sie laut, mit hocherhobener Nase, schnurrte. Ihre Sinne waren wie hochempfindliche Antennen. Sie verrieten ihr, daß die Fremde gütig war, freundlich eingestellt ihr gegenüber und fähig, ihr wunderbare Wohltaten zu erweisen. Als ihr Schnurren erwartungsvoll anschwoll und ihre Krallen den Stuhlsitz immer aufgeregter bearbeiteten, hörte sie die Tür der Wohnung aufklinken und ihrer Herrin Schritte hereinkommen.

»Mieze! Mieze!« rief die Pförtnerin, als sie die Veranda erreichte.

Mieze sprang von ihrem Stuhl und rannte zu der Fremden. Ihr Instinkt sagte ihr, daß sie sicher und wohlbehütet sein würde, wenn sie sich an die Fremde hielte, und daß dann ihr tägliches Unglück aus ihrem Leben verschwinden würde. Und als sie sich hinter der Fremden versteckte, konnte sie nicht widerstehen, schnell einmal den Schwanz um eines ihrer Beine zu winden.

»Ist das Ihre Katze?« fragte die Fremde die Pförtnerin, indem sie auf die Katze niederschaute.

»Ja, seit dreizehn Jahren habe ich sie. Und heute ist gerade ihr Geburtstag!« lachte die Pförtnersfrau. »Eine anständigere Katze hat noch nie gelebt, glauben Sie mir! Sie hat nur einmal in ihrem Leben ein Junges gehabt, und sie schien ganz erschrocken über das arme kleine Ding . . . Komm jetzt, Mieze, komm mit herunter zu Mutter!«

Vergeblich versuchte Mieze dem Eingefangenwerden zu entgehen, indem sie sich um die Beine der Fremden herum zurückzog; das Schicksal, das für sie immer irgendein menschliches Wesen bedeutete, war unerbittlich. Die Fremde lachte und trat zur Seite, die Pförtnerin schoß auf Mieze herab, und dann wurde sie, obwohl sie mit den Beinen strampelte und den Schwanz aufrührerisch schlug, nach unten getragen.

Im Hof sprach die dicke Zeitungsfrau gerade mit Teri. Sie hatte bereits ihre hellgrüne Wolljacke angezogen, weil sie in einer halben Stunde die Abendzeitung austragen mußte. »Ich habe eben Teri von dem armen jungen Ding erzählt«, berichtete sie, der Pförtnerin ins Haus folgend. »Sie ist Waise, und sie besaß nichts außer ihren Kleidern, als sie ihn heiratete. Er kaufte die Möbel, und jetzt macht er ihr das Leben zur Hölle.«

»Was Sie nicht sagen!« antwortete die Pförtnerin geistesabwesend, während sie Mieze in ihren Korb setzte. »Oh, da ist er ja!« rief sie, zum Fenster hinausschauend und in die Hände klatschend. »Endlich bringt er ihn!«

Mieze setzte sich auf und leckte die Haare an ihrer Brust zurecht; dann zerkratzte sie das blaue Band, das sie um den Hals trug. Ihre Stimmung verdüsterte sich. Ihrem Empfinden nach hatte der Tag gerade genug unerwartete Dinge gebracht. Da war nach ihrem Geschmack viel zuviel Kommen und Gehen. Sie starrte den fremden Mann im Türrahmen mit schmal gekniffenen Augen voller Abneigung an.

»Guten Tag, liebe Frau! Ich bringe die Arbeit wie versprochen. Sieht sehr hübsch aus, muß ich sagen.« Der Mann begann das große Paket, das er trug, zu öffnen; aber die Pförtnerin verwies es ihm: »Ich möchte nicht, daß sie ihn nach und nach zu sehen bekommt«, sagte sie aufgeregt. »Sie muß ihn gleich im ganzen sehen, nachdem er ausgewickelt ist. Ich werde ihn hinter dem Bett auspacken.«

Der Mann zog ein zerknittertes Blatt Papier aus der Tasche. »Zwanzig Pengö, wie wir ausgemacht haben«, sagte er und reichte es ihr.

Die Pförtnerin öffnete eine Schublade und nahm ein abgenutztes Portemonnaie heraus. Sie seufzte, als sie das Geld in des Mannes schmutzige Handfläche zählte. Zwei große Silberstücke und zehn kleinere Münzen. Es war alles, was die Börse enthielt.

»Danke, liebe Frau, es stimmt«, sagte der Mann und steckte das Geld in die Tasche. »Wenn Sie es später einmal wieder wünschen«, fügte er hinzu, mit seinem kurzen Zeigefinger auf Mieze weisend, »dann rechne ich Ihnen nur fünfzehn Pengö.«

Die dicke Zeitungsfrau begann zu kichern, als der Mann das Zimmer verließ, und die Pförtnerin ließ sich auf die Knie nieder, um das Paket hinter dem Bett auszupacken. »Miezes Geburtstagsgeschenk ist da!« rief sie durch das Fenster dem Schuster auf der gegenüberliegenden Seite des Hofes zu. »Kommen Sie es doch ansehen!«

Aufrecht in ihrem Korb sitzend, wurde Mieze zusehends kleiner. Ihre goldenen Augen glitten von einem Gegenstand zum andern. Ihre scharfen, beinahe übernatürlichen Sinne hatten ihr gesagt, daß etwas Seltsames bevorstand. Was es war, wußte sie nicht, auch nicht, wo es war. Die Ahnung von etwas Unangenehmem machte alle Geräusche und alles, was sie sah, fremd – so das Papiergeraschel am Ende des Bettes, das Kichern der Zeitungsfrau, das Tischbein neben ihrem Korb und die leere Kohlenkiste an der Tür. Mieze warf einen trüben Blick auf den Schuster, der soeben eintrat; aber ihre Furcht stand in keinem Zusammenhang mit ihm, auch mit Teri nicht, die hinter ihm kam. Sie hatte nie zuvor so viele Menschen in dem kleinen Zimmer gesehen, noch so viel Gelächter gehört, und ihre Nerven vibrierten.

»Hier ist dein Geburtstagsgeschenk!« rief die Pförtnerin, indem sie sich auf den Boden neben Miezes Korb setzte. »hier ist dein geliebter Max! Zurückgekommen zu seiner Mieze! Sieh ihn dir an, Mieze! Er sieht genauso aus, als ob er lebte!«

Mieze starrte auf das Ding auf dem Fußboden vor ihr, und jedes Haar an ihrem Körper sträubte sich. Das Ding sah Max ähnlich; aber es roch nicht wie Max! Es glotzte sie an mit glänzenden Augen, deren Unbeweglichkeit eine Drohung enthielt, der sie nicht gewachsen war. Und der Geruch war todesähnlicher, abstoßender als alles andere, was Mieze bisher gekannt hatte. Einen Augenblick blieb sie unentschieden und bewegungslos; dann brach ihre Seelenangst in einem gellenden Schrei aus. Spuckend und fauchend wich sie rückwärts über den Rand ihres Korbes aus und versuchte, auf das Bett zu springen. Aber sie verrechnete sich in der Entfernung und glitt auf den Fußboden zurück, die Bettdecke mit ihren Krallen herunterziehend.

»O guter Gott, Mieze!« jammerte die Pförtnerin. »Sie ist erschrocken vor Max!«

Sie wollte die Katze von der Bettdecke lösen; aber Mieze wehrte sich und schlug ihr die Zähne in die Hand. Die Pförtnerin riß sich mit einem Schrei von ihr los, und Mieze sprang erneut auf das Bett, flog über die Kissen und landete, ihre schwachen Kräfte zusammenreißend, schreiend auf dem Kleiderschrank. Das da unter ihr schien ihr ein Höllenspuk.

»Was geht denn hier vor?« fragte der Kohlenträger durch das offene Fenster. Er hatte wie allwöchentlich seine Last Holz nach oben getragen und im Hof den Lärm gehört.

»Oh, du mein Himmel, Mieze ist verrückt! Mieze ist verrückt!« piepste Teri mit zitternden Händen. Sie sah aus wie ein verängstigter Gnom mit ihrem Kopftuch und ihrem schleppenden Rock.

»Mein armer Liebling!« jammerte die Pförtnerin. »Es ist doch ihr dreizehnter Geburtstag, und ich wollte ihr etwas Gutes antun!«

»Ich werde sie einfangen«, sagte der Schuster, indem er einen Stuhl heranzog.

Mieze fauchte oben auf dem Kleiderschrank; ihre Augen glühten rot. Niemand kam es in diesem Augenblick in den Sinn, zu sagen, daß das eine Stuhlbein zerbrochen gewesen und nur notdürftig angeleimt war. Der Schuster stieg hinauf, das Bein gab nach, und bei dem Bemühen, sein Gleichgewicht zu bewahren, trat er mit dem Fuß so heftig auf den dünnen Holzsitz, daß er ebenfalls zerbrach. Die Schreckensschreie der Frauen begleiteten seinen Sturz.

»Jesus Maria!« Der Kohlenträger schrie laut auf, während er sein rundes, verschwommenes Gesicht an das Drahtgitter preßte.

»Ich werde sie schon herunterkriegen«, sagte der Schuster in unheilvollem Ton. Mit gerötetem, ärgerlichem Gesicht stieß er die Frauen zur Seite und verließ die Stube, sich die Sitzfläche reibend. Kurz darauf kehrte er mit einem Eimer voll Wasser und einem langstieligen Besen zurück.

»Einen Besen nehmen für meine Mieze!« wehklagte die Pförtnerin und rang die Hände.

»Besser wäre es, ihr würdet die ausgestopfte Katze verstekken«, riet der Kohlenträger, indem er eine bequemere Stellung vor dem Fenster einnahm.

Teri hob Max vom Fußboden auf und verbarg ihn in einer Kommode.

»Jetzt müßt ihr zurücktreten«, sagte der Schuster, den Eimer neben dem Schrank niedersetzend. Er packte den Besen in der Mitte mit einer Hand und hob ihn wie einen Speer über den Kopf. Als die Borsten über den Rand von Miezes Versteck kamen, begann sie zu spucken und dagegen zu kämpfen. Der Schuster bewegte den Besen von einer Seite zur andern; denn er wollte nicht, daß ihm Mieze auf den Kopf sprang. Als sie unversehens auf die andere Seite schoß, flog der Besenstiel zurück, schlug gegen die Hängelampe und zerbrach das dünne Glas.

»Die ist dahin!« rief der Kohlenträger draußen vor dem Fenster.

»Halt den Mund, du Landstreicher!« brüllte der Schuster mitten in der Arbeit. »Sonst will ich dir eins versetzen, damit du Grund hast, ihn aufzumachen!«

»Steigen Sie hier drauf«, sagte die Zeitungsfrau, indem sie ihm einen Küchenschemel reichte. »Er ist fest«, keuchte sie und wischte sich mit dem Handrücken die Lachtränen aus den Augen.

Der Schuster stieg auf den Schemel. Er konnte Mieze nicht sehen; denn es dämmerte stark, und sie war bis zur Wand zurückgewichen. Er fühlte jetzt, daß der Besen etwas Festes berührte, das Widerstand bot. Mit einem frohlockenden Siegesruf stieß er zu, und eine alte Küchenuhr, die dort seit Jahren vergessen gelegen hatte, polterte herab. Sie landete ausgerechnet in dem Wassereimer. Der kleine Hof widerhallte von dem Freudengeschrei des Kohlenträgers. Die Pförtnerin begann zu weinen; Teri machte sich mit erschrockenem Gesicht daran, das übergeschwappte Wasser aufzuwischen. Der Schuster gönnte der Uhr einen einzigen Blick, dann schlug er mit dem Besen wütend auf die Decke des Schrankes ein, bis der Besen Mieze traf. Mit zornigem Schwung warf er sie auf das Bett. Schlapp fiel sie auf den Rücken. Er ergriff sie beim Nackenfell, tauchte sie zweimal ins Wasser und warf sie mit der abschließenden Bemerkung »So, das wäre getan!« auf den Boden.

Tränen strömten über das Gesicht der Pförtnerin, als sie Mieze aufnahm und mit einem Handtuch trockenrieb. Die alte Katze lag in ihren Armen und rührte sich nicht, nur krampfhafte Zuckungen zitterten zuweilen über ihren Körper.

»Vielleicht kommt sie wieder in Ordnung, wenn sie trocken ist«, sagte die Zeitungsfrau zweifelnd und beugte sich nieder, um Augen und Zähne der Katze zu untersuchen. »Sie ist nicht verrückt, sie hat sich nur furchtbar erschrocken.« Mißbilligend schüttelte sie den Kopf. »Den Lohn für einen Monat Arbeit für das Ding dranzugeben – das war kein glücklicher Einfall«, fügte sie hinzu. Dann drehte sie sich um und hastete aus dem Zimmer, denn es wurde jetzt höchste Zeit für sie, den abendlichen Rundgang anzutreten.

Teri trug den Eimer auf den Hof hinaus und kam zurück, um ein warmes Tuch um die Schultern zu nehmen; denn auch sie mußte jetzt zu ihrer abendlichen Arbeit weggehen. Draußen im Hof tauschten der Schuster und der Kohlenträger einige grobe Worte, bevor sie sich trennten.

Nachdem alles ruhig war, legte die Pförtnerin Mieze in ihren Korb und stopfte ein Stück Flanell um sie herum, um sie warm zu halten. Dann stellte sie den Korb draußen auf die Türschwelle und setzte sich daneben in dem milden Herbstabend. Des Schusters Lampe schien von der gegenüberliegenden Seite in den Hof heraus, und wieder klopfte sein Hammer. Über dem alten Schornstein erschien ein Stern, und plötzlich war die Farbe am Himmel ausgelöscht. Die Pförtnerin schluchzte in ihre Schürze. »Arme Mieze, arme, arme Mieze!« sagte sie erstickt mitten in ihren Tränen. Endlich hob sie ihr tränennasses Gesicht und lehnte den Kopf an den Türrahmen. »Oh, lieber Gott«, flüsterte sie in die Dunkelheit hinein, »dafür zwanzig Pengö! Und ich hätte so nötig neue Schuhe gebraucht!«

In dem Korb neben ihr lag die alte Katze ohne jede Bewegung, denn die Zuckungen quälten ihre steifen Glieder nicht mehr.

Horatio macht sich Gedanken

Dorothy B. Hughes

Es gibt Menschen, die mögen keine Katzen. Es gibt auch Katzen, die keine Menschen mögen. Eigentlich versuchen wir ja, alle Menschen zu mögen. Ein paar von uns jedenfalls. Aber wie sollen wir denn Menschen gern haben, die uns nicht mögen? Ob man sich gegenseitig mag, oder sich lieber aus dem Weg geht, das spürt man eben irgendwie.

Es gibt Menschen, die hassen Katzen. Ich meine die, die das auch laut sagen. Mit Nachdruck. »*Ich hasse Katzen!*« Alexander, Xan genannt, ist so einer. Er kommt, um seine Tante – das ist Milady – zu besuchen und sagt es einfach so heraus: »Ich hasse Katzen.« Kein Wunder, daß ich ihn nicht mag. Trotzdem versuche ich es. Jedesmal wenn er kommt, versuche ich es. Es hilft nichts. Sobald ich an seinen Beinen entlang streiche, explodiert er: »Ich hasse Katzen!« Und dann folgt seine übliche Drohung: »Hau ab, Katze!«

Die meisten Menschen wissen nicht, daß Katzen Menschen verstehen können. Diese Fähigkeit ist uns angeboren. Ganz gleich, ob jemand Mikronesisch, Asiatisch oder Englisch oder sonst irgendeine Sprache spricht, wir verstehen sie. Eine Katze kann zwar nicht sprechen, unser Stimmapparat ist eben anders, aber wir verstehen gesprochene Worte.

Tante Christobel, Milady, liebt Katzen. Es ist mir schon vor langer Zeit aufgefallen, daß Frauen Katzen lieber haben als Männer. Nicht, daß es keine Ausnahmen gäbe, aber im großen und ganzen ist es so. Männer glauben offenbar, daß Hunde männlich und Katzen weiblich sind; also identifizieren sie sich eher mit Hunden. Manche Menschen haben schon komische Ideen. Ich könne es mit jedem Hund, der mir je begegnet ist, aufnehmen und ihn in ein jaulendes Etwas verwandeln und davonjagen, wie diesen Pudel, der weiter oben in der Straße wohnt. Ich kann Ihnen versichern, der traut sich nicht mehr auf unser Grundstück, wenn ich vorne auf der Treppe liege.

Milady hat schon immer Katzen geliebt, das habe ich sie schon oft sagen gehört. Als ich noch so klein war, daß ich mich in ihrer Hand zusammenrollen konnte, nannte sie mich ihr ›Miezekätzchen‹. Später, als ich erwachsen war, wurde ich mit meinem offiziellen Namen angesprochen, Horatio Ebony Corkingdale. Xan kennt meinen Namen, Milady hat es ihm oft genug gesagt. Trotzdem nennt er mich immer nur »Diese blöde Katze«.

Noch etwas. Immer wenn er zu Besuch kommt, setzt er sich auf meinen Lieblingsplatz auf dem Wohnzimmersofa. Wenn ich mich dann an seiner Schulter oder seinem Arm reibe, um ihm klarzumachen, daß er auf meinem Platz sitzt, brüllt er meine Tante an: »Diese blöde Katze. Warum hältst du dir bloß diese blöde Katze?«, und zu mir sagt er: »Hau ab, Katze!« Wenn sie nicht im Zimmer ist, hebt er mich oft hoch und wirft mich auf den Boden. Dem habe ich aber ein Ende bereitet, eine Kralle hier, eine Kralle da, dazu noch ein Fauchen, gefolgt von einem lauten, erstickten Miau genügt eigentlich immer. Dann kommt Milady herein und befaßt sich mit dem Katzenhasser. »Wenn du die Katze noch ein einziges Mal anrührst, kannst du deine Sachen packen und verschwinden; und zwar sofort, nicht erst morgen. Sofort.« Das ist noch ihre harmloseste Warnung.

Seine Reaktion ist immer gleich: »Du bist eine alte Hexe! Jawohl, sonst hättest du diese blöde schwarze Katze nicht.«

Sie seufzt dann geduldig und erklärt ihm immer wieder: »Hexen haben keine schwarzen Katzen, sondern einen schwarzen Hund.«

Sie könnte genausogut mit diesem kläffenden Pudel sprechen.

»Warum behältst du dann diese blöde Katze? Alles, was sie kann, ist schlafen, sich dumm und dämlich fressen, sich das beste Kissen unter den Nagel reißen . . .«

Sie hätte auch sagen können: »Genau wie du. Und du gehörst noch nicht einmal in dieses Haus.«

Aber auf diese Ebene begibt sie sich gar nicht erst. Statt dessen erklärt sie zum hundertsten Mal: »Horatio ist keine Katze, sondern ein Kater. Und zwar ein Macho.« Sie hat nämlich alles über Machos aus dem Fernsehen gelernt.

Xan ist eindeutig kein Macho. Er ist eine Heulsuse, obwohl er schon fast dreißig Jahre alt ist. Sein vollständiger Name lautet Montrevor Alexander Corkingdale. Er ist der Sohn von Miladys ältestem Bruder. Sie heißt Christobel Aylwin Corkingdale, und sie hat nie geheiratet. Ich vermute, die Leistung ihres Bruders in bezug auf Nachwuchs hat sie davon abgehalten. Bevor sie sich zur Ruhe gesetzt hat, war sie Professorin für Mathematik an der hiesigen Universität. Wie Sie sehen, ist sie keine von diesen ängstlichen kleinen Frauen.

Aber Xan ist zuviel für sie. Er ist nicht nur ein Jammerlappen, sondern auch jemand, der immer nur nimmt. Milady dagegen gibt. Sie ist großzügig, sowohl zu Menschen als auch zu Katzen; wahrscheinlich sogar zu Hunden, wie dem kläffenden Pudel oben in der Straße. Xan nimmt immer nur und gibt nichts. Wenn er Milady besucht, natürlich grundsätzlich ohne Einladung, nimmt er sich das schönste Gästezimmer und das Gästebad daneben, mit all den feinen Seifen und Parfüms, den Gesichtscremes und speziellen Shampoos, die sie für die Damen, die sie besuchen, bereithält. Xan benutzt alles. Deswegen stinkt er auch so.

Wenn er mit uns zu Abend ißt, bedient er sich zuerst, und zwar nimmt er sich immer die saftigsten Fleischstücke und das Beste vom Gemüse und vom Obst. Noch schlimmer, wenn er sich schon den Teller vollgeladen hat und etwas sieht, was er lieber hätte, schiebt er das, was er sich zuerst ausgesucht hat, einfach zurück auf den Servierteller und nimmt sich das andere. Da fragt man sich schon, ob er eigentlich ein echter Corkingdale ist oder der Familie vielleicht irgendwann untergeschoben worden ist.

Im Wohnzimmer, nach dem Abendessen, habe ich schon gesehen, wie er die Kristallschale, in dem Milady ihr belgisches Schokoladenkonfekt für geladene Gäste aufbewahrt, leer frißt. Die ganze Schale; Stück für Stück. Ich kann einfach nicht verstehen, wie man Schokolade mögen kann. Manche Hunde mögen sie ja, aber wir Katzen haben doch einen feineren Geschmack.

Xan gehört genau zu der Sorte von Menschen, die sich mit Schokolade vollstopfen. Es ist ein Segen für den Frieden und die Ordnung in unserem Haus, daß sein Zweig der Familie Corkingdale irgendwo im Osten lebt, Ohio oder Pennsylvania oder Kentucky. Daher kann er uns nicht so oft besuchen und normalerweise auch nicht lange bleiben.

Er hat nie geheiratet. Natürlich nicht. Er würde mit niemandem teilen, schon gar nicht mit einer Frau. Eine Frau ist ein weibliches Wesen, und die behandelt er herablassend, sogar seine Tante Christobel. Abgesehen davon könnte er eine Frau auch gar nicht ernähren. Er ist nie lange an einer Arbeitsstelle gewesen. Sobald sein Chef sieht, wie er arbeitet, fliegt er raus. Wie ich gehört habe, will ihn noch nicht einmal sein eigener Vater im Büro haben. Mr. Corkingdale ist Architekturberater. Wenn Xan sich schon mal, zumindest für eine gewisse Zeit einen Job sucht – oder die Familie ihm einen besorgt –, läßt er nicht nur seine eigene Arbeit liegen, sondern erklärt seinen Vorgesetzten auch noch, wie sie ihre Geschäfte führen sollten. Er weiß natürlich alles besser. Glaubt *er* jedenfalls, sonst wohl niemand. Stellen Sie sich vor, der Gouverneur eines Staates – und große Firmen sind oft noch viel komplizierter strukturiert als das Büro eines Gouverneurs –, müßte sich von einem kleinen Angestellten sagen lassen, wie er seine Angelegenheiten zu regeln hätte.

Anscheinend ist Xan diesmal zu Tante Christobel gekommen, weil er ein paar Bewerbungsgespräche in unserer Stadt hat. Ob sie oder sonst jemand aus der Familie das organisiert hat, konnte ich noch nicht in Erfahrung bringen. Jedenfalls reißt er sich nicht gerade ein Bein aus, um pünktlich zu den Gesprächen zu kommen. Er bleibt fast bis mittags im Bett und kommt dann ungewaschen, ungekämmt und noch in seinem verknautschten Schlafanzug zum Frühstück herunter. Er muß sich dann allerdings schon selbst bedienen. Eine Thermoskanne mit Kaffee steht auf dem Frühstückstisch, und Brot liegt auf einem Teller beim Toaster. Das Glas mit der guten englischen Orangenmarmelade nimmt Milady weg, damit er es nicht verschmiert und halb leer ißt. Statt dessen füllt sie ein paar Löffel säuerlich riechende amerikanische Marmelade auf eine Untertasse. Das ist alles. Wenn er ein ordentliches Frühstück will, muß er eben um acht gewaschen und rasiert am Tisch erscheinen.

Mittags hat Mrs. Odo, unsere Haushälterin, unten schon staubgesaugt, Miladys Zimmer und das Bad oben saubergemacht und kümmert sich um Miladys Lunchtablett, meistens ein Roggenbrot-Sandwich mit Huhn, dazu grüner Salat mit Vinaigrette Dressing und heißer Jackson's Tee. Für Xan richtet Mrs. Odo kein Tablett her. »Er kommt nicht zum Lunch«, das sagt ihr Milady jeden Tag. Mrs. Odo hat verstanden. Natürlich läßt Xan sein Durcheinander vom Frühstück einfach auf dem Tisch stehen, und Milady oder Mrs. Odo müssen es dann aufräumen. Er geht wieder nach oben, duscht und läßt die Handtücher einfach auf den Boden fallen. Er zieht sich an und putzt sich vor dem Spiegel heraus – er schaut sich ja so gerne an –, bis er mit seiner Aufmachung und dem Eindruck, den er damit macht, zufrieden ist. (Männer behaupten ja, daß Frauen Stunden vor dem Spiegel verbringen. Die sollten Xan sehen.) Dann stürzt er aus dem Haus, weil er eine Verabredung zum Lunch hat, für die garantiert jemand anders bezahlt, wetten? Und zwar bestimmt eine Frau. Ein Mann würde sich seine Mätzchen nicht gefallen lassen.

Direkt als er angekommen war, hat er Tante Christobel gefragt, ob sie ihm ihr Auto leihen könnte. Sie hat gedacht, es hätte etwas mit seinem Bewerbungsgespräch zu tun, und hat ihm den Schlüssel gegeben. Als er den Wagen dann aber den ganzen Tag behalten, ihn abends gleich noch einmal benutzt hat und erst nach Mitternacht zurückgekommen ist, da hat sie ihm den Schlüssel weggenommen. Sie ist schließlich eine vielbeschäftigte Frau, da braucht sie ihr Auto.

Offensichtlich hat er jemand anders gefunden, der ihm sein Auto leiht, höchstwahrscheinlich seine Mutter. Ich habe gehört, wie Milady ihren Freundinnen erzählt hat, daß seine Mutter ihn vom ersten Tag an verwöhnt hat. Er war der erste Sohn in der Familie, ein Nachzügler, nach vier Töchtern, eine alle zwei Jahre.

Wenn er keine Einladung hat, kommt er zum Abendessen zu uns nach Hause. Er sagt es aber nie im voraus, ob er nun kommt oder nicht, aber Milady hat immer reichlich zum Dinner. Mrs. Odos Nichte Ethel kommt gewöhnlich nachmittags, um alles vorzubereiten und um zu servieren, ganz gleich ob Milady allein ist oder Gäste zum Dinner hat.

Nach dem Essen jagt Xan wieder los, entweder zu einer Party – zu der er sich wahrscheinlich selbst eingeladen hat – oder um sich mit ein paar Freunden zu treffen, die genauso sind wie er. Was ich so höre, gibt es wohl eine ganze Menge solcher Tunichtgute unter den College-Absolventen. Ungefähr ein halbes Dutzend von ihnen sind in die gleichen Eliteschulen gegangen wie er (Xan hat eine ganze Reihe besucht und ist überall durchgefallen), und vielleicht sind sie von ihren Müttern genauso verzogen worden.

Oder Xan ist losgezogen, um irgendeine Frau aufzureißen. Ihren Freundinnen hat Milady erklärt: »Wenn ein Mädchen keinen Freund hat, geht sie mit jedem aus, der sich rasiert.« Garantiert sucht er sich eine aus, die genug Geld hat und die froh ist, jemanden gefunden zu haben, mit dem sie es ausgeben kann. Wann er zurückkommt, und in welchem Zustand, sieht Milady normalerweise nicht mehr, denn dann ist sie gewöhnlich schon im Bett.

Ich wußte, daß die Situation für Milady unerträglich war. Was ich nicht wußte, war, daß sie mit ihrer Weisheit am Ende war, bis ich eines Morgens hörte, wie sie es ihrer besten Freundin Letty am Telefon erzählte; Xan wohnte inzwischen schon fast drei Wochen bei uns.

»Er zieht einfach nicht aus«, sagte sie. »Ich weiß nicht mehr weiter. Jedesmal wenn ich ihn frage – und ich rede nicht groß drumherum, Letty –, sagt er mir, daß er noch nicht ausziehen könne; er müsse erst seine geschäftlichen Angelegenheiten geregelt haben. Das stimmt natürlich nicht. Ich weiß es, er weiß es, und er weiß es auch, daß ich es weiß, aber er sagt es trotzdem einfach so, als ob es wahr sei. Darin ist er gut; das hat er schließlich jahrelang geübt. Nachdem sie Letty ihr Herz ausgeschüttet hatte, sagte sie: »Er ist einfach faul, das ist das einzig richtige Wort dafür. Vielleicht war es eine Infektion, schon in der Gebärmutter. Keiner in unserer Familie ist so.« Sie sagte nicht, daß er es von der Familie seiner Mutter geerbt haben könnte, aber ich wußte, daß sie es dachte; von der Mutter, die ihn verwöhnt hatte und die es immer noch tut.

Milady wurde dabei natürlich ständig von Lettys Ausrufen unterbrochen, aber ich konnte nicht herausbekommen, was sie gesagt hat. Ich könnte etwas erfinden, aber warum? Jeder, der Miladys Freundin Letty kennt, kann die Pausen genausogut ausfüllen wie ich. Dummheit ist Letty eben ein Greuel.

Aber als Milady das Telefongespräch beendet hatte, sich einen Augenblick auf die Couch setzte und ihre Stirn mit dem Taschentuch aus irischem Leinen rieb, da merkte ich, wie unglücklich sie wirklich war. Ich hörte sie tief seufzen, sah, wie sie sich zusammenriß und sich für ein Klassentreffen zurechtmachte. Mir wurde klar, daß sie auch nicht mehr so jung war, wie damals, als ich in ihr Haus gekommen war, und in diesem Moment wußte ich, daß ich in dieser Sache etwas unternehmen mußte.

Die Idee kam mir so plötzlich wie ein Schwanzzucken. Man könnte Xan vielleicht mit Hilfe von Katzen loswerden, aber wie?

Ich würde erst mal sein Zimmer beschnuppern. Wenn er es so hinterlassen hatte wie gewöhnlich, dann würde mir vielleicht etwas einfallen. Wie erwartet, hatte er sich nicht die Mühe gemacht, die Schlafzimmertür zu schließen. Ich begann meinen Streifzug im Bad. Es sah aus wie immer: triefende Handtücher auf dem Boden und nasse Waschlappen, die er einfach in die Dusche geworfen hatte. Ich sprang auf den gekachelten Rand des Waschbeckens. Auch hier war alles wie sonst. Jede einzelne Flasche war offen und stand in einer Pfütze. Natürlich waren auch alle Tuben geöffnet, von der Zahnpasta bis zur getönten Rasiercreme. Als ich von der Kante heruntersprang, wäre ich fast ausgerutscht. Ich landete auf seiner schmutzigen Unterhose, die auf dem Boden lag; offensichtlich hatte er sie zum Aufwischen benutzt.

Ich zog mich ins Schlafzimmer zurück, wo das Durcheinander mindestens genauso schlimm, wenn nicht sogar schlimmer war. Der Teppich war übersät mit seinen abgelegten Sachen von gestern, vom Tag vorher oder von noch früher. Wenn er sich auszog, ließ er einfach alles liegen: Hosen, Hemden, Socken, noch mehr Unterhosen, sogar den Bademantel, den er morgens sicher eine ganze Weile angehabt hatte.

Während ich mit einer flüchtigen Untersuchung dieser Teile beschäftigt war, kam Mrs. Odo zur Tür herein. Sie sprach gewöhnlich laut mit sich selbst und mit mir. »Schau dir das an!« sagte sie zu uns beiden. »Jetzt schau dir bloß dieses Zimmer an! Er ist ein Ferkel, wirklich. Und so etwas gehört zur Familie.« Mit dem Fuß schob sie seinen Pyjama und seine Unterhosen halb unters Bett, um sie nicht mehr sehen zu müssen. Aber sie rührte sie nicht an. »Miz Corkingdale sagt, ich soll sein Zimmer nicht machen, auch nicht seine Wäsche. Ja, Horatio, das hat sie gesagt.« Mrs. Odo trug einen Wäschekorb, so einen aus Kunststoff, mit Gittern an den Seiten. Vor etwa einem Jahr hatte sie vor dieser modernen Erfindung kapituliert. Zuerst wollte sie sich ja nicht von ihrem schweren, aus Stroh geflochtenen Korb trennen; ihre Familie benutzte solche Körbe schließlich schon seit Generationen. Milady überredete sie dazu, den Plastikkorb doch nur ein einziges Mal auszuprobieren. Als Mr. Odo merkte, daß er nicht einmal halb so schwer war wie ihr alter, akzeptierte sie ihn. Milady und Mrs. Odo sind eben beide älter geworden. Trotzdem ärgerte sich Mrs. Odo über den Ersatz aus Plastik. Sie trat oft dagegen.

Durch die Gitter konnte ich sehen, daß sie bereits die Handtücher und die andere Wäsche von Milady eingesammelt hatte. Sie ging nun mit dem Korb ins Bad, um die durchnäßten Socken aufzuheben, die er dort liegengelassen hatte. Wieder schimpfte sie:

»Sie sagt, ich soll sein Zimmer nicht machen, auch nicht seine Wäsche. Das hat sie gesagt.« Offensichtlich war sie nicht gerade froh darüber. Ihr Leben bestand nun mal daraus, alles peinlichst sauber und ordentlich zu halten. Es war ihr unangenehm, Dinge liegen zu lassen, für die sie sich verantwortlich fühlte. »Also tu ich, was sie sagt.«

»Igitt«, sagte sie, als sie die Waschlappen vom Boden der Dusche nahm. »Ich arbeite jetzt schon gut dreißig Jahre für Miz Corkindale. Und ich habe immer getan, was sie gesagt hat. Deswegen kommen wir auch so gut miteinander aus.« Sie sagte noch öfter igitt und brummelte vor sich hin, während sie den restlichen Mist aufhob. Die Kleider ließ sie liegen, genau wie ›Miz Corkingdale gesagt hat‹.

Während sie versuchte, Ordnung in das Chaos zu bringen, ging mir plötzlich ein Licht auf, wie eine von diesen elektrischen Glühbirnen in den Comics. Ich blieb die ganze Zeit an meinem Platz, in einer ruhigen Ecke, wo man mich aber gut sehen konnte, während Mrs. Odo ihren Monolog hielt und zur Tür ging.

Sie beendete ihren Ausbruch und stapfte dann mit ihrem Korb nach unten in den Wäscheraum. Sie ließ die Tür offen, damit ich herauskonnte. Wenn ich nicht im Zimmer gewesen wäre, hätte sie bestimmt die Tür geschlossen, damit man die Unordnung nicht mehr sehen mußte. So war sie eben.

Ich mußte mich noch ein wenig umsehen und untersuchte jeden kleinsten Winkel des Zimmers, bis mein Plan einigermaßen konkrete Formen annahm.

Als nächstes besuchte ich meine Freundin Mignonette, bei Menschen und Katzen auch als Mimi bekannt. Die Liebesgeschichte um diesen französischen Kosenamen scheint heutzutage leider in Vergessenheit geraten zu sein; wahrscheinlich kennen die Kulturbanausen von heute sie überhaupt nicht. Der Name Mimi wird heute nicht mehr mit einer romantischen Liebesgeschichte in Verbindung gebracht, sondern – ob Sie es glauben oder nicht – es ist ein Kosename für eine *Großmutter*. Fragen Sie mich bloß nicht wieso. Manchmal sind Menschen eben einfach nicht zu verstehen.

Wie dem auch sei, meine Freundin Mignonette, oder Mimi, ist keine Großmutter. Sie ist allerdings auch keine Kurtisane, obwohl sie das Zeug dazu hätte. Sie ist eine weiße Katze mit blauen Augen und herrlich flauschigem Fell, peinlichst gepflegt von der

Lady, ihrem Frauchen – Miladys Freundin Fran. Zu ihrem Haus kommt man, wenn man nach drüben zur nächsten Straße und dann den Hügel hinauf läuft. Sie wohnt drei Straßen weiter; es ist also bloß ein Katzensprung, wie die Menschen sagen würden.

Vor ein paar Monaten hat Mimi sechs Jellicle-Kätzchen geboren. Wie Mr. Thomas Eliot beschreibt, sind Jellicle-Kätzchen schwarz und weiß. Die drei Jungs aus Mimis Wurf sind schwarz und haben Bernsteinaugen, die aussehen wie kleine Monde. Die drei Mädchen sind weiß und haben Mimis kristallklare blaue Augen. Viele Menschen – und auch Katzen – glauben, daß ich der Vater der Jellicles bin, aber das ist unmöglich. Ich bin nämlich kastriert, oder, wie man so sagt, ›in Ordnung gebracht‹ worden, als ich noch ein Kätzchen war. Deshalb bin ich gar nicht zeugungsfähig.

Die Jellicles sind, nach Mr. Eliot, ›ziemlich klein‹, und außerdem ›listig und leis‹. Genau wie Mimis Wurf. Ich hatte die Jellicles bereits kurz nach ihrer Geburt gesehen. Ich bin Milady gefolgt, als sie hinüberging, um sie sich anzusehen. Mimis Frauchen hatte ihnen schon Namen gegeben. Die männlichen Schwarzen nannte sie ›Die Stuffs‹. Ruff Stuff war ganz schwarz, bis auf die Schwanzspitze und die Spitze des linken Ohrs. Gruff Stuff hatte einen weißen Kragen und ein weißes Bein und Tuff Stuff zwei weiße Strümpfe und einen weißen Schnurrbart.

Die Mädchen hießen Muff – die hatte ein schwarzes Ohr und ein schwarzes Söckchen –, und Fluff, die ganz weiß war, bis auf den getupften Schwanz. Nuff, ihr Frauchen nennt sie EeNuff*, war die letzte des Wurfs. Sie war auch weiß, hatte aber zwei schwarze Zebrastreifen auf jeder Seite.

Alle Jellicles sind noch zu Hause bei ihrer Mutter. Die Lady will sie erst zur Adoption freigeben, wenn sie alt genug sind. Allerdings sind sie alle schon Freundinnen von der Lady versprochen. Es war eben ein spektakulärer Wurf, wie Sie sich vorstellen können.

---

* Anspielung auf das englische ›enough‹, das ähnlich ausgesprochen wird und ›genug‹ bedeutet.

Heute war genau der richtige Tag, um Mimi zu besuchen. Milady ging zu ihrem üblichen Klassentreffen und würde nicht vor fünf zurückkommen. Nach dem Essen gab es immer noch eine Besprechung. Und am Abend gingen sie auch aus, zum jährlichen Wohltätigkeitsball. Gegen acht würde sie von Freunden abgeholt werden und sicher erst um Mitternacht zurücksein. Xan würde wie gewöhnlich zwischen sechs und sieben verschwinden, um mit irgendwelchen Freunden, die ihm heute gerade genehm waren, zu essen. Ich habe nicht verstehen können, wie ihn jemand so viele Tage und Nächte aushalten konnte. In ihm muß ein verborgenes Talent schlummern, das wir alle bei Milady noch nicht entdeckt haben. Vielleicht ist es bei ihm so wie bei einem Hofnarren: nicht gerade gesellschaftsfähig, aber komisch. Meistens hat er aber wohl die Frauen ausgenutzt, die alles, was auch nur eine entfernte Ähnlichkeit mit einem Mann hatte, ertrugen, nur um nicht ohne Begleitung ausgehen zu müssen.

Von acht bis Mitternacht würde das Haus also leer sein. Mrs. Odo würde nach alter Gewohnheit pünktlich um sechs gehen, und da es kein Abendessen gab, würde auch Ethel nicht kommen.

Ich fand Mimi auf ihrem Kissen im Garten hinter dem Haus. Sie blinzelte schläfrig, weil sie sich, wie gewöhnlich, für die Nacht ausruhte. Sie war nämlich eine Nachtwandlerin – das erklärt auch die schwarz-weißen Jellicles.

Es war ziemlich einfach, ihr meinen Plan nahezubringen. »Ich brauche deine Jellicles«, sagte ich zu ihr, und dann erklärte ich ihr alles ausführlich. Sie war nicht nur schön, sondern auch intelligent. Lassen Sie sich von niemandem weismachen, daß Schönheit mit Dummheit gepaart ist. Im Gegenteil. Die meisten schönen Katzen oder Menschen, die ich bisher getroffen habe, sind genauso klug wie schön.

Als ich Mimi klargemacht hatte, warum ich ihre Jellicles brauchte, war sie genauso aufgeregt wie ich. Sie wollte ihre Jellicles gleich in meine Pläne einweihen und, wenn nötig, sogar alles mit ihnen einüben. Sie versicherte mir, daß sie nicht später als neun Uhr am selben Abend mit den Kleinen vor meinem Privateingang warten würde. Durch meine private Tür kommt man unten in den Flur. Ich schlug Mimi vor, etwas früher aufzubrechen, um den Pudel noch ein bißchen zu ärgern, der ja, laut Stadtverordnung, nicht frei herumlaufen darf wie wir Katzen.

Ich lief nach Hause zurück und wartete. Ich war sicher, daß Milady früh gehen würde. Bei Xan konnte man das nicht so genau sagen. Manchmal hing er bis neun oder sogar zehn Uhr herum. Besonders dann, wenn er keine Einladung zum Dinner hatte. Heute abend ging er aber sogar noch vor Milady. Er war fein angezogen und erzählte irgend etwas von einem Festessen und einem Ball. Sicher würden sich beide auf demselben Ball wiederfinden. Unsere Stadt ist einfach nicht groß genug für zwei solche Ereignisse am selben Abend.

Als die beiden endlich gegangen waren, kontrollierte ich sein Zimmer. Die Nachttischlampe war an. Milady läßt im Gästezimmer immer ein Licht an. Alles war so, wie ich es gehofft hatte. Das Bett war nicht gemacht und ganz zerwühlt. Die Schubladen des Sekretärs waren halb geöffnet, und überall auf dem Boden lagen Kleidungsstücke herum. Sein schmuddeliger Pyjama lag halb auf dem Bett und halb daneben, ein Bein hing auf den Boden. Es hätte gar nicht besser sein können für Mimis Jellicles. Ich konnte also in aller Ruhe nach unten gehen und auf meine Freunde warten.

Es war schon fast halb zehn, als sie kamen. Falls irgendein ungläubiger Thomas jetzt meint: »Katzen können nicht wissen, wie spät es ist«, möchte ich ihm erwidern, daß in Miladys Diele eine alte Standuhr steht, die zur vollen Stunde schlägt und zur halben Stunde einen einzigen Bong von sich gibt. Es ist nicht besonders schwer, die Schläge zu zählen und zu wissen, daß der Bong danach die halbe Stunde anzeigt.

Ich ließ die Gäste also durch meinen Privateingang herein. Als alle sieben im Haus waren, gingen wir zusammen die Treppe hinauf in Xans Zimmer. Mimi und ich brauchten über eine Stunde, bis wir jedem Kätzchen sein spezielles Versteck zugewiesen hatten, wo sie alle so lange bleiben sollten, bis das Signal zum Herauskommen gegeben wurde. Mimi erklärte noch einmal den Zeitablauf, den sie ganz genau einhalten mußten, wie bei einem Tanz. Das war entscheidend für den Erfolg des Unternehmens.

Nach den Proben erlaubten Mimi und ich den Kindern herumzutollen, wie es sich für echte Jellicles gehört. Falls Ihr Gedächtnis Sie hier im Stich läßt, Mr. Eliot spricht davon, wie sie ›Gavott oder Menuett‹ tanzen und wie sie ›schießen wie Kreisel im Kreis‹. Mimis Kätzchen machten ihrem Namen auch dann alle Ehre. Es war schon kurz vor elf – ziemlich knapp, wenn man bedenkt, daß Milady einen Ball manchmal auch früher verläßt –, als ich ihnen sagte, daß es Zeit würde. Mimi brachte jedes an seinen Platz.

Xans schmuddeliger Pyjama war Ruff Stuffs Versteck. Er mußte sich in das Bein, das am Boden lag, hineinschlängeln. Gruff hatte seinen Platz ganz vorne in dem Pantoffel halb unter dem Bett. Truff Stuff mußte in den Kissenbezug kriechen. Ein gefährlicher Ort, aber aufregend, und Tuff war, wie sein Name schon sagt, genau der richtige dafür.[*]

Muff sollte in die halb geöffnete Schublade klettern und sich auf Xans Hand stürzen, wenn er versuchte, eine frische Unterhose herauszunehmen. Sonst sollte sie warten, bis Xan die Nachttischlampe ausgemacht und seinen Kopf auf das Kissen gelegt hatte. Das würde natürlich eine heftige Reaktion auslösen, auf die Tuff schon ungeduldig wartete. Wenn die dazugehörigen Laute – Jaulen paßt wohl besser zu Xans stimmlichen Explosionen – zu hören wären, würde Muff aus der Schublade heraus aufs Bett springen, um sich das Gewühl aus der Nähe anzusehen. Fluff und EeNuff würden dann unter dem Schonbezug des Sessels hervorkriechen und ebenfalls wild herumhopsen. Xan wäre zu diesem Zeitpunkt sicher schon aus dem Bett heraus, und sie könnten sein Bein als Maibaum benutzen. Falls Gruff und Tuff nicht schon vorher entdeckt worden waren, würden sie jetzt Gelegenheit haben, ihre berühmten Riesensprünge vorzuführen und sich am Treiben zu beteiligen. Alle sechs könnten dann um Xans Beine Ringelreihen tanzen.

[*] Tuff: vgl. engl. tough: zäh, hart, robust, ausdauernd.

Es war kurz vor Mitternacht, als Milady nach Hause kam. Sie sprach noch mit mir, als sie an meinem Ruheplatz vorbeikam. Ich lag oben an der Treppe. Von dort konnte ich Xans Tür am unauffälligsten im Auge behalten. Ich blinzelte sie an, und sie sagte: »Du solltest längst schlafen, Horatio. Es ist schon spät.« Sie sah erschöpft aus. Sie war es nicht gewohnt, erst so spät nach Hause zu kommen. Sie machte die Tür zu ihrem Zimmer zu, um ihre Ruhe zu haben. Das tat sie immer, auch wenn keine Gäste im Haus waren.

Sobald ihre Tür geschlossen war, schaute ich durch das Geländer und konnte mit Mühe Mimi erkennen, die unten am Fuß der Treppe wartete. Die Ecke lag ganz im Schatten. Ich wußte, daß sie darauf geachtet hatte, daß Milady sie nicht sehen konnte.

Wir zwinkerten uns zu, bevor wir uns an unsere jeweiligen Plätze zurückzogen, um zu warten.

Ich weiß nicht mehr genau, wann Xan nach Hause kam. Offensichtlich hat er viel Übung darin, es heimlich zu tun. Er kann so leise wie eine Katze sein, wenn er in der Nacht hereinkommt. Er sieht dann meistens ziemlich zerknautscht aus und riecht nach Wein. Heute war es nicht anders, nur daß ich auf ihn wartete. Wie gerne hätte ich ihn oben an der Treppe zum Stolpern gebracht. Ich mußte mich wohl oder übel zurückhalten. Er ging in sein Zimmer und schloß die Tür, wie immer des Nachts, damit sein Morgenschlaf nicht gestört wurde. Oder hatte er etwa Angst, daß eine Katze ins Zimmer kommen könnte, wenn er schlief? Als ob auch nur eine Katze seinen Gestank aushalten könnte.

Ich bezog meine neue Position direkt vor seiner geschlossenen Tür. Da ich Xans Gewohnheiten schon früher studiert hatte, wußte ich, daß es nicht mehr lange dauern konnte. Genauso war es dann auch. Bestimmt hatte er seine Sachen einfach da liegenlassen, wo er sie ausgezogen hatte, und keinen Pyjama angezogen. Dann machte er das Licht am Bett aus. Er muß sich ziemlich heftig aufs Kissen fallen gelassen und Tuff Stuff gestört haben. Tuff sprang jedenfalls aus dem Kissen heraus, geradewegs auf Xans Kopf.

Xan jaulte lauter als jede Katze. Er war offenbar ziemlich schnell aus dem Bett heraus und angelte aus Gewohnheit nach seinen Pantoffeln, die halb unter dem Bett lagen. Das gefiel Gruff gar nicht. Als Xan die spitzen Zähne und Krallen in seinem großen Zeh spürte, jaulte er noch lauter als vorher. Er muß dann wohl versucht haben, seinen Pyjama anzuziehen, um das Zimmer verlassen zu können, und dabei benutzte Ruff Stuff sein Bein als Rutschbahn.

Die weiteren Leckerbissen wartete Xan erst gar nicht mehr ab. Er machte nicht einmal das Licht an. Er riß die Tür auf, immer noch jaulend und brüllend, und als er über seine Schulter ins Zimmer schaute, konnte er überall kleine gelbe Monde auf und ab tanzen sehen. Natürlich war Milady mittlerweile wach geworden. Der Lärm hätte ja einen Toten aufwecken können.

»Was ist denn los mit dir, Xan?« fragte sie. »Warum schreist du denn so? Du weckst ja die ganze Nachbarschaft auf.«

Er schrie: »Schau dir das an! Schau dir das bloß mal an!« Er zeigte auf seine Tür. »Mein Zimmer ist voller Katzen! Guck, diese gelben Kleckse. Das sind ihre Augen! Sie wollen schon wieder auf mich losgehen!« Dann konzentrierte er sich auf Milady: »Das hast du gemacht!« fuhr er sie an. »Das hast du mit Absicht gemacht! Du hast diese Katzen in mein Zimmer getan, um mir eins auszuwischen, bloß weil ich deine blöde Katze nicht leiden kann.«

(Natürlich hatte ich mich längst aus der unmittelbaren Gefahrenzone verdrückt und in eine dunkle Ecke zurückgezogen.)

»Unsinn!« sagte Milady. »Das mußt du geträumt haben. Sicher hast du zuviel getrunken. Also, jetzt hör auf mit dem Theater und geh wieder ins Bett!«

»Zurück in das Zimmer?« heulte er. »Mit den ganzen verdammten Katzen? Niemals! Geh du doch rein. Du magst ja Katzen. Ich schlaf dann in deinem Zimmer.«

Sie erwiderte in ihrem strengsten Ton: »Du wirst nicht in meinem Zimmer schlafen. Du wirst im Gästezimmer schlafen, wo du die ganzen letzten Wochen geschlafen hast. Das ist dein Zimmer in diesem Haus.«

»Ich verschwinde hier, und zwar sofort«, schrie er sie an. Er stürzte in sein Zimmer, machte Licht, und zerrte seine große Reisetasche aus dem Kleiderschrank. Er stopfte seine Sachen hinein, saubere und schmutzige, öffnete die Kommodenschubladen und schüttete den Inhalt einfach in die Tasche. Dann füllte er einen kleinen Reisebeutel mit seinen Toilettensachen, Bürsten, Cremes und Wässerchen fürs Gesicht und all dem üblichen Kram. Er zog sich nicht an, sondern zog einfach seinen Regenmantel über den Pyjama. Er nahm seine Brieftasche und seine Schlüssel, die auf der Kommode lagen, und stopfte sie in eine Tasche des Regenmantels.

Milady und ich sahen ihm von der Diele aus zu. Mimi und ihre Jellicle-Kinder hatten sich im Laufe der Auseinandersetzung unauffällig davongemacht. Xan kam aus seinem Zimmer heraus, immer noch stinkwütend, und zog seine Reisetasche hinter sich her.

»Ich gehe«, setzte er sie in Kenntnis. »Und ich werde nicht zurückkommen, solange dein Haus ein Katzenhaus ist.« Er stolperte die Treppe hinunter, und die Tasche plumpste von Stufe zu Stufe hinterher.

Milady und ich waren die Treppe hinaufgegangen, um seinen Abgang besser mit ansehen zu können. Als er unten in der Diele angekommen war, rief sie: »Du brauchst nicht zurückzukommen, wenn du etwas vergessen hast. Was ich finde, schicke ich deiner Mutter.«

Das ignorierte er und öffnete die Haustür. Der Wagen, den er zur Zeit gerade fuhr, stand vor dem Haus, wo er ihn nachts immer hinstellte.

Er ging hinaus, ohne sich umzuschauen oder sich zu verabschieden, und versuchte die Tür zu knallen, aber mit dieser Tür geht das nicht. Sie ist nämlich mit so einem automatischen Türöffner ausgestattet; sie läßt sich einfach nicht zuknallen. Trotzdem versuchte er es immer wieder, aber schließlich gab er auf; die Tür ging von selber zu. Kurz darauf hörten wir, wie er mit lautem Getöse davonfuhr.

Milady lachte. »Er hat das wohl als Beleidigung gemeint; Katzenhaus!« Sie schaute herunter zu mir, und ich blinzelte sie an. Sie zwinkerte mir zu. Ich bin sicher, daß sie wußte, daß ich an dem Geschehen dieses Abends nicht ganz unbeteiligt war. »Du kannst jetzt schlafen gehen, Horatio«, sagte sie und lachte immer noch. »Gute Nacht«, damit zog sie sich in ihr Zimmer zurück.

Katzenhaus. Ich weiß nicht, wie jemals jemand auf die Idee kommen konnte, diesen Namen auch für ein Bordell zu verwenden. Genau betrachtet ist das eine Beleidigung. Ein Katzenhaus wäre ja genauso sauber und ordentlich wie die Katzen selbst. Es wäre ein rechtschaffenes Haus. Da könnte auch nicht so einfach jeder daherkommen, bloß weil er bezahlen kann. Es wäre eben kein Bordell.

Ich frage mich, ob Xan wußte, daß es eine Beleidigung war. Er war ja nicht besonders klug und schon gar nicht gebildet. In sprachlicher Hinsicht war er jedenfalls total ungebildet. Eins aber ist sicher; er hat sich bei Milady nie wieder blicken lassen.

Ich hätte gleich schlafen sollen. Es war ein langer, ereignisreicher Tag gewesen, und eine ebensolche Nacht. Statt dessen dachte ich darüber nach, was ich erreicht hatte. Nicht nur ich allein natürlich, sondern ich und meine Freunde Milady, Mrs. Odo und Mimi. Wir waren wirklich sehr erfolgreich gewesen. Xan war weg.

Eigentlich war es ja gleich, ob ich jetzt schlief oder später. Im Gegensatz zu den Menschen können Katzen schlafen, wann sie wollen. Wach zu liegen und nicht schlafen zu können, wie Milady es oft ihren Freundinnen erzählt, muß äußerst unangenehm sein.

Anstatt zu schlafen, begann ich also darüber nachzudenken, was man sonst noch mit ein bißchen guter Planung verbessern könnte. Da fiel mir zum Beispiel dieser kläffende Pudel ein. Katzen würden mit ihm nicht fertig, aber Hunde?

Es gibt eine ganze Menge Hunde in der unmittelbaren Nachbarschaft. Im nächsten Block lebt ein vornehmer hellbrauner Collie mit einem schmalen weißen Gesicht. Ein ausgesprochen freundlicher Hund. Und zwei Straßen weiter gibt es einen Dobermann, ganz dunkelbraun und schwarz, der wie ein durch-trainierter Athlet gebaut ist. Manche Leute behaupten, Dober-mann Pinscher wären bösartig, aber das ist nicht wahr. Sie haben nur einfach keine Geduld mit Dummköpfen. Drei Straßen weiter wohnt eine riesige Dänische Dogge. Stellen sie sich vor, wie die von hoch oben auf diese blaue Schleife herunterblickt, die der kläffende Pudel immer auf seinem Kopf trägt. Ja, auf *seinem* Kopf. Er ist nämlich ein Rüde.

Ich mußte ja noch nicht schlafen. Ich konnte mich auf dem Teppich im Flur ausstrecken und noch ein paar neue Einfälle hervorzaubern. Wie Milady so oft sagt, kreatives Nichtstun kann man endlos lang ausdehnen. Das hat sie von ihrem Arzt. Was sagt man dazu:

Ein Hund, der ein blaues Haarband trägt!

Die Dame trug Schwarz

Hugh B. Cave

Ungerührt schaute sich die achtzigjährige Emma Bell weiter die Sechs-Uhr-Nachrichten an und ignorierte das vertraute Geräusch, welches das über den Teppich im Wohnzimmer gezogene Leder verursachte. Ein Geschirr für Katzen wurde vor ihren Füßen fallengelassen, der Überbringer blickte mit fordernden blauen Augen zu ihr hoch.

Ohne auch nur ein einziges Mal hinunterzublicken, schüttelte Emma unnachgiebig den Kopf. »Heute abend nicht, Tai-Tai. Meine Arthritis macht sich wieder bemerkbar.«

Die Katze, eine Siamkatze mit blauen Ohrenpitzen, antwortete mit einem entrüsteten Miau, das, wenn man es übersetzen würde – und Emma konnte es immer in ihre Sprache übersetzen –, unmißverständlich zum Ausdruck brachte: »Das kann nicht so weitergehen. Es ist jetzt drei Tage her, und wir brauchen alle drei unsere Bewegung!«

»Nein, Tai-Tai.«

Tai-Tai blickte in Richtung Schlafzimmertür und rief die andere Begleiterin der alten Dame herbei, eine viel jüngere Siamkatze mit schokoladenbraunen Ohrenspitzen. Yum-Yum, die Emma nach einer Figur in ihrer Lieblingsoperette von Gilbert und Sullivan benannt hatte, kam mit *ihrem* Geschirr gehorsam aus dem Zimmer heraus und ließ es neben dem anderen vor Emmas Füße fallen.

Beide Katzen – die große, blaugrau und weiß gefärbte mit den lavendelfarbenen Ohren und die kleinere, hellbraun gefärbte mit dem schokoladenbraunen Gesicht und ebensolchen Pfoten – saßen dann wie zwei Statuen vor Emmas Sofa und blickten sie unentwegt an. Und die alte Dame wußte, daß sie weiter so dasitzen würden, bis sie ihren Willen bekamen.

»Ist ja schon gut, meine Lieben. Wenn ihr darauf besteht. Doch nur ein ganz kurzer Spaziergang. Mir tut wirklich alles weh.«

Sie begriffen – sie begriffen immer – und miauten im Einklang.

Jetzt, mit achtzig, lebte Emma Bell bereits seit neun Jahren ohne ihren Mann. Da sie Tai-Tai seit acht und Yum-Yum seit fünf Jahren bei sich hatte, litt sie nicht mehr so sehr unter ihrer Einsamkeit. Mit ihrem Gatten hatte sie eine innige Liebe verbunden; noch immer trug sie Trauerkleidung und hatte geschworen, sie nie mehr abzulegen.

Die drei lebten in völliger Harmonie in einem kleinen Haus in South Carolina auf dem Land. Ihre Einkünfte bestanden aus dem monatlichen Scheck von der Sozialversicherung, der Emma als Witwe zustand. Dazu kamen die Zinsen von einem bescheidenen Notgroschen bei der örtlichen Bank. Damit ließen sich die Steuern bezahlen und die nötigen Lebensmittel für die drei einkaufen. Er finanzierte auch den täglichen Schluck Brandy, den Emmas alternder Doktor ihr verschrieben hatte, um sie beim Ertragen der Schmerzen ihrer Arthritis zu unterstützen.

Emma schloß die Schnallen der Katzengeschirre und legte die beiden Tiere an die Leine, dann führte sie die Katzen durch die Vordertür hinaus. Dort nahm sie beide Leinen in ihre linke Hand, damit sie sichergehen konnte, daß die Tür hinter ihr auch richtig ins Schloß schnappte. Es war wahrlich nicht gerade eine übermäßig bevölkerte Gegend, doch in letzter Zeit hatten sich einige Einbrüche ereignet. »Wir müssen besonders vorsichtig sein, meine Lieben.«

Am Ende der Auffahrt bog sie nach rechts ab, dann folgte sie der Straße, die sich reizvoll durch die Pinienwälder schlängelte. Zu beiden Seiten wurde sie von flachen Straßengräben gesäumt. An einigen Stellen stand Wasser darin, und das Wasser diente Fröschen als Lebensraum, die den Abend mit ihrer kehligen Musik erfüllten. Die klare Landluft roch nach wildem Geißblatt und Piniennadeln. Tai-Tai spazierte gelassen auf der einen Seite neben ihr her; Yum-Yum zerrte auf der anderen Seite an der Leine, um den Schritt zu beschleunigen.

Die jüngere Siamkatze war immer wilder als die andere. Die alte Dame schaute zu ihr hinunter und schüttelte leicht vorwurfsvoll den Kopf. »Kannst du denn nicht sehen, daß ich mich nur so dahinschleppe? Nimm doch ein wenig Rücksicht darauf, Liebes.« Die Katze hörte tatsächlich auf, so zu ziehen. »Na siehst du, das ist doch schon viel besser. Ich danke dir.«

An der ersten Kreuzung schaute Emma wie immer sorgsam nach beiden Seiten, bevor sie die Straße zu überqueren begann. Sie konnte noch gut sehen, nur wenn sie las, trug sie eine Brille. Es hatte jedoch den Anschein, daß ihre alternden Beine mit jedem Tag steifer wurden. Natürlich stellen bei so wenig Häusern in der Umgebung Autos keine große Gefahr dar. Doch ganz in der Nähe wohnte ein junger Mann, der Sohn des Polizeichefs aus der Stadt, der zu denken schien, jede Straße, über die er seinen Lieferwagen jagte, gehöre ihm. Im letzten Monat waren zweimal in der Nachbarschaft von irgendwem Hunde überfahren und getötet worden. Von wem wohl, wenn nicht von ihm?

Der besagte junge Mann fuhr an diesem Abend jedoch nicht mit seinem Lieferwagen herum. Als Emma und ihre kleinen Begleiterinnen sich seinem Haus näherten, saß er mit einer Flasche Bourbon in der Hand auf den Stufen der überdachten Veranda vor seinem Haus. Sein freches Gesicht unter dem blonden Haarschopf verzog sich zu einem Grinsen. Er wedelte mit der leeren Hand auf und ab, um Emma zu grüßen. »'n gut'n Abend, Mrs. Bell. Mach'n Sie grad' Ihren Gesundheitsspaziergang?«

Emma nickte höflich. »Guten Abend, Maynard.« Man sollte sich immer anständig verhalten. Doch als sie vorbei waren, sagte sie mit gerunzelter Stirn zu ihren Katzen: »Habt ihr das gesehen, ihr Lieben? Immer hat der eine Flasche. Sogar wenn er mit seinem Wagen unterwegs ist, eine Flasche oder Bierdose hat er immer in der Hand. Und dazu nimmt er auch noch Drogen, da bin ich mir ganz sicher. Ich weiß nicht, welche, aber er nimmt sie. Gemeingefährlich ist er, dieser junge Mann, richtig gefährlich.«

Die Katzen miauten, um ihr zu verstehen zu geben, daß ihnen das nicht entgangen war.

»Und er ist es auch, der hier in der Gegend immer in die Häuser der Leute einbricht«, erklärte Emma. »Da bin ich mir *ganz* sicher. Wo sonst sollte er denn das viele Geld herhaben, das ihn die Drogen und die Trinkerei kosten muß? Für irgendeine ehrliche Arbeit macht er doch keinen Finger krumm, und seine Angehörigen werden ihm doch mit Sicherheit kein Geld geben, damit er sich sein Leben ruiniert. Wenn sie überhaupt wissen, was er alles anstellt. Vielleicht wissen sie es ja auch gar nicht.«

Tai-Tai und Yum-Yum gaben ihre Zustimmung. Die drei spazierten weiter.

»So«, gab die alte Dame an der nächsten Straßenkreuzung bekannt, »wir gehen da hinunter und dann über Linden zurück. Diesem Mann will ich nicht noch einmal einen guten Abend wünschen müssen. Kommt, ihr Lieben.« Und so verlängerte Mrs. Bell den Rückweg um fast einen halben Kilometer, was ihre beiden kleinen Begleiterinnen ungeheuer freute, ihre eigenen Qualen aber nur verstärkte.

Weil sie Schwierigkeiten mit dem Einschlafen hatte, blieb Emma normalerweise abends länger auf und setzte sich mindestens bis zum Schluß der Elf-Uhr-Nachrichten vor den Fernseher. Wenn es sich ergab, daß das Programm bei Tai-Tai und Yum-Yum auf Interesse stieß, dann saßen die beiden Katzen ebenfalls auf dem Sofa im Wohnzimmer, eine an jeder Seite der alten Dame, und verfolgten mit ihr zusammen die Sendungen. Wenn sie sich bei dem, was sie sahen, langweilten, ließen sie sie allein und gingen ins Bett. Sie schliefen alle drei in einem Doppelbett; die beiden Katzen rollten sich außerhalb der Bettdecke zu Emmas Füßen zusammen.

Heute abend blieb die alte Dame lange auf. Sie war erschöpft und hatte durch den unüberlegten Spaziergang stärkere Schmerzen als gewöhnlich. Es war bereits nach Mitternacht, als sie schließlich den Fernseher ausschaltete und in die Küche schlurfte, um sich ihr kleines Glas Brandy zu genehmigen. Dann ging sie ins Schlafzimmer. Die Katzen waren bereits da.

Für einen Augenblick blickte sie zu ihnen hinunter und dachte daran, wieviel Glück sie doch hatte, daß ihr zwei so ergebene und liebevolle Geschöpfe Gesellschaft leisteten. Da sie wußte, daß sie nicht schlafen würde und immer wieder umhergehen mußte, um die Schmerzen in Grenzen zu halten, legte sie sich einfach in ihrem schwarzen Kleid aufs Bett und schloß die Augen.

Doch sie konnte nicht einmal für kurze Zeit einnicken. Von den Knöcheln bis zur Hüfte schmerzte ihr linkes Bein wie ein entzündeter Zahn. Ganz egal, wie sie sich auch drehte und wendete, um nach einer Position zu suchen, die ihr Erleichterung verschaffte, der Schmerz blieb.

Die sich im Schneckentempo vorwärtsbewegenden Leuchtzeiger der elektrischen Uhr auf der Kommode neben dem Bett standen fast auf zwei Uhr, als sie hörte, wie sich mit einem Quietschen die Tür öffnete.

Im ganzen Haus gab es nur eine Tür, die quietschte. Sie führte vom Hinterhof in den kleinen Waschraum neben der Küche, und sie quietschte jetzt bereits seit mindestens zwei Jahren, obwohl sie die Angeln geölt hatte. Sie mußten sich wohl verbogen haben, hatte der Mann im Eisenwarengeschäft im Ort gemeint. Unten in der Tür befand sich eine kleine Schwingtür, durch die die Katzen ein und aus gingen. Dieses Katzentörchen jedoch quietschte nicht, nur die Tür selbst tat das.

Ein Blick auf das Fußende des Bettes überzeugte die alte Dame davon, daß die Katzen noch da waren. Ohne Angst, aber etwas verwirrt, quälte sie sich zitternd aus dem Bett und tappte quer durchs Haus zur Küche.

Dort, an der Spüle, stand der Eindringling – der junge Mann, mit dem sie tagsüber gesprochen hatte, als sie am Haus des Polizeichefs vorbeikam. Er hatte die Schranktür über der Spüle geöffnet und griff gerade nach der Flasche Brandy, die sie dort aufbewahrte.

Woher wußte er, daß sie dort aufbewahrt wurde? Hatte er sie manchmal durch die gläsernen Schiebetüren beobachtet, die zur überdachten Veranda auf der Rückeite des Hauses führten, als sie sich ihren Schlaftrunk einschenkte? Vielleicht sogar heute abend?

Mit einem Ruck kam Emma zum Stehen und stemmte die Hände in die Hüften. »Junger Mann, was fällt Ihnen eigentlich ein?«

Bevor er sich umdrehte und sie anschaute, nahm er erst die Flasche vom Regal. Sein müdes Gesicht hatte das ungesunde Grau einer verdorbenen Leber und legte sich dann in Falten, wie man sie sonst nur im Zoo im Affenhaus zu sehen bekommt. Sein weißes Hemd war so verdreckt, daß es fast die gleiche Farbe hatte wie sein Gesicht, seine khakifarbene Hose war voller Urinflecken, seine bloßen Füße sahen genauso unappetitlich aus wie der ganze Rest.

Betrunken, entschied Emma. Und wahrscheinlich dazu noch high von irgendwelchen Drogen. Das war doch das Wort, das sie benutzten, oder? High. Sie ließ ihn nicht aus den Augen. »Sie sind also *wirklich* derjenige, der hier überall in die Häuser einbricht.« Ihre Stimme bekam nicht allzuoft diesen schrillen Ton. »Nun, dieses Mal kommen Sie nicht davon, auch wenn Ihr Vater *tatsächlich* der Polizeichef ist. Jetzt haben Sie es nämlich mit *mir* zu tun.«

Etwas strich um ihre Knöchel, und sie blickte nach unten. Tai-Tai war es, die Katze mit den blauen Ohrenspitzen. Sie rieb sich an ihr und musterte dabei den Eindringling mit wachem Blick. Plötzlich kam auch Yum-Yum aus dem Schlafzimmer.

Die Katze mit dem schokoladenbraunen Gesicht und den gleichfarbigen Pfoten stimmte ein schrilles Miau an und brachte so ihr Mißfallen zum Ausdruck. Dann schnellte sie wie eine mit Fell überzogene Rakete auf die Brust des Eindringlings. Mit der braunen Katze war es wirklich immer dasselbe: Sie handelte instinktiv und dachte später.

Das höhnische Grinsen auf dem Gesicht des Diebes wurde breiter, als er die Flasche am Hals nahm und sie herumwirbelte. Mit einem Knirschen landete die Waffe auf dem Kopf der Katze. Yum-Yum wurde mitten im Sprung abgefangen und muß tot gewesen sein, bevor sie gegen die Tür des Kühlschranks krachte. Zumindest gab die Katze keinen Laut von sich, fiel einfach auf den Boden, ein verkrümmtes braunes Knäuel mit einem zerschmetterten Schädel oder gebrochenem Genick oder beidem, während Emma Bell dastand und entsetzt auf das Bündel hinabblickte.

»Sie Bestie! Sie widerliche Bestie!« schrie sie dann. Mit weit auseinandergebreiteten Armen und zuckenden Fingern ging sie dann mit *ihrem* gebrechlichen Körper auf den Eindringling los.

Wieder schlug er mit der Flasche zu. Wieder hörte man ein dumpfes Knirschen, aber diesmal war da noch etwas anderes. Als ihr die Beine wegglitten und sie auf den Boden sackte, stöhnte Emma und legte sich die Hände an den Kopf.

Der junge Mann blickte auf das, was er angerichtet hatte, und sog zischend die Luft durch die Zähne. Die Flasche fiel ihm aus der Hand, traf Emma auf der Hüfte und rollte, ohne zu zerbrechen, den Fußboden entlang. Er hob sie wieder auf, umklammerte ihren Hals und zog sich langsam aus der Küche in den Waschraum zurück, wo er die Tür zum Hof aufgelassen hatte. Dort angekommen, drehte er sich um und rannte stolpernd in die Nacht hinein.

Emma Bell brachte es irgendwie fertig, ihren Kopf ein paar Zentimeter zu drehen und nach der Katze Ausschau zu halten, die noch lebte. Die Siamkatze mit den blauen Ohrenspitzen hockte etwa drei Meter entfernt, zum Sprung bereit. Ihr zitternder Schwanz war doppelt so buschig wie gewöhnlich; ihre Schultern glichen zusammengerollten Sprungfedern; nie zuvor hatten ihre Hinterbacken kraftvoller gewirkt. Doch sie schien sich unsicher darüber zu sein, was sie machen sollte; ihr Blick wanderte immer wieder von der alten Frau zum zusammengesackten Körper von Yum-Yum zurück.

»Tai-Tai«, Emmas Stimme war kaum hörbar, es war nicht einmal ein Flüstern. »Komm her.«

Die Katze kroch mit zuckenden Nasenlöchern auf sie zu, schnupperte an dem feuchten Blut, das Emmas Gesicht bedeckte, starrte die alte Frau an und war dabei mit ihren eigenen, klaren Augen nur wenige Zentimeter von den glasigen Augen der Frau entfernt.

Die alte Dame bemühte sich, einen Arm zu bewegen. Mit ungeheurer Anstrengung berührte sie die Katze mit den Fingerspitzen. »Hast du . . . hast du gesehen, was er mit Yum-Yum gemacht hat?« hauchte sie. »Er hat sie getötet, Tai-Tai. Oh, Liebling, sieh zu, daß er dafür bezahlt.«

»Mrrriiiaaaauuu!«

Dann schlossen sich die Augen von Emma Bell. Ihre Fingerspitzen rührten sich nicht mehr. Noch über eine Stunde verharrte die Siamkatze mit den blauen Ohrenspitzen an ihrem Platz und starrte in das tote Gesicht; dann ging sie weg.

Da Maynard Albro wußte, daß er die alte Frau getötet hatte, ging er nicht über die Straße nach Hause. Statt dessen nahm er den Weg über die Pinienwälder. Das war sonst nicht seine Art; er war es eher gewohnt, mit seinem Lieferwagen wie der Teufel die Landstraße entlangzujagen. Daher war er auch völlig erschöpft, als er schließlich aus dem Wald heraus auf seinen Hinterhof trat. Kaum noch fähig, die Füße vom Boden hochzuheben, taumelte er zur Hintertür und riß sie auf.

Als er weggegangen war, hatte er das Haus nicht abgeschlossen, obwohl er vorübergehend allein darin wohnte. Seine Eltern waren an jenem Morgen in die Bezirkshauptstadt gefahren, wo sein Vater ein Fortbildungsseminar für Polizeichefs besuchte. Sie würden jetzt für einige Tage nicht dasein.

Sobald er jedoch im Haus war, sperrte er die rückwärtige Tür hinter sich ab, ging zur Vordertür und verschloß diese ebenfalls. Dann sicherte er die Fenster. Schließlich ließ er sich mit Emmas Flasche Brandy in den Sessel im Wohnzimmer fallen, nahm einen tiefen Schluck und dachte über das nach, was er getan hatte.

Wirklich dumm . . . er hätte die alte Frau da nicht auf dem Küchenboden liegenlassen sollen. Früher oder später würde sich doch zwangsläufig jemand fragen, wo sie war, und Nachforschungen anstellen. »Du alter Idiot, Albro, was ist denn mit dir los? Geh gefälligst wieder zurück und mach sauber!«

Er ging durch die Pinienwälder zurück, die Flasche immer noch in der Hand, denn er nahm an, daß er sie noch brauchen würde. Außer dem Brandy hatte er noch eine langstielige Schaufel dabei. Die Hintertür des Hauses der alten Frau stand immer noch offen; alles war so, wie er es zurückgelassen hatte. Bevor er hineinging, ertastete er sich den Weg in Emma Bells Blumengarten und begann, ein Grab auszuheben.

Glücklicherweise war die Erde so weich, daß selbst ein Betrunkener mit Leichtigkeit damit fertig wurde. Erst war es Emmas geliebter Mann gewesen, dann Emma selbst, die dort liebevoll Blumen angepflanzt hatte. Es dauerte eine halbe Stunde, dann war das Grab fertig. Der junge Mann ging ins Haus hinein, um die Leiche zu holen. Mit einem Auge hielt er dabei nach der großen, grau-weißen Katze Ausschau, damit sie ihn nicht genauso angriff wie die kleinere.

Doch die Katze war nicht in der Küche. Entweder war sie irgendwo anders im Haus oder sie hatte sich verkrochen. Er würde nicht weiter nach ihr suchen. Zur Hölle mit dem Vieh! Maynard hob die alte Frau hoch, trug sie in den Garten und wunderte sich dabei, wie leicht sie war. Dann ging er wieder zurück, holte die Katze, die er getötet hatte, und legte sie daneben.

Nachdem er das Grab wieder zugeschaufelt hatte, legte er die Erdballen mit den Zinnien, Petunien und Ringelblumen, die er vor dem Ausheben des Grabes sorgsam entfernt hatte, wieder an ihren ursprünglichen Platz. Kein Mensch würde je auf die Idee kommen, daß man hier eine Leiche verscharrt hatte. »Ganz schön clever, Albro, weißt du das? Und das Ganze hast du auch noch im Dunkeln gemacht, nur mit dem Licht der Mondsichel zur Verfügung. Also komm jetzt zum Ende und mach sauber, hörst du?«

Wieder in der Küche, zog er einen Streifen Papierhandtücher von der Rolle über der Ablage, machte sie unter dem Wasserhahn naß und wischte damit das Blut auf, das die Frau und die Katze hinterlassen hatten, bis nichts mehr davon zu sehen war. Dann ging er mit den Handtüchern in seinen Hosentaschen und der Flasche Brandy in der Hand weg.

Zweimal setzte er auf dem Nachhauseweg die Flasche an die Lippen und nahm einen tiefen Schluck. Als er heimgekommen war und sich wieder in den Wohnzimmersessel sinken ließ, trank er weiter. Zu Beginn des Abends hatte er auf den Stufen zur Veranda schon eine fast volle Flasche Bourbon geleert. Jetzt begannen sich die weißen Zimmerwände und die grünen Vorhänge allmählich um ihn zu drehen. Er schloß die Augen, um sich nicht mit ihnen zu drehen, und ließ noch einmal Revue passieren, was er getan hatte.

Es war schon in Ordnung. Keiner würde im Blumengarten der alten Frau nach einem Grab suchen. Die Leute würden denken, sie sei einfach irgendwohin fortgezogen. Viele Leute hielten sie ohnehin für ein wenig verrückt, weil sie immer noch Schwarz trug, obwohl ihr Mann schon vor so langer Zeit gestorben war.

Elende, alte, in Schwarz gekleidete Witwe, wieso hatte sie nicht geschlafen, wie sie es gefälligst hätte tun sollen, und ihm statt dessen diesen ganzen Ärger bereitet?

Dreimal hörte er die antike Uhr seiner Mutter auf dem Bücherregal schlagen. Dann schlief er ein, die Augen fest vor den schwankenden Bewegungen des Raumes verschlossen.

Als er aufwachte, brannte die Lampe neben seinem Sessel noch. Die Zeiger der Uhr standen auf zehn nach sieben. Es mußte zehn nach sieben abends sein, denn durch die Fenster sah man kein Tageslicht.

An einem Fenster kratzte irgend etwas.

Es kratzte nicht nur, es miaute auch. Mehr als ein Miauen.

Es war ein richtiges *Heulen*. Wo hatte er denn so ein Geräusch schon einmal gehört? Er erinnerte sich. Es war in der Nacht gewesen, in der er auf den Dorffriedhof gegangen war, um von einem Grab ein paar frische Blumen zu stehlen, die er am nächsten Tag seiner Mama zum Geburtstag schenken wollte. Es war sehr windig gewesen, und dieser Wind hatte dort in den großen Bäumen und zwischen den Grabsteinen ein ähnliches Geräusch verursacht. Jetzt war es eine Katze.

Die Lampe neben seinem Sessel hatte drei verschiedene Lichteinstellungen. Er schaltete auf die hellste Stufe, und hinter der Fensterscheibe tauchte wie durch Zauberei das Bild der Katze auf. *Ihrer* grau-weißen Katze, die er nicht getötet hatte.

Das Licht traf ihre Augen, und sie glänzten auf wie Feuer-werkskörper am Unabhängigkeitstag. Das Heulen schwoll zu ei-nem Klagegeschrei an, das sich in seine Trommelfelle bohrte und ihm Angst einjagte.

»Schnauze!« Er stürmte zum Fenster und schlug so heftig ge-gen das Glas, daß nicht viel gefehlt hätte, und es wäre zebro-chen. »Schnauze, verflucht noch mal! Hau ab!«

Die Katze sprang von der Fensterbank herunter und ver-schwand im Dunkel des Hofes.

Maynard Albro kehrte zu seinem Sessel zurück. Das Pochen in seinem Schädel war fast unerträglich, der heftige Krampf im Bauch ebenfalls. Er hätte sich nicht so vollaufen lassen sollen. Immerhin hatte er vorher schon jede Menge Grasjoints geraucht; es war einfach dumm, beides zu kombinieren. Doch das war schließlich nicht seine Schuld, oder? Was zur Hölle hatten seine Eltern denn erwartet, als sie ihn hier allein zurückließen. Keiner bereitete ihm ein Essen zu, keiner war da, der an ihm herumnör-gelte, weil er zuviel trank. Er setzte die Flasche Brandy an seine Lippen und nahm einen weiteren tiefen Schluck. Da war die Katze wieder.

»Mrrriiiiiaaaauuuuuu!« Großer Gott, dieses Geheul! Da platzte einem ja der Schädel!

Maynard stand auf, wankte ins Elternschlafzimmer. Keine dämliche Katze auf der ganzen Welt würde ihn verrückt ma-chen, solange es noch eine Flinte im Haus gab. Selbst wenn es sich nur um ein erbärmliches Gewehr Kaliber zwölf handelte, mit dem man immer nur einen Schuß abfeuern konnte. Sein gei-ziger alter Herr hatte es schon seit Jahren. Damit ließ sich ja eine Katze wohl immer noch verdammt gut wegpusten.

Mit der Waffe in den Händen taumelte er durch das Wohn-zimmer zurück, begleitet von dem unaufhörlichen Geschrei, das dieses Geschöpf am Fenster von sich gab. Verstohlen schloß er die Vordertür auf.

Doch als er auf die hölzerne, überdachte Veranda an der Vor-derseite des Hauses torkelte, blieb er mit dem Fuß an irgend et-was hängen und stolperte. Bevor er sein Gleichgewicht wiedererlangen konnte, krachte er gegen das Geländer der Veranda. Als er sich wieder aufgerappelt hatte, die Stufen hinunterstürmte und um das Haus herum zu dem Fenster hetzte, an dem die Katze gesessen hatte, war sie verschwunden.

Seine eigene Ungeschicklichkeit verfluchend, kehrte Maynard auf die Veranda zurück und suchte nach dem Ding, an dem er mit seinem Fuß hängengeblieben war und das ihn zu Fall gebracht hatte. Wütend hob er es hoch. Im vom Wohnzimmer nach draußen fallenden Licht konnte er erkennen, daß es ein Kleid war. Ein schwarzes Kleid. Mit einer Hand, die einfach nicht aufhören wollte zu zittern, hielt er es von sich weg und ging ins Wohnzimmer zurück. Er hinkte zur Lampe und betrachtete es dann genauer.

Es war ein schwarzes Kleid. Das gleiche Kleid, das die alte Dame trug, als er sie begraben hatte. Es war ganz feucht, überall klebte Erde, Piniennadeln und Fetzen von trockenem Laub hingen daran. Als ob die Tote damit bis hierher gekrochen wäre!

Er ließ das Kleid auf den Teppich fallen, sank wieder in seinen Sessel, saß da und starrte wie hypnotisiert auf das Kleid. Es dauerte über eine halbe Stunde, bis das Zittern aufhörte. Selbst dann waren seine Augen noch größer als normal; das unheimliche Pochen seines Herzens hörte nicht auf.

Die Katze kam nicht zurück. Aber das Kleid, das lag zu seinen Füßen, und er mußte irgend etwas damit tun. Er mußte es unbedingt verschwinden lassen. Sich vom Sessel aus nach vorne lehnend, hob er es vorsichtig hoch, stand dann auf und ging ganz langsam durch die Küche zur Hintertür und auf den Hof hinaus. Das Kleid hielt er dabei in Armeslänge von sich weg. Am Ende des Hofes stand ein massiver Ofen, den sein Vater gebaut hatte, um Abfall zu verbrennen. Doch das Kleid war viel zu feucht, um Feuer zu fangen, als er es mit Streichhölzern anzuzünden versuchte.

Nachdem er ein halbes Heftchen Streichhölzer verbraucht hatte und mit jedem Fehlschlag panischer wurde, zwang er sich, damit aufzuhören. »Gebrauch gefälligst deinen Kopf, Blödmann! Hol eine Zeitung.« Auf dem Küchentisch lag die Morgenzeitung. Sie steckte noch immer in der Plastikhülle, in der sie der Zeitungsjunge auf den Rasen geworfen hatte, nachdem seine Angehörigen in die Stadt abgereist waren. Maynard hatte sie selbst hereingeholt. Natürlich hatte er sie danach keines Blickes mehr gewürdigt. Mit Zeitungen gab er sich nicht ab.

Doch damit klappte es. Das Kleid fing Feuer und verbrannte; er stand daneben und schaute zu. Der qualmende, orangefarbene Feuerschein flackerte über sein Gesicht; langsam wich der Schreck aus seinen Augen. Doch hätte er hinter den Ofen geblickt, wo der Hof in den Pinienwald überging, dann hätte er nicht weit vom Erdboden entfernt andere Augen gesehen, die ihn beobachteten.

Unter dem Einfluß von Alkohol und Marihuana stehend, verschlief Maynard Albro den Großteil des nächsten Tages. Weil er Angst gehabt hatte, seine verschmutzten Kleidungsstücke auszuziehen und richtig ins Bett zu gehen, legte er sich oben auf die Bettdecken. Kurz vor der Abenddämmerung wachte er auf, versorgte sich aus dem Kühlschrank mit kaltem Hackbraten, den seine Mutter dagelassen hatte, schlang ein in Bier aufgelöstes rohes Ei in sich hinein und verzehrte bestimmt einen halben Laib Brot, dessen Scheiben er mit einer dicken Schicht Erdnußbutter bestrich.

Danach fühlte er sich besser und war überzeugt davon, daß er nichts mehr zu befürchten hatte. Er suchte nach der Brandyflasche und leerte sie.

Doch das reichte ihm nicht. Eine Drei-Meilen-Fahrt mit dem Lieferwagen brachte ihn zum einzigen Spirituosengeschäft in der Stadt, wo er seine letzten Dollars für zwei weitere Flaschen Alkohol ausgab. Dieses Mal war es kein Brandy, sondern der billigste Whisky, den es im Laden als Sonderangebot zu kaufen gab. In der Stadt, in der sein Vater Polizeichef war, war Maynard recht gut bekannt. Die junge Frau, die das Geld entgegennahm, betrachtete sein unrasiertes Gesicht und seine dreckige Kleidung mit unverhohlener Abneigung, sagte aber nichts dazu.

Auf dem Weg nach Hause trank Maynard immer wieder aus

der Flasche; kurz nach Einbruch der Dunkelheit kehrte er heim. Zehn Minuten später, als er auf dem Sessel herumlümmelte, hörte er am Fenster wieder die Katze.

»Mrrriiiiiaaaauuuuuu!«

»O nein, verflucht und zugenäht, laß das! Nicht heute abend!« Die erste Waffe, die zur Hand war, stand neben seinem Sessel auf dem Lampentisch, die Flasche, aus der er gerade trank. Wankend kam er auf die Füße, ergriff die Flasche und schleuderte sie auf die Katze. Etwa dreißig Zentimeter vom Fenster entfernt krachte sie gegen die Wand und fiel in einem Regen von Glassplittern auf den Boden. Die Katze sprang nicht einmal von der Fensterbank herunter; sie starrte ihn einfach weiter an.

»Mrrriiiiiaaaauuuuuu!«

Dieses Mal war er nicht betrunken, sagte er sich. Jetzt wußte er, wie er heimlich an sie herankam. Die Flinte lehnte neben der Vordertür in der Ecke. Dort hatte er sie letzte Nacht nach einem erfolglosen Versuch, die Katze umzubringen, hingestellt. Sorgfältig achtete er darauf, den Eindruck zu vermitteln, das Klagen der Katze überhaupt nicht zu hören, und schlenderte zur Tür. Eine Hand griff nach der Waffe, die andere schob geräuschlos die Tür auf.

Doch er trat keinen Schritt nach draußen. Vor ihm auf der Veranda lag ein zweites schwarzes Kleid, und zwar genau an der Stelle, an der das andere auch gelegen hatte. Oder war es vielleicht sogar dasselbe? Es war jedenfalls das Kleid der Toten, das Kleid, in dem er sie begraben hatte. Wie das erste Kleid lag es völlig durchnäßt da und war mit Erde beschmiert, als ob die Frau darin bis hierher gekrochen wäre.

Dieses Kleid hob er nicht auf. Seine Hände, sein ganzer Körper zitterten so heftig, daß er dazu gar nicht in der Lage war. Wie irgendein Apparat aus Holzteilen, der von Federn und Zahnrädern in Bewegung gesetzt wird, wich er rücklings zurück, nahm dann mit einem Ruck die Flinte hoch und drückte ab.

Das schwarze Kleid bewegte sich etwa dreißig Zentimeter in Richtung Verandastufen. Im Verandaboden blieb eine gezackte Rille zurück.

Maynard bekam kaum noch Luft, knallte die Tür fest hinter sich zu. Dann rannte er mit der Flinte in sein Schlafzimmer und ließ auch diese Tür ins Schloß krachen.

Er setzte sich aufs Bett, starrte mit großen Augen gegen eine kahle Wand und sagte sich, daß die alte Frau doch unmöglich hierhergekrochen sein konnte. Heute abend nicht und gestern nacht auch nicht. Es gab *überhaupt keine* Möglichkeit für sie, so etwas zu tun. Sie war tot. Tot, tot, tot. Lag unter der Erde und verrottete.

Aber das Kleid. Wie war es hierhergekommen?

Ein Kratzgeräusch hinter ihm ließ ihn voller Panik den Kopf drehen. Die Wand war nicht völlig kahl. Es war eine Außenwand mit zwei Fenstern. In einem von ihnen sah er auf der Fensterbank etwas Grau-Weißes sitzen, das ihn anstarrte und mit scharfen Krallen an der Glasscheibe kratzte.

»Mrrriiiiiiaaaauuuuuu!«

Immer noch umklammerten seine Hände die Flinte. Mit einem Ruck zog er sie nach oben, wieder drückte er den Abzug, aber nichts passierte. Er hatte das Gewehr nicht nachgeladen. Die Katze schaute herein, blickte auf ihn hinunter; ihr Gesicht war im Schein der Lampe auf seinem Toilettentisch deutlich zu erkennen. Es drückte etwas aus, das ein höhnisches Lachen sein mußte. Dann sprang sie ohne die geringste Eile träge von der Fensterbank herunter und verschwand. Na gut, das Kleid. Ganz gleich, wie es hierhergekommen war, er mußte es *loswerden*. Und diesmal würde er *sichergehen*.

Er ging zur vorderen Veranda und hob das Kleid behutsam auf, dann ging er damit zum hinteren Ende des Hofes in den Werkzeugschuppen, in dem sein Vater einen Behälter mit Benzin für den Rasenmäher aufbewahrte. Den trug er zum Ofen, und nachdem er das Kleid hineingesteckt hatte, übergoß er es mit dem Benzin. Dann brachte er den Behälter wieder in den Werkzeugschuppen zurück, denn alles mußte seine Richtigkeit haben.

Wieder am Ofen angelangt, stellte er sich in einigen Metern Entfernung hin und hielt ein angezündetes Streichholz an eine

Kugel aus zusammengeknülltem Zeitungspapier. Als das Papier Feuer fing, warf er es auf das benzingetränkte Kleid.

Dieses Mal gab es keinerlei Zweifel. Nach dem ersten großen Aufflammen – *Whufff!* – und der ersten Rauchwolke brannte das Kleid lichterloh, bis nichts mehr übrig war außer einem Häufchen Asche. Obwohl er betrunken war, konnte er sich nicht täuschen. Diesmal würde es nicht wieder auftauchen.

Doch immer noch sollte es an diesem Abend keine richtige Atempause für ihn geben. Stunde um Stunde verfolgte ihn alle paar Minuten das anklagende Miauen. Obwohl Türen und Fenster wieder verschlossen waren, und ganz egal, wohin im Haus er ging, er hörte es. Im Wohnzimmer, in der Küche, in seinem Schlafzimmer, im Elternschlafzimmer, nirgendwo gab es ein Entrinnen. Und wann immer er es vernahm, erinnerte es ihn an das Heulen, das er in der Nacht, in der er die Blumen gestohlen hatte, auf dem Friedhof gehört hatte.

Katzengeschrei, aber nicht *nur* Katzengeschrei. Es war mehr. Etwas, das ihn wahnsinnig machen sollte.

Vier Uhr morgens war vorbei, als er es endlich geschafft hatte, soviel zu trinken, daß er einschlief.

Sein Zimmer lag im Dunkeln, als er sich aus den Tiefen seines Alkoholnebels herauskämpfte und in eine Art getrübte Wachheit kam. Das Licht brannte. Er versuchte, sich zu orientieren, stolperte im ganzen Haus umher und entdeckte, daß überall das Licht an war. Er mußte es wohl letzte Nacht, als die Katze versucht hatte, zu ihm zu kommen, angedreht und dann, als er schließlich ins Bett sank, nicht wieder ausgemacht haben. Nun, okay. Bei angeschalteten Lampen fühlte er sich auch sicherer. Wie spät war es überhaupt?

Er starrte auf die Uhr an seinem Handgelenk, hatte versäumt, sie aufzuziehen. Es gab doch noch eine batteriebetriebene Wanduhr, erinnerte er sich vage und blinzelte zu ihr hoch. Sieben Uhr vierzig.

Irgend etwas kratzte an der Küchentür. Diesmal an der *Tür*, nicht am Fenster.

»Mrrriiiiiiaaaauuuuuu!«

»Ich *bring dich um!*« Das Gewehr. Wo hatte er das Gewehr hingetan? Letzte Nacht hatte er es stundenlang mit sich herumgeschleppt, als er das Haus durchstreifte und hoffte, die verdammte Katze an einem Fenster zu sehen und einen Schuß auf sie abzufeuern. *Irgendwo* mußte die Flinte doch sein.

Er suchte im ganzen Haus. Schließlich fand er die Waffe unter seinem Bett. Er lud sie, ging zurück in die Küche. Doch das Kratzen an der Tür hatte aufgehört.

Ein Drink. Er mußte unbedingt einen Drink haben. Wo war nur die Flasche?

Er hatte zwei Flaschen gekauft; daran erinnerte er sich noch ganz deutlich. Eine hatte er gestern Nacht vor dem Einschlafen geleert. Die andere mußte doch noch irgendwo herumstehen.

Nein. Er hatte eine auf das Fenster geworfen, in dem die Katze saß, und daneben getroffen und gesehen, wie sie an der Wand zerbarst. Er hatte keinen Alkohol mehr. Und auch kein Geld. Und außerdem hätte er er es jetzt nicht mehr gewagt, das Haus zu verlassen und zu dem Laden zu fahren.

Er fuhr sich mit der Zunge über die trockenen Lippen und fing an zu schluchzen. Dann hörte er, wie es an der *Vorder*tür kratzte.

Diesmal, bei Gott . . .!

Das Gewehr in der Hand schlich er sich durch das Wohnzimmer, riß die Tür auf. Und trotz des Satzes, mit dem sie zurücksprang, gab die grau-weiße Katze der alten Frau ein perfektes Ziel ab. Das Tier stand ihm in der Mitte der Veranda gegenüber. Nur war wieder eines dieser verdammten schwarzen Kleider zwischen ihnen. Die Flinte war geladen. Er mußte nur noch abdrücken.

Doch am Ende des Weges, der zum Haus hinführte, stand neben dem Briefkasten ein Polizeiwagen. Eine Tür war offen, und Andy Cramer, einer der seinem Vater unterstehenden Polizisten, stieg gerade aus. Mit einem triumphierenden »Mrrriiiiii-aaaauuuuuu!« flüchtete die Katze der alten Dame in die Nacht hinein.

Der Polizist schritt den Weg entlang, kam auf die Stufen und schenkte dem Gewehr in Maynards Händen einen finsteren

Blick. Er war um die Vierzig, hatte lange Arme und breite Schultern. »Hast du gerade angelegt, um diese Katze zu *erschießen*, Maynard?«

»Ich – nein, ich – nun, sie treibt mich zum Wahnsinn!«

»Treibt dich zum Wahnsinn, Maynarad? Ich kenne diese Katze gut. Sie gehört der alten Emma Bell, die unten auf der Straße wohnt, und es ist eine reinrassige Siamkatze, eine der besterzogenen Katzen, die dir je über den Weg laufen werden. Wovon redest du überhaupt? Treibt dich zum Wahnsinn? Bist du wieder betrunken?«

Er streckte den Arm aus, nahm Maynard das Gewehr aus der Hand und überprüfte es, entfernte die Patrone und gab ihm die Waffe zurück. Dann bückte er sich und hob das schwarze Kleid auf, das auf dem Verandaboden zwischen ihnen lag. Mit finsterer Miene fragte er dann: »Und was ist das hier?«

Maynard Albro ging einen Schritt zurück und begann wieder zu zittern. Seine Hände wackelten dermaßen, daß der Gewehrlauf ein Muster aus lauter Kerben in den Türrahmen schlug.

»Ein Kleid?« Andy Cramers Blick wanderte wieder zum Gesicht des Jugendlichen hoch. »Was hat denn hier auf deiner Veranda ein Kleid zu suchen?«

»Ich . . . weiß nicht.«

»Du lieber Himmel. Es ist eines von *ihr*. Andy drehte sich um, spähte in den im Dunkeln liegenden Hof, in dem Tai-Tai verschwunden war. »Was ist denn hier los, Maynard? *Ihre* Katze, *ihr* Kleid, du um diese Zeit mit einem Gewehr in der Hand . . . Wie mir scheint war es eine gute Idee hier anzuhalten. Ich hätte es gar nicht getan, wenn hier nicht alle Lichter gebrannt hätten und ich nicht gewußt hätte, daß deine Angehörigen weg sind. Hast du Drogen genommen?«

Maynards Mund zuckte jetzt unkontrolliert. »N-n-nein, habe ich nicht.«

»Was hat denn das Kleid hier zu suchen? Sag schon!« Andy hob das Kleid an den Schultern hoch und hielt es zwischen sie. »Gut, es gehört ihr. Etwas anderes trägt sie ja sowieso nicht. Warum liegt es so naß und dreckig auf deiner Veranda?«

206

»Ich w-w-weiß nicht.«

»Los, in den Wagen mit dir, Maynard. Ich denke, wir statten der kleinen Dame einen Besuch ab und schauen einmal, was du da vorhattest.«

Am Haus von Emma Bell brach Maynard Albro zusammen. Aus zwei Gründen. Erstens warf der Polizist ihm das schwarze Kleid zu, als sie in den Wagen stiegen, und sagte: »Da, *du* hältst das solange.« Natürlich war das für Maynard so, als hätte er ihm befohlen, *alles* zu halten, was er begraben hatte. Und zweitens mußte er, als sie kurz vor Emmas Haus waren, zum Blumengarten im Hinterhof schauen, und genau an der Stelle, wo er das Grab geschaufelt hatte, sah er die grau-weiße Katze wieder. Sie saß einfach mit glühenden Augen im Licht der Mondsichel da und beobachtete, wie der Wagen langsamer wurde und dann in die Auffahrt einbog.

Schon auf dem Weg zum Haus legte er ein Geständnis ab. Anstatt also ins Haus oder gar in den Garten zu gehen, fuhr ihn Andy Cramer zur Polizeiwache. Nur kurze Zeit später betrat Andy dann mit einem anderen Mann von der Wache Emmas Haus, um die bisherigen Untersuchungen zu ergänzen.

Im Emmas Schlafzimmerschrank hingen drei schwarze Kleider. Alle sahen genauso aus wie das Kleid, das er auf Albros Veranda gefunden hatte. Daneben hing ein leerer Kleiderbügel, zwei weitere Kleiderbügel lagen auf dem Boden. Sie mußten von der Kleiderstange gefallen sein, an der auch die anderen Kleider hingen.

Andy schüttelte den Kopf, als er das sah, und sagte zu seinem Begleiter: »Das sind die Kleider, die sie immer trug, und es sieht ganz danach aus, als hätte sie eine große Menge davon gehabt. Sie sehen alle gleich aus. Ich kann jetzt verstehen, daß es den jungen Albro zum Sprechen brachte, als er drei Nächte lang immer wieder eines von ihnen auf seiner Veranda fand. Doch was meinst du, wie sind diese Kleider von hier dort hinüber gekommen, Joe?«

Der Mann, den er angesprochen hatte, starrte auf die Kleider im Schrank und zuckte die Achseln.

Andy bemühte sich selbst um eine Antwort auf seine Frage. »Alle sind naß und schmutzig gewesen, sagte der Junge. Auf das Kleid, das ich gesehen habe, traf das auch zu. Zwischen diesem und dem anderen Haus gibt es viel unbewachsenes Gelände, in einigen Straßengräben steht Wasser. Wenn irgendein Tier einen Gegenstand wie ein Kleid von hier dorthin schleppt und nicht gesehen werden will, dann würde es wohl kaum die Straße entlanglaufen, oder?«

Einen Augenblick lang war er still, zupfte sich am Ohr und konzentrierte sich auf das Problem. Dann sagte er mit gerunzelter Stirn: »Joe, meinst du, Emmas Katze . . .? Sie ist ein ganzes Stück klüger als die meisten Katzen, mußt du wissen. Ich schwöre dir, sie hat alles verstanden, was die alte Dame zu ihr gesagt hat – jederzeit.«

Dorothy Sayers

Maher-shalal-hashbaz

Kein Londoner kann der Anziehungskraft einer Menschenansammlung auf der Straße widerstehen. Als Montague Egg den Kingsway hinauffuhr und eine Gruppe von Leuten bemerkte, die in das Astwerk einer der kümmerlichen, zur Verschönerung dieser Hauptverkehrsstraße angepflanzten Platanen starrten, hielt er an, um die Ursache dieser ganzen Aufregung zu ergründen.

»Komm, Mieze-Mieze, komm!« riefen die Umstehenden und schnalzten aufmunternd mit den Fingern.

»Schau, Kind, da die hübsche Miezekatze!«

»Man sollte sie mit ein bißchen Fleisch locken.«

»Sie kommt schon runter, wenn es ihr oben langweilig wird.«

»Wirf einen Stein nach ihr.«

»Na, was ist denn hier los?«

Das schmale junge Ding mit den abgetragenene Kleidern, das verlassen mit seinem leeren Tragekorb dastand, wandte sich an den Schutzmann:

»Oh, bitte schicken Sie die Leute weg! Wie kann er herunterkommen, wenn ihn alle anschreien? Er fürchtet sich, mein armer Schatz.«

Durch die schwankenden Zweige hindurch funkelten wütend ein Paar bernsteinfarbene Augen herab. Der Polizist kratzte sich hinterm Ohr.

»Dürfte allerhand Arbeit machen, meinen Sie nicht auch, Fräuleinchen? Wie kam er bloß darauf, da hochzuklettern?«

»Der Verschluß ging auf, und er sprang aus dem Korb, gerade als wir aus dem Bus ausstiegen. Oh, bitte, tun Sie etwas!«

Montague Egg ließ seine Augen über die Menge hingehen und erblickte am Rand des Menschenknäuels einen Fensterputzer mit seinen Leitern auf einem Handwagen. Er rief ihn an:

»Bring doch mal die Leiter her, Kleiner, dann werden wir ihn bald unten haben – wenn Sie mir erlauben, Miss, es zu versuchen. Wenn wir ihn sich selbst überlassen, sitzt er wahrscheinlich eine Ewigkeit da oben fest. ›Ein Schreck, sitzt er erst richtig fest, sich nur sehr schwer beheben läßt.‹ Vorsichtig, bitte. So ist's richtig.«

»Ach, ich danke Ihnen so sehr! Und bitte, gehen Sie sanft mit ihm um. Er kann es gar nicht leiden, angefaßt zu werden.«

»Schon gut, Miss; machen Sie sich keine Sorgen, Monty Egg ist immer ein Gentleman, freundlich zu allen Hausbewohnern und bewandert im Umgang mit Kindern. Auf geht's!«

Egg stülpte seinen eleganten Filzhut auf den Kopf und stieg in die belaubte Baumkrone. Lautes Fauchen brach oben los, ein Regen von abgebrochenen Zweigen prasselte auf die Zuschauer nieder. Gleich darauf kam Egg zum Vorschein; er hielt – ziemlich ungeschickt – ein widerstrebendes braungelbes Fellbündel gepackt. Das Mädchen streckte seinen Korb hin, die vier zornig strampelnden Beine wurden irgendwie darin verstaut, ein junger Handwerker zog ein Stück Schnur hervor, der Korbdeckel wurde gesichert, der Fensterputzer bekam sein Dankeschön und nahm die Leiter wieder weg, und die Menge zerstreute sich. Egg wickelte sich ein Taschentuch um das zerkratzte Handgelenk, klaubte das Laub aus seinem Kragen und rückte seine Krawatte zurecht.

»Oh, er hat Sie ganz furchtbar gekratzt«, klagte das Mädchen mit weit offenen, ensetzten Blauaugen.

»Keineswegs«, antwortete Egg. »Ich bin sehr froh, daß ich Ihnen behilflich sein konnte. Darf ich mir das Vergnügen machen, Sie irgendwohin zu fahren? Das ist für ihn angenehmer als im Bus, und wenn wir die Fenster hochkurbeln, kann er nicht hinausspringen, auch wenn er den Korb wieder aufbringen sollte.«

Das Mädchen protestierte, doch Egg beförderte sie entschlossen in seine kleine Limousine und fragte sie, wohin sie wolle.

»Das ist die Adresse«, sagte das Mädchen, indem es einen Zeitungsausschnitt aus seiner abgeschabten Handtasche zog.

»Irgendwo in Soho, nicht wahr?«

Egg las etwas erstaunt die folgende Anzeige:

»Gesucht: fleißige, tüchtige Katze (Geschlecht gleichgültig) zur Mäusevertilgung in hübschem Villenhaus und als Gesellschaft für Ehepaar in mittleren Jahren. Passendem Bewerber werden zehn Shilling und ein gutes Zuhause geboten. Persönliche Vorsprache bei Mr. John Doe, La Cigale Bienheureuse, Frith St., W., Dienstag zwischen elf und ein Uhr.«

»Eine komische Anzeige«, sagte Egg stirnrunzelnd.

»Ach, meinen Sie, es stimmt etwas nicht damit? Sie ist nur ein Spaß?«

»Nun«, entgegnete Egg, »ich sehe nicht ein, warum jemand zehn Shilling für eine gewöhnliche Katze bezahlen will; Sie etwa? Ich meine, normalerweise kommen Katzen gratis und franko ins Haus, von Leuten, die junge Katzen nicht gern ertränken. Ich glaube nicht ganz an diesen Mister John Doe; es klingt so nach Pseudonym.«

»Ach Gott«, rief das Mädchen mit Tränen in den blauen Augen, »und ich habe so gehofft, es würde alles klappen. Sehen Sie, wir sind ganz schrecklich knapp dran, Vater ist arbeitslos, und Maggie – das ist meine Stiefmutter – sagt, wie will Maher-shalal-hashbaz nicht länger behalten, weil er die Tischbeine zerkratzt und soviel Nahrung braucht wie Christian – hol ihn der Kukuck! Das ist aber gar nicht wahr – bloß etwas Milch und ein bißchen Abfallfleisch, und er ist ein wunderbarer Mäusefänger. Nur gibt es nicht viel Mäuse, wo wir wohnen – und da dachte ich, wenn ich ihm ein gutes Zuhause finden könnte – und zehn Shilling bekomme zu den neuen Stiefeln für Papa, er braucht sie so dringend . . .«

»Nun, nun, immer Kopf hoch!« sagte Egg. »Vielleicht sind diese Leute bereit, für einen ausgewachsenen, nachweislich tüchtigen Mäusefänger soviel zu zahlen. Oder – ich will Ihnen etwas sagen – es kann auch so eine Kinosache sein. Auf jeden Fall werden wir hingehen und uns diese Geschichte ansehen; ich meine nur, es wäre besser, wenn Sie mich mitkommen und mit Mr. Doe verhandeln ließen. Sie können mir ruhig vertrauen«, setzte er hastig hinzu. »Hier ist meine Karte, Montague Egg, Reisevertreter von Plummet & Rose, Wein und Spirituosen, Piccadilly. Mit Kunden verhandeln ist seit langem meine Sache. ›Willst du den Abschluß nicht verpassen, so darfst du niemals locker lassen‹– das ist Montys Leibspruch.«

»Ich heiße Jean Maitland, und Papa ist auch Vertreter – zumindest war er es, bis er im letzten Winter Bronchitis bekam, und jetzt ist er nicht mehr kräftig genug zum Reisen.«

»So ein Pech!« sagte Monty mitfühlend, als er in die High Holbron Street einbog. Er fand das junge Ding – es mochte etwa sechzehn sein – sehr sympathisch und nahm sich fest vor, daß »da etwas getan werden müsse«.

Es sah aus, als ob auch andere Leute der Meinung gewesen wären, zehn Shilling seien ein guter Preis für eine Katze. Der Fußweg vor dem kleinen Restaurant in Soho war gedrängt voll von Katzenbesitzern; einige trugen Körbe, andere hielten ihre Tiere auf dem Arm. Das klagende Miauen erfüllte die Luft.

»Einige Konkurrenz«, sagte Monty. »Jedenfalls aber scheint der Posten noch nicht besetzt. Bleiben Sie dicht hinter mir, und dann werden wir unser Glück versuchen.«

Sie warteten einige Zeit. Anscheinend wurden die Bewerber durch eine Hintertür hinausgelassen, denn obwohl viele in das Haus gingen, kam keiner zurück. Schließlich ergatterten sie einen Platz in der Schlange, die sich durch eine schmutziges Treppenhaus hinaufbewegte, und nach einer weiteren Ewigkeit befanden sie sich vor einer dunklen, abweisenden Tür. Nach kurzer Zeit wurden sie von einem dicken Mann mit verkniffenem Gesicht und scharfen kleinen Augen geöffnet, der munter sagte:

»Der nächste bitte!« Sie traten ein.

»Mr. John Doe?« frage Monty.

»Ja. Sie haben Ihre Katze mitgebracht? Ach so, die Katze der jungen Dame. Setzen Sie sich, bitte, Name und Anschrift, Miss?« Das Mädchen gab eine Adresse südlich der Themse an, und der

Mann notierte sie »für den Fall«– so erklärte er–, »daß der gewählte Kandidat sich als untauglich erweisen sollte, und ich Ihnen wieder schreiben möchte. Nun wollen wir uns einmal die Katze ansehen.«

Der Korb wurde geöffnet, und ein braungelber Kopf tauchte grollend auf.

»O ja. Schönes Exemplar. Komm, Mieze-Mieze. Scheint nicht sehr freundlich zu sein.«

»Er ist verschreckt von der Fahrt, aber wenn er Sie einmal kennt, ist er sehr lieb. Und ein großartiger Mäusefänger. Und sehr sauber.«

»Das ist wichtig. Er muß sauber sein. Und er muß sich sein Brot verdienen, wissen Sie.«

»Oh, das wird er tun. Er kann Ratten und alles mögliche fangen. Wir nennen ihn Maher-shalal-hashbaz, weil er ›sich eilend über die Beute hermacht‹. Aber er hört auch auf Mash, nicht wahr, Liebling?«

»Ich verstehe. Nun, er scheint mir in guter Verfassung zu sein. Keine Flöhe? Keine Krankheiten? Meine Frau ist sehr eigen.«

»Aber nein! Er ist kerngesund. Und Flöhe – ich bitte Sie!«

»Sollte keine Beleidigung sein, aber ich muß es genau nehmen, wenn wir ihn wirklich zu unserem Hausgenossen machen. Seine Farbe gefällt mir allerdings nicht so gut. Zehn Shilling ist ein hoher Preis für so ein gelbbraunes Tier. Ich weiß nicht, ob . . .«

»Sachte, sachte«, sagte Monty. »In Ihrer Anzeige stand nichts über die Farbe. Diese Dame hat einen weiten Weg gemacht, um Ihnen die Katze zu bringen, und Sie können nicht erwarten, daß sie weniger akzeptiert, als was ihr geboten wurde. Im übrigen werden Sie keine bessere Katze bekommen; jedermann weiß, daß die Gelbbraunen die besten Mäusefänger sind – sie haben mehr Schneid als die andern. Und sehen Sie sich die hübsche weiße Hemdbrust an. Die zeigt Ihnen, wie sauber der Kater ist. Und denken Sie an einen weiteren Vorteil: Sie können ihn *sehen* – Sie und Ihre Gattin werden in einem dunklen Winkel nicht über ihn stolpern, was einem bei den schwarzen und grauen Katzen leicht passieren kann. Eigentlich müßten wir für eine so hübsche

Farbe noch extra was in Rechnung stellen. Die Gelbbraunen sind viel seltener und vornehmer als gewöhnliche Katzen.«

»Daran ist etwas Wahres«, gab Mr. Doe zu. »Nun, Miss Maitland, hören Sie zu. Ich schlage vor, Sie bringen Maher – oder wie Sie sagen – heute abend zu uns ins Haus, und wenn er meiner Frau gefällt, behalten wir ihn. Hier ist unsere Adresse. Und Sie müssen bitte genau um sechs kommen, weil wir später ausgehen wollen.«

Monty sah auf die Adresse. Die Wohnung lag am nördlichen Ende der Edgware-Morden-Untergrundbahn.

»Das ist ein sehr weiter Weg, wenn man ihn so auf gut Glück machen soll«, sagte er fest. »Sie werden Miss Maitland ihre Ausgaben vergüten müssen.«

»Gewiß«, sagte Mr. Doe. »Das ist nicht mehr als billig. Hier haben Sie eine halbe Krone. Das nicht verbrauchte Geld können Sie mir heute abend zurückgeben. Vielen Dank vorläufig. Ihre Katze wird wirklich ein schönes Zuhause haben, wenn sie zu uns kommt. Setzen Sie sie jetzt wieder in ihren Korb. Hier heraus, bitte. Vorsicht bei der Stufe. Guten Morgen.«

Als Egg und seine neue Bekannte über eine äußerst enge, dumpfe Hintertreppe nach unten gestolpert und in einer übelriechenden Nebengasse gelandet waren, sahen sie einander an.

»Er wirkt ziemlich kurz angebunden«, sagte Miss Maitland. »Ich hoffe sehr, daß er nett sein wird zu Maher-shalal-hashbaz. Sie waren wunderbar, als es um die Farbe ging – ich dachte schon, er stößt sich daran. Mein süßer Mash! Wie könnte jemand etwas gegen sein schönes Gelbbraun haben!«

»Hm!« sagte Egg. »Der Mr. Doe mag stimmen, aber an seine zehn Shilling glaube ich erst, wenn ich sie sehe. Und auf jeden Fall gehen Sie nicht allein in dieses Haus. Ich werde Sie um fünf Uhr mit dem Wagen abholen.«

»Aber Mr. Egg – das kann ich nicht annehmen! Außerdem haben Sie ihm eine halbe Krone für meine Fahrtkosten abgeknöpft.«

»Das ist nur geschäftsüblich«, sagte Egg. »Um fünf Uhr pünktlich bin ich da.«

»Gut, kommen Sie um vier und trinken Sie eine Tasse Tee bei uns. Das ist das mindeste, was wir tun können.«

»Sehr gern«, sagte Egg.

Das Haus, das John Doe bewohnte, war eine neue Villa, die einsam am äußersten Ende einer neuen, noch nicht fertiggestellten Vorstadtstraße stand. Auf das Klingeln hin erschien Mrs. Doe – eine kleine, ängstlich blickende Frau mit wäßrigen Augen und der nervösen Angewohnheit, sich an den blassen Lippen zu zupfen. Maher-shalal-hashbaz wurde im Wohnzimmer, wo Mr. Doe, in einen Sessel zurückgelehnt, die Abendzeitung las, aus seinem Korb befreit. Der Kater beschnupperte den Mann argwöhnisch, aber unter Mrs. Does schüchternen Annäherungsversuchen besänftigte er sich und ließ sich kraulen.

»Nun, meine Liebe«, sagte Doe, »paßt er dir? Du hast keine Einwände gegen die Farbe, wie?«

»Nein, nein. Er ist wirklich schön. Ich mag ihn sehr gern.«

»Gut. Dann nehmen wir ihn. Hier, Miss Maitland. Zehn Shilling. Bitte unterschreiben Sie diese Quittung. Danke. Und lassen Sie's gut sein mit dem Rest von der halben Krone. Siehst du, meine Liebe, du hast deine Katze bekommen, und ich hoffe, wir werden nun keine Mäuse mehr hier sehen. Aber jetzt« – er blickte auf die Uhr – »müssen Sie leider Ihrem Kater rasch Lebewohl sagen, Miss Maitland; wir werden erwartet. Er ist bei uns gut aufgehoben.«

Während der letzten Worte zog sich Monty taktvoll in die Halle zurück. Und zweifellos veranlaßte ihn dasselbe Zartgefühl, von der Wohnzimmertür zum hinteren Teil des Hauses zu gehen; aber er hatte nur kurze Zeit gewartet, als Jean Maitland, gefolgt von Mrs. Doe, erschien und sich tapfer die Nase putzte.

»Sie lieben Ihren Kater sehr, nicht wahr, mein Kind? Ich hoffe, Sie sind nicht zu . . .«

»Nun laß schon, Flossie«, sagte ihr Mann, der plötzlich hinter ihr auftauchte, »Miss Maitland weiß, daß für ihn gesorgt wird.«

Er geleitete sie hinaus und schloß die Tür hinter ihnen.

»Wenn es Ihnen schwerfällt«, sagte Egg unsicher, »können wir ihn gleich wieder zurückholen.«

»Nein, es ist gut so«, antwortete Jean. »Wenn es Ihnen nichts ausmacht, wollen wir rasch einsteigen und wegfahren – möglichst schnell.«

Als sie über die holprige Straße davonschaukelten, bemerkte Egg einen Burschen, der ihnen entgegenkam. In der einen Hand trug er einen Korb. Er pfiff laut.

»Sehen Sie«, sagte Monty. »Einer unserer Rivalen. Wir sind ihm zuvorgekommen. ›Mein Freund, bist du als erster hier, gehört der Auftrag sicher dir.‹ Verdammt« setzte er leise hinzu und trat auf den Gashebel. »Ich hoffe doch sehr, daß die Geschichte in Ordnung ist. Wenn ich's nur wüßte.«

Obwohl Egg sich tatkräftig eingesetzt hatte, um Maher-shalal-hashbaz einen guten Platz im Leben zu sichern, fühlte er sich nicht unbeschwert. Die Sache nagte so an ihm, daß er am Samstag der folgenden Woche, nachdem er wieder daheim in London war, eine Expedition in die Gegend südlich der Themse unternahm, um Erkundigungen einzuziehen. Und als die Tür der Maitlands von Jean geöffnet wurde, erblickte er neben ihr, mit rundem Buckel und hocherhobenem Schwanz, Maher-shalal-hashbaz.

»Ja«, sagte das Mädchen, »er hat den Rückweg gefunden, der kluge Schatz! Genau heute vor einer Woche – und er war schrecklich dünn und schmutzig –, wie er es geschafft hat, weiß ich nicht. Aber wir konnten ihn einfach nicht wieder fortschikken, nicht wahr, Maggie?«

»Nein«, sagte Mrs. Maitland. »Ich mag diese Katze nicht, und ich habe sie nie gemocht, aber in diesem Fall! Ich glaube, sogar Katzen haben ihre Gefühle. Nur das mit dem Geld ist mir peinlich.«

»Ja«, sagte Jean. »Wissen Sie, als er zurückkam und wir uns entschlossen, ihn zu behalten, schrieb ich an Mr. Doe und erklärte die Geschichte und schickte ihm eine Postanweisung über zehn Shilling. Heute morgen kam der Brief zurück mit dem Vermerk ›Unbekannt‹. Nun wissen wir nicht, was zu tun ist.«

»Ich habe nie an diesen Mr. John Doe geglaubt«, sagte Monty. »Wenn Sie mich fragen, Miss Maitland, war er keiner von der guten Sorte, und ich würde mir nicht weiter den Kopf über ihn zerbrechen.«

Doch damit war das Mädchen nicht zufrieden, und kurz darauf fuhr der gefällige Egg nach Norden, um den mysteriösen John Doe zu suchen; die Postanweisung hatte er bei sich.

Die Tür der Villa wurde von einer sauber gekleideten älteren Frau geöffnet, die Egg noch nie gesehen hatte. Er fragte nach Mr. John Doe.

»Er wohnt nicht hier. Ich habe nie von ihm gehört.«

Monty erklärte, er wünsche den Herrn zu sprechen, der die Katze gekauft habe.«

»Katze?« fragte die Frau. Ihr Gesichtsausdruck veränderte sich. »Treten Sie bitte ein.« Dann rief sie ins Haus hinein: »George! Hier ist ein Herr, der nach einer Katze fragt. Vielleicht möchtest du . . .« Das Ende des Satzes wurde einem Mann ins Ohr geflüstert, der aus dem Wohnzimmer auftauchte und der, wie sich herausstellte, ihr Ehemann war.

George betrachtete Egg sorgfältig von oben bis unten. »Ich kenne hier niemand mit Namen Doe«, sagte er, »aber wenn Sie den früheren Mieter suchen, der ist ausgezogen. Packte zusammen und verschwand in aller Eile am Tag nach der Beerdigung des alten Mannes. Ich versorge das Haus für den Besitzer. Und wenn Sie eine Katze vermissen, kommen Sie vielleicht am besten mit mir und werfen einen Blick nach draußen.«

Er führte Monty durch das Haus zur Hintertür und in den Garten hinaus. In der Mitte eines der Blumenbeete war ein großes Loch, wie ein unregelmäßig geformtes flaches Grab. Ein Spaten steckte aufrecht in der lockeren Erde. Und daneben auf dem Rasen lagen in zwei traurigen Reihen die Kadaver vieler Katzen. Egg kam zu dem Schluß, es müßten nahezu fünfzig sein.

»Wenn eine davon Ihnen gehört«, sagte George, »steht sie Ihnen zur Verfügung. Aber sie sind in einem nicht gerade guten Zustand.«

»Lieber Gott!« rief Egg entsetzt, und dachte mit Freude daran, wie ihn Maher-shalal-hashbaz mit erhobenem Schwanz auf der Schwelle der Maitlands begrüßt hatte. »Kommen Sie hier weg und erzählen Sie mir, was das bedeuten soll. Es ist – es ist unglaublich!«

Es stellte sich heraus, daß die früheren Mieter Proctor hießen. Die Familie bestand aus dem alten gebrechlichen Mr. Proctor, seinem Neffen und dessen Frau.

»Sie hatten keine Bedienerin, die im Haus schlief. Die alte Mrs. Crabbe machte ihnen die Arbeit, sie kam jeden Tag her; und sie erzählte mir immer, der alte Herr könne keine Katzen ertragen. Sie machten ihn richtig krank. Ich habe solche Leute schon früher kennengelernt. Und man mußte natürlich vorsichtig sein, weil er doch so anfällig war und sein Herz so schwach, daß er jede Minute umfallen konnte. Wir dachten, als ich die ganzen begrabenen Katzen fand, wahrscheinlich hat der junge Proctor sie umgebracht, damit der alte Herr sie nicht sehen und keinen Schock bekommen sollte. Seltsam ist dabei bloß, daß es so aussieht, als ob die Katzen ungefähr gleichzeitig umgebracht worden wären, und noch gar nicht so lang.«

Egg dachte an die Anzeige, an den falschen Namen und daran, daß die Leute, die ein Tier verkaufen wollten, zu einer anderen Tür hinauskomplimentiert wurden, so daß keiner von ihnen sagen konnte, wie viele Katzen erworben und bezahlt worden waren. Und daran, wie man ihnen genau eingeschärft hatte, die Katze Punkt sechs Uhr zu bringen, und an den pfeifenden Burschen, der mit seinem Korb etwa eine Viertelstunde nach ihnen auf dem Schauplatz erschienen war. Schließlich fiel ihm noch etwas ein – ein undeutliches Miauen, das an sein Ohr gedrungen war, als er in der Halle stand, während Jean sich von Maher-shalal-hashbaz verabschiedete, und der unruhige Ausdruck in Mrs. Proctors Gesicht, als sie fragte, ob Jean ihren Kater sehr liebe. Es sah so aus, als ob Mr. Proctor junior die Katzen zu einem recht finsteren Zweck gesammelt hätte. Aus jedem Stadtteil Londons gesammelt. Aus Stadtteilen, die möglichst weit entfernt waren – oder warum sonst legte er solchen Wert darauf, Namen und Adresse zu notieren?

»Woran starb der alte Herr?« fragte er.

»Ach«, antwortete Mrs. George, »es war ein Herzschlag, wie

der Doktor sagte. Am letzten Dienstag vor einer Woche in der Nacht starb er, der Arme. Und Mistress Crabbe, die ihn ankleidete und aufbahrte, sagt, er hat furchtbar entsetzt ausgesehen. Doch der Doktor meinte, das sei nichts Ungewöhnliches, nicht bei seiner Krankheit. Was der Doktor aber nicht sah, weil er zu viel zu tun hatte, um herzukommen, waren die schrecklichen Kratzwunden auf seinem Gesicht und an den Armen. Er muß sich im Todeskampf regelrecht mit den Nägeln eingekrallt haben – ach Gott, ach Gott! Aber natürlich – wir wußten, daß er jeden Augenblick auslöschen konnte wie eine Kerze.«

»Das weiß ich schon, Sally«, sagte ihr Mann, »aber wie steht es mit den Kratzern an der Schlafzimmertür? Erzähl mir nicht, daß die auch von ihm stammen. Und wenn – warum hörte ihn dann niemand und kam ihm zu Hilfe? Da kann Mr. Timbus – das ist der Hausbesitzer – lange sagen, es müßten nach dem Auszug der Proctors Landstreicher ins Haus gekommen sein, und uns hier hereinsetzen, damit wir nach dem Rechten sehen – aber warum sollen Landstreicher so einen sinnlosen Schaden anrichten?«

»Eine herzlose Sippschaft, diese Proctors, das sage ich«, fuhr Mrs. George fort. »Schnarchen höchstwahrscheinlich fest und lassen ihren Onkel mutterseelenallein sterben. Und der Anwalt hat sich auch darüber aufgeregt! Kam am Morgen vorbei, um das Testament des alten Herrn zu machen, und dann starb er so plötzlich. Und wenn man bedenkt, daß sie schließlich sein ganzes Geld bekommen haben, sollte man meinen, sie hätten ihm ein besseres Begräbnis geben können. Filzig nenne ich so was – kaum eine Blume – nur einen Kranz für eine halbe Guinee – und nicht einmal einen Eichensarg, bloß Ulme, und ganz schäbige Beschläge. So ein Schund! Sie sollten sich schämen.«

Egg schwieg. Er war kein Mensch von starker Vorstellungskraft, aber er sah ein grausiges Bild vor sich. Einen alten, kranken Mann, der schlief, Hände, die leise die Zimmertür öffneten und nacheinander Säcke hereinschleiften, Säcke, die sich bewegten und krümmten und miauten. Er sah die Säcke offen auf dem Boden, und er sah, wie die Tür sacht von außen geschlossen und versperrt wurde. Und dann im trüben Schein des Nachtlichts schattenhafte Gestalten, die mit langen Sätzen im Zimmer umherhuschten – schwarze und graue und gelbbraune –, auf lautlosen Sohlen umherschlichen, auf Samtpfoten von Tischen und Stühlen sprangen. Und dann ein Plumps auf das Bett – ein großer gelbbrauner Kater mit Bernsteinaugen – der Schläfer erwacht mit einem Schrei – und danach ein Alptraum aus Todesangst und Ekel hinter der versperrten Tür. Ein alter, kranker Mann, der stammelt und nach Atem ringt und mit Armen und Beinen nach den entsetzlichen Schatten schlägt, die ihn verfolgen und fliehen – und dann der letzte reißende Schmerz am Herzen, als ihn der Tod erlöst. Dann nichts als das Miauen der Katzen und ihr Kratzen an der Tür, und draußen der Lauscher, der gebückt das Ohr ans Schlüsselloch hält.

Egg wischte sich mit dem Taschentuch die Stirn; seine Vorstellungen gefielen ihm gar nicht. Aber er mußte sie weiter verfolgen: Er sah den Mörder morgens durch die Tür schlüpfen und eilends seine unschuldigen Komplicen einsammeln, bevor Mrs. Crabbe kam; er wußte sehr wohl, daß der Leichnam rasch in Ordnung gebracht werden mußte und daß kein böses Miauen Leute, die zufällig in der Nähe waren, befremden durfte. Die Katzen einfach frei laufen zu lassen, würde nicht genügen – möglicherweise lungerten sie um das Haus herum. Nein, die Wassertonne und dann die Grube im Garten.

Aber Maher-shalal-hashbaz – der tapfere Maher-shalal-hashbaz kämpfte um sein Leben. Er wollte sich nicht in irgendeiner Wassertonne ertränken lassen. Er strampelte sich frei (und ich hoffe, dachte Egg, er hat ihn zerkratzt wie der Teufel) und suchte sich mühsam den Heimweg durch London. Wenn nur Maher-shalal-hashbaz erzählen könnte, was er wußte! Aber auch Monty Egg wußte etwas, und er konnte reden.

»Und ich werde reden«, sagte Monty zu sich, als er Namen und Adresse von Mr. Proctors Anwalt aufschrieb. Er hielt es für Mord, einen alten Mann zu Tode zu erschrecken; er war sich dessen nicht ganz sicher, aber er wollte es herausfinden. Er durchforschte sein Gedächtnis nach einem tröstlichen Spruch aus dem »Handbuch für Handlungsreisende«, doch zum erstenmal in seinem Leben konnte er nichts finden, was zu diesem Fall wirklich paßte.

Ich scheine regelrecht von meiner Branche abgeirrt zu sein, dachte er bedrückt; und doch, als Staatsbürger . . .

Und dann lächelte er, eingedenk des ersten und letzten Spruchs in seinem Lieblingsbuch:

»Und kostet's dich auch Überstunden, die erste Pflicht ist Dienst am Kunden.«

Das Tier in ihr

Margaret Maron

Die frühe Abendsonne hatte die harten Umrisse der New Yorker Skyline in weiche Konturen getaucht, als Tessa die gläsernen Schiebetüren zurückschob und auf die Terasse trat. Hier oben im sechsundzwanzigsten Stock verwischte der abendliche Dunst die häßlichen umstehenden Gebäude, und sogar das Baugerüst des neuen Wolkenkratzers, der direkt neben ihrem errichtet wurde, erschien wie ein unheimliches, jedoch schönes Skelett.

Grauhaarig, mittleren Alters und von ihrer letzten Auseinandersetzung mit Clarence völlig erschöpft, stand Tessa auf ihrer Penthouse-Terrasse – die dicken Arme über dem Geländer verschränkt – und ließ sich vom Abendwind umwehen.

Von weit unten, von der Straße drangen die gedämpften Klänge des abendlichen Verkehrs zu ihr herauf, und sie dachte einen Augenblick daran zu springen... um alles kurz und schmerzlos zu beenden – sie hörte schon die Sirene des Krankenwagens und sah die neugierige, starrende Menge. Was könnte es ihr noch ausmachen oder Clarence oder irgendwem – ob sie noch einen Tag oder zwanzig Jahre lebte?

Trotzdem trat sie unbewußt von dem Geländer zurück – sie schien doch noch zu sehr am Leben zu hängen. Clarence hatte zwar mit ein paar harten und gleichgültigen Worten ihre Welt zerstört, ihren Willen zu leben würde er jedoch nicht zerstören können. Zumindest jetzt noch nicht.

Sie blickte auf das unfertige Gebäude, das unmittelbar neben dem ihren emporwuchs. Die Bauarbeiter, die den Tag mit dem Lärmen von Hammerschlägen und quietschenden Rollwinden erfüllten, hatten – wohl aus Sicherheitsgründen – Hunderte von kleinen, leuchtenden Glühbirnen hinterlassen. Im leichten Abendwind schaukelten sie an ihren Kabeln wie angekettete Glühwürmchen in der Dämmerung.

Tessa lächelte bei dem Gedanken. Wie lange war es wohl her, daß sie wirklich Glühwürmchen im sommerlichen Zwielicht hatte schweben sehen? Und es war sicher nicht öfter als ein halbes Dutzend Mal gewesen, seit sie Clarence geheiratet hatte – vor all diesen Jahren. Mein Gott! Waren es nun wirklich schon fast vierzig Jahre? Sie haßte die Großstadt nicht mehr, aber sie hatte ihr nie verziehen, daß es keine Glühwürmchen gab – und auch nicht, daß die lichtschluckenden Wolkenkratzer das Sternenglitzern der Milchstraße nicht durchdringen ließen.

Damals, als er sie vom Land in die Stadt brachte, hatte Clarence sie wahrscheinlich so geliebt, wie er überhaupt fähig war, irgend jemanden zu lieben, und doch konnte er ihr Unbehagen nicht verstehen, an einem Ort wie diesem zu leben, der so aufwendig und strahlend beleuchtet war. Wenn ihre Freunde sie mit Komplimenten über das Penthouse bedachten und die Größe der Terrasse bewunderten (selbst für die protzigen Nachkriegsbauten der fünfziger Jahre war sie riesig), hatte er gelacht und gesagt: »Das alles habe ich für Tessa gekauft. Ich kann doch ein Mädchen vom Land nicht einsperren. Sie braucht Platz, viel Platz, und direkt darüber einen Himmel voller Sterne.«

Lange hatte es nicht gedauert, bis ihr klar wurde, daß es nicht ihre unausgesprochenen Bedürfnisse waren, die er mit dem Kauf des Penthouse stillen wollte – es war seine eigene Eitelkeit, um die es ging. Doch sie hörte schließlich auf, sich darüber Gedanken zu machen. War diese Terrasse auch nicht hoch genug über dem Neonleuchten, um den Blick auf ihre Lieblingssterne zuzulassen, so fand sie hier doch so viel Ruhe, wie man überhaupt in einer Großstadt erwarten konnte. Hier konnte sie sich jederzeit in einem der gepolsterten Gartenstühle zurücklehnen und ihre Gedanken treiben lassen, sich daran erinnern, wie die Sterne der Milchstraße ihre Bahnen zogen, wie die zierlichen Plejaden sich hinter Taurus, dem Stier, verbargen.

Allerdings nicht heute abend. Ihr Gedächtnis zwang sie, die

letzte Stunde in all ihren verletzenden und schmerzenden Einzelheiten zu durchleben.

Die Tatsache, daß Clarence sie nicht liebte, hatte sie längst verwunden, sie hatte jedoch gedacht, daß er nach all den Jahren, in denen er versucht hatte, sie nach seiner Vorstellung zu formen, mit ihr zufrieden gewesen sei und daß er sie in all den Belangen brauchte, die eine Ehe dann zusammenhalten, wenn die Leidenschaft nachläßt.

Heute abend hatte Clarence ihr auf brutale Weise klargemacht, daß sie für ihn nur noch ein langweiliges Anhängsel war. In ihren Bemühungen, die Frau zu werden, die ihm gefallen sollte, war sie zum Gegenteil der Frau geworden, die er nun an ihrer Stelle gewählt hatte.

Wie in Trance war ihm Tessa durch die Wohnung hinterhergelaufen, als er seine Koffer packte. Mechanisch hatte sie ihm seine sauberen Hemden und seine Unterwäsche gereicht, doch dann, als sie sah, wie er mit den maßgeschneiderten Hemden umging, übernahm sie das Packen, wie sie es immer getan hatte, wenn er auf Geschäftsreisen ging. Dieses Mal würde er jedoch weiter weggehen, als je zuvor, er würde aus ihrem Leben verschwinden, in ein Hotelzimmer im Zentrum der Stadt ziehen.

»Warum nur?« Während sie die Frage stellte, strich sie die Falten aus seinen grauen Hosen.

Sie hatten Lynn Herrick auf einer der Partys seiner Schwägerin kennengelernt. Hemmungslos, aufdringlich hatte sie in einem schamlos aufreizenden Kleid dagestanden, mit langer, lockiger Mähne, die sich um die bloßen Schultern legte. Tessa amüsierte sich über ihren dreisten Versuch, mit Clarence zu flirten, denn sie dachte, daß diese schrille junge Dame ganz offensichtlich kaum sein Typ sein konnte.

»Warum gerade sie?« fragte sie wieder – sie wußte wohl, daß es andere Frauen in Clarences Leben gegeben hatte, Frauen, die passender gewesen wären.

Auf seinem Gesicht erschien ein törichter Ausdruck, eine Mischung aus Stolz, Verlegenheit und Trotz. »Weil sie ein Kind von mir bekommt«, sagte er bedeutungsvoll.

Ihr war, als habe er ihr ins Gesicht geschlagen – jahrelang hatte Tessa um ein Kind gefleht, aber damit nur erreicht, daß Clarence alle erdenklichen Vorsichtsmaßnahmen ergriff, um keines zu bekommen.

»Du hast Kinder immer verabscheut. Du hast immer gesagt, Kinder seien nur quengelnde, sabbernde Quälgeister!«

Clarence protestierte: »Es war nicht meine Schuld, Unfälle dieser Art passieren nun mal.«

»Das glaubst du ja selber nicht«, knurrte Tessa. Sie wußte sehr gut, daß es für die Lynn Herricks dieser Welt keine Unfälle gab.

Clarence überhörte diese Bemerkung geflissentlich. »Es ist nun mal geschehen. Durch Lynn ist mir klargeworden, was ich mir und der Firma schulde. Jetzt wird es jemanden geben, der den Namen Loughlin ins nächste Jahrhundert trägt, denn es sieht nicht so aus, als ob Richard und Alison jemals einen Erben zustande bringen.«

Richard Loughlin war Clarences um viele Jahre jüngerer Bruder und der einzige lebende Verwandte. Die beiden hatten eine florierende Ladenkette geerbt, die ihr Großvater aufgebaut hatte. Obwohl Tessa die etwas wehmütige Bemerkung von Richard noch in den Ohren hatte, daß es wohl spaßig sein müßte, Kinder zu haben, wußte sie, daß Alison, wie früher Clarence, etwas gegen Nachwuchs hatte. Alisons Abneigung wurde noch verstärkt von der Furcht, was ein Baby ihrem schlanken Körper antun könnte.

Während Tessa den letzten Koffer zuschnappen ließ, schwelgte Clarence in den neuentdeckten Freuden seiner zukünftigen Vaterschaft. Immer noch ganz benommen, warf sie einen Blick in den Spiegel über Clarences Frisierkommode: Der Anblick ließ sie zurückschrecken.

Sie war klug genug zu wissen, daß für Clarence mit ihr – über fünfzig Jahre, mit grauem Haar und einer nicht mehr schlanken Figur – ein Kind außer Frage stand. Aber ganz tief in ihrem Innern – im Zentrum ihres Seins – schrie ein junges, ungebändigtes Mädchen auf gegen die unfruchtbare alte Frau, die sie geworden war.

Die Sirenen eines Feuerwehrautos trieben Tessa wieder ans Geländer der Terrasse. Es war nun gänzlich Nacht geworden, der Straßenverkehr hatte nachgelassen. Die Bürgersteige waren fast menschenleer.

Sie war immer noch aufgebracht darüber, so einfach weggeworfen zu werden – als ob ein Klaps auf die Schultern, das Versprechen einer großzügigen Unterhaltszahlung und ein ›Ich habe Lynn ja gesagt, daß du vernünftig sein würdest‹ – genug wären, um die letzten fünfunddreißig Jahre ihres Lebens zu ersetzen. Aber wenigstens war ihr plötzlicher Drang verschwunden, Selbstmord zu begehen.

Ihr Blick fiel wieder auf die schaukelnden Sicherheitslichter des unfertigen Gebäudes, und sie erinnerte sich daran, wie sie vor sechs Jahren zum letzten Mal Glühwürmchen gesehen hatte – es war, als Richard und Alison von ihrer Hochzeitsreise zurückkehrten. Sie und Clarence waren nach Pennsylvania gefahren, um das alte Landhaus vorzuheizen, das Richard für Alison als Hochzeitsüberraschung gekauft hatte.

Die hundertdreißig Morgen – mit über und über bewachsenen Feldern und Wäldern – waren bestimmt eine Überraschung für die junge Frau aus der Stadt, denn Alisons Vorstellung von einem Wochenendhaus war mehr die eines modernen Strandhauses auf Martha's Vineyard.

Tessa hingegen liebte es. Sie war mit Richard durch die Wälder gestreunt, vom Wind zerzaust und guter Dinge, während Alison und Clarence sich über die Moskitos beschwerten und nach dringenden Gründen suchten, um den kurzen Besuch abzubrechen. Trotzdem war Alison reizend und versicherte Richard, wieviel Freude ihr das Geschenk gemacht habe. Später fand sie immer gute Ausreden, um ihn auf seinen häufigen Reisen zur Farm nicht begleiten zu müssen.

In Gedanken an die Ruhe und Zurückgezogenheit der Farm fragte sich Tessa, ob Richard wohl etwas dagegen haben würde, wenn sie sich dort für eine Weile aufhielt. Vielleicht konnte sie sich auf dem Land über ihre Situation Klarheit verschaffen und den Weg zurück zu jener wilden Freiheit finden, die sie in frühen Jahren gekannt hatte, bevor Clarence sie in die Stadt gebracht hatte und ›fürs Haus zugeritten‹ hatte, wie er sich in den ersten Jahren ihrer Ehe auszudrücken pflegte.

Das verängstigte Jaulen einer Katze drang an ihr Ohr. Sie blickte auf und sah das Tier auf einem Stahlträger entlangrennen, der von einem höheren Stockwerk des neuen Gebäudes ein Stück weit hervorragte. Sie bewegte sich mit einer Geschwindigkeit, als ob der Teufel persönlich hinter ihr her wäre, und ihr Schwung war zu groß, um anzuhalten, als sie die Gefahr gewahr wurde.

Sie sprang über den Rand des Trägers und landete mit einem überlauten Plumps auf der Markise von Tessas Penthouse. Unbeholfen schüttelte sie das Fell, und mit einem Satz war sie auf dem Boden der Terrasse; zitternd vor Angst kauerte sie sich dort unter einen der Gartenstühle.

Tessa blickte zu dem Träger hoch, in der Erwartung, dort einen kampfwütigen Kater zu sehen. Obwohl sich Katzen normalerweise nicht in solchen Höhen bewegten, kam es doch vor, daß die eine oder andere auf dem Weg von einem Dach zum anderen die Abkürzung über ihre Terrasse nahm, die Feuerleiter hinauf und hinunter.

Als keine andere Katze mehr auftauchte, lenkte Tessa ihre Aufmerksamkeit auf das verängstigte Tier. Die kühle Nachtluft ließ sie die Arthritis spüren, die sie seit diesem Jahr belästigte, und es kostete sie Anstrengung, sich neben dem Gartenstuhl niederzuknien. Sie versuchte die Katze hervorzulocken, doch die schreckte vor ihrer Hand zurück.

»Komm Miez, Miez komm«, lockte sie. »Alles in Ordnung, hier ist niemand, der hinter dir her ist.«

Sie hatte Katzen immer gern gemocht, weshalb sie auch nie selbst eine hatte haben wollen, denn es passierte schnell, daß Tiere zum Ersatz für Kinder wurden. Sie verstand Richards Mißbilligung gut, wenn Alison ihren Dackel ›Baby‹ nannte. Geduldig wartete sie ab, bis das Kätzchen aufhörte zu zittern und an ihrer ausgestreckten Hand schnupperte, doch obwohl sie weiterhin mit leiser und beruhigender Stimme auf die Katze einsprach, verließ sie ihren schützenden Platz nicht. Tessas erschöpfte

Gliedmaßen protestierten gegen diese kauernde Haltung, und ein lautes Knacken war zu hören, als sie sich mühsam aufrichtete. Sie trat ein paar Schritt zurück.

Da kam die Katze aus ihrem Versteck heraus, noch immer mißtrauisch und jederzeit zur Flucht bereit. Von den Wohnzimmerlampen fiel Licht durch die Glastüren auf die Katze, und Tessa konnte erkennen, daß es ein junges Weibchen war, mit weißen Pfoten, das Fell verklebt mit hellen und dunklen Schmutzflecken. Aus seiner staksigen Magerkeit schloß Tessa, daß es seit einiger Zeit nichts gegessen hatte.

»Du armes Ding«, sagte Tessa, von der Angst des Tieres gerührt, »ich wette, du bist am Verhungern.«

Als hätte sie verstanden, daß Tessa ihr nichts tun wollte, schreckte das Tier nicht zurück, als Tessa an ihm vorbei in die Wohnung ging.

Kurz darauf kam sie mit einer Schüssel Milch und einem großen Stück blutigem Rindfleisch zurück, das sie rücksichtslos mitten aus dem Braten, der vom Abendessen unberührt stehengeblieben war, herausgeschnitten hatte. »Besser, du ißt diesen Braten, als daß er im Mülleimer landet. Sonst will ihn ja keiner.«

Steifbeinig und vorsichtig näherte sich das junge Kätzchen dem Fleisch, schnupperte und begann dann unbeholfen mit den Zähnen daran zu zerren. Vor Gier verschluckte es sich fast.

»Langsam, langsam!« warnte Tessa und beugte sich schwerfällig hinab, um das Fleisch in kleinere Stücke zu schneiden. »Du bist mir eine, hast du noch nie Fleisch gegessen?« Sie versuchte, den mageren Rücken der Katze zu streicheln, aber die zuckte zurück und entwand sich ihrer Hand. »Tut mir leid, Kätzchen, ich wollte nur freundlich sein.«

Tessa ließ sich in einem der Gartenstühle nieder und beobachtete, wie das Tier sein Mahl beendete. Nachdem es das Fleisch aufgefressen hatte, wandte es sich der Milch zu. Es trank so hastig, daß es den Kopf schüttelte und niesen mußte, als es versehentlich Milch in die Nase bekam.

Tessa war amüsiert, aber auch leicht verwundert. Sie hatte noch nie eine Katze gesehen, die sich so unbeholfen und so gänzlich ohne Grazie bewegte. Sie benahm sich wie ein junges, unerzogenes Katzenkind. Als sie alles aufgefressen hatte, starrte sie Tessa erwartungsvoll an. Tessa kam nicht umhin, laut zu lachen. »Hat deine Mutter dir überhaupt irgend etwas beigebracht, du Dummerchen? Du mußt doch jetzt deine Pfoten und deinen Schnurrbart putzen!«

Die Katze entfernte sich aus dem Lichtflecken, in dem sie gesessen hatte; die Umrisse ihres Körpers blieben zwar sichtbar, das Gesicht jedoch war in der Dunkelheit verborgen. Mit größter Vorsicht umkreiste sie den Gartenstuhl, auf dem Tessa saß, bis er sich zwischen ihr und der Terrassentür befand. Das Licht aus dem Wohnzimmer fiel ihr nun direkt in die Augen und wurde mit schauriger Intensität widergespiegelt.

Tessa schauderte unbehaglich, als die leuchtenden Augen des Tieres die ihren trafen und sie ohne zu blinzeln ansahen. »Nun verstehe ich, warum Katzen immer mit dem Übernatürlichen in Verbindung gebracht . . .«

Plötzlich fühlte sie sich wie ein Kaninchen, das irgendwo mitten auf der Straße von Scheinwerfern erfaßt wurde. Diese wilden Augen bohrten sich in ihren Kopf wie ein spiralförmiger Wirbel aus Licht, das sie blendete. Eine überwältigende Benommenheit ergriff sie. Ihr Geist wurde bestürmt – in Stücke zerrissen, auf und ab gewirbelt – Sein ohne Umrisse, Zeit ohne Grenzen . . .

Es dauerte ewig und war doch in Sekundenschnelle vorüber. Und mitten in diesem jähen, wirbelnden Lärmen wurde sie plötzlich einer anderen Existenz gewahr – ein verzweifeltes und verängstigtes Wesen, formlos, jenseits des Normalen.

Sie spürte, wie sich etwas vermischte.

Die Panik des anderen.

Es flog vorüber, dann folgte ein wildes Jubeln.

Plötzlich die seltsame Empfindung, zusammengedrückt zu werden; das Universum schien Kopf zu stehen, herumzuwirbeln, dann herrschte Ruhe. Das Licht wurde zur normalen städtischen Dunkelheit, das Lärmen in ihrem Kopf ließ nach, und sie fand sich ausgestreckt auf den Fliesen der Terrasse wieder.

Sie versuchte sich aufzusetzen, aber ihr Körper reagierte ganz ungewohnt. Benommen schaute sie sich um, und ein Schrei entfuhr ihr angesichts des Wahnsinns, den sie erblickte: Eine Welt, die plötzlich um ein Vielfaches größer geworden war – doch der Schrei erstickte ihr in der Kehle, als sie eine Gestalt von gewaltiger Größe auf dem Gartenstuhl sitzen sah, der nun gleichfalls riesige Ausmaße angenommen hatte:

Es war eine plumpe, mittelalte Frau mit grauem Haar, die ihr Gesicht mit zitternden Händen hielt und stöhnend ausrief: »Gott sei Dank! Gott sei Dank!«

Schockiert stellte Tessa fest, daß sie zum erstenmal ihr eigenes Gesicht ohne den seitenverkehrten Effekt des Spiegels wahrnahm. Als sie durch die schmalen Schlitze ihrer Augen niedliche weiße Pfoten statt ihrer eigenen Hände sah, geriet sie in Panik. Mit einem ihr fremden Instinkt spürte sie, wie der Kamm entlang ihrem Rückgrat zitterte, als sich ihr Fell sträubte. Sie versuchte zu sprechen und stellte entsetzt fest, daß sie ein katzenartiges Miauen hörte.

Die Frau auf dem Sessel – Tessa konnte nicht länger diesen Körper als ihr eigenes Ich ansehen – hörte auf zu stöhnen und betrachtete sie wachsam. »Du bist nicht verrückt – ist es das, worüber du nachdenkst? Zumindest jetzt noch nicht. Du wirst es allerdings werden, wenn du nicht schnell genug aus diesem Körper wieder herauskommst.«

Sie packte ein Kissen und warf es nach Tessa.

»Komm schon, hau ab!« stammelte sie, zitternd vor Wut. »Du wirst mich nicht dazu bringen, in deine Augen zu sehen. Mich wird es nicht mehr erwischen. Verschwinde, du verdammtes Vieh!«

Verblüfft sprang Tessa zu dem Geländer der Terrasse und taumelte unbeholfen; ihr Körper reagierte zwar, doch sie war sich nicht sicher, wie weit sie ihn kontrollieren konnte. Sechsundzwanzig Stockwerke waren jedenfalls zu hoch, um sich Fehler zu erlauben.

Die Frau, die ihren Körper gestohlen hatte, schien Angst zu haben, sich ihr zu nähern. »Du sollst abhauen!« knurrte sie Tessa an. Sie warf einen berechnenden Blick durch die Glastüren in das luxuriöse Innere des Appartements.

»Es ist zwar ein lausiger Körper – alt und fett –, aber es scheint ein reicher Körper zu sein und vor allem ein menschlicher. Ich werde ihn behalten, also verschwinde . . .«

Tessas neue Reflexe waren schneller als die ihres alten Körpers. Bevor der Schuh die Hand der anderen auch nur verlassen hatte, ließ sie sich auf die schmale Brüstung fallen, die außen um das Penthouse lief. Der ihr verbliebene Instinkt verlieh ihr einen sicheren Schritt, als sie die Brüstung entlang um die Ecke des Gebäudes zur Feuerleiter rannte, um von dort mit einem leichten Sprung auf das Dach zu gelangen. Dort war sie relativ sicher – zumindest vor fliegenden Schuhen und drohenden Stürzen. Tessa hielt inne, um ihre Situation zu überdenken.

Katzenkörper oder nicht, kam ihr ironisch in den Sinn, es ist immer noch mein Verstand.

Geistesabwesend leckte sie die getrocknete Milch ab, die noch an ihren Barthaaren hing; dabei versuchte sie die Empfindungen ihres neuen Körpers zu ergründen und stellte fest, daß Spuren früherer Identitäten in der Wahrnehmung dieses neuen Bewußtseins steckten. Es war nur ein Raunen, wie der Hauch eines Parfüms, das in einem abgeschlossenen Raum verfliegt, jedoch genug, um sich ein Bild davon zu machen, was mit ihr unten auf der Terrasse passiert war.

Die Frau, die ihren Körper gestohlen hatte, war jung und verschlagen, aber nicht übermäßig klug gewesen. Von Panik und Angst erfüllt, war sie durch die Stadt gejagt und hatte den erstbesten Körper genommen, den sie finden konnte.

Doch hinter diesen klaren Spuren lag ein kühler, berechnender Unterton, und Tessa wußte, daß da jemand reifer gewesen sein mußte, der den Körper des jungen Mädchens bewußt und überlegt ausgewählt hatte. Nicht die erstbeste, hastig ergriffene Gelegenheit; nein, die Beute war sorgfältig angepirscht worden – ein Körper, der hübsch, gesund und vor allem jung war.

Außer diesen beiden Persönlichkeiten war es Tessa nicht möglich, die anderen, die dahinter lauerten, zu erkennen, obwohl sie die Spuren deutlich wahrnahm. Auch war sie sich nicht im klaren darüber, wer die erste gewesen war und wie alles begonnen hatte. Sie hatte sich so tief in diese Gedanken vergraben, daß sie zurückschrak, als sie den Hauch eines völlig fremden animalischen Wesens wahrnahm, das um sein Bewußtsein kämpfte – es mußte das Unterbewußtsein des ursprünglichen Katzenwesens sein, dessen Körper sie nun bewohnte.

Tessa schob diese Gedanken rücksichtslos von sich weg und zwang den urzeitlichen Aufruhr dazu, sich zurückzuziehen. Das mußte es sein, was das Mädchen mit Verrücktwerden gemeint hatte. Wie lange konnte ein Mensch so etwas unter Kontrolle halten?

Die Antwort auf diese Frage war klar: Sie mußte in einen menschlichen Körper zurückgelangen. Tessa trippelte vorsichtig an den Rand des Daches und blickte auf die Terrasse hinunter. Das Mädchen in ihrem Körper kauerte noch immer da unten im Gartenstuhl, als ob sie unfähig wäre, in das Appartement hineinzugehen und von ihm Besitz zu ergreifen. Sie ließ die Schultern hängen und sah alt und geschlagen aus.

Sie hat recht, dachte Tessa, es ist ein lausiger Körper, soll sie ihn doch behalten.

In diesem Augenblick tat ihr die junge Diebin, die ihren persönlichen Besitz gestohlen hatte, fast leid, doch dieser Augenblick war nur von kurzer Dauer. Ihre Gedanken begannen zu fliegen, und Tessa tanzte auf behenden Pfoten über das schwarzgeteerte Dach. Es machte ihr Spaß, mit ihrem neuen Körper zu experimentieren, und sie versuchte kleine Sprünge hoch in die Nachtluft zu machen. Sie hatte keine Arthritis mehr, kein Übergewicht, das sie kurzatmig werden ließ. Welch ein Gefühl der Wonne, sich Bewegungen auszudenken und dazu die geschmeidigen Muskeln zu haben, die diese ausführten.

Trunken von diesen neuen physischen Fähigkeiten raste sie zur Feuerleiter, sprang mit einem Satz zum Geländer und warf sich ins Leere. Plötzlich überkam sie Angst, sich überschätzt zu haben, doch dann fing sie sich an einem hervorstehenden Gerüst und kletterte darauf.

Adrenalin stieg in ihre Gefäße, und ihr Vertrauen zu sich selbst wuchs mit jedem Schritt, den sie sich von den heimatlichen Gefilden entfernte. Kühn setzte sie ihren Streifzug durch die nächtlichen Straßen fort; Gefühle und Erinnerungen stiegen in ihr auf, die sie in den Jahren dieser kühlen, isolierten und unfreien Atmosphäre mit Clarence fast vergessen hatte. Niemals wieder würde sie sich mit weniger als dem, was sie gerade empfand, zufriedengeben, das schwor sie sich.

Von ihrem alten Körper befreit, spürte sie wieder diese Einheit, aber mit was? Mit der Welt? Der Natur? Oder mit Gott?

Der Name spielte keine Rolle, nur das Gefühl zählte. Sogar hier in der Stadt, wo der Mensch sich am weitesten von der Natur entfernt hatte, spürte sie es, und eine namenlose Sehnsucht breitete sich in ihr aus.

Was aber hieß es wohl, in einem Katzenkörper in freier Natur zu leben! Bei diesem Gedanken zitterte Tessa in plötzlicher Furcht. In diesem Körper, umgeben von Bäumen und lebendig raschelndem Gebüsch, unter sich Gras und Erde, darüber der wolkenlose Himmel – das wäre zuviel für den menschlichen Verstand, man würde sicher verrückt werden mit so viel Sinneseindrücken.

Nein, lieber war sie in der Stadt, wo sie Beton, Autos und Menschenmengen daran erinnerten, daß sie ein menschliches Wesen war und diesen Körper nur vorübergehend bewohnte. *Und doch,* dachte sie, während sie graziös vom Dach eines geschlossenen Zeitungssstandes kletterte, *was kann eine Kostprobe schon schaden.*

Sie rannte die fast menschenleeren Straßen entlang in Richtung Park. Es herrschte nicht viel Verkehr an der Straßenkreuzung, und doch hatte sie Angst, die Avenue zu überqueren. Vom Brummen und Dröhnen all der Motoren, von den vielen Lichtern und dem ungeduldigen Hupen sträubte sich ihr Fell. Sie mußte sich zwingen, auf die Fifth Avenue zu treten, und als sie über die unendliche Breite der Straße rannte, so schnell sie konnte, erwartete sie halb, von einem Auto überfahren zu werden.

Endlich im Park war es der Himmel auf Erden. Sie tauchte in

die Hecke, die den Park umzäumte, ein und verschwand in der Sicherheit des dunklen Gebüsches.

Während der nächsten Stunden löste sie sich von den Ketten, die sie noch mit Clarence und ihrem alten Leben verbanden, diesen Jahren, in denen sie immer, wenn sie einer impulsiven Handlung nachgab, gedacht hatte: »Was wird wohl Clarence dazu sagen?«; der Angst, von seinen Freunden für schrullig gehalten zu werden, wenn sie ihre wirklichen Gedanken aussprach.

Wenn Pan ein Gott wäre, sie würde ihn in dieser Nacht anbeten! Ihr altes Ich aufgebend, nahm sie die Freuden des Instinkts an, stürmte kopfüber grasige Hügel hinab und schlug Purzelbäume im Mondlicht, jagte ein verschlafenes, überllauniges Eichhörnchen durch Baumspitzen – dann sprang sie zum Ententeich hinab, um dort anmutig Wasser zu schlecken und mit einem Goldfisch zu planschen, der silbern im Mondlicht erschien.

Als der Mond hinter den hohen Häusern auf der Westseite des Parks verschwand, aß sie Fleisch, das sie selbst erbeutet hatte. Später begann sie eine sanfte und sinnliche Einladung zu singen, und der rotgestreifte Kater, der schon seit einer Stunde um sie herumschlich, näherte sich und umkreiste sie enger und enger . . .

Als er sie am Nacken faßte und sie bestieg, explodierte das animalische Unterbewußtsein in ihr und ergriff sie mit Übermacht – Welle um Welle purer Lust überflutete ihren Willen mit jedem Beckenstoß. Sie paarten sich noch dreimal, und erst als der Rotgestreifte völlig erschöpft war, war sie in der Lage, ihre Willenskraft wiederzufinden und die Herrschaft über dieses in ihr keimende andere Bewußtsein wiederzuerlangen.

Es war kurz vor der Morgendämmerung, als ein hübsches Kätzchen seinen Kopf aus der Parkhecke an der Fifth und East-Sixty-fourth Straße steckte. Es überblickte zögernd die ruhige, fast leere Avenue, auf der nur von Zeit zu Zeit ein Bus vorbeifuhr.

Als sie sich sicher fühlte, trat Tessa heraus auf den Bürgersteig und setzte sich auf ihr schmales Gesäß, um das struppige Fell zu putzen und zu glätten. Die nächtlichen Ereignisse hatten sie durcheinandergebracht, aber sie bereute nichts. Egal, was vor ihr lag, diese letzten Stunden waren nun Teil ihrer Seele und jeden Preis wert, den sie dafür würde zu zahlen haben.

Die Kraft des eigentlichen Besitzers ihres Körpers wurde jedoch immer stärker, und Tessa wußte, daß noch eine Nacht wie diese ein gefährliches Wagnis sein würde. Sie mußte baldmöglichst einen anderen Körper finden.

Nur wessen?

Lynn Herrick kam ihr plötzlich in den Sinn. Welch poetische Gerissenheit, den aufreizenden, jugendlichen Körper ihrer Rivalin zu nehmen und das Kind von Clarence zu gebären ... Lynn hingegen in einen Körper zu stecken, der, nach der vergangenen Nacht, auch bald Nachwuchs bekommen würde. Aber sie wußte zu wenig über dieses männerverschlingende Flittchen, um dieses Leben mit gutem Gewissen übernehmen zu können.

Nein, sie mußte sich auf ihren Bekanntenkreis beschränken: Es mußte jemand sein, der jung war, unliebenswürdig, der es verdient hatte und vor allem jemand, der ihr vertraut war. Und dieser Jemand mußte in erreichbarer Nähe sein, bevor sie vom morgendlichen Berufsverkehr in den Park zurückgetrieben wurde – Gefahren, an die sie nicht zu denken wagte.

Die einzig logische Kandidatin fiel ihr plötzlich ein.

Natürlich! dachte sie, *dann bleibt es in der Familie.*

Sie überquerte die Fifth Avenue und trippelte in Richtung Norden auf das luxuriöse Gebäude zu, in dem die andere Familie Loughlin lebte. Ihr Schwanz zuckte unbeschwert hin und her, als sie den Bürgersteig entlanghüpfte und an die Möglichkeiten dachte, die ihr Alisons Körper bieten würde. Das Wichtigste: Er war dreißig Jahre jünger als ihr alter.

Die Täuschung würde am Anfang schwierig sein, aber sie hatte all die wenigen Verwandten Alisons kennengelernt. Und was die oberflächlichen Freunde anging, die das soziale Umfeld ihrer Schwägerin füllten, die konnte Tessa fallenlassen, ohne besonderes Aufsehen zu erregen, besonders wenn sie ihr Leben mit Kindern füllte. Das würde Richard gefallen. *Oh, lieber Richard!*

Lieber Richard? Tessa war über sich selbst erstaunt. Seit wann war ihr der Schwager so lieb geworden? Richard war noch ein kleiner Junge gewesen, als sie und Clarence heirateten, und sie hatte ihn immer mit der Zärtlichkeit einer frustrierten Mutter betrachtet, aber in seiner Gesellschaft hatte sie sich immer wohl gefühlt. Irgendwann im Laufe der Zeit hatte sich diese mütterliche Zuneigung offenbar in irdischere Gefühle verwandelt, und plötzlich erschien ihr die wehmütigen Sehnsüchte als aufregende neue Möglichkeiten.

Hinter den schweren, bronzegefaßten Glastüren des Appartementhauses der Loughlins wippte ein verschlafener Portier auf Zehenspitzen hin und her. Die Sonne stand noch nicht hoch genug, um den Eingang unter der rosa-grau gestreiften Markise zu erleuchten; auch die Streifen ihres Fells verschwanden im Schatten.

Sie duckte sich, kroch vom Eingangsbereich weg und wartete. Als der Portier die Tür für einen Frühaufsteher öffnete, flitzte sie hinein, jagte durch die Eingangshalle und versteckte sich hinter einem großen marmornen Aschenbecher neben dem Aufzug.

Der Rest schien ihr einfach, denn der Aufzug war groß, nur schwach beleuchtet und mit dunklem Mahagoniholz getäfelt. Sie hatte vor, sich so lange unter der rosafarbenen Samtbank zu verstecken, die an einer Wand des Aufzugs stand, bis sie zufällig in der Etage landete, in der Alison und Richard wohnten.

Ihr Schwanz zuckte ungeduldig. Als der Aufzug schließlich herunterfuhr, machte sie sich zum Sprung bereit.

Die Tür öffnete sich, und ein Chaos brach über sie herein: schrilles Gebell, eine verheddert Leine, gefolgt von verblüfften, ärgerlichen Ausrufen. Der Hund war auf ihr, mit Vorder- und Hinterteil – knurrend schnappte er nach ihr, bevor sie überhaupt wußte, wie ihr geschah.

Automatisch fauchte sie und fuhr mit ihren scharfen Krallen über die Nase des Hundes, der wie wild zu springen begann und so an der Leine zerrte, daß sein Herrchen der Länge nach hinfiel.

Tessa konnte gerade erkennen, daß es sich um Richard handelte, der mit Liebchen einen frühmorgendlichen Spaziergang vorhatte, als sie von dem Liftboy einen Schlag mit der Zeitung erhielt.

Alle Fluchtwege waren ihr verschlossen, und sie hatte keine Zeit nachzudenken oder ihre fünf Sinne wieder zusammenzunehmen, bevor die Eingangstüren aufflogen und sie auf den Bürgersteig geworfen wurde.

Ärgerlich und empört über sich selbst und den Hund rappelte sich Tessa nach ihrem meterlangen Flug auf dem Bürgersteig auf und blickte wütend auf den Eingangsbereich des Gebäudes zurück, wo der Dackel selbstgefällig die flachen Stufen hinunterwatschelte und Richard in die entgegengesetzte Richtung zog.

Der Vordereingang fällt also flach. Dann wollen wir mal sehen, ob sie von der Seite auch so gut gesichert sind, überlegte Tessa.

Es gefiel ihr, daß diese Jahre, in denen sie versucht hatte, Clarence alles recht zu machen, ihre Eigeninitiative keineswegs abgestumpft hatten. Außerdem hatte sie nicht vor, sich von dieser Mischung aus Kaninchen und Frankfurter Würstchen einen Strich durch die Rechnung machen zu lassen.

Als sie halb um das Gebäude herumgegangen war, entdeckte sie einen Gang, der in einen Hinterhof führte. Es gelang ihr, von einer Mülltonne auf den ersten Tritt der Feuerleiter zu springen.

Beim Klettern spürte sie, wie die Ausschweifungen der letzten Nacht an ihren Kräften gezehrt hatten; hinzu kam die emotionale Erschöpfung. Pfote um Pfote kletterte sie hinauf, wobei jeder Muskel nach Ruhe schrie, und alle anderen Gedanken im Dunst des einzigen verschwanden, dessen sie noch fähig war; Pfote vor Pfote, vor Pfote . . .

Es schien eine Ewigkeit zu dauern: dreizehn Schritte bis zum Treppenabsatz, dann rechts, wieder dreizehn Schritte, dann links, abgestumpft in dieser monotonen Regelmäßigkeit, in der sich die schwarzen Eisenstufen wiederholten.

Vom obersten Treppenabsatz führte eine zehnstufige Leiter direkt zum Dach hinauf. Ihr Körper reagierte nur schwerfällig auf diese letzte Anforderung, und oben sank sie völlig erschöpft auf das geteerte Dach. Die Sonne stand nun hoch am Himmel. Mit letzter Kraft schleppte sich Tessa in den Schatten eines überstehenden Fenstersims. Sekunden später war sie eingeschlafen.

Als sie wach wurde, war es später Nachmittag, und die letzten Sonnenstrahlen neigten sich über die Stadt. Hunger und Durst mochte sie noch eine Weile aushalten, aber konnte sie auch dieser wachsenden Unruhe, die das Abendlicht mit sich gebracht hatte, widerstehen?

Sie kroch an den Rand des Daches und blickte auf die leere Terrasse und den Park. Ein Efeuspalier bot leichten Abstieg. Sie kauerte sich hinter eine Topfpflanze, um nach drinnen zu sehen. An einem so warmen Tag wie diesem standen die Verandatüren hinter den feinmaschigen Fliegennetzen offen.

Hinter dem eleganten Wohnzimmer war der Butler von Alison gerade dabei, den Tisch zu decken. Kein Anzeichen von Alison, Richard – oder Liebchen. Vorsichtig trippelte Tessa die Terrasse entlang zu den Schlafzimmertüren. Auch hier war niemand zu sehen.

Während sie wartete, brach die Nacht herein, und es wurde dunkel. Sie fühlte eine ungeduldige, zuckende Nervosität aus ihrem tiefsten Innern emporsteigen. Sie wußte, es war die Antwort auf die kehligen Schreie des Katers, der zwei Dächer von ihr entfernt war; gegen ihren Willen kam dieses Gefühl in ihr hoch, geschürt von dem Gedanken an eine Nacht wilder Ekstase auf dunklen Pfaden.

Verzweifelt kämpfte sie gegen dieses andere Ich, blindlings versuchte sie es zu besiegen, und wußte gleichzeitig, daß sie bald nicht mehr stark genug sein würde, um dagegen anzukommen.

Plötzlich wurde die Terrasse mit Licht überflutet, innen waren nun alle Lampen eingeschaltet worden. Erschrocken zog sich das andere Ich zurück. Tessa hörte, wie Alison dem Hausmädchen sagte: »Laß das Essen einfach auf dem Herd stehen, Mitchum. Du kannst morgen früh aufräumen.«

»Ja, Mrs. Loughlin, und ich möchte Ihnen und Mister Loughlin noch sagen, wie betrübt ich über die Vorfälle . . .«

»Danke, Mitchum.« Es war Richards Stimme, die Mitchum unterbrach.

Völlig bewegungslos saß Tessa draußen im Schatten und beobachtete, wie Liebchen, ihrer Nähe nicht bewußt, durch das Zimmer trottete und auf einen niedrigen Sessel kletterte.

Während Richard die Drinks mixte, sagte Alison: »Es ist so furchtbar – arme Tessa. Diese Wahnvorstellungen, daß sie ein junges Mädchen ist, daß wie weder Clarence noch uns jemals gesehen hat. Meinst du, sie spielt uns diesen geistigen Zusammenbruch nur vor?«

»Wie kannst du das annehmen? Hast du nicht gesehen, wie erbärmlich es ihr geht? Es war ganz bestimmt kein Theater.«

»Aber . . .«

»Es muß ein Schock für sie gewesen sein, als er sich nach all den Jahren scheiden lassen wollte. Wußtest du davon?« Seine Stimme klang rauh: »Du hast Lynn doch Clarence vorgestellt. Hast du sie etwa ermutigt?«

»Also wirklich, Liebling«, sagte Alison spöttisch. »Du tust so, als ob Tessa das Opfer wäre.«

»Vermutlich ist sie das auch.« Richard klang müde und unendlich traurig. »Wahrscheinlich mehr noch, als wir beide uns das vorstellen können. Du hättest sie sehen müssen, als die beiden gerade geheiratet hatten – sie war so frisch und offen und lachte immer. Ich war ja damals noch ein Kind, aber ich weiß noch gut, daß ich nie einen Erwachsenen wie sie kennengelernt habe. Unsere langweilige Verwandtschaft behandelte sie abfällig. Sie dachten, sie wäre ein Mädchen vom Land, eine Hinterwäldlerin. Für mich war sie wie ein frischer Wind, der durch diese Familie wehte, und ich war stolz, daß Clarence die starren Ketten gesprengt hatte.«

Er blickte trostlos in sein Glas. »Nachdem Vater gestorben war, schickten sie mich aufs Internat, und erst Jahre später sah ich sie wieder. Ich konnte kaum glauben, was ich sah. Ihr Lachen war verschwunden, und sie sprach nur noch ganz gestelzt. Clarence hatte wirklich ganze Arbeit geleistet, um die beiden wieder an die Fesseln der Familie zu binden. Zuerst hatte er ihre

Seele getötet, und dann hatte er auch noch die Unverschämtheit, sie dumm zu nennen! Kein Wunder, daß sie sich in eine Zeit zurückgezogen hat, in der sie Clarence nicht kannte. Du hast doch gehört, was der Psychiater gesagt hat. Sie spielt kein Theater.«

»Vielleicht nicht«, sagte Alison, »aber eins scheinst du vergessen zu haben: Clarence mag zwar ihre Seele getötet haben, aber Tessa hat *ihn getötet*.«

Draußen im Schatten vor den Fliegennetzen erschauderte Tessa. Sie hatten also den Leichnam von Clarence gefunden! Das arme Mädchen, die Diebin! Beim Anblick von Clarence, wie er mit eingeschlagenem Schädel auf dem Schlafzimmerboden lag, mußte sie erneut von Panik ergriffen worden sein.

»Ich habe es nicht vergessen«, sagte Richard. »Aber ich habe auch Lynn Herrick nicht vergessen. Wenn das, was Clarence mir gestern gesagt hat, wahr ist, dann müssen wir veranlassen, daß aus Clarences Erbe für das Kind Vorsorge getroffen wird.«

»Sei doch nicht so naiv«, erwiderte Alison. »Ich bin sicher, sie hat Clarence nur glauben lassen, was er glauben wollte. Verlaß dich drauf, mein Schatz, Lynn ist viel zu gerissen, um ohne Ehering und ohne gemeinsames Hab und Gut schwanger zu werden.«

»Heißt das, du glaubst, daß die Scheidung – sein Tod – Tessas Wahnvorstellungen – und das alles nur auf Lügen basiert? Und du hast es gewußt? O ja, du wußtest es! Ich sehe es dir an!«

»O bitte!« schnauzte Alison. Sie stand abrupt auf und stolzierte durch den Raum. »Ja, ich habe die beiden einander vorgestellt, aber du kannst mich nicht für die Dummheit deines Bruders verantwortlich machen. Clarence war dreiundsechzig Jahre alt, und mit Lynn fühlte er sich wieder wie ein junger Hengst. Wenn Tessa ihn schon nicht halten konnte, warum sollte Lynn nicht versuchen, bei ihm zu landen?«

Richard stand ebenfalls auf und goß sich einen Drink nach. »Ist das alles, was eine Ehe für dich bedeutet? Geht es nur darum, jemanden zu halten?«

Alison war bereits in die Küche gegangen und tat so, als habe sie nichts gehört. Dann kam sie mit einem großen Tablett zurück. Als sie begann, die Platten und das Essen auf den niedrigen Tisch vor dem Sofa zu stellen, plazierte Liebchen neugierig seine Pfoten auf der Tischkante. Richard schubste ihn weg.

»Du brauchst das nicht an Liebchen auszulassen«, versetzte sie ärgerlich. »Komm mit, mein Baby. Mami hat für dich was Leckeres in der Küche.«

Auf seinen kurzen Beinen trottete der Dackel hinter Alison her und verschwand in der Küche. Erleichtert näherte sich Tessa dem Fliegengitter.

Alison schloß die Küchentür, und als sie zurückkam, war der Ärger aus ihrem Gesicht verschwunden. Statt dessen hatte sie eine Maske der Besorgtheit aufgesetzt. Sie brachte eine silberne Kanne und schenkte Tee ein, dabei sprach sie mit besänftigender Stimme.

Richard aß mechanisch, dann erhob er sich und griff nach seinem Jackett.

»Mußt du wirklich noch gehen, Liebling?«

»Du kennst doch diese Anwälte«, seufzte er. »Alles wird noch komplizierter durch die Art, wie er gestorben ist.«

»Natürlich«, meinte Alison nachdenklich. »Mörder können nicht von ihren Opfern beerbt werden, oder? Nein, Liebling, wende dich nicht von mir ab. Ich fühle genauso für Tessa wie du, aber wir müssen den Tatsachen ins Gesicht sehen: Sie hat ihn getötet, ob sie nun verrückt ist oder nicht.«

»Tut mir leid«, Richard straffte seine Krawatte. »Ich schätze, das ist alles ein bißchen zu viel für mich.«

Er ging durch die Diele in sein Arbeitszimmer und kam mit seinem Aktenkoffer zurück. Alison blieb mit dem Rücken zu ihm auf dem Sofa sitzen.

Während Richard seine Unterlagen sortierte, bemerkte Alison in betont beiläufigem Ton: »Wenn sie nun entscheiden, daß Tessa ihn im Zustand geistiger Umnachtung getötet hat, sie später aber wieder zurechnungsfähig wird – wäre sie dann in der Lage zu erben?«

»Nach dem Gesetz vermutlich nicht«, antwortete Richard abwesend. Er war in Gedanken bei seinen Akten. »Es würde auch keine Rolle spielen, da wir moralisch verpflichtet sind, gut für sie zu sorgen.«

»Ja, natürlich«, stimmte Alison ihm zu, aber ihre Augen verengten sich gierig.

Richard beugte sich über das Sofa und küßte sie auf die Wange. »Ich habe keine Ahnung, wie lange es dauern wird. Wenn du müde bist, brauchst du nicht zu warten.«

Alison lächelte ihn an, doch sobald die Wohnungstür ins Schloß fiel, verschwand das Lächeln, und auf ihrem Gesicht erschien ein habgieriger Ausdruck.

Gedankenverloren blickte sie auf die dunklen Glastüren, ohne zu merken, daß sie beobachtet wurde. Ganz langsam richtete Tessa sich auf und setzte sich auf ihr Gesäß, bis das Licht der Lampen in ihre Augen fiel – Augen schmal wie Schlitze und erfüllt mit einem Leuchten, das nicht von dieser Welt war . . .

Es war schon nach Mitternacht, als Richard nach Hause kam. Sie lag wach in dem breiten Bett und hörte, wie er den Aktenkoffer in seinem Arbeitszimmer fallen ließ, wie er die Diele entlang in das schwach beleuchtete Schlafzimmer ging. Sie hielt den Atem an, als er die Tür öffnete und »Alison«, flüsterte.

»Ich bin wach.« Sie drehte sich in den Leinenlaken um. »O Richard, du siehst ja völlig erschöpft aus. Komm ins Bett.«

Als er schließlich neben ihr in der Dunkelheit lag, berührte sie ihn scheu und sagte: »Ich habe den ganzen Abend über Tessa und Clarence nachgedacht – über ihr gemeinsames Leben. Ich glaube, ich habe dich genauso schlecht behandelt wie Clarence Tessa.«

Richard wollte ihr wiedersprechen, sie hielt ihm jedoch mit zarten jungen Fingern den Mund zu. »Nein, mein Liebster, laß mich bitte ausreden. Ich habe darüber nachgedacht, wie leer doch ihre Ehe gewesen ist, und ich weiß, daß unsere genauso enden wird, wenn ich mich nicht ändere. Ich möchte ein neuer Mensch werden. Wirst du mir helfen? Laß uns so tun, als ob wir uns gerade erst getroffen haben und uns nochmals kennenlernen. Laß uns noch mal von vorne beginnen, ja? Bitte, Richard.«

»Alison . . .«

»Nein, laß mich zu Ende sprechen. Nach dem Begräbnis und sobald wir alles veranlaßt haben, damit Tessa die beste rechtliche und medizinische Versorgung bekommt – könnten wir dann für ein paar Wochen zu unserem Landhaus fahren? Nur wir beide?«

Ungläubig stützte Richard sich auf dem Ellenbogen auf und sah ihr ins Gesicht. »Ist das dein Ernst?«

Sie nickte feierlich, und er nahm sie in die Arme, doch bevor er sie küssen konnte, wurde die Stille der Nacht von einem wütenden, zischenden Schrei durchbrochen.

Erschrocken setzte er sich auf. »Was zum Teufel war das?«

»Nur eine streunende Katze. Sie ist schon den ganzen Abend auf der Terrasse.« Mit schlanken Armen zog sie Richard ungeduldig zu sich herab – dann erhob sie die Stimme gerade so, um auf der Terrasse noch vernommen werden zu können, und sagte: »Wenn sie morgen früh noch da ist, werde ich das Tierheim anrufen, damit sie sie wegbringen.«

Die Katze, der Gerichtsdiener und das Skelett

Alexandre Dumas

Der Arzt, der mit Walter Scott nach Frankreich kam, hieß Doktor Sympson; er war mit den angesehensten Personen der Stadt befreundet.

Darunter befand sich auch ein Richter, dessen Namen er mir nicht genannt hat. Der Name war das einzige Geheimnis, das er in dieser ganzen Angelegenheit für sich behielt. Dieser Richter, den er gewöhnlich als Arzt behandelte, verfiel sichtlich, ohne daß seine Gesundheit gestört schien; eine finstere Schwermut hatte sich seiner bemächtigt. Seine Familie hatte wiederholt den Doktor befragt, und dieser hatte sich an die Freunde des Richters gewandt, ohne etwas aus ihnen herauszubringen als unbestimmte Antworten, die seine Befürchtung noch verstärkten.

Endlich drang Dr. Sympson eines Tages in ihn, worauf der Richter mit traurigem Lächeln seine Hände ergriff und zu ihm sagte: »Ja, ich bin krank, und meine Krankheit, lieber Doktor, ist unheilbar, da sie nur in meiner Einbildung besteht.«

»Wie? In Ihrer Einbildung?«

»Ja, ich bin im Begriff, wahnsinnig zu werden!«

»Sie und wahnsinnig! Ich bitte Sie, Sie haben einen klaren Blick, eine ruhige Stimme –« er ergriff ihn bei der Hand –, »einen ausgezeichneten Puls.«

»Das ist ja gerade das Gefährliche meines Zustands, lieber Doktor: Ich sehe und beurteile es nämlich selbst.«

»Aber worin besteht denn Ihr Wahnsinn?«

»Schließen Sie die Tür, damit man uns nicht stört, Doktor, und ich will es Ihnen erzählen.«

Der Doktor verschloß die Tür und setzte sich neben seinen Freund.

»Erinnern Sie sich des letzten Strafprozesses«, fragte der Richter, »in dem ich ein Urteil zu fällen hatte?«

»Ja, über den schottischen Räuber, der von Ihnen zum Galgen verurteilt und gehenkt worden ist.«

»Ganz recht. Nun, in dem Augenblick, als ich das Urteil verkündete, sprühte eine Flamme aus seinen Augen, und er zeigte mir drohend die Faust. Ich achtete nicht darauf . . . Solche Drohungen sind bei den Verurteilten häufig. Aber am Tag nach der Hinrichtung erschien der Scharfrichter bei mir, er sagte, daß er geglaubt hätte, mich von etwas unterrichten zu müssen: Der Räuber war gestorben, indem er eine Art von Beschwörung gegen mich aussprach und erklärte, daß ich am folgenden Tag um sechs Uhr, der Stunde, in der er hingerichtet worden war, Nachrichten von ihm erhalten würde.

Ich glaubte an irgendeinen Überfall durch seine Kameraden, an Rache von bewaffneter Hand, und als die sechste Stunde kam, schloß ich mich mit einem Paar Pistolen auf meinem Schreibtisch in meinem Zimmer ein.

Die Standuhr meines Kamins schlug sechs. Ich hatte den ganzen Tag an diese Mitteilung des Scharfrichters gedacht. Aber der letzte Schlag erbebte auf der Glocke, ohne daß ich etwas anderes hörte als ein gewisses Schnurren, dessen Ursache ich nicht erklären konnte. Ich wandte mich um und sah eine große schwarz und feuerrot gefleckte Katze. Wie war sie hereingekommen? Es war unmöglich, das zu erklären, denn Türen und Fenster waren verschlossen. Sie mußte während des Tages in das Zimmer eingesperrt gewesen sein.

Ich läutete meinem Diener, aber er konnte nicht eintreten, da ich von innen zugeschlossen hatte; ich ging an die Tür und machte sie auf. Nun sprach ich von der schwarz und feuerrot gefleckten Katze; aber wir suchten sie vergebens, sie war verschwunden.

Ich kümmerte mich nicht weiter darum; der Abend verfloß, die Nacht brach an, der Tag kam und verging, und dann schlug es wieder sechs Uhr. In diesem Augenblick hörte ich dasselbe Geräusch hinter mir und sah dieselbe Katze.

Diesmal sprang sie auf meinen Schoß.

Ich habe keinen Widerwillen gegen Katzen, und dennoch machte diese Vertraulichkeit einen unangenehmen Eindruck auf mich. Ich jagte sie von meinem Schoß. Aber kaum war sie auf dem Boden, als sie von neuem auf mich sprang. Ich stieß sie zurück, aber ebenso vergeblich wie das erste Mal. Nun stand ich auf und ging im Zimmer auf und ab; die Katze folgte mir Schritt für Schritt; unwillig über diese Beharrlichkeit, läutete ich wie am Tage zuvor, mein Bedienter trat ein, aber die Katze floh unter das Bett, wo wir sie vergebens suchten; denn sobald sie unter das Bett gekrochen war, war sie verschwunden.

Ich ging am Abend aus und besuchte mehrere Freunde; dann kehrte ich nach Hause zurück.

Da ich kein Licht hatte, so ging ich aus Furcht, mich zu stoßen, vorsichtig die Treppe hinauf; als ich die letzte Stufe erreichte, hörte ich meinen Bedienten, der sich mit dem Mädchen meiner Frau unterhielt.

Da mein Name fiel, hörte ich auf das, was er sagte, und nun hörte ich ihn das ganze Abenteuer von gestern und heute erzählen; nur fügte er hinzu: ›Der Herr wird wahnsinnig, denn es befand sich ebensowenig eine schwarz und feuerrot gefleckte Katze in dem Zimmer wie in meiner Hand.‹

Diese Worte erschreckten mich; entweder war die Erscheinung wirklich, oder sie war falsch; wenn die Erscheinung wirklich wäre, so befand ich mich im Bann einer übernatürlichen Sache; wenn die Erscheinung falsch war, wenn ich etwas zu sehen glaubte, das nicht bestand, wie mein Bedienter gesagt hatte, so wurde ich wahnsinnig.

Sie werden erraten, daß ich in mit Furcht gemischter Ungeduld das nächste Mal erwartete. Am folgenden Tag behielt ich unter dem Vorwand, etwas zu ordnen, meinen Bedienten bei mir; es schlug sechs Uhr, als er da war; bei dem letzten Glockenschlag hörte ich dasselbe Geräusch und sah meine Katze wieder.

Sie saß neben mir. Ich blieb einen Augenblick ruhig, ohne etwas zu sagen, denn ich hoffte, daß mein Bedienter das Tier erblicken und zuerst davon sprechen würde; aber er ging in meinem Zimmer auf und ab und sah offenbar nichts.

Ich wartete den Augenblick ab, da er in der Richtung, die er einschlagen mußte, um den Auftrag auszuführen, den ich ihm geben wollte, fast auf die Katze treten würde. ›Stellen Sie meine Glocke auf den Tisch, John‹, sagte ich.

Er stand am Kopfende meines Bettes, die Glocke stand auf dem Kamin; um von da zum Kamin zu gehen, mußte er wohl oder übel über das Tier gehen. Er kam, aber in dem Augenblick, da sein Fuß das Tier berühren mußte, sprang die Katze auf meinen Schoß.

John sah sie nicht oder schien sie wenigstens nicht zu sehen.

Kalter Schweiß trat auf meine Stirn, und die Worte: ›Der Herr wird wahnsinnig‹, kamen wir wieder in furchtbare Erinnerung.

›John‹, sagte ich zu ihm, ›sehen Sie nichts auf meinem Schoß?‹

John blickte mich an. Dann sagte er wie ein Mensch, der einen Entschluß faßt: ›Doch, Herr, ich sehe eine Katze.‹

Ich atmete wieder auf.

Ich nahm die Katze und sagte zu ihm: ›Dann tragen Sie sie hinaus, John, ich bitte Sie.‹

Seine Hände kamen den meinen entgegen; ich legte ihm das Tier auf die Arme, worauf er auf einen Wink von mir das Zimmer verließ.

Ich war einigermaßen beruhigt; etwa zehn Minuten blickte ich noch mit einem Rest von Angst um mich; da ich aber kein lebendiges Wesen, das irgendeiner Tierart angehörte, bemerkte, wollte ich nachsehen, was John mit der Katze gemacht hatte.

Ich verließ daher mein Zimmer, in der Absicht, ihn danach zu fragen. Als ich aber den Fuß auf die Schwelle der Salontür setzte, hörte ich lautes Gelächter, das aus dem Zimmer meiner Frau kam. Ich näherte mich leise auf den Fußzehen und hörte die Stimme Johns.

›Meine liebe Freundin‹, sagte er zu dem Zimmermädchen, ›der Herr wird nicht wahnsinnig – nein, er ist es schon. Wie du weißt, besteht sein Wahnsinn darin, daß er eine schwarz und rot gefleckte Katze sieht. Heute abend hat er mich gefragt, ob ich diese Katze nicht auf seinem Schoß sähe.‹

›Und was hast du geantwortet?‹ fragte das Mädchen.

›Bei Gott! Ich habe geantwortet, daß ich sie sähe‹, sagte John. ›Ich habe den armen, lieben Mann nicht ärgern wollen; und was meinst du, was er getan hat?‹

›Wie soll ich das erraten?‹

›Nun denn, er hat die vermeintliche Katze von seinem Schoß genommen, hat sie mir auf die Arme gelegt und zu mir gesagt: Trage sie fort! – Trage sie fort! – Ich habe die Katze hurtig fortgetragen, und er ist zufrieden gewesen.‹

›Aber wenn du die Katze fortgetragen hast, so war die Katze also doch vorhanden.‹

›Nicht doch, die Katze bestand nur in seiner Einbildung. Aber was hätte es geholfen, wenn ich ihm die Wahrheit gesagt hätte? Mich aus dem Hause werfen zu lassen? – Meiner Treu, nein, es geht mir hier gut, und ich bleibe. Er gibt mir fünfundzwanzig Pfund jährlich – um eine Katze zu sehen. Gut, ich sehe sie. Er soll mir dreißig geben, und ich werde zwei Katzen sehen.‹

Ich hatte nicht den Mut, länger zuzuhören. Seufzend kehrte ich in mein Zimmer zurück.

Mein Zimmer war leer.

Am folgenden Tag fand sich meine Gesellschafterin wie gewöhnlich um sechs Uhr wieder bei mir ein und verschwand erst am frühen Morgen.

Was soll ich Ihnen sagen, mein Freund?« fuhr der Kranke fort, »einen Monat lang hatte ich dieselbe Erscheinung jeden Abend, und ich gewöhnte mich allmählich an ihre Gegenwart; am dreißigsten Tage nach der Hinrichtung schlug es sechs Uhr, ohne daß die Katze erschien.

Ich glaubte von ihr befreit zu sein, ich konnte vor Freude nicht schlafen. Den ganzen Morgen des folgenden Tages schob ich sozusagen die Zeit vor mir her; ich konnte kaum die verhängnisvolle Stunde abwarten.

Von fünf bis sechs Uhr verließen meine Augen die Standuhr nicht. Ich folgte dem Gang des großen Zeigers von Minute zu

Minute. Endlich erreichte er die Zahl XII, das Knarren der Uhr ließ sich vernehmen, dann tat der Hammer den ersten, den zweiten, den dritten, den vierten, den fünften, endlich den sechsten Schlag! – Bei dem sechsten Schlag ging meine Tür auf«, sagte der unglückliche Richter, »und ich sah einen Gerichtsdiener der Kammer eintreten, der die Uniform des Lord-Lieutenants von Schottland trug.

Mein erster Gedanke war, daß der Lord-Lieutenant mir irgendein Schreiben sende, und ich streckte die Hand nach dem Unbekannten aus. Aber er schien auf meine Gebärde nicht zu achten und stellte sich einfach hinter meinen Sessel.

Ich brauchte mich nicht umzuwenden, um ihn zu sehen, denn ich saß dem Spiegel gegenüber und hatte ihn also im Blick. Ich stand auf und bewegte mich hin und her; er folgte mir in der Entfernung einiger Schritte. Ich ging an meinen Tisch und läutete.

Mein Bedienter erschien, aber er sah den Gerichtsboten ebensowenig wie vorher die Katze.

Ich schickte ihn wieder fort und blieb mit dieser seltsamen Person allein, die ich nach Herzenslust betrachten konnte.

Er trug Hofkleidung, den Haarbeutel, den Degen an der Seite, eine gestickte Weste und seinen Hut unter dem Arm.

Um zehn Uhr legte ich mich zu Bett; um offenbar die Nacht so bequem als möglich zuzubringen, setzte er sich meinem Bett gegenüber in einen Sessel.

Ich wandte den Kopf nach der Seite der Wand; da ich aber nicht einschlafen konnte, so drehte ich mich zwei- bis dreimal wieder um, und jedesmal sah ich ihn beim Licht meiner Nachtlampe in demselben Sessel.

Auch er schlief nicht.

Endlich sah ich die ersten Strahlen des Tages durch die Läden in mein Zimmer dringen, ich wandte mich ein letztes Mal nach meinem Mann um: Er war verschwunden, der Sessel war leer.

Bis zum Abend des nächsten Tages war ich von meiner Erscheinung befreit.

Am Abend war Empfang bei dem Großvikar der Kirche, und

ich rief unter dem Vorwand, meinen Festrock auszubürsten, wenige Minuten vor sechs Uhr meinen Bedienten, indem ich ihm befahl, die Riegel der Tür vorzuschieben.

Er gehorchte.

Beim letzten Schlag der sechsten Stunde heftete ich die Augen auf die Tür; die Tür ging auf, und mein Gerichtsbote trat ein.

Ich ging sofort an die Tür – sie war verschlossen; die Riegel schienen nicht verschoben zu sein. Ich wandte mich um – der Gerichtsbote stand hinter meinem Sessel, und John ging im Zimmer hin und her, ohne ihn im geringsten zu bemerken.

Er sah ihn offenbar ebensowenig wie vorher das Tier.

Ich kleidete mich an.

Nun geschah etwas Seltsames: Voll Aufmerksamkeit auf mich, half mein neuer Hausgenosse John in allem, was er tat, ohne daß John es bemerkte. So hielt John meinen Rock beim Kragen – das Gespenst hielt die Schöße; John reichte mir die Hose beim Gürtel, das Gespenst hielt sie bei den Beinen.

Ich hatte niemals einen diensteifrigeren Bedienten.

Die Stunde des Besuchs kam.

Statt mir zu folgen, ging der Gerichtsdiener mir jedoch voraus, schlüpfte durch die Tür meines Zimmers, ging die Treppe hinab, hielt sich, den Hut unter dem Arm, hinter John, der den Schlag des Wagens aufmachte, und als John ihn geschlossen und seinen Platz hinter dem Wagen eingenommen hatte, stieg er auf den Bock des Kutschers, der nach rechts rückte, um ihn Platz zu machen.

Vor dem Haus des Großvikars hielt der Wagen; John öffnete den Schlag, aber das Gespenst stand bereits hinter ihm auf seinem Posten. Kaum war ich ausgestiegen, als das Gespenst mir vorauseilte, indem es sich durch die Bedienten zwängte, die am Portal standen, und nachsahen, ob ich ihm folgte.

Nun wollte ich mit dem Kutscher denselben Versuch anstellen, den ich mit John gemacht hatte.

›Patrick‹, fragte ich ihn, ›wer war der Mann, der neben Euch saß?‹

›Welcher Mann, Euer Gnaden?‹

›Der Mann, der auf dem Bock saß.‹

Patrick machte große Augen, indem er erstaunt um sich blickte.

›Es ist gut‹, sagte ich, ›ich habe mich geirrt.‹

Ich ging in das Haus.

Der Gerichtsbote war auf der Treppe stehengeblieben und erwartete mich. Sobald er mich kommen sah, lief er mir voraus, trat vor mir ein, wie um mich im Empfangssaal zu melden; dann, als ich eingetreten war, nahm er in dem Vorzimmer wieder den Platz ein, der sich für ihn geziemte.

Wie für John und Patrick war das Gespenst für jedermann unsichtbar.

Nun verwandelte sich meine Furcht in Entsetzen, und ich sah ein, daß ich tatsächlich wahnsinnig würde.

Von diesem Abend an bemerkte man die Veränderung, die in mir vorging. Jedermann fragte mich, welche Sorgen mich quälten.

Ich fand mein Gespenst im Vorzimmer wieder. Wie bei meiner Ankunft eilte es mir auf dem Heimweg voraus, kehrte mit mir nach Hause und hinter mir in mein Zimmer zurück und setzte sich wie die Nacht zuvor in den Sessel. Nun wollte ich mich überzeugen, ob etwas Wirkliches und besonders etwas Fühlbares an dieser Erscheinung wäre. Ich nahm meinen ganzen Mut zusammen und setzte mich rückwärtsschreitend in den Sessel. Ich fühlte nichts, aber ich sah den Gerichtsdiener im Spiegel hinter mir stehen. Wie am Abend zuvor legte ich mich ins Bett, aber erst gegen ein Uhr. Sobald ich im Bett lag, sah ich ihn wieder auf seinem Sessel.

Am folgenden Morgen verschwand er.

Die Erscheinung dauerte einen Monat.

Dann fehlte sie entgegen ihrer Gewohnheit und blieb einen Tag aus.

Diesmal glaubte ich nicht mehr an ein gänzliches Verschwinden wie das erste Mal, sondern an irgendeine schreckliche Veränderung, und statt mein Alleinsein zu genießen, erwartete ich den nächsten Tag voller Entsetzen.

Am andern Tag hörte ich beim letzten Schlag der sechsten Stunde ein leises Rauschen in den Vorhängen meines Bettes, und an der Wand erblickte ich ein Skelett.

Das Skelett stand regungslos dort und blickte mich mit seinen hohlen Augen an.

Ich stand auf, machte mehrere Gänge in meinem Zimmer – der Totenkopf folgte allen meinen Bewegungen. Die Augen verließen mich keinen Augenblick, der Körper blieb regungslos.

Diese Nacht hatte ich nicht den Mut, mich zu Bett zu legen. Ich schlief, oder ich blieb vielmehr mit geschlossenen Augen im Lehnstuhl sitzen, in dem sonst das Gespenst saß, nach dessen Gegenwart ich mich nun sogar sehnte. Mit Tagesanbruch verschwand das Skelett.

Am Abend befahl ich John, mein Bett von der Stelle zu rücken und die Vorhänge sehr gut zuzuziehen.

Beim letzten Schlag der sechsten Stunde hörte ich dasselbe Rauschen, ich sah die Vorhänge sich bewegen, dann erblickte ich zwei Knochenhände, die die Vorhänge meines Bettes zurückschlugen, dann nahm das Skelett seinen Platz ein wie die Nacht zuvor.

Doch jetzt hatte ich den Mut, mich zu Bett zu legen.

Der Kopf, der wie tags zuvor allen meinen Bewegungen gefolgt war, neigte sich nun zu mir. Die hohlen Augen, die mich wie in der vorhergehenden Nacht keinen Augenblick aus dem Blick verloren hatten, hefteten sich auf mich.«

Am folgenden Tag kam der Doktor um sieben Uhr morgens in das Zimmer seines Freundes.

»Nun«, fragte er ihn, »was macht das Skelett?«

»Es ist soeben verschwunden«, antwortete dieser mit schwacher Stimme.

»Gut, wir wollen es so einrichten, daß es heute nacht nicht wiederkommt.«

»Tun Sie es.«

»Sie sagen, daß es mit dem letzten Schlag der sechsten Stunde kommt?«

»Jedesmal.«

»Gut, fangen wir damit an, die Uhr anzuhalten«, und er hielt das Pendel an.

»Was wollen Sie tun?«

»Ich will Ihnen die Möglichkeit nehmen, die Zeit zu erkennen.«

»Gut.«

»Jetzt wollen wir die Läden schließen und die Vorhänge der Fenster zuziehen.«

»Warum das?«

»Immer zu demselben Zweck, damit Sie nicht wissen, welche Tageszeit es ist.«

»Tun Sie es.«

Die Läden wurden zugemacht, die Vorhänge zugezogen, und wir zündeten Kerzen an.

»Halten Sie ein Frühstück und ein Mittagessen bereit, John«, sagte der Doktor, »wir wollen nicht zu bestimmten Stunden bedient sein, sondern nur dann, wenn ich rufen werde.«

»Sie hören, John«, sagte der Kranke.

»Ja, Herr.«

»Dann geben Sie uns Karten, Würfel, Dominos, und lassen Sie uns allein.«

John brachte die verlangten Gegenstände und entfernte sich.

Der Doktor begann damit, den Kranken nach Kräften zu zerstreuen, indem er bald plauderte, bald mit ihm spielte; dann, als er Hunger hatte, läutete er.

John brachte das Frühstück.

Nach dem Frühstück begann das Spiel wieder und wurde später durch ein neues Läuten des Doktors unterbrochen.

John brachte das Mittagessen. Sie aßen und tranken, nahmen Kaffee und spielten weiter. So für sich gelassen erschien ihnen der Tag lang. Der Arzt glaubte, daß die verhängnisvolle Stunde vorüber sein mußte.

»Nun denn!« stand er auf, »Viktoria.«

»Wie, Viktoria?« fragte der Kranke.

»Es muß zweifellos zum mindesten acht bis neun Uhr sein, und das Skelett ist nicht gekommen.«

»Sehen Sie nach Ihrer Uhr, Doktor, und wenn die Stunde vorüber ist, so werde ich wie Sie Viktoria rufen.«

Der Doktor sah nach seiner Uhr, sagte aber nichts.

»Sie hatten sich geirrt, nicht wahr, Doktor?« sagte der Kranke, »es ist gerade sechs Uhr.«

»Ja.«

»Nun, da tritt auch das Skelett ein.«

Und der Kranke warf sich mit einem tiefen Seufzer zurück.

Der Arzt blickte nach allen Seiten.

»Wo sehen Sie es denn?« fragte er.

»An seinem gewöhnlichen Platz, hinter meinem Bett, zwischen den Vorhängen.«

Der Doktor stand auf, zog das Bett vor und nahm zwischen den Vorhängen den Platz ein, den das Skelett einnehmen sollte.

»Und jetzt«, sagte er, »sehen Sie es immer noch?«

»Ich sehe nicht mehr den untern Teil seines Körpers, da der Ihre es mir verbirgt, aber ich sehe seinen Schädel.«

»Wo?«

»Über Ihrer rechten Schulter. Es ist, als ob Sie zwei Köpfe hätten, einen lebenden und einen toten.«

So ungläubig der Arzt auch war, er schauderte doch unwillkürlich. Er wandte sich um, aber er sah nichts.

»Mein Freund«, sagte er traurig, indem er zu dem Kranken zurückkehrte, »wenn Sie noch kein Testament gemacht haben, so beeilen Sie sich.« Und er entfernte sich.

Als John neun Tage später in das Zimmer seines Herrn trat, fand er ihn tot in seinem Bett.

Es waren genau drei Monate seit der Hinrichtung des Räubers vergangen . . .

Der seltsame Fall
des Sir Arthur Carmichael

Agatha Christie

Nach den Aufzeichnungen des hervorragenden Psychologen
Dr. Edward Carstairs, M.D.

Ich bin mir vollkommen klar, daß man die seltsamen und tragischen Ereignisse, die ich hier niederschreibe, auf zwei völlig verschiedene Weisen betrachten kann. Meine eigene Ansicht darüber stand allerdings immer fest. Man hat mich überredet, die Geschichte ausführlich aufzuzeichnen, und ich glaube wirklich, daß man der Wissenschaft zuliebe verpflichtet ist, derartige seltsame und unerklärliche Tatsachen nicht in Vergessenheit geraten zu lassen.

Was mich zuerst mit dieser Angelegenheit in Kontakt brachte, war ein Telegramm meines Freundes Dr. Settle. Bis auf die Nennung des Namens Carmichael war das Telegramm keineswegs deutlich, aber seiner Aufforderung entsprechend, nahm ich den Zug, der um 12.20 von Paddington nach Wolden in der Grafschaft Herfordshire abging.

Der Name Carmichael war mir nicht unbekannt. Obgleich ich den verstorbenen Sir William Carmichael of Wolden in den letzten elf Jahren nicht mehr gesehen hatte, waren wir doch flüchtig miteinander bekannt gewesen. Er hatte, wie ich wußte, einen Sohn, den gegenwärtigen Baronet, der inzwischen ein junger Mann von dreiundzwanzig Jahren sein mußte. Dunkel erinnerte ich mich ferner der Gerüchte über Sir Williams zweite Ehe; bis auf einen undeutlichen Eindruck, der für die zweite Lady Carmichael nachteilig war, fielen mir jedoch keine Einzelheiten ein.

Settle erwartete mich am Bahnhof.

»Nett von dir, daß du gekommen bist«, sagte er.

»Das ist doch selbstverständlich. Soviel ich begriffen habe, scheint es sich um einen Fall zu handeln, der in mein Gebiet fällt?«

»Haargenau!«

»Also ein Fall von Geisteskrankheit?« fragte ich. »Hat er irgendwelche besonderen Kennzeichen?«

Wir hatten inzwischen mein Gepäck abgeholt, saßen in einem Dogcart und fuhren vom Bahnhof in Richtung »Wolden«, das etwa drei Meilen entfernt war. Settle beantwortete meine Frage zuerst nicht. Dann brach es plötzlich aus ihm heraus.

»Die ganze Geschichte ist vollkommen unbegreiflich! Da ist ein junger Mann, dreiundzwanzig Jahre alt und in jeder Hinsicht durchaus normal. Ein netter, liebenswerter Junge mit nicht mehr als der ihm zustehenden Portion Blasiertheit, vielleicht kein brillanter Intellektueller, aber ein typisches Exemplar des jungen Engländers aus der normalen Oberschicht. Geht eines Abends, gesund und munter wie üblich, zu Bett, und am nächsten Morgen wird er im Dorf aufgegriffen, wo er in halb idiotischem Zustand umherwandert und nicht einmal seine nächsten und liebsten Mitmenschen erkennt.«

»Aha!« sagte ich interessiert. Dieser Fall versprach tatsächlich, äußerst interessant zu werden. »Vollständiger Verlust des Gedächtnisses? Und das passierte . . .?«

»Gestern vormittag. Am neunten August.«

»Und vorausgegangen ist nichts – kein Schock, soweit dir bekannt ist –, keine Erklärung für diesen Zustand?«

»Nichts.«

Plötzlich wurde ich mißtrauisch.

»Verschweigst du mir irgend etwas?«

»N-nein.«

Sein Zögern bestärkte mein Mißtrauen.

»Ich muß alles wissen.«

»Mit Arthur hat es nichts zu tun. Es hängt mit – mit dem Haus zusammen.«

»Mit dem Haus«, wiederholte ich erstaunt.

»Du hast dich doch häufig mit derartigen Dingen zu beschäftigen, nicht wahr, Carstairs? Du hast doch selbst sogenannte ›Spukhäuser‹ untersucht. Was hältst du von solchen Erscheinungen?«

»In neun von zehn Fällen sind sie reiner Schwindel«, erwiderte ich. »Der zehnte allerdings – nun ja, ich bin dabei auf Phänomene gestoßen, die vom gewöhnlichen materialistischen Standpunkt aus absolut unerklärbar sind. Ich bin überzeugt, daß es gewisse *occulta* gibt.«

Settle nickte. Wir waren gerade in den Park eingebogen. Mit der Peitsche deutete er auf ein flaches weißes Herrenhaus am Abhang des Hügels.

»Das ist das Haus«, sagte er. »Und – irgend etwas steckt in diesem Haus, irgend etwas Unheimliches, Entsetzliches. Wir alle spüren es ... Und ich bin wirklich kein abergläubischer Mensch ...«

»In welcher Art äußert es sich?« fragte ich.

Er starrte vor sich hin. »Mir wäre es lieber, wenn du es vorher nicht weißt. Verstehst du: Wenn du – unvoreingenommen – hierherkommst – nichts Genaues weißt – und es dann auch siehst – vielleicht ...«

»Gut«, sagte ich, »sicher ist es besser so. Ich wäre allerdings froh, wenn du mir ein bißchen mehr über die Familie erzählen würdest.«

»Sir William«, sagte Settle, »war zweimal verheiratet. Arthur ist das Kind aus erster Ehe. Vor neun Jahren heiratete er noch einmal, und die gegenwärtige Lady Carmichael ist so etwas wie ein Geheimnis. Sie ist Halbengländerin, und im übrigen nehme ich beinahe an, daß asiatisches Blut in ihren Adern fließt.«

Er verstummte.

»Settle«, sagte ich, »du magst Lady Carmichael nicht.«

Er gab es offen zu. »Das stimmt. Auf mich macht sie immer den Eindruck, als läge irgend etwas Unheilvolles über ihr. Um aber weiterzuberichten: Von seiner zweiten Frau hatte Sir William ebenfalls ein Kind, auch einen Jungen, der jetzt acht Jahre alt ist. Sir William starb vor drei Jahren, und Arthur erbte den Titel und Besitz. Seine Stiefmutter und sein Halbbruder wohnen weiterhin bei ihm in ›Wolden‹. Der Besitz ist, was du auch wissen mußt, ziemlich heruntergewirtschaftet. Fast die gesamten Einnahmen Sir Arthurs gehen für die Erhaltung drauf. Mehr als ein paar hundert Pfund konnte Sir William seiner Frau nicht vermachen, aber glücklicherweise ist Arthur mit seiner Stiefmutter immer glänzend ausgekommen, und so war er äußerst froh, daß sie weiterhin bei ihm wohnt. Dann . . .«

»Ja?«

»Vor zwei Monaten verlobte Arthur sich mit Miss Phyllis Patterson, einem bezaubernden Mädchen.« Mit gedämpfter Stimme, in der ein Anflug von Mitgefühl anklang, fügte er noch hinzu: »Nächsten Monat wollten sie heiraten. Sie ist jetzt hier. Ihren Kummer kannst du dir vorstellen . . .«

Wortlos nickte ich.

Wir fuhren jetzt auf das Haus zu. Zu unserer Rechten fiel der grüne Rasen sanft ab. Und plötzlich erblickte ich ein äußerst reizvolles Bild. Ein junges Mädchen kam langsam über den Rasen zum Haus. Sie trug keinen Hut, und die Sonne steigerte den Glanz ihres wundervollen Haares. In der Hand trug sie einen großen Korb mit Rosen, und eine wunderschöne Perserkatze strich liebevoll um ihre Füße.

Fragend sah ich Settle an.

»Das ist Miss Patterson«, sagte er.

»Armes Mädchen«, sagte ich, »armens Mädchen. Welch ein Bild: sie mit den Rosen und der grauen Katze.«

Ich hörte einen leisen Laut und blickte meinen Freund erstaunt an. Die Zügel waren ihm aus den Fingern geglitten, und sein Gesicht war totenblaß.

»Was ist los?« rief ich.

Mühsam faßte er sich.

»Nichts«, sagte er, »nichts . . .«

Wenige Augenblicke später hielten wir vor dem Haus. Ich folgte ihm in das grüne Wohnzimmer, wo der Teetisch gedeckt war.

Eine immer noch schöne Frau mittleren Alters erhob sich bei

unserem Eintritt und kam uns mit ausgestreckter Hand entgegen.

»Lady Carmichael, das ist mein Freund Dr. Carstairs.«

Ich kann die instinktive Welle der Abneigung nicht beschreiben, die mich überschwemmte, als ich die mir dargebotene Hand dieser bezaubernden und stattlichen Frau ergriff, die sich mit jener dunklen und sinnlichen Anmut bewegte, aus der Settle auf orientalisches Blut geschlossen hatte.

»Es ist reizend von Ihnen, Dr. Carstairs, daß Sie gekommen sind«, sagte sie mit leiser klangvoller Stimme, »und daß Sie versuchen wollen, uns in unseren großen Schwierigkeiten zu helfen.«

Ich gab irgendeine triviale Antwort, und sie reichte mir meine Teetasse.

Wenige Minuten später betrat das Mädchen, das ich draußen auf dem Rasen gesehen hatte, ebenfalls das Zimmer. Die Katze war nicht mitgekommen, aber den Korb mit den Rosen hielt sie immer noch in der Hand.

Settle stellte mich vor, und das Mädchen sagte impulsiv: »Oh, Dr. Carstairs! Dr. Settle hat uns schon so viel von Ihnen erzählt. Und ich habe das sichere Gefühl, daß Sie etwas für den armen Arthur tun können.«

Miss Patterson war wirklich ein überaus reizendes Mädchen, obgleich ihre Wangen blaß und ihre Augen von tiefen Schatten umgeben waren.

»Meine liebe junge Dame«, sagte ich tröstend, »Sie dürfen jetzt nicht verzweifeln. Diese Fälle von Gedächtnisschwund oder Persönlichkeitsspaltung sind häufig von sehr kurzer Dauer. In jedem Augenblick kann der Patient die volle Gewalt über sich selbst zurückerlangen.«

Sie schüttelte den Kopf. »Ich kann mir nicht vorstellen, daß es sich um Persönlichkeitsspaltung handelt«, sagte sie. »Dieser Mensch ist etwas ganz anderes als Arthur. Diese Persönlichkeit hat mit ihm überhaupt nichts zu tun. Das ist nicht Arthur. Ich . . .«

Und irgend etwas an dem Ausdruck jener Augen, die auf dem

Mädchen ruhten, verrieten mir, daß Lady Carmichael für ihre zukünftige Schwiegertochter nicht allzuviel übrig hatte.

Miss Patterson lehnte die Tasse Tee ab, und um die Unterhaltung auf ein unverfängliches Thema zu bringen, sagte ich: »Bekommt Ihr Kätzchen jetzt seine Schale Milch?«

Verwundert blickte sie mich an.

»Das – das Kätzchen?«

»Ja – das Kätzchen, das vor wenigen Augenblicken im Garten bei Ihnen war . . .«

Ein schepperndes Klirren unterbrach mich. Lady Carmichael hatte die Teekanne umgestoßen, und das heiße Wasser ergoß sich auf den Fußboden. Ich behob den Schaden, und Miss Patterson sah Settle fragend an. Settle erhob sich.

»Vielleicht willst du dir den Patienten einmal anschauen, Carstairs?«

Ich folgte ihm sofort. Miss Patterson begleitete uns. Wir gingen die Treppe hoch, und Settle holte einen Schlüssel aus der Tasche.

»Manchmal geht er auf und davon«, erklärte er. »Deshalb schließe ich die Tür gewöhnlich ab, wenn ich das Haus verlasse.«

Er steckte den Schlüssel in das Schloß, und wir traten ein.

Ein junger Mann saß am Fenster, durch das die letzten Strahlen der untergehenden Sonne breit und gelblich hereinfielen. Er saß merkwürdig ruhig, beinahe zusammengekauert, und jeder Muskel seines Körpers schien angespannt zu sein. Zuerst glaubte ich, unsere Gegenwart wäre ihm gar nicht bewußt, bis ich plötzlich sah, daß er uns gespannt beobachtete, obgleich seine Augenlider sich überhaupt nicht bewegten. Seine Augen blickten zu Boden, als ich ihn ansah, und er blinzelte. Aber er rührte sich nicht.

»Steh auf, Arthur«, sagte Settle aufmunternd. »Miss Patterson und ein Freund von mir wollen dich besuchen.«

Aber der junge Mann am Fenster blinzelte nur. Dennoch merkte ich wenig später, daß er uns wieder beobachtete – heimlich und verstohlen.

»Möchtest du eine Tasse Tee?« fragte Settle immer noch laut und aufmunternd, als spräche er mit einem Kind.

Er stellte eine Tasse Milch auf den Tisch. Überrascht zog ich die Augenbrauen hoch, und Settle lächelte.

»Eine merkwürdige Sache«, sagte er, »aber er rührt nur noch Milch an.«

Im nächsten Augenblick rollte Sir Arthur sich, ohne sich ungebührlich zu beeilen, auseinander, Glied für Glied, und ging langsam zum Tisch hinüber. Ich merkte plötzlich, daß seine Bewegungen vollkommen lautlos waren und seine Füße beim Gehen kein noch so leises Geräusch verursachten. Und als er den Tisch erreicht hatte, streckte er sich gewaltig, indem er das eine Bein weit nach vorne stellte und das andere nach hinten reckte. Diese Stellung trieb er bis zur äußersten Grenze, und dann gähnte er. Noch nie hatte ich ein derartiges Gähnen erlebt! Es schien sein ganzes Gesicht zu verschlucken.

Dann wandte er seine Aufmerksamkeit der Milch zu und beugte den Kopf zum Tisch hinunter, bis seine Lippen die Flüssigkeit berührten.

Settle beantwortete meinen fragenden Blick.

»Die Hände benutzt er überhaupt nicht mehr. Ist anscheinend in ein primitives Stadium zurückverfallen. Merkwürdig, was?«

Die Milch war schließlich ausgetrunken, und noch einmal reckte Arthur Carmichael sich, um dann mit den gleichen geräuschlosen Schritten zum Fenster zurückzukehren, wo er sich zusammengekauert wieder hinsetzte und uns anblinzelte.

Miss Patterson zog uns in den Korridor hinaus. Sie zitterte am ganzen Körper.

»Oh, Dr. Carstairs!« rief sie. »Das ist nicht Arthur – das da drinnen ist nicht Arthur! Ich würde es spüren – ich würde es wissen . . .«

Betrübt schüttelte ich den Kopf.

»Der Verstand kann einem manchmal seltsame Streiche spielen, Miss Patterson«, sagte ich.

Ich gestehe, daß der Fall mich irritierte. Er besaß einige ungewöhnliche Züge. Obgleich ich den jungen Carmichael bisher noch nie gesehen hatte, erinnerten mich seine merkwürdige Art des Gehens und die Art, wie er blinzelte, an irgend etwas, das ich nirgends richtig einordnen konnte.

Das Abendessen an jenem Abend war eine schweigsame Angelegenheit, und die Hauptlast der Unterhaltung lag auf Lady Carmichael und mir. Als die Damen sich zurückzogen, fragte mich Settle, was für einen Eindruck unsere Gastgeberin auf mich machte.

»Ich muß gestehen«, sagte ich, »daß ich ohne Grund und Veranlassung eine starke Abneigung gegen sie empfinde. Du hattest völlig recht damit, daß sie östliches Blut hat, und ich möchte fast sagen, daß sie deutliche okkulte Kräfte besitzt. Sie ist eine Frau von fast magnetischer Anziehungskraft.«

Settle schien etwas sagen zu wollen, beherrschte sich dann jedoch und bemerkte lediglich nach kurzer Pause: »Ihrem kleinen Sohn ist sie restlos ergeben.«

Nach dem Abendessen saßen wir wieder im grünen Wohnzimmer. Wir hatten gerade den Kaffee getrunken und unterhielten uns ziemlich förmlich über die Themen des Tages, als die Katze anfing, vor der Tür zu miauen. Niemand nahm davon Notiz, und da ich Tiere sehr gern habe, erhob ich mich kurz darauf.

»Darf ich das arme Tier hereinlassen?« fragte ich Lady Carmichael.

Ihr Gesicht wirkte sehr blaß, wie mir schien, aber mit dem Kopf machte sie eine leichte Bewegung, die ich als Zustimmung deutete, so daß ich zur Tür ging und öffnete. Draußen im Korridor war jedoch nichts zu sehen.

»Seltsam«, sagte ich. »Ich hätte schwören können, eine Katze gehört zu haben.«

Als ich zu meinem Sessel zurückging, fiel mir auf, daß alle mich gespannt beobachteten. Irgendwie fühlte ich mich dadurch etwas unbehaglich.

Wir gingen zeitig zu Bett. Settle begleitete mich in mein Zimmer. »Hast du alles, was du brauchst?« fragte er und sah sich um.

»Ja – danke.«

Immer noch stand er mißmutig in meinem Zimmer herum, als wollte er etwas sagen, könnte sich jedoch nicht dazu entschließen.

»Übrigens«, bemerkte ich, »hast du gesagt, daß an diesem Haus etwas Unheimliches wäre. Bis jetzt macht es jedoch einen äußerst normalen Eindruck.«

»Bezeichnest du es etwa als ein fröhliches Haus?«

»Unter den gegebenen Umständen wohl kaum. Offensichtlich ist es von einem großen Kummer überschattet. Aber hinsichtlich irgendwelcher anormalen Einflüsse würde ich ihm jederzeit ein Unbedenklichkeitsattest ausstellen.«

»Gute Nacht«, sagte Settle unvermittelt. »Und angenehme Träume.«

Träumen tat ich allerdings. Miss Pattersons graue Katze schien selbst auf meine Seele einen tiefen Eindruck gemacht zu haben. Zumindest hatte ich das Gefühl, die ganze Nacht nur von diesem elenden Tier geträumt zu haben.

Mit einem Ruck aus dem Schlaf hochfahrend, wurde mir plötzlich klar, was diese Katze zwangsweise in meine Gedanken einschaltete. Das Geschöpf saß vor meiner Tür und miaute beharrlich. Unmöglich zu schlafen, solange dieser Lärm andauerte. Ich zündete also meine Kerze an und ging zur Tür. Aber im Korridor vor meinem Zimmer war niemand, obgleich das Miauen weiterging. Ein neuer Gedanke kam mir. Das unglückliche Tier war vielleicht irgendwo eingeschlossen und konnte nicht wieder heraus. Links von meiner Tür war der Korridor zu Ende, und dort lag Lady Carmichaels Zimmer. Ich wandte mich daher nach rechts und hatte gerade erst ein paar Schritte gemacht, als der Lärm plötzlich hinter mir losging. Ich fuhr herum, dann hörte ich es wieder – diesmal ganz deutlich rechts von mir.

Irgend etwas – wahrscheinlich die kalte Zugluft auf dem Korridor – ließ mich erschauern, und ich kehrte direkt in mein Zimmer zurück. Alles war jetzt still, und bald darauf war ich wieder eingeschlafen – um am Morgen eines strahlenden Sommertages aufzuwachen.

Während ich mich ankleidete, sah ich von meinem Fenster aus

den Störenfried der Nachtruhe. Die graue Katze schlich langsam und heimlich über den Rasen. Ihr Angriffsziel war meiner Ansicht nach ein kleiner Vogelschwarm, der ganz in der Nähe damit beschäftigt war, laut zu schilpen und sich zu putzen.

Und dann passierte etwas sehr Merkwürdiges. Die Katze kam heran und ging mitten zwischen den Vögeln hindurch, wobei ihr Fell die Vögel beinahe berührte – und sie flogen nicht auf. Ich konnte es nicht begreifen; die Geschichte schien mir unfaßlich.

Sie beeindruckte mich so sehr, daß ich beim Frühstück nicht umhin konnte, sie zu erwähnen.

»Wissen Sie eigentlich«, sagte ich zu Lady Carmichael, »daß Sie eine sehr ungewöhnliche Katze besitzen?«

Ich hörte das Klirren einer Tasse auf einer Untertasse und bemerkte, daß Miss Patterson mich – den Mund leicht geöffnet und schnell atmend – erwartungsvoll anstarrte.

Es folgte eine minutenlange Stille, und dann sagte Lady Carmichael in einer deutlich mißbilligenden Weise: »Ich glaube, Sie haben sich geirrt. In diesem Haus gibt es keine Katze. Noch nie habe ich eine Katze besessen.«

Es war klar, daß es mir gelungen war, mitten in ein Fettnäpfchen zu treten, und so wechselte ich schnell das Thema.

Aber die Angelegenheit irritierte mich. Warum hatte Lady Carmichael erklärt, im ihrem Hause gäbe es keine Katze? Gehörte sie vielleicht Miss Patterson, und wurde ihre Anwesenheit der Haushrrin gegenüber verheimlicht? Vielleicht hatte Lady Carmichael eine dieser seltsamen Antipathien gegen Katzen, die man heutzutage so oft antrifft.

Diese Erklärung war zwar nicht gerade plausibel, aber es blieb mir ihm Augenblick nichts anderes übrig, als mich mit ihr zufriedenzugeben.

Unser Patient befand sich noch im gleichen Zustand. Dieses Mal untersuchte ich ihn gründlich und konnte ihn genauer beobachten als am Abend zuvor. Auf meinen Vorschlag hin wurde das Notwendige veranlaßt, daß er möglichst oft mit der Familie zusammensein konnte. Ich hoffte nicht nur, so eine bessere Gelegenheit zu bekommen, ihn zu beobachten, da er weniger auf der

Hut sein würde, sondern auch, daß der übliche Tagesablauf irgendeinen Funken von Intelligenz erwecken würde. Sein Verhalten blieb jedoch unverändert. Er war ruhig und fügsam, wirkte beinahe gedankenlos, war jedoch in Wirklichkeit von gespannter und fast unheimlicher Wachsamkeit. Zumindest eines bedeutete allerdings eine Überraschung für mich: seine innige Zuneigung zur Stiefmutter. Miss Patterson übersah er völlig; aber immer gelang es ihm, so dicht wie möglich neben Lady Carmichael zu sitzen, und einmal sah ich, wie er – ein einfältiger Ausdruck der Liebe – seinen Kopf an ihrer Schulter rieb.

Der Fall machte mir Sorgen. Immer wieder hatte ich jedoch das Gefühl, daß es irgendeinen Hinweis auf die ganze Angelegenheit geben müßte, der mir bisher entgangen war.

»Ein äußerst seltsamer Fall«, sagte ich zu Settle.

»Ja«, sagte er, »und sehr – sehr suggestiv.«

Er blickte mich an, meiner Ansicht nach ziemlich unsicher.

»Sag mal – erinnert Arthur dich vielleicht an irgend etwas?«

Seine Worte waren mir unangenehm, da sie mich an meinen Eindruck vom Vortag erinnerten.

»An was soll er mich erinnern?« fragte ich.

Er schüttelte den Kopf.

»Vielleicht ist es auch nur Einbildung«, murmelte er, »nichts als Einbildung.«

Und mehr wollte er zu der Angelegenheit nicht sagen.

Alles in allem steckte in dem Fall irgendein Geheimnis. Ich war immer noch ganz besessen von dem verwirrenden Gefühl, jenen Hinweis übersehen zu haben, der den Schlüssel zu allem bildete. Und in einem weniger wichtigen Punkte steckte ebenfalls ein Geheimnis. Ich meine die belanglose Sache mit der grauen Katze. Aus irgendeinem Grund ging die Geschichte mir auf die Nerven. Ich träumte von Katzen, und ständig bildete ich mir ein, ihr Miauen zu hören. Hin und wieder sah ich das bildschöne Tier flüchtig von weitem. Und die Tatsache, daß mit ihm irgendein Geheimnis verbunden war, ärgerte mich maßlos. Einem plötzlichen Impuls folgend, wandte ich mich eines Nachmittags an den Diener, um von ihm etwas zu erfahren.

»Können Sie«, sagte ich, »mir vielleicht etwas über die Katze verraten, die ich hier gesehen habe?«

»Über die Katze, Sir?« Er machte einen höflich erstaunten Eindruck.

»Gab es hier – gibt es hier – keine Katze?«

»Ihre Ladyship besaßen einmal eine Katze, Sir. Ein sehr hübsches Tier. Sie mußte jedoch beseitigt werden. Ein Jammer, denn das Tier war wirklich bildschön.«

»War es eine graue Katze?« fragte ich langsam.

»Ja, Sir. Eine Perserkatze.«

»Und sie wurde getötet?«

»Ja, Sir.«

»Sind Sie ganz sicher, daß sie getötet wurde?«

»Vollkommen sicher, Sir. Ihre Ladyship wollte den Tierarzt nicht kommen lassen – sondern taten es selbst. Vor knapp einer Woche. Das Tier wurde dann unter der Rotbuche begraben, Sir.«

Nach diesen Worten verließ er das Zimmer und überließ mich meinen Gedanken.

Warum hatte Lady Carmichael so entschieden behauptet, sie hätte nie eine Katze besessen? Intuitiv hatte ich das Gefühl, diese an sich belanglose Angelegenheit mit der Katze sei in gewisser Weise bedeutungsvoll. Ich fand Settle und nahm ihn beiseite.

»Settle«, sagte ich, »ich möchte dich etwas fragen. Hast du in diesem Haus bisher eine Katze sowohl gesehen als auch gehört – oder nicht?«

Meine Frage schien ihn keineswegs zu überraschen; er schien sie direkt erwartet zu haben.

»Gehört habe ich sie«, sagte er, »aber gesehen noch nicht.«

»Aber damals bei meiner Ankunft!« rief ich. »Auf dem Rasen, zusammen mit Miss Patterson!«

Er sah mich fest an.

»Ich sah Miss Patterson über den Rasen gehen. Sonst nichts.«

Ich begann zu begreifen. »Dann«, sagte ich, »ist die Katze . . .«

Er nickte.

»Ich wollte feststellen, ob du . . . unvoreingenommen – hören würdest, was wir alle hören . . .«

»Ihr anderen hört es also auch?«

Wieder nickte er.

»Es ist seltsam«, murmelte ich nachdenklich. »Bisher habe ich keinen Fall gekannt, in dem eine Katze in einem Haus spukt.«

Ich erzählte ihm, was ich von dem Diener erfahren hatte, und er sagte überrascht: »Das ist mir völlig neu! Das habe ich bisher nicht gewußt!«

»Aber was hat es zu bedeuten?« fragte ich einigermaßen hilflos.

Er schüttelte den Kopf. »Das weiß der Himmel! Aber eines will ich dir sagen, Carstairs – ich habe Angst. Die – die Stimme hat einen drohenden Klang.«

»Drohend?« wiederholte ich scharf. »Für wen?«

Er breitete ratlos die Hände aus. »Das kann ich nicht sagen.«

Erst abends, nach dem Essen, erkannte ich die Bedeutung seiner Worte. Wir saßen im grünen Wohnzimmer, wie schon am Abend meiner Ankunft, als es erklang – das laute beharrliche Miauen einer Katze vor der Tür. Aber diesmal klang es unmißverständlich verärgert – ein wütendes Katzenheulen, langgezogen und drohend. Und dann, als es verstummte, klapperte draußen der messingne Ring, als spielte eine Katze mit ihm.

Settle fuhr zusammen.

»Ich schwöre, daß es keine Einbildung ist«, rief er.

Er lief zur Tür und riß sie auf.

Draußen war nichts zu sehen.

Als er zurückkam, wischte er sich die Stirn ab. Phyllis war blaß und zitterte, Lady Carmichael hingegen war totenblaß. Nur Arthur, der – zufrieden wie ein Kind – auf dem Fußboden hockte und seinen Kopf gegen die Knie seiner Stiefmutter gelehnt hatte, war ruhig und unbeeindruckt.

Miss Patterson legte ihre Hand auf meinen Arm, und wir gingen nach oben.

»Oh, Dr. Carstairs«, sagte sie verzweifelt. »Was soll das? Was hat es zu bedeuten?«

»Das wissen wir noch nicht, meine liebe junge Dame«, sagte ich. »Aber ich bin fest entschlossen, es herauszufinden. Sie dürfen jedoch keine Angst haben. Ich bin überzeugt, daß Sie persönlich vollkommen ungefährdet sind.«

Zweifelnd blickte sie mich an. »Das glauben Sie?«

»Ich bin davon überzeugt«, erwiderte ich fest. Ich erinnerte mich der liebevollen Art, wie die Katze um ihre Füße gestrichen war, und hegte nicht die geringsten Befürchtungen. Die Drohung galt nicht ihr.

Eine Zeitlang döste ich vor mich hin, aber schließlich fiel ich in einen unruhigen Schlaf, aus dem ich mit einem Gefühl des Entsetzens aufschrak. Ich hörte ein kratzendes, lärmendes Geräusch, als würde Stoff gewaltsam zerrissen oder zerfetzt. Ich sprang aus dem Bett und lief auf den Korridor; im gleichen Augenblick stürzte Settle aus seinem gegenüberliegenden Zimmer. Das Geräusch kam von links.

»Hast du es auch gehört, Carstairs?« rief er. »Hast du es auch gehört?«

Mit wenigen Schritten waren wir an Lady Carmichaels Tür. Nichts war uns entgegengekommen; das Geräusch war jedoch verstummt. Unsere Kerzen spiegelten sich in der glänzenden Tür von Lady Carmichaels Zimmer. Wir sahen uns um.

»Weißt du, was das war?« flüsterte er beinahe.

Ich nickte. »Eine Katze hat mit ihren Krallen irgend etwas zerfetzt.«

Ein Schauder überlief mich. Plötzlich schrie ich leise auf und hielt die Kerze, die ich in der Hand hatte, tiefer.

»Sieh dir das an, Settle!«

»Das« war ein Sessel, der an der Wand stand – und sein Sitz war in lange Streifen gerissen und zerfetzt . . .

Wir betrachteten ihn aufmerksam. Settle sah mich an, und ich nickte.

»Katzenkrallen«, sagte er und holte tief Luft. »Unmißverständlich.« Sein Blick wanderte vom Sessel zur verschlossenen Tür. »Die Drohung gilt ihr – Lady Carmichael!«

In dieser Nacht konnte ich nicht mehr schlafen. Die Dinge hatten sich bis zu einem Punkt entwickelt, an dem irgend etwas geschehen mußte. Soweit ich die Angelegenheit übersah, gab es nur einen einzigen Menschen, der den Schlüssel zu allem in der Hand hielt. Ich hatte den Verdacht, daß Lady Carmichael mehr wußte, als sie sagen wollte.

Sie war totenblaß, als sie am nächsten Morgen herunterkam, und stocherte lustlos auf ihrem Teller herum. Ich war überzeugt, daß nur eiserne Entschlossenheit sie vor einem Zusammenbruch bewahrte. Nach dem Frühstück bat ich sie um eine kurze Unterredung. Ich kam sofort zum Thema.

»Lady Carmichael«, sagte ich, »ich habe allen Grund zur Annahme, daß Sie sich in einer sehr ernsten Gefahr befinden.«

»Wirklich?« Herausfordernd und wunderbar unbeteiligt stellte sie diese Frage.

»In diesem Haus«, fuhr ich fort, »befindet sich irgend etwas – ist irgend etwas vorhanden –, das Ihnen sichtlich feindlich gesinnt ist.«

»So ein Unsinn«, murmelte sie erbost. »Als glaubte ich an derartiges Zeug!«

»Der Sessel vor Ihrer Tür«, bemerkte ich trocken, »wurde in der letzten Nacht zerfetzt.«

»Wirklich?« Mit hochgezogenen Augenbrauen spielte sie die Überraschte, aber ich sah, daß das, was ich erzählt hatte, ihr nicht neu war. »Wahrscheinlich irgendein dummer Spaß.«

»Das glaube ich nicht«, erwiderte ich voller Mitgefühl. »Und ich möchte, daß Sie mir jetzt – um Ihretwillen...« Ich verstummte.

»Was soll ich?« fragte sie.

»Mir alles erzählen, was in dieser Angelegenheit von Bedeutung sein könnte«, sagte ich ernst.

Sie lachte.

»Ich weiß nichts«, sagte sie, »absolut nichts!«

Und kein Hinweis auf die drohende Gefahr konnte sie veranlassen, ihre starre Haltung aufzugeben. Dennoch war ich überzeugt, daß sie in Wirklichkeit sehr viel mehr wußte als wir anderen, daß sie irgendeinen Hinweis besaß, von dem wir nicht das geringste ahnten. Ich sah jedoch auch, daß es unmöglich war, sie zum Sprechen zu bringen.

Ich beschloß indes, jede nur mögliche Vorsichtsmaßnahme zu ergreifen, da ich überzeugt war, daß sie von einer sehr realen und nahe bevorstehenden Gefahr bedroht war. Bevor sie am folgenden Abend auf ihr Zimmer ging, wurde der ganze Raum von Settle und mir gründlich durchsucht. Außerdem hatten wir abgemacht, daß er und ich abwechselnd im Korridor Wache halten würden.

Ich übernahm die erste Wache, die ohne Zwischenfall vorüberging, und um drei Uhr löste Settle mich ab. Nach der schlaflosen Nacht war ich müde und schlief sofort ein. Und dabei hatte ich einen höchst seltsamen Traum.

Ich träumte, die graue Katze säße am Fußende meines Bettes und ihre Augen wären merkwürdig flehend auf mich gerichtet. Mit der Sicherheit des Träumenden wußte ich auf einmal, daß das Tier mich aufforderte, ihm zu folgen. Das tat ich, und es führte mich die große Treppe hinunter und dann nach rechts, in den gegenüberliegenden Flügel des Hauses und in einen Raum, der offenbar die Bibliothek war. Dort blieb das Tier an der einen Wand stehen und hob dann seine Vorderpfote hoch und stützte sie auf eines der unteren Bücherregale; dabei blickte es mich wieder mit diesem rührenden bittenden Ausdruck an.

Auf einmal verschwanden Katze und Bibliothek; ich erwachte und stellte fest, daß es bereits Morgen war.

Auch Settles Wache war ohne Zwischenfall verlaufen; dafür interessierte er sich brennend für meinen Traum. Auf mein Verlangen hin führte er mich in die Bibliothek, die in jeder Einzelheit mit meinem Traumbild übereinstimmte. Ich konnte sogar genau auf die Stelle deuten, von der aus das Tier mir den letzten traurigen Blick zugeworfen hatte. Schweigend und verwirrt standen wir beide da. Plötzlich kam mir eine Idee, und ich bückte mich, um die Titel jener Bücher zu lesen, die an dieser einen Stelle standen. Dabei fiel mir auf, daß sich in der Reihe eine Lücke befand.

»Irgendein Buch ist hier herausgenommen worden«, sagte ich zu Settle.

Er beugte sich ebenfalls zu dem Regal hinunter.

»Nanu«, sagte er. »Hier hinten steckt ein Nagel, an dem ein Stück vom Umschlag des fehlenden Buches hängt.«

Sorgfältig löste er den kleinen Papierfetzen ab; das Stück war zwar nicht größer als knappe drei Zentimeter im Quadrat – aber zwei bedeutungsvolle Wörter standen darauf: »Die Katze . . .«

Wir sahen uns an.

»Jetzt läuft es mir doch kalt über den Rücken«, sagte Settle.

»Das ist verdammt unheimlich.«

»Ich würde alles darum geben«, sagte ich, »wenn ich wüßte, welches Buch hier fehlt. Glaubst du, es besteht die Möglichkeit, es irgendwie herauszubekommen?«

»Vielleicht existiert irgendwo ein Katalog. Vielleicht weiß Lady Carmichael . . .«

Ich schüttelte den Kopf.

»Von Lady Carmichael werden wir nicht das geringste erfahren.«

»Glaubst du?«

»Davon bin ich überzeugt. Während wir im dunkeln tappen und uns herumtasten, weiß Lady Carmichael genau Bescheid. Und aus Gründen, die nur sie allein kennt, sagt sie nicht ein einziges Wort. Lieber geht sie das entsetzliche Risiko ein, als ihr Schweigen aufzugeben.«

Der Tag verstrich so ereignislos, daß es mich an die Stille vor dem Sturm erinnerte. Und ich hatte das seltsame Gefühl, die Lösung des Problems stehe dicht bevor. Noch tastete ich völlig im dunkeln, aber bald würde ich alles erkennen. Die Tatsachen lagen vor aller Augen, klar und deutlich; es bedurfte nur eines kleinen erhellenden Hinweises, der sie zusammenschweißen und ihre Bedeutung zeigen würde.

Und genau das geschah. In der seltsamsten Weise.

Es geschah, als wir – wie gewöhnlich – nach dem Abendessen im grünen Wohnzimmer zusammensaßen. Wir waren sehr schweigsam gewesen – so still, daß eine kleine Maus quer durch das Zimmer rannte. Und im gleichen Augenblick passierte es.

Mit einem einzigen Satz sprang Arthur Carmichael von seinem Sessel. Sein zitternder Körper war pfeilschnell hinter der Maus her. Die Maus war hinter der Wandtäfelung verschwunden; er hockte jedoch geduckt davor, vor Eifer am ganzen Körper bebend, und wartete.

Es war entsetzlich! Noch nie hatte ich dieses lähmende Gefühl verspürt. Jetzt brauchte ich nicht mehr grübeln, an was Arthur Carmichael mich mit seinem lautlosen Gang und den wachsamen Augen erinnerte. Wie ein Blitz kam mir plötzlich die Erklärung – wild, unglaubhaft und unfaßlich. Ich wies sie als unmöglich zurück, als undenkbar. Aber ich konnte sie nicht aus meinen Überlegungen vertreiben.

Ich kann mich kaum erinnern, was dann noch geschah. Die ganze Situation wirkte verschwommen und unwirklich. Ich weiß nur, daß wir irgendwie nach oben gingen und uns gegenseitig kurz eine gute Nacht wünschten – beinahe so, als fürchteten wir den Blick des anderen, um in ihm nicht die Bestätigung unserer eigenen Befürchtungen zu entdecken.

Settle machte es sich vor Lady Carmichaels Tür bequem, um die erste Wache zu übernehmen, während ich ihn um drei Uhr ablösen sollte. Besondere Befürchtungen für Lady Carmichael hegte ich eigentlich nicht; ich war zu sehr mit meiner phantastischen, unmöglichen Theorie beschäftigt. Ich sagte mir zwar, daß es unmöglich sei – aber fasziniert kehrten meine Gedanken immer wieder zu diesem Punkt zurück.

Und dann zerplatzte plötzlich die Stille der Nacht. Settles Stimme steigerte sich zu einem Schreien; er rief nach mir. Ich stürzte in den Korridor hinaus.

Er hämmerte und trommelte mit aller Kraft an Lady Carmichaels Tür. »Zum Teufel mit dieser Frau!« schrie er. »Sie hat tatsächlich abgeschlossen!«

»Aber . . .«

»Sie ist drinnen, Menschenskind! Bei ihr drinnen! Hörst du sie denn nicht?«

Durch die verschlossene Tür drang das langgezogene Jaulen einer Katze. Es folgte ein entsetzlicher Schrei – und noch einer . . . Ich erkannte Lady Carmichaels Stimme.

»Die Tür!« schrie ich. »Wir müssen sie aufbrechen – sonst ist es zu spät!«

Wir warfen uns mit der Schulter gegen die Tür und versuchten mit aller Kraft, sie einzudrücken. Krachend gab sie nach – und wir fielen beinahe in das Zimmer.

Blutüberströmt lag Lady Carmichael auf ihrem Bett. Selten habe ich einen fürchterlicheren Anblick erlebt. Ihr Herz schlug noch, aber ihre Verletzungen waren entsetzlich, denn an ihrer Kehle war die Haut zerrissen und zerfetzt ... Am ganzen Körper zitternd flüsterte ich: »Die Krallen ...« Ein Schauder abergläubischen Entsetzens überlief mich.

Sorgfältig säuberte und verband ich die Verletzungen, und dann schlug ich Settle vor, die Art der Verletzungen lieber für uns zu behalten – insbesondere gegenüber Miss Patterson. Schließlich bestellte ich telegrafisch eine Krankenschwester; das Telegramm sollte aufgegeben werden, sobald das Postamt öffnete. Langsam drang die Morgendämmerung durch das Fenster. Ich blickte auf den Rasen hinunter.

»Zieh dich an und komm mit«, sagte ich unvermittelt zu Settle. »Lady Carmichael ist im Moment gut aufgehoben.«

Wenig später war er bereit, und gemeinsam gingen wir in den Garten hinaus.

»Was hast du vor?«

»Ich will den Kadaver der Katze ausgraben«, sagte ich kurz. »Ich muß es genau wissen ...«

In einem Geräteschuppen fand ich einen Spaten, und dann machten wir uns unter der großen Blutbuche an die Arbeit. Nach einiger Zeit wurde unsere Mühe belohnt. Erfreulich war es nicht; das Tier war immerhin seit einer Woche tot. Aber ich sah, was ich sehen wollte.

»Das ist die Katze«, sagte ich. »Dieselbe Katze, die ich hier am Tag meiner Ankunft sah.«

Settle schnupperte. Ein Geruch nach bitteren Mandeln war immer noch wahrnehmbar.

»Blausäure«, sagte er.

Ich nickte.

»Was glaubst du?« fragte er neugierig.

»Dasselbe wie du!«

Meine Vermutung war für ihn nicht neu – in seinen Gedanken war sie, wie ich merkte, auch schon aufgetaucht.

»Das ist unmöglich«, murmelte er. »Einfach unmöglich! Es spricht gegen jegliche Wissenschaft – gegen die Natur . . .«

Seine Stimme wurde immer unsicherer und verstummte.

»Diese Maus gestern abend«, sagte er. »Aber – mein Gott, das kann doch nicht wahr sein!«

»Lady Carmichael«, sagte ich, »ist eine sehr seltsame Frau. Sie besitzt okkulte Kräfte. Ihre Vorfahren stammen tatsächlich aus dem Osten. Wissen wir, welchen Gebrauch sie gegenüber einem schwachen, liebenswerten Wesen wir Arthur Carmichael davon macht? Und vergiß eines nicht, Settle: Wenn Arthur Carmichael hoffnungslos geistesgestört und ihr ergeben bleibt, gehört der ganze Besitz praktisch ihr und ihrem Sohn – du hast selbst gesagt, sie vergöttere ihn. Und außerdem wollte Arthur heiraten!«

»Aber was machen wir jetzt, Carstairs?«

»Im Augenblick nichts«, sagte ich. »Wir können nur versuchen, Lady Carmichael vor der Rache zu schützen.«

Lady Carmichael erholte sich langsam. Ihre Verletzungen heilten von allein so gut, wie man es nur erwarten konnte – wenngleich sie die Narben von diesem Angriff wahrscheinlich bis an ihr Lebensende nicht verlieren würde.

Ich kam mir so hilflos vor wie noch nie. Die Macht, die uns besiegt hatte, war immer noch ungebrochen, unbesiegt, und obgleich sie sich im Augenblick ruhig verhielt, war doch anzunehmen, daß sie nur ihre Zeit abwartete. In einem Punkt war ich fest entschlossen. Sobald Lady Carmichael sich so weit erholt hatte, daß sie transportfähig war, mußte sie »Wolden« verlassen. Immerhin bestand die Möglichkeit, daß diese entsetzliche Erscheinung nicht in der Lage war, ihr dann zu folgen. Und so vergingen die Tage.

Den 18. September hatte ich als den Tag festgesetzt, an dem Lady Carmichael weggebracht werden sollte. Am Morgen des 14. September kam es jedoch überraschend zur Krise.

Ich war gerade in der Bibliothek und besprach mit Settle die Einzelheiten von Lady Carmichaels Abreise, als ein aufgeregtes Dienstmädchen in den Raum stürzte.

»O Sir!« rief sie. »Schnell! Mr. Arthur – er ist in den Teich gefallen! Er stieg in das Boot, und das Boot treibt mit ihm ab, und dabei hat er das Gleichgewicht verloren und ist ins Wasser gefallen! Ich habe es vom Fenster aus gesehen.«

Ich zögerte keinen Augenblick, sondern lief sofort aus dem Zimmer, gefolgt von Settle. Phyllis stand draußen und hatte den Bericht des Mädchens selbst gehört. Sie lief mit uns hinaus.

»Aber Sie brauchen keine Angst zu haben«, rief sie. »Arthur ist ein ausgezeichneter Schwimmer.«

Ich befürchtete jedoch das Schlimmste und beschleunigte mein Tempo. Die Wasseroberfläche des Teiches war spiegelglatt. Das leere Boot trieb langsam dahin – aber von Arthur war nichts zu sehen.

Settle riß sich das Jackett herunter und zog seine Schuhe aus.

»Ich gehe in den Teich«, sagte er. »Nimm du den Bootshaken und suche vom zweiten Boot aus. Das Wasser ist nicht tief.«

Die Zeit schien stillzustehen, während wir suchten. Minute folgte auf Minute. Und dann, als wir gerade verzweifelten, fanden wir ihn und brachten den anscheinend leblosen Arthur Carmichael ans Ufer.

Bis an mein Lebensende werde ich den hoffnungslosen, gequälten Blick auf Phyllis' Gesicht nicht vergessen.

»Nicht – nicht . . .« Ihre Lippen weigerten sich, das entsetzliche Wort zu bilden.

»Nein, nein, meine Liebe«, rief ich. »Wir bringen ihn schon wieder zu sich – keine Angst.«

Innerlich hatte ich jedoch kaum noch Hoffnung. Eine halbe Stunde war er unter Wasser gewesen. Ich schickte Settle ins Haus, um vorgewärmte Decken und andere notwendige Dinge zu besorgen, und begann dann mit Wiederbelebungsversuchen.

Angestrengt arbeiteten wir länger als eine Stunde, aber nichts deutete darauf hin, daß noch Leben in Arthur Carmichael war.

Mit einer Kopfbewegung bedeutete ich Settle, mich wieder abzulösen, und näherte mich Phyllis.

»Ich fürchte«, sagte ich behutsam, »daß es keinen Sinn hat. Wir können Arthur nicht mehr helfen.«

Sie blieb einen Augenblick stumm, ohne sich zu rühren; und dann warf sie sich plötzlich über den leblosen Körper. »Arthur!« rief sie verzweifelt. »Arthur! Komm zu mir zurück! Arthur – komm zurück – komm zurück!«

Ihre Stimme verhallte langsam. Plötzlich berührte ich Settles Arm. »Da!« sagte ich.

Das Gesicht des Ertrunkenen bekam auf einmal eine Spur von Farbe. Ich fühlte den Puls.

»Weiter mit der künstlichen Beatmung!« rief ich. »Er kommt wieder zu sich!«

Die Augenblicke schienen jetzt vorüberzufliegen. Nach wunderbar kurzer Zeit öffneten sich seine Augen.

Und dann entdeckte ich plötzlich auch einen Unterschied: *Das hier waren intelligente, menschliche Augen . . .*

Ihr Blick ruhte auf Phyllis.

»Tag, Phyllis«, sagte er mit schwacher Stimme. »Bist du da? Ich dachte, du kämst erst morgen?«

Irgend etwas zu sagen, traute sie sich noch nicht zu; statt dessen lächelte sie ihn nur an. Zunehmemd verwirrt sah er sich um.

»Ja – aber wo bin ich denn? Und – richtig miserabel fühle ich mich. Was ist denn mit mir los? Tag, Dr. Settle!«

»Sie wären beinahe ertrunken – das ist los«, erwiderte Settle grimmig.

Sir Arthur schnitt eine Grimasse. »Ich habe früher schon gehört, daß einem hinterher ganz übel ist, wenn man zurückkommt! Aber wie ist es denn passiert? Bin ich etwa im Schlaf gewandelt?«

Settle schüttelt den Kopf.

»Wir müssen Sie ins Haus bringen«, sagte ich und trat einen Schritt näher.

Er starrte mich an, und Phyllis stellte mich vor: »Dr. Carstairs, der augenblicklich hier ist.«

Wir nahmen ihn zwischen uns und machten uns auf den Weg zum Haus. Plötzlich blickte er auf, als wäre ihm irgend etwas eingefallen.

»Sagen Sie, Doktor – bis zum zwölften bin ich doch wieder in Ordnung, nicht wahr?«

»Bis zum zwölften?« sagte ich langsam. »Meinen Sie vielleicht den 12. August?«

»Ja – nächsten Freitag.«

»Heute ist der 14. September«, sagte Settle unvermittelt.

Seine Verwirrung war nicht zu übersehen.

»Aber – aber ich dachte, heute wäre der 8. August? Dann muß ich also krank gewesen sein?«

Er zog die Stirne kraus. »Das verstehe ich nicht. Als ich gestern abend zu Bett ging, war ich noch kerngesund – das heißt natürlich, wenn es tatsächlich gestern abend gewesen war. Und jetzt fällt mir auch ein, daß ich geträumt habe, geträumt...« Seine Stirnfalten wurden noch tiefer, während er sich bemühte, sich zu erinnern. »Irgend etwas – was war es denn nur? Irgend etwas Schreckliches – irgend jemand hat es mir angetan – und ich war wütend – verzweifelt... Und dann träumte ich, ich wäre eine Katze – ja, eine Katze! Komisch, nicht? Aber der Traum selbst war gar nicht komisch. Er war – fürchterlich war er! Aber ich kann mich nicht mehr genau erinnern. Wenn ich nachdenke, verfliegt alles.«

Ich legte ihm die Hand auf die Schulter. »Versuchen Sie jetzt nicht erst nachzudenken, Sir Arthur«, sagte ich ernst. »Seien Sie zufrieden – daß Sie es vergessen.«

Irritiert sah er mich an und nickte. Ich hörte, wie Phyllis erleichtert aufatmete. Mittlerweile hatten wir das Haus erreicht.

»Übrigens«, sagte Arthur plötzlich, »wo ist eigentlich Mutter?«

»Sie ist – sie ist krank gewesen«, sagte Phyllis nach kurzem Überlegen.

»Ach! Die arme Mutter!« Seine Stimme verriet ehrliche Besorgnis. »Wo ist sie denn? In ihrem Zimmer?«

»Ja«, sagte ich, »aber vielleicht ist es besser, wenn Sie sie jetzt nicht stören...«

Das Wort erstarb mir auf den Lippen. Die Tür des Wohnzimmers öffnete sich, und in ihren Morgenmantel gehüllt, trat Lady Carmichael in die Diele.

Ihre Augen waren starr auf Arthur gerichtet, und wenn ich jemals den Ausdruck vollkommenen, von Schuld beladenen Entsetzens gesehen habe, dann in diesem Augenblick. Vor wahnwitzigem Entsetzen war ihr Gesicht kaum mehr menschlich. Mit der Hand griff sie sich an die Kehle.

In kindlicher Zuneigung machte Arthur einen Schritt auf sie zu.

»Guten Tag, Mutter! Dich hat es also auch erwischt, was? Das tut mir aber wirklich leid.«

Sie schrak vor ihm zurück; ihre Augen waren weit aufgerissen. Und plötzlich, mit dem Aufschrei einer verfluchten Seele, stürzte sie rücklings durch die offenstehende Tür.

Ich war sofort bei ihr, beugte mich über sie und nickte Settle zu.

»Los«, sagte ich. »Bring ihn vorsichtig nach oben und komm dann wieder herunter. Lady Carmichael ist tot.«

Nach wenigen Minuten war er wieder da.

»Was ist los?« fragte er. »Wodurch?«

»Durch einen Schock«, sagte ich verbissen. »Durch den Schock, Arthur Carmichael, den wirklichen Carmichael, dem Leben wiedergegeben vor sich zu sehen! Oder, wie ich lieber sagen würde: durch ein Gottesurteil!«

»Du meinst . . .« Er zögerte.

Ich blickte ihm in die Augen und er verstand.

»Leben um Leben«, sagte ich betont.

»Aber . . .«

»O nein! Ich weiß, daß ein seltsamer und unvorhergesehener Zufall es der Seele Arthur Carmichaels ermöglichte, in seinen Körper zurückzukehren. Aber trotzdem ist Arthur Carmichael vorher ermordet worden.«

Fast ängstlich blickte er mich an. »Mit Blausäure?« fragte er leise.

»Ja«, erwiderte ich. »Mit Blausäure.«

Über das, was wir glaubten, haben Settle und ich nie gesprochen. Aller Wahrscheinlichkeit nach ist es auch unglaubhaft. Entsprechend den orthodoxen Ansichten litt Arthur Carmichael lediglich an Gedächtnisschwund, zerfleischte Lady Carmichael sich den Hals in einem vorübergehenden Anfall von Wahnsinn, und das Auftreten der grauen Katze beruhte auf bloßer Einbildung.

Es existieren jedoch zwei Tatsachen, die meiner Ansicht nach unmißverständlich sind. Da ist einmal der zerfetzte Sessel im Korridor. Der zweite Punkt ist noch bedeutsamer. Tatsächlich wurde der Bibliothekskatalog gefunden, und nach gründlicher Suche zeigte sich, daß es sich bei dem fehlenden Buch um ein altes und seltsames Werk über die Möglichkeiten handelte, menschliche Geschöpfe in Tiere zu verwandeln!

Und schließlich noch etwas. Dankbar kann ich heute sagen, daß Arthur nichts davon weiß. Phyllis hat das Geheimnis dieser Wochen in ihr Herz eingeschlossen, und ich bin überzeugt, daß sie es ihrem Mann nie verraten wird, den sie aufrichtig liebt und der beim Erklingen ihrer Stimme über die Grenze des Grabes wieder zurückkehrte.

Saratoga Cat

Edward D. Hoch

Agatha Perkins achtete vorsichtig auf ihre Schritte, als sie in Saratoga Springs aus dem Zug stieg. Es war schon weit nach Mitternacht, keine Menschenseele war zu sehen, und die Gaslichter auf dem Railroad Place reichten kaum aus, um die Vorderfront des Bahnhofs zu erleuchten.

»Ist denn niemand mehr da?« fragte sie den Schaffner, als er ihr die magentarote Reisetasche und den kleinen Tragekäfig mit Oscar herunterreichte.

»Schon ein bißchen spät für die Träger«, antwortete er ihr. »Wir liegen eine Stunde hinter dem Fahrplan zurück. Sie können aber bis zum United States Hotel gehen. Der Hintereingang liegt genau da drüben, auf der anderen Seite dieser Straße.«

»Ich danke Ihnen«, entgegnete sie. Ihr war klar, daß sie um fast ein Uhr nachts nicht wählerisch sein durfte. Mit der einen Hand griff sie sich ihre Reisetasche, in der anderen hielt sie sicher Oscars Käfig.

Ein schläfrig aussehender Page kam ihr entgegen, um ihr das Gepäck abzunehmen, als sie die Hotelhalle betrat. Eigentlich hatte sie eine Reservierung im Grand Union vorgenommen, aber das United States Hotel lag einfach näher, und wenn hier noch ein Zimmer frei war, dann würde sie es nehmen. Der Mann hinter der Rezeption schielte über die Ränder seiner Brille zu ihr herauf und sagte: »Sie haben Glück. Morgen findet das Rennen statt. Und das ist normalerweise die geschäftigste Zeit des Jahres, aber wir haben ein paar Stornierungen erhalten.«

»Sehr gut! Ein Einzelzimmer mit Aussicht wäre wunderbar.«

»Ich bringe Sie in einem der vorderen Zimmer unter. Sie haben von dort einen Blick auf die Bäume entlang des Broadways und können die Kutschen beobachten. Das Zimmer liegt im dritten Stock, aber der Weg ist nicht weit. Der Page wird Sie nach oben bringen.«

Während sie dem Jungen zu dem ausladenden Treppenaufgang am Ende der Halle folgte, bemerkte sie einen jungen Mann mit dunklem Haar und einem Schnurrbart, der in einem der Sessel in der Halle saß und eine Zigarre rauchte. Er schien völlig gelassen und entspannt, so als wäre es ein Uhr nachmittags und nicht ein Uhr nachts.

»Eine nette Katze haben Sie da«, meinte er, als sie an ihm vorbeikam.

»Danke.«

»Wie heißt sie denn?«

»Oscar.«

Sie ging weiter, folgte ihrem Gepäck nach oben in den dritten Stock. Das Zimmer war üppig ausgestattet und sehr ordentlich. Es erinnerte sie an einige der besseren Hotels in New York. Genau das Richtige für ihren Aufenthalt in Saratoga Springs, entschied sie. Am nächsten Morgen würde sie beim Grand Union Hotel vorbeischauen und ihre Reservierung dort stornieren.

Sie bückte sich, um Oscar aus seinem Käfig zu lassen.

Kurz nach zehn Uhr am nächsten Morgen stürmte Arnie Russell durch die Eingangstür von Morrisseys Clubhaus im Congress Park. Die Putzfrauen würdigten ihn kaum eines Blickes, als er zwei der mit rotem Teppich ausgelegten Treppenstufen auf einmal nahm und in Richtung auf Kogans Büro zusteuerte.

»Herein«, rief ihm eine wohl vertraute Stimme durch die halb geöffnete Tür zu.

Arnie trat ein und näherte sich respektvoll Kogans Schreibtisch. Im stillen bewunderte er Bert Kogan, einen großen Mann in den Vierzigern, den ein ausgeprägtes Doppelkinn zierte und der seit zwei Jahren der Geschäftsführer von Morrisseys Kasino war. Kogan war der mit dem Köpfchen. Nur bei den Damen hatte Arnie mehr Chancen. »Sie ist im United States Hotel abgestiegen«, erzählte er Kogan. »Sie hat sich dort kurz nach ein Uhr heute nacht eingetragen.«

»Du bist sicher, daß sie es war?«

»Sie hatte ihren Kater dabei. Und sie hat mir gesagt, daß er Oscar heißt.«

Bert Kogan lächelte. »Das Ganze wird uns beiden eine Menge Geld einbringen.« Während des Bürgerkrieges war er Captain bei den Nordstaatlern gewesen, und jetzt, ein Jahrzehnt später, wirkte er bisweilen immer noch ein wenig wie ein Befehlshaber beim Militär. »Ich möchte, daß du zu diesem Hotel zurückgehst und ein Treffen mit ihr arrangierst. Wie, ist mir egal. Komm mit ihr ins Gespräch, gib ihr einen Drink aus und finde heraus, was sie in Saratoga will. Wenn du glaubst, daß sie in Ordnung ist, werde ich sie morgen treffen.«

Arnie Russell konnte die Vorsicht des älteren Mannes verstehen. Ende letzten Jahres war ein Mann aufgetaucht, der ein Treffen mit Kogan arrangiert hatte, um ihm ein bestimmtes Päckchen zu verkaufen. Alles war reibungslos vonstatten gegangen, bis zum Schluß, als der Mann – sein Name war Baxter – einen Revolver gezogen und sich selbst als Agent des Amerikanischen Schatzamtes zu erkennen gegeben hatte. Sie hatten Glück gehabt, und es hatte bis zum Frühling gedauert, bis die Leiche im Saratoga Lake gefunden wurde, aber Kogan wollte nicht, daß sich so etwas wiederholte. Morrissey machte eine Menge Geld mit seinen Rennbahnen und dem Kasino, und er mochte es gar nicht, wenn seine Leute ihre eigenen Geschäfte machten. In dem Moment, in dem ihm etwas von den Päckchen zu Ohren käme, würde er Kogan feuern.

»Ich werd sie überprüfen«, versprach Arnie Russell. »Vertrau mir.«

Der Sommer des Jahres 1875 war ein guter Sommer für Saratoga Springs gewesen. Das warme Wetter und die kürzlich erst verlängerte Rennsaison hatten viel dazu beigetragen, ebenso wie die vielen Extrazüge aus New York City. John Morrisseys erste

Rennveranstaltung im Jahre 1863 hatte dagegen nur vier Tage gedauert, mit zwei Rennen pro Tag.

All das wußte Agatha Perkins, als sie an diesem Morgen aus ihrem Fenster blickte und Oscar sanft an ihre Brust drückte. Der Kater schnurrte leise, bewegte sich vorsichtig in ihren Armen, und sie ließ ihn auf den Boden springen. »Komm, mein Junge. Wir machen einen Spaziergang.«

Sie besuchte den Kurort zum ersten Mal, und sie hielt sich eine Weile an der Rezeption auf, um in Erfahrung zu bringen, wo sich die nächste Heilquelle befand. »Das wäre die Putnam-Quelle, Madam. Hinter der Kirche der Kongregationalisten, direkt gegenüber, auf der anderen Seite des Broadway. Das Badehaus finden Sie ein paar Blocks weiter.«

»Vielen Dank.«

Sie führte Oscar an einer Leine, und das allein erregte schon einiges Aufsehen, als sie durch die Halle auf die Straße hinaus schlenderte. Sie war noch keine zwanzig Schritt weit gekommen, als sie hinter sich eine männliche Stimme vernahm.

»Entschuldigen Sie, Miss.«

Sie drehte sich um und erkannte den gutaussehenden jungen Mann, der in der Halle eine Zigarre geraucht hatte, als sie angekommen war. »Ja?«

»Gestatten Sie, daß ich mich Ihnen anschließe? Ich bewundere diesen Kater. Ein reinrassiges Tier?«

»Ein Perser. Sie sind ein Katzenfreund, Mister –?«

»Oh, entschuldigen Sie vielmals«, entgegnete er, tippte sich leicht an den Hut und stellte sich vor: »Arnold Russell, zu Ihren Diensten.«

»Ich bin Agatha Perkins aus Atlanta. Das ist meine erste Reise in den Norden.«

»Ein Verlust für den Süden, ein Gewinn für uns. Wenn Sie mir die Bemerkung erlauben, Sie sind eine außergewöhnlich bezaubernde junge Lady. Haben Sie sehr unter dem zurückliegenden Krieg zwischen dem Norden und dem Süden zu leiden gehabt?«

»Vor zehn Jahren war ich noch ein Kind, aber es war eine

furchtbar schwere Zeit für meine Leute. Haben Sie auf der Seite der Nordstaaten gekämpft, Sir?«

»Nur beim Nachschub. Nie im Leben würde ich eine Waffe gegen meine Brüder heben.«

»Eine noble Gesinnung.«

Oscar zog an seiner Leine, als ein Rotkehlchen auf der Suche nach einem Wurm auf einem Flecken Gras landete. »Gestatten Sie mir bitte, Ihnen bei diesem Kater behilflich zu sein«, bot der junge Mann an.

»Oh, das kann ich nicht von Ihnen verlangen. Ich bin auf dem Weg zur Putnam-Quelle, um dort mein Bad zu nehmen. Ich glaube, ich muß hier die Straße überqueren.«

»Hätten Sie etwas dagegen, wenn wir uns später am Tage zu einem Cocktail treffen würden?«

Sie zögerte einen kleinen Augenblick, dann lächelte sie. »Ich denke, das wäre mir ein Vergnügen, Mister Russell, aber ich nahm eigentlich an, daß Sie hierher gekommen sind, um heute nachmittag an der Eröffnung der Rennsaison teilzunehmen.«

»Das Programm ist heute nur sehr kurz. Ich könnte um fünf in Ihrem Hotel sein.«

»Sehr gut«, meinte Agatha. »Wir treffen uns um fünf in der Hotelhalle.«

Kurz nach zwölf fuhr Arnie Russell mit einer Kutsche zur Pferderennbahn an der Union Avenue. Es gab die üblichen Eröffnungsfestivitäten, an denen diesmal mehr Frauen teilnahmen als im letzten Jahr. Das gefiel ihm sehr. Selbst in ihren langen Kleidern, die mit dem Saum über den Boden fegten, fand er sie äußerst attraktiv. Er wußte, daß Agatha Perkins nicht so jung war, wie sie vorgab. Sicher war sie eher über dreißig als über zwanzig, aber sie war noch immer eine Frau, die er gerne näher kennenlernen wollte. Vielleicht würde sie ja, nachdem das Geschäft mit Kogan abgewickelt war, noch etwas in Saratoga bleiben und sich von ihm die Stadt bei Nacht zeigen lassen, wenn das Kasino sich mit Menschen füllte und im zweiten Stock von Morrisseys Club immer ein Spiel mit hohem Einsatz im Gang war.

Während er darauf wartete, daß das Rennen begann, nahm er den zusammengefalteten Brief aus seiner Tasche, den Agatha Perkins an Bert Kogan geschickt hatte. Obwohl er seinen Inhalt bereits kannte, wollte er ihr Schreiben nochmals lesen:

Sehr geehrter Mister Kogan,

Ich habe erfahren, daß Ihr Unternehmen in Saratoga Springs, New York, einen großen Vorrat bedruckten Papiers eingekauft hat, um es über Ihre privaten Kanäle vor Ort in Umlauf zu bringen. Wie Sie sicher wissen, ist solches Papier nur in stark begrenzten Mengen verfügbar, und der Vorrat ist fast erschöpft. Ich kann Ihnen eine Methode anbieten, wie Sie selbst – gegen eine geringe einmalige Investition – diesen Vorrat jederzeit wieder auffüllen können. Ich werde mich zu Beginn der diesjährigen Rennsaison in Saratoga Springs aufhalten und hoffe, daß Sie mit mir in Kontakt treten werden. Ich werde mit meinem Kater Oscar reisen. Sie sollten keine Schwierigkeiten haben, mich ausfindig zu machen.

Hochachtungsvoll
Agatha Perkins,
Atlanta, Georgia.

Sie drückte sich sehr gewählt aus und war zweifellos eine intelligente Frau. Kogan hatte ihm den Brief vor einigen Wochen gezeigt, und er war vom ersten Augenblick an fasziniert gewesen. Eigentlich war es sogar seine Idee gewesen, die Züge und die Hotels an dem Tag, an dem ihre Ankunft erwartet wurde, zu beobachten. Er hatte herausgefunden, daß sie ein Zimmer im Grand Union gebucht hatte, aber als er hörte, daß ihr Zug Verspätung haben würde, hatte er auf eine Eingebung gehört, die ihm sagte, daß sie im United States absteigen würde, weil es näher am Bahnhof lag.

Arnie gewann beim ersten Rennen eine kleine Summe, was immer ein gutes Zeichen war. Es war während des zweiten Rennens, als er bereits ein zweites Mal gewonnen hatte und gerade beiläufig mit einem der Kartengeber aus dem Club plauderte, als er einen schlanken Mann mit einem Spazierstock in seine Richtung blicken sah. Als er wieder alleine war, näherte sich ihm dieser Mann. »Ich hoffe, Sie verzeihen meine Aufdringlichkeit, aber ich habe beobachtet, daß Sie scheinbar eine glückliche Hand haben, wenn es ums Wetten geht. Sie haben in beiden Rennen gewonnen.«

Arnie Russell kicherte. »Beides waren Favoriten. Ich habe nicht viel gewonnen.«

»Nichtsdestotrotz –« Der Mann zögerte. »Ich sollte mich vielleicht vorstellen. Mein Name ist Franklin Longworth, und ich komme aus New York City. Ich bin zum ersten Mal in Saratoga Springs.«

»Arnie Russell.«

»Sind Sie ein Besucher oder ein Einheimischer?«

»Ich arbeite in Morrisseys Clubhaus im Congress Park.«

»Ich habe gehört, daß das ein sehr gutes Kasino sein soll.«

»Das beste in der ganzen Stadt. Wenn Sie einmal hereinschauen möchten, fragen Sie einfach nach mir, und ich werde Sie ein wenig herumführen.«

»Das tue ich vielleicht tatsächlich. Vielen Dank.« Er studierte sein Programm. »Irgendein Tip für das nächste Rennen?«

»Versuchen Sie's mit Nummer vier auf Platz. Das könnte etwas werden.«

»Nochmals danke.«

Nummer vier hatte eigentlich keine Chance, aber es war Arnies Glückstag. Das Pferd gewann um eine Nasenlänge und brachte zehn Dollar auf Platz. Arnie sah sich nach Longworth um, konnte ihn aber nirgendwo entdecken.

Das Wasser der Putnam-Quelle war warm und wirkte beruhigend auf Agatha. Sie entspannte sich so sehr, daß ihr sogar der Geruch von Schwefel, der über dem Platz hing, nichts mehr ausmachte. Sie lehnte sich bequem in ihrem Bad zurück und vergaß fast den wahren Grund, warum sie hier herauf in den Norden gekommen war.

Später überreichte ihr die Dame am Tresen, die auf Oscar aufgepaßt hatte, seine Leine und lächelte. »So ein liebes kleines Kätzchen! Ich würde ihn gerne mit nach Hause nehmen.«

»Das würden Sie nicht mehr sagen, wenn er erst einmal Ihre Spitzen-Gardinen mit seinen Klauen bearbeitet hätte.«

»Ach du lieber Gott!«

Agatha spazierte für eine Weile über den Broadway, wobei sie stets die Uhr im Auge behielt. Kurz vor vier kehrte sie auf ihr Zimmer zurück, nachdem sie kurz in einem Laden in der Nähe des Hotels haltgemacht hatte, um sich einen Hut zu kaufen. Oscar sprang wild umher, hüpfte auf das Bett und erkundete jede Ecke des Raumes nach einem verborgenen Schatz. Um fünf Uhr ließ Agatha Oscar alleine und ging nach unten, um Arnold Russell zu treffen.

Er wartete in der Halle auf sie. Er saß auf einem roten Plüsch-Sofa und blätterte nachdenklich in einer Ausgabe des *Harper's New Monthly Magazine,* das die Hotelleitung vorsorglich für die Gäste bereitgelegt hatte. Sobald er sie die Treppe herunterkommen sah, stand er auf und ging ihr entgegen. »Ich dachte, Sie würden Oscar mitbringen«, sagte er zur Begrüßung.

»Normalerweise begleitet er mich überallhin, aber diesmal habe ich eine Ausnahme gemacht.«

Als sie auf der großen Veranda des Hotels saßen und ihre Cocktails tranken, fragte Russell: »Wie war die Quelle?«

»Sehr angenehm und sehr entspannend. Ich war erstaunt, wieviel Betrieb dort herrschte. Alle möglichen Leute standen Schlange, nur um ihr Glas Wasser zu trinken. Danach bin ich zu den Bädern gegangen.«

»Falls Sie morgen noch nichts vorhaben, wäre es mir ein Vergnügen, Sie zur Rennbahn zu begleiten.«

Sie lächelte nur über dieses Angebot und fragte: »Sind Sie auf der Rennbahn angestellt, Mister Russell?«

»Aber nein.« Und dann, so als ob er eine Lüge vermeiden wollte, fügte er hinzu: »Ich arbeite für John Morrissey, das stimmt schon, aber in einem seiner anderen Unternehmen. Im Clubhaus, unserem führenden Kasino.«

»Nun, das ist ein Ort, den ich wirklich einmal gerne besuchen möchte. Ich hatte mit Karten immer mehr Glück als mit Pferden.«

»Ich werde Sie noch heute abend mitnehmen! Wir haben im Erdgeschoß ein ganz ausgezeichnetes Restaurant. Dort können wir zu Abend essen, bevor Sie Ihr Glück versuchen.«

»Nun –« Sie zögerte. »Ich hoffe, Oscar stellt nichts an, wenn ich so lange wegbleibe.«

Der Abend verlief so positiv, daß Arnie beim Essen Agatha Perkins gegenüber am Tisch saß und sich dabei ertappte, wie er sich tatsächlich eine Romanze mit ihr vorstellte. Das Roastbeef, eine Spezialität des Hauses, schien ganz nach ihrem Geschmack zu sein.

»Essen Sie jeden Abend so gut?« fragte sie, als sie beim Dessert angekommen waren.

»Nur zu besonderen Gelegenheiten.«

»Was genau tun Sie denn für Mister Morrissey?«

»Genaugenommen arbeite ich für einen seiner leitenden Angestellten, Mister Kogan, den Geschäftsführer des Clubs. Ich sorge dafür, daß alles reibungslos abläuft und niemand betrügt. Wenn Sie fertig sind, zeige ich Ihnen gerne den Spielsaal.«

Obwohl es noch früh am Abend war, hatte sich bereits eine ansehnliche Menge um das Roulett und die Würfeltische versammelt. Agatha schien erstaunt, als sie eine Gruppe Frauen an einem Tisch ganz am Ende des Saales entdeckte. »Was spielt man dort?« fragte sie.

»Pharo. Es scheint besonders bei den Damen beliebt zu sein, und wir sind eines der ersten Kasinos, die ihnen dieses Spiel anbieten. Würden Sie es gerne einmal versuchen?«

Sie drehte sich zu ihm um und sah ihm in die Augen. »Nicht jetzt, Arnold. Ich glaube, es ist an der Zeit, daß wir zum Geschäft kommen. Ich möchte gerne Mister Kogan sehen.«

»Nun –« Sie hatte ihn völlig überrumpelt, und jetzt wußte er nicht, was er ihr antworten sollte. »Warten Sie hier bitte einen Moment. Ich werde nachsehen, ob er im Augenblick Zeit hat.«

Morrisseys Büro im ersten Stock war verschlossen, daher wußte er, daß Kogan in seinem eigenen Büro ein Stockwerk höher sein würde. Arnie eilte die mit Teppich ausgelegten Stufen nach oben und ging an dem Raum vorbei, in dem normalerweise die Spiele mit dem wirklich hohen Einsatz stattfanden, in dem aber im Moment nur das harmlose Whist gespielt wurde. Er klopfte an Kogans Tür und trat ohne auf Antwort zu warten ein.

»Ich habe dich ankommen sehen«, sagte Kogan. »Hat ihr das Abendessen gefallen?«

»Es hat ihr gefallen. Jetzt will sie zur Sache kommen. Sie will dich sehen.«

Kogan dachte eine Weile darüber nach, lehnte sich in seinem Sessel zurück und biß die Spitze einer neuen Zigarre ab. »Okay«, entschied er. »Heute ist genausogut wie morgen. Bring sie nach oben.«

Arnie ging mit einem Gefühl von Wichtigkeit und Bedeutung nach unten und begleitete Agatha Perkins in Kogans Büro. Nachdem er sie einander vorgestellt hatte, schob er sich einen Stuhl zur Seite und hoffte, daß Kogan ihn nicht in Verlegenheit bringen würde, indem er ihn aus dem Zimmer schickte. »Ist *Mrs.* Perkins richtig?« fragte Kogan und schenkte ihr den ganzen Charme eines Offiziers der Nordstaaten bei einem formellen Ball.

»Das ist es. Mein Ehemann wurde im Krieg getötet.«

»Sie scheinen kaum alt genug –«

»Unten im Süden heiraten wir sehr jung.«

»Wie ich aus Ihrem Brief entnehme, haben Sir mir einen Vorschlag zu machen.«

Sie lächelte und schlug unter ihrem langen Rock die Beine übereinander. »Ich weiß, daß Sie von bestimmten Leuten aus dem Süden regelmäßig ein paar Päckchen erhalten haben.«

»Was für eine Art Päckchen?« fragte Kogan. Er achtete darauf, daß er ihr nicht mehr verriet, als sie sowieso schon wußte.

Sie seufzte ungeduldig. »Gefälschte Zwanzig- und Fünfzig-Dollar-Noten, die aus derselben Presse stammen, mit der das Geld der Konföderierten während des Krieges gedruckt wurde.

Da man den Kurs nicht mit Gold- und Silbervorräten ausgleichen konnte, verlor der Dollar in den Nordstaaten sehr schnell an Wert. Aber das wissen Sie ja sicher. Der Süden hoffte, diese Inflation noch zu verstärken, indem er neben dem Konföderierten-Dollar auch noch gefälschte Nordstaaten-Dollar druckte. Der Krieg endete allerdings, bevor viel davon in Umlauf gebracht worden war. Niemand wußte von dieser Verschwörung, weder die Regierung noch die Bevölkerung. Während der letzten zehn Jahre wurde eine Menge dieser falschen Geldscheine in den Norden geschmuggelt, und kann es einen besseren Weg geben, das Geld in Umlauf zu bringen, als über Rennbahnen und Spielkasinos? Mit oder ohne Wissen Ihres Brötchengebers haben Sie, Mister Kogan, ganze Bündel Falschgeld aus dem Süden aufgekauft und sie mit großem Profit durch Mister Morrisseys Unternehmen unter die Leute gebracht.«

Arnie konnte sehen, daß selbst Kogan von ihrem Wissen beeindruckt war. »Und Sie behaupten, daß sich diese Vorräte an Falschgeld jetzt dem Ende zuneigen?«

»Natürlich! Seit der Krieg vor zehn Jahren endete, wurde kein Falschgeld mehr nachgedruckt. Ihr profitables, kleines Nebeneinkommen ist dabei zu versiegen. Es sei denn, Sie wären bereit, das kleine Päckchen, das ich anzubieten habe, zu kaufen.«

»Und das wäre –?«

Agatha Perkins lächelte. »Ein Satz Originalprägeplatten, mit denen das Falschgeld ursprünglich gedruckt wurde. Mit ihm können Sie Ihr eigenes Geld drucken. Alles, was Sie brauchen, ist die richtige Sorte Papier und Tinte, und schon sind Sie im Geschäft. Ich brauche Sie ja wohl nicht daran zu erinnern, daß Washington plant, die verbliebenen Banknoten aus dem Süden in den nächsten Jahren in das reguläre Währungssystem mit aufzunehmen, unter entsprechender Erhöhung des Goldvorrats.«

»Was wollen Sie für die Druckplatten haben?« fragte Kogan leise. Arnie konnte sehen, wie er die verschiedenen Möglichkeiten gegeneinander abwägte.

»Fünfzigtausend Dollar. Echte.«

»Fünfzig –!«

»Für einen Satz Zwanziger und einen Satz Fünfziger. Das ist nicht viel. Sie wissen, daß Sie das spielend an einem Tag wieder einnehmen können.«

Arnie wußte, daß sie recht hatte. Falls es stimmte, was sie über die Platten gesagt hatte, dann waren sie unbezahlbar. Anstatt immer nur wenige falsche Banknoten zu ganz bestimmten Zeiten unter die Auszahlungen in den Wettbüros und im Clubhaus zu mischen, würden sie es dann die ganze Rennsaison über tun können. »Ich möchte einen Blick auf die Platten werfen«, sagte Bert Kogan.

»Ich trage sie natürlich nicht mit mir herum. Sie sind in einem guten Versteck im Hotel. Wenn Sie interessiert sind, kann ich sie morgen mitbringen.«

»Ich bin interessiert«, gab er zu.

»Dann werde ich morgen um die Mittagszeit mit den Platten wieder hier sein. Halten Sie das Geld bereit. Fünf Päckchen zu je zehntausend. Und, wie gesagt, echte Dollar.« Sie lächelte Arnie an, als hätte sie sich in diesem Moment erst wieder an seine Anwesenheit erinnert.

Er räusperte sich und fragte: »Würden Sie jetzt gerne ein wenig Pharo spielen?«

»Ich glaube, ich werde in mein Hotel zurückgehen.«

»Ich kann Sie begleiten.«

»Nein, nein. Es sind nur zwei Häuserblocks, und es ist ein wunderbarer Abend für einen Spaziergang.«

Als sie gegangen war, sagte Kogan: »Sie ist ein kluges Mädchen. Kann sein, daß wir etwas für die Platten werden zahlen müssen.«

»Fünfzigtausend?«

»Warten wir den morgigen Tag ab.«

Als Arnie später am selben Abend das Geld an den Spieltischen abschöpfte, entdeckte er ein bekanntes Gesicht. Es war jener Longworth, den er auf der Rennbahn kennengelernt hatte. »Sie sind also meinem Rat gefolgt«, meinte Arnie zur Begrüßung.

Franklin Longworth grinste. »Ich bin froh, daß ich es getan

habe. Ich bin gerade um hundert Dollar reicher geworden. Und ich habe etwas Geld auf das Pferd im dritten Rennen gesetzt, das Sie mir empfohlen haben.«

»Wie schön für Sie!« Arnie nahm eine Handvoll Banknoten vom Angestellten am Roulett entgegen und verstaute sie in seiner Segeltuch-Tasche.

»Aber sagen Sie, ich bin froh, daß ich Sie noch einmal treffe. Es geht mich ja eigentlich gar nichts an, aber ich sah Sie heute abend in Begleitung einer bezaubernden jungen Dame. War das vielleicht Agatha Perkins?«

»Das war sie. Kennen Sie sie?«

»Einer meiner Freunde hatte letztes Jahr mit ihr in Atlanta zu tun. Sie haben mir heute nachmittag einen Gefallen getan, als Sie mir diesen Tip gegeben haben, also schätze ich, daß ich Ihnen auch einen schulde. Agatha Perkins ist eine Betrügerin.«

»Was?« fragte Arnie und hatte plötzlich ein flaues Gefühl im Magen.

»Sie ist eine Trickbetrügerin. Ist jahrelang im Süden herumgereist und hat jeden übers Ohr gehauen, dem sie begegnete. Ihr bevorzugter Trick, den sie auch bei meinem Freund anwendete, ist das schnelle Vertauschen. Sie zeigt Ihnen ein Päckchen voller Geld oder Juwelen, bekommt etwas von Ihnen dafür, und dann lenkt sie Ihre Aufmerksamkeit für einen Moment ab und vertauscht die Päckchen. Es funktioniert jedes Mal.«

Arnies Mund war ganz trocken. »Das ist sehr interessant.«

»Schauen Sie, wenn Sie mich für eine Gegenüberstellung brauchen oder der Polizei sagen wollen, was ich weiß, dann stehe ich Ihnen gerne zur Verfügung. Frauen wie sie gehören hinter Gitter.«

»Könnten Sie morgen um die Mittagszeit wieder hier sein?«

»Könnte ich. Was soll ich tun?«

»Das kann ich Ihnen noch nicht sagen.«

Agatha Perkins ließ sich am nächsten Morgen viel Zeit für ihr Bad und ihr Make-up. Dieser Tag würde sehr wichtig für sie werden, und sie wollte sicher sein, daß sie gut aussah. Dann

kümmerte sie sich um Oscar, fütterte ihn und bürstete sein Fell.
»Ich muß dich für eine kurze Zeit in deinen Käfig stecken«, sagte
sie zu ihm, »aber ich werde dich, sobald ich kann, wieder her-
auslassen.« Sie steckte sein Halsband und seine Leine in ihre
große Handtasche.

Um Punkt zwölf betrat sie Morrisseys Clubhaus im Park. Das
Kasino war noch nicht geöffnet, aber Arnold Russell mußte auf
sie gewartet haben. Die Eingangstür öffnete sich, als sie die
Treppenstufen hochzusteigen begann. »Sie sind äußerst pünktlich«, begrüßte er sie. »Und Sie haben Ihren Kater mitgebracht!«

»Es ist schon schlimm genug, daß ich ihn nachts alleine lasse.
Am Tag muß ich ihn einfach mit an die frische Luft nehmen.«

Kogan warf dem Katzenkäfig einen angewiderten Blick zu, als
sie sein Büro betrat, aber sie tat so, als bemerke sie es nicht. Als
sie jedoch den Käfig öffnete, um Oscar herauszulassen, fragte er:
»Ist das wirklich nötig?«

»Das ist es, wenn Sie die Druckplatten sehen wollen. Sie sind
im Boden seines Käfigs versteckt.«

Arnold und Kogan sahen zu, wie sie Oscar das Halsband um-
legte und die Leine daran befestigte. »Kennt er ein paar Tricks?«
fragte Arnold.

»Nur einen«, antwortete sie mit einem Lächeln. »Ich werde es
Ihnen später vorführen.« Vorsichtig nahm sie eine Zeitung vom
Boden des Tragekäfigs. Darunter kam eine kleine Gummimatte
zum Vorschein, die sie anhob. In das Holz des Bodens waren
zwei rechteckige Vertiefungen geschnitten worden. Aus diesen
nahm sie vorsichtig die Druckplatten für die Vorder- und Rückseite des Zwanzig-Dollar-Scheins, und dann einen ähnlichen
Satz für den Fünfzig-Dollar-Schein. »Zufrieden?«

Bert Kogan kramte ein Vergrößerungsglas aus einer Schublade seines Schreibtisches hervor und begutachtete die Platten
eine ganze Weile, bevor er antwortete. Schließlich legte er das
Glas zur Seite und sagte einfach: »Sie sind sehr beeindruckend.«

»Dann kommen wir also ins Geschäft?«

»Ich gebe Ihnen dreißigtausend für beide Sätze.«

Agatha schüttelte ihren Kopf. Sie war sich ihrer Sache sicher.

»Fünfzigtausend, oder Sie können die Sache vergessen.« Sie nahm die Platten und begann, sie in die Zeitung einzuwickeln. Sie machte ein hübsches kleines Päckchen daraus.

Arnold sah zu Kogan hinüber. Schließlich sagte der ältere Mann: »Okay. Abgemacht, Mrs. Perkins. Sie verstehen es zu feilschen.« Sie klopfte auf das Päckchen mit den eingewickelten Druckplatten. »Geben Sie mir das Geld, und sie gehören Ihnen.«

Kogan öffnete eine andere Schublade und entnahm ihr einen Schlüssel. Er ging zu einem kleinen Seitenschrank hinüber und öffnete ihn. Innen befand sich ein Safe. Ohne Schwierigkeiten steckte er den Schlüssel in das Schloß und drehte ihn lautlos. Er öffnete die dicke Stahltür und entnahm denm Safe fünf Bündel mit Banknoten. »Zehntausend in jedem Päckchen. Zählen Sie nach, wenn Sie mir nicht glauben.«

Sie griff sich wahllos eines der Bündel und folgte seinem Rat. Es waren genau zehntausend. Als sie das Bündel zurück auf die Schreibtischplatte legte, zog sie einmal sanft an Oscars Leine.

Plötzlich löste sich das Halsband von seinem Nacken, und der Kater sprang wild durchs Zimmer. »Oscar!« rief Agatha. »Komm sofort hierher!«

Arnold machte sich auf die Jagd nach dem Tier und versuchte, es mit seinen Händen zu fangen, während Kogan um die andere Seite des Schreibtisches kam. Es dauerte nur wenige Augenblicke, bis sie Oscar in eine Ecke gedrängt hatten.

»Lassen Sie mich ihm das Halsband wieder anlegen«, sagte Agatha. »Böser Kater! Ungezogener Kater! Benimm dich, oder du kommst in den Käfig zurück!«

Kogan lächelte sie an, und in Arnold Russells Gesicht lag ein Ausdruck des Triumphes. Als sie nach dem Geld griff, sagte Kogan: »Einen Moment, Mrs. Perkins. Ihre Tricks aus dem Süden funktionieren nicht hier oben bei uns im Norden.«

»Was soll das heißen?«

Arnold hatte die Tür zum Büro geöffnet. Sie drehte sich um und sah Franklin Longworth hereinkommen. Auf seinen Lippen lag ein Lächeln, und in seiner Hand hielt er den vertrauten Spazierstock.

»Ich glaube, Sie kennen einander«, sagte Arnie und sah zu Agatha hinüber. »Zumindest kennt Mister Longworth Sie von Ihren Aktivitäten in Atlanta her.«

Die junge Frau sah Arnie direkt in die Augen und meinte: »Ich habe keine Ahnung, wovon Sie reden.«

»Wir reden von dem Austausch, den Sie gerade vorgenommen haben«, sagte Bert Kogan mit einem gefährlichen Grollen in seiner Stimme. »Als die Katze sich befreite, haben Sie die Verwirrung dazu benutzt, die echten Druckplatten in Ihrer Handtasche verschwinden zu lassen und sie gegen falsche vertauscht.«

Sie wandte sich mit einer hilflosen Geste an Longworth. »Vielleicht können Sie die Sache klären. Diese Männer hier haben mir gerade angeboten, einige gefälschte Banknoten sowie die Druckplatten dafür zu kaufen.«

»Was?« Kogan sah wie vom Blitz getroffen aus, als er diese Anschuldigung hörte. »Das ist kein Falschgeld, es sind echte Bankno—«

Er nahm eines der Bündel und reichte es Longworth, der es sich näher ansah. »Falschgeld, das stimmt«, entschied er schließlich. »Da gibt es keinen Zweifel.«

»Sie sind wohl ein Experte?« fragte Arnie ihn.

»Ja, das bin ich.« Er wickelte die Druckplatten aus, um auch sie zu begutachten. Arnie sah, wie er eine Marke aus seiner Tasche zog. *SECRET SERVICE* stand darauf, und irgendwie ahnte Arnie, daß es ein langer Tag werden würde. Er würde nicht rechtzeitig zum ersten Rennen auf die Bahn kommen, möglicherweise würde er zu gar keinem Rennen mehr kommen.

Kogans Gesicht war aschfahl geworden. »Das ist ein abgekartetes Spiel! Sie hat nicht die Druckplatten vertauscht, sondern das Geld! Sehen Sie in Ihrer Handtasche nach, und Sie werden mein echtes Geld finden.«

Doch Longworth schüttelte nur seinen Kopf, und Arnie erkannte, daß das Ganze eine Falle gewesen war. Der Brief, den sie an Kogan geschickt hatte, war der Köder gewesen, und dann war sie mit ihrer Katze und den Platten aufgetaucht. Als Longworth ihn angesprochen hatte, hatte Arnie ihnen sogar noch in die Hände gespielt, indem er dem Agenten des Finanzministeriums vorschlug, er solle wegen einer Gegenüberstellung ins Kasino kommen. Er drehte sich zu Agatha um und sagte: »Ich wußte nicht, daß der Secret Service auch Frauen beschäftigt.«

»Ihr Mann war ein Agent«, erklärte Longworth. »Vielleicht erinnern Sie sich an ihn. Fritz Baxter? Man fand seine Leiche letztes Frühjahr im Saratoga Lake.«

Arnie befeuchtete seine plötzlich trocken gewordenen Lippen. Er wußte jetzt, was er zu tun hatte. »Es war Kogan, der ihn erschossen hat! Ich habe nur geholfen, die Leiche verschwinden zu lassen!«

In diesem Augenblick griff Kogan nach seiner Waffe, die er in einer Schublade seines Schreibtischs aufbewahrte. Arnie fand nie heraus, wen von ihnen er erschießen wollte. Denn er sah, wie Agatha plötzlich einen kleinen Derringer aus ihrer Handtasche zog, und hörte sie sagen: »Nur zu! Versuchen Sie es, Mister Kogan! Es wäre mir ein Vergnügen, den Mann zu erschießen, der meinen Mann umgebracht hat.«

Am folgenden Tag bestieg Agatha Perkins den Morgenzug nach New York. Franklin Longworth mußte noch einen Tag in Saratoga Springs bleiben, um dabei zu sein, wenn Bert Kogan dem Untersuchungsrichter vorgeführt wurde. Die Anklage lautete auf Mord. Arnold Russell hatte versprochen, gegen ihn auszusagen, wenn man ihm eine mildere Strafe zusicherte.

»Gute Fahrt«, wünschte Longworth ihr. »Ich sehe Sie in ein paar Tagen.«

»Ich habe ja Oscar, der mir Gesellschaft leistet«, entgegnete sie. »Allerdings müßte ich ihm sein Halsband einfach etwas fester anlegen. Es ist einfach schrecklich, aber in letzter Zeit scheint er es sich aus unerfindlichen Gründen angewöhnt zu haben, aus ihm herauszuschlüpfen.«

Die treue Katze

Patricia Moyes

Es wäre ein Fehler, Hubert Withers' Entschluß von jenem Donnerstagmorgen, seine Frau schließlich doch nicht umzubringen, seiner freundlichen Art, einem Sinneswandel oder irgendwelchen moralischen Skrupeln zuzuschreiben; er beruhte vielmehr auf einer Mischung aus Empfindlichkeit und Feigheit, zu der sich noch die Erkenntnis gesellte, daß er das Gewünschte auch mit anderen Mitteln erreichen konnte. Hubert war ein kleiner Mann und hatte immer vor Gewalttätigkeiten jeder Art zurückgeschreckt. Bei dem Gedanken, Caroline tatsächlich zu töten, wurde ihm ganz schlecht. Außerdem bestand dabei ja auch das Risiko, erwischt zu werden. Wie einfallsreich sein Plan auch immer sein mochte, der Ehemann, der das Vermögen seiner Frau erbte, war automatisch der erste, der bei einer solchen Tat in Verdacht geriet.

Nichtsdestotrotz, er brauchte Geld – und das sehr bald. Es wäre natürlich nett, wenn Caroline auf Dauer aus dem Weg geräumt wäre und er ihr Erbe antreten könnte – doch er sah jetzt ein, daß die Angelegenheit auf weniger drastische Weise angegangen werden konnte. Wenn es möglich war, sie auch nur für eine kurze Zeit außer Gefecht zu setzen, und er eine Vollmacht in der Hand hätte, mit der er in ihrem Namen tätig werden konnte, zum Beispiel um Schecks zu unterschreiben und sich Bargeld auszahlen lassen, dann wäre ja alles gut.

Es war auch nicht so, daß Hubert Caroline gegenüber eine besondere Abneigung empfunden hätte. Sie war alles andere als eine alte Schreckschraube, obwohl er sie natürlich einzig und allein wegen ihres Geldes geheiratet hatte. Sie war die einfache, schüchterne Tochter (und das einzige Kind) eines Witwers, der in Washington in der Baubranche ein Vermögen verdient hatte. Als der alte Mann gestorben war, war alles an sie übergegangen.

Caroline Todman hatte im Laufe ihres Lebens nur wenige Menschen zum Freund gewonnen. In die extrem teure Privatschule, die sie besucht hatte, kamen sowieso nur Töchter, die einmal eine große Erbschaft machen würden – ihre einzige wirkliche Freundschaft bestand zu einem anderen Mädchen, das genauso schlicht, aber nicht so schüchtern war wie sie und Annabel hieß. Annabel hatte den verarmten jüngeren Sohn eines britischen Adligen geheiratet und nannte sich jetzt Lady Fairley. Sie lebte in einem hochherrschaftlichen, elisabethanischen Landsitz in Südengland, der natürlich von ihrem Geld erworben worden war. Etliche Male hatte Annabel geschrieben und vorgeschlagen, Caroline solle nach England kommen und sie und ihren Mann besuchen, doch Caroline war viel zu scheu, um allein dorthin zu reisen.

Trotz ihrer Schlichtheit und Schüchternheit brachte es ihre Position mit sich, daß es eine Menge Männer gab, die es auf Caroline abgesehen hatten. Ihr Vater, der alte Todman, schwor jedoch, jeden Mitgiftjäger auf einhundert Meter Entfernung zu entlarven. Auch Caroline selbst war notgedrungen gar nicht so schlecht darin. Das verstärkte natürlich ihre Schüchternheit und hielt sie eher von jungen Männern fern. So war sie erst mit dreißig Jahren verheiratet.

Hubert Withers schien der einzige Mann zu sein, der sie einfach um ihrer selbst willen haben wollte. Auch er schien sehr schüchtern zu sein; sein ganz passables Äußeres versteckte er unter einer Brille mit Metallgestell, die ihm überhaupt nicht stand, und einem dünnen Schnurrbart. Er hatte Caroline Todman auf Schritt und Tritt verfolgt und dann den Plan ausgeheckt, ihr das erste Mal in der Stadtbücherei von Georgetown zu begegnen. Sie begannen, sich über Bücher zu unterhalten, und schüchtern lud er sie in ein billiges Café ein. Offensichtlich war er sich überhaupt nicht darüber bewußt, wen er da vor sich hatte.

Caroline war fasziniert, und selbst der alte Todman brachte

mürrisch seine Wertschätzung zum Ausdruck. Der junge Mann schien genügend Liebenswürdigkeit zu besitzen und war anscheinend wie betäubt, als ihn Caroline zum ersten Mal zu sich auf den Familiensitz einlud, der in der feinsten Gegend Georgetowns inmitten etlicher Hektar Parkgelände lag. Hubert erklärte stammelnd, er habe ja keine Ahnung davon gehabt, daß sie die Tochter *des* Arnold Todman sei. Es war ein gelungener Auftritt – Hubert hätte wirklich Schauspieler werden sollen.

Doch leider, so gestand er seinem zukünftigen Schwiegervater freimütig, wenn auch zaghaft, ein, war er nur ein mittelloser Student, etliche Jahre jünger als Caroline, und bekam, von seiner Studienbeihilfe einmal abgesehen, keinerlei nennenswerte finanzielle Unterstützung. Er erzählte, er arbeite momentan an einer bestimmten These über den Einfluß der Hexerei auf das europäische Denken des Mittelalters. In Wirklichkeit brachte er diesem Thema nur ein gelindes Interesse entgegen, doch er wußte genug, um sich auf überzeugende Weise mit einem Millionär darüber zu unterhalten, der einmal als ungelernter Bauarbeiter angefangen hatte.

Alles kam so, wie Hubert es sich erhofft hatte. Todman gab sein Einverständnis – doch unter einer Bedingung: Der junge Withers sollte sein Interesse an der Geschichtsforschung zu seinem Hobby machen und einen Job in der Firma annehmen.

»Fang unten an, mein Sohn, mach's genau wie ich. Dann hast du bald Erfolg.«

Ein Blick auf Hubert hatte Arnold Todman zu dem Entschluß kommen lassen, daß die unterste Sprosse auf der Leiter zum Erfolg in der Bauindustrie für diesen zartgebauten Intellektuellen nicht bedeutete, als Arbeiter auf dem Bau anzufangen. Statt dessen wurde Hubert eine Stelle auf der bequemen, weitaus weniger anstrengenden Palette einfacher Arbeiten in dieser Branche zugeteilt. Er bekam den Posten eines besseren Bürogehilfen, der zufällig mit der Tochter des Chefs verheiratet werden würde.

Das hätte auch gut so funktionieren können, wenn nicht eines gewesen wäre: Nach einigen Monaten stellte sich mit schmerzhafter Deutlichkeit heraus, daß Hubert einfach nicht für diese

Arbeit geeignet war. Da paßte es wahrscheinlich ganz gut, daß Arnold Todman an Herzversagen starb, bevor irgend jemand von Huberts Vorgesetzten sich das Herz gefaßt hatte, ihm zu sagen, daß Hubert ein hoffnungsloser Fall war und das auch immer bleiben würde. Arnold starb glücklich. Er wußte, daß Caroline verheiratet war und daß sein Schwiegersohn in der Firma bald Karriere machen würde. Alles, was er besaß, vererbte er Caroline – einschließlich der Aktienmajorität im Geschäft, mit der er sich seine Kontrolle gesichert hatte.

Caroline wußte über die Firma lediglich, daß sie ein stattliches Einkommen ermöglichte. Auf Anraten leitender Angestellter hatte sie das Geschäft bald fest in der Hand. Da sie jetzt kein zusätzliches Geld mehr nötig hatten, meinte sie taktvoll zu Hubert, er solle doch seinen sogenannten Job aufgeben und seine Forschungen weitertreiben, an denen ihm soviel gelegen war. Hubert willigte erleichtert ein. Seine Zufriedenheit mit der Situation wurde nur dadurch geschmälert, daß Caroline trotz ihrer Schlichtheit und Schüchternheit die Finanzmittel der Familie fest zusammenhielt.

Sie wohnten jetzt im Haus der Todmans, und dort hatte man Hubert für seine Forschungsarbeiten die prächtige Bibliothek überlassen und auf den Regalen Platz für seine Nachschlagewerke geschaffen. Caroline organisierte den Haushalt, kümmerte sich um alle finanziellen Angelegenheiten und hielt die Verbindung zur Firma aufrecht. Hubert verbrachte einsame und frustrierende Stunden in der Bibliothek. Das Personal begegnete ihm mit großer Achtung.

»Der Herr arbeitet gerade an seinem Buch«, sagte der Butler immer mit großem Ernst zu einem kichernden Dienstmädchen oder einem unbeholfenen Küchenjungen. »Weißt du nicht, daß er dazu vollständige Ruhe braucht?«

Und so sorgte man dafür, daß Hubert vollständige Ruhe hatte. Ihn machte das fast wahnsinnig. Seine geistige Gesundheit wurde letztlich nur dadurch gerettet, daß er anfing, seine öden Stunden damit zu füllen, bei Rennen auf Pferde zu setzen.

Als Ehemann von Caroline (geborene Todman) war er natürlich für die Buchmacher überaus kreditwürdig. Nichtsdestotrotz ließ sich aber nicht an der Tatsache rütteln, daß er nur über das spärliche Taschengeld verfügte, das ihm seine Frau in bar zuteilte. »Immerhin kannst du mir ja alles in Rechnung stellen, nicht wahr, mein Schatz?« Jetzt war jedoch der Punkt erreicht, an dem seine Gläubiger auf seine Zahlungen beharrten und keinen weiteren Aufschub duldeten. Für eine Weile hatte er sie ruhighalten können, indem er heimlich ein wertvolles Gemälde aus dem blauen Morgenzimmer – einem Ort, den Caroline nur sehr selten betrat – verkaufte, doch das war nur ein Tropfen auf den heißen Stein. Bald würden sie nicht mehr lockerlassen.

So wie Hubert die Sache sah, stand er vor zwei Alternativen. Er konnte Caroline die ganze Sache gestehen, und sie würde zweifellos seine Schulden bezahlen, um die Familienehre zu retten. Doch dann würde er sein Leben so nicht mehr weiterführen können. Die andere Möglichkeit bestand darin, sie umzubringen.

Daß es noch eine dritte Möglichkeit für ihn gab, fiel ihm, wie bereits erwähnt, an einem Donnerstagmorgen im Frühling ein. Caroline, die über innere Schmerzen geklagt hatte, war am Tag zuvor ins Krankenhaus gegangen, um sich untersuchen zu lassen und unter Beobachtung zu bleiben. Am Donnerstag rief dann Dr. Edwards bei Hubert an. Er war ein alter Freund der Familie Todman und ihr medizinischer Berater.

»Ich fürchte«, sagte der Arzt, »daß Mrs. Withers umgehend operiert werden muß.«

»Was hat sie denn?« fragte Hubert und hoffte, einigermaßen besorgt zu klingen, denn das Herz hüpfte ihm vor Freude in der Brust.

Doch alle diesbezüglichen Illusionen wurden ihm schnell geraubt. »Oh, jetzt, wo wir es rechtzeitig entdeckt haben, ist es nichts Gefährliches«, beruhigte ihn der Arzt. »Sie hat eine große, aber glücklicherweise harmlose Wucherung im Bereich der Gebärmutter, und das ist zweifellos auch der Grund dafür, daß sie keine Kinder hat. Ich denke, sie läßt sich ohne eine komplette Hysterektomie entfernen, aber . . .«

»Eine komplette was?« fragte Hubert, der von medizinischen Dingen nicht allzuviel verstand.

»Eine operative Entfernung der Gebärmutter und der Eierstöcke«, erläuterte Dr. Edwards. »Die Operation ist nicht sonderlich gefährlich, aber ich befürchte, guter Mann, Sie müssen sich mit der Tatsache abfinden, daß Caroline nie ein Kind bekommen kann.«

Das paßte Hubert großartig, doch er gab die angemessenen Laute des Bedauerns von sich. Dann kam Dr. Edwards mit der lebensrettenden Nachricht, die bei Hubert wie eine Bombe einschlug.

»Mr. Withers, ich muß nachdrücklich darauf hinweisen, daß die Operation, obwohl sie medizinisch gesehen recht einfach ist, für eine Frau schlimme Nachwirkungen seelischer Art haben kann. Der Chirurg erledigt nämlich sozusagen innerhalb von einer halben Stunde das, was die Natur ganz allmählich über einen Zeitraum von mehreren Jahren bewerkstelligt. Das führt dazu, daß einige Frauen nach der Operation unter schweren Depressionen leiden. Ich möchte Ihnen da keine Angst einjagen, aber manchmal kann es zu Wahnvorstellungen und eine Zeitlang sogar zu einer leichten Geistesgestörtheit kommen. Seien Sie deshalb besonders freundlich und aufmerksam zu Ihrer Frau, wenn sie aus dem Krankenhaus kommt.«

»Natürlich«, erwiderte Hubert.

»Das beste wäre natürlich«, fuhr der Arzt fort, »wenn die Frau irgendein Haustier bekommen könnte – als Ersatz für ein Kind, wenn Sie so wollen. Darauf könnte sie dann die ganze aufgestaute Zuneigung übertragen, die sie einem Kind entgegenbringen würde, von dem sie jetzt weiß, daß sie es niemals haben kann.«

»Caroline hat bereits ein Haustier«, meinte Hubert. »Eine Siamkatze.« Er versuchte, seine Abneigung gegenüber diesem Tier mit seinen unveränderlichen blauen Augen und seinem herablassenden Gehabe nicht durchklingen zu lassen. Dieses Vieh hatte er schon immer gehaßt.

»Und sie mag sie?« wollte Dr. Edwards wissen.

»Sie ist ihr ein und alles«, sagte Hubert. »Sie hat sogar einen siamesischen Namen für sie gefunden – Pakdee, was soviel wie ›treue Katze‹ bedeutet.«

»Das ist ja großartig«, ließ sich der Arzt vernehmen. »Wahrscheinlich kann die Katze mehr für Ihre Frau tun als Sie oder ich.«

In Huberts Kopf nahm ein Plan Gestalt an. Er sagte: »Ich überlege gerade – wenn sie kräftig genug ist, wäre es vielleicht eine gute Idee, Urlaub zu machen.«

»Hervorragend, hervorragend!«

»Ich selbst kann leider nicht weg«, ergänzte Hubert. »Caroline hat aber eine alte, verheiratete Schulfreundin, die in England lebt: Lady Annabel Fairley. Annabel hat sie schon lange darum gebeten, daß sie einmal zu Besuch kommt.«

»Wenn Caroline damit einverstanden ist«, sagte der Arzt, »ist das ein überaus zufriedenstellender Plan. Ich hätte nur nicht gerne gesehen, wenn sie allein in irgendein Hotel gegangen wäre. Ein Besuch bei einer Freundin und ein vollständiger Tapetenwechsel – auf alle Fälle, ja.«

Nach einigen Wochen kam Caroline aus dem Krankenhaus und erholte sich rasch. Keine der schlimmen Nachwirkungen, die der Arzt vorhergesagt hatte, schienen sich bei ihr einzustellen, doch das hinderte Huberts blühende Phantasie nicht daran, welche zu erfinden.

Jedesmal, wenn der Arzt vorbeikam – denn auch heute noch machen Ärzte bei Leuten wie Caroline Hausbesuche –, schaffte es Hubert, ihn allein zu sprechen, bevor er wieder ging.

»Unsere Patientin scheint hervorragende Fortschritte zu machen«, sagte der Arzt immer.

»Nun . . . ja und nein, Herr Doktor.«

»Wie meinen Sie das?«

»Natürlich können Sie es bei Ihren Besuchen nicht feststellen, aber Sie hatten mich gewarnt, und ich meine, Sie sollten wissen, daß die ganze Sache zu einer wahren Obsession geworden ist.«

»Sache? Was für eine Sache, Mr. Withers?«

»Diese Geschichte mit der Siamkatze. Sie läßt sie einfach nicht mehr aus den Augen.« Caroline hatte sich gerade ausgeruht, als der Arzt gekommen war, und in der Tat hatten Pakdee und sie eng zusammengekuschelt auf dem Tagesbett gelegen. Hubert fuhr fort: »Sie hat sogar diese verrückte Idee, daß jemand darauf aus ist, dem Kater Schaden zuzufügen. Ich kann mich des dummen Gefühls nicht erwehren, daß es für einen nicht sonderlich gesund ist, sich so von einem Tier vereinnahmen zu lassen. Immerhin ist es doch nur ein Tier.«

»Mr. Withers, ich sagte Ihnen ja bereits, das ist ganz normal.« Dr. Edwards beruhigte ihn. »Es geht vorbei.«

Als Benson, der Butler, einige Tage darauf Cocktails servierte, machte Hubert Caroline den Vorschlag, daß sie doch die Fairleys in England besuchen könnte. Caroline war begeistert. Seit ihrer Hochzeit und ihrer Eingebundenheit in die Firma war sie viel selbstsicherer geworden. »Das ist ja wirklich eine hervorragende Idee, Hubert. Morgen rufe ich Annabel an. Du kommst doch auch mit, oder?«

»Ich wünschte, es wäre möglich, Liebling«, entgegnete Hubert, »doch ich habe neulich mit Bentinck gesprochen« – Bentinck war der Hauptgeschäftsführer der Firma –, »und er meint, wir sollten nicht beide gleichzeitig im Ausland sein. Außerdem bin ich Annabel noch nie begegnet. Wenn ihr unter euch seid, macht es dir doch sowieso mehr Spaß.«

»Ja, vielleicht«, meinte Caroline gut gelaunt. »Ich wünschte nur, ich könnte Dee-Dee mitnehmen, aber diese dämlichen britischen Quarantänebestimmungen machen das unmöglich. Du kümmerst dich doch für mich um ihn, nicht wahr, Hubert?«

Dee-Dee war Carolines Kosename für Pakdee. Hubert war er fast ebensosehr zuwider wie das Kunststück im Salon, das das Tier ausschließlich für Caroline aufführte. Jedesmal, wenn Caroline von draußen ins Haus zurückkehrte, stand sie im Flur und rief in einem ganz bestimmten Tonfall: »Dee-Dee!« Und wo immer die Katze auch sein mochte, sie kam auf diesen Ton herbeigestürzt, sprang mit einem Satz in Carolines Arme, legte ihr ihre dunkelbraunen Vorderbeine um den Hals und vergrub ihr Gesicht in der Mulde an ihrer Schulter. Hubert wurde immer leicht übel, wenn er das sah.

Jetzt jedoch meinte er nur leichthin: »Natürlich, mache ich das, Liebling, das weißt du doch.« Bald konnte er Dr. Edwards berichten, daß es Caroline viel besserzugehen schien und sie damit einverstanden war, nach England zu reisen und ihre Freundin zu besuchen.

An dem Morgen, an dem der Arzt zur letzten Nachuntersuchung vorbeikam, fragte Hubert seine Frau, die mit Pakdee auf dem Schoß auf dem Sofa saß: »Ist jetzt alles fest? Am zwanzigsten fliegst du doch nach England?«

»Ja«, antwortete Caroline. »Das Reisebüro hat mir einen Platz erster Klasse für den Mittagsflug gebucht.«

In unverändert freundlichem, gelassenem Ton ergänzte Hubert: »Dann kann ich es dir auch gleich sagen: Sobald du weg bist, werde ich dafür sorgen, daß diese Katze verschwindet.«

»Es sollte . . .« Caroline traute ihren Ohren nicht. »*Was* hast du vor?«

»Dafür zu sorgen, daß die Katze verschwindet«, erwiderte Hubert. »Ich werde sie einschläfern lassen. Darüber mußt du dir im klaren sein, mein Schatz.« Dann ging er aus dem Zimmer.

Dr. Edwards fand seine Patientin in einem fast hysterischen Zustand völlig in Tränen aufgelöst vor. Soweit er aus ihren Worten klug wurde, hatte ihr ihr Mann angedroht, den Kater einschläfern zu lassen, sobald sie nach England abgereist war. Sie wollte jetzt unter gar keinen Umständen mehr fliegen. Nichts in aller Welt konnte sie noch dazu bringen. Hubert mußte den Verstand verloren haben. Als der Arzt andeutete, sie könne ihren Gatten vielleicht mißverstanden haben, drückte Caroline die Katze noch fester an ihr Herz und rief schluchzend, der Doktor sei genauso schlimm wie Hubert und stecke wahrscheinlich mit ihm unter einer Decke. Dr. Edwards überredete sie, ein Beruhigungsmittel zu nehmen, und suchte Hubert.

Hubert stieß einen tiefen Seufzer aus. »Oje«, meinte er, »dann fängt ja alles wieder von vorne an. Wie bedrückend. Ich nehme an, daß der Gedanke an die Auslandsreise sie aus dem Gleichgewicht gebracht hat. Dabei schien sie in letzter Zeit doch schon so viel vernünftiger geworden zu sein.«

Edwards räusperte sich. »Ich gehe davon aus, Mr. Withers, daß Sie nicht versehentlich irgendeine Bemerkung gemacht haben, die sie auf die Idee gebracht haben könnte . . .«

»Auf gar keinen Fall!« Hubert war in angemessenem Umfang entrüstet. »Selbstverständlich habe ich ihr gestern noch versichert, daß ich alles täte, um während ihrer Abwesenheit für ihre Katze zu sorgen. Ich glaube sogar, daß Benson dabei gerade Drinks serviert hat. Er muß es gehört haben. Ich werde ihn sofort einmal rufen.«

Dem Arzt war die Sache äußerst peinlich. »Mein lieber Mr. Withers, das können Sie sich sparen. Natürlich glaube ich Ihnen.«

Hubert blieb jedoch hart. »Nein, nein, ich bestehe darauf.« Sein Finger drückte bereits auf die Klingel. »Die ganze Geschichte hat so besorgniserregende Dimensionen angenommen, daß ich meine, Sie sollten sich absolut sicher sein, daß Caroline Wahnvorstellungen hat.«

Benson kam herein und bestätigte pflichtbewußt, was Hubert gesagt hatte. Natürlich, ergänzte er als Antwort auf die Fragen des Arztes, gehöre die Katze der gnädigen Frau, die dem Tier auch eine ganz besondere Zuneigung entgegenbringe. Den Hausherrn habe er dem Tier gegenüber nur freundlich und aufmerksam erlebt. Zumindest immer dann, wenn er dabeigewesen sei. Madam und die Katze verbrächten den Großteil ihrer Zeit zusammen.

Die Katze dürfe nicht in die Küche, aber Madam füttere sie immer eigenhändig in dem Raum, in dem er als Butler das Essen anrichte. Er, Benson, würde sich freuen, während ihrer Abwesenheit diese Aufgabe persönlich zu übernehmen. Benson war ein englischer Butler alter Schule und zusammen mit Arnold Todmans Haus an die Tochter übergegangen. Er kannte Caroline von Kind auf und mochte sie sehr gerne. Bei einer

Aufzählung von Carolines Freunden durfte Benson nicht fehlen.

»Nun«, sagte Dr. Edwards, als Benson sich zurückgezogen hatte, »wie Sie selber sagen, ist das ein trauriger Rückschlag. Ich meine, es ist jetzt wichtiger denn je, daß sie verreist und Urlaub macht. Andererseits müssen wir sie irgendwie davon überzeugen, daß sie sich Ihre Drohung nur eingebildet hat, denn die Katze kann sie ja nicht mitnehmen. Sollen wir einmal zusammen mit ihr sprechen?«

Sie sprachen zusammen mit Caroline, sie sprachen einzeln mit ihr. Hubert beteuerte immer wieder, daß er sich um Pakdee kümmern würde. Benson versprach, die Katze von Hand zu füttern und es Caroline telefonisch sofort wissen zu lassen, wenn irgend etwas mit ihr nicht zu stimmen schien.

Schließlich war Caroline überzeugt. Tatsächlich war sie mehr als das – sie hatte Angst, denn sie glaubte jetzt wirklich, an Wahnvorstellungen zu leiden. Es ist immer ein wenig erschreckend, das Gefühl zu haben, wahnsinnig werden zu können.

In einem Gespräch unter vier Augen meinte Dr. Edwards dann zu Hubert, er habe große Hoffnungen, daß Carolines Urlaub in England allen weiteren Symptomen ein Ende bereiten würde, besonders wenn sie bei ihrer Rückkehr die Katze in bester Gesundheit vorfinde. Wenn sie allerdings auch nach ihrer Rückkehr noch unter Wahnvorstellungen leide, fügte er hinzu, dann könnte es für sie notwendig werden, sich für einige Wochen in einem ruhigen Pflegeheim einer Kur zu unterziehen.

Hubert verabschiedete sich am Flughafen Dulles von Caroline. Er machte und sagte all das, was man in einem solchen Fall von ihm erwarten konnte. In dem Augenblick, in dem sich die Türen der fahrbaren Kabinen, die die Passagiere nach London zum wartenden Jumbo-Jet brachten, schlossen, meinte er sanft und freundlich zu ihr: »Ich werde Pakdee heute abend einschläfern lassen. Auf Wiedersehen, mein Schatz. Viel Spaß.«

Caroline weinte den ganzen Flug nach London über, trotz –

oder vielleicht wegen – des ausgezeichneten Champagners, den die Stewardeß ihr in der Hoffnung, sie dadurch etwas aufzuheitern, einflößte. Als sie in Fairley Hall ankam, war es nach Mitternacht britischer Zeit. Caroline bestand darauf, umgehend zu Hause anzurufen und mit Benson zu sprechen. Der versicherte ihr, daß Pakdee gesund und munter sei und gerade sein Abendessen genieße – in Washington war es sieben Uhr abends.

»Ich freue mich, daß Sie einen ruhigen Flug hatten, Madam«, sagte Benson. »Ich hole den Herrn des Hauses, dann kann er gleich mit Ihnen sprechen.«

»Nein, nein, lassen Sie das Benson«, erwiderte Caroline. »Sagen Sie ihm nicht, daß ich angerufen habe.« Sie legte den Hörer auf.

Früh am nächsten Morgen sagte Hubert zu Benson. »Ich suche Pakdees Impfpaß. Seine jährlichen Impfungen sind bald fällig.«

»Ja, Sir«, erwiderte Benson. »Madam ließ erst gestern eine ähnliche Bemerkung fallen.«

»Nun, jetzt oder nie. Können Sie eben in der Tierklinik anrufen und sich für heute oder morgen einen Termin geben lassen? Suchen Sie mir dann das Katzenkörbchen; ich nehme die Katze mit.«

Einige Stunden später fuhr Hubert mit einem mürrischen, schweigsamen Pakdee, der wütend aus dem Körbchen auf dem Beifahrersitz des Jaguars herausstarrte, zur Tierklinik. Ordnungsgemäß wurde er geimpft, alles wurde im Impfpaß vermerkt. Auf dem Heimweg bog Hubert jedoch in eine Seitenstraße, setzte zurück und fuhr dann zu einer ganz anderen Adresse. Sie gehörte einem Tierarzt namens Dr. Michaelson, bei dem er noch nie gewesen war und den er sich aus dem Branchenverzeichnis herausgesucht hatte, weil die Praxis in einem abseits gelegenen südlichen Vorort der Stadt in Virginia lag. Hubert stellte sich als Mr. Robinson vor. Er habe gestern, bevor er den Flughafen Dulles verließ, von einer öffentlichen Telefonzelle aus einen Termin mit ihm abgemacht. Dr. Michaelson war ein großer, dünner Mann mit einem langen, ein wenig ausdruckslosen Gesicht und sensiblen Händen mit langen Fingern. Pakdee wurde sofort ruhig, als er ins Sprechzimmer trat, und gestattete ihm, ihn aus dem Körbchen zu heben.

»Na«, meinte Michaelson bewundernd, »da haben Sie aber ein schönes und wertvolles Tier, Mr. Robinson. Die Katze scheint mir ja in bester Verfassung zu sein. Ist irgend etwas nicht in Ordnung mit ihr, oder muß sie nur geimpft werden?«

»Sie braucht mehr als Impfungen«, erwiderte Hubert. »Sie soll eingeschläfert werden.«

»Das ist doch nicht Ihr Ernst, Mr. Robinson.«

»Mit mir hat das ja gar nichts zu tun«, meinte Hubert schroff. »Es ist meine Frau. Sie hat das Tier als Spielzeug gekauft und ist es jetzt satt. Die Katze muß weg.«

»Und ihr fehlt nichts?«

»Nicht daß ich wüßte.«

Der Tierarzt sah nachdenklich drein. Er sagte: »Ein junges, kerngesundes Tier habe ich noch nie gerne eingeschläfert. Insbesondere solch ein feines Exemplar. Sind Sie sich sicher, daß ich ihm kein neues Zuhause suchen soll?«

»Ich will, daß diese Katze getötet wird«, sagte Hubert mit abstoßender Bestimmtheit. »Ich bezahle Sie dafür. Die Katze gehört mir, und ich kann mit ihr machen, was ich will. Machen Sie schon, bringen Sie es hinter sich.«

»Sie bleiben dabei?«

»Auf jeden Fall. Und ich will mit eigenen Augen sehen, wie es getan wird.«

Michaelson seufzte. »Na gut«, meinte er dann. Er ging zum Schrank und bereitete die Spritze vor. »Wollen Sie den Leichnam mitnehmen?«

»Mit Sicherheit nicht.«

»Einige Leute«, sagte Michaelson mit leichter Ironie, »haben so viel für ihre Haustiere übrig, daß sie sie sogar in ihren Gärten begraben. Wenn Sie jedoch wünschen, daß ich das Tier beseitige . . .«

»Ja, das wünsche ich. Machen Sie mit ihm, was Sie wollen – schaffen Sie es nur beiseite.«

»Nun gut.« Mit sanften Bewegungen streichelte Dr. Michaelson über Pakdees Fell. »Na denn, guter Junge, es tut auch nicht weh.«

Hubert versuchte, nicht auf die Nadel zu schauen, als dem Tier die Spritze gegeben wurde, aber irgendwie konnte er die Augen nicht von der Katze abwenden. Pakdee drehte mit letzter Kraft den Kopf und schenkte Hubert aus seinen tiefblauen Augen einen Blick derart abgrundtiefen Hasses, daß Hubert instinktiv einen Schritt nach hinten wich. Dann kippte der Kater nach hinten und lag reglos da.

Hubert riß sich zusammen, wandte seinen Blick vom leblosen Körper des Tieres ab und sagte: »Nun, das wär's dann ja wohl. Vielen Dank. Was bin ich Ihnen schuldig?«

Michaelson erwiderte: »Nichts, Mr. Robinson. Für das Einschläfern von Tieren nehme ich nichts – ganz gleich, ob sie dadurch von ihrem Leid erlöst werden oder bei bester Gesundheit sind.« Der Klang seiner Stimme entsprach Pakdees starrem Blick, als er starb.

Hubert nahm das Körbchen hoch und machte, daß er davonkam. Als er durch das Wartezimmer ging, war er sich des leeren Korbes in der Hand mit schmerzhafter Deutlichkeit bewußt. Die einzige Person, die dort wartete, war eine Dame mittleren Alters mit ernster Miene, die ebenfalls ein Katzenkörbchen in der Hand hielt, in dem sich eine undefinierbare getigerte Katze aufhielt.

»Das tut mir aber leid zu sehen, daß Sie Ihre Katze beim Doktor lassen mußten«, bemerkte sie. »Ist es etwas Schlimmes oder wird sie einfach nur für eine Weile bei ihm untergebracht?«

Hubert murmelte etwas von »einfach untergebracht« und eilte nach draußen zum Auto. Im Moment fühlte er sich nur noch imstande, eine Bar zu suchen und irgendein starkes Getränk in sich hineinzukippen. Wohin er auch blickte, überall erschienen ihm Pakdees Augen. Es war dumm, daß er im Verlauf seiner sogenannten Forschungen gerade ein Buch über die Verbindung zwischen Katzen und Hexerei gelesen hatte. Vielleicht war Caroline ja eine Hexe und Pakdee ihr Schutzgeist. Er bestellte einen weiteren Drink und befahl sich innerlich, sich nicht wie ein Idiot zu benehmen. Schließlich war sein Plan bisher nur zur Hälfte ausgeführt. Mit Pakdee war es ein für allemal vorbei, doch die Frage seines Nachfolgers war noch nicht geklärt.

Etwa eine Stunde später fühlte sich Hubert stark genug, seine Reise mit dem leeren Katzenkörbchen auf dem Beifahrersitz fortzusetzen. Dieses Mal fuhr er über den Beltway bis in die nördlichsten Vororte in Maryland zu einer anderen Adresse, die er ebenfalls im Branchenverzeichnis gefunden hatte. Es handelte sich um einen privaten Verein zur Verhinderung von Grausamkeiten an Tieren, den er ausgewählt hatte, weil er so weit wie möglich vom Sprechzimmer der Praxis Dr. Michaelsons entfernt war. Der Verein, der in seinen Anzeigen bekundete, nie ein gesundes Tier einzuschläfern, fungierte als Agentur für verlorengegangene bzw. gefundene Tiere und vermittelte Katzen zur Adoption. Hubert hatte von Dulles aus auch dort angerufen und sich als Mr. Green ausgegeben. Es war der Herzenswunsch seiner Frau, hatte er gesagt, eine Siamkatze mit schokoladenbraunen Ohrenspitzen zu besitzen, da sie gerade den Verlust ihrer heißgeliebten alten Katze dieser Art zu beklagen hatte. Ob sie wohl eine solche Katze zur Adoption dahätten?

»Momentan haben wir überhaupt keine Katzenjungen.« Hubert war ganz überrascht über die männliche Stimme gewesen. Er hatte immer angenommen, daß solche Vereine von verschrobenen alten Damen geleitet wurden.

»Oh, wir suchen auch kein Katzenjunges«, hatte er rasch erwidert. »Wir wollen eine ausgewachsene Katze. Ungefähr zwei Jahre alt.«

»Ah, dann denke ich, daß wir Ihnen behilflich sein können. Erwachsene Tiere sind immer etwas schwieriger unterzubringen. Eine Siamkatze mit schokoladenbraunen Ohrenspitzen, sagten Sie? Ja, wir haben sogar drei davon.«

»Ich komme morgen nach dem Mittagessen vorbei«, hatte Hubert angekündigt.

Er speiste noch in einem kleinen Restaurant in Maryland, von dem er wußte, daß man ihn dort nicht erkennen würde. Dann fuhr er zur angegebenen Adresse des Vereins, die zu einem kleinen, außerhalb liegenden Haus gehörte, das von einem fast halben Hektar großen Garten umgeben wurde.

Hubert hatte den Eindruck, daß es dort von Katzen jeden Alters, jeder Größe und Farbe nur so wimmelte – einige hielten sich in geräumigen Drahtgehegen auf, andere liefen frei herum. Der freundliche ältere Herr, der die Vordertür öffnete und sich als Mr. O'Donnell vorstellte, scheuchte eine ganze Schar von ihnen weg.

»Ah, Mr. Green«, strahlte er. »Schön, Sie zu sehen. Bitte kommen Sie doch herein. Ich werde Sie in den Salon führen – das ist der einzige Ort, an den Katzen nicht dürfen.« Er geleitete Hubert in einen kleinen, mit schäbigen Möbeln ausgestatteten Raum. »Ich glaube, Sie halten dies für ein recht seltsames Etablissement, aber es ist eine sehr lohnende Arbeit. Sie leistet einen Beitrag, wissen Sie?«

Hubert war sich sicher, daß man auch von ihm erwartete, einen Beitrag zu leisten. Er hatte das Geld bei sich.

Mr. O'Donnell sprach immer noch. »Eine Siamkatze mit schokoladenbraunen Ohrenspitzen, glaube ich, sagten Sie. Ungefähr zwei Jahre alt.«

»Ganz genau«, ergänzte Hubert. »Einen kastrierten Kater.«

»Einen kastrierten Kater? Das hatten Sie aber nicht gesagt. Dadurch wird die Auswahl ein wenig geringer, aber . . . ja, wir haben zwei. Ich hole sie, dann können Sie sich einen aussuchen.«

Allein gelassen ließ Hubert in Gedanken noch einmal seinen Plan abspulen. Es schien ihm ein sehr guter Plan zu sein. Seiner Meinung nach sah eine Siamkatze aus wie jede andere – außer vielleicht für Menschen, die sie liebten. Mit Sicherheit würde keiner vom Personal – nicht einmal Benson – Pakdee so gut kennen, daß er ihn eindeutig identifizieren konnte. Dr. Edwards hatte die Katze nur bei ein paar flüchtigen Gelegenheiten zu Gesicht bekommen. Nur Caroline würde keinen Ersatz akzeptieren – besonders hinsichtlich der Tatsache, daß die neue Katze mit Sicherheit nicht mit Pakdees Salonkunststück auf ihren Ruf reagieren würde. Weil er Benson belauscht hatte, wußte er, daß Caroline den Butler am Abend zuvor angerufen hatte, und nahm an, daß ein ähnlicher Anruf jeden Tag kommen würde. Benson würde sie immer wieder beruhigen. Wenn Caroline dann zurückkehrte und behauptete, die Katze im Haus sei gar nicht ihre Katze . . . nun, dann würde ihr Dr. Edwards bestimmt das ruhige Pflegeheim verordnen, und das würde es Hubert ermöglichen, die benötigte Vollmacht zu bekommen. Selbst wenn es nur für einige Wochen war, es würde genügen.

Mr. O'Donnell kam zurück und riß ihn aus seinen Träumereien. Unter jedem Arm hatte er eine Katze.

»Da sind wir«, meinte er und stellte die Tiere auf den Boden. »Entzückende Geschöpfe, beide. Wählen Sie.«

Von Anfang an bestand nicht der geringste Zweifel. Ein Kater war beträchtlich größer als Pakdee, und seine Ohrenspitzen waren in einem viel helleren Braun gefärbt als die von Carolines Katze. Die andere kam jedoch ohne Abstriche in Frage. Sicher, ihr Fell war insgesamt etwas blasser als Pakdees, flauschiger und weniger glatt. Die Augen hatten nicht nur ein helleres Blau, sondern auch einen milden und freundlichen Ausdruck. Der Kater hatte jedoch ungefähr die richtige Größe, und Hubert war sich sicher, daß sich mit ihr außer Caroline alle zum Narren halten lassen würden.

»Natürlich nehmen wir keine Gebühr für die Katze«, versicherte ihm O'Donnell. »Wenn Sie jedoch eine kleine Spende in beliebiger Höhe dalassen wollen . . .«

Hubert machte eine Spende und ließ den falschen Pakdee ins Körbchen huschen. Dort saß der Kater und schnurrte, seine sanften Augen halb geschlossen. Als Hubert Mr. O'Donnell noch einmal versichert hatte, daß sie bereits eine Siamkatze gehabt hatten und deshalb die Heftchen über die Pflege und das Füttern nicht benötigten, die der Verein anbot, hatte sich der Kater bereits in Pakdees Körbchen zusammengerollt und war fest eingeschlafen.

Benson traf Hubert an der Eingangstür und nahm ihm den Korb ab. »Ich hoffe, mit dem kleinen Kerl ist soweit alles in Ordnung, Sir«, meinte er. »Wir waren ein wenig besorgt, als Sie nicht bis zum Mittagessen zu Hause waren.«

»Das tut mir leid, Benson«, erwiderte Hubert. »Ich mußte mich noch um eine geschäftliche Sache kümmern, und dazu gehörte es, auswärts zu Mittag zu essen.« Er zögerte. »Pakdee wirkt ein wenig lethargisch«, fügte er dann hinzu. »Wahrscheinlich eine Nachwirkung der Impfungen. Aber der Arzt sagt, er sei in bester gesundheitlicher Verfassung. Geben Sie ihm heute abend nur eine leichte Mahlzeit.«

»Wie Sie meinen, Sir.«

Hubert sollte recht behalten. Caroline rief an jenem Abend wieder an und sprach mit Benson. Als sie hörte, daß Pakdee zur Tierklinik gefahren worden war, um dort Spritzen zu bekommen, wurde sie wieder ganz panisch – sehr zum Befremden ihrer Freundin Annabel. Erst als sie ihren Tierarzt in dessen Privatwohnung angerufen hatte und von ihm erfuhr, Mr. Withers habe Pakdee an jenem Morgen tatsächlich impfen lassen, beruhigte sie sich wieder. Annabel sprach mit ihrem Mann über die Angelegenheit, und beide beschlossen, Hubert zu schreiben und ihm mitzuteilen, daß sie sich über Carolines nervlichen Zustand und ihre offensichtlichen Zwangsvorstellungen bezüglich der Katze Sorgen machten.

Der Brief kam einen Tag vor Carolines Rückkehr an und übertraf Huberts kühnste Erwartungen. Sofort rief er Dr. Edwards an. Das hatte er zwar sowieso vorgehabt, aber diese Gelegenheit schickte ihm der Himmel. Er schlug dem Arzt vor, nach Möglichkeit dabeizusein, wenn Caroline zurückkehrte, und so das Wiedersehen mit ihrer geliebten Katze zu beobachten. Der Arzt willigte ein.

Während Carolines Abwesenheit hatte Hubert die Siamkatze kaum eines Blickes gewürdigt. Sie war vollständig in Bensons Obhut gewesen. Er hatte sich jedoch die Mühe gemacht, sich häufig nach dem Wohlbefinden der Katze zu erkundigen, und Benson hatte ihm versichert, daß es dem kleinen Kerl gutgehe, daß er gut fraß und daß er wieder ganz der alte war. Hubert war äußerst zufrieden.

Als Caroline zurückerwartet wurde, bewirtete Hubert den Arzt mit einem Mittagessen und ließ ihn mit seinem Verdauungskaffee allein, um nach Dulles zu fahren und dort seine Frau abzuholen.

Caroline sah blendend aus. Sie erkundigte sich sofort nach Pakdee, und Hubert versicherte ihr, daß er in bester Verfassung sei. »Er hat dich natürlich vermißt, Liebling«, meinte er, »aber Benson und ich haben versucht, es für ihn so erträglich wie möglich zu gestalten. Er wird ganz begeistert sein, dich wiederzusehen.«

Auf der Heimfahrt über den lieblichen George Washington Parkway plauderte Caroline glücklich über England und ihre Freundinnen. Hubert schwieg. Er sammelte mit gemischten Gefühlen seine Kräfte für das, was in Kürze bevorstand. Es würde eine unangenehme Sache werden, und er verabscheute unangenehme Situationen. Caroline würde hysterisch werden, und hysterische Frauen waren ihm zuwider. Seine Rechnung jedenfalls würde aufgehen. Es konnte nicht schiefgehen. Und Dr. Edwards würde höchstpersönlich dabeisein und alles mit eigenen Augen sehen.

Benson hörte den Wagen auf der Auffahrt und hatte die Eingangstür bereits geöffnet, bevor Caroline die oberste Treppenstufe erreichte.

»Willkommen daheim, Madam!«

»Oh, Benson, es ist schön, wieder zurück zu sein!« Caroline trat in die große Eingangshalle, als der Arzt aus dem Salon kam. »Nanu, Dr. Edwards, ich wußte ja gar nicht, daß Sie auch dasein würden. Das ist aber außerordentlich freundlich von Ihnen. Ja, mir geht es großartig – ich hatte einen wunderbaren Urlaub.« Sie legte ihre Handtasche ab und rief: »Dee-Dee! Ich bin wieder da, Dee-Dee!« In diesem Moment kam Hubert durch die Eingangstür.

Die Katze mußte auf der Treppe gewartet haben, oben auf dem Treppenabsatz, von dessen Fenster aus man die Eingangstür überblicken konnte. Wie eine Rakete kam sie die letzten Stufen heruntergestürmt; mit einem Satz sprang sie in Carolines Arme und schnurrte vor Vergnügen. Als Caroline sie liebkoste, blickte sie über ihre Schulter zu Hubert. Die vertrauten, stahlblauen Augen glänzten vor Triumph. Das vertraute, glatte Fell. Pakdee.

»Mein Dee-Dee«, murmelte Caroline, »mein Pakdee! Meine treue Katze!«

Hubert war es, der die nächsten paar Wochen in einem ruhigen Pflegeheim verbrachte. Kurz nach seiner Entlassung ließen sich Caroline und er scheiden. Man hörte noch, daß Hubert irgendwo in Kalifornien nach einer neuen Erbin suchte. Er schaffte es irgendwie, von der mageren Zuwendung zu leben, die ihm Carolines Rechtsanwälte jeden Monat zukommen ließen. Die Zuwendung wäre deutlich großzügiger ausgefallen – Caroline war alles andere als knauserig –, wenn Hubert nicht in seiner Raserei erklärt hätte, Caroline sei eine Hexe, und er habe mit eigenen Augen gesehen, wie Pakdee gestorben sei.

Dr. Edwards versuchte, ein gutes Wort für ihn einzulegen. »Er war ein bißchen durcheinander, Mrs. Withers. Wie sollte er denn gesehen haben, daß die Katze starb, wenn sie doch ganz offensichtlich quietschfidel herumlief? Ich denke, Sie müssen ihn finanziell unterstützen.«

»Er hatte die Absicht«, erwiderte Caroline, »und nur das zählt.«

Seltsamerweise besuchte Dr. Michaelson mit einem halben Dutzend entzückender Katzenbabys, die er zur Adoption dabeihatte, den privaten Verein zur Verhinderung von Grausamkeiten an Tieren in Maryland nur wenige Tage nach Carolines Rückkehr.

»Ich nehme an, daß es Ihnen keine Schwierigkeiten bereitet hat, ein neues Zuhause für diese wunderschöne Siamkatze zu finden, oder?« wollte er wissen.

»Welche?« fragte Mr. O'Donnell.

»Oh!« meinte Mrs. O'Donnell, und ihr ernstes Gesicht wurde ganz weich, als sie in sich hineinlächelte. »John meint den Kater, den ich aus seinem Sprechzimmer mitgenommen habe. Irgendein unglücklicher Mann hatte ihn gebracht, um ihn einschläfern zu lassen, weil, wie er sagte, seine Frau ihn satt habe – den Kater, meine ich.«

»Ich nehme an, ich hätte ihn auch tatsächlich einschläfern sollen«, meinte John Michaelson. »Aber es war ein ungeheuer schönes Tier und kerngesund dazu. Ich habe kein Geld genommen und hatte Robinsons Einwilligung, das Tier so zu beseitigen, wie ich das für richtig hielt. Ich habe dem Tier nur eine Betäubungsspritze gegeben, und der Mann ging in der Überzeugung weg, daß es tot sei. Ich wußte, daß Grace im Wartezimmer saß und konnte so den Kater umgehend hierherbringen lassen.«

»Ganz genau«, sagte Grace O'Donnell. »Ich habe ihn gebadet und mit dem Fön das Fell getrocknet – es wurde dadurch wirklich um einiges heller – und habe ihm Augentropfen gegeben, die er meiner Meinung nach brauchte. Dann ging ich zum Einkaufen, und, ob Sie es glauben oder nicht, als ich wieder zurückkam, hatte Patrick bereits ein neues Zuhause für ihn gefunden, und zwar bei einem . . . Mr. Green, hieß er doch, nicht wahr, Patrick?«

»Ja, meine Liebe. Ein netter Kerl. Hatte schon vorher Siamkatzen gehabt. Wollte genau diesen Kater, um ihn seiner Frau zu schenken, die gerade ihren verloren hatte.«

»Mr. Green scheint eine viel nettere Frau zu haben als Mr. Robinson«, sagte Grace O'Donnell. »Ich bin sicher, daß das arme Tier jetzt bei sehr glücklichen Menschen ist.«

Daran kann es keinen Zweifel geben, Mrs. O'Donnell.

Der letzte Kuß

Douglas Borten

Gray hatte es nicht besonders eilig, Craig Allens Haus zu verlassen. Der Mord war fast lautlos vonstatten gegangen, und es war zu bezweifeln, daß irgendein Nachbar etwas gehört hatte. Er glaubte, Zeit genug zu haben, einige Kleinigkeiten zu regeln.

In erster Linie galt es, die entstandene Unordnung zu beseitigen. Erfahrung lehrte ihn, daß alle Spuren, die zu Indizien werden könnten, zu verwischen waren. Je länger die Polizei zur Spurensuche brauchte, desto kälter wurde diese Spur.

Ein plötzlich einsetzendes sanftes Plätschern lenkte seinen Blick auf die Vorderfrontfenster. Er sah, daß das Glas mit dicken silbernen Regentropfen gesprenkelt wurde, als seien es Quecksilberperlen. Die kleinen Vierecke des Himmels, die durch das Schiebefenster wie eingerahmt wirkten, nahmen einen unwirklichen rosa Farbton an; die Palmen in der Ferne wurden von Windböen geschüttelt. Irgendwo krachte Donner.

Gray lächelte. Er mochte diese Sommergewitter, die über die Halbinsel rasten. Sie waren bei der drückenden Hitze eine Erlösung und gut gegen die allgegenwärtigen Schmeißfliegen. Der Sturm, da war er sich sicher, war ein gutes Omen. Die Götter waren auf seiner Seite.

Er hievte Allens schlaffen Körper von der Couch und legte ihn sacht auf den Holzfußboden, um das Sofa genauer zu inspizieren. Der Schaden war nicht sehr groß. Ein dunkelroter Fleck hatte das mittlere Sitzkissen verfärbt, aber ansonsten waren nur ein paar vereinzelte Spritzer zu erkennen. Das Übliche. Damit würde er ›ruck-zuck‹ fertig werden.

Unter dem Spülstein in der Küche fanden sich, neben einem

Abfalleimer, der mit der *St. Petersburg Times* von gestern vollgestopft war, die Putzmittel. Grinsend fischte er die Zeitung hervor, faltete sie auseinander und kostete die Schlagzeile: ‹DER KILLER AUS PINELLAS COUNTY HAT SEIN NEUNTES OPFER GEFUNDEN› genüßlich aus.

Nummer neun war eine ältere Witwe namens Eleanor Ritter gewesen, die ganz allein in einem muffigen, staubigen Haus in Dunedin, nördlich von Clearwater gelebt hatte. Gray hatte sie schon vor fast einer Woche umgebracht, aber ihre Leiche hatte man erst vorgestern gefunden, in einer sumpfigen Hafengegend draußen auf Honeymoon Island. Daraufhin hatten alle örtlichen Presseorgane, die sich vorher lediglich mit der Sommerhitze und dem alljährlichen Wettangeln oder ähnlichem Blödsinn beschäftigt hatten, ihre Aufmerksamkeit wieder dem Wesentlichen zugewandt; nämlich ihm. Er wurde in jeder Nachrichtensendung, jeder Zeitung und jeder Radioberichterstattung erwähnt.

O ja, er war sehr bekannt. Eine regelrechte Berühmtheit. Und er fand das großartig. Showbusiness war sein Leben.

Pfeifend ließ er Wasser in einen Eimer laufen, gab Reinigungsmittel dazu, trug ihn ins Wohnzimmer und machte sich daran, die Flecken herauszureiben. Dabei wrang er häufig den Schwamm aus. Das Wasser im Eimer verfärbte sich zu einem schmuddeligen Rosa.

Während dieser Beschäftigung dachte er über seine geheimen Aktivitäten in der Vergangenheit nach und darüber, welches Vergnügen sie ihm bereiteten. Es war herrlich, diese berauschende Erregung zu verspüren, wenn er ein unschuldiges Leben beendete, das Leben einer Person, die nur durch puren Zufall zum Opfer wurde. Eigentlich war es genau dieses Element des Zufalls, die bloße Willkür, die ihn dabei so reizte. Jede Art von logischem Motiv hätte sein Hobby öde und uninteressant gemacht.

Er wußte niemals im voraus, wann er es wieder tun würde. Er wachte einfach auf und fühlte, daß es heute geschehen würde. Es gab gewisse magische Morgen, an denen er den Tod im Golfwind, der durch die Spitzenvorhänge seines Schlafzimmerfensters wehte, riechen konnte. Morgen, an denen die Schreie der Seevögel in der Ferne zu flehenden Stimmen der Verdammten wurden.

An solchen Morgen sprang Gray dann hinter das Lenkrad seines verbeulten Plymouth Horizon, kurbelte die Fenster herunter und fuhr stundenlang in den sonnigen Straßen auf und ab, die US 19 hinauf und hinunter, manchmal auch auf den westlichen und östlichen Querstraßen, und erkundete so die nahe gelegenen Wohngegenden von St. Petersburg oder Largo oder Seminole. Irgendwann hielt er dann vor einem bestimmten Haus, und mit einem Fingerschnippen würde er sagen: »Dies wird es werden.« Er konnte niemals genau sagen, weshalb er dieses oder jenes Haus ausgesucht hatte. Er wußte es einfach, wenn er es sah, das war alles.

Das Haus des verstorbenen Craig M. Allen war ein Bungalow in einer ruhigen Seitenstraße in St. Pete Beach. Nachdem er sich dieses Haus ausgesucht hatte, parkte Gray seinen Wagen zwei Häuserblocks weiter weg, um sicher zu sein, daß sein Wagen nicht mit dem Verbrechen in Verbindung gebracht werden konnte.

Als er sich dem Bungalow zu Fuß genähert hatte, hatte er bemerkt, daß auf den Stufen eine Tageszeitung lag, die in einer Plastiktüte steckte, um sie vor dem angekündigten Regen zu schützen.

Die Zeitung machte ihn stutzig. Wenn tatsächlich jemand zu Hause war, dann wäre sie doch sicher schon bis – er blickte auf seine Armbanduhr – elf Uhr dreißig hereingeholt worden. Dieser Tag war doch schließlich ein Wochentag; wer auch immer hier wohnte, er wäre sicher nicht vor achtzehn Uhr, eher später, zu Hause.

Gray runzelte die Stirn. Er würde auf irgendeine Weise in das Haus eindringen müsssen, um dort auf die Rückkehr seines Opfers zu warten. Der Hinterhalt selbst würde ihm sicher Vergnügen bereiten, aber das Warten fiel schwer. Er überdachte noch einmal die lange frustrierende Zeit des Nichtstuns, die vor ihm lag, als aus dem Haus das ärgerliche Gebrüll eines Mannes zu hören war.

»Verdammt! Verdammter Mist!«

Glas klirrte.

Grays Stirnrunzeln verschwand. Es war also doch jemand im Haus.

Er marschierte energisch durch den Vorgarten, die Vordertreppe hinauf und streifte die Gummihandschuhe über, die er immer bei seinen Unternehmungen trug. Dann klingelte er.

»Gehen Sie!« brüllte dieselbe ärgerliche Stimme.

Gray stemmte sich gegen die Klingel.

»Verpiß dich! Verpiß dich, wer auch immer du bist!«

Gray schüttelte entrüstet den Kopf. Er verabscheute einen rüden Umgangston. In seinen melancholischen Momenten hatte er es schon oft bedauert, daß die Moral der heutigen Zeit immer mehr verfiel.

Er klingelte noch einmal. Diesmal bekam er gar keine Antwort. Es schien, als ob der unbekannte Bewohner des Hauses auf Gesellschaft im Moment keinen Wert legte.

Er überdachte noch einmal seine Möglichkeiten. Einmal konnte er ums Haus schleichen und irgendwo in ein Seitenfenster einbrechen, aber das machte Lärm und wäre auch riskant. Vielleicht besaß der Typ eine Waffe. Natürlich war Gray selbst auch bewaffnet, er hatte eine hübsche kleine Luger 22 in einer der tiefen Taschen seines Regenmantels vergraben – aber die wollte er auf keinen Fall benutzen. Waffen waren für ihn einfach nicht – nun ja, sie waren irgendwie nicht ästhetisch.

Er entschloß sich, einen neuen Versuch zu machen. In anderen, ähnlichen Situationen hatte er die Erfahrung gemacht, daß jemand eher dazu geneigt ist zu öffnen, wenn er mit seinem Namen angesprochen wird.

Als er den Deckel des Briefkastens etwas anhob, fand Gray die heutige Post, die genau wie die Zeitung, noch nicht hereingebracht worden war. Insgesamt waren es drei Umschläge. Zwei waren adressiert an Craig M. Allen, ein dritter trug den Namen einer gewissen Ellen Norris.

»Mr. Allen?« rief Gray.

Eine ziemlich lange Pause folgte. Dann antworte die bebende männliche Stimme:

»Jaaah?«

Gray atmete tief aus.

»Mr. Allen«, sagte er sachte, »ich wohne im nächsten Block. Wir kennen uns nicht. Mein Name ist –« er zögerte den Bruchteil einer Sekunde – »Dougherty, Kyle Dougherty. Ich habe ein Päckchen für Sie. Man hat es fälschlicherweise bei mir abgegeben.«

»Ach, zum Teufel damit! Zum Teufel! Zur Hölle!«

Gray bemerkte, daß Craig Allen sich etwas undeutlich artikulierte. Der Mann war betrunken. Ja, vom Alkohol verblödet, pöbelte herum, zerbrach Dinge und benahm sich nicht eben freundlich gegenüber seinem neuen Nachbarn, Mr. Dougherty, der so freundlich war und ihm an einem drückenden Augustmorgen ein fehlgeleitetes Päckchen brachte, obwohl es stickig war und ein Regenschauer drohte.

»Tut mir leid Mr. Allen. Ich habe Sie nicht richtig verstanden. Schauen Sie, würde es Ihnen etwas ausmachen, wenn ich Ihnen dieses Päckchen jetzt übergäbe? Ich muß nämlich zur Arbeit.«

Wenn das jetzt nicht wirkte, dann würde er die Tür aufbrechen. Allmählich verlor Gray die Geduld.

»Okay, okay«, brummte Allen. »Moment noch.«

Einen Augenblick später öffnete sich die Tür. Gray starrte einen Mann an, der Mitte Dreißig sein mochte und in etwa sein Gewicht und seine Statur hatte – breite Schultern, breiter Nakken, stämmige Beine – alles Dinge, die man leicht wahrnehmen konnte, denn Allen trug außer einer Brille nur noch ein Paar Jokkey-Shorts. Seine Augen wirkten übermüdet und traurig, sie waren mit roten Äderchen durchzogen. Er ruderte kurz mit den Armen, als ob die Erde unter ihm schwankte, dann fand er Halt am Türrahmen. Sein Atem stank wie Kerosin.

»So, wo ist es denn nun?« murmelte Allen und sah sich nach einem Päckchen um.

»Gleich hier«, erwiderte Gray, ließ blitzschnell seinen rechten

Fuß emporschnellen und traf mit seiner Fußspitze direkt in die Magengegend des Mannes. Allen schwankte keuchend zurück. Gray trat über die Schwelle und schloß die Tür hinter sich. Es gab ein leises Klicken, als der Türriegel in die Verankerung glitt.

Allen versuchte zu sprechen, brachte aber nur ein leises Röcheln heraus. Gray schnappte sich seinen Arm und stieß ihn auf das nächstgelegene Möbelstück, eine ramponierte Couch, deren Kissen schon Teile der Füllung verloren. Die Federn quietschten.

»Mein Gott.« Allen schüttelte vorsichtig seinen Kopf, und fand schließlich auch seine Stimme wieder. Er blickte zu Gray auf, seine trüben Augen verschwammen hinter dicken Gläsern. »Hey, Mann. Das . . .das tat weh!«

Gray lächelte dünn. Langsam zog er den Hammer aus der Manteltasche.

Vor sieben Monaten hatte er den Hammer in einem Eisenwarengeschäft in Tarpon Springs gekauft, kurz bevor er anfing, seinem Hobby zu frönen. Es war ein recht schwerer Hammer, mehr als dreißig Zentimeter lang, der größte, den sie im Laden hatten. Sein hölzerner Griff war so dick wie zwei von Grays fleischigen Fingern. Die Spitze des Tischlerhammers war enorm, sie ragte heraus wie der Schnabel eines riesigen Raubvogels. Das Gebrauchsende des Hammers bestand aus einem Stück blauen Stahls, das inzwischen Spuren des Gebrauchs aufwies. Für Gray war es immer ein leicht erotisches Gefühl, wenn er ihn mit seiner Faust umklammerte. Er liebte es, diesen kalten Stahl zu reiben und dabei zu spüren, wie die kurzen Haare in seiner Leistengegend sich sträubten und sticheltEN.

Langsam und rhythmisch ließ Gray den Hammer gegen seine offene Handfläche klatschen. Jeder neue Schlag hörte sich wie ein dumpfes, fleischiges Platschen an. Es war das klatschende Geräusch, das Stahl auf Fleisch verursacht, und er liebte dieses Geräusch.

Craig Allen starrte gebannt den Hammer an, und seine Unterlippe zitterte.

»Paß mal auf, Kumpel«, flüsterte er. »Ich mache auch be-stimmt keinen Ärger. Du kannst ... du kannst alles haben, was ich besitze. Kein Problem.«

Gray bemerkte, daß Allen nicht mehr ganz so beduselt schien. Spaßig, wie ein heftiger Schreck jemanden zu ernüchtern ver-mochte, weit schneller, als das eine kalte Dusche konnte.

»Es gibt hier eine ganze Menge zu holen«, fuhr Allen plap-pernd fort. »Ein ziemlich gutes Farbfernsehen und eine tolle An-lage und –«

»Halt's Maul!«

Allen hielt sein Maul.

»Ich will deinen Kram nicht. Ich möchte dir nur ein paar Fra-gen stellen.«

»Fragen?«

»Ja, Craig, Fragen. Zunächst einmal, nur aus reiner Neugier, warum bist du denn schon am Vormittag betrunken? Bist du etwa Säufer?«

Allen ließ den Kopf sinken. Komischerweise schien er sich zu schämen vor dem Fremden, der in sein Haus eingedrungen war und der einen Hammer in der Hand schwang. So als ob die Angst, die in ihm hochkroch, für einen Augenblick durch eine momentane Verlegenheit verdrängt würde.

»Nein, so ist es nun doch nicht. Sehen Sie, ich wachte heute morgen auf und stellte fest, daß mich meine Freundin verlassen hatte. Ließ mir einen Zettel zurück, wie das so abläuft. So ähn-lich wie im Film.« Er strich sich fahrig durchs Haar und zeigte ein freundliches, hilfloses, leicht blödes Lächeln. »Ich glaube, ich bin etwas durchgedreht.«

»Scheint so«, stimmte Gray zu. »Mußt du denn nicht zur Ar-beit?«

»Ich bin beim Vo-Tech Institut eingeschrieben, aber ich konnte heute einfach nicht hingehen. Ich lerne dort, wie man Klimaan-lagen repariert. Ich schätze, in Florida wird man immer jeman-den brauchen, der so etwas kann, wissen Sie?«

»Gute Idee. Nun laß mich dir noch eine andere Frage stellen. Weißt du, wer ich bin?«

»Heh?« Er war total verwirrt. »Nein. Natürlich nicht. Wie sollte ich?«

»Viele Leute kennen mich«, sagte Gray sanft. »Leute, die ich noch nie in meinem Leben getroffen habe.«

»Ich verstehe nicht ganz.«

»Hast du jemals vom Killer aus Pinella County gehört, Craig?«

Allen starrte ihn an, sein Gesicht sah aus wie das einer Wachsfigur aus dem Kabinett der Madame Tussaud. Dann schluckte er einmal heftig. Gray beobachtete, wie sein Adamsapfel langsam auf und ab wanderte.

»Der bin ich«, fuhr Gray fort, seine Stimme wurde sehr leise, kaum wahrnehmbar durch das Tosen, das sein erhöhter Pulsschlag in seinen Ohren verursachte. Es war eine hohe tonlose Musik, die er immer in diesen Momenten wahrnahm. »Wie sie mich auch immer nennen, mein richtiger Name ist natürlich weit weniger dramatisch. Möchtest du meinen richtigen Namen erfahren?«

»Nein. Nein, bitte, sagen Sie ihn mir nicht. Bitte.«

»Leonard Gray.« Er lächelte, als Allen für einen kurzen Moment die Augen schloß. »Nachdem ich dir diese Information anvertraut habe, muß ich mich natürlich vergewissern, daß du sie nicht an irgendwen weitergibst.«

Allen atmete hastig. Sein Blick fixierte den Hammer, der von Gray angehoben wurde und wieder fiel, immer wieder.

»Nein, Mann«, flüsterte er. »Komm schon, tu das nicht.«

»Tut mir leid, Craig. Sieht ganz so aus, als wär das nicht dein Tag heute.«

Gray riß den Hammer hoch. Allen stieß einen grellen Schrei aus und ließ sich halbwegs vom Sofa fallen. In nüchternem Zustand hätte er Gray sicher ernstliche Probleme machen können; aber der Alkohol und das Selbstmitleid hatten seine Reaktionen verlangsamt und ihn schwach gemacht. Deshalb war es für Gray ein leichtes, ihn auf das Sofa zurückzuzerren und den Hammer dann in einem tödlichen Schwung niedersausen zu lassen. Das stumpfe Ende klatschte in sein Gesicht.

Allens Brillengläser zersprangen in tausend kleine Plastikteilchen. Der erste markerschütternde Schrei entfuhr seiner Kehle, dann erwischte ihn Gray mit der Kralle des Hammers am Hals und riß ihm den Kehlkopf heraus. Er schlug immer wieder auf den Mann ein und zerschmetterte lachend seine Knochen, bis Allen schließlich regungslos dalag, sein fast nackter Körper rot gesprenkelt wie ein blutiger Harlekin.

Gray ließ den Hammer sinken und hing schwer atmend über der Couch. Dann kniete er langsam, fast ehrfürchtig nieder, nahm Allens Kopf in seine Hände und drückte ihn sanft an sich. Er küßte die Stirn seines Opfers, seine Augen und seine Wangen.

»Danke, Craig«, flüsterte er zwischen schweren Atemzügen. »Danke vielmals!«

Er küßte die Leiche dann noch ein letztes Mal auf den Mund, wie er es immer tat.

Gray lächelte in Erinnerung an den Mord und vor allem an den letzten Kuß. Es war der letzte Tribut, den er jedem Opfer zollte. Er sah es als eine Art Gute-Nacht-Kuß an.

Nach einer halben Stunde hatte er die schlimmsten Spuren beseitigt. Er begutachtete seine Arbeit und war zufrieden. Zuletzt kniete er sich neben die Leiche, hob ihren Kopf an und wischte eine kleine Blutlache auf, die sich auf dem Fußboden gebildet hatte, während Allen dalag und mit blicklosen, glasigen Puppenaugen die Reinigungsarbeiten verfolgte.

Die einzige noch verbliebene Aufgabe bestand in der Kleinigkeit, die Überreste des verstorbenen Mr. Allen zu beseitigen. Bei Tage, selbst bei diesem Wetter, wäre es zu riskant, die Leiche aus dem Haus zu schaffen und in den Golf zu werfen, wie er es mit Eleanor Ritter getan hatte. Aber wenigstens wollte er die Leiche auf dem Speicher oder im Keller verschwinden lassen, wo man sie möglicherweise erst nach Tagen finden würde. Selbst wenn einige Nachbarn ihn oder sein Auto gesehen hätten, so wären die Erinnerungen daran nach Tagen nur noch sehr vage und ungenau.

Während er weiter über geeignete Verstecke nachdachte, leerte er den Eimer im Spülstein der Küche aus. Einen Moment lang sorgte er sich, ob das blutrote Wasser auch abfließen würde; der Abfluß war träge und anscheinend verstopft. Aber der Wasserspiegel senkte sich langsam, bis der letzte blutige Beweis spiralförmig, gurgelnd und zischend abgeflossen war.

Er kehrte ins Wohnzimmer zurück und rieb sich die Hände in einer Weise, wie es Leute zu tun pflegen, die eine langweilige, aber doch notwendige Hausarbeit erledigt haben. Just in diesem Augenblick sah er die Katze.

Eine schwarze Siamkatze kauerte unter einem kleinen Wohnzimmertischchen direkt gegenüber der Couch. Sie mußte alles mit angesehen haben.

Gray näherte sich dem Tisch und ließ sich auf alle viere nieder. »Na, miez, miez.«

Die Siamkatze starrte ihn ängstlich mit runden, tiefgrünen Augen an.

Gray streckte seine behandschuhte Hand nach ihr aus. Die Katze wich fauchend zurück und fuhr ihre Krallen aus. Gray legte die Stirn in Falten.

»Nicht gerade sehr freundlich, nicht wahr?«

Er griff in die Tasche und zog ein kurzes Stück Seil heraus. Ein Hilfsmittel, das er ständig während seiner Streifzüge bei sich trug. Möglicherweise konnte es nützlich sein, um einem Opfer die Hände zu binden. Er schlenkerte das Seil der Katze entgegen und ließ es dabei springen wie ein Mäuschen. Die Katze beobachtete ihn fasziniert.

»Komm doch, Miezekatze, willst du nicht ein bißchen spielen?«

Vorsichtig streckte die Siamkatze eine Pfote aus. Gray zog die Schnur gerade so weit weg, daß sie sich ein Stückchen hätte nähern müssen, um das Band zu fassen. Die Katze registrierte das mit fragendem Gesichtsausdruck, dann versuchte sie es noch einmal. Gray zog das Seil vorsichtig ruckweise zu sich heran, während die Katze, die über den Jagdeifer ihre Furcht vergaß, unter dem Tisch hervorkroch.

Das Tier im Genick anfassend, zog er es sanft zu sich heran. Er stand auf, hob die Katze mit einer Hand hoch und verstaute mit der anderen das Seil wieder in der Tasche.

Er untersuchte das Tier, das sich aus seinem Griff zu winden versuchte und fortwährend miaute und fauchte. Dabei sah er etwas Silberfarbenes an ihrem Hals schimmern. Ein Namensschild!

Er riß es von dem blauen Nylonhalsband ab und hielt es gegen das Licht. In dem Moment erhellte ein Blitz den Himmel und ließ das Metallplättchen für einen kurzen Augenblick aufleuchten.

›Angel‹ stand darauf.

»So, so«, keuchte Gray und verstärkte den Griff, mit dem er die Katze festhielt. »Du bist also eine weibliche Katze? Meine kleine Angel? Wie süß, wie ausgesprochen niedlich.«

Er ließ das Namensschild auf den Boden fallen.

Fast tat es Gray leid, was er als nächstes tun mußte. Eigentlich mochte er Tiere, ja, das tat er wirklich; sie waren auf so unschuldsvolle Weise vertrauensvoll.

Dennoch – die Katze hatte das Verbrechen beobachtet. Seine Arbeitsprinzipien schlossen die Anwesenheit jeglicher Zeugen aus.

Er preßte beide Hände um den zarten Katzenhals und drückte fest zu. Die Siamkatze wand sich verzweifelt, wobei sie mit den dünnen Beinchen ruderte und mit den Pfoten ins Leere schlug. Gray fühlte den Widerstand in ihrem Körper, ihren rasenden Herzschlag und das pulsierende Blut in ihrem Nacken. Leben! Das war, was er fühlte. Er drückte fester zu.

Die Katze kämpfte noch einen Moment, dann gab sie auf, wurde schlaff, wie eine plüschige Stoffpuppe. Ihre Augenlider klimperten schwach. Sie immer noch umklammernd, zog Gray sich die Katze näher ans Gesicht. Fasziniert starrte er ihr in die Augen und hoffte, zu sehen, wie sie glasig wurden. Er wollte den Moment genau abpassen, an dem das Leben in den Tod überging. Er war ein wahrer Genießer solcher Augenblicke.

Plötzlich wurde die Katze von einem letzten Lebenswillen durchströmt. Sie schlug nach Gray aus, ihre Krallen zerkratzten seine Wangen. Blut floß.

Er schrie auf – vor Überraschung und Schmerz. Seine Finger

spreizten sich. Die Katze kam frei, und fiel mit katzeneigener Geschicklichkeit auf die Pfoten. Danach sah man von ihr nur noch einen verschwommenen Streifen, der pfeilschnell aus dem Wohnzimmer schoß, die Diele durchquerte und verschwand.

Gray wischte sich mit einer Hand über das Gesicht; der Handschuh war blutverschmiert. Verdammt! Das kleine Luder hatte ihn verletzt.

Er marschierte in die Küche, fand die Besteckschublade und nahm ein scharfes Sägemesser heraus. Im Lampenlicht glaubte er, die kleinen Zähne strahlen zu sehen.

»Ich komme schon, mein Kätzchen«, sagte Gray leise mit zusammengepreßten Lippen. »Ich komme, um dich zu holen.«

Mit großen Schritten durchquerte er die Diele, blieb vor der ersten geöffneten Tür stehen und blickte in einen dunklen Raum, in dem es leicht nach Schweiß roch. Er fand den Lichtschalter an der Wand und knipste ihn an.

Ein Schlafzimmer. Sein Blick wanderte von einem Bett mit zerwühlten Laken zu einem Nachttisch, auf dem ein Telefon in Form eines Fußballs stand. Dann wanderte der Blick zur gegenüberliegenden Wand zu einem alles überragenden Bücherregal, dessen stufenförmige Böden vollgestopft waren mit staubigen Taschenbüchern.

Obenauf prangte, zwischen einem Globus und irgendeiner versilberten Sporttrophäe, die Katze. Sie saß dort zusammengekauert und beobachtete ihn gelassen mit starrem Blick aus grünen Augen. Dabei leckte sie die Zunge wie eine große Eidechse, die sich auf einem Felsen sonnt.

Gray erwiderte den Blick der Katze, während er mit dem Daumen über die Schneide des Messers strich. Eine ihm vertraute Anspannung der Gesichtsmuskulatur sagte ihm, daß er lächelte.

Er näherte sich dem Bücherregal, seine Augen starr auf die Katze gerichtet, dann stellte er sich auf die Zehenspitzen und stach nach ihr. Die Katze wich zurück und drückte sich platt an die Wand, so daß sie wenige Zentimeter außerhalb seiner Reichweite war.

Gray fluchte. Er starrte zu der Siamkatze hinauf.

»Ich finde dich höchst lästig«, sagte er ruhig.

Angel erwiderte stumm seinen Blick. Er dachte daran, seine Luger zu gebrauchen. Ein kurzer Druck am Abzug und ein Hohlkammergeschoß Kaliber 22 würde Angel direkt ins Herz treffen. Glatt und reibungslos.

Aber der Knall eines Pistolenschusses könnte irgendeinen Nachbarn aufmerksam machen, und Gray hatte ja Allens Überreste bis jetzt noch nicht versteckt.

Tief seufzend verwarf er die Idee, die Katze zu erschießen. Er mußte sich etwas anderes ausdenken, um mit ihr fertig zu werden.

Er verließ das Schlafzimmer und kehrte in die Küche zurück. Das Messer zwischen die Zähne geklemmt, griff er sich einen der vier röhrenförmigen Küchenstühle und trug ihn in die Diele. Als er ins Schlafzimmer zurückkam, stellte er begeistert fest, daß sich die Katze nicht von ihrem Hochsitz entfernt hatte.

»Du wärst besser weggelaufen und hättest dich versteckt, als du noch die Gelegenheit dazu hattest«, sagte er, zwischen Zähnen und rostfreiem Stahl.

Er stellte den Stuhl direkt vor das Regal und stieg hinauf. Durch seine erhöhte Position befand er sich mit der Katze auf einer Ebene. Sie war nun für ihn ganz einfach zu erreichen, gefangen zwischen Globus und Trophäe, ohne Ausweichmöglichkeit. Ganz langsam lenkte er das Messer auf ihren glänzenden Bauch zu. Ihre jadegrünen Augen richteten sich abwechselnd auf Grays Gesicht und die Klinge.

»Ich werde dich aufspießen, Miezekatze. Ich werde Katzengulasch aus dir machen!«

Seine Armmuskulatur spannte sich, als er das Messer zu seinem Ziel lenkte. Genau in diesem Moment sprang die Siamkatze in die Luft und segelte über seinen Kopf hinweg.

Gray drehte sich auf seinem Stuhl herum und schlug dabei wild nach der Katze, verfehlte sie aber. Das Gezappel brachte ihn aus dem Gleichgewicht. Der Stuhl kippte. Er taumelte, ruderte wild mit den Armen und fiel auf die Seite. Das Messer riß eine tiefe, ausgefranste Wunde in seinen linken Unterarm. Er schrie laut auf wie ein Kind, das rücklings aus der Schaukel auf den Asphalt des Spielplatzes fällt.

Als er seinen Kopf wieder hob, sah er Angel, die ihm auf dem Boden gegenübersaß. Er stieß ihr einen Fluch entgegen. Sie verschwand mit einem Satz aus dem Schlafzimner, und rannte in Richtung Küche davon.

Gray kochte inzwischen vor Wut: Er war schließlich der Killer von Pinellas County, Himmel noch mal. Die gesamte Gegend von St. Petersburg zitterte vor ihm. Ganz Florida kannte und fürchtete seinen Namen. Nun lag er da, blamiert, gedemütigt, ausgetrickst und ausmanövriert, blutig geschlagen von einer lausigen, stinkenden Hauskatze. Das war einfach nicht fair.

Er stand auf, riß ein Stück von dem baumwollenen Bettlaken ab und wickelte es um seinen blutenden Arm, um einen behelfsmäßigen Druckverband anzulegen. Dann rannte er aus dem Schlafzimmer, um die Katze zu verfolgen.

»Komm schon raus und kämpfe, du Feigling«, japste er. Der Schmerz, den die tiefe Fleischwunde verursachte, ließ ihn zusammenzucken. »Komm schon!«

In der Küche blieb er stehen, ein leises Klappern erregte seine Aufmerksamkeit. Klapp, klapp, klapp! Er ging dem Geräusch bis zur Hintertür nach und blickte nach unten. Zu seinen Füßen schwang eine kleine Katzentür in ihren Angeln und klapperte dabei leise.

Gary schloß die Hintertür auf, öffnete sie und blinzelte in einen Regenschleier, der durch zuckende Blitze durchtrennt wurde. Über einer zementierten Terrasse, auf der einige Gartenmöbel standen, hing ein schwarzroter Himmel. Hinter der Terrasse lag der eigentliche Garten, klein, grün und eingezäunt.

Die Katze war nirgends zu sehen. Aber sie war irgendwo dort draußen.

»Ich werde dich schon kriegen«, murmelte Gray. »Das schwöre ich!«

Eigentlich konnte er sich schon gar nicht mehr erinnern, warum er die Katze fangen mußte. Er wußte nur, daß er sie töten wollte, ja er mußte sie töten. Er sehnte sich danach, ein heftiges

Verlangen brannte in ihm, er konnte nichts anderes mehr denken. Wahnvorstellungen schreckten ihn: Diese Katze war ein Monster, ein Dämon, ein Engel des Teufels, genau! – und er, Gray, würde der Welt einen Gefallen tun, wenn er sie ausmerzte, wie er es vorhatte.

Gray trat ins Freie, in den peitschenden Regen. Er wankte im Hof umher, auf der Suche nach der Katze, dabei flüsterte er immer wieder in häßlicher, glucksender Weise ihren Namen.

An der Seite des Hauses stand eine Eiche. Er sah daran hinauf, und es durchfuhr ihn ein Schauer, als er die schwarze Siamkatze in den Zweigen hocken sah.

Er warf das Messer fort und zog seine Waffe. Es war ihm inzwischen egal, ob die Nachbarn den Schuß hören konnten, oder ob eine ganze Hundertschaft Polizisten kam, die durch einen Notruf alarmiert worden war. Er würde endlich diese gottverdammte Katze beseitigen, und zwar genau jetzt.

Doch bevor er schießen konnte, sprang Angel leichtfüßig vom Baum auf das Dach des Bungalows, trippelte von dort zum Dachfirst, wo sich die beiden abfallenden Seiten des Daches trafen. Sie ließ sich dort nieder, eine kleine, schwarze Halbsilhouette, die sich gegen den stürmischen Himmel abzeichnete.

Gray versuchte, sein Ziel anzuvisieren. Die ausladende Fernsehantenne versperrte ihm die Sicht. Er nahm weiter links Stellung auf und sah erneut durch die Zieleinrichtung der Waffe, schüttelte dann aber den Kopf. Sein Ziel war zu weit entfernt, und er war kein so guter Schütze. Er wußte, daß er auf diese Entfernung nicht treffen würde.

Er mußte einfach näher heran.

Er zog sich die Handschuhe aus und verstaute sie zusammen mit der Luger in der Manteltasche. Dann griff er nach dem niedrigsten Zweig der Eiche und hievte sich daran hoch. Die Muskeln in seinen Schultern und Armen spannten sich. Keuchend vor Anstrengung und niesend wegen des Regens, der ihm ins Gesicht wirbelte, kletterte er von Ast zu Ast höher, bis er schließlich auf einer Höhe mit dem Dachübergang war.

Er sprang. Er landete mit einem dumpfen Aufschlag auf dem

Dach, so daß seine Zähne klapperten. Einen Moment lang lag er regungslos da, umklammerte die zerbrochenen Dachschindeln und sammelte neue Kräfte. Dann krabbelte er auf allen vieren die dreißig Grad Steigung hinauf, einer Katze nicht gerade unähnlich. Blitze krachten und zischten. Der Regen schlug ihm ins Gesicht. Nasse Strähnen seiner vom Wind zerzausten Haare wirbelten um ihn herum wie verknotete Angelschnüre.

Ungefähr einen Meter von der Spitze des Daches entfernt machte er halt. Angel stand über ihm, halb erfroren und mit gekrümmtem Buckel. Wie ein Wasserspeier feindete sie ihn an, so böse wie das blauschwarze Donnergetöse, das den Himmel aufwühlte.

»Mit dir ist es jetzt aus, mein Kätzchen«, keuchte Gray. »Alle neun Leben sind jetzt verbraucht.«

Er erhob sich in eine Kauerstellung, lehnte sich gegen die Fernsehantenne, fingerte die Luger aus seiner Manteltasche und legte direkt auf die Katze an. Unmöglich, daß er sie aus dieser Entfernung verfehlen konnte. Er lächelte bei der Vorstellung, wie der kleine, pelzige Körper auf den Boden fallen würde, einem Sack voll Blut nicht unähnlich.

Gray lächelte immer noch, während sein Zeigefinger den Abzug drückte. Dann gab es plötzlich einen Donnerschlag direkt über ihm, und er stand in hellen Flammen – o Gott, o Jesus – er brannte! Er hatte Mundsperre, die Augen waren geblendet, und durch sein Gehirn zischte eine elektrostatische Ladung.

Blitzschlag! Die Fernsehantenne – er hatte sich daran angelehnt – lieber Gott.

Schüttelkrämpfe packten ihn. Er rutschte das Dach hinunter, dabei schlug er Rad und Purzelbäume wie ein schwindeliges Kind, sein Finger am Abzug zuckte spastisch zusammen, dadurch schoß er immer und immer wieder riesige, blutige Löcher in seine Eingeweide. Er plumpste auf die gurgelnde Regenrinne, die unter seinem Gewicht zusammenkrachte und ihn kreiselnd auf das weiße Viereck der Terrasse fallen ließ. Er hörte sich selbst schreien, mit dem hohen, spitzen Schrei einer Frau, eine Sekunde bevor er mit seinen Knochen auf dem Zement aufschlug. Es knackte. Es war das Geräusch seines brechenden Genicks.

Dann lag er einfach still auf dem Rücken, bewegungsunfähig, vollkommen gefühllos, blutend, Regenwasser schluckend, und versuchte verzweifelt zu atmen.

Du darfst nicht sterben, sagte er zu sich selbst. Das darf nicht sein. Nicht ich. Es waren doch die anderen, die starben. War es nicht so?

Am Rande seines Blickfeldes registrierte er den Schatten einer Bewegung am Fuße der Eiche. Angel!

Die Siamkatze kroch, angetrieben durch die sprichwörtliche Katzen-Neugier in seine Nähe. Sie umkreiste seinen Körper, miaute dabei sanft, krabbelte auf seine Brust und starrte ihn aus nächster Nähe an. Ihr fragendes Gesicht füllte sein ganzes Blickfeld aus. Gray wünschte inständig, sich bewegen zu können. Er wünschte, er könnte seine Hände bewegen. Seine zupackenden, quetschenden, drosselnden Hände.

Ich hasse dich, sagte er tonlos zu der Katze. Ich hasse dich so sehr, du Miststück. Du gottverdammte, pelzige kleine Hexe.

Angel blickte ihn noch einen Moment lang in respektvoller Stille an, dann senkte sie ihren Kopf und leckte über Leonard Grays Gesicht, und gewährte ihm auf ihre eigene Art einen letzten zärtlichen Abschiedskuß.

Catnapping

David H. Everson

»Ich übernehme keine Scheidungsfälle«, sagte ich energisch. »Das ist mein guter Vorsatz fürs neue Jahr.«

Für dieses Jahr und kommendes Jahr, dachte ich, als ich mich in meinem Drehstuhl zurücklehnte und durch mein schmutziges Bürofenster auf die silberglänzende Kuppel des Capitols blickte. Eine Angewohnheit, damit ich nicht vergesse, woher das Geld kommt, mit dem *Midcontinental Op and Associate* ihre Rechnungen bezahlen. Es gibt viele Aufgaben, die ich nicht übernehmen *muß*, so lange der Präsident dort die Macht hat. Sollte er einmal die Mehrheit und ich diese Verbindung verlieren, nun, gute Vorsätze sind dazu da, gebrochen zu werden.

Mein Name ist Robert Miles, und ich bin Privatdetektiv. Privatdetektiv mit einem kleinen Unterschied, denn mein Arbeitsfeld sind nicht die Straßen, sondern die politischen Schaltstellen im Capitol des Staates Illinois. Sagen wir mal, ich betreibe ›Oppositionsforschung‹ für den Präsidenten des Repräsentantenhauses von Illinois.

»Nein, ich –«, begann die Frau in meinem Besucherstuhl.

Krach! Bum! Draußen gab es eine Serie dumpfer Detonationen, und der blaßblaue Winterhimmel rund um die Kuppel des Capitols war mit roten Explosionswölkchen übersät.

»Lieber Himmel«, sagte sie und hielt sich eine Hand vors Gesicht.

»Keine Angst! Das ist nicht Saddam Hussein. Man probt nur das Feuerwerk für die Neujahrsfeier. Das geht schon den ganzen Tag so.« Ich begann, in einigen Akten zu blättern und hätte nur allzugern dieses Gespräch beendet.

»Alle meine Bekannten sagen, bei Scheidungen wird nur schmutzige Wäsche gewaschen.«

Wie in der Politik, dachte ich.

Es war am Nachmittag des 31. Dezember 1990. Ich hatte gerade mein Büro für dieses Jahr schließen wollen, als sie den Kopf zur halb geschlossenen Tür hereingesteckt hatte. »Robert Miles?«, fragte sie.

»Schuldig.«

»Der Privatdetektiv?

Ich nickte.

»Wie aufregend.«

Ich unterdrückte mühsam ein Gähnen. »Kann ich etwas für Sie tun?«

»Das will ich doch hoffen. Mein Name ist Sylvia Ransome.« Sie hatte tief Luft geholt. »Ich habe so etwas noch nie getan.«

»So geht's den meisten Leuten. Wie kann ich Ihnen helfen?«

Nachdem sie einige Minuten lang völlig zusammenhanglos geredet und ständig auf ihren Mann (›der Bastard‹) geschimpft hatte, glaubte ich zu erkennen, daß es sich nur um eine Scheidung handeln konnte und hatte prompt meinen Grundsatz verkündet.

Nun schien sie plötzlich über die Ablenkung durch das Feuerwerk gar nicht unglücklich zu sein. Auf das Fenster deutend sagte sie: »Gewiß gehen Sie zu *First Night*. Das ist so ein typisches Springfield-Happening.«

Springfield-Happening. Klassisches Oxymoron, dachte ich. »Natürlich nicht. Ich habe andere Verpflichtungen.« Tatsächlich hatte ich gewisse Pläne für Silvester. Zu Hause bleiben, eine Schüssel süßen Mais futtern, im Nachtprogramm ein Video mit Art Carney und Lily Tomlin anschauen und dann in Robert B. Parker's *Early Autumn* weiterlesen. »Ich mache mir nichts aus Happenings«, fügte ich noch hinzu.

»First Night« ist Springfields Versuch, an Silvester einen alkoholfreien, erbaulichen Ausflug für die ganze Familie zu veranstalten. Noch eine dieser dämlichen Ideen, die mir immer auf den Magen schlagen. Billy Joe ›Barstuhl‹ wird sich keinesfalls durch jugendfreie Unterhaltung von Alkohol am Steuer abhalten lassen.

Sylvia seufzte und warf mir einen Blick voll staatsbürgerlicher Entrüstung zu.

Ich stand auf. »Es tut mir leid«, log ich, »ich muß jetzt schließen.«

Sie hob eine Hand. »Scheidung ist nicht mein Problem. Ich *bin* bereits geschieden.«

Ich setzte mich wieder hin. »Oh.« Kaum zu glauben. Aber ein Fortschritt; in gewissem Sinne.

Sie war eine Mittvierzigerin, schätzte ich. Ihr Haar war schwarz – gefärbt? – mit einer weißen Strähne genau in der Mitte, die Augen grau, ihr Lidschatten dunkel. Im Gesicht hatte sie ungefähr drei verschiedene Make-ups aufgetragen. Über die Rückenlehne ihres Stuhles hatte sie etwas Pelzartiges abgelegt. Sie trug ein rosa Wollkostüm und schwarze Schuhe. Nun griff sie nach ihrem schwarzen Handtäschchen und fragte: »Stört es Sie, wenn ich rauche?«

Ein weiterer Punkt, der gegen sie sprach. »Nein«, sagte ich. »Kann ich sonst noch etwas für Sie tun?«

Es wurde ein bühnenreifer Auftritt. Zuerst paßte sie die Zigarette in ein Filterstück, zündete sie mit einem goldenen Zigarettenanzünder an, inhalierte und stieß dann den Rauch durch die Nasenlöcher aus. »Das Problem ist, daß Hank – dieser Bastard – Callie entführt hat. Da bin ich mir ganz sicher. Er will's mir heimzahlen.«

»Hank ist Ihr Ex-Mann?«

Sie nickte. »Dr. Henry Ransome. Ein Scheißkerl! Finanziell bin ich gut versorgt, sehr gut sogar. Ich habe es mir aber auch verdient. Er war ein Nichts, als wir uns kennenlernten. Ich habe sein Medizinstudium bezahlt. Er ist Kieferchirurg. Es war eine langwierige Sache, wie Zähneziehen – und das meine ich wörtlich –, bis er bereit war, die Spielregeln einzuhalten. Jetzt glaubt er, endlich zurückschlagen zu können.« Sie bemerkte ein vielleicht einen halben Zentimeter langes Stückchen Asche an der Spitze ihrer Zigarette und hielt vergeblich nach einem Aschenbecher

Ausschau. Ich schob ihr eine leere Cola-Flasche über den Schreibtisch hinüber. Obwohl sie ihr Mißfallen nicht verbergen konnte, klopfte sie die Asche in die Flasche. Draußen prasselte wieder das Feuerwerk. Sie erschrak erneut. »Ich möchte, daß Sie sie zurückholen.«

Streitigkeiten um Kinder gehören zu Scheidungen, dachte ich und wollte mich schon wieder auf meinen Neujahrsvorsatz berufen. Aber aus irgendeinem Grund – wahrscheinlich, weil mein Beruf hauptsächlich aus Fragenstellen besteht – sagte ich: »Wie alt ist Callie?«

Für eine Sekunde schloß sie die Augen und überlegte. »Ich hatte sie fast fünf Jahre.«

»Hatte?«

»Hank hat sich während unserer ganzen Ehe nicht um sie gekümmert. Ich mache mir große Sorgen. Sie verlangt eine spezielle Pflege. Ihre Diät. Und sie muß täglich gebürstet werden.«

Bürsten? »Haben Sie sie adoptiert?«

»Natürlich.«

Der Jagdhund in mir gewann die Oberhand. »Können Sie mir eine Beschreibung geben?«

»Ich habe etwas viel Besseres.« Sie zog ein Foto aus ihrem Handtäschen und reichte es mir. Ich warf einen Blick darauf. Natürlich. Es war ein farbiges Polaroid-Foto einer Schildpattkatze mit einem schwarzen Flecken am rechten Auge. Sekundenlang schloß ich meine Augen.

»Mit Haustieren will ich nichts zu tun haben«, hörte ich mich sagen. »Ich habe nur wenige Grundsätze. Aber die Grenze in der Katzenstreu ist dann überschritten, wenn es sich um eine Katzenentführung handelt.«

Sie runzelte die Stirn. »Ich verstehe nicht. Ist Ihnen dies zu . . . trivial?«

»Nein, das ist nicht mein Problem. Schauen Sie, Streitigkeiten um Kinder oder Haustiere sind für mich logischerweise Teil einer Scheidungsklage. Ich als Anwalt gerate dabei immer zwischen die Fronten, und freiwillig möchte ich da nicht hingehen.«

»Unsinn!«

»Für mich macht es Sinn.«

»Sie scheinen mehr Fälle abzulehnen als anzunehmen.«

»Deshalb nenne ich mich ja auch Selbständiger. Versuchen Sie es mal bei *Land of Lincoln Investigations*«, antwortete ich. »Sie stehen im Telefonbuch.«

Sie rümpfte ein wenig die Nase, dann war sie eingeschnappt und rümpfte erneut die Nase. Da ich mich jedoch nicht erschüttern ließ, gab sie schließlich auf und ging.

Ich fummelte noch einige Minuten in meinen Akten herum und schloß dann die Augen für ein kurzes Nickerchen. Mein Telefon läutete. Schon wollte ich die Sache dem Anrufbeantworter überlassen. Dann dachte ich, ach, zum Teufel, es könnte Mitch oder Lisa sein. Ich nahm den Hörer ab. Irrtum. Es war Fast Freddy Martin. »Der Boss muß dich sprechen.«

»Am Neujahrsabend?«, fragte ich.

»He, der Boss arbeitet jährlich dreihundertfünfundsechzig Tage oder mehr. Wenn du erfolgreich sein willst, solltest du es ebenso machen.«

»Jawohl, mein Führer!«, antwortete ich.

Seien Sie ehrlich. Ein gewisser Kostenfaktor meiner Tätigkeit für den Präsidenten ergibt sich dadurch, daß ich hin und wieder einige Gläser Weißwein trinken muß. Fast Freddy ist der Sohn Sununu des Präsidenten. Er ist der Kerl, der die schlechten Nachrichten bekanntgeben muß, und er tut dies in einem sehr abgehackten Englisch. In einem Jargon, den ich Quasseln nenne.

»Robert«, sagte der Präsident, »Sie müssen mir einen Gefallen tun.« Er saß kerzengerade – als wenn er einen Ladestock verschluckt hätte – in seinem königsblauen Sessel hinter einem tadellos aufgeräumten Schreibtisch und spielte mit seinem kleinen silbernen Hämmerchen. Vor ihm lagen eine gelbe Akte und drei wohlgespitzte rote Bleistifte. Wir befanden uns in seinem geräumigen Büro im dritten Stock des Capitols. Draußen spiegelte sich das Licht der Straßenbeleuchtung im Schnee.

Ich nickte. »Selbstverständlich.« Die Hälfte meines Einkommens verdiene ich mit Arbeiten für den Präsidenten. Deshalb konnte ich auch leicht auf Ehescheidungen verzichten. Ich stand tief in seiner Schuld.

»Ah –.« Er schien verlegen und suchte – erstmals in meiner Gegenwart – krampfhaft nach den passenden Worten. »Sylvia Ransome«, sagte er und schwieg erneut. »Sie kommt aus einer prominenten Familie aus Springfield. Den Porters. Sie hat angerufen –.« Er schwieg schon wieder, legte das Hämmerchen hin und formte einen Giebel mit seinen Händen. »Wie ich hörte –.« Er hustete.

Ich verdrehte die Augen, wohl wissend, was jetzt kam.

Er beugte sich zu mir. »Wie ich hörte, haben Sie heute schon mit ihr gesprochen.«

Ich nickte.

»Sie haben die Übernahme ihres Falles abgelehnt.«

Ich nickte.

»Robert, Sie sollten sich das in Ihrem eigenen Interesse noch mal überlegen.«

»Warum?«

»Weil ihr Vater – Bill Porter – einer der größten Spender für den *Fund for a Democratic Majority* gewesen ist«, bellte Fast Freddy.

»Ich verstehe«, sagte ich und schaute Fast an. »Da mein Honorar aus diesem Fonds stammt, gehst du davon aus, daß sie bereits meine Klientin ist.«

»Robert«, sagte der Präsident sanft.

Ich wandte mich wieder ihm zu. Seine hellblauen Augen schienen mich durchbohren zu wollen. Ich mußte mich anstrengen, ihn zu verstehen.

»Sie würden mir einen persönlichen Gefallen tun, wenn Sie Ihre Entscheidung nochmals überdenken würden. Sprechen Sie noch mal mit ihr.«

Ich senkte meinen Kopf ein wenig. »Einverstanden«, hörte ich mich sagen und wußte, daß ich den Fall ›Katze‹ übernehmen würde.

Schnellen Schrittes eilte ich zu meinem Apartment zurück, wo ich schon draußen von Clockwork Orange begrüßt wurde. Clok-kie ist der marmeladenfarbige Kater, der Tisch und Bett mit mir teilt. Er ist ein Schläger, ein richtiger Straßenkater. Beide Ohren tragen die Kerben vergangener Kämpfe. Ich kniete nieder und streichelte ihn. Soweit ich erkennen konnte, hatte er sich heute noch keine neuen Narben geholt. »Clockie, Kumpel, was weißt du über Schildpattkatzen? Soweit mir bekannt ist, sind sie immer weiblich.«

Er strich mir um die Beine, sein hochgereckter Schwanz stand wie ein Fragezeichen. Ich wußte, was dieses Fragezeichen zu bedeuten hatte.

»Okay, dann woll'n wir mal seh'n, was es zum Abendessen gibt«, sagte ich.

Am nächsten Morgen fuhr ich mit meinem 1981er Toyota Tercel zum Neujahrstag nach Auburn. Ich und mein Partner, Mitch Norris – früher Fänger in der ersten Liga und jetzt nebenbei Talentsucher für die *Cardinals* –, sahen uns in seinem makellos sauberen Wohnzimmer auf einem 100 Zentimeter großen TV-Schirm die Übertragung des klassischen Football-Spiels aus der *Hall of Fame* an. Clemson verpaßte Illinois eine verheerende Niederlage. »Diese schlappschwänzigen Illini«, meckerte Mitch.

Gerade wollte ich ihm die Geschichte mit der Katze erzählen, als das Telefon läutete. Mitch ging ran. »Für dich«, sagte er. »Lisa.«

Ich runzelte die Stirn. Lisa ist meine Gattin. Die Frau, mit der ich in schuldloser Trennung lebe. (Wie schon gesagt, Scheidungen sind nicht mein Fall.)

»Du?« fragte ich. »Wie hast du mich gefunden?«

»Ein simples Ausscheidungsverfahren. Es ist Neujahrstag. Da kannst du nur zu Hause oder bei Mitch sein, um dir eine Überdosis Football-Spiele zu verpassen. Rob, du bist schrecklich.«

»Rufst du an, um mir das zu sagen?«

»Was soll Clockie denken?«

»Katzen denken nicht.«

»Ha! Warum befreist du dieses arme kleine, unterdrückte Tier nicht?«

Ich begriff. Sie sprach von der Schildpattkatze. Diese Frau hatte wirklich alle Hebel in Bewegung gesetzt. »Du kennst Sylvia Ransome?«

»Natürlich. Sie kann die Linie ihrer Vorfahren bis zu Lincoln zurückverfolgen. Sie ist eine meiner ehemaligen Studentinnen.« Lisa lehrt Amerikanistik an der *Lincoln Heritage University.*

»Manchmal denke ich, fast jeder in Springfield ist mit Lincoln verwandt und ein ehemaliger Schüler von dir. Aber mach dir keine Sorgen. Sie hat bereits den richtigen Knopf gedrückt.«

»Der Präsident?«

»Ja.«

»Rob, ich muß eingestehen, daß ich ihr empfohlen habe, ihn anzurufen. Ich bin dieser Sache einfach mal nachgegangen.«

Wenn Lisa sich in eine Sache reinkniet, zieht sie sie auch konsequent bis zum Ende durch.

»Und auch dir ein glückliches neues Jahr«, sagte ich.

»Schau auf dem Heimweg doch mal vorbei. Ich will versuchen, es wiedergutzumachen.«

In Lisas Wohnung wurde ich an der Tür von einem riesigen Bernhardiner begrüßt. Er leckte meine Hand. »Was ist das?« fragte ich.

»Einer meiner Kollegen hat Forschungsurlaub genommen, und ich kümmere mich um Otis.«

Otis? »Mach den Fernseher an! Ich möchte das Ende des Spiels Notre Dame–Colorado sehen.«

»Da habe ich ja eine Mordschance«, sagte sie.

Am nächsten Tag fuhr ich trotz Schneesturm zu Sylvia Ransomes feudalem Apartmenthaus in West Washington. An der Tür schaute sie auf meine nassen Nike-Turnschuhe. »Würde es Ihnen etwas ausmachen, die Dinger auszuziehen?«

»Kein Problem.« Ich streifte sie ab.

Sie führte mich ins Wohnzimer. Ich war fast geblendet. Wände, Tapeten und Möbel waren weiß. An drei Seiten waren große Spiegel angebracht. Ein Panoramafenster überblickte einen schneebedeckten Innenhof. Ich hatte das Gefühl, in einem Whiteout* gelandet zu sein.

Meine Reaktion bemerkend, machte sie eine halbe Körperdrehung und streckte ihre Hand – Handfläche nach oben – aus. »Ich habe vorige Woche neu dekoriert. Was Sie sehen, sind glatte zehntausend Dollar«, erklärte sie stolz. »Mein Analytiker hat es mir als Therapie für die Scheidung empfohlen.« Sie lächelte. »Callie wird das Zimmer kaum wiedererkennen, wenn Sie sie zurückbringen. Ich bin so froh, daß Sie die Sache noch einmal überdacht haben. Bitte, nehmen Sie Platz.«

Aus Furcht, irgend etwas zu beschmutzen, setzte ich mich auf die äußerste Ecke der Couch. »Der Präsident und Lisa sind ein dynamisches Paar. Ich habe noch einige grundsätzliche Fragen.«

»Selbstverständlich.«

»Sind Sie sicher, daß Hank die Katze mitgenommen hat?«

Sie nickte. »Hundertprozentig.«

»Katzen sind bekannt dafür, daß sie manchmal . . . einige Tage von zu Hause fortbleiben.«

»Callie ist eine Hauskatze. Sie geht *niemals* nach draußen.«

»Ich verstehe. Wie konnte Hank sie dann erwischen?«

»Er hat gewartet, bis ich das Haus verlassen habe, ist dann hineingegangen und hat sie gestohlen. Auch einige ihrer Spielsachen hat er mitgenommen.«

»Hat er einen Schlüssel?«

»Ich bin so mit der neuen Einrichtung beschäftigt gewesen, daß ich keine Zeit hatte, die Schlösser auszuwechseln.«

»Warum haben Sie die Polizei nicht verständigt?«

Ihre Augen wurden groß. »Ich möchte negative Schlagzeilen vermeiden.«

»Wissen Sie, wo er wohnt?«

---

* Scheinbares Ineinanderfließen von Himmel und Erde in arktischen Gebieten bei bedecktem Himmel

Sie lachte schrill auf. »Bei seiner Schlampe in ihrem schmuddeligen Apartment in South Sixth Street.«

Ich glaubte, Callie auf vier Arten zurückholen zu können. In der Reihenfolge ihres Schwierigkeitsgrades waren es: Vernunft, List, Einbruch und Einschüchterung. Auf dem Sektor ›Einschüchterung‹ konnte ich zwischen Mitch – Spezialist für geringfügige Körperverletzung – oder – wenn ein dicker Knüppel nötig war – Big House Bellamy wählen. Bellamy war ein hiesiger Schuldeneintreiber, den ich nur in besonders schweren Fällen einsetzte.

Ich entschied mich dafür, den alten Hank einen Tag oder so zu beobachten, seinen Tagesablauf und seine Lebensgewohnheiten auszukundschaften. Mein erster Arbeitstag war ein Donnerstag. Um 8 Uhr 30 fuhr er zu seiner Praxis auf der West Wabash in der Nähe des Einkaufzentrums *White Oaks* und blieb dort bis 17 Uhr 30. Dann kehrte er zu seinem Apartment zurück und ging – eine Stunde später – mit seiner ›Schlampe‹ zum Abendessen. Danach besuchte das vergnügte Pärchen noch einige von Springfields Schickimickikneipen: *Play it Again Sam's, Boones's, Chantilly Lace.* Dasselbe am folgenden Tag und Abend. Falls nötig, könnte ich den ›Bruch‹ durchführen, wenn sie das nächste Mal ausgingen.

Aber am Samstag änderte sich diese Routine. Die Temperatur war null Grad, und es pfiff ein eisiger Wind um die Ecken. Ich parkte vor dem Sandsteinhaus, wo Hank mit der Schlampe lebte, hatte den lokalen Country-Radiosender eingeschaltet und lauschte gerade George Strait, als Hank herauskam und in seinen hellblauen Honda Prelude stieg. Sollte ich es vergessen haben: Der Wagen hatte das polizeiliche Kennzeichen P-LUDE 2. Auf einem Aufkleber auf der Stoßstange stand *Kieferchirurgen tun es mit dem Mund.* Ein anderer warb für ein hiesiges Fitness-Studio.

Ich folgte ihm über schneebedeckte Straßen bis nach MacArthur, wo er sich nach Süden wendete. Schließlich parkte er am Einkaufszentrum *Town and Country.* Im Kino lief *The Russia House,* was mir irgendwie zu den sibirischen Temperaturen und zu meiner Verfolgungsjagd zu passen schien. Ich parkte vor dem *National Food*-Geschäft und folgte ihm nach drinnen. Ich schob einen Einkaufswagen mit einem blockierenden Rad hinter ihm her. Er nahm zwei Sechserpack Perrier, eine Menge Obst und Gemüse, ›Zarte Häppchen‹ und Katzenstreu.

Das ist ein Spur, dachte ich.

Wollen wir es mal mit der Vernunft versuchen.

Ich näherte mich ihm. »Haben Sie eine Katze?« begann ich.

Er war so um die ein Meter neunzig groß und schien einen durchtrainierten Körper zu haben. Also, um die Wahrheit zu sagen, schien er sogar Steroid zu nehmen. Seine rotblonden Haare waren zu einem Bürstenschnitt gekürzt. Er wirkte mindestens zehn Jahre jünger als Sylvia. Er starrte mich mehrere Sekunden lang an, als ob ich ungleichmäßige oder verfärbte Zähne hätte.

»Ich habe mir eben erst eine angeschafft«, fuhr ich fort. »Ich habe keine Ahnung und weiß nicht, ob ich Dosenfutter oder –.«

»Verpiß dich!« sagte er.

Das war's dann mit der ›Vernunft‹.

List.

Montags setzte ich eine dunkle Brille und eine unscheinbare Mütze auf und fuhr zur Tierhandlung in *White Oaks*. Ich kaufte einen Katzenkorb und in einem Blumenladen ein Dutzend rote Rosen sowie eine Vase. Dann fuhr ich zum Apartment in South Sixth. Fast wäre ich auf den vereisten Eingangsstufen ausgerutscht. Ich klingelte. Nach ungefähr einer Minute öffnete eine grünäugige Blondine in einem roten Velours-Straßenanzug.

»Ja?«

Ich grinste. »*Flower Power Incorporated* liefert Ihnen Sträußchen und Poesie«

Sie lächelte mich an. Ihre Zähne waren weißer als weiß. »Oh, die sind schön. Poesie?«

Ich versuchte, an ihr vorbeizuschauen, konnte aber nur einen langen, dunklen Flur erkennen. »Eigentlich sollte ich ein Gedicht vortragen«, sagte ich mit klappernden Zähnen. »Das ist ein Teil unseres Service.« Ich nickte zum Flur hin, um anzudeuten, daß die Eingangsstufen nicht der richtige Platz für ein Liebesgedicht waren.

Sie strahlte. »Wie romantisch. Bitte, treten Sie ein.«

Mit Blumen klappt's immer. Was, wenn ich Ted Bundy wäre, dachte ich. Sie führte mich den langen Flur entlang ins Wohnzimmer. Das Apartment war langgestreckt; wie ein Eisenbahnzug. Das Wohnzimmer war der mittlere Wagen. Mit einem schnellen Blick überflog ich das Zimmer. Ein Fernseher mit großem Bildschirm. Zahlreiche Teppiche auf dem Eichenparkett. Herkömmliche dunkle Holzmöbel. Bingo! Am Fenster sonnte sich eine Schildpattkatze.

Sie klatschte in die Hände. »Lassen Sie Ihr Gedicht hören.«

Ich räusperte mich. »Rosen sind rot, Veilchen sind blau, geben Sie mir die Katze und dies ist für Sie.« Mir war klar, daß mein Gedicht nicht mit Vachel Lindsay konkurrieren konnte. Dafür hatte ich es aber auch einfach so aus dem Handgelenk gemacht. Ich drückte ihr die Vase in die Hände und wandte mich zum Fenster.

»Was soll das?« keifte sie.

Ich nahm die schwarze Brille ab. »Die Blumen waren eine List«, sagte ich. »Ich will Sylvias Katze.«

Sie mußte zweimal tief Luft holen und kniff dann die Augen zusammen. »Machen Sie, daß Sie hier rauskommen, bevor ich die Polizei rufe.«

Ich zuckte die Schultern. »Tun Sie sich keinen Zwang an. Die gestohlene Sache befindet sich in Ihrem Besitz.«

»Wie bitte?«

Ich ging zu der Katze und griff nach ihrem Halsband. Ich las die silberne Erkennungsmarke. Die Katze kniff mir in den Finger. Scharfe Zähne. »Hier steht, sie ist Eigentum von Sylvia Ransome. Die Dame will ihre Katze zurück. Es gibt keinen Ärger, und Sie sollen auch nichts bezahlen.«

Die Blondine starrte mich an und brach dann in Gelächter aus. Sie hob den linken Arm, schob den Ärmel zurück und zeigte mir einen langen, vom Handgelenk bis zum Unterarm reichenden Kratzer. »Ich bin eben erst beim Arzt gewesen. Ich mußte mir eine Spritze setzen lassen, um eine Entzündung zu verhindern. Dieses Biest«, sie deutete auf die Katze, »hat mich grün und blau gekratzt. Wegen mir kann dieses Miststück ihr Miststück behalten. Schnell, raus mit ihr, bevor Hank zurückkommt.«

Ich sauste zum Auto, schnappte den Katzenkorb und eilte zurück in die Wohnung. Ich setzte ihn ab, ging zu Callie und kraulte sie unter dem Kinn. Sie rollte sich auf den Rücken und schnurrte. Ich kitzelte sie am Bauch.

»Hören Sie auf mit dem Unsinn«, sagte die Blondine. »Hank kann jeden Augenblick zurück sein. Er ist sehr jähzornig.«

»Was werden Sie ihm erzählen?«

Sie wiegte den Kopf hin und her. »Sie haben mich überwältigt.«

Ich nahm Callie auf den Arm, trug sie zum Katzenkorb und versuchte, sie hineinzusetzen. Sie fauchte und versuchte, sich meinem Griff zu entwinden. Vergeblich. Sie fauchte während der ganzen Fahrt, bis wir in West Washington ankamen.

»Halt den Mund!« sagte ich. »Du kommst wieder nach Hause.« *Irrtum.*

Sylvia hielt Callie in ihren Armen und redete in der Babysprache mit ihr. Schließlich setzte sie sie auf den Boden. Wie eine Königin schritt die Katze an die Seite der neuen weißen Couch, streckte sich und legte ihre Vorderpfoten auf die Armlehne. »Nein!« schrie Sylvia auf. »Daran darfst du nicht einmal denken!« Sie nahm das Tier erneut auf den Arm. »Ich werde Mamis Baby die Krallen entfernen lassen. Es hat mich nicht gestört, als du Hanks Zeug zerfetzt hast, aber Mami hat alles neue Sachen.« Sie setzte die Katze ab.

Callie starrte Sylvia an und schlenderte dann in die Küche.

»Sie sind ein Zauberkünstler«, sagte Sylvia zu mir. »Sie müssen mir alles erzählen.«

Das tat ich. Ohne irgend etwas wegzulassen.

»Dieser Schuft. Diese Schlampe.« Sie grinste. »Ein wirklich häßlicher Kratzer?«

Ich nickte.

Sylvia schnurrte fast. Callie war zur Couch zurückgekehrt und betrachtete sie. »Nein, Baby«, sagte Sylvia. Sie nahm die

Katze wieder hoch. »Haben sie dir diese Gemeinheiten beige-bracht?«

Irgendwann ließ sie die Katze dann zu Boden und stellte mir einen Scheck aus. In dem Moment, in dem sie ihn mir überrei-chen wollte, begann Callie an der Couch zu kratzen.

»Nein!« schrie Sylvia. Sie sprang auf und versetzte der Katze einen ordentlichen Klaps. Callie sauste davon.

Als ich mich verabschiedete, sagte ich: »Lassen Sie die Schlös-ser auswechseln.«

»Ich bin sehr zufrieden, Robert«, sagte der Präsident, nachdem ich ihm berichtet hatte. »Ich stehe in Ihrer Schuld.«

»Danke, Rob«, sagte auch Lisa, als ich anrief. »Ich bin dir noch etwas schuldig.«

»Ich werde mir etwas einfallen lassen«, antwortete ich.

Einige Tage später rief Sylvia Ransome mich im Büro an: »Er hat sie wieder gestohlen.«

»Wie war das möglich? Haben Sie die Schlösser denn nicht auswechseln lassen?«

»Doch. Aber ich war nicht zu Hause, und er hat es geschafft, sich am Verwalter vorbeizumogeln. Hat ihm erzählt, er müßte noch einige seiner Sachen holen. Können Sie sie wieder zurück-holen?«

Ich seufzte. Gern hätte ich abgelehnt. Aber mir war klar, daß ich den gemeinsamen Bemühungen Lisas und des Präsidenten nicht würde widerstehen können. »Ich denke schon«, antwor-tete ich. Wo war ich stehengeblieben, überlegte ich. Ach, ja. Ein-bruch.

Mitch war bereit, für mich Schmiere zu stehen und das Flucht-auto zu fahren. An jenem Abend warteten wir in Mitchs Chevy Celebrity, bis Hank und die Blondine ihre Wohnung zum all-abendlichen Stadtbummel verließen. Mit Hilfe einer Kreditkarte öffnete ich die Tür des Apartments, trug Callie hinaus und setzte sie in den Katzenkorb, wo sie sich prompt erleichterte.

»Nichts stinkt schlimmer als Katzenpisse«, meinte Mitch und zündete sich eine Zigarre an.

Er fuhr mich zu Sylvias Apartment. Ich übergab ihr die Schildpattkatze mit den Worten: »Jetzt ist Schluß. Finito. Endspiel. Jetzt sind Sie für sie verantwortlich.«

»Natürlich«, antwortete sie. »Ich werde Ihnen einen Scheck senden.«

»Stellen Sie ihn bitte jetzt aus«, sagte ich.

Sie tat es.

Eine Woche später rief mich Sylvia Ransome im Büro an. »Mr. Miles?«

»Sie ist schon wieder fort? Ich habe Ihnen doch gesagt –.«

»Darum geht's nicht«, fiel sie mir ins Wort. »Ich habe mir die Sache überlegt.«

»Wie bitte?«

»Ich habe vielleicht etwas überstürzt gehandelt.«

»Wovon reden Sie?«

»Ich bin egoistisch gewesen. Ich möchte, daß Sie Callie zu Hank zurückbringen. Es ist nicht fair, daß ich sie ganz für mich haben will.«

»Was ist passiert? Hat sie auf den Teppich gekotzt?«

»Ja. Und sie hat meine Couch in Fetzen gerissen, bevor ich ihr die Krallen entfernen lassen konnte. Meine Vorhänge sind ruiniert. Außerdem weigert sie sich, die Katzentoilette zu benutzen. Sie wissen, was das heißt. Sind Sie sicher, daß Hanks Schlampe die Katze haßt?«

»Haßt ist noch untertrieben.«

»Ich verdopple Ihr Honorar, wenn Sie sie zurückbringen.«

Ich seufzte, dachte an den Präsidenten und an Lisa und wußte, daß ich erneut verloren hatte. »Okay.«

Ich rief im Apartment an. Die Schlampe hob ab. »Hier ist der Kerl mit den Rosen und dem Gedicht. Ich möchte mit Hank sprechen«, sagte ich.

»Oh, Henry!« hörte ich sie rufen.

Er kam an den Apparat. »Was wollen Sie?«

»Sylvia hat es sich überlegt und möchte Ihnen Callie überlassen.«

»Nein, verdammt noch mal!«

»Und wie denken Sie über gemeinsames Sorgerecht?«

»Verpiß dich!«

Jetzt mußte ich es mit Einschüchterung versuchen.

Ich fuhr zum *Right Stuff*, einer Bar in der North Eleventh, an der auch das ›Haus‹ beteiligt war. Hinter der Theke stand *Maximum Security Face Johnson*. Er strahlte mich an. Seit Max hinter der Theke stand, hatte es keine Schlägerei mehr gegeben. Ich glaube, sogar Big war von Max eingeschüchtert.

»Big?« frage ich.

»Nicht in der Stadt.«

»Oh? Möchtest du einen schnellen Hunderter machen?«

»Was soll ich tun?«

»Ganz du selbst sein«, antwortete ich.

Wir folgten Hank zu seinem Fitness-Studio.

»Was zum Teufel . . .?« sagte Hank und wollte sich von der Hantelbank erheben. Max hielt ihn jedoch leicht mit einem Arm unten.

»Das ist Max Johnson«, sagte ich. »Du hast vielleicht in *Police Beat* von ihm gelesen. Als er im Knast war, hat ein weißer Zahnarzt ihm den Weisheitszahn ohne schmerzstillende Mittel herausgerissen. Seitdem haßt er weiße Zahnärzte wie die Pest. Kannst du mir folgen?«

Hank schluckte. »Ich bin Kieferchirurg.«

»Für Max macht das keinen Unterschied.«

»Das ist eine Drohung.«

»Das ist ein Versprechen. Nun, nimmst du Callie zurück?«

»Was?«

»Sylvia hat ihre Meinung geändert.«

Er schüttelte den Kopf. »Cindy würde mich umbringen. Nein, Jack.«

»Max . . .«

Max drückte die Hanteln nach unten.

»Okay, okay, ich nehme das kleine Miststück.«

Dann ließ ich mir die Sache nochmals durch den Kopf gehen. Konnte ich das wirklich mit meinem Gewissen vereinbaren? Würde ich mich von Lisa über Callies Wohl aushorchen lassen müssen? Wünschte ich mir tatsächlich Besuchsrechte?

»Schon gut«, sagte ich. »Du verzichtest auf alle Rechte an der Katze?«

»Ja.«

Mit Sylvia schloß ich ein ähnliches Abkommen. Dann rief ich Lisa an. »Du schuldest mir noch etwas«, sagte ich.

»Ja, ich weiß.«

Ich sagte ihr, was ich wünschte.

»Liebend gern würde ich sie nehmen«, antwortete sie. »Du vergißt nur eines.«

»Was soll das heißen?«

»Otis.«

»Katzen und Hunde können lernen, miteinander zu leben.«

»Rob, das kann nicht gutgehen!«

Ich stellte den Katzenkorb in meinem Wohnzimmer ab. »Clokkie«, rief ich, »komm, begrüß deine neue Stubenkameradin. Jetzt hast du *die* Chance, deine Kenntnisse über Schildpattkatzen zu vertiefen.«

Callie fauchte.

Die blinde Seite

William J. Reynolds

Im Winter 1987 hatte ich zwei Spielzeiten bei den Royals hinter mir. Als ich dann spät am Silvesterabend dieses Jahres betrunkener, als ich eigentlich hätte sein sollen, durch einen Bezirk von Kansas City torkelte, um den ich besser einen großen Bogen gemacht hätte, wurde ich zusammengeschlagen und ausgeraubt. Sie nahmen mir die goldene Armbanduhr ab, meine Kreditkarten, achtundvierzig Dollar in bar und sechsundachtzig Prozent der Sehfähigkeit meines rechten Auges. Wenn es etwas gibt, das der Werfer in einem Baseballteam außer einem starken Arm noch braucht, dann ist das die Fähigkeit zu plastischem Sehen, und da ich diese verloren hatte, war auch meine Karriere in der Oberliga zu Ende. In jeder Liga, behaupte ich mal.

Die Royals boten mir einen Posten auf der Geschäftsstelle an, aber das wollte ich nicht. Ich hatte noch ein paar kleinere Zusatzverträge, die durch meine Verletzungen nicht beeinträchtigt waren, aber ich ließ sie fahren. Carolyn ließ ich auch fahren und ging wieder in den Norden. Dad und mein Bruder Gates bewirtschafteten noch immer die alte Farm, aber das war noch nie etwas für mich gewesen. Für mich hatte es immer nur Baseball gegeben, und nun war es damit vorbei.

Ich bemühte mich um eine Wohnung, aber außer ehemaligen Farmhäusern war kaum etwas zu finden. In der Stadt gab es auch so gut wie keine Mietwohnungen. Da schloß zum Glück das *Egyptian*, das einzige noch verbliebene Kino in der Stadt. Ich hatte meine halbe Jugend im *Egyptian* verbracht: als Kind unten im Parkett, wo ich schlechte Western und noch miesere Zweite-Welt-Krieg-Schinken nur so in mich aufsaugte; als Teenager oben auf dem Balkon bei dem Versuch, Anita Van Otter oder Lenore Hamaker unters Röckchen zu greifen. Was, um alles in der Welt, gab es nicht alles in dieser drahtbewehrten Unterwäsche zu entdecken!

Einer Eingebung folgend kaufte ich das *Egyptian*. Es war größer, als ich gedacht hatte. Über dem riesigen Zuschauerraum lagen noch zwei Etagen mit Büroräumen und darunter ein voll ausgebautes Kellergeschoß mit einem halben Dutzend Garderoben – das *Egyptian* war ursprünglich als Theater erbaut worden – und unzähligen Vorratsräumen, in denen sich alte Filme und Bühnenrequisiten haufenweise stapelten. Der Zuschauersaal war in gutem Zustand, und deshalb schenkte ich ihm zunächst mal keine sonderliche Aufmerksamkeit, sondern machte mich daran, die oberen Stockwerke wohnlich herzurichten. Das schien mir eine Art Lebensaufgabe zus ein. Aber mir war es nur recht.

Der Winter ging vorüber. Die meiste Zeit blieb ich für mich allein und arbeitete im *Egyptian*. Als der Frühling herannahte, half ich Dad und Gates bei der Bestellung der Felder. Dad war der Ansicht, wer landwirtschaftliche Geräte mit Lampen versah, der müsse sich auch etwas dabei gedacht haben, und so waren wir regelmäßig bis zehn, elf Uhr abends und manchmal auch noch länger auf den Feldern.

Nach einem solchen Tagewerk im Mai kam ich um Mitternacht ins *Egyptian* zurück. Die Scheinwerfer meines Jeeps erfaßten eine Gestalt auf der Bank unter der großen Markise; es sah aus, als warte dort jemand darauf, daß die Kinokasse aufgemacht würde. Hier in der Gegend ist es ungewöhnlich, daß so spät noch jemand unterwegs ist, aber ich machte mir keine sonderlichen Gedanken; es ist nämlich noch ungewöhnlicher, daß hier jemand überfallen wird. Ich kletterte also von meinem Jeep herunter.

Die Gestalt auf der Bank straffte sich, als ich mich ihr näherte. »Ich hab schon gedacht, du hättest längst gepackt und seiest auf und davon«, sagte Lenore Hamaker. »Ich sitze schon seit mindestens zwei Stunden hier.«

»Ich war bei meinem Dad«, sagte ich. »Tut mir leid, daß du warten mußtest. Du hättest anrufen sollen.«

»Das habe ich ja gemacht«, sagte Lenore. »Aber alles, was ich gehört habe, war dein verdammter Anrufbeantworter. Hörst du die Bänder überhaupt gelegentlich mal ab?«

»Nicht regelmäßig«, mußte ich zugeben. »Ich habe eigentlich kein sonderliches Bedürfnis verspürt, mich mit jemandem zu unterhalten.« Vor allem hatte ich keine Lust gehabt, mit Carolyn zu reden. Es gab nichts, was ich ihr noch zu sagen gehabt hätte.

»Das habe ich mir gedacht«, sagte Lenore. »Deswegen habe ich mich ja auch entschlossen, mal vorbeizuschauen. Willst du mich nicht hineinbitten?«

»Das hatte ich eigentlich nicht vor, Lenore«, erwiderte ich. »Es ist schon spät, und ich bin müde.«

»Ich habe dir auch aus Anlaß deines Einzugs in dein neues Haus ein kleines Geschenk mitgebracht.« Ich hatte den großen Karton auf der Bank bisher gar nicht bemerkt, bis Lenore jetzt mit der Hand darauf deutete. »Nicht einmal du bist rüde genug, jemanden davonzujagen, der in einer dunklen kalten Nacht zwei Stunden auf dich wartet, um dir ein kleines Einzugspräsent zu überbringen, Carve Straka.«

»Es sind dreiundzwanzig Grad, Lenore.« Ich seufzte. »Also gut, meinetwegen, komm rein.«

»Welches Mädchen könnte einer solchen Einladung wohl widerstehen?«

Ich schloß die Glastüren zum Foyer auf. Die Neonröhre über dem Kabäuschen für den Kartenverkauf mitten in der Halle war die einzige Lichtquelle. In ihrem Schein leuchtete Lenores Haar roter, als es in Wirklichkeit war. Für gewöhnlich trug sie es offen und ließ es in sanften Wellen bis auf die Schultern hinunterfallen. Heute nacht allerdings hatte sie es zu einem Pferdeschwanz geflochten. So betonte es ihre strengen Gesichtszüge, die großen, weiten Augen, die hochstehenden Backenknochen und den Mund mit seinem kleinen, beinahe zynischen Lächeln, das sie stets und überall zu beherrschen schien. Ich berührte sie an der

Wange. »Haymaker«[*], sagte ich und betonte ihren Namen absichtlich falsch, wie wir es immer in der Schule gemacht hatten, um sie zu ärgern. Damals geriet sie dann jedesmal in Rage. Heute nacht lächelte sie einfach nur.

»Ich habe gedacht, ich würde dich nie wiedersehen, Carve«, sagte sie. »Als ich hörte, was da in Kansas City passiert ist, hast du mir wirklich leid getan.«

»So ist das Leben«, erwiderte ich und trat einen Schritt zurück. »Ich würde dir ja gern was kaufen, aber der Stand mit den Süßigkeiten ist leider geschlossen.« Die Packungen mit den diversen Süßigkeiten hinter der Glasscheibe waren genauso leer wie der Getränkeautomat.

Lenore hatte ihren Karton auf dem Zahlteller vor der Glasscheibe des Kartenhäuschens abgesetzt, als wir hereingekommen waren. Jetzt deutete sie mit dem Finger darauf. »Willst du dein Geschenk denn nicht wenigstens mal aufmachen?«

Es war ein Karton aus kräftiger Wellpappe. Durch verschiedene Klebestreifen, die den Karton zusammenhielten, schimmerte noch immer das Logo eines großen Versandhauses. Der Deckel wurde zusätzlich noch von einer gelben Schnur gehalten. Der Einfachheit halber verzichtete ich darauf zu versuchen, den Knoten zu lösen, riß die Schnur kurzerhand entzwei und hob den Deckel ab.

»Katzen«, sagte ich.

»Herzlich willkommen«, sagte Lenore. Sie langte mit beiden Händen in den Karton hinein und holte die beiden Katzen von ihrem Strohlager ans Licht. Es waren ganz junge Kätzchen, dünn und mit Tatzen und Ohren, in die sie erst noch hineinwachsen mußten. Die eine war eine Tigerkatze, die andere war grau. Sie miauten und kuschelten sich in Lenores Hand. »Ich habe sie aus unserem eigenen Stall geholt«, sagte Lenore. »Wir haben sowieso mehr davon, als wir brauchen können, und ich dachte mir, wenn du vielleicht schon keine Haustierchen brauchen

---

[*] Haymaker = Heumacher – ein unübersetzbares Wortspiel zu ihrem Familiennamen Hamaker

kannst, dann bestimmt ein paar tüchtige Mäusejäger, denn dieses alte Gemäuer ist garantiert voll davon.«

»Schon, aber wir machen einen großen Bogen umeinander«, erwiderte ich. Ich hatte ganz vergessen, daß Lenore eine große Katzenliebhaberin war. Als wir vor Jahren einmal zusammen waren, hatte sie immer zwei oder drei Katzen als Haustiere gehalten, obwohl es auf der Farm ihrer Eltern eine ganze Menge davon gab, die die Mäuse- und Schlangenpopulation einigermaßen unter Kontrolle hielten. Ihr Geschmack hatte sich ganz offensichtlich nicht geändert.

Sie hielt die Katzen hoch und kraulte sie hinter den Ohren. Als ich noch ein Kind gewesen war, hatten wir auch eine Menge Katzen auf unserer Farm gehabt, aber sie wurden strikt draußen gehalten – als Mäusejäger, nicht als Haustiere. Lenore setzte die Kätzchen ab, und sofort begannen diese, ihre neue Umgebung zu erkunden.

»Jedenfalls vielen Dank«, sagte ich.

Lenore hob die Schultern in ihrer ganz unnachahmlichen Art. »Ich dachte mir, es würde sonst wohl niemand auf den Gedanken kommen, dir zum Einzug ein paar Mäusejäger zu schenken.«

»Sonst hat mir noch niemand etwas geschenkt. Sie haben sich alle ganz schön auf Abstand gehalten.«

»In der Stadt läuft ja auch seit Monaten das Gerücht um, du wolltest es genau so und nicht anders.«

»Die Gerüchte, die in der Stadt umlaufen, entsprechen der Wahrheit.«

Ein langes Schweigen folgte, das schließlich Lenore brach. »So«, sagte sie, »muß ich jetzt auf die Tour durchs ganze Haus gehen?«

»Aber sicher doch«, erwiderte ich. »Ich glaube, den Balkon können wir uns sparen. Den kennst du ja.« Sie tätschelte mir leicht den Bizeps. Ich führte sie zuerst nach oben, zeigte ihr, wo ich Wände einzureißen und den alten Bauplan wiederherzustellen gedachte, indem ich aus zu engen Büros wieder weitläufige Wohnflächen machen würde. Im Moment waren die oberen Etagen weiter nichts als eine einzige Schutthalde, bloßliegendes Holzwerk und hoffnungslos ineinander verknäulte elektrische Leitungen, aber ich erklärte ihr, wie alles einmal werden sollte und auf welche Weise ich der dritten Etage ein wenig das Flair eines Zwischengeschosses geben wollte, indem ich die Decke bis zum Dach offenlassen würde. Dort sollte dann ein großes Fenster das Tageslicht direkt von oben her einfallen lassen. »Einer meiner Freunde ist Architekt. Er wird demnächst aus der Stadt herkommen und mir erklären, wieviel von meinen Plänen ich am besten wieder vergesse«, schloß ich.

Schließlich kamen wir noch ins Untergeschoß, wo ich die beiden größten Garderoben saubergemacht, mit einem Loch in der Wand miteinander verbunden und notdürftig ein wenig als meine Wohnung hergerichtet hatte. »Oben ist es zu heiß und staubig«, sagte ich. Da kann man vorerst nicht wohnen.« Ich bot Lenore einen Stuhl an.

Sie setzte sich und lächelte mich an. In dem kleinen Kühlschrank entdeckte ich noch ein paar Dosen Bier. Ich reichte ihr eine. »Auf glückliche Tage«, sagte ich, bevor ich meine Dose zur Hälfte leerte.

»Vergangene oder zukünftige?« fragte sie.

Ich sagte nichts.

Lenore trank einen Schluck und sagte dann: »Es tut mir so leid, was mit uns passiert ist, mit dir und mit mir, Carve. Ich wollte dir nicht weh tun. Ich habe nie irgend etwas Böses gewollt. Es ist einfach alles irgendwie passiert. Du warst weg, und Jerry war noch hier . . .«

»Ich habe dir nie irgendwelche Vorwürfe gemacht«, sagte ich. Es war nur eine kleine Lüge. »Zuerst war ich weg auf dem College, und dann war ich weg bei den verschiedenen Baseballteams. Ich habe nie erwartet, daß du auf mich wartest oder so etwas.« Auch das war nur eine kleine Lüge.

»Ich dachte immer, ich sollte warten«, sagte Lenore. »Ich wollte es wirklich. Ich weiß nicht, was passiert ist.«

Ich wußte es. Ich war gegangen, und Jerry Denholm war noch da. Nach meinem Bruder Gates war Jerry mein bester Freund gewesen. Sehr schnell war er auch Lenores bester Freund geworden. Sehr schnell war Lenore schwanger geworden. Sie und Jerry heirateten. Lenore hatte eine Fehlgeburt. Die Ehe schleppte sich danach noch ein Jahr mehr schlecht als recht dahin. Das Letzte, was man von Jerry gehört hatte, war, daß er in die Stadt gegangen war, um dort sein Glück zu machen. Das war jetzt vier Jahre her. Ich hatte es von Gates erfahren. Gates hatte in diesen letzten Jahren Lenore hin und wieder gesehen.

»Gates berichtete mir dieser Tage, du seiest unter die Künstlerinnen gegangen«, sagte ich, um das Thema zu wechseln.

»Ja, kann man so sagen. Als *Penney's Store* geschlossen wurde, mußte ich mir eine neue Arbeit suchen. Du weißt ja, ich habe schon immer gemalt, in Öl- und Aquarellfarben, und da habe ich angefangen, meine Bilder auf alle möglichen Arten zu verkaufen; ich war damit auf Kirchen-Basaren, ich habe in den Fußgängerzonen ausgestellt und verkauft und was weiß ich wo sonst noch alles. Vor zwei Jahren schrieb dann ein Magazin mit dem Titel *Heartland Artist* diesen kleinen Artikel über mich und zwei, drei andere malende Frauen aus der Gegend. Das nächste, woran ich mich erinnere, ist, wie dieser Galerie-Besitzer in der Stadt mich anrief, sagte, er hätte meine Bilder in dem Magazin gesehen und ob ich nicht eine kleine Ausstellung in seiner Galerie veranstalten wollte. Ich hielt ihn zuerst für verrückt, aber dann haben wir die Ausstellung gemacht, und er hat alle Bilder verkauft! Jetzt will er noch mehr Bilder von mir, um noch eine Ausstellung zu veranstalten.«

»Das ist ja großartig«, sagte ich. »Ich würde diesen Artikel ganz gerne einmal lesen.«

Sie blickte ein wenig erstaunt drein. »Na gut«, sagte sie und lächelte.

Die Zeit ist ein gar seltsam Ding. Da kommt man nach langer Zeit an einen Ort zurück, und die dazwischenliegende Zeit verschwindet ins Nichts, löst sich einfach auf, rollt sich wieder zusammen und verschlingt sich selbst. Alles ist wie damals, und alles ist anders, einschließlich einem selbst. Ich hatte den ganzen Winter im *Egyptian* in der ständigen Erwartung geschuftet, irgendwann mein eigenes achtzehnjähriges Ich um die Ecke biegen und direkt auf mich zukommen zu sehen. Ich wäre nicht im mindesten erstaunt gewesen, wenn es wirklich passiert wäre.

Ich war auch nicht im mindesten erstaunt, als Lenore auf einmal irgendwie in meinen Armen lag, den Mund auf meinem und ihr süßer Duft überall um mich herum. Die Zeit war zurückgerollt, hatte sich zusammengezogen. Es war jetzt genau wie vor vielen Jahren, und das war die natürlichste Sache von der Welt.

Und dann streckte sich die Zeit ganz plötzlich wieder, und ich zog mich von ihr zurück. »Gates«, sagte ich, »du und Gates, ihr seid jetzt zusammen . . .«

»Nicht in dieser Weise«, flüsterte sie in die Stille hinein. »Wir sind nur . . .«

»Nur gute Freunde«, sagte ich. Lenore kicherte, und ich küßte sie aufs neue.

Zur Mitte des Sommers hin wird es auf einer Farm langsam ruhiger. Die meiste Arbeit obliegt dann dem Wetter. Wir hatten dieses Jahr gutes Korn-Wetter: heiß, sonnig und feucht. Dad und Gates beschäftigten sich mit allerlei Routinearbeiten rund ums Haus, sie malten, zogen neue Zäune und besserten die Dächer auf Wohnhaus und Scheunen aus – alles Dinge, zu denen sie im kommenden Herbst zur Erntezeit nicht mehr kommen würden. Ich setzte meine Arbeit im *Egyptian* wieder fort und stand regelmäßig früh auf, um mein Tagespensum geschafft zu haben, bevor die Hitze des Tages erbarmungslos zuschlug. In den oberen Stockwerken hatte es nie leistungsfähige Klimageräte gegeben. Die meisten der alten Geräte über den Fenstern hatte ich herausgerissen, und nachdem ich mir einen Überblick über die Verkabelung des ganzen Gebäudes verschafft hatte, wagte ich es schon fast nicht mehr, wenigstens die beiden letzten noch zu betreiben. Unten in den Vorratskellern lagen zwei alte Industrie-Lüfter. Ich schleppte sie nach oben, ölte sie und setzte sie in Gang. Sie kühlten zwar die Luft nicht besonders ab, hielten aber wenigstens den Staub in Bewegung.

Die Katzen fühlten sich bald ganz wie zu Hause. Nachdem sie

wochenlang einen großen Bogen um mich gemacht hatten, schienen sie jetzt zu wetteifern, welcher von ihnen es am schnellsten gelingen könnte, das größte Durcheinander anzurichten. Zuerst hatte ich sie beide ›Katze‹ gerufen, dann ging ich dazu über sie ›Fred‹ und ›Barney‹ zu nennen, und schließlich rief ich sie nur noch ›Sturm‹ und ›Drang‹. Die Katzen waren recht angenehme Gesellschafter, aber so langsam machte mir die Art und Weise zu schaffen, wie sie das Mäuseproblem angingen, von dem ich zuvor angenommen hatte, ich hätte es gar nicht. Früher waren meine Mäuse zu hören gewesen, aber nicht zu sehen. Jetzt schienen Sturm und Drang zu glauben, ich wolle eine jede Maus inspizieren, die sie so am Tag erlegten. Dem war aber keineswegs so.

Ich verbrachte viel Zeit mit Lenore. An den Nachmittagen, wenn es zu heiß wurde, um noch im *Egyptian* zu arbeiten, fuhr ich hinaus zu ihr. Sie bewohnte eine kleine eigene Farm ein Stück nach Norden aus der Stadt heraus, direkt am alten Highway. Sie hatte den größten Teil ihres Landes an Oliver Creigh und seinen Sohn verpachtet, Lenore hatte gerade genug für sich selbst behalten, um sich noch isoliert fühlen zu können. An solchen heißen Tagen saßen wir für gewöhnlich im Schatten hinter dem Haus. Sie malte dann an einem ihrer Bilder, während ich nur einfach dasaß und ein Buch las. Ich nahm sämtliche Bücher zur Hand, von denen ich mir früher einmal versprochen hatte, sie zu lesen, sobald ich ein klein wenig Zeit haben würde. Die meiste Zeit lief das Radio, aber sobald ein Ballspiel übertragen wurde, schaltete ich auf Kassette um und spielte ein paar Rock-'n'-Roll-Melodien aus der Zeit, als wir noch Kinder waren.

Ich habe nie meinen Taschenrechner mitgebracht, und so erfuhr ich auch nie, wie viele Katzen sie insgesamt hatte. Drei davon lebten bei ihr im Haus: *Amber*, *Pirate* und *Leapy Lee*, so genannt wegen ihrer Angewohnheit, sich hinter einem anzuschleichen und dann auf die Schulter des Betreffenden zu springen. Unglücklicherweise war Leapy Lee kein besonders guter Springer. Er schaffte es immer nur bis auf halbe Höhe, krallte sich dann fest und kletterte den Rest. Auf meinem Rücken habe ich noch heute einige Narben.

Neben den Hauskatzen hatte Lenore noch ein weiteres Dutzend oder mehr, die in den Nebengebäuden oder in der näheren Umgebung lebten. Einige der Mutigen wagten sich gelegentlich bis auf die Terrasse, um zu sehen, was wir so des Nachmittags trieben. Lenore hatte für jede einzelne einen Namen, aber wie sie es schaffte, sie auseinanderzuhalten, das wird ein ewiges Rätsel bleiben müssen.

Meistens wurden die langen Nachmittage zu langen Abenden und diese zu kurzen Nächten.

Es war Freitagmorgen acht Uhr, und Hugh Claussen lehnte sich gegen den Klingelknopf am Seiteneingang des *Egyptian*. Ich war schon seit Stunden aus den Federn, um mich mit meinem Durcheinander zu befassen. Die letzte Nacht hatte ich nicht bei Lenore verbracht; mein Freund, der Architekt, wollte heute kommen, und ich gedachte, noch einiges zu erledigen, bevor er eintraf. Ich ging also in den rückwärtigen Teil des Hauses, lehnte mich aus einem der großen energieverschwendenden Fenster und rief zwei Stockwerke hinunter: »Was willst du, Huge?« Wir hatten ihn immer Huge* genannt, obwohl er alles andere als riesig war.

»Laß mich mal rein«, sagte Huge.

Ich ging nach unten, durch den Zuschauersaal, und riß eine der beiden großen Eingangstüren auf, die sich beiderseits der Bühne befanden. Huge trat ein. Seine Sheriff-Uniform in Hellblau mit dunkleren Streifen hie und da war zerknittert und verdreckt. Dunkle Schweißringe verunstalteten seine Unterarme und seinen Rücken. Die Augen lagen tief in ihren Höhlen und waren gerötet. Er hatte dringend eine Rasur nötig.

»Du siehst ja schlimm aus, Huge«, sagte ich.

»Hast du ein Plätzchen, wo wir uns in Ruhe unterhalten können?« fragte er.

Ich sah mich in dem leeren Theater um. »Hier dürften wir vor ungebetenen Lauschern sicher sein.«

Er seufzte und sank in einen der Sitze in der ersten Reihe.

---

* huge = ›groß‹, ein weiteres unübersetzbares Wortspiel

Huge war in meinem Alter, aber im Moment wirkte er mindestens dreißig Jahre älter. Selbst das trübe Licht aus den kleinen Lämpchen an den Seiten reichte aus, um das noch erkennen zu können – so furchtbar sah er aus.

Huge strich sich mit einer Hand durch das Haar und sagte: »Gottverdammich, Carve. Ich weiß ja, daß dich das Leben in der jüngsten Vergangenheit nicht gerade mit Glacéhandschuhen angefaßt hat. Deswegen könnte ich mich dafür hassen, dir jetzt etwas sagen zu müssen: Lenore ist tot.«

Zum Glück war die vier Fuß hohe Wand der Bühne direkt hinter mir. Ich taumelte förmlich gegen sie auf der Suche nach einem Halt. »Was sagst du da?« stammelte ich nicht sonderlich geistreich.

»War bis zwei Uhr heute morgen draußen«, berichtete Huge. »Wer auch immer es gewesen sein mag, Carve, er hat sie zu Tode geprügelt. Eine ihrer Katzen hat er auch umgebracht. Gottverdammich – was ist das nur für ein Mensch, der so was tut!«

»Wann?« fragte ich.

»Nun ja, irgendwann zwischen elf und halb zwei – das steht ziemlich genau fest, denn wir wissen, daß sie bis halb elf mit Liz Gunderson telefoniert hat, wie Liz uns berichtet hat, und um ein Uhr dreißig hat Bill Reeves sie gefunden.« Reeves gehörte zu Huges Leuten. »Bill war auf Routine-Patrouille und schon auf dem Heimweg über den alten Highway. Bei Lenore brannte noch Licht, was nicht ungewöhnlich war – sie malte ja manchmal die ganze Nacht hindurch –«

»Ich weiß.«

»– aber Bill konnte vom Highway aus sehen, daß ihre Haustür sperrangelweit offenstand, und das war allerdings ungewöhnlich, weil es sehr heiß war und Lenore eine zentrale Klimaanlage hat. Er dachte sich gleich, er sollte vielleicht anhalten und nachsehen, ob alles in Ordnung ist. Das war nicht der Fall. Er fand sie tot auf dem Teppich im Wohnzimmer. Sie und die Katze. Gottverdammich.«

»Wie?« fragte ich.

Er sah mich erstaunt an. »Hab ich doch schon gesagt: erschlagen. Todesursache war wahrscheinlich ein gebrochener Nacken-wirbel – aber sie war womöglich schon bewußtlos, als das pas-sierte. Nach den Verletzungen – willst du das wirklich hören, Carve? Okay . . . also, den Verletzungen nach zu urteilen würde ich sagen, jemand hat gut ein halbes Dutzend Mal auf sie einge-schlagen. Ins Gesicht. Ein großer Mann mit viel Kraft.« Huge maß mich mit den Blicken. Ich bin groß und stark. Er schien die-sen Gedanken aber wieder fallenzulassen und fuhr fort: »Ich vermute folgendes: Der erste Schlag machte sie schon bewußtlos oder doch so gut wie. Dann hat sich der Hurensohn auf dem Bo-den über sie gekniet und ihr fünf oder sechs weitere Schläge ver-abreicht.« Er rieb sich die Augen.

»Wurde sie . . .«

Er sah mich an. »Nein, Carve, sie ist nicht vergewaltigt wor-den.«

Ich nickte.

Huge räusperte sich und sah auf die erleuchtete Uhr über dem linken Bühnenausgang. »Carve«, sagte er dann, »weißt du, wo dein Bruder ist?«

»Gates?« fragte ich, obwohl ich nur den einen habe. »Warum?«

»Er war nicht zu Hause. Dein Vater sagte, er habe ihn heute noch nicht gesehen. Seit gestern abend hat er ihn nicht mehr ge-sehen.«

Ich holte tief Luft. »Einen Augenblick, Huge . . .«

»Als Bill Reeves gegen halb zwölf auf seiner Patrouille über den alten Highway fuhr, stand Gates' Kleinlaster in Lenores Auffahrt.« Seine Blicke wandten sich von der Uhr ab und zu mir. »Gottverdammich, Carve . . .«

»Schon gut«, sagte ich.

Gates war gegen sieben zu mir gekommen, um mir zu helfen, eine frisch gesetzte Gipswand zu tapezieren. Ich führte Huge die enge Treppe hinter der Bühne hinauf, die der normale Kinobe-sucher nie zu sehen bekommen hatte, und dort fanden wir Gates in dem großen staubigen Geviert, das dazu ausersehen war, ein-mal mein Wohnzimmer zu werden. Er saß auf einer Kühlbox und trank Eiskaffee aus einem Plastikbecher. Gips- und Kalkstaub, vermischt mit seinem Schweiß, ließen ihn bleich aussehen, aber zu genau dieser Jahreszeit war Gates braun wie eine Haselnuß. Mein ›kleiner‹ Bruder überragte mich fast um Haupteslänge und verfügte über breite Schultern mit langen, kräftigen Muskeln, die sich vom Nacken über seine Arme und seinen Rücken hinzogen, wo sich der Zementstaub mit seinem Schweiß vermischt hatte. Wir hatten beide dasselbe hellbraune, leicht gewellte Haar und die dunklen großen Augen unserer Mutter.

»Was treibt dich denn so früh und munter um, Huge?« sagte Gates. Ich ging zum Fenster und nahm mir meinen Eiskaffee von der Fensterbank. Selbst zu dieser frühen Morgenstunde war es schon zu warm für heißen Kaffee.

Huge blickte mich an, räusperte sich, blickte ins Leere und sagte: »Lenore Hamaker wurde in der letzten Nacht ermordet.«

Gates brauchte einige Zeit, bis er erwiderte: »Was meinst du damit – ermordet?«

»Ich meine, jemand hat sie ermordet.« Zum erstenmal sah er Gates unmittelbar an. »Wo warst du letzte Nacht, Gates? Zwischen elf und eins, halb zwei?«

Gates sah mich an. »Ist das ein schlechter Scherz?«

»Huge ist nicht nach Scherzen zumute«, erwiderte ich.

»Zu Hause«, erwiderte Gates. »Dad und ich haben bis ungefähr neun Uhr gearbeitet, dann bin ich zu mir nach Hause gegangen, hab da noch dies und das erledigt, bis ich – ich weiß auch nicht mehr so genau – gegen elf oder zwölf in die Koje gekrochen bin.«

»Gottverdammich«, sagte Huge. Er stand auf und ging zu einem der Fenster, um auf die Straße hinunterzusehen.

Gates blickte mich an, und in seinen Augen stand eine Frage. Ich sagte: »Bill Reeves hat deinen Lieferwagen letzte Nacht in Lenores Auffahrt gesehen.«

»Oh.« Gates starrte auf die Tasse in seiner Hand. Dann seufzte er tief. »Also gut, ich war da. Ich bin kurz nach elf noch mal ausgegangen.«

»Warum hast du zuerst gelogen?« fragte Huge.

»Vielleicht möchtest du zuerst mit dem alten Johansen reden, bevor du noch etwas sagst, Gates«, sagte ich.

»Ich brauche keinen Anwalt«, erwiderte Gates. »Ich habe nichts verbrochen.« Er wandte sich Huge zu. »Ich habe gelogen, weil ich besorgt war. Jeder hier weiß doch, daß Lenore und ich einmal so gewissermaßen – na ja – zusammen waren. Und jetzt waren wir es eine Weile nicht mehr.« Seine Augen bohrten sich in meine und wanderten dann wieder zu Huge zurück. »Ich hatte gehofft, die alte Geschichte wieder beleben zu können.« Er spielte mit der Tasse in seiner Hand. »Es muß ja nicht gleich jeder im County über solche Sachen Bescheid wissen«, murmelte er.

»Tut mir leid, Gates«, sagte ich. »Lenore hat mir erzählt, daß zwischen euch beiden nichts Ernstes gewesen sei.«

Er bedachte mich mit einem schiefen Lächeln. »Ich glaube, so hat sie es wirklich gesehen.«

»Du bist also zu ihr gefahren«, sagte Huge. »Und was war dann?«

»Nicht viel. Ich sagte ihr, daß ich wieder mit ihr zusammensein möchte. Sie sagte, daran sei sie aber nicht interessiert. Sie war mit der Arbeit an einem Bild beschäftigt, das sie gerade malt, und deshalb bat sie mich, ich solle wieder gehen, und das habe ich dann auch getan.«

Huge trat an Gates heran, faßte nach seinem rechten Handgelenk und hob es in die Höhe. Die Oberseite seiner Hand war geschwollen, ein paar rote Striemen fingen an, sich blau zu verfärben, und an den beiden ersten Knöcheln war die Haut abgeschürft.

»Wer auch immer Lenore umgebracht hat«, sagte Huge, »der hat es möglicherweise mit bloßen Fäusten getan.«

»Nun komm schon, Huge«, sagte ich, »Gates' Hände sind immer geschwollen und voller Risse und Striemen – schließlich ist er Farmer, Herrgott noch mal.«

Gates zog seine Hand wieder weg. »Dad und ich haben an diesem alten Traktor gearbeitet – du weißt doch, Carve, der alte weiße? Wir haben alles mögliche versucht, ihn wieder in Gang zu kriegen. Die Motorhaube von dem Ding öffnet sich nach beiden Seiten hin, und der Springauf-Beschlag auf der linken Seite ist nicht mehr intakt – wie ich gestern abend feststellen mußte, als mir die Motorhaube auf die Hand fiel. Ich hab noch Glück gehabt, daß ich mir die Hand nicht gebrochen habe.«

»Und als das passierte, warst du wohl allein«, sagte Huge.

»Genau.«

»Gottverdammich.«

»Sieh mal, Huge, was soll das alles?« sagte ich. »Willst du etwa Gates beschuldigen oder was?«

»Auf welcher juristischen Fakultät hast du eigentlich graduiert, Carve?«

»Auf der, wo man lernt, etwas entweder zu beweisen oder zu schweigen.«

Er bedachte mich mit einem bösen Blick, dann nickte er und trat wieder ans Fenster. »Du hast ein Temperament wie eine Tretmine, Gates, das weiß hier jeder. Keine Widerrede! Ich kenn dich doch, seit du ein Junge warst. Ich hab's selbst erlebt. Ich erinnere mich noch genau, wie du einmal Danny Freitag fast die Seele aus dem Leib geprügelt hast . . .«

»Huge, das war auf der High-School«, sagte Gates. »Ich habe Lenore nicht geschlagen. Ich könnte ihr niemals etwas tun.«

»Danny Freitag hat damals bloß ein paar saudumme Bemerkungen gemacht – ich weiß noch nicht einmal mehr, worum es genau ging, und du bestimmt auch nicht –, aber du bist hochgegangen wie eine Bombe. Ich glaube, du weißt noch nicht einmal, was du alles gemacht hast, bis wir dich mit Gewalt von ihm weggeholt haben.« Er blickte Gates an. »Kann ja sein, daß du dich mit Lenore gestritten hast, und dann hat sie womöglich etwas gesagt, was dir unter die Haut gegangen ist –« Gates hielt den Kopf gesenkt und schüttelte ihn nachdrücklich, »– und du hast rot gesehen. Hast ihr eine runtergehauen, und dann noch zwei, drei Watschen mehr. Vielleicht hast du gar nicht gemerkt, was du da angerichtet hast.« Er unterbrach sich einen Augenblick. »Das wäre Totschlag – nicht Mord.«

»Ich habe nichts getan. Ihr ging es gut, als ich sie verließ.«

»Um wieviel Uhr?«

»Das weiß ich nicht mehr – zwanzig Minuten, nachdem ich angekommen war, nehme ich an. So gegen Viertel vor zwölf, denke ich. Auf die genaue Uhrzeit habe ich nicht geachtet.«

Huge verharrte lange schweigend. Schließlich sagte ich: »Und jetzt?«

»Wir habe einige Spuren am Tatort sichergestellt. Es ist alles vor einer Stunde ins kriminaltechnische Labor gegangen. In einer oder zwei Wochen werden die ersten Ergebnisse vorliegen. Dann werden wir mehr wissen.« Er blickte Gates an. »Du hast hoffentlich nicht vor, die Stadt in den nächsten vier oder fünf Tagen zu verlassen, Gates?«

»Natürlich habe ich das vor, Huge«, sagte Gates. »Du vergißt, daß ich nicht in der Stadt wohne, sondern auf dem Land.«

»Du weißt, was ich meine«, erwiderte Huge.

Die Beerdigung fand am folgenden Dienstag statt. In der kleinen Kirche war es heiß und stickig. Obwohl früh am Tag, war es einer jener heißen Sommertage, an denen die Hitze in Augenhöhe zu hängen scheint und einem alles vor den Augen verschwimmt. Lenores Mutter war aus Ames hergekommen, wo sie mit Lenores Schwester lebte. Bada Kirkover, Lenores Patentante, die sich einst sehr viel Mühe gegeben hatte, mich und Gates Pianospielen zu lehren, als wir noch Buben waren, war ebenfalls gekommen. Es waren überhaupt viele Leute anwesend, die ich aus meiner Kindheit kannte; ich hatte gar nicht gewußt, daß noch so viele von ihnen in der näheren Umgebung der Stadt lebten. Und Jerry Denholm, Lenores Ex-Mann, war auch da.

Ich war doch einigermaßen überrascht, ihn zu sehen. Aber nicht halb so überrascht, wie ich dann später war, als er nachmittags bei mir im *Egyptian* auftauchte. In der Hand trug er einen Sechserpack Bier und auf dem Gesicht einen ausgesprochen dämlichen Ausdruck. »Ein Friedensangebot«, sagte er und hielt den Sechserpack hoch.

Ich ließ ihn eintreten.

Sein Haar wurde schon dünner, sein Bauch dafür dicker, aber

ansonsten war er ganz der alte Jerry. Mein rein gewohnheitsmä-
ßig zweitbester Freund.

Es war eigentlich zu heiß, um oben zu arbeiten. Ich tat es trotzdem. Er folgte mir und ließ sich auf der Fensterbank nieder,
während ich zu der Wand ging, die ich gerade einreißen wollte.
Das Radio dröhnte, die Ventilatoren heulten, und die Katzen
scharrten in den Trümmern herum. Auch für sie war es hier
oben eigentlich viel zu heiß, aber sie schienen entschlossen, das
Geheimnis zu lüften, was um alles in der Welt ich denn hier
oben so trieb.

Jerry beobachtete die Katzen eine Weile, trank ein wenig von
seinem Bier und sagte schließlich: »Du weißt, ich wollte dir Lenore ja nie wegnehmen, Carve. Es ist halt so passiert.«

»Lenore hat mir fast genau dasselbe gesagt.«

»Wenn es dir ein Trost ist – Lenore hat Schluß gemacht.«

Ich unterbrach meine Arbeit einen Augenblick und sah ihn
prüfend an.

Er nickte. »Ich wollte eigentlich, daß es mit uns beiden funk-
tionierte. Ich liebte sie, Carve. Ich hätte sie nie geheiratet, wenn
sie nicht schwanger geworden wäre, aber ich liebte sie nun mal
und wollte mit ihr zusammenleben. Aber sie sagte, das sei alles
von Anfang an ein großer Fehler gewesen, und sie habe keinerlei
Interesse daran, es mit aller Gewalt nach außen hin aufrechtzu-
erhalten.« Er hob die Schultern. »Nun, was soll man machen? Es
gehören immer zwei dazu, nicht wahr?« Er versuchte ein Lachen, das aber nicht recht gelingen wollte. »Da bin ich dann eben
gegangen.«

Ich ging hinüber und nahm mir ein Bier. »Und was hast du
dann gemacht?«

»Ich bin in die Stadt gezogen, verstehst du, hab mich da erst
mal 'ne Weile rumgetrieben, und jetzt arbeite ich für eine Ver-
lagsgesellschaft und verkaufe gut die Hälfte aller Anzeigensei-
ten in den Magazinen, die sie herausbringt.« Er nahm einen
Schluck. »Ich hab es sehr bedauert, als ich von deinem Unfall erfuhr.«

»Wenn drei handfeste Burschen über einen herfallen und einem um ein Haar das Licht ausblasen, dann würde ich das nicht mehr einen Unfall nennen«, erwiderte ich. »Aber vielen Dank für deine Anteilnahme. Ich hab mich gewundert, dich heute morgen in der Kirche zu sehen. Wie hast du denn von Lenore erfahren?«

»Oh, ich habe den Kontakt zur alten Heimatstadt nie verloren«, sagte er lächelnd. »Außerdem bin ich noch immer auf den *Ledger* abonniert.«

Der *Ledger* ist doch diese Woche noch gar nicht erschienen.«

Er sah mich an. »Meine Mutter wohnt noch immer hier, Carve. Sie hat mich angerufen. Daran ist gar nichts Geheimnisvolles.«

»Entschuldigung«, sagte ich.

»Schon in Ordnung. Ich verstehe dich ja. Wenn man meinen Bruder des Mordes bezichtigen würde, dann würde ich auch Ausschau nach einem anderen möglichen Angeklagten halten.«

»Niemand hat Gates wegen irgendwas beschuldigt«, sagte ich schnell. »Nun, die *Gesetzeshüter* haben ihn nicht beschuldigt. Der Sheriff wartet noch auf das Ergebnis diverser Untersuchungen im gerichtsmedizinischen Labor . . .«

Jerry lachte plötzlich. »Was ist denn so lustig?« erkundigte ich mich.

»Ich mußte mir nur gerade Huge Claussen vorstellen, wie der eine Untersuchung in einem Mordfall angeht. Ein entlaufener Hund, ja; Falschparker, kein Problem – aber Mord?« Er wurde von einem echten Lachkrampf geschüttelt, und mir ging es schon bald nicht besser. Als wir uns einigermaßen wieder in der Gewalt hatten, schniefte er »Gottverdammich« – und dann waren wir wieder normal.

Die Zeit spulte sich wie von selbst rückwärts. Bald waren wir auf der Weißt-du-noch-damals-Schiene und versuchten, auf ihr in längst vergangene Tage zurückzufahren. Ich suchte eine Turnhose und ein Paar Turnschuhe für Jerry, und solchermaßen ausstaffiert und schwitzend wie ein Affe half er mir, die Südwand fertigzustellen und fürs Tapezieren vorzubereiten. Später duschten wir in dem kleinen Bad direkt neben meinem augenblicklichen Wohnzimmer und brieten uns ein paar Steaks auf meinem Elektroherd. Noch mehr Bier trat seine letzte Reise an, und so war es schon spät, als Jerry sagte, nun müsse er aber gehen.

Ich war ganz schön angesäuselt – genauer gesagt, betrunkener als je, seit jener Nacht in Kansas City im letzte Winter... Ich langte ganz unbewußt nach oben und rieb mir das rechte Auge, als könnte ich so seine Sehfähigkeit wieder herstellen. Bei einer anderen Arbeit wäre der Verlust der Sehkraft kaum mehr als eine Unannehmlichkeit gewesen, Es war, als hätte ich einen Tupfer aus Verbandsmull über dem Auge. Außer wenn ich die Brille mit der Speziallinse trage, die ich immer aufsetzen muß, wenn ich mit dem Auto fahre. Das ist dann, als hätte ich einen weniger dicken Tupfer aus Gaze über dem Auge.

Mit meinem gesunden Auge beobachtete ich Sturm und Drang, wie sie ihre Näpfe ausleckten. Drang war zuerst fertig. Er sprang von der Anrichte herunter und glitt hinter meinen Sessel. Dabei bedachte er mich wieder mit seinem Oh-du-wohnst-immer-noch-hier-Blick, schnüffelte an seinem Kratzbaum herum, den ich mir extra für vierzig Dollar hatte schicken lassen, und machte sich dann daran, das Sofa mit seinen Krallen zu zerfleddern.

Zu müde und zu benebelt um einzuschreiten, verfolgte ich teilnahmslos den Beginn des letzten Aktes eines langsames Todes, den die Katzen offenkundig meinem Mobiliar zugedacht hatten. Drang schärfte die Krallen seiner Vordertatzen, bis er mit dem Ergebnis zufrieden war, dann streckte er die hinteren Läufe, grub deren Krallen auch noch mal kräftig in den Stoff und kletterte dann auf das Sofa, wo er es sich auf einem Kissen bequem machte. Da schloß sich ein Kontakt, irgendein Schalter knackte in meinem Hinterkopf. Mir war plötzlich, als seien etliche Tassen starken Kaffees auf einmal in meinen Blutkreislauf eingespeist worden.

Ich durchwühlte den ganzen Ramsch, der sich den Sommer über angesammelt hatte, und fand schließlich die Ausgabe des *Heartland Magazine* mit dem Artikel über Lenore. Dann rief ich die Auskunft an. Es wurde langsam spät, aber ich ließ mich nicht mehr beirren und rief auch noch in der Stadt an. Nach einem längeren Gespräch wählte ich erneut die Auskunft, erhielt eine weitere Nummer und führte noch ein längeres Telefongespräch.

Als ich endlich das Telefon absetzte, hatte ich nichts in der Hand, was ein Staatsanwalt einen Beweis nennen würde oder auch nur ein tragfähiges Indiz, deshalb gab es auch keinen Grund, Huge Claussen anzurufen. Noch nicht jedenfalls.

Aber ich rief Bill Reeves an, den Deputy, der Lenore gefunden hatte, und ließ mir von ihm eine Frage beantworten.

Hellwach geworden und voller Trauer ging ich wieder nach oben und machte in den wenigen verbliebenen Stunden bis zum Morgen noch eine Menge Krach.

Als Jerry spät am nächsten Morgen wieder im *Egyptian* vorbeischaute, war Gates schon da. Jerry war wie mein Bruder in Arbeitskleidung gekommen. Als ich sie beide frühmorgens angerufen hatte, hatte ich ihnen gesagt, ich bräuchte Hilfe, um eine Wand abzureißen.

»Ich will nur hoffen, ihr hängt nicht genauso durch wie ich heute morgen«, sagte Jerry, als er Gates ausgiebig begrüßt hatte. Er wirkte in der Tat noch ein bißchen zerzaust, und seine Augen waren rot gerändert und trübe.

»Nein«, sagte ich, »ich war schon wieder stocknüchtern, als ich mich aufs Ohr gelegt habe. Ich hatte etliche Telefongespräche mit der Stadt.«

Jerry bedachte mich mit einem erstaunten, fragenden Blick. Ich blickte hinüber zu Gates – er war rechts hinter mir und saß auf einem umgestülpten Farbeimer, so daß ich den Kopf wie eine Eule drehen mußte, um ihn sehen zu können. Mein Bruder warf mir einen ähnlich fragenden Blick zu. Ich hatte Gates nicht gesagt, was ich heute morgen vorhatte. Ich bin sein großer Bruder; deshalb muß ich hin und wieder etwas tun, um ihm zu imponieren.

»Gute Neuigkeiten, Bruderherz«, sagte ich. »Du bist aus dem Schneider.« Dann wandte ich mich wieder Jerry zu.

»Na großartig«, sagte Jerry. »Du meinst, der alte Huge habe es tatsächlich einmal geschafft?« Ich sagte nichts, und Jerrys Lächeln bekam leichte Fransen. Vielleicht lag's ja auch an dem Bier vom Vorabend. »Was siehst du mich so an, Carve?« sagte er. »Irgendwas, was ich noch nicht weiß?«

»Etwas, das du sehr wohl weißt, wie ich annehme.«

Jerry runzelte die Stirn und sah zu Gates hinüber. Aber der hatte keinerlei Möglichkeit, ihm zu einer Erleuchtung zu verhelfen, und daher fuhr ich fort:

»Als du letzte Nacht weg warst, hat eine meiner Katzen das ganze Sofa zerfetzt. An sich nichts Ungewöhnliches; ich wäre eher überrascht gewesen, wenn sie den Kratzbaum genommen hätte, um ihre Krallen zu schärfen. Aber das brachte mich zum Nachdenken – und ich erinnerte mich an etwas, von dem ich gar nicht mehr wußte, daß es mir bekannt war.« Ich zog das *Heartland Magazine* aus der rückwärtigen Hosentasche. »Da war nämlich mal vor Jahren ein Artikel über Lenore in diesem Magazin. Die Autorin arbeitet als freie Journalistin in der Stadt. Ich habe ihre Nummer herausgefunden und sie letzte Nacht angerufen. Es kostete mich einige Überredungskünste, aber schließlich brachte ich sie dann doch so weit, mir zu erzählen, daß ihr die Idee zu diesem Artikel gekommen sei, weil ein Freund sie die ganze Zeit damit genervt hätte, er kenne da eine begabte Künstlerin. Der Name dieses Freundes war Jerry Denholm. Der Name der Künstlerin war Lenore Hamaker.«

Jerry sagte nichts.

»Dann rief ich Harold Everson an, den Besitzer der Galerie, die Lenores Arbeiten vermarktet. Auf ihn brauchte ich gar nicht erst lange einzureden. Er erzählte mir bereitwillig, daß er auf Lenores Bilder durch den Anzeigen-Agenten eines Magazins aufmerksam geworden war, mit dem er ständig zusammenarbeitete. Everson hatte den Eindruck, daß dieser Anzeigen-Agent sich energisch für Lenore einsetzte, an sämtliche Galerien in der Stadt Kopien des Artikels im *Heartland Magazine* verschickt hatte und bei jeder sich bietenden Gelegenheit ihren Namen erwähnte. Den Namen dieses Agenten kennen wir doch auch, oder etwa nicht, Jerry?«

»Wie du das sagst, klingt das, als sei das etwas Kriminelles, Carve«, sagte er. »Alles, was ich getan habe, war, Lenore beim Aufbau ihrer Karriere als Malerin zu helfen. Sie war ja auch wirklich gut, verstehst du – sonst hätte Everson sie bestimmt nicht genommen.«

»Das weiß ich. Was ich nicht weiß, ist, warum du dir das so zur Herzensangelegenheit gemacht hast.«

»Und warum sollte ich nicht? Ich war in der Lage, helfen zu können – ich kannte die einschlägigen Publikationen, die Autoren, die Galerien. Warum sollte ich also Lenore nicht helfen? Ich liebte sie. Ich habe dir erst gestern noch erklärt, Carve, daß sie mich verlassen hat, nicht umgekehrt. Ich hätte es nie getan.«

»Nein«, sagte ich. »Aber ich glaube, es war durchaus deine Idee, Lenore zu einer vielversprechenden Karriere zu verhelfen und sie wissen zu lassen, daß sie das nur dir verdankte. Sollte sie dir dann in die Arme sinken, Jerry, weinend vor Dankbarkeit, und dich anflehen, wieder zu ihr zurückzukommen?«

Jerry blickte zur Seite. »So in der Art etwa«, sagte er. »Aber das wird ja nun nie passieren.«

»Ich glaube, das wäre auch niemals passiert«, erwiderte ich. »Ich glaube, du warst letzten Donnerstag nacht hier; ich glaube weiter, du warst draußen, um Lenore zu besuchen – spät, nachdem Gates schon weg war – und ihr deine kleine Überraschung zu überbringen. Aber sie reagierte nicht, wie du erwartet hattest. So wie ich Lenore kenne, war sie eher abgestoßen von der Erkenntnis, daß du versuchen wolltest, sie zu manipulieren. Meine Vermutung geht dahin, daß sie dir etwas in der Art gesagt hat wie ›danke, aber jetzt schleich dich‹, und da hast du es ihr gegeben.«

»Nein«, sagte Jerry.

»Ich habe noch einen Knalleffekt auf Lager, Jerry«, sagte ich. »Würdest du mal dein Hemd ausziehen?«

»Was?«

»Ich hab's gestern schon bemerkt, aber ›klick‹ hat es erst gemacht, als sich meine Katzen über meine Möbel hergemacht haben. Als wir hier gearbeitet haben und du dein Hemd ausgezogen hattest, habe ich es deutlich gesehen: Dein Rücken ist voller Kratzspuren, Jerry.«

»Wirklich?« Auf seiner Oberlippe stand jetzt ein Schweißtröpfchen. Aber immerhin war es ja auch sehr warm im Zimmer. »Ich meine, ich bin keine körperliche Arbeit gewöhnt.«

»Die Schrammen waren schon da, als wir zu arbeiten angefangen haben«, sagte ich, »und sie waren auch nicht brandneu. Für mich sahen sie aus, als seien sie schon eine Woche alt.«

»Was macht dich eigentlich zu einem solchen Scheiß-Experten?« sagte Jerry. Seine Stimme schwankte – aus Wut, aus Angst oder auf Grund irgendeiner anderen Emotion.

»Lenores Katze *Leapy Lee* hat auch meinen Rücken regelmäßig mit der Nordwand des Eiger verwechselt, Jerry«, sagte ich. »Sie war raffiniert genug, immer über meine blinde Seite zu kommen, der kleine Bastard. Ich nehme deshalb folgendes an: Während du dich letzten Donnerstag mitten in der Nacht mit Lenore unterhalten hast, schlich *Leapy Lee* sich hinter dich und zog sich mit ihren Krallen an dir in die Höhe. Du warst sowieso schon wütend, weil sich die Dinge nicht so entwickelten, wie du dir das vorgestellt hattest, und als dir dann auch noch die Katze die Krallen in den Rücken grub, hast du sie gepackt und davongeschleudert. Ich habe mich bei Bill Reeves noch einmal vergewissert. Es handelt sich bei der toten Katze in der Tat um *Leapy Lee*. Sie lag mit gebrochenem Genick auf dem Boden. Und da hast du erst recht rot gesehen – und bist auf Lenore losgegangen.«

»Nein«, sagte Jerry.

»Und dann bist du gerannt. Verständlich, wie ich finde. Was ich weniger verständlich finde, ist, daß du seelenruhig zugesehen hast, wie man das Gates anhängen wollte. Hattest du etwa wirklich vor, ihn für etwas, das du getan hast, ins Gefängnis gehen zu lassen, wenn es hart auf hart kommen sollte?«

»Das hast du falsch verstanden, Carve –«

Ich schüttelte den Kopf. »Wir werden jetzt folgendes tun, Jerry: Wir werden jetzt brav den Hörer zur Hand nehmen und Huge Claussen hierherbestellen. Und dann wirst du ihm die Geschichte erzählen, und zwar vollständig.«

»Hör mal, Carve –«

»Wenn dir nicht danach sein sollte, mit ihm zu reden, dann werden Gates und ich uns glücklich schätzen, dir bei der Auffrischung deines Gedächtnisses behilflich zu sein, nicht wahr, Brüderlein?« Ich hatte gehofft, Jerry werde zusammenbrechen und gestehen, wie die Verbrecher das im Fernsehen auch immer machen – zum Teil deshalb, weil ich keinen ›rauchenden Revolver‹ hatte, den ich ihm unter die Nase halten konnte, zum Teil aber auch deshalb, weil ich das Geständnis nicht wirklich aus ihm herausprügeln wollte. Ich wußte, das würde nicht viel nützen, wenn die Sache vor Gericht kam. Aber in diesem Moment war ich mehr daran interessiert, meinen Bruder aus der Schußlinie zu bringen, als daran, die Arbeit des Staatsanwalts zu erledigen. Deswegen kam es mir darauf an, Jerry ein wenig kooperativ zu stimmen.

Ich wandte mich Gates zu, der schweigend zugehört hatte. Dann wurde auf einmal alles um mich herum weiß. Und dann wurde alles um mich herum schwarz.

»Er hat dich geblendet.«

»In mehr als einer Hinsicht«, sagte ich. Ich richtete mich auf dem Fußboden auf und bereute es augenblicklich. Mein Kopf fühlte sich an wie eine Baßtrommel, aber wie eine, auf der gerade gespielt wird. »Hast du Huge angerufen?«

»Nein. Ich war mehr um dich besorgt. Du bist wie ein Stein umgefallen und hast dich nicht mehr geregt.«

»Aber so besorgt, daß du einen Arzt angerufen hättest, warst du nun auch wieder nicht«, stellte ich fest und grinste. Auch das tat mir auf der Stelle leid.

»Das Telefon ist doch unten, und ich hatte Angst, dich allein zu lassen.«

»Laß gut sein«, sagte ich. »Ein scharf geworfener Ball tut mehr weh.« Das war nur eine kleine Lüge. »Hilf mir auf die Beine«, sagte ich und streckte die Hand aus. Das Zimmer wackelte ein bißchen, kam aber schnell wieder zur Ruhe.

»Bist du wirklich in Ordnung?«

»Den Umständen entsprechend«, erwiderte ich. »Wir sollten jetzt besser Huge anrufen. Aber zuerst mal – ich schulde dir Abbitte, Jerry.«

Er grinste. »Vergiß es.«

»Besser nicht. Aber warum war ich auf dem Holzweg?«

»Als du mir den Mord an Lenore andrehen wolltest«, sagte Jerry. »Du warst verdammt auf dem richtigen Weg, sogar die Sache mit dem Danke-aber-jetzt-schleich-dich stimmte – einschließlich der Behauptung, daß die Katze mir auf den Buckel geklettert ist. Nur daß ich der verdammten Katze nichts getan habe; Lenore hat sie mir selbst von der Schulter runtergeholt. Sie waren beide noch am Leben, als ich ging, Carve. Ich bin in meinen Wagen gestiegen und in die Stadt zurückgefahren. Ich wollte nicht, daß jemand erfuhr, daß mein großartiger Plan ein Flop gewesen war, und daß Lenore schlicht nichts mehr von mir wissen wollte. Deswegen habe ich auch kein Sterbenswörtchen davon erwähnt, daß ich am Donnerstag hiergewesen bin. Und was Gates anbetrifft – nun, nach allem, was ich weiß, hat *er* Lenore ermordet. Tut mir leid, Carve.«

Ich nickte trotz meiner Kopfschmerzen und ging dann nach unten, um Huge anzurufen.

»Was passiert jetzt?« fragte Jerry, nachdem ich mit Huge gesprochen hatte.

»Verdammt, wenn ich das wüßte«, erwiderte ich. »Ich glaube, ich sollte hinausfahren und mit Dad reden, bevor er es von jemand anderem erfährt.«

Draußen auf der Farm war alles ruhig. Die Mittagshitze hing in der Luft, und man mußte förmlich durch sie hindurchwaten. Nicht einmal die Schmeißfliegen schienen noch Energie zu haben.

Dads Halbtonner-Lieferwagen war im Schatten der Garage hinter dem Haus geparkt. Ich ging davon aus, daß er drinnen war, um zu Mittag zu essen, aber das Haus war leer. Ich inspizierte die Garage. Sein Traktor parkte da, wo er ihn immer abstellte. Das riesige rote Ungetüm stand unter dem Schutzdach.

Also war er nicht auf den Feldern. Vielleicht war er mit irgend etwas in der Scheune beschäftigt... Ich rannte nicht gerade, aber ich ging schnell.

Das erste, was mir auffiel, war, daß die Türen geschlossen waren, sowohl die Seitentür als auch das Haupttor an der Südseite.

Zugedrückt und abgeschlossen. Die überschweren Riegel lagen in ihren Verankerungen und blinkten in der Sonne.

Dann sah ich Gates' Lieferwagen. Er war hinter der Scheune geparkt, wo man ihn vom Haupthaus aus nicht hatte sehen können.

Der Lieferwagen war leer.

Ich wandte meine Aufmerksamkeit wieder der Scheune zu und wollte schon laut rufen, als hinter mir eine Stimme erklang – so ruhig, daß ich zusammenschrak.

»Ja – er ist da drin.«

Ich wandte mich um. Dad trat hinter einem Ballen Stroh hervor. In der Hand hielt er sein Gewehr, die Mündung zu Boden gerichtet.

»Ich hatte nicht erwartet, daß er hierher zurückkommen würde.«

»Er brauchte Geld, nehme ich an. Und dann plante er wahrscheinlich, meinen Wagen zu nehmen und seinen hier stehenzulassen – hat wohl gedacht, hier paßt niemand auf.«

»Wahrscheinlich hast du recht.« Ich blinzelte zur Scheune hinüber. »Lebt er noch?«

»Natürlich lebt er noch«, sagte Dad mit deutlichem Widerwillen in der Stimme. »Ich hätte es wohl nicht nötig gehabt, ihn hier in der Scheune einzusperren, wenn er tot wäre, oder? Ich bin zum Mittagessen nach Hause gekommen. Aus der Art, wie er aus der Hintertür geschossen kam, konnte ich gleich schließen, daß was nicht stimmte. Ich stieg aus dem Laster und fragte ihn, ob es Probleme gebe. Er rannte an mir vorbei Richtung Garage. Ich sah, daß er meine Autoschlüssel in der Hand hatte.« Dad hob die Gewehrmündung ein wenig an. »Hab sofort den Schießprügel aus dem Halter im Laster genommen, ging in die Garage und hab ihn noch mal gefragt, ob etwas nicht stimmt. Diesmal war er schon gesprächiger.«

»Und dann hast du ihn eingesperrt. Hast du Huge angerufen?«

»Nix da. Dachte mir, ich warte erst mal ab, bis ich weiß, ob du noch lebst. Wollte wissen, wie groß der Schlamassel ist, in dem der Junge drinsteckt.«

»Groß genug«, erwiderte ich. »Ruf lieber Huge an. Aber gib mir zuerst die Schlüssel.«

»Willst du auch das Gewehr?«

»Das werde ich nicht brauchen.«

Er dachte einen Moment lang nach, nickte schließlich und übergab mir seinen großen, schweren Schlüsselring. Dann ging er zum Haus zurück. Ich fand, er sah alt aus. Es war das erste Mal, daß ich von meinem Dad diesen Eindruck hatte.

Ich ging durch die Seitentür hinein. Drinnen war es dunkel, schattig, aber noch immer heiß. Gates stand an der gegenüberliegenden Wand und hatte sich mit dem Rücken angelehnt. Als er mich sah, kam er langsam näher.

»Bist du in Ordnung?« fragte er.

»Dir verdanke ich das jedenfalls nicht.«

»Ja, tut mir aufrichtig leid, Carve.« Er hielt mir die rechte Hand entgegen. Ich nahm sie, riß ihn mit einem Ruck näher heran und schlug ihn gleichzeitig mit der linken Faust aufs Ohr. Gates taumelte rückwärts, stolperte über Dads Kompressor und fiel in den Staub. Er brauchte eine Minute, bis er wieder auf die Füße kam.

»Ich glaube, damit mußte ich wohl rechnen.«

»Du mußtest eigentlich mit Schlimmerem rechnen«, sagte ich, »aber ich habe zu große Kopfschmerzen. Was hast du dir überhaupt dabei gedacht?«

»Dich niederzuschlagen und davonzurennen?« fragte er und schüttelte den Kopf. »Ich weiß nicht. Wann hätte ich je gewußt, was ich tun sollte? Ich mache meistens Blödsinn und muß es dann hinterher wieder gutmachen. Das weißt du doch.« Er blickte an mir vorbei zu den kleinen verdreckten Fensterchen über der Tür. »Aber das hier kann man wohl nicht mehr wieder gutmachen, oder?«

»Nein. Zum einen kannst du nicht davor wegrennen. Die Karten sind gemischt und verteilt, und du mußt ausspielen.« Die Worte erzeugten bereits einen säuerlichen Geschmack auf der Zunge, noch während ich sie aussprach. Was hatte ich denn in den vergangenen sechs Monaten anderes getan, als vor den Karten davonzulaufen, die mir zugemischt worden waren?

Gates blickte mich an, als wüßte er, was ich dachte. Aber er nickte nur und sagte: »Was passiert jetzt mit mir?«

»Weiß ich nicht, ich bin kein Anwalt – Gott sei Dank. Huge hat es wahrscheinlich sehr genau umschrieben – Totschlag. Du wolltest sie doch nicht umbringen, oder?«

»Großer Gott, nein, Carve – das weißt du doch. Ich war verrückt nach Lenore. Aber sie war fertig mit mir, und das hat sie ganz klar erklärt. Dann kam diese bekloppte Katze auf mich zugeflogen – ich sah sie noch gerade rechtzeitig aus den Augenwinkeln und hab nur mal ausgeholt, verstehst du? Ich hätte nie gedacht, daß ich sie treffen würde, aber dann passierte es doch und das Viech fiel zu Boden und rührte sich nicht mehr. Daraufhin fing Lenore an zu schreien und zu lamentieren und so weiter, und ich habe ihr nur eine gescheuert, damit sie aufhören sollte. Ich – ich weiß nicht mehr, was danach passiert ist. Aber sie war tot.« Er betrachtete seinen wunden Handrücken.

Ich ließ mir Zeit, bevor ich etwas erwiderte. »Dad ist ins Haus gegangen, um Huge anzurufen«, sagte ich dann. »Bevor sie alle hier ankommen und alles verrückt spielt, laß uns noch den alten Johansen anrufen. Er wird wissen, was jetzt zu tun ist – vielleicht kennt er ja auch einen guten Strafverteidiger für dich. Mir scheint, wenn wir versuchen, alles zu vertuschen oder einfach wegzulaufen, wie du das versucht hast, nützt uns das gar nichts. Ich weiß nicht, vielleicht läßt sich ein Handel mit der Staatsanwaltschaft schließen, und wo ja die Gefängnisse alle überfüllt sind, und wenn dann noch ein guter Anwalt, der mit allen Wassern gewaschen ist . . . Nun, eine Weile wirst du schon in der Staatspension verbringen müssen. Aber sieh doch auch mal die positive Seite.«

Gates bedachte mich mit einem Blick, der darauf schließen

ließ, daß er abschätzte, wie hart er meinen Schädel im *Egyptian* wohl wirklich getroffen hatte.

Ich grinste und sagte: »Im Knast gibt es auch ein Baseball-team.«

Dad hatte Johansen schon angerufen, der sich schon länger um die Rechtsangelegenheiten der Familie kümmerte, als wir alle uns erinnern konnten, und Johansen hatte gesagt, Gates solle sich im Büro des Sheriffs selbst stellen. Das würde später besser aussehen. Er versprach außerdem, spätestens in einer Stunde werde jemand für Gates dort sein, und wenn er selbst kommen müßte. Ich hätte mir wahrscheinlich gewünscht, das einmal zu erleben: Ich glaube, ich habe den alten Johansen nie anders gesehen als hinter seinem riesigen Kirschholzschreibtisch in seiner Kanzlei in Watsonville. Ich war nicht einmal sicher, ob er überhaupt Beine hatte.

Ich wartete im Jeep auf Gates, während Dad drinnen in der Küche noch einmal mit ihm redete. Dann kam Gates heraus, setzte sich auf den Beifahrersitz, und wir fuhren vom Hof. Dad stand am vorderen Fenster, als wir das Haus umrundet hatten und Richtung Landstraße fuhren. Ich drückte ein paarmal auf die Hupe.

Später kehrte ich ins *Egyptian* zurück. Da wartete noch immer die Wand auf mich, die ich herausnehmen wollte, aber ich fand mich schließlich in meinem Sessel wieder, in der Hand ein Bier, und hörte Radio. Die Beach Boys sangen *Wouldn't It Be Nice*. Sturm und Drang lagen auf dem Betonfußboden, alle viere von sich gestreckt, als seien sie unter eine Dampfwalze geraten. Diese heißen Tage sind nun mal besonders hart für die Tiere mit Pelz.

Der Song endete, und die lokale Station blendete sich in das regionale Netz ein, wo gerade ein Baseballspiel der Royals übertragen wurde.

Ich schickte mich an aufzustehen und das Radio auszumachen, doch dann hielt ich inne und ließ mich wieder in meinen Sessel zurücksinken. Die Zeit rollte sich wieder in sich selbst zusammen. Kurz darauf später nahm ich das Telefon vom Boden und wählte Carolyns Nummer.

Quellenverzeichnis

Douglas Barton: »Der letzte Kuß« (The Last Kiss), aus: Martin H. Greenberg/Ed Gorman (Hrsg.) KRIMIKATZEN, Copyright © 1991 by Douglas Barton, Copyright © der deutschen Übersetzung Bastei-Verlag Gustav H. Lübbe GmbH & Co., Bergisch Gladbach. Aus dem Englischen übersetzt von Elisabeth Arens. (Veröffentlicht mit der Genehmigung der Agentur Rights Unlimited, New York.)

Lillian Jackson Braun: »Der Fehltritt Madame Phlois« (The Sin of Madame Phlois), aus: Cynthia Manson (Hrsg.) HAARSTRÄUBENDE KATZENKRIMIS, Copyright © by Lillian Jackson Braun, Copyright © 1995 der deutschen Übersetzung Wilhelm Heyne Verlag GmbH & Co. KG, München. Aus dem Englischen übersetzt von Gunther Seipel. (Veröffentlicht mit der Genehmigung der Agentur Mohrbooks, Zürich.)

Hugh B. Cave: »Die Dame trug Schwarz« (The Lady Wore Black), aus: Cynthia Manson (Hrsg.) KATZENKRIMIS, Copyright © by Hugh B. Cave, Copyright © 1993 der deutschen Übersetzung Wilhelm Heyne Verlag GmbH & Co. KG, München. Aus dem Englischen übersetzt von Gunther Seipel.

Agatha Christie: »Der seltsame Fall des Sir Arthur Carmichael« (The Strange Case of Sir Arthur Carmichael), aus: Agatha Christie MÖRDERGARN, Copyright © 1933 by Agatha Christie. Aus dem Englischen übersetzt von Günter Eichel.